Bis zum Sommer 1983 war die Welt für die Schwulen von London noch in Ordnung. Ohne viel Hemmung lebten sie Liebe, Lust und Laster aus – bis die ersten verstörenden Nachrichten über Aids auftauchten. Vom letzten Swinging Summer also, bevor der drohende Schrecken alles umwertete, handelt dieses frech fröhliche Buch. An seiner Oberfläche. Die Rede ist von Saunen, Homotreffs, Pornokinos, sexuellen Vergnügungen aller Arten. Die tieferen Schichten handeln anspielungsreich von der Homosexuellen-Kultur quer durch die Jahrhunderte. Lord Nantwich zum Beispiel, der mit Hilfe des jungen Ich-Erzählers seine Erinnerungen aufzeichnen will, hat bis in die Details hinein eine frappante Ähnlichkeit mit Mr. Warburton in Somerset Maughams ›The Outstation‹. Direkt oder indirekt treten Lord Byron und Oscar Wilde auf, Evelyn Waugh, E. M. Forster, Ronald Firbank, Benjamin Britten oder Peter Pears. Aufs ergötzlichste wird aus britischen Clubs ebenso kolportiert wie aus Internaten. Dieser durch und durch emanzipatorisch aufklärerische Roman hält unter anderem Rückschau auf die britische Kolonialgeschichte, auf das vermuffte Sexualstrafrecht, schildert Wonnen und Wehklagen der Upper Class. »Dieser Roman ist zweifellos das beste Buch über schwules Leben«, so ›The Sunday Times‹, »das je von einem englischen Autor geschrieben wurde.«

Alan Hollinghurst, Jahrgang 1954, studierte englische Literatur am Magdalen College, Oxford. Er unterrichtete dort und am University College in London. Er arbeitet jetzt als Redakteur beim ›Times Literary Supplement‹.

Alan Hollinghurst

DIE SCHWIMMBAD-BIBLIOTHEK

Roman

Aus dem Englischen
von Eike Schönfeld

Fischer Taschenbuch Verlag

Veröffentlicht im Fischer Taschenbuch Verlag GmbH,
Frankfurt am Main, Oktober 1994

Lizenzausgabe mit freundlicher Genehmigung des
Verlags Kiepenheuer & Witsch, Köln
Titel der Originalausgabe ›The Swimming-Pool Library‹

Druck und Bindung: Clausen & Bosse, Leck
Printed in Germany
ISBN 3-596-11884-0

Gedruckt auf chlor- und säurefreiem Papier

Für Nicholas Clark
(1959-1984)

»Sie liest mit solcher Geschwindigkeit«, beschwerte sie sich, »und als ich sie fragte, *wo* sie nur gelernt habe, so schnell zu lesen, entgegnete sie: ›Auf der Leinwand im Kino.‹«

Die Blume unter dem Fuß

1

Ich fuhr mit der letzten Bahn nach Hause. Mir gegenüber saßen zwei Streckenarbeiter von London Transport, einer klein, fünfzig, abgelebt, der andere ein unverschämt gutaussehender Schwarzer um die fünfundzwanzig. Schwere Segeltuchtaschen lehnten an ihren Stiefeln, die Overalls waren in der abgestandenen Hitze der Underground über dem Unterhemd offen. Jetzt begannen sie mit der Arbeit! Ich betrachtete sie mit einer Art betäubtem, trunkenem Staunen, verblüfft über die Vorstellung ihres verkehrten Lebens, darüber, wie ihre Arbeit davon abhing, daß wir fuhren, aber nur verrichtet werden konnte, wie ich nun sah, wenn wir nicht fuhren. Während wir nach Hause gingen und in Bewußtlosigkeit sanken, zogen diese Männer in Trupps mit Leuchten und Lötlampen und langstieligen Ratschenschraubenschlüsseln durch die Tunnel; und Wagen, nicht für Passagiere gebaut, abartig funktionell, rollten langsam und scheppernd von Nebengleisen heran, die der Pendler nicht kennt. Eine so einsame, unsichtbare Arbeit mußte seltsame Gedanken zeitigen; die Männer, die durch jeden Tunnel des Labyrinths schritten und die Schienen abklopften, mußten so erleichtert sein, wenn sie die Lichter anderer nahen sahen und freundliche Stimmen ihren Fachjargon herüberriefen. Der Schwarze schaute auf seine locker daliegenden Hände: Er wirkte sehr unnahbar, beherrscht und strahlte eine enorme, kaum bewußte Kompetenz aus – ich empfand mehr als Respekt für ihn, etwas wie Zärtlichkeit. Ich stellte mir seine Erleichterung vor, wenn er nach Hause kam und die Stiefel auszog und ins Bett ging, während es um die Vorhänge herum hell wurde und der Straßenlärm draußen allmählich anschwoll. Er drehte die Hände um, und ich sah das blaßgoldene Band seines Eherings.

Am Bahnhof waren die Ausgänge bis auf einen verschlossen, und ich drückte mich mit zwei, drei andern hinaus, als würde uns ein ungewöhnliches Zugeständnis gemacht. Dann noch die zehn Minuten zu Fuß nach Hause. Der Alkohol schien sie zu verkürzen, so daß ich mich am nächsten Morgen gar nicht mehr an den Weg erinnern würde. Und daß ich den Gedanken an Arthur unterdrückt hatte, damit es desto aufregender würde, wenn ich mich an ihn erinnerte, mußte mich auch ganz schön getrieben haben.

Allmählich fand ich Geschmack an schwarzen Namen, westindischen Namen; sie waren eine Art Reise durch die Zeit, die Worte, die die Leute ihrem Kissen zuflüsterten, an den Rand ihres Schreibhefts malten, in Leidenschaft ausriefen, als mein Großvater ein junger Mann war. Ich hatte immer geglaubt, daß diese eduardianischen Namen die Verleugnung jeglicher Liebesgefühle seien: Archibald, Ernest, Lionel, Hubert waren lächerlich spröde; sie kündeten von Persönlichkeiten, die von Sex oder Bosheit ungetrübt waren; doch erst in diesem Jahr war ich mit Jungen zusammen, die eben solche gemessene Namen trugen; aber die Jungen waren nicht gemessen. Auch Arthur nicht. Sein Name war wohl derjenige, den ich mir am wenigsten jung vorstellen konnte: Er beschwor das sonnenlose Äußere, den ungelüfteten Anzugstoff und die Metallbrille eines Buchhalters aus einer verschwundenen Zeit. Jedenfalls so lange, bis ich meinen schönen, großspurigen, verluderten Arthur fand – einen Arthur, den man sich unmöglich alt vorstellen konnte. Sein glattes Gesicht mit den großen schwarzen Augen und dem sinnlich schwachen Kinn war immer vom Licht und Schatten des Zweifels überzogen und stellte sich dem Blick mit der entwurzelten Selbstsicherheit der Jugend.

Arthur war siebzehn und kam aus Stratford East. Ich war den ganzen Tag über weggewesen, und als ich mit meinem ältesten Freund James zu Abend aß, hätte ich ihm um ein Haar gesagt, daß ich diesen Jungen zu Hause hatte, schluckte die Worte jedoch hinunter und strahlte besoffen vor heimlicher Freude. James war nämlich Arzt, stets bedächtig und vernünftig; er hätte mich für verrückt erklärt, daß ich praktisch einen Fremden bei mir zu Hause warten ließ. In meiner steifen, selbstgefälligen Familie gab es jedoch eine störrische Tradition des Vertrauens, und vielleicht hatte ich die Angewohnheit, Personal und Fensterputzer auf die Probe zu stellen, indem ich sie der Versuchung aussetzte, von meiner Mutter übernommen. Es bereitete mir ein leicht gruseliges Vergnügen, mir Arthur allein in der Wohnung vorzustellen, wie er ihren fremden Reichtum aufsog, die Bilder betrachtete, sich natürlich auf Whitehavens Fotografie von mir in der kleinen Badehose konzentrierte, den Schatten über meinen Augen ... Ich konnte mir einfach keine Sorgen um die elektrischen Geräte machen, die bei Einbrechern gemeinhin hoch im Kurs stehen – und ich bezweifelte, ob die wertvollen Platten (darunter der *Tristan* von Rattle) nach Arthurs Geschmack sein würden. Ihm gefiel Tanzmusik, die heiß und cool war – wie sie über die Tanzfläche des Shaft, wo ich ihn vergangene Nacht kennengelernt hatte, peitschte und schnulzte.

Als ich eintrat, sah er fern. Die Vorhänge waren zugezogen, und er hatte einen alten, halb kaputten elektrischen Ofen ausgegraben; es war ungeheuer warm. Er erhob sich aus seinem Sessel und lächelte nervös. »Ich hab grad ferngesehen«, sagte er. Ich legte mein Jackett ab, schaute ihn an und war plötzlich von seinem Aussehen überrascht. Ich hatte mich sehr oft an die eine oder andere Einzelheit von ihm erinnert, so daß mir seine Gesamterscheinung entfallen war. Ich fragte mich, wieviel Arbeit darin stecken mußte, sein Haar in die schmalen Rippen zu kämmen, die ihm von der Stirn nach hinten in den Nacken liefen, wo sie zu jungen festen Zöpfchen geflochten waren, acht vielleicht, gerade zwei Zentimeter lang. Ich küßte ihn, meine linke Hand glitt zwischen seine hohen, drallen Hinterbacken, während ich ihn mit der andern im Nacken streichelte. Oh, die immer offene Weichheit schwarzer Lippen; und die eigenartige Trokkenheit seiner Zöpfchen, die knisterten, als ich sie zwischen den Fingern rollte, und tot und halb erigiert zugleich erschienen.

Um drei wachte ich auf und mußte aufs Klo. Obwohl ich benommen und im Halbschlaf war, hämmerte mein Herz, als ich zurück ins Zimmer kam und Arthur in dem sanften Licht der Lampe, das über die Kissen fiel, schlafen sah, der eine Arm ragte seltsam verdreht unter der Steppdecke hervor, als wollte er die Augen damit schützen. Ich setzte mich und glitt neben ihn, wobei ich ihn sorgfältig beobachtete, über seinem Gesicht verharrte und wieder den Kindgeruch seines Atems einsog. Als ich das Licht ausschaltete, fühlte ich, wie er sich zu mir drehte und seine riesigen Hände sich unter mich gruben, fast, als wollte er mich wegtragen. Ich umarmte ihn, und er faßte mich noch fester, packte mich, als wäre er in Gefahr. Ich murmelte einige Male »Baby«, bis ich merkte, daß er noch immer schlief.

In jenem Sommer, dem letzten Sommer, der noch einmal so sein sollte, sah mein Leben seltsam aus. Ich schwebte auf einer Wolke aus Sex und Selbstüberschätzung – es war meine Zeit, meine *belle époque* –, doch immer war da noch ein schwaches, unheilvolles Flackern, wie Flammen um eine Fotografie, wie etwas, das man aus dem Augenwinkel sieht. Ich hatte keine Arbeit – o nein, keine Elendsgeschichte, kein Opfer der Rezession, nicht einmal, das hoffe ich jedenfalls, ein Teil einer Statistik. Ich hatte meine Arbeitslosigkeit bewußt oder wenigstens wissentlich selbst geschaffen. Mich betrachtete man als einen, der zuviel Geld hat, ich gehörte zu jenem winzigen Teil der Bevölkerung, dem tatsächlich fast alles gehört. Ich hatte mich der Aussicht auf ein Nichtstun ergeben, wenngleich mich das ganz schön in Atem hielt.

Fast zwei Jahre lang war ich in der Redaktion des *Lexikons der Architektur* bei Cubitt gewesen, einem hochfliegenden Projekt, das mit Verzögerungen und Verdruß behaftet war. Der Herausgeber war ein Freund meines Oxforder Tutors, der sich darum sorgte, daß ich mich widerstandslos in den Kreislauf der Bars und Clubs treiben ließ, der mich schon in verderblicher Muße versumpfen sah und eine Bemerkung fallenließ – eine jener bloßen Andeutungen, die einen Nerv der Schuld treffen und die Macht eines Befehls annehmen. Und so erschien ich denn Tag für Tag am St James's Square, wo ich in einem Hinterzimmer saß, meinen Kater als eine Art dünnhäutige, ästhetische Geistesabwesenheit verkleidete und aktenweise Forschungsmaterial auf Vordermann brachte.

Band eins sollte A bis D umfassen, und ich durfte an einigen der Themen arbeiten, die mich am meisten interessierten – Adams, Lord Burlington, Colen Campbell. Ich redigierte die Aufsätze sich wiederholender Autoritäten, wurde in die British Library oder das Sir John Soane's Museum auf die Suche nach Plänen und Stichen geschickt; über kleinere Themen durfte ich selber schreiben: Ich steuerte einen exemplarischen Artikel über Coade-Stone-Vasen bei. Doch das Lexikon war eine verrückte Geschichte, eine falsch gehandhabte Angelegenheit, ein Eskorial, der zu einer Fonthill Abbey wurde, je länger wir daran arbeiteten. Ich rief Leute an, und es gab Partys von sechs bis acht – was bleiben bedeutete und danach ein alkoholreiches Abendessen und dann in aller Regel das Shaft und Handlungen, in denen die Bedeutung der Säulenordnung, des Doms, des Portikus kaum noch erkannt werden konnten.

Nach meinem Ausscheiden bei Cubitt empfand ich eine heitere Erleichterung, nicht mehr eine Kreuzung aus Professor und Laufbursche zu sein – einer, dessen Anwesenheit ebenso durch seinen Namen wie durch sein Interesse an der Kunst erklärt war. Gleichzeitig aber war ich doch etwas traurig über den Verlust der schludrigen Büroroutine, der Erklärungen beim ersten miesen Kaffee, wohin ich mit wem gegangen und wie er in allen Einzelheiten war. Es war eine Welt, die einen zum Original machte und einen fröhlich und unverrückbar ein Leben lang als solches sah. Und dann war da auch noch das Sujet – die Säulenordnung, der Dom, der Portikus, die geraden Linien und die gebogenen, die mich ansprachen und mir mehr bedeuteten als manchem andern.

Am nächsten Tag stahl ich mich von Arthur weg und ging im Park spazieren – wahrscheinlich übten die geraden Linien der Alleen eine beruhigende Anziehungskraft auf mich aus. Wenn ich als Kind Marden besuchte, das Haus meines Großvaters, waren die Tage geprägt von Spaziergängen auf dem Reitweg mit den ehrwürdigen Buchen, der sich meilenweit schnurgerade über hügeliges Land hinzog und vor einem versenkten Grenzzaun und einem hohen freien Feld endete. Zur Linken konnte man im Winter die Hühnerställe und Aborthäuschen eines Weilers erkennen, der einmal zu dem Gut gehört hatte. Dann kehrten wir um und nach Hause zurück, meine Schwester und ich, und kamen uns, von meinen Großeltern verwöhnt, ausgesprochen adlig und abgehoben vor. Erst Jahre später verstand ich, wie jung und künstlich dieser Adel war – das Haus selbst billig nach dem Krieg gekauft, halb ruiniert durch seine Verwendung als Ausbildungsstätte für Offiziere und danach als Militärlazarett.

Heute war wieder so ein Apriltag, reglos und bedeckt, der von einer ungeheuren Idee erfüllt schien und, während ich von einem Aussichtspunkt zum nächsten streifte, das Gefühl aufkommen ließ, daß dies lediglich ein Stillstand sei, der nur so lange währen würde, bis es soweit war, daß sich etwas anderes ereignete. Vielleicht war es einfach der Sommer und die Gewißheit von Wärme, alle Welt im Freien, Trinken in der frischen Luft. Die Bäume trieben Knospen, und es entfaltete sich jene seltsam verkehrte Logik, nach der sich der Park genau zu dem Zeitpunkt, da er heiß und beliebt wird, von der Außenwelt der Häuser und des Verkehrs mit der Dichte seines Laubwerks abschottet. Doch ich spürte auch die Bedrohung durch eine Erkenntnis über das Leben, etwas Düsteres, Unangenehmes und vielleicht Verdientes.

Auch wenn ich nicht an derlei Dinge glaubte, war ich doch der perfekte Zwilling, ein Kind des vieldeutigen Frühsommers, hin und her gerissen zwischen zwei Varianten meiner selbst, zum einen der Hedonist und dann – zur Zeit etwas im Hintergrund – eine fast gelehrte Gestalt mit einem schwachen puritanischen Zug um den Mund. Und es gab noch tiefere Dichotomien, abweichende Geschichten – die eine der »Bericht meiner selbst«, die sexgeladenen kleinen Runden durch Diskos und Pubs und Landhäuser, die schiere gedrängte, unbeirrte Wiederholung meiner leeren Monate; die andere die »Romanze meiner selbst«, die all diese Banalitäten mit einem schützenden Glanz überzog, als wäre mein Schicksal tatsächlich von meinen frühesten Tagen an verzaubert, so daß ich von dieser Welt und zugleich jenseits ihres Einflusses war, wie die Pantomimenfigur, die Wordsworth beschreibt und auf deren Brust »unsichtbar« geschrieben steht.

Zuweilen wurde mein Freund James mein anderes Ich und schalt mich und versuchte, mich zu überzeugen, daß ich doch noch viel mehr tun könne. Ich hatte Schelte noch nie gut vertragen können, und als er darauf drang, ich solle mir eine Arbeit suchen oder gar mit einem Mann ein geregeltes Leben beginnen, geschah dies auf so persönliche und kenntnisreiche Art, daß es mir war, als klage die eine Hälfte von mir die andere an. Von ihm, den ich mehr liebte als jeden anderen, hörte ich den Bericht meiner selbst am häufigsten. Er hatte unlängst in seinem Tagebuch sogar gesagt, ich sei »gedankenlos« – er meinte damit grausam, die Art, wie ich einen Jungen hatte sitzenlassen, der sich in mich verliebt hatte und der mich zum Wahnsinn trieb; doch dann fuhr ihm der Gedanke durch den Kopf: Hat Will überhaupt für jemanden etwas übrig? macht Will sich überhaupt einmal *Gedanken*? und so weiter und so fort. »Scheiße, natürlich mache ich mir Gedanken«, brummelte ich, obwohl er nicht da war und mich nicht hören konnte. Und er stellte eine gemeine kleine Diagnose: »Will wird immer brutaler, immer sentimentaler.«

Gewiß, bei Arthur war ich sentimental, zutiefst sentimental und leicht brutal, im einem Moment schenkte ich ihm zärtlichste Aufmerksamkeit, im nächsten überschwemmte ich ihn mit Sex, hirnlos – gedankenlos. Es war die wunderschönste Sache, die ich mir vorstellen konnte – um so mehr, weil wir wußten, daß wir es nie zusammen schafften. Selbst inmitten der geraden Linien des Parks dachte ich nicht geradeaus – ständig drehten sich meine Gedanken wieder um Arthur, und mein Verlangen nach ihm und der bedrückend milde Tag waren mir fast eine Bürde. Schließlich war der Park nur gezierte Landschaft, seine Seen und Bäume unzulängliche Erinnerungen an jene prägenden Landschaften, die Yorkshire Dales, die Flüsse und Auen von Winchester, deren Einfluß in der versexten Unmittelbarkeit des Londoner Lebens unterging.

Ich befand mich auf dem Weg zu dem tristen italienischen Garten am Kopfende des Sees, eine Terrasse mit Balustraden und gepflasterten Wegen, die um vier farblose Teiche führten, ein halbherziger barocker Brunnen (jetzt außer Betrieb) zielte auf die Serpentine darunter, und am Rand, mit dem Rücken zur Bayswater Road, ein Pavillon mit gewelltem roten Dach und mit Vogelkot bekleckerten Bänken. Tot, wie dieser Ort mir immer erschienen war, steinern und unecht inmitten des englischen Grüns des Parks, war er doch eine unfehlbare Attraktion für Besucher: Liebespärchen, einsame Entenliebhaber, große Familiengruppen vom Kontinent und aus dem Mittleren Osten auf einem müßigen Gang von ihren Wohnungen in Bayswater und am Lancaster Gate. Ich schlenderte mitten hindurch, als wollte ich mir bestätigen, wie sehr ich das alles verabscheute. Ein paar freudlose kleine Jungen spielten mehr aus Pflichtgefühl denn aus Lust zusammen. Schwuchteln in einem gewissen Alter spazierten ostentativ auf und ab. Der Himmel war ein einförmiges Grau, auch wenn ein Schimmer auf dem weißen Putz des Pavillons eine Sonne andeutete, die vielleicht durchbrechen könnte.

Ich wandte mich schon zum Gehen, als mir ein einsamer Araberjunge auffiel, der, die Hände in den Taschen seines Anoraks, dahinschlenderte, recht unauffällig, aber dennoch mit etwas, das mir sagte, den mußt du haben. Ich war überzeugt, daß er mich bemerkt hatte, und ich spürte, wie mich eine köstliche Lust und Befriedigung bei dem Gedanken überflutete, ihn zu ficken, während ein anderer Junge zu Hause auf mich wartete.

Um ihn auf die Probe zu stellen, bummelte ich hinter den Pavillon, wo ein paar öffentliche Toiletten, übermäßig frequentiert von einsamen Männern mittleren Alters, in das von Efeu überwachsene, von Fichten verdunkelte Bankett der Hauptstraße geduckt waren. Ich ging die gefliesten Stufen zwischen den gefliesten Wänden hinab, und ein hygienischer, überraschend süßer Geruch umgab mich. Alles war sehr sauber, und an einigen der Abteile unter den polierten Kupferrohren (in die jemand seinen ganzen Stolz setzen mußte) standen Männer, Regenmäntel verhüllten vor dem arglosen Besucher oder dem argwöhnischen Polizisten ihr stundenlanges Herumstehen. Ich verspürte ein schwaches Ekelgefühl – nicht Mißbilligung, sondern die Furcht, auch einmal so zu werden. Ihre Köpfe erschienen mir grau und lieblos, als sie sich automatisch erwartungsvoll zu mir umdrehten. Wieviel Zeit sie da für welch schäbigen Ertrag investierten ... Nickten sie einander zu, die alten Knacker, wenn sie ihre Stellung bezogen, Tag für Tag, einer neben dem andern, wo immer auf ihrer unterirdischen Tour durch die Toiletten sie sich gerade befanden? Geschah da je etwas, hatten sie in ihrer Verzweiflung über das, was immer sie suchten, was gewiß niemals Sex sein konnte, sondern bestenfalls eine Ahnung von etwas Erinnernswertem, je etwas miteinander? Mir schien gewiß, daß dem nicht so war; in einem stillschweigend vereinbarten Stillschweigen waren sie damit beschäftigt, endlos nach etwas Ausschau zu halten, was sie nicht haben konnten. Ich war nicht schüchtern, aber zu stolz und selbstgefällig, um meinen Platz unter ihnen einzunehmen, und ich zögerte nur einen kurzen Moment bei dem Entschluß, es nicht zu tun.

Ich ging ans andere Ende des Raums, wo die Waschbecken waren, und schaute in den Spiegel darüber, in dem ich die ganze Längsreihe der Urinale und Kabinen bis zur Tür überblicken konnte. Ich gab dem Araberjungen nur etwa eine Minute, wenn er dann noch nicht da war, wollte ich gehen, ihm vielleicht dorthin folgen, wohin er gegangen war, falls er noch zu sehen war. Ich tat, als betrachtete ich mich selbst im Spiegel, fuhr mir mit der Hand über meine kurzen blonden Haare, ertappte mich, wie ich tatsächlich schrecklich aufgeregt aussah, ein Fleck Rosa über den Wangenknochen, der Mund angespannt. Von der Treppe draußen kamen Schritte, langsam und schwer jedoch, begleitet von einem kurzatmigen Singsang, wortlos, Bariton. Eindeutig nicht mein Junge. Ich merkte, wie sich Enttäuschung mit einer Art Erleichterung mischte, und unbewußt hielt ich die Hände unter die Hähne, wechselte rasch zwischen dem Kalt und dem sehr warmen Warm. Ein älterer Mann war hinter mir erschienen, er dudelte noch immer vor sich hin, als wäre die Welt völlig in Ordnung, trat an die Urinale, wo er dann vorgebeugt stand, sich mit einer Hand, die das Kupferrohr vor ihm umfaßte, abstützte und den mürrisch dreinschauenden Mann zu seiner Rechten freundlich anlächelte. Nach dem Handtuchspender suchend, drehte ich mich um, und während ich daran zog und der Apparat widerstrebend klickte, sagte der ältere Neuankömmling auf eine etwas fragende Art »Herrje aber auch« und fiel halb nach vorn, das Rohr noch immer im Griff, während seine Füße unter der Belastung durch den neuen Winkel sich auf der erhöhten Stufe, auf der er und die anderen standen, herumdrehten. Wie er nun halb mir zugewandt dastand, verlor er vollends den Halt und rutschte schwer zu Boden, wobei sein Kopf auf der Porzellantrennwand an der Seite des Abteils landete und seine kräftige, in Tweed gekleidete Gestalt auf dem feuchten Kachelfußboden ausgestreckt lag. Aus seinem Hosenschlitz ragte noch ein überraschend langer, seidiger Penis hervor. Er machte ein Gesicht, als hadere er mit sich selbst, als habe er gerade bemerkt, daß er etwas sehr Wichtiges vergessen hatte. Um seine Lippen bildete sich feiner Schaum, sein Gesichtsausdruck wurde eigenartig starr, die Wangen hatten eine wahrhaft blaue Färbung angenommen.

Der Mann, der neben ihm gestanden hatte, sagte »O mein Gott« und rannte hinaus. Die ganze Reihe der Urinale entlang wurden hastig Hosenläden geschlossen, und Gesichter, aus denen Betroffenheit und ein Gefühl des Ertapptseins sprach, drehten sich in meine Richtung.

Sofort hatte ich James vor Augen, wie er sich beschrieben hatte, auf langen Bahnfahrten über Leichen kniend, als Arzt, dem die Ehre gebot, Wiederbelebungsversuche zu machen, lange noch, nachdem es keine Hoffnung mehr gab. Auch erhaschte ich eben noch einen Blick auf den Araberjungen, wie er unter den knospenden Bäumen davonschlenderte, und dachte, wenn ich nicht dieser Phantasie erlegen wäre, steckte ich jetzt nicht in dieser Klemme. Dennoch glaubte ich zu wissen, was zu tun war, unter anderem weil mir unwillkürlich die Erste-Hilfe-Kurse am Schwimmbecken in der Schule einfielen, und ich kniete mich sofort neben dem Alten hin und schlug ihm hart auf die Brust. Die drei andern Männer standen daneben und durchliefen innerhalb von Sekunden eine beschämte Verwandlung vom Bummelanten zum Daumendrücker.

»Der hat sich hier nicht rumgetrieben, der hat gewußt, die Polente schnappt ihn, kaum daß sie ihn sieht«, sagte einer von ihnen und bezog sich dabei offenbar auf ihren Gefährten, der weggerannt war.

»Sollten Sie ihm nicht den Kragen öffnen?« sagte ein anderer bedauernd und wohlformuliert.

Ich zog am Krawattenknoten und machte mit einiger Schwierigkeit den obersten Knopf auf.

»Er darf die Zunge nicht verschlucken«, erklärte derselbe Mann, als ich meine Brustschläge wiederholte. Ich wandte mich dem Kopf zu, legte ihn vorsichtig niedriger; er war schwer und rutschig in den dünnen silbrigen Haaren. »Schauen Sie nach, ob im Mund etwas verstopft ist«, hörte ich den Mann sagen – und, wie als Echo von den gekachelten Wänden, die Stimme des Sportlehrers in der Schule. Ich erinnerte mich, daß wir bei diesen Übungen nur längs des Kopfes des angeblich Verletzten ausatmen durften, statt unsere Lippen auf die seinen zu pressen, und welche Erleichterung und Enttäuschung dies auslöste, je nachdem, wen man als Partner hatte.

»Ich hole einen Krankenwagen«, sagte der Mann, der bisher noch nicht gesprochen hatte, wartete aber noch eine Weile, bevor er ging.

»Ja, der holt 'nen Krankenwagen«, bemerkte der erste Mann, nachdem dieser gegangen war. Er wußte über das Verhalten der andern gut Bescheid.

Der Patient hatte kein Gebiß, und auch die Zunge schien richtig zu liegen. Ich beugte mich hinab, so daß seine reglose Schulter gegen mein Knie drückte, ergriff mit zwei Fingern seine Nase, holte tief Luft und umschloß seine Lippen mit den meinen. Durch eine Drehung des Kopfes sah ich, wie sich seine Brust hob, und als er die Luft ausatmete, änderte sich deutlich seine Farbe. Mir wurde bewußt, daß ich nicht sofort erkannt hatte, daß sein Herz aufgehört hatte zu schlagen, und unwissend einem Gefühl gefolgt war, das sich als richtig erwiesen hatte. Erneut atmete ich in seinen Mund – ein eigenartiges Gefühl, intim und doch symbolisch, ich schmeckte seine Lippen auf unpersönliche und desinteressierte Weise. Dann massierte ich seine Brust mit festem, fast anstößigem Druck, eine Hand auf der anderen; und da war er auch schon wieder zum Leben erwacht.

Es war alles so schnell und unausweichlich abgelaufen, daß ich erst, als er regelmäßig atmete und wir ihn auf einen Mantel gelegt und ihm den Hosenladen zugezogen hatten, wie von einer Welle verzögerten Hochgefühls erschüttert wurde. Ich rannte die Treppe hinauf in die milde Sonne und wartete auf den Krankenwagen. Ich mußte unablässig grinsen, und die Hände zitterten mir. Und dennoch war es zu früh, um zu begreifen. Ich hatte jemanden von der Schwelle des Todes zurückgezerrt, doch das schien in keinem Verhältnis mit dem einfachen Ablauf zu stehen, dem ich gefolgt war, der lebenswichtigen kleinen Übung, die ich mir zusammen mit all dem ungleich komplexeren Wissen aus der Kindheit bewahrt hatte, das sich nie als so nützlich erweisen würde – Konvektion, die Sonatenform, die lateinischen und französischen Namen von Vögeln.

Der Corinthian Club in der Great Russell Street ist das Meisterwerk des Architekten Frank Orme, den ich einmal bei meinem Großvater kennengelernt habe. Ich erinnere mich, wie hochtrabend und unpassend er sich aufführte, da er jüngst und wie aus Versehen in den Ritterstand erhoben worden war. Selbst als Kind hatte ich ihn als Schaumschläger und Melange gesehen, und ich freute mich, als ich dem Club beitrat und erfuhr, daß er ihn entworfen hatte, in dessen Architektur genau dieselben Eigenschaften zu entdecken. Wie Orme selbst, so ist auch das Gebäude mies und selbstgefällig; ein Paradox, das durch die bescheidenen Mittel des Clubs in den dreißiger Jahren und sein damit kollidierendes hohes Ziel bürgerlichen Pomps noch betont wurde. Geht man auf dem Trottoir vorbei, dann blickt man durch das Geländer auf einen Bereich, wo Dampf aus den Ventilatoren und den halb geöffneten Oberlichtern der Umkleideräume und Küchen tritt; man hört das Scheppern großer Speisetabletts, das Zischen von Duschen, das geistlose Selbstgefühl von Diskjockeys aus dem Radio. Das Erdgeschoß ist streng gehalten, der Portland-Stein von grün gestrichenen metallgerahmten Fenstern durchbrochen; doch in der Mitte steigert es sich zu einem üppig geschwungenen Eingang unter einem unterbrochenen Ziergiebel, den zwei fein ausgearbeitete Figuren überragen – die eine ein gedankenschwerer Negroide, die andere ein genialer Weißer –, die zusammen ein Banner mit dem Motto »Männer Aller Nationen« halten. Bevor man diesem Ruf folgt, sollte man auf die andere Straßenseite gehen und die Stockwerke darüber betrachten. So sieht man deutlicher, daß das Haus einen Stahlrahmen besitzt, der mit Nischen und Pilastern aufgedonnert ist wie etwas faktisch Nacktes, das stümperhaft verhüllt ist. An der entfernteren Ecke sieht man eine ungeheuren Anhäufung von Kartuschen und Voluten, die von einer Kuppel wie der einer riesenhaften Midland Bank gekrönt sind. Gelder und Eingebung waren damit offenbar erschöpft, und daneben, über dem zentralen Kranzgesims des Gebäudes, erhebt sich eine zweistöckige Mansarde mit den billigen Unterkünften, die der Club in der billigstmöglichen Bauform anbietet. Auf den kleinen hervorstehenden Dachgauben des unteren Mansardenstocks stellen die Bewohner des oberen ihre Milchflaschen kalt oder breiten Schwimmzeug zum Trocknen aus, ungeachtet der Taubengefahr.

Drinnen im Club herrscht eine leicht heruntergekommene Stimmung, zu bestimmten Zeiten drängt sich alles, dann wieder ist er eigenartig verlassen, wie eine Schule. Am Abend ist in der Eingangshalle ein ständiges Kommen und Gehen, man trifft sich oder trägt einander für Volleyballmannschaften oder Fitneßkurse ein. In der Halle begegnen sich die Welten des Hotels oben und des Clubs unten. Ich nahm immer die Treppe nach unten, deren Handlauf statisch aufgeladen knisterte, und ging den unterirdischen Korridor entlang zur Turnhalle, zum Kraftraum und der schäbigen Pracht des Schwimmbads.

Hier fühlte ich mich wohl, in dieser düsteren und funktionellen Unterwelt voller Leben, Zielgerichtetheit und Sexualität. Jungen ab siebzehn konnten dort in der stehenden, aphrodisischen Luft des Kraftraums an ihrem Körper arbeiten. Je älter man wurde, desto teurer wurde es einem, doch eine ganze Reihe Männer fortgeschrittenen Alters, Mitglied seit ihrer Jugend, die die welken Relikte gestählter Brustmuskeln zur Schau trugen, bezahlten nach wie vor den Preis und tapsten herein, um ein anerkennendes Auge auf die duschenden Jungen zu werfen. »Mit Bruderclubs in allen großen Städten der Welt«, deren Namen und Daten in Marmor unter der Büste des Gründers in der Halle eingraviert waren – so wurde der große Kern von Männern, die täglich trainierten, immer durch Besucher ergänzt, die einen Sprung ins Wasser brauchten oder eine Partie Squash oder einen Freund suchten. Mehr als einmal war ich in einem Zimmer des Hotels oben mit einem Mann gelandet, dem ich unter der Dusche zugelächelt hatte.

Der Corry stellte den Nutzen des Lächelns generell unter Beweis. Ein netter, schwerfälliger Mann lächelte mich dort an meinem ersten Tag an, sprach mich an, zeigte mir, was was war. Damals studierte ich noch und war ein wenig nervös, erahnte mit einer Mischung aus Furcht und Sehnsucht Szenen gnadenlosen Machismos und institutionalisierter Laster. Doch Bill Hawkins, eine Stütze des Clubs, wie ich später herausfand, um die vierzig, mit dem breiten Gürtel und dem geschlechtslosen Unterbauch des Gewichthebers, hatte einem Neuling lediglich Kameradschaft angeboten.

»Hallo, Will«, sagte er jetzt zu mir, als ich den Umkleideraum betrat und er grunzend und mit aufgerissenen Augen von einem Mammuttraining kam.

»Hi, Bill«, antwortete ich. »Wie geht's?« Das war unser unvermeidlicher Austausch, in dem eine Spur von Scherz lag, da wir beide zwar den gleichen Namen hatten, eines unterschiedlichen Buchstabens wegen jedoch wegen völlig anders genannt wurden.

»Lange nicht gesehen«, sagte er.

»Nein, war wohl so einiges los bei mir«, deutete ich an.

»Das hört man gern, Will«, antworterte er und folgte mir durch das kleine Labyrinth der Spindreihen. Ich fand einen leeren, schmiß meine Tasche hinein und begann, mich auszuziehen. Bill stand daneben, freundschaftlich, massig, gerötet, Kopf und Schultern noch schweißüberströmt. Sein irgendwie gutes Aussehen ging in seinem schweren, kantigen Gesicht unter. Er setzte sich auf die Bank, von wo aus er artig reden und mir beim Ausziehen zuschauen konnte. Das war typisch für sein Benehmen, diskret und nie anzüglich: Sein Ethos war das altmodische einer Männergemeinschaft – Freude am Mann, aber stets mit Respekt und brüderlich. Ich wußte, er würde nie eine persönliche Frage stellen.

»Dieser Phil macht sich gut«, sagte er. »Sehr hübsche Form. Meinte, er sei ein bißchen schlaff, nachdem er ein Weilchen weg war, aber ich würde sagen, er hat allein diese Woche schon wieder ein, zwei Zentimeter zugelegt.« Phil, das wußte ich, war ein Junge, für den er etwas übrig hatte; ich hatte gesehen, wie er bei ihm stand und für ihn zählte, wenn er an den Geräten war, und weil Phil ein echtes Interesse an seinem Körper hatte, konnte Bill ihn immer in ernste Analysen von Methoden und Ergebnissen verwickeln. Ich sah auch, daß Phil, der schüchtern und stämmig war, ein kniffliger Fall sein könnte, und spürte bei ihm einen Widerstand gegen Bills fröhliches und väterliches Geplapper quer durch den vollen Duschraum.

»Phil ist schon in Ordnung«, meinte ich, »aber er ist einer von den Rundlichen: Er wird immer hart arbeiten müssen.« Ich zog mein T-Shirt aus, und Bill schüttelte den Kopf.

»Du könntest auch etwas mehr tun«, sagte er und sog scharf die Luft ein. »Du hast das Zeug zur richtig großen Klasse.« Ich schaute wie bescheiden an meinem schlanken Rumpf hinab, die glatten, festen Titten, die kleine Haarlunte, die zum Gürtel hinablief.

Das Schwimmbecken des Corry erreicht man von den Umkleidekabinen über eine Wendeltreppe. Es ist der unterirdischste Bereich des Clubs, dessen hohe kassettierte Decke den Boden der Turnhalle darüber trägt. Korinthische Säulen an jeder Ecke verweisen auf das alte Rom, und fast erwartet man, die handtuchgegürteten Gestalten von Charlton Heston und Tony Curtis in eine Senatsverschwörung vertieft zu sehen. Statt dessen schreitet ein gelangweilter Bademeister in Gummilatschen den schmalen Mosaikrand des Beckens ab. Das Wasser geht bis ungefähr zwei Zentimeter an den Rand, und jede Welle schwappt auf den Boden, der schimmert und, da er uneben ist, kleine kalte Pfützen aufweist. Vermutlich legt irgendeine Vorschrift fest, wie oft der Bademeister das Becken pro Stunde umrunden muß, denn er verbindet seine Wachsamkeit mit Ruhepausen auf den Zuschauerbänken und der Lektüre eines Buchs; wenn er so eine längere Zeitspanne gesessen hat, trabt er wieder ein, zwei Minuten um das Becken, als müsse er sein Pensum erfüllen. Mir ist kein Anlaß bekannt oder wurde mir genannt, der seine Dienste erforderlich gemacht hätte.

Die Beleuchtung dieses schäbigen, würdigen unterirdischen Bades entspricht nicht seinem Dekor. Ursprünglich, wie auf alten Fotografien zu sehen ist, warfen verzweigte neoklassizistische Lampadarien ein breites Gleißen über das Wasser, während in den Ecken muschelförmige Kelche ein orangefarbenes Glühen an den pompösen Stuck der Decke strahlten. Noch bis vor kurzem konnte man oben im Foyer eine Postkarte erwerben, die unmittelbar nach dem Krieg entstanden war und weiße junge Männer in den gewaltigen, leicht obszönen, unelastischen Badehosen von damals direkt vor dem Sprung zeigt, sowie die glatten Köpfe derer, die dies schon getan hatten, als Punkte auf den dicht gedrängten Bahnen. Auf der Rückseite las man: »Der Corinthian Club, London: Das Schwimmbecken (25 yards). 1864 gegründet, stammt das jetzige prächtige Gebäude, das eine Turnhalle, Gesellschaftsräume sowie 200 Zimmer für junge Männer beherbergt, aus dem Jahr 1935.« (James hatte sogleich erkannt, daß diese Erklärung in der abgehackten, optimistischen Art eines Wochenschausprechers gelesen werden mußte.) Kürzlich war jedoch die Beleuchtung zusammen mit der Anschaffung von ein paar Dosen braunem Glanzlack und dem Ausspachteln einiger der Risse, die ein stetes leichtes Absinken und Verschieben des Bodens verursachten, neu gestaltet worden. Weg mit der gesunden Helligkeit von Sir Franks ursprünglicher Konzeption, her mit einer suggestiven Düsterkeit, in der helle Lichtlachen mit dem sie umgebenden Schatten kontrastierten. Kleine, schwache, in die Decke eingelassene Punktstrahler tauchen den Weg um das Becken nun in ein Schummerlicht wie im Kino und zeichnen die Gestalten, die sich an den Enden ergehen oder ausruhen, als Silhouetten, lassen sie schwarz erscheinen. Schwarze selbst werden in dem Bad nahezu unsichtbar, die einstmals heiteren marineblauen Kacheln machen es nun selbst mit Taucherbrille unmöglich, unter Wasser weiter als einen Meter zu sehen. Das leuchtende Weiß des traditionellen Schwimmbeckens wird hier auf perverse Art vermieden: Die Schwimmer tauchen ein und auf, ohne etwas voneinander zu bemerken, kreuzen sich bisweilen in den weichen Lichtkegeln.

All das läßt das Becken vom Rest der Welt entrückt erscheinen, doch wird der Eindruck durch die Lautsprecheranlage verwischt, die die ständige Musikberieselung – wochentags seichter Pop, sonntags Klassik – unterbricht, um Mitglieder ans Telefon oder zum Empfang zu rufen. Dabei hört man für gewöhnlich die affektierte Stimme Michaels, die Wörtern wie *Gast* und *Benutzer* die wildesten Andeutungen abringt. Diejenigen, die seine Art kennen, begrüßen jede Durchsage mit einer Freude, die der Neuling nicht teilen kann; in meiner ersten Woche im Club hatte die höhnische Durchsage, »Mr. Beckwith hat einen Mann in Empfang«, dummes Gekichere ausgelöst, während ich errötend die Turnhalle verließ.

Und im Becken ist viel Betrieb. Mit Ausnahme bestimmter trister Zeiten – früher Nachmittag, Sonntag abend – ist es voll: Freunde schwimmen um die Wette, geübte Springer tauchen fast ohne einen Spritzer ins

Wasser, die Flinken umgehen die Langsamen, man sitzt zu Gruppen in einer tropfenden Reihe am Beckenrand, Füße schnipsen Wasser, durch die Kälte geschrumpfte Schwänze stehen komisch in der Hose. Täglich werden in diesen fünfundzwanzig Yards Meilen ernsthaft schwimmend zurückgelegt, und wenn auch einige zwischen den Längen tändeln, so erblickt man von den meisten nur das Auf und Ab von Brustschwimmerrücken, die beschlagenen Brillen und die japsenden, halb abgewandten Münder der Krauler, die unablässigen spaltenden Bewegungen ihrer Arme und das sprudelnde Kielwasser ihrer Füße.

Ich ging fast täglich schwimmen, manchmal nach Übungen auf der Matte in der Turnhalle oder einem eher kurzen Abstecher in den Kraftraum. Es war eine bizarre Beschäftigung, betäubend und dennoch befriedigend. Ich schwamm schnell, wechselte zwischen Kraul und Brust, legte alle zehn Bahnen einmal Delphin ein. Meine Gedanken zählten die täglich fünfzig Bahnen so automatisch wie ein Fotokopierer; und gleichzeitig schweiften sie. Derart versunken nahm ich kaum wahr, wie die halbe Stunde – eine unerbittliche Spanne reiner körperlicher Übung – verging. An diesem Abend dachte ich viel an Arthur, spulte wirkliche und eingebildete Gespräche in Gedanken ab, während ich Bahn um Bahn in dem kühlen, düsteren Wasser wendete. Eine Woche war seit unserer ersten Begegnung vergangen, eine Woche im Bett oder nackt und träge auf dem Weg vom Bett übers Bad in die Küche; unregelmäßiger Schlaf, Betrunkensein, Filme im Video sehen. Ich war von ihm gefesselt.

Dennoch war er mir noch immer fremd und weit weniger berechenbar als ich selbst. Vielleicht fühlte er sich in der Wohnung eingeengt. Nach Stunden leerer Muße, sprang er plötzlich auf und rannte von Zimmer zu Zimmer, dabei auf Türrahmen und Stuhllehnen klopfend. Manchmal pflügte er durch die Kanäle auf dem Hifi, bis er Musik zum Tanzen fand, fegte dann umher, nackt bis auf meinen Schulstrohhut oder ein Handtuch, mit dem er herumkokettierte oder das er wie einen Fetisch schüttelte. Ich durfte diese Tänze nicht mitmachen: Wie die kleinen Runden durch die Wohnung hatten sie eine eigene geheime Kinderlogik, und sich ihm zu nähern barg das Risiko, von seinen hin und her schwingenden Gliedmaßen gestoßen oder geschlagen zu werden. Dann hörte er auf und ließ sich übermütig auf mich aufs Sofa fallen, keuchte mir ins Gesicht, küßte mich, voll tolpatschiger Laune und Verlangen.

Wir waren uns so nah, daß es mich jedesmal beunruhigte, wenn er in seine eigene Welt ausbrach: die plötzliche Trennung, ein gebrochener Bann, die leise Furcht, ihn ganz zu verlieren. Gelegentlich lachte er lauthals über etwas mäßig Witziges und lachte weiter, wobei er sich auf die Schenkel schlug und auf meinen verwirrten, verstimmten Gesichtsausdruck zeigte. Ich konnte nicht begreifen, woher dieses Lachen kam; es kam mir vor wie ein neuerer nihilistischer Teenagertick, für den ich schon zu alt war. In der Oxford Street oder der Tottenham Court Road hatte ich Kinder auf dieselbe kalte, schmerzliche, hilflose Art lachen sehen.

Es endete immer damit, daß ich das Zimmer verließ und er mir wenig später, plötzlich stumm, folgte. Dann näherte er sich mir mit starrem Blick und leckte, was ihm gerade am nächsten war. Dann war er nicht mehr die tote Seele aus der Spielhalle oder von der windigen Ecke, und ich hatte das unendlich anrührende Gefühl, ihn ganz fern der Menge zu haben, wenn er durch Clubs und Bars zog, auf der Suche nach seiner romantischen Bestimmung. Sein Fürsichsein bewegte mich, und ich wollte es in Sex ersticken und ihn ganz allein besitzen.

Am meisten außer Rand und Band war er, wenn wir tranken. Vor unserer Zeit hatte er seine Abende mit ein paar Dosen Cola und Bier verbracht, oder was ihm die Männer – schrecklich klangen sie, wenn er sie nostalgisch beschrieb – sonst spendierten, wenn sie ihn anquatschten. Jetzt aber war er täglich meinem unverdünnten Konsum von Wein, Whisky und Sekt ausgesetzt. Whisky nippte er voll Mißtrauen, er hatte noch keinen erwachsenen Geschmack dafür, Wein aber mochte er, und Sekt kippte er hinunter, als wäre es Bier, rülpste fürchterlich und kicherte nach jedem Glas. Dann mußte er mich unbedingt über seinen Zustand auf dem laufenden halten: »Ich bin ein ganz klein wenig beschwipst, William«, sagte er fast sofort. Dann: »Will? Will? Man könnte mich beschickert nennen.« Und ein, zwei Gläser später: »Mann, bin ich breit, Mann.« Erst wenn er still wurde und in die Luft starrte, »wieder besoffen« murmelte, als erinnere er sich daran, wie eine Mutter einen Vater schilt, wurde er anders. Während wir uns umarmten und an uns herumschnupperten, stieß er mich auf Armeslänge von sich und blickte mir in die Augen und wiederholte etwas, was ich gesagt hatte. Manche Wörter schienen ihn zu amüsieren oder zu beleidigen, und er machte meine Aussprache in Gassenjungenmanier nach. »Aaschloch«, dehnte er. »Weg von meinem Aaschloch.« Oder wenn wir in der Küche hockten und quatschten und ich in meinem Tran ein Essen zauberte, unterbrach er mich mitten im Wort, tanzte herum und schrie: »Neinneinnein – hör doch, nein – ›Fotzehren‹«, und kriegte sich nicht mehr ein vor Lachen. Manchmal lachte ich dann gnädig mit und ahmte seine Mimikri, da ja keiner zuhörte, noch vornehmer nach. Manchmal, packte ich ihn mir und gab ihm, was er verlangte.

Während der letzten paar Tage hatte ich dem Alkohol also etwas mehr zugesprochen, und es war um so schöner, daß ich Arthur dadurch lockern konnte, er aber nicht völlig außer Kontrolle geriet. Nie war es besser zwischen uns gewesen. Dennoch war die Erleichterung, wieder im Wasser zu sein, ungeheuer; als er am Morgen telefoniert hatte und mir sagte, er sei den Tag über weg, beteuerte etwas in mir: »In Ordnung.« Ich lieh ihm ein Hemd, vielleicht schenkte ich es ihm auch – rosa Seide, es stand seinem Schwarz nicht weniger als meinem Weiß –, küßte ihn keusch, sagte ihm, er könne zurückkommen, wann er wolle, und als er weg war, ging ich herum und öffnete die Fenster (es war ein kühler Frühlingstag). Ich bezog das Bett frisch und konnte es kaum erwarten, daß es Nacht wurde und ich mich einmal allein ordentlich ausschlafen konnte. Ich streckte und reckte Arme und Beine wie einer jener tuntigen Söhne des Morgens auf einem Stich von Blake.

Nach einer Weile erweiterte ich das Programm und jagte durch eine Serie Klimmzüge, Liegestütze und Situps – und lechzte dann nach dem Becken. So zurückgezogen war mein Leben in der vergangenen Woche gewesen – nur unterbrochen von Fünf-Minuten-Gängen in den Laden an der Ecke, um Cornflakes, Konserven und Zeitungen zu holen –, daß ich die Menschenmassen auf dem Bahnsteig der U-Bahn mit der Beklommenheit und Verblüffung betrachtete, die einen befällt, wenn man gerade aus dem Krankenhaus entlassen worden ist.

Tropfend und keuchend ging ich vom Becken in den Umkleideraum. Als ich die Schwingtür mit dem beschlagenen kleinen Fenster aufstieß, das wie in einem Restaurant Leute in Eile davon abhalten sollte, einander über den Haufen zu rennen, hörte ich das Zischen der überfüllten Duschen und spürte die warme, dichte Atmosphäre des Raums im Hals und auf der Haut. Ich schlenderte zwischen den beiden Reihen heißer Strahle hindurch, deren Gischt auf den schwarzen Kacheln tanzte, die Richtung änderte und plötzlich abgeschnitten wurde, je nachdem, wie die Männer, nackt oder in Badehose, sich drehten, ein Bein an die Wand stützten und abseiften, sich klatschend auf den Bauch schlugen oder sich, wenn die Türen zur Außenwelt aufflogen, umwandten, um zu sehen, was für eine Schönheit hereingekommen war. Ich wechselte mit ein paar Kerlen, die ich kaum kannte, einen kurzen Gruß und wählte einen freien Platz zwischen einem blassen, schwer mitgenommen wirkenden Jungen, an dessen Armen sich Tätowierungen hochschlängelten, und einem riesigen dunkelbraunen Mann, an die zwei Meter groß, wie ich schätzte, sehr rund und schwer, mit einem gewaltigen kindlichen Gesicht und nicht einem Haar auf dem Kopf – oder wie ich bald wahrnahm, am ganzen Körper. Sein geschmeidiger, schwerer Schwanz, der auf einem festen, faltigen Hodensack gebettet lag, ragte unter einer Fettrolle hervor. Der Mann seifte sich kräftig ein, verteilte über die weiche, plumpe Fläche von Hintern und Bauch einen seidigen Film und sang dabei mit munterer Unbefangenheit. Ich nickte ihm zu, wie um ihm zu sagen, daß ich sah, wie gut es ihm ging, worauf er auf eine Art zurückgrinste, die ein liebevolles, ungestümes Gemüt verriet. Ich stellte mir vor, daß er mich so streichelte wie ein Golem ein kleines Mädchen, das ihm vertraut, oder mich aus Versehen zu Tode quetschte. Ich legte Seifenschale und Shampoo ab, ließ mir das Wasser auf die Schultern trommeln und blickte mich um.

Im Corry zieht man sich bei den Spinden aus und

nimmt das Handtuch zu dem Laufrost am Ende des Duschraums mit. Oft haben die, die gerade vom Schwimmen kommen, noch die Badehose an, und mancher Hengst läßt noch ironisch eine spannungsgeladene Minute verstreichen, bevor er aufreizend lässig das Zugband aufknotet und sich aus dem winzigen Kleidungsstück schält, den Schwanz und die Eier in einem der alltäglichsten und atemberaubendsten Augenblicke überhaupt befreit. Ein, wie ich meinte, amerikanischer Kerl am andern Ende des Raums tat dies gerade; offen und adrett stand er da, schwer atmend und sich unter dem Wasser aalend, bevor er den Rücken zum Raum drehte und die glitzernde Hose löste, um einen festen, unbehaarten Arsch zu entblößen, milchweiß zwischen sonnen- oder sonnenbankgebräunten Schenkeln und Rücken. Ich selbst hatte noch meine lächerlich winzige Hose an und spürte, wie mein Schwanz gegen die Zwangslage protestierte, anschwoll und dabei schmerzte – wie nach dem Pochen, dem er jüngst ausgesetzt gewesen war.

Am Anfang hatte ich es immer peinlich gefunden, wenn ich unter der Dusche einen Steifen bekam. Doch im Corry lief viel bewußt aufreizendes Schwanzeinseifen ab, und etliche Mit-Glieder hatten hier ihre täglichen Routineerektionen. Auch die meinen waren, wenngleich weniger regelmäßig, wohl erhofft und beachtet. In der Zurschaustellung liegt eine paradoxe Stärke: Der Nackte ist gesellschaftlich stets im Vorteil gegenüber dem Bekleideten (wenngleich der Nackte dies vergessen kann, wie zahllose Farcen zeigen), und unter der Dusche war ich dreist.

Die Auswirkungen davon auf andere waren allerdings nicht unbedingt eine gute Sache. Es wäre sinnlos, so zu tun, als sähen alle Männer im Corry aus wie die

Stars in einer Zeitschrift für Körperkultur. Es gab Götter – oder wenigstens Halbgötter –, doch ein Ort, der die Phantasien so vieler, Junger und Alter, bündelte, hatte zwangsläufig sein trauriges Netzwerk unausgesprochener Loyalitäten, verstohlener und übelgenommener Blicke, unschöner Züge und erniedrigender Vernarrtheiten. Dieses nackte Gemenge, das für das Clubleben ein ritualistisches Herz war, brachte seine ganz eigenen unpassenden Anreize für ideale Verbindungen und polyandrische Happenings, die in der Welt der Jacketts und Krawatten, Fahrradklammern und Dufflecoats nicht überleben konnten. Und wie schwierig gesellschaftliche Unterschiede unter der Dusche sind. Wie konnte ich jetzt meinen riesigen afrikanischen Nebenmann anlächeln, der elephantengleich auf meine Erektion antwortete, und dabei dem grauslichen Beinahe-Jungen, der sich unter dem Strahl nebenan eins grinste, einen finsteren Blick zuwerfen?

Ich lernte James in Oxford kennen; er hatte von mir gehört, während ich nichts von ihm wußte. Es war auf einer der kleinen Partys, die mein Tutor immer samstags zur Lunchzeit veranstaltete, mit Rot- und Weißwein und Nüssen – angenehme tuntige Anlässe, wo schwule Kaplane (das heißt also: Kaplane) und die aufgeklärteren Dozenten sich mit Studenten mischten, die wegen ihrer Reize oder ihrer Verbindungen eingeladen waren, während ein, zwei sehr alte und hervorragende Leute inmitten der stehenden Gäste saßen, hofhielten und ihren Wein auf dem Teppich verschütteten. Ich war besonders von mir eingenommen: Ich fickte damals einen französischen Jungen vom Brasenose, es war ein heißer Frühsommer in meinem zweiten Jahr, und ich hatte das eigenartige Erlebnis, als ich in den dicht gedrängten Collegeraum trat, daß ich direkt hinter meinem Tutor und einem seiner Doktoranden stand, der gerade zu diesem sagte: »Ich hoffe, du hast den jungen Beckwith eingeladen; ich muß schon sagen, ich könnte mir denken, daß er dieses Jahr in voller Blüte steht...«, bevor ich sah, wie sich das Vergnügen des Doktoranden in errötendes Unbehagen auflöste. James stand in zerknittertem Leinenjackett, offenem Aertex-Hemd und ausgebeulter rotbrauner Kordhose am Fenster. Er wirkte sehr jung, unschuldig und dennoch reif, da ihm schon die blonden, dünnen Haare ausgingen. Im Gegensatz zu seiner Haut- und Haarfarbe waren seine Augen tiefbraun, und als mein Tutor uns vorstellte, sagte James: »Oh, sehr erfreut«, womit er Lust und Überraschung andeutete, und ich sagte in der groben Art, die ich damals toll fand: »Er hat wunderschöne Augen.«

Ich erröte, wenn ich daran denke, wie ich anfangs glaubte, James sei scharf auf mich, so sehr war ich in mich selbst verliebt. Ein paar Tage später begegneten wir uns bei einem Cricketmatch in den Parks (mein französischer Junge war launisch und feindselig geworden), tranken den ganzen Nachmittag lang Bier, hörten bis spät in die Nacht Wagner, und ich merkte, daß er meine Gesellschaft suchte und wir dieselben Ansichten über Jungen und Musik teilten. Wir erreichten den Zustand der Trunkenheit an der Stelle, wo Brünnhildes Opfergang nur etwa eine halbe Minute zu dauern scheint, obwohl jeder Takt noch immer eine wundervolle Offenbarung ist. Als er das Grammophon ausschaltete, aufstand und sagte: »Und nun mußt du gehen, Darling«, war ich von Freundschaft ergriffen und insbesondere davon bewegt, daß er nicht wollte, daß ich blieb. Von da an trafen wir uns fast an jedem Tag unserer Studienzeit.

Heute abend trafen wir uns im Volunteer, meiner

schwulen Stammkneipe. Von außen ein wenig Jugendstil und weltstädtisch mit rätselhaft düsteren geätzten Fenstern, erwies sich das Volunteer nach katastrophalen Renovierungen als eine ewige Parabel der Enttäuschung. Eine kleine Bar im Hinterraum, beliebt bei den Älteren, hatte sich ein wenig Charakter bewahrt, alles andere aber war zu einer weiten Fläche verwüstet worden, die für das freitag- und samstagabendliche Gedränge der Suchenden erforderlich war. Runde Tische mit gehämmerten Kupferplatten reihten sich vor der lederbezogenen Bank, die an den Wänden entlanglief. Je nach Jahreszeit brannte ein Feuer im Kamin, dessen verstellbare Gasdüsen die synthetischen Scheite nicht zu entzünden vermochten. Wenn es an war, enthüllten die Flammen Hunderte von Zigarettenkippen, die achtlos hineingeworfen worden waren.

Am frühen Abend war das Pub am wenigsten anregend. Hartgesottene Stammkunden, die sich stundenlangem Warten ergeben hatten, standen an der Bar herum und schlugen die Zeit mit dem *Evening Standard* tot, arbeiteten sich durch ein Lagerbier nach dem andern, warfen Neuankömmlingen finstere Blicke zu und tauschten Grüße in einem Ton aus, der andeutete, daß es ziemlich schlimm stand. Und so war es auch. Das Volunteer war ein zweitklassiges Homopub, und während die Schönen und Edlen einander im King's Cross oder der St. Martin's Lane anmachten, hing über jenen eine Stimmung provinzieller Verwahrlosung. Es wirkte, während ich meine Flasche Guinness erstand und mich in eine Ecke verzog, wie der Wartesaal eines Bahnhofs an einer Nebenstrecke, wo der nächste Zug erst in einiger Zeit erwartet wurde.

Einer der Barkeeper, sehr dünn in sehr engen Jeans und mit einer kummervollen, aufgesetzten Art, streunte zur Tür und schaute auf den Bürgersteig hinaus, eine lusttötende Werbung für jeden potentiellen Trinker. »Fängt an zu regnen«, sagte er zu niemand Besonderem, als er wieder in die Bar trat. James hatte natürlich einen Schirm und trabte, sehr solide aussehend, wenig später herein. Er kam direkt aus der Praxis.

»Du siehst müde aus«, sagte er. »Zuviel Analverkehr, würde ich meinen.« Dann hob er, als sei er in der Praxis, meine Guinness-Flasche hoch: »Nehmen Sie dieses Tonikum zweimal täglich, und ruhen Sie sich ordentlich aus, dann haben wir Sie bald wieder auf den Beinen.«

Es war wunderbar, ihn zu sehen, obwohl er (schätzenswert selbstlos) ebenfalls müde aussah. Ich verkniff mir eine Bemerkung dazu, denn seine Überstunden und seine ungerecht langen Sprechzeiten bedrückten ihn und ließen ihn älter erscheinen. Er setzte sich mit seinem Glas neben mich, und ich fuhr ihm mit der Hand über den Kopf, der mittlerweile bis zur Mitte kahl war. Er lächelte und drückte mir einen Kuß auf den Wangenknochen.

»Wie geht's den Kranken?« fragte ich.

»Ach, ganz gut«, sagte er.

»Irgendwas Interessantes?« Die bizarren Dinge, die die Leute bei ihm im Sprechzimmer sagten und taten, waren für uns ein wesentlicher Gesprächsstoff.

»Eigentlich nicht. Die Frau mit den Steinen war wieder da. Und heute morgen hatte ich einen Burschen mit einem ganz ungeheuren Apparat.« James war besessen von großen Schwänzen, von denen ihm wohl viele in seiner Eigenschaft als Arzt durch die Hände gingen – allerdings allzu wenige, wie ich argwöhnte, nach Dienstschluß.

»Wie groß?« erkundigte ich mich.

»Ooh ...«, er zeigte mit den Händen wie ein Angler –

»natürlich in schlaffem Zustand. Leider ein ganz unerträglich häßlicher Junge. Er war der Meinung, daß etwas damit nicht stimmte – also schickte ich ihn in die Klinik.« Er nahm einen langen Zug von seinem Bier. »Aber ein phantastischer Schwanz«, setzte er sehnsüchtig hinzu.

Ich kicherte. »Neulich wärst du stolz auf mich gewesen«, sagte ich, »als ich eine ganz heldenhafte Tat vollbrachte und einem schwulen Peer das Leben rettete.« Und ich erzählte ihm den Vorfall in der Klappe in Kensington Gardens. »Das ist nur dir zu verdanken, Darling«, sagte ich. »Ich habe mich daran erinnert, was du immer im Zug machst.«

»Ich bin stolz und beeindruckt«, sagte James. »Aber ein Lord – ein Baron, oder womöglich ein noch höheres Tier?«

»Kam mir wie ein Baron vor«, sagte ich – und mit einem dummen Grinsen: »Ein Viscount würde ja wohl nicht auf Klappe gehen . . .«

»Noch nicht«, erwiderte James bissig. »Hat er sich bei dir gemeldet?«

»Hat er nicht. Als der Rettungswagen eintraf, kam auch ein Mann und rannte herum und sagte: ›O Gott, my Lord‹ und dergleichen. Wir werden wohl nie erfahren, wer das war.« Ich schaute James an. »Und du machst so etwas jeden Tag. Mein Gott, ich würde mich danach immer herrlich fühlen . . .«

»Ja; das gibt sich, wenn dir das noch einmal passieren sollte, wirst sehen. Aber was ist mit diesem Jungen? Erzähl mir doch lieber davon.«

Ich mußte James viele Stunden mit den gnadenlosen Erinnerungen jedes Details meiner sexuellen Begegnungen gelangweilt haben. Wenn ich sagte: »Gestern abend habe ich einen verflucht schönen Mann getroffen«, war seine Reaktion oft: »Danke, ich will *nichts* davon hören«

– auch wenn das wenigstens einer Zusammenfassung der wesentlichen Ereignisse nie ganz vorbeugen konnte. Diese Routine war nun ein Scherz, wenngleich dahinter all seine Hemmungen, all die unerforschten Geheimnisse seines Intimlebens lagen. Auch daß er Arzt war, machte ihn bedachtsam und verlieh seinem Mangel an Abenteuerlust eine gewisse Autorität. Und selbst wenn ich wußte, daß er sich mit einem ausgetobt hatte, kam er nie von allein darauf zu sprechen, so daß einzelne Begebenheiten, die ich für die Ausnahme hielt, ebensogut als typisch für ein gedeihliches Liebesleben interpretiert werden konnten. Irgendwie hatte er es unmöglich gemacht, daß man ihn direkt fragte.

»Was gibt's dazu zu sagen?« antwortete ich ausnahmsweise. »Eben die reine Wonne, endloses Ficken, Lecken, Sauen.«

»Er ist also dumm.«

»Jedenfalls ist er kein Einstein.«

»Worüber redet ihr denn dann die ganze Zeit?«

»Weiß ich auch nicht. Wir haben so eine Art Babysprache – nur daß alle Wörter unanständig sind – und kichern viel und loben ansonsten das Aussehen des andern. Eines Abends waren wir im Testudo essen, und das Gespräch wurde etwas seicht. Und dann tat ich etwas ziemlich Schlimmes.« In gespielter Bestürzung senkte ich den Blick.

»Sag's nicht.« Er fixierte mich streng. »Doch nicht etwa Massimo?«

»War das nicht ganz abscheulich von mir? Aber ich mußte ihn haben . . .«

»Mein Gott!« heulte James auf. »Was bist du nur für ein Schwein. Wie hast du das bloß geschafft? Ich will es gar nicht wissen.«

»Wir sind einfach hinten raus, *nicht* aufs Klo, sondern

in diesen Hinterhof da mit den Kästen. Und ganz schnell.«

»Und der arme kleine Dingsbums?«

»Arthur? Ach, der saß ganz verträumt und ahnungslos da und wartete auf mich. Massimo hat dann sogar noch gesagt, er wolle ihn auch, aber das war mir dann doch zuviel.«

»War es so, wie wir es uns immer vorstellten?«

»Mhm. Ziemlich. Alles à la carte; Riesenportionen.« Ich geierte hilflos. »Aber ich würde es auch mal probieren – bei dem kommt bestimmt jeder . . .«

»Ich danke!«

»Aber nein, da gibt's bestimmt keine Probleme.«

»Aber es heißt doch, Kellner ...«, murmelte James in erstickter Erregung. »Ach ja, wie ist denn so Arthurs . . . Glied?«

»Ganz wunderbar. Vielleicht nicht ganz dein Geschmack – kurz, gedrungen, gnadenlos beschnitten und unglaublich elastisch und voller Charakter.«

James ließ eine Pause entstehen, in der die Leidenschaft meines Zeugnisses fast an Peinlichkeit grenzte, und sagte dann: »Dann liebst du ihn also, oder?« Ich trank einen verschriebenen Schluck Guinness.

»Das kann eigentlich nicht sein«, räumte ich ein. »Wir könnten uns nicht zusammen *Idomeneo* anhören und uns dabei seelisch tief verbunden fühlen. Es darf nur Verliebtheit sein. Manchmal glaube ich, ich kenne ihn überhaupt nicht, was der Sache einen ungeheuren Kick gibt. Und dann sind ja Holland Park und meine Wohnung für ihn eine vollkommen neue Welt. Er lebt mit seiner ganzen Familie in einer Mietskaserne. Ich habe ihn gefragt, ob sich seine Mutter keine Sorgen mache, wo er sei, aber er meinte, er komme oft nachts nicht nach Hause. Sie haben kein Telefon, deshalb kann er ihnen auch nicht Bescheid sagen. Aber ich glaube, er ist heute wieder hin – mußte zum Arbeitsamt. Aber« – und damit kam ich zum Punkt – »du hast völlig recht: Es kann nicht so weitergehen. Ich will es eigentlich auch nicht – es war eben nur eine himmlische Woche.«

Wir bummelten unter James' Schirm zum Westbourne Grove. Was mich an James ein wenig langweilte, war unter anderem, daß er Vegetarier war – mit ihm Essen zu gehen bedurfte einer sorgfältigen Planung. Schließlich aßen wir dann ein köstliches Belpoori, das fast nichts kostete und von einem Jungen serviert wurde, den James mit einer ganz neuen Dreistigkeit beäugte, während draußen der Regen niederprasselte. Vielleicht ließ der Regen unsere Gedanken zurückschweifen, zu schönen Zeitgenossen aus Oxford und wie sie Banker geworden waren oder einen Bauch bekommen oder geheiratet hatten.

Es regnete noch, als wir gingen, und so unterdrückte ich meine Vorliebe für die U-Bahn und winkte mir ein freies Taxi, das herangefahren kam. Der Fahrer wirkte unbeeindruckt, als ich James einen recht ostentativen Abschiedskuß gab und ihm dabei mit der Hand über den Hintern strich. Er war so liebenswert, schüchtern, männlich, ich begriff nicht, warum er nicht mehr und öfter Verehrer hatte. Aber wenn ich es nicht sein konnte, dann gab es vielleicht einen Grund, warum andere es auch nicht sein konnten: Er strahlte nicht genügend Sex aus, sein Geschmack war zu fein für die Ex-und-hopp-Welt der Clubs und Bars. Wir hatten ein-, zweimal zusammen geschlafen, uns aber beide nicht ganz gelöst gefühlt, und so passierte nicht mehr als Küssen und Kuscheln.

»Bis dann, wenn das alles vorüber ist, Darling«, sagte ich und schlüpfte aus dem Schutz seines Schirms ins Taxi, wobei ich, was ich instinktiv immer mache, auf die

Hand des Fahrers am Lenkrad blickte, ob er einen Ehering trug. Ich hatte schon schöne Erlebnisse mit Taxifahrern gehabt, und selbst Heteros konnten solche Tiefen der Frustration erreichen, wenn sie so in ihrem Taxi festsaßen und Tag für Tag Hunderte von Meilen abspulten, daß sie gern auf eine halbe Stunde hereinkamen und Zoten rissen, oder man konnte ihnen ein Video zeigen und ihnen einen lutschen. Der hier allerdings führte nicht in Versuchung und schien wie verwachsen mit seiner dikken fetten Taxikiste.

Als wir die belebten, von Geschäften erhellten Straßen hinter uns ließen und in die exklusive Ruhe von Holland Park einbogen, gähnte ich und blickte voll Vergnügen auf die verlassenen Gehwege, die glitzerten, wo eine Straßenlampe stand, die überhängenden knospenden Bäume in den Vorgärten, die gedankenlose Stabilität, die der Reichtum den kleinen Villen dahinter gewährte, in denen gelegentlich durch ein Fenster – die Vorhänge zuzuziehen erachtete man als unnötig – Bücher sichtbar wurden, die bis zum Deckenstuck reichten, oder Gestalten, die sich mit Gläsern in der Hand bewegten, diskrete Beleuchtung, die Bilder in mattgoldenen-Rahmen hervorhob.

Ich bezahlte den Fahrer am Tor und lief über den kurzen Kiesweg zur Seitentür des dunklen Hauses, die zur Treppe zu meiner Wohnung führte. Eine kleine Lampe glomm darüber, und die Nässe tröpfelte von den kahlen Zweigen der Kletterpflanze, die den zurückgesetzten Eingang einrahmte. Mein Herz tat einen Sprung, als ich im Schatten auf dem Boden eine zusammengesunkene Gestalt sah, die dort Schutz vor dem Regen suchte.

In einen Ton irritierter Humorigkeit verfallend, sagte ich: »Arthur, was zum Teufel tust du denn hier?«

»Mensch, ich dachte schon, du kommst nie«, sagte er

mit angespannter Stimme und schniefte kräftig. »Ich wart hier schon 'ne Ewigkeit.«

»Aber ich wußte doch nicht, daß du heute abend noch kommen würdest.«

Statt einer Antwort erhob er sich und kam auf mich zu. Ich spürte seinen schweren Atem auf dem Gesicht und den Ärger, daß er da war, wahrscheinlich, weil er mir einen Schrecken eingejagt hatte. Er packte mich mit seinen langen, kräftigen Händen an den Oberarmen und drückte sich an mich. Der Regen fiel auf uns herab, aber als ich die Hände hob, um ihn zu umarmen, merkte ich, daß er schon völlig durchnäßt war; die feuchten Sachen, die sein Körper wärmte, verkühlten ihn gleichzeitig.

»Baby, du bist ja ganz naß«, sagte ich in einem praktischen Ton. »Du hättest sagen sollen, daß du kommst.« Ich löste mich von ihm und tastete nach den Schlüsseln. »Komm rein, und zieh alles aus«, rief ich, während ich mich an den Gedanken gewöhnte, daß er wiedergekommen war; daß er nicht wegbleiben konnte, ließ mich nicht unbewegt. Ich trat an ihm vorbei und schloß die Tür auf, schaltete das Licht an und ging durch den Flur zum Fuß der Hintertreppe. Er zögerte, kam dann auch herein, seine Füße quatschten in den durchweichten Turnschuhen, und stieß die Tür zu.

Ich wandte mich ihm mit einem Lächeln wieder zu, schon voll mütterlicher Zuneigung. »Baby«, wisperte ich ... »Mensch, was hast du denn da gemacht.« Er schniefte und fuhr sich mit dem Handrücken über Nase und Mund. Er zuckte unter dem Licht zusammen. Über seine rechte Wange zog sich ein breiter Schnitt, der verkrustet und blutverschmiert war. Eine purpurne Patina aus Blut zeichnete sich an seinem schwarzen Hals ab. Das rosa Seidenhemd, das ich ihm gegeben hatte, war oben rechts unter der schmuddeligen alten Strickjacke blutgetränkt, die frische Farbe lief durch den regennassen Stoff aus. Wieder verspürte ich die Angst, unwissentlich in etwas Schlimmes verwickelt zu sein. Er hatte etwas Abstoßendes, Nachlässiges an sich, seine Nase war mit blutigem Rotz verstopft und seine Augen müde geweint (auch wenn er diese Schwäche mit einem rebellischen Blick zu überspielen suchte). Dabei war er jedoch völlig hilflos: Alles an ihm verlangte nach Hilfe.

Wir gingen nach oben. Ich war erleichtert, daß niemand im Hauptteil des Hauses war. Er folgte mir matt, der nasse Kord scheuerte an seinen Schenkeln; hastig blickte ich an der Treppenkehre hinab und sah seine verschmierten braunen Fußspuren auf dem Teppich.

In der Wohnung half ich ihm beim Ausziehen. Er stöhnte vor Schmerzen, als ich ihm den Arm nach hinten bog, um das Hemd abzustreifen. »Paß doch auf, du Idiot, die Schulter«, stieß er hervor, und mit zitternden Fingerspitzen fuhr ich ihm sanft über den Rücken, und heftig sog er die Luft ein, als ich an eine Schramme kam, die geheimnisvoll aus der Schwärze seiner Haut hervorquoll. Er war durchgefroren und zitterte, kläglich ließ er die Unterlippe hängen. Ich zog ihm die Schuhe aus und stellte sie auf die Türmatte, ich wurde immer praktischer, konzentrierte mich auf das unmittelbar Notwendige. Gleichzeitig wurde er immer passiver und träger. Ich machte den Reißverschluß auf und zerrte ihm die enge, regenglitschige Kordhose und das knappe Höschen über Arsch und Schenkel; mit einiger Mühe hob er nacheinander die Füße, damit ich ihm die nasse, widerstrebende Hose herunterziehen konnte, während ich vor ihm kniete und dabei seinen eingeschrumpften Schwanz und den Hodensack, der vor Kälte und Angst ganz fest gerunzelt war, in den Blick bekam.

Ich schaffte ihn ins Badezimmer, wo ich ihn hinsetzte

und mich dann daranmachte, seine Wunde zu säubern und zu verbinden. Das war sehr schmerzhaft, doch abgesehen von einem gelegentlichen Autsch sagte er nichts. Ich nahm etwas Mull, den ich im Schrank fand, und befestigte ihn mit mehreren kleinen Pflasterstreifen. Wenn James zurück war, würde ich ihn anrufen. Ich ließ ein heißes Bad ein und brachte Arthur dazu, sich hineinzusetzen, dann drückte ich mit dem Schwamm vorsichtig Wasser über seinen Rücken, wusch ihm die flache, muskulöse Brust, hob seine Arme und seifte ihm Achselhöhlen und Seiten ein. Dann fuhr ich ihm mit der Hand zwischen die Beine und streichelte Schwanz und Sack. Er lehnte sich in der langen, tiefen Wanne zurück, wie um sich zu entspannen.

»Darling, was war los?«

»Ich hab mich geprügelt.« Er blickte mich ärgerlich und bekümmert zugleich an. »Ich wäre nicht zurückgekommen, aber ich wußte nicht, wo ich sonst hinsollte. Ich wollte dich nicht da mit reinziehen.«

»Mit wem hast du dich geprügelt?«

»Mit meinem Bruder – Harold. Meinem großen Bruder. Er hatte ein Messer – hat mich damit gestochen –, die Drecksau hat mich damit gestochen.« Er sah mich mit einer Art müder Empörung an. »Ich kann da nicht mehr hin, mein Bruder bringt mich um. Er weiß nämlich nicht, wo ich jetzt bin, hier. Ich muß hier bleiben – eine Weile, Will.« Er klatschte mit den Händen ins Wasser. Wieder sickerte Blut durch den Mullverband. Er sah ganz schief und komisch aus und zutiefst aufgewühlt. Tränen rannen ihm hemmungslos übers Gesicht und über das wasserdichte Rosa der Pflasterstreifen. Ich betupfte sie mit dem Schwamm, und er schüttelte den Kopf und zuckte und zuckte wieder, weil sich die Wunde, durch das Zucken verzog. Dennoch und seinem Elend zum Trotz war sein Schwanz in meiner anderen Hand unter Wasser steif. Ich wichste ihn langsam, kleine Wellen schlugen rhythmisch an den Wannenrand.

»Will«, sagte er, als müsse er es loswerden, bevor er sich hingab. »Ich hab den Kumpel von meinem Bruder umgebracht.«

2

Ich beendete meine fünfzig Längen und saß noch eine Weile am flachen Ende, die Füße im Wasser, die Brille wie ein zweites rauchiges Augenpaar auf den Kopf zurückgeschoben. Phil war aus der Turnhalle gekommen und führte eine kurze und mühevolle Runde Delphin vor: Kurz vor Ende seiner letzten Bahn machte er noch ein paar mechanische Züge, stand dann auf und watete zum Rand. Ich nickte ihm lächelnd zu.

»Alles okay?« sagte er, als wolle er nicht mit mir reden oder wisse nicht, wie. Ich betrachtete sein Profil: ein kräftiges, angenehmes Gesicht, das sich zwischen dem Ende der Schulzeit und den mittleren Jahren wohl kaum verändern würde, ein nicht neugieriger, verläßlicher Blick. Aber er entwickelte sich. Seine Titten wölbten sich eindrucksvoll; und als er die Hände an die Schläfen hob und die nassen Haare zurückstrich, verdoppelte sich sein Bizeps geschmeidig, elegant wie sich paarende Tiere. Er hätte ebensogut beim Militär sein können, nur daß seine Übungen an den Gewichten darauf hindeuteten, daß er sich um ein eigenes Bild von sich selbst bemühte, um einsame Perfektion. Wie so oft, wenn ich weiß, daß jemand scharf auf einen ist, den ich ansonsten übersehen hätte, wurde mir bewußt, daß Bills Appetit auf ihn auch mir den Jungen schmackhaft machte, und ich betrachtete ihn lüstern und buhlerisch.

Es wurde spät. Ich hatte mir in der Turnhalle bewußt Zeit gelassen und mich eine Zeitlang ein paar sehr geschmeidigen und gescheiten malaysischen Jungen angeschlossen, die am Barren übten. Der alte Andrews trainierte sie – ein Mann, dem mit seiner geraden Haltung und seinen drahtigen Gliedern noch immer die Steifheit des Exerzierplatzes anhaftete und der vermittels seiner eigentümlichen Anomalie in dem demokratisierenden Ambiente des Corry immer nur als Andrews bekannt war: Andrews selbst trug dies als Zeichen eines Gleichheitsverständnisses alter Schule, wenngleich es aus dem Mund der Jungs, die bei der Flanke und Balance buchstäblich durch seine Hände gingen, zuweilen auch wie eine Befehlsformel alter Schule klang. Er war ein schwieriger, fordernder Mann, von dem diejenigen, die die Turnhalle häufig benutzten, schmallippige Zuneigung erlangen konnten. An diesem Abend brauchte ich nach der Aufregung zu Hause seine Disziplin, und die asiatischen Jungs mit ihrem intuitiven Sinn für Raum und Balance und ihrem breiten, höflichen Lächeln verhalfen mir zu einem kurzen Gegenmittel gegen Arthur und unseren gemeinsamen Schwierigkeiten. Dann hatte mich das nahezu leere Becken, das Wasser schwappte über den Rand, noch weiter ermüdet und beruhigt. Ich sah zu, wie Phil aus dem Becken schnellte, mich flüchtig anblitzte, befangen, aber, wie ich fand, auch irgendwie erfreut, und zur Treppe schlenderte. Seine Badehose wurde zu klein für das Fleisch, das er am Arsch ansetzte.

Es wäre banal gewesen, ihm zu schnell zu folgen, und so plätscherte ich noch einen Augenblick herum. Unterdessen näherte sich ein Kopf, alt und groß, über Wasser gehalten, doch mit einer unheimlichen Ausdruckslosigkeit, bedingt durch eine rosa getönte Brille und eine weiße Plastikbademütze. Er kam äußerst langsam voran, und immer wenn er hochkam und blasse, schwere Schultern sichtbar wurden, waren offensichtlich die Arme schwach geöffnet, die Beine kraftlos zurückgestoßen worden. Als er ganz nahe war, tauchte er einige Sekunden lang völlig unter, kam dann wieder hoch, den Blick auf mich gerichtet, was er schon unter Wasser deutlich getan hatte, hielt inne und erhob sich zu der vollen Höhe eines fetten, tropfenden, schnaufenden alten Mannes mit weichen hängenden Brüsten. Als er die Brille in die Stirn schob, war ich mir gewiß, daß dies seine Lordschaft war.

Meine Neugier auf ihn verzögerte meine Überraschung darüber, daß er gerade zehn Tage nach dem Herzstillstand schon wieder auf den Beinen und körperlich aktiv war. Und andererseits gab mir etwas Abnormes an ihm das Gefühl, daß alle seine Äußerungen unberechenbar und miteinander unvereinbar sein würden. Er starrte mich an oder besser durch mich hindurch, und ich fragte mich, was ich sagen sollte, bis zu welchem Grad ein Wiedererkennen stattfand. Er weiß ja überhaupt nicht, wer ich bin, dachte ich; er schaut nur einen hübschen jungen Mann an; er würde mich wohl kaum wiedererkennen können. Und wie um dies zu bestätigen, schien er plötzlich völlig abwesend zu sein, jeden Moment von der Bildfläche zu verschwinden. Er wandte sich ab und trat langsam zu den Stufen an der Ecke des Beckens; Nigel, der Bademeister, schaute kaum von seinem Buch auf, als der Alte sich heraushievte und mit schweren, wankenden Schritten zur Treppe ging. Ich wartete, bis er sie erreicht hatte, und stellte mir schon einen ähnlichen Zwischenfall wie den in der Toilette von Kensington Gardens vor.

Im Duschraum fand der belebte Durchgang statt: Eine jener plötzlichen und unvorhersehbaren Schwankungen der Wassertemperatur ereignete sich gerade, als ich eintrat, und nackte Männer stießen katzenartige Schreie aus, als sie unter den brühend heißen Strahlen hervorsprangen. Mit schnellenden Handbewegungen wurde versucht, die Temperatur zu regulieren, Dampf erfüllte die Luft, durch den eine Impression bacchantischen Rosas schimmerte, die Farbe angelsächsischen Fleischs, das von der gerade noch erträglichen Hitze gerötet war. Ich war noch warm von den Übungen und duschte mit nahezu kaltem Wasser, wobei ich die seltsame Vielfalt der Körperformen beobachtete, die einen zögernden Rückzug in die saubere, bekleidete Welt antraten.

Seine Lordschaft war über die Temperatur seiner Dusche empört und unternahm schwache Anstrengungen, sie richtig einzustellen. Er sah unglücklich aus, die Gummikappe, die er aufbehielt, verstärkte noch das Babyweiß seines Körpers. Er machte kleine Schritte vor und zurück und blickte sich mit leicht geöffnetem Mund um, wobei er die unteren Zähne zu einem feinen Lächeln entblößte. Unter seinem runden Bauch hing eine buntgestreifte Badehose mutlos herab. Es kam mir in den Sinn, daß ich ihn vielleicht schon oft hier gesehen hatte, ihm aber nie, so eingeschränkt war mein Gesichtskreis, Aufmerksamkeit geschenkt hatte, bis er dann vor mir zu Boden gefallen war und an meine Hilfsbereitschaft appellierte hatte.

Jetzt war er in eine der üblichen Ständershows unter der Dusche geraten, denn zu beiden Seiten neben ihm und ihm gegenüber stellten drei Tunten ihre horizontalen Glieder aus, wobei sie sich von Zeit zu Zeit umdrehten, sie verbargen oder herzeigten, dabei aber kaum Blikke austauschten. Der Alte nahm nur wenig Notiz davon, da er womöglich aus langer Erfahrung wußte, daß dies nur selten etwas bedeutete oder zu etwas führte, daß es eine kurze und hilflose Kapitulation vor dem Treibhaus Dusche war. Binnen kurzem könnte der Ständer mit der törichten Perfektion einer Busby-Berkeley-Nummer vom einen Ende des Raums zum andern tänzeln.

Ich war neugierig, wie das auf Phil wirken würde, der sich auf eine gründliche, etwas zu kernige Art wusch. Zwar warf er schüchterne Blicke auf das Geschehen, sein unscheinbarer kleiner Schwanz aber regte sich nicht. Ein Paar zypriotischer Männer, die sich laut und ungeniert auf griechisch unterhielten, alte Freunde mit dicken Schnäuzern und vor Muskeln rechteckigen Figuren, schäumten sich affektiert den Kopf ein; einige grauere Exemplare, Voyeure, die nur der Dusche wegen kamen, strichen hungrig am andern Ende des Raums herum.

Ich war recht schnell und folgte seiner Lordschaft hinaus auf die Trockenfläche. Er hatte ein grobes altes Handtuch im Grau von Anstaltswäsche. Er knüllte es zu einem Knäuel und tupfte sich damit ab; sein Atem war fast ein Pfeifen, das immer kurz davor war, in eine bekannte Mozart-Melodie überzugehen. Ich lief mich abtrocknend umher und wickelte mir dann das Handtuch als eine Art polynesischen Rock um die Taille. Ich konnte nicht umhin, während ich einen Schritt vortrat, um seine Aufmerksamkeit zu wecken, zu ihm zu sagen:

»Geht es Ihnen wieder besser?«

»Hallo, hallo«, sagte er, keineswegs erstaunt. »Meine Güte ...« Er blickte sich um, als würde sich gerade irgend etwas anderes Interessantes zutragen.

»Ich war überrascht, als ich Sie da so kurz nach Ihrem ... Unfall schwimmen sah.«

»Schwimme gern, wissen Sie«, sagte er prompt. »In dem wunder-, wundervollen Wasser treiben.« Ich wartete darauf, daß er erkannte, worauf meine Bemerkungen abzielten. Aber er sah mich nicht einmal richtig an. »Wissen Sie, daß ich seit über vierzig Jahren hier schwimme? O ja – hin und her. Ich bin mittlerweile wohl einmal um den Erdball geschwommen – wenn man alles addiert, wissen Sie. Plitsch-platsch, flapp-di-wapp!« Ich erkannte schon den abwesenden Ton, mit dem er dieses alberne Wortgeklingel produzierte, als wolle er Einwänden zuvorkommen, indem er Raum und Zeit mit Unsinn füllte. Aber dennoch wollte ich ihn an diesem Punkt noch nicht damit entlassen.

»Ich war nämlich dabei«, bemerkte ich sachlich, »in den Kensington Gardens, als sie krank wurden.«

Er schaute mich mit plötzlich geweckter Aufmerksamkeit an. »Diese üble Geschichte habe ich jetzt gänzlich überwunden«, sagte er geduldig.

»Ich war nämlich«, setzte ich nach, »derjenige, der sich um Sie gekümmert hat . . .«

Das schien ihn ziemlich umzuhauen, und er war schon auf dem Weg zum Umkleideraum, als er es sich überlegte und gewissermaßen von der Seite zu mir zurückkam. Sein Blick tastete mich von oben bis unten ab und blieb an meinen langen, auseinanderstehenden Zehen hängen, während er sagte: »Sie waren also der Bursche, der, ähm, keuch-keuch, japs-japs . . . na so was, meine Güte. Mein lieber Junge!« Er wußte nicht, was er tun sollte.

»Jedenfalls«, sagte ich, von seinen Dankbarkeitsbekundungen enttäuscht, »freut es mich zu sehen, daß Sie wieder gesund sind« – und wandte mich ab, kam mir blöd vor und war ein wenig verärgert.

Es war das Jahr von Trouble for Men, ein Körperpuder und Aftershave von besonderer Anzüglichkeit, das ohne weitere Werbemaßnahmen die schwule Welt innerhalb weniger Wochen durchdrungen hatte. Jede Bar, jeder Umkleideraum war davon durchzogen, man roch es in der U-Bahn oder wenn man über die Straße wollte. Es lag in der Luft, und wäre dafür geworben worden, es wäre vielleicht als dekadent und unwiderstehlich bezeichnet worden. Als ich wieder in den Umkleideraum trat, kam ich durch eine Wolke von Trouble for Men, nahm zunächst den durchaus anregend naturfrischen Duft wahr, bis ich die blassere, bläulich-grüne Weiblichkeit darin entdeckte.

Ich sah, daß mein Spind an jenem Abend neben dem von Maurice war – ein schlanker schwarzer Boxer, hetero und einer der attraktivsten Männer im Corry, hohe Stirn und verschmitzter, sentimentaler Gesichtsausdruck. Ich fragte ihn nach einem Kampf, der kommende Woche steigen sollte, und während er mit mir redete, täuschte er ein paar Schläge gegen mich an. Unwillkürlich wich in ein paar Zentimeter zurück, und meine Bauchmuskeln spannten sich. »Keine Sorge«, sagte er. »Ich schlag dich nicht – hart«, und er grinste und und gab mir einen Klaps aufs Ohr. Wenn das Leben nur immer so einfach wäre, dachte ich, als er sein Turnhemd auszog und seine Lordschaft, unruhig um sich schauend, am Ende der Spindreihe wieder auftauchte.

»Ich bin Ihnen wirklich ganz schrecklich verbunden«, sagte er laut, als er mich sah, und ich stellte mich darauf ein, das Gespräch halb bekleidet unter der beiläufigen Aufmerksamkeit der ganzen Männer, die um uns herum standen oder saßen, zu führen.

»Nicht der Rede wert«, sagte ich lebhaft, das krasse *double entendre*, das bei den andern entstehen konnte, war mir peinlich. Er kam näher, und Maurice trat mit amüsiert hochgezogener Braue beiseite.

»Bis dann mal«, sagte er und ging unter die Dusche.

»Wie heißen Sie?« erkundigte sich seine Lordschaft und setzte mit der bemühten christlichen Offenheit eines, der gelernt hat, wie es bei Mannschaften und bei der Wohlfahrt ist, hinzu: »Ich bin Charles.«

»William«, entgegnete ich (auch wenn man mich nicht oft so nennt).

»William, ich möchte mich Ihnen gern erkenntlich zeigen. Herrgott«, fügte er theatralisch hinzu. »Ihnen verdanke ich doch, daß ich jetzt hier bin.«

»Das ist wirklich nicht nötig. Ich habe nur getan, was jeder getan hätte.«

Er streckte einen Finger aus und klopfte mir damit an die Brust. »Lunch«, sagte er und nickte dazu. »Sie kommen mit zum Lunch – in meinem Club, nichts Besonderes, aber ganz nett.«

»Ach, das ist aber sehr freundlich von Ihnen ...« Ich fand es verlockend, weil ich meinte, er sei interessant und hätte vielleicht etwas Spannendes zu erzählen. Wenn er mir auf die Nerven ging, mußte ich ihn ja nicht wiedersehen: Schließlich war da noch Arthur und die noch seltsamere Sache von Familie und Liebe und Schuld, und ich wollte mir eher nicht noch etwas Neues aufhalsen.

»Sie sollten Freitag kommen, denke ich«, sagte er. Dann: »Wer weiß, am Freitag kann ich schon tot sein. Vielleicht besser morgen – bis dahin dürfte ich noch flink sein.« Das war ein bizarrer Sprachgebrauch, den ich erst nach ein, zwei Sekunden begriff; vor mir entstand flüchtig ein Bild, wie er mich um einen riesigen Mahagonitisch jagte.

»Ach, das wäre sehr nett.«

»Nett für mich, William«, beharrte er.

Für ihn schien die Sache ausgemacht, und er zog von dannen, wobei er sich das Handtuch vorhielt, als erwartete er, gleich gegen etwas zu stoßen. Ich mußte ihm nach, wenn ich mich fertig angezogen hatte, um mich zu erkundigen, um welchen Club es sich überhaupt handelte und unter welchem Namen man ihn fand.

Zu Hause war es immer sehr heiß; die Zentralheizung lief auf Hochtouren, als fürchteten wir, entdeckt zu werden, und oft hielten wir die Vorhänge den Tag über zugezogen, obwohl die Wohnung oben lag und nicht eingesehen werden konnte, so daß nur ein sanfter Schimmer rosa Licht von draußen in die Zimmer drang. Dieses Klima wurde kaum bewußt geschaffen; Menschen in einer Krise pflegen oft ihre Umgebung zu verwandeln, die Elenden sitzen kalt in der Dämmerung, ohne das Licht anzuschalten, und die Gefährdeten, wie Arthur und ich, wollen Rosarot und Sicherheit.

Der Halbschatten half, uns voreinander zu verbergen. Sobald uns die neue Lage durch Arthurs Rückkehr aufgezwungen worden war, mußte ihn, ebenso wie mich, angesichts unserer Unvereinbarkeit der Mut verlassen haben. Mit dieser neuen Beklemmung geschlagen, scheuten wir uns, den andern zu behelligen oder zu belasten. Er verbrachte viel Zeit damit, zu schlafen oder im Sessel zu sitzen; und er badete lange und oft. Sehr jung und besorgt, wie er war, schien er meine Ablehnung zu fürchten, und seine Haltung mir gegenüber wurde zu nervöser Achtung; ging ich ins Eßzimmer und las dort allein, kam er mit einer Tasse Tee herein und berührte mich am Arm. Ohne meine heftige und sexuelle Verliebtheit in ihn wären diese Tage absolut unerträglich gewesen. Aber auch so gab es immer wieder Ausbrüche von Widerwillen, sowohl gegen ihn wie auch gegen meine eigene Anfälligkeit. Der Sex gewann eine nahezu reinigende Qualität, als könnten wir nach Stunden der Trägheit und des Einander-Ausweichens unsere unausgesprochenen Ängste in ungestümer, wortloser Aktivität verbrennen. Der Sex wurde zur Rechtfertigung dafür, daß Arthur da war, zur Bestätigung dafür, daß wir nicht nur zwei Fremde waren, die durch einen verhängnisvollen Fehler zusammen in der Falle saßen.

Das drängendste Problem in der ersten Nacht war gewesen, ihn wieder zusammenzuflicken. Ich log James am Telefon etwas vor und empfand eine plötzliche Traurigkeit darüber, Komplize zu sein. Ich sagte, wir hätten in der Küche herumgetollt und dabei habe es einen Unfall mit einem Messer gegeben. Prompt kam er mit dem Auto, und ich ging nach unten, um ihn hereinzulassen. Fast ohne daß es peinlich war, übernahm er seine Arztrolle, wobei seine Flinkheit als Mediziner nicht ganz seine Neugier verbarg. Arthur lief in meinem Morgenmantel herum, er fürchtete den Arzt; als ich sie einander vorstellte, dachte ich, James würde ihn attraktiv finden, wenn auch der Notverband auf seiner Wange den Gesamteindruck verdarb.

Er mußte genäht werden und bekam eine Spritze. Aus einiger Entfernung beobachtete ich, wie James in der intimen, ernsthaften Arbeit versunken war, eine lange Reihe von Stichen unter die Haut zu legen und die Haut sauber darüber zusammenzuziehen. So, sagte er, würde die Narbe kleiner werden. Arthur warf mir während der Prozedur kleine tränenerfüllte Blicke zu, und ich schaute fest und aufmunternd wie ein Vater zu, dessen Kind notwendige Qualen über sich ergehen lassen muß. Auch James' Sachverstand berührte mich, wie seine geschickten, schmalen Hände Arthurs Kopf hielten, wie er sich entschlossen an eine Aufgabe machte, die ich niemals für ihn hätte durchführen können. Als es geschafft war, sah Arthur aus, als habe er eine verdiente Rüge erhalten und nun das Schlimmste überstanden, das Gesicht zerknirscht und ganz verschwollen.

James wusch sich die Hände und sagte: »Und jetzt einen Whisky.« Während ich ihm einen eingoß, schüttelte er ungläubig den Kopf. »Mach das nicht noch mal, Will«, riet er mir. »Macht mir verdammt angst.« Die Ungewißheit all dessen kam mir in den Sinn: Er glaubte offensichtlich, wir hätten uns geprügelt, und machte sich seinen eigenen Reim aus dem, was selbst eine Lüge war. Es war fast belustigend, wie weit er von der Wahrheit entfernt war. »Ich frage dich nicht, wie das passiert ist.«

»Ach ...« Ich wedelte mit den Armen. »Du weißt ja.« Ich sah, daß er zwar über das alles entsetzt, aber auch davon beeindruckt war: Ich täuschte das Glühen eines tief aufgewühlten Menschen vor, dessen nachlassende Heftigkeit als Nachhall eines gewaltigen erotischen Ausbruchs verstanden werden konnte. Arthur war ins Schlafzimmer gegangen, und ich sehnte mich danach, James alles zu sagen, mich auf der Stelle zu offenbaren. Doch fürchtete ich mich vor seinem Rat, der Notwendigkeit zu handeln, die daraus erwachsen würde. Ich blieb stehen und hielt das Gespräch knapp und oberflächlich, damit James jegliche persönliche Bemerkung über den Jungen, von dem er so viel gehört hatte, peinlich war. Ich ließ James in schroffer, angstvoller Manier auflaufen.

Doch nachdem diese praktischen Maßnahmen ergriffen waren, begann das unpraktische Tag-für-Tag mit Arthur und mir in der Wohnung. Uns blieb nur Nichtstun. Das Leben in dieser Woche war eine schwarze Parodie des Lebens der Woche davor. Da waren wir noch aus Lust zu Hause geblieben; jetzt durften wir es nicht riskieren hinauszugehen. Ich war frei, doch Arthur wagte keinen Schritt vor die Tür und war nervös, wenn er alleingelassen wurde. Gewöhnliche Geräusche wie ferne Polizeisirenen auf der Holland Park Avenue nahmen für uns beide etwas vom Grauen der Vergeltung an. Mit einem Schock wurde mir bewußt, daß mein Herz raste, wenn ich sie hörte, und der Blick, den wir austauschten, wenn sie verklangen, mußte Arthur mitgeteilt haben, wie groß meine Angst war.

Nach drei solchen Tagen war es herrlich gewesen,

zum Corry zu gehen, und als ich nach Hause kam, erwähnte ich Lord Nantwich und meine Abenteuer nicht. Ich sah sogleich, daß es wesentlich war, sie für mich zu behalten. Sie waren mein Recht auf Privatheit außerhalb dieses aufgezwungenen gemeinsamen Wohnens. Als ich in die Gluthitze der Wohnung trat, war Arthur ruhelos und erleichtert, mich wiederzusehen. Während ich weg war, hatte er sein Äußeres verändert und die Zöpfchen aufgelöst, obwohl seine Haare noch weitgehend so gekämmt und verzwirbelt waren wie zuvor und in wilden Spiralen abstanden. Die Schwellungen in seinem Gesicht gingen zurück, und allmählich sah er wieder schön aus; der Schutzverband auf seiner Wange war beinahe Dekoration. Doch als er so in meinem alten roten Pulli und meinen Armeeklamotten dastand, empfand ich etwas wie Haß auf ihn und sein Bedürfnis, sich mit meinen Sachen zu verkleiden.

Die erste halbe Stunde war ziemlich übel, ich konnte mich nicht beherrschen. Ich schenkte mir ein Glas ein, ihm gab ich keins – was ihm nichts auszumachen schien. Mein einziges Verlangen war, mit Dingen um mich zu werfen, einen Sturm zu entfachen, um die drückende Hitze zu vertreiben, mich zu behaupten. Doch statt dessen räumte ich schmallippig alles peinlich sauber auf, ohne ihn eines Blicks zu würdigen. Er lief mir hilflos nach, erzählte erst Witzchen aus dem Fernsehen nach, Dialoge aus *Star Trek*, verstummte dann aber. Er war verwirrt, wollte offen sein für das, was ich wollte, merkte dann aber, daß er mich nur noch mehr aufbrachte. Dann schleuderte ich den Stapel Zeitungen, die ich aufsammelte, quer über den Fußboden und machte mich über ihn her – zog ihm die Hose über die schmalen Hüften, ohne sie aufzuknöpfen, warf ihn irgendwie zu Boden, zerrte kurz und brutal an ihm herum und fickte ihn erbarmungslos durch. Es stieß gepreßte Schmerzensschreie aus, ich aber bellte ihn an, er solle das Maul halten, und in schöner Unterwerfung biß er die Zähne zusammen.

Dann ließ ich ihn stöhnend auf dem Fußboden liegen und ging ins Bad. Ich weiß noch, wie ich mich im Spiegel sah, blaßrot, erregt, entsetzt.

Ich zog mich ganz aus und ging ein paar Minuten später wieder ins Wohnzimmer. Ich weiß nicht, ob es nur seine verwirrte Bereitschaft war, das anzunehmen, was ich ihm gab, oder ob er wirklich die absolute Zärtlichkeit verstand, die ich nun für ihn empfand, als ich ihn aufhob und aufs Sofa fallen ließ; doch er hielt mich ganz fest, als ich mich zu ihm legte. Ich war der einzige Mensch, den er hatte; gerade das Melodramatische daran hatte mich zuvor abgestoßen, doch eine Weile lang gestattete ich mir, es anzunehmen. Ich hatte mich davor geekelt, wie er mich brauchte, doch jetzt war ich davon bewegt, und ich raunte ihm ins Ohr, wie sehr ich ihn liebte. »Ich liebe dich auch, Darling«, sagte er. Das war ein Wort, das er zuvor nie hätte benutzen können, und Tränen rannen mir übers Gesicht und verschmierten seines, wie wir so dalagen und einander umarmten und wiegten.

Es gab mehrere derartige Gelegenheiten, wo ich mich durch meine dumpfe Geilheit und hilflose Sentimentalität entblößte. Ich legte Wert darauf, täglich ins Schwimmbad zu gehen, und solange ich dort war, mit Freunden redete, trainierte, nach andern Männern schaute, vermochte ich aus der Distanz zu erkennen, wie diese Szenen meine Autorität schwächten. Ich war acht Jahre älter als Arthur, und unsere Affäre hatte als ein verrückter Rausch begonnen, der für mich die ganze Schönheit seiner Jugend und seines Schwarzseins barg. Jetzt wurde es eine trübe Angelegenheit, ein Kopulieren, in dem wir beide einander ausbeuteten und meine Rolle als Beschützer durch die morbide Emotion des Beschützertums unterminiert wurde. Ich sah, wie er mehr und mehr zu meinem Sklaven und Spielzeug wurde, sich kaum bewußt erniedrigte, was mich erregte, obwohl es mich auch bedrückte.

Der Corry erschien in jenen Tagen als ein luzides Zwischenspiel – mit einer geordneten Struktur, die der Zeit in der Wohnung völlig mangelte. Ich blieb immer länger oder ging anschließend noch in eine Bar, nicht auf der Suche nach Sex, sondern wegen der Gesellschaft von Fremden und Gesprächen über Sport und Musik. Wenn ich dann den Weg zum Haus hochging und nach den Schlüsseln tastete, empfand ich gar einen Widerwillen, wieder in mein Privatleben einzutauchen, in seine unsterilisierte Wärme, in der die Empfindungen erhöht wie auch erniedrigt wurden. Doch wenn ich dann ins Bad ging, um das nasse Handtuch und die Badehose aufzuhängen, überkam mich zuweilen eine unerwartete Rührung beim Anblick von Arthurs wenigen Habseligkeiten, und seine verdreckte Kordhose, steif, mit meinem Seidenhemd auf dem Boden des Trockenschranks verknäult, wo sie getrocknet war, ließ mich aufseufzen ob ihrer Erbärmlichkeit – auch wenn ich dann am nächsten Morgen wünschte, ich hätte sie nie gesehen und hätte mich nur für mich selbst. Vielleicht hätten wir sie verbrennen sollen: die leeren, zerknautschten Röhren seiner Hose, das blutgetränkte Rosa des Hemds, das waren treffliche Beweisstücke. Wir waren ja so unerfahrene Verbrecher.

Im Corry konnte ich auch leichter die Frage prüfen, die wir einander kaum zu stellen wagten und schon gar nicht beantworteten, wie es denn nun weitergehen sollte. Die momentane Zwickmühle war unerträglich, eine Auflösung unvorstellbar. Ich bedrängte Arthur, mir zu sagen, was geschehen war und warum, aber auch wenn wir das Geschehene mehrmals durchgingen, wurde er immer merkwürdig undurchdringlich, und die Tatsachen schienen nicht zusammenzupassen. Ich schloß aus alldem, daß sein Bruder, ebenso wie Arthur, arbeitslos war und seine Freundin geschwängert hatte, daß Arthurs Vater herausgefunden hatte, daß sein Sohn schwul war, daß es Prügeleien gegeben hatte, daß der Bruder, Harold, einen Freund hatte, der Drogenhändler war, wiederholt gesessen hatte und Harold in das Geschäft hineingezogen hatte, daß der Freund das Geld gestohlen hatte, das Arthur in seiner Matratze in dem Zimmer, das die Brüder noch immer teilen mußten, versteckt hielt, daß er es abgestritten hatte, worauf es zum Kampf kam, der dann so schrecklich geendet hatte, daß Harold, unsicher, zu wem er halten sollte, ein Messer gezogen hatte, Arthur verwundet worden war, aber das Messer gepackt und in einem plötzlichen, unbeabsichtigten und unwiderruflichen Augenblick dem Freund die Kehle durchgeschnitten hatte – all das an einem verregneten Spätnachmittag im East End, in der Ruine eines Hauses, das im Krieg zerbombt worden war, aber noch immer stand. Diese letzte Einzelheit hatte er in der Schule gelernt; sie klang, als sollte damit einer ansonsten zusammenhanglosen Erzählung Glaubwürdigkeit verliehen werden. Die anderen Einzelheiten dagegen, einmal vorgebracht mit dem Ausdruck des Schmollens, dann wieder mit Hoffnungslosigkeit, fügten sich zu einem grellen Kompendium des Elends und klangen von einem Tag auf den nächsten wieder anders. Ich hatte das Gefühl, ihn bis an den Rand seines Sprachvermögens zu drängen, und während ich ihn zu schützen suchte, erschien ich ihm auf gefährliche Weise neugierig, drohte, die Regeln des Glaubens und des Aberglaubens zu stürzen, aus denen die persönliche

Struktur seines Lebens bestand und die nie zuvor offengelegt worden war.

Als einziges stellte sich nicht in Frage, daß er diesen Tony getötet hatte; dies aber zu akzeptieren, bedeutete das Eingeständnis, daß ich nichts darüber wußte, welche Auswirkungen ein Mord in der wirklichen Welt hatte. Stand nichts in der Zeitung? Kam nichts im Radio? Arthur kannte derlei Dinge aus eigener Anschauung: Tony war ein gesuchter Verbrecher, dem die Polizei mit Gewalt und die älteren Leute mit Abscheu begegneten. Und dann schien es, als gelangte Gewalt gegen einen Schwarzen kaum in die größeren Zeitungen, als könnte das Schweigen des Radios die Tragödien der Welt, aus der er kam, verhüllen. Dieses Schweigen verstärkte Arthurs Furcht noch. Es machte für ihn die Aussichten ebenso ungewiß, wie es der Hintergrund des Geschehenen für mich war. Fahndete die Polizei nach Arthur? Gab es eine Reaktion von Arthurs Eltern? Würden sie, indem sie sich von ihm lossagten, stillschweigend verhindern, daß die Gerechtigkeit ihren Lauf nahm? Oder würden sie oder zumindest Harold ihn auf eigene Faust suchen, um ihm ihre eigene Gerechtigkeit widerfahren zu lassen?

Es dauerte nicht lange, bis ich die Konsequenzen jeder dieser Möglichkeiten für mich selber fürchtete. Wäre nicht unsere Woche der Liebe gewesen, ich hätte mich wohl auch vor Arthur gefürchtet; doch ich kritisierte sein Verbrechen nicht einmal. Ein seltenes, ungerechtfertigtes Vertrauen hielt mich auf seiner Seite. Dennoch bekam jener Straßenabschnitt mit den geparkten Autos und den Frühlingsbäumen, der vom Fenster aus zu sehen war, etwas Bedrohliches. Ich suchte ihn ab, wie man eine Fotografie mit einer Lupe betrachtet, um halb entzifferbare Details auszumachen, doch seine Banalität blieb unverändert: Regen fiel darauf und trocknete wieder, der Wind wehte Abfall darüber, Kinder führten Hunde spazieren – trödelnd, neugierig in die Häuser spähend, aber nicht mehr, als man es üblicherweise tut. Ich bin nicht sicher, welche Art von Bedrohung ich erwartete; ein Polizeiwagen, der direkt vor dem Haus hielt, ein kräftig gebauter Schwarzer, der die Einfahrt heraufgerannt kam? Ich hatte einige Träume von Belagerungen, in denen das Haus zu einer wackeligen Lattenkiste wurde, innen schattig und exquisit, die Wände nur gesprungene und ausgebleichte Jalousien, die zu Staub zerfielen, wenn man daran rührte. In einem Traum kamen Arthur und ich vor, dazu andere, alte Schulfreunde, eine Horde schwarzer Jungs aus dem Shaft, mein Großvater, tränenüberströmt und ohne Hoffnung. Wir wußten, daß wir keine Chance hatten, die Gewalt um uns herum, die uns immer enger einschloß, zu überstehen, und ich wurde von einem würgenden Entsetzen gepackt. Ich erwachte in dem sicheren Wissen, daß ich gleich sterben müsse: Die Bettfedern ächzten von meinem heftig rasenden Herzschlag. Ich wagte nicht, wieder einzuschlafen, und setzte mich nach einer Weile auf und las, während Arthur neben mir tief schlief. Es dauerte Tage, bis sich die trübe Stimmung des Traums verlor und seine Macht, die mir Schauer über die Kopfhaut jagte. Das ganze Viertel schien auf unheimliche Weise damit getränkt, und als der Traum verflog, faßte ich neues Vertrauen, als sei ein Urteil aufgehoben worden.

An jenem Donnerstag fand der Lunch mit Lord Nantwich statt. Ich sagte Arthur, die Verabredung bestehe schon lange, worauf er betonte: »Okay, Mann – du mußt doch auch dein eigenes Leben führen, ich schaff das hier schon.« Ich erkannte, daß ich mich gewissermaßen entschuldigt hatte, und seine praktische Antwort war mir eine Erleichterung.

»Es ist Brot und Käse da, und den kalten Schinken im Kühlschrank kannst du auch aufessen. Soll ich dir irgendwas mitbringen?«

»Nö, danke.« Er stand da und grinste schief. Als ich hinausging, küßte ich ihn nicht, sondern gab ihm nur einen Klaps auf den Hintern.

Ich hatte einen Anzug angezogen, war vielleicht eleganter als nötig, aber mir gefiel die schützende Konformität. Ich warf mich so selten in Schale, und da ich keinen Anzug zur Arbeit tragen mußte, nahm ich nur gelegentlich einen vom Bügel. Mein Vater hatte mich, als ich erwachsen wurde, mit Cutaways und Smokings ausgestattet, und ich genoß stets die stattliche Schönheit dunkler, formaler Kleidung, von Eckenkragen, Westen über Hosenträgern: Ich sah aus wie der große Star der Hochzeit meiner Schwester, als die Bilder im *Tatler* erschienen waren. Aber ich trug die Sachen nur selten. Ich hatte immer etwas von einem Pfau gehabt – oder eher von einem Tier mit hellfarbenen Beinen, vielleicht einem Flamingo.

Ich war etwas spät dran und nahm daher ein Taxi – was auch das Problem löste, den Wick's zu finden. Mein Vater war Mitglied im Garrick und mein Großvater Mitglied im Athenaeum, ansonsten kannte ich mich bei den Londoner Clubs aber nicht so aus. Ich hätte den Reform leicht mit dem Travellers' verwechseln können, und es wäre gut möglich gewesen, daß ich jetzt in drei oder vier hineinspaziert wäre, bevor ich auf Wick's stieß. In einer Mischung aus praktischem Denken und Snobismus wissen Taxifahrer immer, welches der neoklassizistischen Portale zu welchem Club gehört.

»Ich habe eine Verabredung mit Lord Nantwich«, sagte ich zu dem Portier in seiner verstaubten Glaskabine.

»William Beckwith.« Worauf ich nach oben ins Rauchzimmer geschickt wurde. Während ich die imposante Treppe hochging, die mit nachgedunkelten, vage bekannten Porträts gesäumt war, mischte sich leise Verzagtheit mit einem Anflug von Unverantwortlichkeit in meinem Innern. Ich hatte keine Ahnung, worüber wir reden könnten.

Als ich das Rauchzimmer betrat, fühlte ich mich wie ein Eindringling in einem Film, der einer Ordonnanz eins übergezogen hat und, in deren Mantel gehüllt, in einen Top-secret-Bereich vordringt, in diesem Fall ein Heim für Menschen, die künstlich am Leben erhalten werden. Männer ganz fantastischen Alters schliefen in Ledersessel gesunken oder wandelten mit fast unmerklichem Schritt über die Orientteppiche oder bereiteten sich auf den Schlaf vor. Überall sah ich graue Schnurrbärte und sehr altmodische Anzugschnitte, Uhrenketten und schwere, handgearbeitete Schuhe, die ihren Träger gewiß überleben würden. Manche der Sitzenden zeigten zwischen Aufschlag und Sockenhalter zwei, drei Zentimeter weiße Waden. Glücklicherweise, wahrscheinlich im Bewußtsein der damit einhergehenden Gefahr, rauchte fast keiner; dennoch hing in dem Raum ein säuerlicher, männlicher Geruch, der sich mit der süßlich riechenden Politur, mit der Feuerhaken, Tische und Trophäen auf blendenden Hochglanz gebracht worden waren, vermischte.

Lord Nantwich saß am andern Ende des Raums, vor einem der Fenster, die auf den kleinen und farblosen Garten des Clubs hinabblickten. In diesem Umfeld, das ganz anders war als das, in dem ich ihn zuletzt gesehen hatte, wirkte er fast so, als sei er mittleren Alters, kräftig und rotwangig. Ich näherte mich ihm befangen, obgleich ich seinen Sessel erreichte, bevor sein Blick, der irgendwo zwischen dem Gesims und einem Buch schweifte, das offen auf seinen Knien lag, auf mich fiel.

»Aah ...«, machte er.

»Charles?«

»Mein lieber Freund – William – meine Güte, mein Gott.« Er rutschte nach vorn und streckte mir eine Hand entgegen – die linke –, mühte sich aber nicht aufzustehen. Wir gaben einander entgegen der Konvention die Hand. »Drehen Sie sich doch das Dingsda her.« Ich schaute mich unsicher um, erkannte aber an seinen wiederholten Gesten, daß er den Sessel hinter sich meinte. Ich zog ihn so heran, daß ich im Viertelprofil zu ihm sitzen würde, und ließ mich dann hineinfallen, wobei die Eleganz der Bewegung durch die Art überdeckt wurde, wie ich von der Polsterung des Sessels verschluckt wurde.

»Bequem, nicht wahr«, sagte er beifällig. »*Mächtig* bequem.« Ich hievte mich nach vorn, um dann desto dekorativer und auch nervöser auf der Kante zu hocken. »Sie sind bestimmt schon am Verdursten. Herrje! Schon Viertel vor eins.« Er hob den rechten Arm und wedelte damit herum, worauf ein Kellner mit weißem Jackett und der Miene eines senilen Jünglings einen Teewagen heranrollte. »Mir auch noch einen Schluck, Percy, und für meinen Gast – William, was soll's denn sein?«

Ich verspürte den unbestimmten Druck, um einen Sherry zu bitten, wobei ich die Wahl sogleich bedauerte, als ich sah, wie adstringierend blaß er war und Lord Nantwichs Schluck sich als ordentlicher Schwenker praktisch puren Gins erwies. Percy schenkte die Gläser selbstgefällig ein, notierte sich den Betrag auf einen kleinen Block und rollte mit einem »Vielen Dank, M'lord«, in dem das »Vielen Dank« fast bis zur Unhörbarkeit gehaucht war, davon. Ich dachte, wie viel er über diese ganzen alten Knacker wissen mußte und welch zynische Gedanken hinter seinen unbewegten, möglicherweise geschminkten Zügen ablaufen mußten.

»Na, William, auf Ihr allerbestes Wohl!« Nantwich hob das Glas fast bis zum Mund. »Ähm, ich hoffe, es war nicht zu scheußlich . . .?«

»Auf Ihr anhaltendes Wohl«, antwortete ich und konnte die Frage, die das, was zwischen uns geschehen war, in einem unpassenden Licht erscheinen ließ, nur übergehen; wenn ich auch einen gewissen Stolz darüber empfand, was ich getan hatte, und auf britische Art wollte, daß es gewürdigt würde, aber schweigend.

»Was für eine Art, einander vorgestellt zu werden, meine Güte! Natürlich weiß ich nichts über Sie«, fügte er hinzu, als würde er sich, nun aber in moralischer Hinsicht, damit einer gewissen Gefahr aussetzen.

»Nun, ich weiß auch nichts über Sie«, beeilte ich mich, ihn zu versichern.

»Sie haben mich nicht in dem Buch oder sonstwo nachgeschlagen?«

»Ich wüßte nicht, daß ich ein Buch hätte, in dem ich Sie nachschlagen könnte.« Mein Vater, so dachte ich, hätte ihn auf der Stelle nachgeschlagen; im Debrett, auch im *Who's Who*, die Bände in seinem Arbeitszimmer öffneten sich stets auf der Beckwith-Seite, als hätte er Referenzen nachgeschlagen, die er vergessen könnte oder die zu beachtlich waren, als daß man sie ohne weiteres glauben konnte.

»Das ist ja großartig«, erklärte Nantwich. »Wir können also noch alles herausfinden. Ein köstlicher Spaß. Wenn man so ein alter Wackelpeter wird, wie man, je nun, jetzt einer ist, dann hat man nicht oft die Gelegenheit, es mit jemand absolut Frischem zu versuchen!« Er nahm einen Mundvoll Gin und vertraute dem Glas dabei eine Bemerkung an, die ich kaum verstand, da sie ertrank, die aber wie »Und auch noch so ein Zuckerjunge« klang.

»Ganz angenehm hier, nicht«, bemerkte er mit einem seiner abrupten Kurswechsel.

»Mhm«, pflichtete ich ihm vage bei. »Interessantes Bild da.« Ich neigte den Kopf zu einer großen und, wie ich hoffte, mythologischen Leinwand, von der alles bis auf den Vordergrund in der Düsternis von wohl zwei Jahrhunderten der Nichtbeachtung versank. Das einzige, was man sah, waren bekränzte, schwere, nackte Gestalten.

»Ja. Das ist ein Poussin«, sagte Nantwich bestimmt und wandte den Blick ab. Es war so offensichtlich kein Poussin, daß ich mich fragte, ob ich dazu etwas sagen sollte, ob er wußte oder es ihn kümmerte, was für ein Bild es war, ob er mich auf die Probe stellen oder nur das spießige *on-dit* des Clubs bestätigen wollte.

»Mir scheint, es könnte einmal eine Reinigung vertragen«, meinte ich. »Was immer es darstellt, es scheint mitten in der Nacht zu geschehen.«

»Ooh, man wird doch nicht immer alles gleich saubermachen wollen«, beschied mich Nantwich. »Den meisten Bildern stünde es besser an, wenn sie noch eine kräftige Spur dreckiger wären.« Leicht bestürzt nahm ich das als einen Scherz. »Pah!« fuhr er fort. »Es gibt doch Leute – meistens Frauen –, die die ganzen alten Bilder aufmöbeln. Ohne zu wissen, was zum Vorschein kommt. Und hinterher sehen die Bilder dann wie Fälschungen aus.«

Ich sah, wie aus seinem Glas Gin auf den Teppich tropfte. Er berührte meine ausgestreckte Hand. »Hoppsa!« sagte er, als benähme ich mich daneben. Sein Blick glitt in den Mittelgrund, und auch ich schaute herum; es wollte mir kein Gesprächsthema einfallen.

»Aber eigentlich liebe ich die Kunst«, verkündete er. »Wenn wir uns einmal gut verstehen, zeige ich Ihnen mein Haus. Sie sind wohl auch Kunstliebhaber, wie?«

»Ich habe in der Tat viel Zeit dafür«, räumte ich ein; aus Angst, er könne meinen Ton für grob halten, erweiterte ich eine Redewendung zu einer Feststellung. »Ich meine, ich habe keine Arbeit und daher viel Zeit, um in Galerien zu gehen und mir Bilder anzuschauen.«

»Sie sind wohl nicht verheiratet oder dergleichen?«

»Nein, nichts«, versicherte ich ihn.

»Zu jung, verstehe. Sie haben natürlich studiert?«

»Ich war in Oxford, ja – am Corpus – Geschichte.«

Er nahm dies zur Kenntnis und trank noch etwas Gin. »Mögen Sie Mädchen?« fragte er.

»Ja, durchaus, sehr«, betonte ich.

»Es gibt nämlich Burschen, die nichts für sie übrig haben. Können sie einfach nicht ausstehen. Können ihren Anblick nicht ertragen, die Titten und das große Hinterteil, nicht einmal ihren Geruch.« Autoritätsheischend blickte er durch den Raum hinüber zu Percy, der gerade einer verblüffend ähnlichen Kopie des älteren Gladstone Sanatogen verabreichte. »Andrews beispielsweise findet sie unerträglich.«

Ich brauchte eine Weile, bis ich begriffen hatte. »Von der Turnhalle?« sagte ich. »Ja, das überrascht mich nicht – er macht sehr den Eindruck eines Männermannes. Dann kennen Sie Andrews also«, schloß ich lahm. Doch mein Gastgeber war schon woanders; ich sah, daß er Fragen mit Erregung anging, sie aber binnen Sekunden wieder fallen ließ. Oder aber sie ihn fallen ließen.

»Wenn Sie mir eben behilflich sein könnten, dann sollten wir jetzt allmählich hineingehen, damit wir einen guten Platz bekommen. Die sind hier wie die Hyänen. Wenn man nicht gleich drin ist, essen sie alles auf.« Ich stützte ihn an einem Ellbogen, während er sich mit dem andern hochwuchtete, wobei er vor Anstrengung am ganzen Körper zitterte. »Werfen wir noch einen Blick in die Bibliothek«, sagte er wie zu einem völlig Tauben und zwinkerte mir wie in einer Musical-Komödie zu. »Das wird sie täuschen«, erklärte er nur wenig leiser. Und, während er den Blick eines neunzigjährigen Dingos in dem Sessel an der Tür erwiderte: »Wir haben eine Tradition der Selbstbeschimpfung in duodecimo – aber das ist womöglich *passé.*«

Der Speisesaal war viel schöner. In der Mitte stand ein langer College-Tisch, und kleinere Tische für zwei oder vier Personen entlang der Wände gestatteten ein persönlicheres Gespräch. Zeitgenössische Drucke aus Hogarths *Leben eines Wüstlings* hingen in Doppelreihe den Fenstern gegenüber, und der berühmte Sir Humphrey Clay Batonis, eine römische Statue hinter sich und ein Arrangement toten Wilds zu Füßen, beherrschte die ganze hintere Wand. Darunter baute das Speisesaal-Personal auf einer riesigen sargähnlichen Anrichte Teller, Terrinen und Käse auf. In der Mitte der Decke befand sich eine Adamsche Rosette, von der ein recht kunstvoller Kristallüster, der auffällig auf Elektrizität umgerüstet war, herabhing. Doch trotz seiner verblichenen Pracht hatte der Raum etwas von der für Clubs essentiellen Atmosphäre einer Privatschule. In der Luft hing ein Geruch von Kohl und schlechter Küche, der mich um das Mittagessen bangen ließ.

»Da sind wir ja, prächtig, prächtig«, flötete Lord Nantwich, während er den Ecktisch wählte, der am abgelegensten war und den besten Blick bot. »Nicht ganz die ersten, wie ich sehe; oder sitzen die noch beim Frühstück? Hier bekommt man ein gutes Frühstück: Nieren. Für mich machen sie Blutwurst – auch wenn sie das für die alten Säcke hier nicht sehr oft machen. Ich stelle mich mit dem Personal gern gut. Natürlich komme ich seit meiner Jugendzeit hierher, gibt hier auch verflucht gutes Futter. Was möchten Sie?« fragte er, als ein geschäftiger kleiner Kellner mit Speisekarten kam, die auf einer Vorkriegsremington getippt zu sein schienen, bei der alle Großbuchstaben in den Zwischenraum darüber sprangen.

Als ich über meine Karte hinwegschaute, sah ich, wie seine Lordschaft den errötenden und nervösen Jungen an-, besser: durch ihn hindurch starrte. »Derek, nicht wahr?« sagte er endlich.

»Nein, Sir, ich bin Raymond. Derek ist weg, Sir.«

»Raymond! Natürlich – verzeih mir, bitte«, bettelte Lord Nantwich, als flehte er eine Dame der Gesellschaft an.

»Schon gut, Sir«, sagte der Junge und strich über seinen Bestellblock, worauf Nantwich seine Aufmerksamkeit kurzzeitig der Karte widmete. Weiteres Schweigen folgte, und Raymond fühlte sich bemüßigt hinzuzufügen: »Übrigens bin ich Derek diese Woche begegnet, Sir. Es scheint ihm wieder ganz gut zu gehen ...«, doch dann verstummte er, da Nantwich ihn offensichtlich nicht hörte. »Danke, Sir«, sagte er unlogisch.

»Was hat Abdul denn heute für uns?« grübelte Nantwich.

»Schwein wäre sehr gut, Sir«, sagte Raymond emotionslos.

»Dann nehme ich Schwein, Raymond – mit Karotten, habt ihr das? Und die Salzkartoffeln – und ich will einen ganzen *Ozean* Apfelsauce.«

»Ich sehe zu, was ich tun kann, Sir. Und für Ihren Gast, Sir. Eine Vorspeise, Sir?«

Ich schreckte innerlich vor Brown-Windsor-Suppe wie Krabbencocktail oder Melone zurück. »Nein, ich glaube, ich nehme einfach die Forelle – mit Erbsen und Kartoffeln.«

»Und dazu bitte einen Rheinwein, Raymond«, bat mein Gastgeber; »den billigsten, den ihr habt.« Und als sich der Junge zum Gehen wandte, fügte er hinzu: »Entzückendes Kind, nicht wahr. Ein richtiger kleiner Masaccio, finden Sie nicht? Natürlich nichts im Vergleich zu Derek, aber beim Essen sehe ich immer gern vier hübsche kleine Buchstaben.«

Ich lächelte und fühlte mich seltsam verlegen; und der Junge war ziemlich gewöhnlich. Außerdem verspürte ich die Verpflichtung des Gastes, reizend zu sein, und war mir bewußt, daß nichts von mir kam. Wie bedeutungsvoll schmutziges Gerede zwischen Fremden ist, wie es sexuelles Einvernehmen zwischen ihnen impliziert, Barrieren entfernt, die ich in diesem Fall allerdings lieber bewahrt sehen wollte.

»Leben Sie ständig in London?« fragte ich ihn partyhaft.

Er dachte darüber nach: »Ja, doch, auch wenn ich oft anderswo bin – in Gedanken. In meinem Alter macht es nichts mehr aus, wo man lebt. *Passent les jours, passent les semaines*, wie der Franzose sagt. Ich bin oft weggetreten, wissen Sie. Sind Sie auch oft weggetreten?«

»Sie meinen, geistig weggetreten? Ja, das passiert mir wohl. Oder ich bin mit meinen Gedanken woanders.«

»Aha. Wissen Sie, ich hatte so ein interessantes Leben, und jetzt ist alles so verflucht langweilig, und alle sind tot, und ich weiß nicht mehr, was ich sage, und so weiter.« Er schien den Faden zu verlieren.

»Worüber denken Sie am meisten nach?«

»Ooch, Sie wissen ja ...«, murmelte er gedankenverloren. Ich vermutete grob, daß er das Sexuelle meinte. »Ich bin dreiundachtzig«, sagte er, als hätte ich ihn gefragt.

»Und wie alt sind Sie?«

»Fünfundzwanzig«, sagte ich lachend, er aber machte ein trauriges Gesicht.

»Als ich in Ihrem Alter war«, sagte er, »arbeitete ich hart. »Als ich aufhörte zu arbeiten, waren Sie noch gar nicht auf der Welt.« Seine Augen schienen sich auf eine ihnen eigene Art zu entschleiern und sich auf mein Gesicht zu konzentrieren – eigentlich mehr auf meinen Kopf, den er mit seinem Blick wie in Händen hielt; und mit dem Lob des Kenners verkündete er sein fachmännisches, begierdevolles Urteil: »Jugend!«

An dieser Stelle kam ein noch jüngerer Kellner mit Wein. Es war ziemlich minderwertiges Zeug, wenngleich Nantwich es mit Begeisterung hinunterkippte. Dann: »Ah, da ist Abdul!« Durch die Schwingtür zur Küche betrat ein tief schwarzer Mann den Speisesaal, einen Teewagen schiebend, auf dem eine Platte mit Wärmeglocke stand. Der Mann um die vierzig, gut gebaut, hatte wilde, tiefsitzende Augen und einen Schnurrbart, der seinem Ausdruck etwas subtil Gewalttätiges verlieh; die wulstigen Lippen, schwarz an den Rändern, waren rot, wo sie sich in den Mund wölbten, und seine Hautfarbe wurde noch durch das gestärkte weiße Leinen seiner Küchenkleidung, der Schürze und des zerbeulten Schornsteins seiner Mütze unterstrichen.

Ich beobachtete, wie Raymond respektvoll etwas zu ihm sagte, worauf Abdul einen Blick zu uns herüberwarf und den Wagen ins unsere Richtung rollte. Mehrere andere Mittagsgäste, die gerade hereingeschlendert kamen, nickten ihm zu, während sie sich einen Platz suchten, und als es voller wurde, bekam Raymond von einem weiteren Jungen von ähnlich tuntig blonder Erscheinung Unterstützung.

»Guten Tag, Mylord«, sagte Abdul korrekt.

»Aah, Abdul«, antwortete Nantwich voller Befriedigung. »Ihr bringet das Fleisch uns, die Gewürze und den Wein.«

»Es ist mir ein Vergnügen, Sir«, versicherte Abdul ihm mit einem förmlichen Lächeln.

»Mein Gast heißt William, Abdul.«

»Guten Tag«, sagte ich.

»Willkommen im Wick's Club, Mr. William«, sagte Abdul mit einer Spur serviler Ironie, während er den Deckel von der mageren und fest gebundenen Schweinskeule auf dem Wagen hob. Mit einem raschen Blick zu Nantwich bemerkte er: »Ihr Gast ißt nicht das Schweinefleisch, Mylord.«

Er hatte eine starke Ausstrahlung, und ich schaute ihm beiläufig zu, wie er das Fleisch (das nicht ganz gar wirkte) in dicke saftige Scheiben schnitt. Er hatte riesige, aber geschickte Hände, und der offene Kragen seiner Uniform, bei der nichts darauf hindeutete, daß er etwas darunter trug, zog mich an. Während er sich konzentrierte, verschärften sich seine Züge, und er streckte die rosa Zungenspitze heraus.

Nantwich erwies sich als gieriger Esser mit schlechten Tischmanieren. Die Hälfte der Zeit aß er mit offenem Mund und gewährte mir dabei einen großzügigen Blick auf gekautes Schweinefleisch und Apfelsauce, die er auf seinem Weinglas verschmierte, wenn er, ohne sich den Mund abzuwischen, trank. Ich widmete mich meiner Forelle mit einer Art chirurgischem Widerwillen. Das leicht geöffnete, gezahnte Maul und das kleine runde Auge, das beim Grillen wie der Kopf einer Pustel halb aufgeplatzt war, wirkten ungewöhnlich vorwurfsvoll. Ich trennte den Kopf ab, legte ihn auf den kleinen Teller und machte mich dann daran, mit dem Messerrücken das blasse Fleisch von den Gräten zu lösen. Es war völlig geschmacklos, nur an den Stellen, wo die Eingeweide mangelhaft entfernt waren, gaben ihm silbrige Rogenreste eine unerfreuliche Bitterkeit.

»Sagen Sie, warum haben Sie keine Arbeit?« fragte Nantwich, nachdem wir uns unbehaglich lange mit unserem Essen beschäftigt hatten. »Wir alle brauchen doch eine Arbeit. Herrgott! Ohne Beschäftigung wird man doch plem-plem.«

»Ich fürchte, das kommt davon, daß ich verdorben bin. Zu viel Geld. Ich wollte in Oxford bleiben, aber ich schaffte keine Eins, was man von mir erwartet hatte. Ich arbeitete zwei Jahre in einem Verlag, bin von dort dann aber weg.«

»Also, wenn Sie eine Stelle wollen, dann besorge ich Ihnen eine«, schob Nantwich ein.

»Das ist sehr freundlich ... ich sollte wohl bald wieder etwas tun. Mein Vater meinte, er könne mir einen Job in der City verschaffen, aber ich fürchte, daß ich mich damit nicht anfreunden könnte.«

»Ihr Vater?«

»Ja, er ist Vorsitzender bei, ach . . . einer Firmengruppe.«

»Dann kommt Ihr Geld also von ihm?«

»Nein, eigentlich von meinem Großvater. Er ist sehr wohlhabend, wie Sie sich denken können. Er überschreibt seinen Besitz auf meine Schwester und mich. Wir bekommen alles schon vorher, damit wir keine Erbschaftssteuer zahlen müssen.«

»Großartig«, sagte Nantwich; »sozusagen.« Er mampfte weiter. »Aber sagen Sie, wer ist denn Ihr Großvater?«

Irgendwie hatte ich angenommen, daß er es wußte, und es dauerte einen Moment, bis ich alles im Lichte dessen, daß er es nicht wußte, überdacht hatte. »O – ähm, Denis – Beckwith«, beeilte ich mich zu erklären.

Wieder diese plötzliche Bekundung von Interesse. »Mein lieber reizender Junge, wollen Sie damit sagen, daß Sie Denis Beckwiths Enkel sind?«

»Tut mir leid, ich dachte, Sie wüßten es.« Oft traf diese Auskunft auf weniger begeisterte Reaktionen. Dann hatte Nantwich das Interesse verloren. »Vermutlich sehen Sie sich gelegentlich im Oberhaus«, wagte ich zu sagen. Er hatte sich halb abgewandt und starrte aus dem Fenster. Als er sich wieder umwandte, beugte er sich nahe zu mir herüber, und ich roch das Schweinefleisch aus seinem Mund, als er sagte:

»Der Bursche da ist ein hochinteressanter Fotograf.«

»Wirklich? Ich glaube nicht...« Dann merkte ich, daß das einer seiner abrupten Sprünge im Gespräch war. Ich folgte seinem Blick durch den Raum zu dem Tisch in der Mitte, wo ein gepflegter Mann saß, dessen goldblonde Kraushaare schon ergrauten. Nantwich machte eine Art Tauch- oder Salam-Bewegung mit den Händen, worauf der Mann nickte und lächelte.

»Ronald Staines, Sie kennen seine Sachen ja wohl.«

»Nicht, daß ich wüßte.« Ich war sicher, daß er ein schrecklicher Fotograf war. »Was ist sein Spezialgebiet?«

»Oh, etwas sehr Spezielles. Sie müssen ihn kennenlernen, er wird Ihnen bestimmt gefallen«, sagte Nantwich keck. Ich spürte einen Anflug jenes leicht bedrückenden Gefühls, das man hat, wenn man merkt, daß der Mensch, mit dem man redet, einen *Plan* verfolgt.

»Überhaupt möchte ich Sie gern mit vielen Menschen, die noch nicht tot sind, bekanntmachen. Meine ganze Gesellschaft hier ist doch verflucht interessant. Gehen natürlich aus dem Leim, fast durchweg gaga, zugegeben, und eine Fuhre absoluter Tucken. Aber ihr jungen Leute wißt doch immer weniger über die Alten, und umgekehrt natürlich auch. Ich mag junge Leute um mich: Ihr seid ein hübsches Volk, ihr seid so herzlos, aber ihr tut mir gut.« Nach diesem bizarren Ausbruch lehnte er sich wieder zurück und verfiel in eine seiner leeren Phasen, gab hin und wieder ein »Eh?« von sich oder zuckte die Achseln. Ich fragte mich, woran er litt: offensichtlich nicht einfach an Altersschwäche, denn er konnte präzise und sachlich sein; war die Ursache seiner dumpfen Phasen Arterienverkalkung, eine langsam sich ausbreitende Behinderung? Ich wußte, daß ich das nach medizinischen Kriterien beurteilen mußte, wenngleich ich davon ausging, daß er seinen Zustand dazu benutzte, um die egozentrische Sprunghaftigkeit seines Redens zu unterstützen.

Wenn ich mich in dem Raum umschaute, sah ich klare Fälle weiterer derartiger Gebrechen und dachte darüber nach, wie Menschen einer gewissen Art sich zusammentun, als wollten sie eine Karikatur ihrer selbst als echt beglaubigen – ihrer Launen und Eigenheiten, die beim einzelnen nicht auffallen, in der Masse aber auf komische Weise evident sind. Während Suppe löffelweise zitternd zu Mündern unter Schnäuzern geführt wurde und Hände riesige taube Ohren vergrößerten, um Gemurmel und verschluckte Bemerkungen aufzufangen, verloren die Essenden, alle irgendwie von Rang und Namen, pensionierte Generale, Bankdirektoren, ja, sogar Autoren, für mich ihre Würde. Sie waren anonym, ein Typus – und es wurde unbegreiflich, wie sie draußen in dem Lärm und Gedränge der Straße zurechtkamen. Was wußten sie von dem geringschätzigen Leben der Stadt, die sie regierten und vor der sie sich so makellos und eduardianisch unberührt bewahrten? Während mein Blick den Raum durchstreifte, blieb er auf Abdul hängen, der dastand und gedankenverloren sein Messer an einem Wetzstahl schärfte und mich anstarrte, als sei ich eine Mahlzeit.

Nachdem wir zwei Schalen Familienpensions-Trifle über Gebühr zugesprochen hatten, machten wir uns langsam auf den Weg zurück ins Rauchzimmer. Percy schenkte gerade Kaffee ein, als Ronald Staines sich zu uns gesellte. Er war völlig korrekt gekleidet, aber etwas an der Art, wie er in seinen Kleidern steckte, war subversiv. Er schien in dem wunderschönen grünen Tweed, dem ältlichen Fischgrätenhemd und der dezenten Seidenkrawatte, die sich zwischen Kragen und Weste leicht wölbte, herumzurutschen. Er hatte sehr dünne Handgelenke, und ich sah, daß er kleiner war als sein respektheischender Anzug. Er war ein Mann in einer Verkleidung, einer Verkleidung jedoch, auf die seine Bewegungen, sein allzu gut erhaltenes Profil und ein Sitwellscher Geschmack bei seinen Ringen sogleich die Aufmerksamkeit lenkten. Es war eine ungemein widersprüchlicher Auftritt und, obwohl ich ihn unattraktiv fand, genau das, was ich hier in dieser Umgebung suchte.

»Charles, du mußt mich deinem Gast vorstellen.«

»Er heißt William.« Ich streckte die Hand aus, und Staines schüttelte sie mit beachtlicher Energie. »Wir verstehen uns sehr gut«, fügte Nantwich hinzu.

»Beruhige dich, mein Lieber, ich dränge mich nicht hinein. Übrigens, Ronald Staines«, sagte er zu mir. Er zog sich einen Stuhl heran und umging so das Risiko der Frage, ob er sich zu uns setzen dürfe. »Und wie sind Sie an Charles geraten?« fragte er. »Charles hat bestimmt ein furchtbares Geheimnis – seine Erfolgsrate bei den *ragazzi* ist ganz außerordentlich. Ständig hat er irgendeinen sehr, sehr gut aussehenden jungen Mann im Schlepp.«

So etwas hatte ich noch nie widerstehen können, es war die pure Eitelkeit, und ich gönnte den Alten gern ihre folgenlose Bewunderung.

»Sie können von Glück sagen, daß er seine Kamera

nicht dabei hat, William«, sagte Nantwich. »Dann müßten Sie sich auf der Stelle ausziehen, und er würde sie ganz mit Babyöl einreiben.« Ich bekam den Eindruck einer lange währenden Beziehung, über die kiebig in der dritten Person gesprochen wurde.

»Aber ich habe doch schon Fotos von Ihnen gesehen, William«, erinnerte sich Staines. »Hat nicht Whitehaven eins gemacht, oder irre ich mich? – so kleine Schwimmgeschichten und ein Schattenstreifen über den träumerischen blauen Augen? Welch ein Talent, der junge Mann, auch wenn manches von ihm zuweilen etwas ... deftig ist. Das aber nicht: Ich habe es in der New Yorker Ausstellung gesehen – ich weiß, es gab da mehrere, aber die letztes Jahr, in einer Art Schlachthof in Soho ...«

»Er ist Beckwiths Enkel«, sagte Nantwich, als wolle er die Möglichkeit, die Staines umriß, abtun.

»Natürlich«, rief Staines in einer merkwürdig herablassenden Art aus, »wie interessant!« – und wandte den Kopf ab, um anzudeuten, daß er plötzlich das Interesse verloren hatte. »Mein Lieber, ich habe einige Bilder gemacht, die dir gefallen werden. Ich wäre nicht im mindesten überrascht, wenn sie auch William gefallen würden – mir jedenfalls gefallen sie ungemein. Sie sind ein neuer Aufbruch, naja, irgendwie neu jedenfalls, und ziemlich religiös und voller Gefühl. Eins ist eine Art *sacra conversazione* zwischen dem heiligen Sebastian und Johannes dem Täufer. Der junge Mann, der den Sebastian darstellte, war den Tränen nahe, als ich es ihm zeigte, so schön ist es.«

»Wie haben Sie das mit den Pfeilen hingekriegt?« warf ich ein; mir war Mishimas mühseliges Posieren als Sebastian in einem Selbstporträt eingefallen.

»Oh, keine Pfeile, mein Lieber; es ist vor dem Martyrium. Er ist gänzlich undurchbohrt. Aber irgendwie sieht er bereit dafür aus, so wie ich es gemacht habe.«

»Woher weiß man dann, daß es Sebastian ist«, sagte Nantwich emphatisch, »das einzige, woran man diesen Sebastian erkennt, sind doch die verflixten Pfeile, die er im Arsch stecken hat.« Das klang nicht unvernünftig, aber Staines ging darüber hinweg.

»Den Täufer werden Sie aber wunderbar finden«, setzte er hinzu. »Ein italienischer Junge, Fleischträger im Smithfield – ein männlicherer Heiliger, als man ihn vielleicht normalerweise zu Gesicht bekommt, ziemlich behaart und grob. Interessieren Sie sich für Fotografie?«

»Ja, doch«, antwortete ich, »aber ich habe nicht viel Ahnung davon. Als ich in Oxford war, habe ich Fotos gemacht, aber wahrscheinlich nichts Besonderes.«

»Bewahren Sie sie auf, William, bewahren Sie sie auf!« warnte er. »Man darf nie eine Fotografie vernichten, William; es ist ein Stück für immer versiegeltes Leben. Wenn Sie berühmt werden, und daran habe ich *keinen* Zweifel, dann wollen die Leute sie sehen. Ich selber werde gerade wieder entdeckt, und ich verspreche Ihnen, die kaufen alles. Um ehrlich zu sein, habe ich in der letzten Zeit ziemlich viel Ramsch verkauft, aber bei Christie's mögen sie das. Ich bin nämlich so eine Art Moderner; geben Sie etwas zu diesen großen Fotoauktionen, und Sie werden feststellen, daß die Aura der berühmten Namen an Ihnen hängenbleibt. Der Katalogmensch dort nennt mich ›den verkannten Meister der Nachkriegs-Männerfotografie in England‹. Ich erziele jetzt *Preise*, müssen Sie wissen. Aber zugleich, das kann ich Ihnen sagen, fühle ich mich *absolut schlecht* dabei, ich will sie einfach alle wiederhaben.«

»Ich sagte zu William, daß er einmal dein Atelier sehen muß«, erklärte Nantwich.

»Aber unbedingt, mein Lieber. Lassen Sie mich erst aus dem gröbsten raussein, dann würde ich mich ungeheuer freuen. Ich habe *à ce moment* einen Riesenauftrag zu erledigen, aber wenn das überstanden ist. Und wer weiß, vielleicht mache ich auch gleich ein paar kleine Fotos von Ihnen – voll bekleidet, selbstredend. Ich glaube, Sie gäben einen interessanten Gegenstand für mich ab. Diese urenglische Erscheinung, ja, dieses himmlische Rosa und Gold und die lange, gerade Nase. Nichts von Ihrem Master-Whitehaven-Zeug da. Ich will eine Charakterstudie.« Zum zweiten Mal hatte ich das erregende Gefühl, von einem Profi gewürdigt zu werden.

»Naja, warten wir mal ab«, sagte ich, erfreut bei dem Gedanken, wieder Modell zu stehen, aber nicht erpicht darauf, in eine zweifelhafte Sache hineingezogen zu werden.

»Und wie kommt der Riesenauftrag voran?« fragte Nantwich mit mißtrauischer Beiläufigkeit.

»Wundervoll, Sie kennengelernt zu haben«, flötete Staines; der abrupte Themawechsel war eines Nantwich würdig. Wir gaben uns ein weiteres Mal die Hand, und schon war er auf dem Sprung. »Passen Sie auf sich auf, Charles«, riet er.

Mein Gastgeber schwieg eine Weile. »Ziemlicher Arsch«, sagte er. »Aber trotzdem ganz schrecklich gut.« Er wirkte jetzt sehr müde, und so traf auch ich Anstalten zu gehen.

»Ganz herzlichen Dank für das Essen, Charles; ich habe es genossen.«

Er schaute mich überrascht an. »Der alte Club gefällt Ihnen?« fragte er. »Gar nicht so schlecht, wie?« Feine Haargefäße verzweigten sich fröhlich auf seinen rötlichen Wangen, doch seine dunklen Augen saßen in Höhlen, und der große Kopf wirkte schwer von bevorstehendem Schlaf. Ich dachte daran, wie ich ihn tot auf dem Toilettenboden gesehen hatte. Ich mochte ihn recht gern und war froh, daß ich mit ihm und nicht mit dem geschwätzigen, ziemlich unheimlichen Staines da gewesen war. »Ich hoffe doch, daß wir bald wieder einmal ein Pläuschchen haben«, sagte er. »Natürlich sehen wir uns im Schwimmbad.« Wieder schien es mir unvorstellbar, daß dieser Mann zu einer körperlichen Bewegung fähig war. Als läse er meine Gedanken, erklärte er: »Ich finde das Wasser äußerst ... therapeutisch. Schwimmen, wenn man das Schwimmen nennen mag, ist das einzige, bei dem ich mich jung fühle. Sich treiben lassen, plitschplatsch, flapp-di-wapp ...«

Als ich die Treppe hinabgegangen war, ging ich noch schnell pinkeln. Die Toilette befand sich abseits vom Treppenhaus am Ende eines Korridors, in dem minderwertigere, aber knalligere Porträts hingen, zumeist spätviktorianisch und eduardianisch, und die schreiende Pinselführung ließ die Porträtierten noch mehr wie Spitzbuben und Parvenus erscheinen. Als ich eintrat, kam Staines gerade heraus und sagte »Hoppla«, ließ ansonsten jedoch nicht erkennen, daß er mich kannte. Als ich an dem Urinal stand, an dessen Frontseite eine schräge Glasplatte entlanglief, damit die alten Knacker sich nicht auf die Schuhe pieselten, sagte eine Stimme: »Hat's geschmeckt, Sir?« Es war Raymond, unser Kellner, den ich nicht bemerkt hatte. Er fing meinen Blick im Spiegel auf, als ich hinüberschaute.

3

Daß ich am häufigsten die Central Line benutzte, bedauerte ich ungemein. Ich konnte ihr nicht das geringste abgewinnen. Sie hatte weder den altmodischen Freiluftcharakter der District Line, wo der Regen die Gleise verschleierte, während man wartete, noch die verdreckte Tiefe der Northern Line, noch die raffinierten, zivilisierten Anschlußmöglichkeiten der Piccadilly. Den größten Teil der Strecke war sie eine große öde Röhre, und wenngleich manche Bahnhöfe – Holland Park, St Paul's, Bethnal Green – recht geschichtsträchtig waren, so stand dem bei meinen täglichen Fahrten doch die hallende Leere von Lancaster Gate und Marble Arch sowie der Schmutz und Lärm von Tottenham Court Road, wo ich ausstieg, entgegen. Die Strecke, das wußte ich, hatte an manchen Stellen Geisterbahnhöfe, aber ich hatte es aufgegeben, nach ihren unbeleuchteten Bahnsteigen und, vielleicht in einem Aufblitzen der Schienen, den Reklametafeln und der launigen Werbung eines aufgegebenen Jahrzehnts Ausschau zu halten.

Ich hatte am Holland Park nun schon lange gewartet. Die Station mit ihrem Menschengemisch war mir allzu vertraut: Mädchen mit Perlen und rosa Strümpfen, ein paar arrogant dreinschauende junge Italiener und ein vornehmes, hängebackiges altes Paar warteten ebenfalls, während der Zug, in den sie einsteigen würden, ganz voller Schwarzer und Inder sein würde, die aus Acton ins West End fuhren. Mit der Central Line versöhnte einen, wie sie jenseits von Shepherd's Bush und Liverpool Street an beiden Enden nach den Vororten draußen im

Norden ausschwenkte. Ich stand eine Minute oder länger am Rand des Bahnsteigs, die Zehen ragten darüber hinaus, und blickte hinab in den Betongraben, wo eine ganze Familie nervöser, verrußter kleiner Mäuse umherwieselten, als seien auch sie elektrisch betrieben. Dabei fielen mir die beiden verlassenen Bahnhöfe am Britischen Museum und von Wood Lane ein, und ich schlenderte weiter und betrachtete wie ein Tourist den U-Bahnplan. Er war geschickt gemacht; alle Linien verliefen entweder senkrecht oder von links nach rechts oder in einem Winkel von fünfundvierzig Grad, so daß das ganze Arrangement ein Gebilde aus sich auflösenden und einander durchdringenden Parallelogrammen wurde. Wahrscheinlich zeichnete diese nüchterne Gradlinigkeit ein wahres Bild nur von der Strecke der Central Line, mit der ich immer fuhr: Von Shepherd's Bush bis Liverpool Street hatte die Linie jene römische Geradheit, die ich über der Erde so bewunderte und die zu der hohen Geschwindigkeit, die die Züge zuweilen erreichten, teilweise beitrug. Im Stau der Rushhour liefen die Züge dann aber hintereinander auf, was zu langen, betäubenden Aufenthalten in den Tunnels führte. Dann haßte ich die U-Bahn.

Meine Begeisterung dafür hatte ohnehin etwas Gezwungenes, und mein Interesse für die kleineren Details ihrer Geschichte und Leistung hatte ich künstlich aufgebaut, um ihr auch so etwas wie eine ästhetische Seite abzugewinnen, nachdem mir der Führerschein entzogen worden war. (Leider hatte ich ein paar Gläser zu viel Pimm's gehabt, als mich der tote Winkel erwischte, während ich zum Überholen aussscherte und dabei ein kleines altes Auto rammte, das an mir vorbeizockelte und in keinem meiner beiden Spiegel aufgetaucht war … Meine Mutter fuhr den Lancia nun auf ihren Ausflügen nach

Fordingbridge und bei gelegentlichen Reisen nach London von der Ranch in Hants.) Also machte ich das Beste aus der »Tube« und fand sie oft auch sexy und fremdartig, wie ein gigantisches Glücksspiel, in dem man zwischen vielen komischen Leuten eingekeilt war. Oder es war eine Szene wie von Edward Burra, nur Hüte und Hintern und Strandpostkarten-Anzüglichkeiten. Wie auch immer, man mußte nur versuchen, ihr Potential zu sehen.

Bevor ich in den Corry ging, nahm ich die Abkürzung über den Soho Square zu einem Kino in der Frith Street. Weniger, um einen Film zu sehen, als vielmehr im anonymen Dunkel zu sitzen und dunkle, anonyme Dinge zu tun. Arthur und ich hatten uns in der vergangenen Nacht mit Tequila kaputtgemacht, der Romanze Mexikos in Flaschen, wie es auf der Flasche hieß. Die Abende waren seit einiger Zeit länger geworden, im doppelten Sinn, und wir beide brauchten etwas Beistand von unserer Romanze in Flaschen. Jedenfalls war Arthur laut und kicherig geworden und während der ersten fünf Minuten der Royal Command Performance in einen offenmundigen, rasselnden Schlaf gesunken. Auch ich war stark betrunken, verzog mich ins Bett, und als ich am nächsten Morgen stöhnend und tastend um neun Uhr aufwachte, hatte ich eine vage Erinnerung daran, wie ich mich, ungeheuer von mir eingenommen, im Flurspiegel betrachtete und sieben- bis achtmal eine nicht eben prophetische Vorstellung von »Nessun dorma« gab.

Wie immer, wenn ich einen schweren Kater hatte, war ich kriminell geil, doch Arthur, der noch immer auf dem Wohnzimmerboden lag, das Kinn vom Speichel des Dösenden verklebt, verbrachte den Vormittag damit, abwechselnd zu scheißen und zu kotzen (was schmerzhaft für ihn war) und mit hängender Unterlippe und einem seltsamen Blick, der, wie ich erkannte, seine Version von

Blässe war, ganz langsam von einem Möbelstück zum andern zu gehen.

Obwohl der Kater nicht sehr spaßig war, schuf er in unserem Leben ein mittleres Drama, das bei uns ungläubiges Kopfschütteln auslöste, übertrieben verzerrte Gesichter und ein Vokabular, das auf »Mann«, »Scheiße« und »Mist« geschrumpft war und sich als Ächzer oder gebrochenes Flüstern artikulierte. Dann stakste Arthur mit komischer Plumpheit, als unternähme er ein Dreibeinrennen mit einem unsichtbaren Partner, erneut auf die Toilette. Später schaffte ich ihn ins Bett und ging weg, noch immer aufgeputscht vom Alkohol und in der Stimmung für das, was Sexclub-Besitzer ein Erlebnis nennen.

Das Brutus war im Kellergeschoß eines jener Häuser in Soho, die sich vom Erdgeschoß aufwärts ihre schöne karolinische Fensteranordnung bewahrt haben und in dem sehr fernen Frühling von 1983 als eine Art Emblem für schwules Leben erschienen (die elegante *bel étage* über dem heruntergekommenen, ausgelassenen *soussol).* Man betrat das Kino von der Straße, indem man den schmutzigen roten Türvorhang neben einem Schaufenster ohne Aufschrift beiseite schob, das bis auf eine Schablonenzeichnung von Michelangelos David in der Mitte überstrichen war. Das Gerangel mit dem Vorhang – man wußte nie, ob man ihn nach rechts oder links mit der Schulter wegdrücken sollte, wobei man oft einem andern ins Gehege geriet, der von innen stocherte – erschien mir als symbolischer Akt, der unter den Augen der Passanten ablief, was mich immer ein wenig mit Stolz erfüllte. Drinnen war dann ein kleiner Vorraum, an dessen Wänden auf Regalen Pornohefte auslagen und in dem Videos in Hochglanzboxen verkauft wurden; es gab auch Karten, auf denen für Clubs und Kuren geworben wurde. In einem verschlossenen Schaukasten am

Ladentisch lag Lederwäsche aus, dazu Schwanzringe, Gesichtsmasken, Ketten und die ganze Palette der Dildos, von pubertären rosa Fingern bis zu mächtigen schwarzen Geräten, einen halben Meter lang und dick wie eine Faust.

Als ich eintrat, machte sich der sommersprossige Glasgower Verkäufer gerade über eine Portion Fish and Chips her, wodurch der Raum nach Fett und Essig stank. Ich stand ein wenig herum und blätterte ein paar Hefte durch. Es waren abgegriffene Dinger voller Eselsohren, in denen sonst die Strichjungen schmökerten, die mit dem Segen der Geschäftsführung hier auf Kunden warteten; sonderbare, unglaubliche Stellungen beim Geschlechtsverkehr, deren Filmversionen oder etwas dergleichen man unten sehen konnte. Interesselos betrachtete ich die ausdrucksvolle Theatralik der Ekstase. Der Mann hatte einen kleinen Fernseher hinter dem Ladentisch, der als Monitor für die Filme, die im Kino liefen, diente; doch da sonst niemand im Laden war, hatte er den endlosen Kreislauf von Videosex durchbrochen und schaute statt dessen richtig fern. Da saß er, stopfte sich Pommes und triefende, teigüberkrustete Stücke zerfallenden weißen Kabeljaus in den Mund, und seine kurzsichtige Aufmerksamkeit war von dem Bildschirm gefangen, als wäre er ein kleiner Junge, der zum ersten Mal einen Porno sieht. Geräuschlos trat ich hinzu und schaute ihm über die Schulter; es war ein Naturfilm mit virtuosen Sequenzen, die in einem Termitenbau aufgenommen worden waren. Erst sahen wir von außen die lange, suchende Schnauze des Ameisenbärs und dann seine brutalen, rasiermesserscharfen Klauen, wie sie sich hineingruben. Drinnen sahen wir dann, dank eines wunderbaren Fiberglasgeräts an einer Tunnelkreuzung postiert, die wie das Triforium einer Kirche von Gaudí aussah, die abartig weit herausgestreckte Zunge des Ameisenbärs, die sich uns zuckend näherte und die fliehenden Termiten von der Wand wischte.

Das war einer der erstaunlichsten Filme, den ich je gesehen hatte, und ich spürte, wie mich das gewaltsame Eindringen erregte, die Zerstörung von etwas so Fremdartigem und Kompliziertem mich aber auch bestürzte. Ich war enttäuscht, als der Mann meine Anwesenheit bemerkte und in dem Glauben, ich hätte etwas Ermutigung nötig, auf einen Knopf drückte und relativ banale amerikanische Collegeboys, die einander den Schwanz ins Arschloch schoben, auf dem Schirm erscheinen ließ.

»Kino, der Herr?« sagte er. »Wir haben da ein paar echt superscharfe Streifen ...« Er war nicht mit dem Herzen dabei, und so gab ich ihm einen Fünfer und überließ ihn der wunderbaren Welt der Natur.

Ich ging die Treppe hinab, die von einer einzigen trüben, rot bemalten Birne erhellt war. Das Kino war ein kleiner Kellerraum, dessen Elend sich nur in dem trostlosen Augenblick in den frühen Morgenstunden offenbarte, wenn die Vorstellung zu Ende war und urplötzlich das Licht anging und die nackten, feuchtfleckigen Wände, den Unrat auf dem Fußboden und das noch verbliebene Publikum enthüllte, das entweder schlief oder Dinge trieb, die besser im Schutz der Dunkelheit geschahen. Es gab ungefähr zehn Reihen, die bei der Renovierung eines richtigen Kinos gerettet worden waren; an manchen Sesseln fehlten die Armlehnen, was den Kunden die Annäherung erleichterte, einer hatte keinen Sitz, was bei schüchternen Gästen wiederholt Anlaß zu Peinlichkeiten gab, wenn sie diesen Sessel, von der Dunkelheit geblendet, als den erstbesten leeren Platz ansteuerten und sich statt dessen polternd auf den Fußboden setzten.

Ich war monatelang nicht mehr da gewesen, und als ich die Tür aufstieß, schlug mir das alles mit neuerlicher Wucht entgegen, spürte ich es in Augen, Nase, und Ohren. Es roch nach Rauch und Schweiß, schalen, männlichen Ausdünstungen, darüber hing ein billiger, beißender Luftreiniger mit Zitronenaroma wie in einem Taxi, und hier und da waberte eine Spur Trouble for Men. Dazu hörte man einen sanften, aphrodisischen Pop, der, da der Film keine Tonspur hatte, sich unablässig wiederholend dudelte, um die Stimmung zu heben und die leiseren Geräusche der Besucher zu überdecken. Der Eindruck des Raums änderte sich während der ersten Minute, als ich dicht an der Tür wartete, bis sich meine Augen an die Dunkelheit gewöhnt hatten. Das einzige Licht kam von der kleinen Leinwand und einem mattgelben »Notausgang«-Schild. Einmal war ich durch diesen Ausgang gegangen, er führte zu einem übelriechenden Treppenhaus mit einer verschlossenen Tür oben. Rauch dickte die Luft ein und hing im Strahl des Projektors.

Es war wichtig, daß man möglichst hinten saß, wo es dunkler war und mehr ablief, aber auch notwendig, um die Zuwendungen der wirklich schauerlichen Zeitgenossen zu vermeiden. Leicht behindert durch meine Tasche schob ich mich in eine Reihe, die bis auf einen korpulenten Geschäftsmann am Ende leer war. Es war kein sehr gutes Publikum, und so richtete ich mich auf eine längere Wartezeit ein. Gelegentlich wurden Zigaretten angezündet, und die Männer rutschten auf ihren Sitzen umher und schauten sich um; die Stimmung schwankte zwischen Anspannung und Lethargie.

Nach den Collegeboys kam ein kurzes, trübsinniges Filmchen mit älteren, schnauzbärtigen Typen, von denen einer fast kahl war. Es brach abrupt ab, und ohne

Vorspann lief ein anderer Film, sehr fröhlich und im Freien. Wie immer bei derlei Streifen, auch wenn ich mir die derben Aussschweifungen in den letzten Einstellungen gefallen ließ, berührten mich am meisten die Anfangsszenen, wenn es vor Erwartung knisterte, Männer auf der Straße oder am Strand, die die Zeit totschlagen, Gewichte stemmen und die Verwandlung, die unsere Phantasie von ihnen fordern würde, noch vor sich haben.

Hier nun waren wir auf einem Bauernhof. Ein flachsblonder Bursche in alten Jeans und weißem Unterhemd lehnte in der Sonne an einem Scheunentor, das eine Bein hinten abgestützt. Die Nahaufnahme bewunderte ihn, wie er die Augen vor der Sonne zusammenkniff, ein Strohhalm zuckte zwischen seinen Lippen. Langsam glitten wir an ihm herab, verharrten, wo seine Hand über die Warzen strich, die sich hart unter dem Unterhemd abzeichneten, verharrten dann erneut auf seinem schlaffen, aber vielversprechenden Schritt. Auf der anderen Seite des Hofs schichtete ein zweiter Junge, ebenfalls blond, Kunstdüngersäcke um. Wir betrachteten seinen hemdlosen muskulösen Torso, während er die Säcke auf die Schulter hob, folgten den Schweißtropfen, die ihm über Hals und Rücken liefen, bekamen eine schöne Ansicht von seinem prallen Jeansarsch, als er sich vornüber beugte. Die Blicke der beiden Jungs trafen sich; eine Nahaufnahme und dann noch eine verrieten Neugier und Lust. Fast wie in Zeitlupe schlenderte der hemdlose Junge zu dem andern herüber. Sie standen nah beieinander, beide wunderschön, vielleicht achtzehn, neunzehn Jahre alt. Ihre Lippen bewegten sich, sie redeten und lächelten, doch da der Film ohne Ton war, hörten wir nur die pulsierende, plätschernde Kinomusik, sie kommunizierten in traumgleichem Schweigen oder wie außer Hörweite durch ein Fernglas. Das Bild war sonnenüber-

strahlt und ganz leicht unscharf, wodurch die zarten Umrisse der Jungen zu einem blonden Nimbus verwischt wurden. Der mit dem Unterhemd schien den andern etwas zu fragen, worauf sie sich abwandten und von der Dunkelheit der Scheune verschluckt wurden.
Wo hatten sie die bloß her, fragte ich mich, diese Jungen, die schöner waren als fast alle, denen man im wirklichen Leben begegnete? Und ich erinnerte mich, daß ich irgendwo einmal gelesen hatte, daß ein Talentsucher aus Kalifornien eine Fotokartei mit über dreitausend davon hatte, die über zwanzig oder dreißig Jahre zurückreichte, und daß ein Junge, als er nach einer Sitzung im Studio die Kartei durchstöberte, Bilder von seinem eigenen Vater entdeckte, die vor langer Zeit aufgenommen worden waren.

Mittlerweile waren weitere Zuschauer eingetroffen, auch wenn sie schwierig zu erkennen waren; solange die sonnenhelle Einleitung den Raum ausgeleuchtet und ihren Schein auf das verstreute Publikum in den vorderen Reihen geworfen hatte, spielten sich die Sexszenen in der Scheune in einem vergleichsweise schummrigen Licht ab, was den Zuschauern ein geheimes Dunkel gönnte. Ich zog meinen halbsteifen Schwanz aus dem Hosenladen und streichelte ihn beiläufig.

Ein Neuankömmling tapste zu der leeren ersten Reihe vor, die in dem winzigen Raum kaum einen Meter von der Leinwand entfernt war. Ich hörte Papierrascheln und sah seine Silhouette, als er den Mantel auszog, ihn ordentlich zusammenfaltete und auf den Sitz neben dem ablegte, auf den er sich dann setzte. Das Rascheln wiederholte sich regelmäßig, und mir war, als handele es sich dabei um einen Mann, den ich bei meinem allerersten Besuch im Brutus gesehen hatte, ein flinker kleiner Kerl von ungefähr fünfundsechzig, der wie ein Schulmädchen, das man in einen Liebesfilm ab 12 mitgenommen hat, von den Filmen verzückt dasaß und sich durch eine Packung Bonbons knurpste, während sich die Handlung entwickelte. Einen Fünfer vielleicht von seiner Rente, dazu 30 p für die Klümpchen, mochte er sich pro Woche für seinen kleinen Ausflug beiseite legen. Wie er sich darauf freuen mußte! In aller Unschuld war er in die Phantasiewelt auf der Leinwand versunken. Konnte er auf eine Zeit zurückblicken, als er dasselbe wie diese blühenden, unbekümmerten Teenager gemacht hatte, die nun eng umschlungen im Heu lagen und einander den Schwanz lutschten? Oder war dies das Abbild einer neuen Gesellschaft, die wir geschaffen hatten, in der jedes Bedürfnis seine Befriedigung fand?

Der alte Mann war mit seinen Hustendrops zufrieden, ich aber wollte ein anderes orales Vergnügen (der Winchester-Slangausdruck »Sauger«, was Süßigkeiten bedeutete, war genau das richtige Wort dafür). Allerdings nicht mit dem Menschen, der sich gerade zu den hinteren Reihen vorpirschte, einer dieser dicklichen, bebrillten Chinesenjungen, die wie die Geschäftsreisenden und wohlangesehenen Dozenten aus Oxford an Orten wie diesem ihr Glück versuchten, hoffnungsvoll von Reihe zu Reihe sprangen und so beharrlich waren, daß es nicht ausblieb, daß sie zuweilen auch Erfolg hatten.

Der Mann am Ende der Reihe mußte Platz machen, und mir wurde klar, daß ich der nächste Empfänger einer östlichen Annäherung war. Der Junge setzte sich neben mich, und obwohl ich weiter auf die Leinwand schaute und die Hand über meinen Schwanz legte, spürte ich, wie er mich durchdringend anstarrte und versuchte, mein Gesicht in der Dunkelheit auszumachen; sein Atem strich mir über die Wange. Dann kam der Druck seiner Schulter gegen meine. Ich rückte betont von ihm ab und lehnte mich über den leeren Platz auf der andern Seite. Er machte sich ziemlich breit, spreizte die Beine, von denen sich eins zu mir herüber verirrte und gegen meinen Schenkel drückte.

»Hau ab, ja?« flüsterte ich in der Meinung, eine sachliche Aufforderung würde genügen. Gleichzeitig schlug ich ein Bein über das andere, wodurch ich meine Eier unangenehm einklemmte, um zu unterstreichen, daß ich nicht zur Verfügung stand. Der Junge mit den Säcken schob gerade dem andern den Finger in den Arsch, spuckte auf seinen großen, stumpfen Schwanz und bereitete sich auf die unvermeidliche Penetration vor. Während er die Eichel gegen den glänzenden Schließmuskel des Jungen drückte, was in einer gespenstischen Nahaufnahme praktisch die ganze Leinwand ausfüllte, merkte ich, wie ein Arm die Sitzlehne hochglitt und einen Augenblick später eine Hand sich entschlossen auf meinem Pimmel niederließ. Ich rührte mich nicht, sagte aber dafür in dem Gespür, welche Macht die Sprache in dieser Geheimversammlung hatte, laut und fest: »Wenn du mir noch einmal zu nahe kommst, brech ich dir den Hals.« Ein paar Männer drehten sich um, von der anderen Seite des Raums tönte ein »Oooh« herüber, artikuliert in einem unübertrefflich homosexuellen Ton gelangweilter Empörung, die Klaue zog sich zurück, und ein paar Augenblicke später, die wohl irgendeiner phantastischen Vorstellung von Wahrung der Würde entsprachen, zog sich der Mensch zurück, wobei er sich einen Fluch von dem Mann am Ende der Reihe einhandelte, der wiederum aufstehen und dabei versuchen mußte, seine Erektion zu verbergen.

Hochgestimmt darüber, wie ich die Situation gemeistert hatte, breitete ich mich wieder aus; der Junge spritzte dann auch über dem Gesicht des andern ab, und es sah sehr hübsch aus, wie die Tropfen und Schlieren der Soße auf seinen Augenlidern, der Nase und den dicken, halb offenen Lippen klebten. Dann kam ganz abrupt der nächste Film. Ein halbes Dutzend Jungen betraten einen Umkleideraum, und im selben Moment ging die Tür von der Treppe her auf, und herein kam etwas, das in dem tiefen Schatten aussah, als könnte es schön sein. Es war ein sportlich wirkender Junge, natürlich mit einer Tasche. Er wußte nicht recht, was er tun sollte, und so richtete ich meine telepathischen Kräfte auf ihn. Der Ärmste wehrte sich noch etwas ... doch vergebens. Er stolperte nach hinten, quetschte sich an dem Geschäftsmann vorbei (ich hörte, wie er »'tschuldigung« sagte), setzte sich einen Platz von mir entfernt und stellte die Tasche auf den Sitz zwischen uns.

Ich ließ etwas Zeit verstreichen und hörte ihn deutlich wie vor Lust und Staunen schlucken, als die Jungen sich auszogen und, bevor wir wußten, wie uns geschah, einer von ihnen unter der Dusche wichste. Etwas an ihm sagte mir, daß mein Nachbar zum ersten Mal in so einem Kino war, und ich erinnerte mich, wie hinreißend es ist, wenn man seinen ersten Porno sieht. »Mensch! Die machen es ja tatsächlich«, hatte ich damals zu mir gesagt und war tief beeindruckt gewesen von der Art, wie die Schauspieler richtigen Sex zu machen schienen, einfach weil es ihnen Spaß machte, und von der schreienden Unschuld des Ganzen.

Dann unternahm ich eine Reihe eindeutiger und unerbittlicher Schritte, verlagerte mich auf den Sitz zwischen uns, wobei ich gleichzeitig seine Tasche auf dem Boden dorthin schob, wo ich zuvor gesessen hatte. Ich spürte bei ihm eine gewisse Unruhe, doch er schaute weiter auf die Leinwand. Dann fuhr ich mit dem Arm an der Rükkenlehne seines Sitzes hoch, und da er reglos verharrte, machte ich es so deutlich, wie ich es in der Dunkelheit nur konnte, daß ich meinen Schwanz draußen hatte und damit spielte. Dann beugte ich mich weiter zu ihm hinüber und ließ die Hand über seine Brust gleiten. Sein Herz raste, und ich spürte in seiner starren Haltung die ganze Spannung zwischen Erregung und Angst und wußte, daß ich ihn in der Hand haben würde. Er trug eine Art Fliegerjacke und darunter ein Hemd. Ich ließ meine Hand auf seiner Hüfte und bewunderte seinen festen, konturierten Bauch, schob dann die Finger zwischen seine Hemdknöpfe und strich mit der Hand über seine weiche Haut. Er hatte schöne, muskulöse Titten mit kleinen, glasierten Warzen, gänzlich unbehaart. Mit der linken Hand streichelte ich sanft den Ansatz seines kräftigen Nackens; er schien fast einen Bürstenschnitt zu haben, und sein Genick war mit weichen Borsten überzogen. Ich lehnte mich nahe zu ihm hin und zog mit der Zunge eine feuchte Spur über seinen Wangenknochen und drang in sein Ohr.

Jetzt konnte er nicht länger passiv bleiben. Schlukkend wandte er sich mir zu, und ich spürte, wie er mir mit den Fingerspitzen scheu über die Knie strich und gleich darauf meinen Schwanz berührte. »O nein«, glaubte ich ihn gepreßt sagen zu hören, als er versuchte, ihn mit der Hand zu umfassen, und ihn zögernd ein paarmal wichste. Ich streichelte den Jungen weiter im Nacken, weil ich dachte, es würde ihn beruhigen, doch er betastete meinen Pint weiter auf geradezu höfliche Weise, und so machte ich etwas Druck und stieß seinen Kopf entschlossen in meinen Schoß. Er hatte einige Mühe, seine stämmige Figur in die neue Stellung zu bringen, zumal ihn noch die gepolsterte Armlehne zwischen unseren Sitzen behinderte; doch als er es geschafft hatte, nahm er die Kuppe meines Schwanzes in den Mund und lutschte, während ich seinen Kopf wie eine Puppe auf und ab drückte, recht und schlecht daran.

Das war ja alles ganz schön, und bei meinem Kater fühlte ich es auch mit elektrisierender Intensität. Aber ebenso spürte ich seine Zurückhaltung, und so ließ ich ihn los. Er war unerfahren und brauchte, obwohl er erregt war, Hilfe. Wir lehnten uns eine Weile zurück, wobei ich meine Hand die ganze Zeit auf seiner Schulter ließ. Ich fand die Frechheit, mit der ich das alles durchgezogen hatte, toll, und wie meistens bei wahllosem Sex gab sie mir das Gefühl, alles erreichen zu können, was ich wollte, wenn ich nur entschlossen genug war. Auf der Leinwand spielte sich nun eine recht komplizierte Szene ab, alle sechs Jungs machten etwas Interessantes, und in einem von ihnen erkannte ich Kip Parker, einen berühmten, wuschelköpfigen blonden Teenystar. Ich griff meinem neuen Freund zwischen die Beine und spürte, wie sein Schwanz gegen die beengende Baumwolle seiner Hose stieß. Er half mir dabei, ihn herauszuholen, ein kurzes, stämmiges kleines Ding, das ich mir nun vornahm und und fast sofort abnudelte. Gott, muß er scharf gewesen sein. Nach einer schockierten Erholungspause tastete er nach seiner Tasche und ging ohne ein Wort hinaus.

Während dieser schmierigen, aber reizenden kleinen Episode wuchs in mir der Verdacht, der sich fast zur Gewißheit erhärtete, als er die Tür öffnete und in etwas helleres Licht geriet, daß der Junge Phil aus dem Corry war. Er hatte weniger nach Schweiß als nach Talkumpuder gerochen, und auf seiner Kinnlade waren feine Stoppeln gewesen, woraus ich schloß, daß Phil wohl eher zum Club ging als von dort kam, da ich wußte, daß er auf peinliche Sauberkeit bedacht war und sich abends immer rasierte, bevor er duschte. Ich war versucht, ihm gleich zu folgen, um meine Vermutung zu bestätigen, aber dann dachte ich mir, daß ich es ebenso leicht merken würde, wenn ich ihn später sah; zudem nahm ein sehr gut ausgestatteter Kerl, der schon zuvor ein Interesse für unsere Aktivitäten gezeigt hatte, Phils Platz ein und machte es mir in epischer Länge während des nächsten Films, einem unerträglich geschmacklosen Streifen, der nur in einer Küche spielte.

Im Zug nach Hause las ich *Valmouth* weiter. Es war ein altes grau-weißes Penguin Bändchen aus der Classic-Reihe, das James mir geliehen hatte, die Seiten steif und verfärbt und den schwachen Geruch verlorener Zeit verströmend. Feuchte Weingläser hatten malvenfarbene Ringe auf der Zeichnung des Autors von Augustus John und dem Preis, 3/6, der in einem roten Viereck auf dem Dekkel stand, zurückgelassen. Dennoch war ich ermahnt worden, das Buch, das auch noch *Prancing Nigger* und *Concerning the Eccentricities of Cardinal Pirelli* enthielt, besonders pfleglich zu behandeln. James war ein Firbank-Verrückter, und nur weil er mich so liebte, durfte ich dieses scheinbar unauffällige alte Taschenbuch, das auf dem Vorsatzblatt den absurden Namenszug »O. de V. Green« trug, mitnehmen. Für den durchschnittlichen Firbank-Freund hatte James nur Verachtung übrig und bekundete eine sehr ernsthafte Einstellung gegenüber seinem Lieblingsautor. Ich hatte die Lektüre lange mit der kindlich-störrischen Art hinausgezögert, mit der man allen eifrigen und wiederholten Empfehlungen widersteht, und hatte mir Firbanks bislang als einen äußerst frivolen und albernen Autor vorgestellt. Dann war ich überrascht, wie schwierig, witzig und unnachgiebig er war. Die Figuren waren launisch und extravagant bis zum äußersten, doch der Roman selbst war ohne Zweifel knallhart.

Ich wußte, daß ich ihn erst nach einer zweiten oder dritten Lektüre allmählich verstehen würde, aber schon jetzt stand fest, daß die Bewohner des balsamischen Kurorts Valmouth das Klima so wohltuend fanden, daß sie alle ein ungeheuer hohes Alter erreichten. Lady Parvula de Panzoust (der Name war mir schon von James geläufig, der ihn einem Mitglied des Corry verliehen hatte) hoffte, mit dem männlichen jungen David Tooke, einem Bauernjungen, ein Verhältnis zu beginnen, und suchte Hilfe bei Mrs. Yajnavalkya, einer schwarzen Masseuse, um ein Treffen zu arrangieren. »Er ist *schrecklich* erlesen«, versicherte Mrs. Yaj der hundertjährigen *grande dame.* Die meisten Dialoge bestanden aus höchst gewundenem Unsinn, doch gewann man den enervierenden Eindruck, daß sich all das bei tieferer Vertrautheit als mit wechselnder und verdeckter Bedeutung befrachtet erweisen würde. Mrs. Yaj redete ein wundervolles schwarzes Pidgin, das mit weiteren exotischen Wendungen onduliert war. »O Allah la Ilaha!« beruhigte sie die besorgte Lady Parvula. »Soll ich Ihn sagen, was das Mittelchen der Yajnavalkya ist? Was es all die tausend und abertausend Jahr war? Das ist *bjopti. Bjopti*! Und was bedeutet *bjopti*? Es bedeutet *Diskretion. Pss-s-s-s-s-s-s-s-s-s-s-s-s-s-s-s-s-s-s-s-s-s-st*!« Es war ein so langes »Pst!«, daß ich plötzlich merkte, wie ich es lautlos vor mich hin summte, um mir eine Vorstellung davon zu machen.

»Still, Damian«, sagte die Frau mir gegenüber zu ihrem kleinen Jungen. »Der Herr da möchte gern lesen.«

Gegen neun war ich dann zu Hause. Das große vorhanglose Fenster an der Treppenkehre ließ noch immer genug von der phosphoreszierenden Abenddämmerung herein, so daß es nicht nötig war, Licht zu machen. Ich genoß meine Besitzerheimlichkeit, als ich langsam und geräuschlos hinaufging, und auch den Schauder der

Trübnis, die einen umfängt, wenn man bei einbrechender Dunkelheit an einem verlassenen Ort ist. Solche Frühlingsabende hatten etwas Nostalgisches, das die träumerische Zurückgezogenheit einer Kahnfahrt im Dunkeln wachruft und die süße Müdigkeit danach, wenn man ins Haus zurückkommt, alle Fenster geöffnet und die Wärme sich noch unter der Dachtraufe hält. Die Wohnungstür war angelehnt, was ungewöhnlich war. Ich hielt sie in der Regel verschlossen, da ich oft der einzige im Haus war (oder gewesen war) – der Geschäftsmann im Erdgeschoß war häufig im Ausland. Auch hatte ich gelegentlich beobachtet, daß Arthur sie zumachte oder nachsah, ob sie zu war, wenn er durch den Flur kam. Mir wurde bang, als ich sie aufstieß und Arthurs Stimme hörte, der nicht mich ansprach – er konnte unmöglich gewußt haben, daß ich da war –, sondern ruhig mit jemand anderem redete. Die Tür zum Wohnzimmer, die offenstand, verbarg, was da vor sich ging; das Licht aus dem Zimmer fiel über den hinteren Teil des Flurs.

Zunächst vermutete ich, daß er telefonierte, was eingeleuchtet hätte, nur hatte er immer gesagt, daß er Telefonieren haßte. Einen unerträglichen Augenblick lang glaubte ich, daß ich irgendwie betrogen wurde und er in meiner Abwesenheit andere Leute anrief und eine andere Existenz führte. Hier war etwas im Gange, in dem ich der Düpierte war; er hatte überhaupt niemanden getötet ... Dann hörte ich eine andere Stimme, nur hier und da eine Silbe, hoch – es klang wie ein junges Mädchen. Ich hörte Arthur sagen: »Ach, er wird ja wohl bald zurück sein.« Ich machte ein Geräusch und trat ins Zimmer.

»Will, Gott sei Dank«, sagte Arthur und erhob sich halb vom Sofa, jedoch behindert von der schweren Breite meines Fotoalbums, das offen über seinem Schoß und dem eines kleinen Jungen lag, der neben ihm saß und sich darüber beugte wie über einen Tisch. Es war mein Neffe Rupert.

Rupert hatte mehr Zeit als ich gehabt, sich zu überlegen, was er sagen sollte. Trotzdem war er sich offensichtlich nicht sicher, wie ich auf ihn reagieren würde. Vor allem wollte er, daß es eine nette Überraschung war: Er starrte zu mir hoch, den Mund leicht geöffnet, aus dem er kein Wort herausbrachte, und auch Arthur schaute recht unsicher drein. Wieder empfand ich mich für andere verantwortlich.

»Das ist aber eine unerwartete Freude, Roops«, sagte ich. »Hast du Arthur die Bilder gezeigt?« Mir war, als sei etwas überhaupt nicht in Ordnung.

»Ja«, sagte er, eine leichte Schamesröte im Gesicht. »Ich habe beschlossen wegzulaufen.«

»Das ist aber aufregend«, sagte ich, während ich zum Sofa ging und das Fotoalbum nahm. »Hast du deiner Mammi gesagt, wo du hingehst?« Ich hielt das schwere, geprägte Lederalbum in den Händen und schaute auf ihn herab. Arthur runzelte die Stirn und stieß etwas Luft durch die Nase. »Mensch, Will«, sagte er vertraulich.

Rupert war zu der Zeit sechs Jahre alt. Von seinem Vater hatte er eine ernsthafte, praktische Intelligenz geerbt, von seiner Mutter, meiner Schwester, Eitelkeit, Selbstbeherrschung und das Rosa und Gold der Beckwiths, das Ronald Staines so sehr an mir bewundert hatte. Ich hatte Gavin immer gemocht, er war ein vielbeschäftigter, geistesabwesender Mann, dessen Gedanken selbst noch auf einer Abendgesellschaft mit Einzelheiten der römisch-britischen Archäologie beschäftigt waren, seiner Leidenschaft und seinem Beruf, und der wohl nichts zu schaffen hatte mit der Erscheinung, die sein Sohn jetzt bot, Knickerbocker und besticktes Jäckchen, dazu eine Millaissche Lockenpracht, als wollte er gleich in den

Kensington Gardens mit einem Reifen spielen. Philippa hatte eine pittoreske und romantische Haltung ihren Kindern gegenüber (es gab auch noch ein kleines Mädchen, Polly, drei Jahre alt), und Gavin ließ ihr freie Hand, bündelte seine Zuneigung für seine Familie zu plötzlichen Ausbrüchen von Großzügigkeit, unangekündigten Vergnügungen und impulsiven Ausfahrten, die das Leben in dem Bilderbuchkinderzimmer im Ladbroke Grove sprengten, aber zu Recht beliebt waren.

»Ich habe ihnen einen Zettel geschrieben«, erklärte Rupert, stand auf und begann, im Zimmer umherzulaufen. »Ich hab Mammi gesagt, sie soll sich keine Sorgen machen. Ich bin sicher, daß sie einsieht, daß es so am besten ist.«

»Ich weiß nicht so recht, mein Lieber«, wandte ich ein. »Mammi ist ja recht vernünftig, aber es ist doch wirklich schon sehr spät, und ich wäre nicht überrascht, wenn sie sich doch ein wenig Sorgen machte. Hast du ihr gesagt, wohin du gehst?«

»Nein, natürlich nicht. Das war doch ein Geheimnis. Ich hab's nicht mal Polly gesagt. Es mußte alles sehr sorgfältig geplant werden.« Er hob eine Tragetasche von Harrods hoch. »Ich habe auch etwas zum Essen mitgebracht«, sagte er und leerte ein paar Äpfel, eine Sechserpackung Penguin-Plätzchen und ein grob abgesäbeltes Stück kalten Schweinebraten auf das Sofa. »Und ich habe einen Stadtplan.« Aus der Innentasche seines Jäckchens zog er einen A-Z hervor, auf dessen Hochglanzumschlag er mit blauem Kuli in schwerfälliger runder Schrift »Rupert Croft-Parker« geschrieben hatte.

Ich ging ins Schlafzimmer und rief Philippa an. Ein Dienstmädchen, der Stimme nach zu urteilen, Spanierin, nahm ab; sie hatten einen raschen Personalwechsel, und wenn ich Philippa gewesen wäre, dann hätte ich mir schon lange überlegt, warum das so war. Fast sofort war sie an einem andern Apparat.

»Hallo, wer ist da?«

»Philippa, ich bin's, ich habe Roops hier.«

»Will, was zum Teufel soll das Ganze? Hast du überhaupt eine Ahnung, welche Sorgen ich mir mache?«

»Das dachte ich mir – deshalb rufe ich ja auch an ...«

»Geht's ihm gut? Was war denn los?«

»Ich nehme an, er ist weggelaufen. Hast du denn seinen Zettel nicht gesehen?«

»Natürlich nicht, Will, sei nicht so albern. Er läßt keinen Zettel da. Er ist sechs Jahre alt.«

»Ich habe jedenfalls Zettel hingelegt, als ich sechs war, und ich war nicht halb so gescheit wie Rupert.«

»Will, es geht hier um mein Kind. Ich komme gleich zu dir rüber.«

»O. K. Oder vielleicht läßt du dir noch etwas Zeit. Wir sind noch gar nicht dazu gekommen, uns ein bißchen zu unterhalten.« Ich hatte bemerkt, daß Rupert hereingekommen war.

»Sprichst du mit Mammi?« sagte er mit ernster Miene. Ich nickte, während ich Philippa zuhörte, und zwinkerte ihm zu. Ich saß auf der Bettkante, und er kam her, lehnte sich an mich und legte mir den Arm um den Rücken.

»Du kannst dich später mit ihm unterhalten, wann du willst«, insistierte seine Mutter. »Jetzt ist schon neun vorbei – er müßte längst im Bett sein. Wir sollten zu den Salmons zum Abendessen – ich mußte sie anrufen und sagen, wir hätten Schwierigkeiten und könnten nicht kommen. Es hat alles kaputtgemacht.«

»Ich bringe ihn zu euch, wenn du willst«, bot ich ihr an; mir wurde plötzlich klar, daß es Probleme geben könnte, wenn man Arthur sehen würde.

»Nein, das würde viel zu lange dauern. Ich komme mit

dem Wagen.« Sie legte auf, als ich gerade noch einen weiteren Vorschlag machen wollte.

»Kommt Mammi her?« fragte Rupert, wobei sein Gesichtsausdruck einen faszinierenden Übergang von Bokkigkeit zu Erleichterung bot.

»In einer Minute ist sie da«, bestätigte ich. Und viel länger würde es auch nicht dauern. Ich ging gedankenverloren zur Tür. Er trabte an mir vorbei und schaute zu mir hoch.

»War sie sehr sauer?« fragte er.

»Ich glaube, schon ein bißchen, mein Lieber.« Ich legte mir einen Plan zurecht. »Paß auf, du kannst doch schweigen, oder?«

»Natürlich«, sagte er und schaute sehr verantwortungsbewußt.

»Also hör zu. Um welche Zeit bist du von Zuhause weg?«

»Etwa um sechs Uhr.«

»Und was hast du dann gemacht?«

»Erst bin ich spazierengegangen. Richtig lange sogar, den ganz steilen Weg hoch, weißt du – da wo die Homosexuellen sind.«

»Ja, ja, ich weiß«, murmelte ich.

»Und dann wieder runter, da, wo wir damals Rollschuh gelaufen sind. Und dann den ganzen Weg wieder nach oben. Und dann« (er hob den Arm hoch, um die Hauptstoßrichtung seines Feldzugs zu beschreiben) »den ganzen Weg bis hierher. Ich klingelte eine ganze Weile, aber ich sah, daß Licht brannte, und *endlich* kam dann der afrikanische Junge runter.«

»Hast du ihm gesagt, wer du bist?«

»Natürlich. Ich habe ihm gesagt, ich müsse reinkommen und auf dich warten.«

»Nun, die Sache ist die, mein Kleiner, der afrikanische

Junge möchte, daß es ein Geheimnis bleibt, daß er hier ist. Wir verstecken ihn also, wenn deine Mammi kommt, und tun so, als hätten wir ihn nie gesehen. In Ordnung?«

»Geht für mich in Ordnung«, sagte Rupert. »Hat er denn etwas angestellt?«

»Nein, nein«, lachte ich ganz natürlich. »Aber er will nicht, daß seine Mutter erfährt, daß er hier ist – ganz ähnlich wie bei dir. Wenn wir es also niemandem erzählen, dann erfährt sie es nie.«

»Gut«, sagte Rupert. Offensichtlich war er nicht damit zufrieden.

Wir gingen ins Wohnzimmer. »Es ist wohl besser, wenn du ins Schlafzimmer gehst«, sagte ich zu Arthur. »Seine Mutter kommt gleich. Wir haben beschlossen, daß es ein Geheimnis bleibt.« Sogleich ging er aus dem Zimmer, und ich hörte, wie er die Schlafzimmertür schloß. »Mammi wird gleich da sein«, sagte ich.

Mein Neffe war entschlossen und gelassen. »Können wir weiter Bilder anschauen?« fragte er.

»In Ordnung«, willigte ich ein. Dann fiel mir etwas anderes ein. »Wie lange warst du hier, bevor ich kam?«

»Ungefähr zwanzig Minuten – bevor du kamst.«

»Vielleicht sagen wir Mammi einfach, du hättest unten auf der Treppe gesessen, als ich kam. Sonst überlegt sie noch, wie du reingekommen bist – oder warum ich nicht früher angerufen habe.«

Er schaute auf seine große, recht erwachsen wirkende Uhr. »Ja, machen wir«, sagte er. Wir setzten uns nebeneinander hin, und ich zog mir das Album auf die Knie. Es gehörte zu einem Satz von Alben, in die mein Großvater alle seine losen Schnappschüsse und vielfältigen Sammlungen von Fotos, die während eines langen Lebens gemacht worden waren, eingeklebt hatte. Er hatte mehr Bände machen lassen, als er brauchte, und mir einen gegeben. Er hatte die großzügigen Ausmaße eines eduardianischen Albums, viele, viele breite dunkelgraue Seiten, die mit einer dicken, am äußeren Rand verknoteten Seidenschnur zusammengehalten wurden. Das Ganze wurde von gewichtigen Deckeln geschützt, die mit grünem Leder bezogen und am Rand mit Blumen verziert waren; in der Mitte prangte ein pompöses, aber eindrucksvolles »B« unter einer Krone.

»Wie weit seid ihr gekommen?« fragte ich, womit ich ihm anbieten wollte, es dort an der Stelle aufzuschlagen.

»Fangen wir noch mal von vorn an«, drängte Rupert. Wir hatten schon einmal eine Stunde über diesem Album verbracht, und ich hatte den Eindruck gehabt, daß er es sich einprägte, die Zusammenhänge zu erkennen versuchte. Für ihn war es eine Art Buch des Lebens, und ich war der maßgebende Exeget seines Textes.

Der frühe Teil war ziemlich willkürlich; dieser Ableger der Familienfotosammlung bestand lediglich aus Duplikaten und zweiter Wahl. Da war ich mit einer Mütze und einer Zahnspange in meiner alten Schule, dann Philippa und ich in Badesachen in der Bretagne (offenbar ein windiger Tag), ich in Shorts im Garten von Marden, dahinter mein Großvater und meine Mutter mit säuerlicher Miene im Liegestuhl. »Schau, das ist Urgroßpapa: Er war wohl nicht sehr guter Laune, was?« Rupert kicherte und stieß mit den Absätzen gegen die Vorderseite des Sofas. »Und das ist Winchester.«

»Hurra!« schrie Rupert, der zwar ein unabhängiges Kind war, aber dennoch patriotische Gefühle gegenüber Dingen wie der Schule hatte, von der er eines Tages zweifellos einmal ausreißen würde.

»Und das hier, entdeckst du mich darauf?« fragte ich. Es war ein Bild von meinem ersten Jahr im College. Ich ließ meinen Blick über die ganzen Reihen schweifen, um ihm keinen Hinweis zu geben, doch ich hätte mir die Mühe sparen können. Er zögerte nur kurz und tippte dann mit dem Finger auf mich, in der Mitte der hinteren Reihe. Ich sah schrecklich süß aus, kurze Haare, und mein recht trauriger Blick vermittelte den Eindruck, als sei ich in Gedanken bei höheren Dingen. Daß dies nicht der Fall war, machte das nächste Foto von der Schwimmmannschaft deutlich. Es war am Becken aufgenommen worden, wo das Sprungbrett im Beton verankert war; drei Jungen standen auf dem Ende des Bretts über dem Beckenrand, um eine zweistufige Gruppe zu bilden. Der Matheson-Pokal, diese maßlos scheußliche Schultrophäe, die wir in dem Jahr gewonnen hatten, wurde von Torriano hochgehalten, dem Jungen mitten in der hinteren Reihe. Das Auffälligste an dem Bild war, was man schon damals mit Fug und Recht meine Männlichkeit hätte nennen können. Ich hatte eine sehr sexy weiße Badehose mit einem roten Streifen an der Seite an, und ich erinnerte mich, daß, als das Bild ans schwarze Brett der Schule kam, dazu ein Zettel, auf dem sich diejenigen eintragen konnten, die einen Abzug wollten (für gewöhnlich nicht einmal alle Mitglieder des betreffenden Teams), eine beispiellose Nachfrage einsetzte und daß die Hose selbst, in die ich total vernarrt war, über Nacht aus dem Trockenraum verschwand und nie wieder auftauchte. Mein Gesicht, damals noch runder und frecher, war ein Ausdruck von geradezu beunruhigender Vieldeutigkeit.

Ruperts Finger stieß, wenngleich etwas zögernd, auf mich hinab. »Das bist du«, sagte er. »Und wer ist das?«

»Das ist Eccles«, sagte ich nachdenklich. Für einen Moment beschäftigte mich das schon ältlich wirkende Foto, auf dem die Gesichter im Lauf der Zeit eine größere

Klarheit annahmen. Mit seinem stämmigen Körper und seinen nach außen gewölbten Schenkeln war der Junge für einen Schwimmer untypisch gebaut, aber er bewegte sich mit einer ruckartigen, konzentrierten Kraft. Mit den glatten schwarzen Haaren, der langen spitzen Nase und einem Lächeln, das seine kleinen, eckigen Zähne entblößte, wirkte er koboldhaft jung, und mit seinem leicht zur Seite geneigten Kopf würde er, solange es das Bild gab, den Eindruck ausgeprägten Charmes vermitteln.

»Ist das der, der seinen Namen geändert hat?«

»Richtig.«

»Warum hat er das getan?«

»Ach, das war weniger wegen ihm, sondern wegen seinem Vater oder sogar seinem Großvater. Er war Jude, und vor dem Krieg änderten die Juden ihren Namen, damit die Leute es nicht wußten. Sein wirklicher Name war Ecklendorff.«

»Warum wollten sie nicht, daß die Leute wußten, wie sie wirklich hießen?«

»Das ist eine lange Geschichte, mein Kleiner. Die erzähle ich dir ein andermal.«

»Ja.« Er zog die Stirn kraus und blätterte weiter. Jetzt kam Oxford – das Immatrikulationsfoto, aufgenommen in dem steinernen Vorhof des Corpus; der Pelikan oben auf der Sonnenuhr schien auf dem Kopf des schlaksigen, in einen Talar gehüllten Chemikers in der Mitte der hinteren Reihe zu sitzen. Ich sah ziemlich anonym darauf aus, und als Rupert mich entdeckt hatte, wandten wir uns einigen Farbschnappschüssen von einem Sommerpicknick in Wytham zu. Da saß ich im Schneidersitz auf einer Decke, ohne Hemd, gebräunt, blaue Augen – schöner war ich wohl nie und würde es auch nie mehr sein. »Das bist du!« rief Rupert und tapste mit dem Zeigefinger auf mein Gesicht, als wolle er seine Fingerabdrücke für die Polizei sichern. »Und das ist James! Ist er nicht komisch?«

»Ja, zum Schießen.« James hatte seinen Panamahut auf, war völlig betrunken und in einem ungünstigen Winkel (den ich im wirklichen Leben nie bei ihm gesehen hatte) erwischt worden, so daß er geil und verkommen aussah.

»Und ist das Robert Carson, ähm Smith?«

»Smith-Carson, aber trotzdem ganz witzig.«

»War *er* homosexuell?«

»Aber sicher.«

»Ich mag ihn nicht.«

»Nein, er war auch nicht besonders nett. Aber einige haben ihn doch gemocht. Er war nämlich mit James dick befreundet.«

»Ist James auch homosexuell?«

»Das weißt du doch genau.«

»Ja, das *dachte* ich auch, aber Mammi meinte, man dürfe das von andern nicht sagen.«

»Sag du immer nur, was du willst, Süßer; natürlich nur, wenn es wahr ist.«

»Natürlich. Ist der auch homosexuell?« zwitscherte er weiter und zeigte auf den noch verbliebenen Mann auf dem Bild, den Riesenberg in Blazer und Kreissäge, Ashley Child, ein reicher amerikanischer Student von Rhodes, dessen Geburtstag wir feierten, wenn ich mich recht erinnerte.

»Leider etwas schwer zu sagen. Aber ich denke doch.«

»Eigentlich«, Rupert schaute sinnend zu mir hoch, »ist fast jeder homosexuell, oder? Ich meine, Jungen.«

»Das denke ich auch manchmal«, wich ich aus.

»Ist Großvater einer?«

»Um Gottes willen, nein«, protestierte ich.

»Bin ich einer?« fragte Rupert forschend.

»Das kann man jetzt noch nicht sagen, mein Lieber. Aber es könnte sein.«

»Toll!« kreischte er auf und hämmerte wieder mit den Absätzen gegen die Vorderseite des Sofas. »Dann kann ich bei dir wohnen.«

»Würdest du das denn gern tun?« fragte ich, wobei weniger meine homosexuellen als meine Onkelgefühle dadurch befriedigt waren. Und tatsächlich gefiel mir Ruperts Schwulenkult, seine unschuldige, optimistische Vertieftheit in das Thema, auch wenn Ursprung und Zweck verborgen blieben.

Die sexuelle Analyse der nächsten Bilderserie vom Kostümball der Oscar Wilde Society wurde mir erspart, denn es klingelte an der Tür. (Das Thema war »Sklavenhandel« gewesen, und der Anblick der überwiegend heterosexuellen Jungen, die sich bis zu den Haarspitzen aufgetakelt hatten, hätte das knospende Gefühl des Jungen für Rollenspiel verwirrt.)

Nicht Philippa, sondern Gavin war gekommen. »Tut mir leid, Will«, sagte er. »War er eine Nervensäge?«

»Nicht im mindesten, Gavin. Komm rein. Wir hatten gerade ein Gespräch über Homosexualität.«

»Das interessiert ihn zur Zeit ungeheuer, obwohl er nicht die leiseste Ahnung haben kann, was das überhaupt ist – oder? Das muß etwas mit seiner dominierenden und besitzergreifenden Mutter zu tun haben. Komisch, auf was kleine Kinder nicht alles kommen; in seinem Alter war ich ein überzeugter Transvestit. Aber das hat sich dann auch gegeben«, fügte er rasch hinzu.

»Es überrascht mich, daß die dominierende Mama dich ihn abholen läßt«, sagte ich nachdenklich.

»Hab auch meinen Dickkopf«, sagte Gavin, als wollte

er damit andeuten, daß dies ein geläufiger Euphemismus sei.

Das Wiedersehen mit seinem Sohn war keine große Angelegenheit und wurde von beiden gehandhabt, als sei nichts geschehen, während Gavin und ich über den Kopf des Kindes hinweg ein vergnügliches Gespräch führten. »Wenigstens hat uns diese kleine Eskapade vor dem Abendessen bei den Salmons gerettet«, stellte er fest. »Dieser Mann ist der unerträglichste Idiot, der herumläuft. Ich rufe vielleicht schnell Philly an, wenn ich darf.«

»Na, klar.« Das Telefon war im Schlafzimmer. »Aber ihr seid doch in Null Komma nichts wieder zu Hause.« Ich versuchte, meinen plötzlichen Schlenker zu verbergen. »Aber wenn du *unbedingt* mußt, dann bitte.«

»Danke. Wo ist das Telefon?«

»Ich zeig's dir.« Ich war aufs äußerste angespannt, und da Gavin mir durch den Flur folgte, drehte ich mich um und sagte vor der Schlafzimmertür unnatürlich laut zu ihm: »Vermutlich willst du die Mutter des Kindes beruhigen, daß ich ein verantwortungsbewußter Onkel war und ihn nicht zu harten Drogen oder anderen gefährlichen Dingen verführt habe.«

Gavin lächelte mich höflich an in dem Gefühl, den Witz nicht zu verstehen. »Das auch, aber ich werde auch noch ein Wörtchen mit unserem Ausreißer reden, bevor er nach Hause kommt, um lebendig verspeist zu werden.«

»Ja, rette ihn doch bitte davor«, plauderte ich. »Dann *telefonierst* du also, um zu sagen, daß du nicht direkt nach Hause kommst.«

»Genau.«

Ich überlegte, wie ich ihn irgendwie vom Telefon fernhalten konnte. »Also gut«, sagte ich und nickte, öffnete entschlossen die Tür und trat ins Zimmer. Allein schon der Umstand, daß jemand anderes da hineinging, war beunruhigend; dadurch wurde mir bewußt, wie ungelüftet es war, wie gräßlich es nach Socken und Samen stank. In den staubfreien Regency-Schlafgemächern der Croft-Parkers wäre so etwas undenkbar gewesen. Schmutzige Kleider häuften sich auf Stühlen und auf dem Fußboden darum. Die Türen des Kleiderschranks waren offen.

Das war für mich das Erschreckendste, denn ich konnte mir nur vorstellen, daß Arthur sich darin versteckt hatte. Als ich ins Zimmer ging, war ich darauf gefaßt, ihn notfalls einfach dasitzen oder wartend herumstehen zu sehen. Das wäre eine Überraschung gewesen, aber eigentlich auch nichts Besonderes; nur daß ich Gavin nicht vorgewarnt hatte, wäre komisch gewesen. Doch ihn zu warnen, wäre ein gefährliches Zugeständnis gewesen. Ich zeigte Gavin das Telefon, das auf dem Nachttisch stand. Die Vorhänge waren wie stets zugezogen, aber ich hatte die Deckenbeleuchtung angeschaltet, und da die Steppdecke als dickes Knäuel am Fußende des Bettes lag, war die beschämend fleckige und durchgefickte Verfassung der zerknautschten grünen Laken und Kissen zu sehen; Gavin telefonierte im Stehen.

Ich ging zurück in den Flur, wo Rupert stand, der ein höchst besorgtes Gesicht machte. »Ist da nicht dieser Junge ...«, formte er mit dem Mund, die Augen weit aufgerissen, und biß sich dann auf die Unterlippe, über die ich zum Zeichen, er solle schweigen, den Finger legte. Das Bett reichte bis auf wenige Zentimeter auf den Fußboden herab. Er mußte hinter dem Vorhang stecken.

»Danke, Will«, sagte Gavin, als er mit leicht verblüfften Blick wieder auftauchte.

»Alles in Ordnung?« fragte ich mit äußerster Gelassenheit.

»Wir hauen jetzt ab, junger Mann.«

Ich begleitete sie zur Wohnungstür. »Danke, Will«, sagte Gavin noch einmal. »Bis bald mal. Komm doch mal vorbei oder so ...« Er legte mir brüderlich eine Hand auf die Schulter.

»Tschüs, Roops«, sagte ich in Erwartung des üblichen Kusses, doch statt dessen gab er mir die Hand, was ich nichtsdestotrotz als Zeichen noch größerer Vertrautheit wertete.

Eine Farce anzuschauen ist immer unterhaltsamer als darin mitzuspielen, und so war ich erleichtert, als ich die Haustür schlagen und einen Wagen starten hörte. Ich ging wieder ins Schlafzimmer, hinüber zum Fenster und sagte: »Die Luft ist rein, sie sind weg.« Doch als ich den Vorhang beiseite schob, sah ich nur die Spiegelung meines eigenen Gesichts mit einem dümmlichen Versteckspiel-Grinsen darauf. »Komisch«, sagte ich laut, als es hinter mir raschelte. Ich fuhr herum und sah, wie sich die zurückgeschlagene Steppdecke hob, sich weiter nach oben bewegte und nach weiterem Geraschel Arthur zum Vorschein kam. Wie ein junger blinder Passagier hatte er sich in die Decke gerollt, seinen biegsamen Körper so zusammengefaltet, daß er kaum wahrzunehmen gewesen war. Er bauschte sein Wiedererscheinen ziemlich auf, nervös über die Aufregung, brüstete sich seines Einfallsreichtums. »Mensch, du hast gar nicht gewußt, wo ich gesteckt hab!« Er fiel kichernd hintüber und faßte sich dann an den Kopf, der noch immer bleiern von seinem Kater war.

Ich setzte mich zu ihm aufs Bett und trommelte mit den Fingern auf seinen Bauch. »Mich wundert's, daß du ihn hereingelassen hast«, sagte ich, »wo du doch sonst keinen Fuß vor die Tür setzt.«

»Er hat einfach immer weiter geklingelt, Mensch. Ich

hab den Kopf zum Klofenster raus gestreckt, und da stand der Knirps. Er hat bestimmt zehn-, fünfzehnmal geläutet. Also dacht ich, so ein Kid da tut dir nix. Also ging ich runter. War ganz schön selbstbewußt, hat mich gefragt, wer ich wär und so. Nur 'n Freund von Will, sag ich.« Er schaute mir in die Augen. »Bist ja ganz schön lang weggewesen.«

»Was macht dein Gesicht?« fragte ich. »James will morgen kommen und die Fäden ziehen – anscheinend nur die Enden, das andere löst sich von selber auf.«

»Klingt gut.«

Ich strich mit der Hand über seine weichen, halb geöffneten malvenfarbenen Lippen. Seine Zunge glitt heraus und leckte mir die Finger. Nie hatte ich mich unpassender verliebt, und immer mehr wollte ich, daß es aufhörte. Selbst wenn er sprach, in seiner einfachen, phantasielosen Art, wurde ich fast krank vor Verlangen und Mitgefühl. Ja, die Tatsache, daß er die Sprache nicht richtig beherrschte, daß ihm die schlichtesten Dinge Mühe bereiteten, daß seine verbalen Äußerungen nur durch die Kraft seiner Gefühle angetrieben wurden, ganz anders als die manierierte, ausbeutende, ironische Beherrschung der Sprache bei mir, machte ihn mir um so begehrenswerter.

Ihn zu lieben war pure Interpretation, auf gewisse Weise auch kreativ. Überhaupt tauschten wir uns kaum über die Sprache aus: Wenn ich eine komplizierte Bemerkung machte, schmollte er und dachte, ich wolle ihn unterdrücken, und manchmal fühlte ich mich wie erstarrt durch die Kompromisse und die Selbstverleugnung, denen ich mich unterwarf. Doch darüber hinaus war alles Vermutung; wir dachten für zwei. Die verdunkelte Atmosphäre der Wohnung war erfüllt mit den Andeutungen, die wir machten. Die Dummheit und der Groll waren zuweilen schrecklich. Aber beim Sex verlor Arthur dann seine Befangenheit. Er zeigte mir seine Wandlungsfähigkeit, als ich ihn jetzt mit den Fingerspitzen streichelte und sah, wie er vor Begierde erglühte und schluckte; seine Kleider schienen auf ihm wegzuschrumpfen, und er lag da und erhob seinen nackten Anspruch auf die einzige Gewißheit in seinem Leben. Das war nichts, nahm ich an, was er von den Kerlen gelernt hatte, die ihn abgeschleppt und gefickt und verarscht hatten. Es war wie eine Gabe zu geben, und während er machte, was immer ich wollte, erwies es sich als das Wichtigste, was es für ihn gab. Desto schlimmer war es dann, wenn der Groll zurückkam und ich mich danach sehnte, daß er ging.

Nachdem James Arthur die Fäden gezogen hatte, fuhren wir zusammen mit der U-Bahn zum Corry und ließen Arthur zurück – was er wohl machte, wenn ich nicht da war?

»Ich glaube, die meiste Zeit sieht er fern«, sagte ich.

»Liest er denn ab und zu etwas?« wollte James wissen.

»Einmal bat er mich, ihm Kriegscomics mitzubringen, aber ich konnte mich nicht dazu überwinden, sie in den Zeitungsläden hier zu kaufen.«

»Ich verstehe, das würde nicht gut zu *Apollo, Tatler* und *GQ* passen – aber ich könnte mir denken, daß die Zeitungshändler allerhand Geschmackskombinationen gewöhnt sind. Sie müssen geduldig mitansehen, wie Kinder *Men Only* und *Penthouse* durchblättern und am Ende dann ein *Beano* und das Bucks-Fizz-Fanzine kaufen. Neulich zum Beispiel sah ich, wie einer die *Spanking Times* und den *Amateur Yachtsman* kaufte . . .«

»So komisch ist das doch gar nicht – und ist ein Spanker nicht auch eine Art Tau oder so was?«

»Ich glaube, ein Segel – wie in dem Limerick, der mit der Zeile endet: ›zieht auf Topsegel und Spanker‹.«

Der Zug rollte ein paar Meter aus dem Bahnhof Queensway und blieb dann abrupt stehen. »Konntest du Schlagen je was abgewinnen?« fragte James in die befangene Stille hinein, die darauf entstand. Das war für mich eine Verpflichtung, es ihm gleichzutun.

»Nicht so richtig. Ich lege unseren jungen Freund zwar hin und wieder übers Knie, aber...« Als ich nämlich mal eines Abends betrunken war und mich erinnerte, wie mich ein polnischer Arbeiter abgeschleppt hatte, dem ich dann mit seinem dicken Ledergürtel den Arsch versohlen mußte, ließ ich Arthur halb niederknien und sich halb über die Bettkante legen und verabreichte ihm mehrere Hiebe mit dem alten Koppel aus meiner Schulzeit. Ich wußte, daß er gern mehr gehabt hätte, aber obwohl ich erregt war, ließ ich von ihm ab.

»Ich sehe einfach keinen Sinn darin«, klagte James. »Mag Arthur es denn gern?«

»Ich glaube, schon. Jedenfalls kriegt er davon einen Steifen und so weiter.« Der Mann hinter James blickte irritiert auf, als der Zug sich wieder in Bewegung setzte. Mit James verfiel ich oft in die zur Schau gestellte Devianz, die wir in Oxford gepflegt hatten, wo wir am Cornmarket unter dem gemeinen Volk (wie wir die Leute mehr oder weniger ironisch nannten) umherschwuchtelten und hörbar neckische Kommentare über Jungen aus der Stadt, die es uns angetan hatten, machten: »Das wär einer für mich«, »Von deinem halte ich nicht viel, mein Lieber«, »Den mal vor den Schwanz kriegen«. James hatte einen Kult für einen übergewichtigen schwarzen Jungen mit einem Goldzahn in der Mitte und einem riesigen, hängenden Glied aufgebaut.

»Wie ist er eigentlich?« fragte er, während wir in den

Bahnhof Lancaster Gate hineindonnerten und der Lärm des Zugs allmählich verebbte. »Ich meine, ist er ein netter Typ, oder wie?«

»Ja, eigentlich ist er sehr nett.« Ich fühlte mich völlig eingeengt dadurch, daß ich nicht über all das sprechen konnte, was die Beziehung so seltsam machte und was Arthur, indem es ihm jede Initiative nahm, zu einem ungesellschaftlichen Menschen machte. »Jedenfalls sehr nett im Bett.«

James und ich sahen beide, wie rüde diese Bemerkung war. »Aber was ist, wenn ihr mal weggeht? Ich könnte mir denken, daß ihr eure Zweisamkeit inzwischen ziemlich leid seid, daß ihr auch mal ins Pub oder ins Kino oder sonstwohin wollt.«

Ich sehnte mich danach, ihm, dem ich voll und ganz vertraute, alles zu sagen, doch mein Vertrauen zu Arthur, verstärkt noch durch die Art, wie ich mein Leben führte, war für mich zu einem unverbrüchlichen Kodex geworden, das heißt, zu einem Prinzip der Ehre wie auch zu einem Rätsel. Ich zuckte nur die Schultern.

»Und diese Rauferei da, Herrgott noch mal.«

Wieder zuckte ich die Schultern. Ob er die Mär mit der Rauferei wirklich geschluckt hatte? »Das alles ist dir ein ziemliches Rätsel, was?« sagte ich, stolz und schmerzerfüllt zugleich über die ungeplante und unerklärliche Art, wie die Dinge nun standen. Es gab nichts, was ich als Beweis für Arthurs Reiz anführen konnte. »Manchmal lege ich ihm einfach die Arme um die Schultern und breche in Tränen aus.«

»Das überrascht mich nicht«, fand James.

Die Stimmung im Corry war pervers. Ein paar stiernackige Mutanten stemmten Gewichte, der Raum war voll, und Aggressionen wurden laut. Bradley trainierte für einen Wettkampf in der kommenden Woche und stemmte so oft, daß er sich verzählte und rot im Gesicht und zitternd darauf beharrte, noch einmal von vorn zu beginnen. Andere, die aus gewöhnlicheren Gründen trainierten und zum Herumstehen gezwungen waren, glitten von ihrem normalerweise kurzen und förmlichen Geplauder in ausgedehnte Gespräche, wie Hausfrauen, die vom Einkaufen kommen und auf den Bus warten.

»Ich *weiß* – aber das hat *sie* gesagt.«

»Aber hast du sie seither gesehen?«

»Nur kurz, und dann konnte ich nichts sagen, weil natürlich du-weißt-schon danebenstand.«

»Eigentlich mag ich sie richtig gern; nach dem, was ich von ihr weiß, natürlich.«

Das war das typische transsexuelle Gerede hier, das mich zu Anfang verwirrt und das James in eine tiefe Depression gestürzt hatte, als er ganz unschuldig mithörte, wie ein Junge, auf den er stand, von seiner Freundin redete. Es war alles ein Spiel, in dem über jeden auch nur ansatzweise attraktiven Mann als »sie« geredet wurde und nur diejenigen, die für eine solche Spielerei zu scheußlich waren, schmucklos »er« blieben oder gelegentlich böse »Mister« genannt wurden – wie in der giftigen Erklärung: »Ich nehme doch an, daß du Mister Elizabeth Arden nicht wiedersiehst.«

»Kennst du das neue Mädchen hinter der Bar?« erkundigte sich ein Athlet mit klobigem Kinn bei seinem bärtigen Begleiter.

»Was, die Blonde da – nein, die ist schon eine Weile hier.«

»*Nein*, nicht die, nein, die dunkle da mit den großen Titten.«

»Die kenne ich, glaube ich, noch nicht. Hübsch, was?«

Es war ein Gespräch, das mit komplexer Großspurigkeit dahinplätscherte und dessen Künstlichkeit ebenso herausfordernd wie durchsichtig war. Ich hörte mit halbem Ohr zu, während ich wartete, und schaute mir die Dutzende von Körpern an, die da hockten, lagen, preßten, die Muskeln, die sich in dickvenigen Oberarmen spannten, die Schultern, die sich bogen und stemmten, die Stämmigkeit von Beinen unter Druck, die dunklen Flecken auf Trikots, die am schwitzenden Rückenkanal kleben, das kaum wahrnehmbare Schwingen von Schwänzen und Eiern in Shorts und Trainingsanzügen, und über allem das Klirren der Gewichte und der ätzende Unterarmgeruch der Anstrengung.

Als ich dann endlich an die Bank konnte, fühlte ich mich seltsam matt, und da ich mich mit drei anderen Typen abwechseln mußte, die ich kaum kannte, reduzierte ich mein Pensum von zehn auf acht Stöße. Nach ein paar Runden bemerkte ich, daß Bill mich beobachtete. »Ich hab nur bis acht gezählt, Will«, sagte er mit besorgter Miene.

»Hi, Bill. Ja, ich mache es jetzt im Achter.«

Ich sah, wie er überlegte und dann beschloß, das, was für ihn offensichtlich ein absurder Verstoß gegen die Tradition war, nicht zu kritisieren. »Alles in Ordnung, Will? Sind wohl zu viele Leute hier. Zu viele Leute. Es wird langsam lächerlich. Das war ja noch nie so.« Ich pflichtete ihm bei, daß es lästig sei, und äußerste die Vermutung, daß der Club nach dem Geld giere, das eine größere Mitgliederzahl einbringe. »Wie wahr, Will. Aber die Interessen der Mitglieder, die schon da sind, müssen auch berücksichtigt werden. Eigentlich sollte das hier ja demokratisch ablaufen.« Er blickte sich traurig um. »Hast du Phil in der letzten Zeit gesehen?« fragte er etwas verlegen.

Ich hatte ihn am vergangenen Abend nicht gesehen

und wußte noch immer nicht, ob er das im Kino gewesen war. »Ähm, nein. Vernachlässigt er sein Training?«

»Vielleicht ist er auch früher da gewesen«, munterte Bill sich auf. »Oder er geht noch in einen andern Club. Ich weiß nicht. Jedenfalls muß er sich in Form halten. Sehr hübscher kleiner Körper, das.«

»So klein auch wieder nicht«, meinte ich und dachte dabei an die schöne harte Schwere in der Dunkelheit. »Was macht er denn überhaupt?«

»Er arbeitet in einem Hotel«, erklärte Bill, stolz darauf, daß er das wußte, was als Zeichen einer tieferen Intimität gewertet werden konnte, als es offensichtlich der Fall war.

»Ist ja unglaublich«, sagte ich, während mein Bild von Phil als Mann vom Militär durch diese Vorstellung verzerrt wurde und einem neuen Bild Platz machen mußte, in dem er zwar auch in Uniform war, aber irgendwo in einer oberen Etage einen Gang mit einem Tablett mit Kaffee und Sandwichs auf Schulterhöhe entlangmarschierte. »Weißt du, in welchem Hotel?«

»Kann ich nicht genau sagen, Will«, gab er zu. »Eins von den großen berühmten, glaube ich.«

Während ich im Kraftraum war, hatte James fleißig geschwommen, und als ich zum Becken kam, hing er, auf die Ellbogen gestützt, im Tiefen und unterhielt sich stokkend mit einem Menschen, den ich noch nie gesehen hatte. Aus einer dummen Angewohnheit heraus nahm ich immer eine kritische Haltung Männern gegenüber ein, mit denen er etwas haben könnte. Ich hielt am Ende meiner ersten Länge bei ihm an, tat so, als wollte ich das Riemchen meiner Brille einstellen, hob die Augenbrauen (eine Bemühung, die zweifellos durch die Brille gedämpft wurde) und verkündete: »Von deinem halte ich nicht viel, mein Lieber«, und hechtete weiter.

Später dann stand er neben demselben Menschen unter der Dusche, und nun wurde der Grund dafür klarer. Der Junge, über und über tiefbraun mit Ausnahme eines rosa Dreiecks über der Arschfalte, war dünn und drahtig, dabei aber durchaus nicht unattraktiv; seine Farbe ließ einen Körper erglänzen, der ansonsten nur mager gewesen wäre (wie es auch bei unscheinbaren Italienern oder Arabern der Fall sein kann). Er hatte etwas Gezwungenes an sich, besonders sein hagerer, schmaler, hohlwangiger und mit kurzen dunklen Locken bedeckter Kopf. Seine tiefsitzenden Augen waren von einem kalten Blau, das durch seine Bräunung noch hervorstach; als er sich umdrehte, sah ich, daß er sich die ganzen Schamhaare abrasiert hatte, was seinem ragenden, seitwärts gebogenen, rosaköpfigen und sehr großen Schwanz eine abartige und intensivere Nacktheit verlieh.

Die Unterhaltung war stockend. Der Junge machte eine nichtssagende Bemerkung, worauf James versuchte, mit angemessener Begeisterung oder Unbekümmertheit zu antworten. »Bis dann«, sagte der Junge, drehte abrupt seine Dusche ab und ging sich abtrocknen. »Ja, bis dann«, sagte James und schaffte es, das unbekümmert als eine Möglichkeit erscheinen zu lassen, doch das verlöschende Lächeln auf seinem Gesicht verriet, daß er nicht spontan reagierte. Der Typ hatte ihn effektvoll abfahren lassen, denn es geht nicht, einem in gespielter sportlicher Lässigkeit nachzulaufen, der sich gerade verabschiedet hat. Ich ging hinüber und stellte mich neben James.

»Wer ist dein Freund?« erkundigte ich mich. Er warf mir nur einen skeptischen Blick zu. »Warum gehst du ihm nicht nach?«

»Ich habe nicht viel für ihn übrig.«

»Na, hör mal. Mir scheint, daß er aber einiges für dich

übrig hat – wenn man Gräfin von Schwellung glauben kann.«

»Vielleicht ein andermal.« Lustlos wusch er sich die spärlichen Haare. »Wie ich sehe, macht Miss Manieren einen los.« Das stammte aus James' Spitznamen-Almanach.

»Die ist wirklich das Letzte«, stimmte ich zu und warf einen Blick auf den betreffenden Mann, einem aus der Gattung Tunte mittleren Alters, deren Strategie es angesichts ihrer zunehmenden unbestreitbaren Unattraktivität ist, eine polternde, freudlose Art zu kultivieren, empfindlich bei eingebildeten Verletzungen ihrer Rechte zu reagieren und niemals jemandem aus dem Weg zu gehen. Wie James' »Miss Marple«, ein dicklicher Mann, der die Brille nicht einmal unter der Dusche abnahm und eine halbe oder Dreiviertelstunde in Unterwäsche im Umkleideraum herumtapste, während seine Brille von seiner Körperwärme beschlug, gehörte der Mann zu jener komischen Sorte im Corry, die keinen kannten und daher in einem gewissen unschönen Abseits von Paranoia und Repression stecken. James, der den Club auf höchst phantastische Weise in Anspruch nahm, hatte viele von dessen Mitgliedern mit Phantasienamen belegt. Einige verwirrten mich – Miss Gebaren und Miss Anthrop waren unmöglich zu unterscheiden, während ein blödes identisches Zwillingspaar unterschiedslos als »Biff« bezeichnet werden konnte. Keine Zweifel bestanden jedoch über »Miss Welt«, eine herrlich eitle Tunte unbestimmten Alters, mir auch als Freddie bekannt, die nun in den Duschraum kam und das Handtuch wegschnippte, als sei dies der gierig erwartete Höhepunkt eines Striptease.

»Hallo, *Will*«, sagte er, während er sich, den gebräunten, faltigen, sehnigen Körper ballettartig drehend, neben mich stellte. Er redete in einer getragenen, rezitierenden Art, als testete er eine primitive Sendeanlage. »Was treibst du so? Du siehst ganz unverschämt schlimm und jung aus.«

»Ich *bin* ganz unverschämt schlimm und jung«, war das Beste, was ich zusammenbrachte, bevor ich mich, wie der Franzose sagt, rettete – und dabei unausweichlich Miss Manieren anrempelte.

»Tölpelhafte kleine Schlampe«, zischte er mit solcher Gehässigkeit, daß ich mir ein Lachen nicht verkneifen konnte.

Im Zug nach Hause las ich weiter Firbank. Ich war jetzt bei *Prancing Nigger*, wobei ich allerdings James' Vorliebe für den andern Titel *Sorrow in Sunlight* teilte. Wie Miami danach lechzte, Bamboos purpurroten Lendenschurz zu lüften! »Sie hatte oft danach gelechzt, ihn wegzuschnappen.« Ich verfiel in Grübeleien über Bamboos charmante Worte: »Ich find das anzüglich von dir, Mimi«, und als ich mich dem Haus näherte, waren sie zu einem jener Leitmotive geworden, die ich manchmal tagelang albern zu mir selber und jedem sage oder im Stil von Händel-Arien oder Elvis-Presley-Songs singe. Ich merkte, wie ich es mit steigender Intensität und Sinnlosigkeit vor mich hin murmelte, als ich in die Wohnung trat; ich rief einen Gruß, suchte herum und sah, daß Arthur verschwunden war.

4

Charles Nantwichs Haus lag in einer Seitenstraße von Huggin Hill. Sie war so schmal, daß sie für den Verkehr gesperrt und gar nicht mehr im Londoner A-Z verzeichnet war; es war eine gepflasterte Sackgasse, die an ihrem offenen Ende von zwei gekerbten, mit Vorhängeschlössern am Boden befestigten Aluminiumpollern versperrt war. Linker Hand erhob sich auf halbem Weg eine hohe Fassade aus rötlichblauem Londoner Backstein, und die Mansardenfenster hinter der oberen Brüstung blickten über die Dächer der umliegenden halbverfallenen Gebäude. Es war ein elegantes Kaufmannshaus von gediegener Schlichtheit aus der Zeit nach dem großen Feuer; von Pomp zeugte lediglich der Türrahmen mit dem zart getönten Oberlicht und dem schweren, aufragenden Vordach, dessen reich verschnörkelte Kragsteine von Generationen weißer Lackfarbe verklumpt waren. Das Glas in den hohen Fenstern schien zum großen Teil noch das ursprüngliche zu sein: verzogen, schimmernd und fast undurchsichtig. Ich wartete noch etwas auf der gegenüberliegenden Seite; die geheimnisvolle und entrückte Aura des Hauses hatte mich zu meiner Überraschung in die kränkelnde Welt der eduardianischen Gespenstergeschichten zurückversetzt, in eine Welt, in der man nie ausging.

Obwohl die Cannon Street, die Upper Thames Street und die Auffahrt zur Southwark Bridge in der Nähe lagen, war dieses kleine Gewirr von Seitenstraßen sehr ruhig. Autos mieden die schmale Spur dieser Gassen, in denen sich zumeist ein verschlafenes Gewerbe eingenistet hatte – ein Maßschneider, ein Uhrmacher. Das eine oder andere Gebäude war ein Lagerhaus; bei einigen waren die Fenster mit Brettern vernagelt, oder es hingen verblichene und gesprungene Schilder lange schon eingegangener Geschäfte. Obwohl die Häuser aus dem achtzehnten oder siebzehnten Jahrhundert stammten, wirkten die Straßen mittelalterlich und vermittelten, da sie recht steil zur Themse hin abfielen, das beunruhigende Gefühl, sie könnten sich nicht mehr lange halten und rutschten bald ab. Die Skinner's Lane, die vor einer mit sporenähnlichen Spitzen bewehrten Mauer endete, halb versteckt unter Büscheln leuchtend gelben Steinkrauts, verbreitete eine vergängliche Stimmung und verlieh Charles' Wohnsitz die exzentrische Rechtschaffenheit eines Kolonisten, der ausharrt und unerschütterlich den Schein wahrt.

Ich klingelte zweimal, bevor ein Mann in Hemdsärmeln und einer Schürze die Tür öffnete, mich einließ und es sich dann doch zu überlegen schien. »Ihre Lordschaft erwartet Sie doch, oder?« fragte er argwöhnisch.

»Ja. William Beckwith. Er hat mich zum Tee eingeladen.«

»Höre ich zum ersten Mal«, sagte der Mann ohne ein Lächeln. »Vielleicht warten Sie erst einmal hier.« Er entfernte sich mit einem mehrdeutigen Gang: Seine feldwebelartige Haltung war von einer schlendernden Achtlosigkeit durchsetzt.

Es war ein enger, dunkler Flur, links führte die Treppe steil nach oben, hinter einer Tür war einer jener altmodischen Garderobenständer zu sehen, auf den man sich ohne weiteres setzen konnte, sowie an der gegenüberliegenden Wand ein hoher Tisch mit Marmorplatte. Darauf lag ein Tablett mit frankierten Briefen – einer für die Bank, ein anderer an einen Menschen namens Shillibeer mit einer absonderlichen Adresse in E7. Darüber hing ein trüber Spiegel in einem vergoldeten Rahmen. Im übrigen waren die holzgetäfelten Wände mit Bildern behängt, die eins über dem andern bis zum Gesims hoch reichten und sich auch die Treppe hinaufzogen, wo etwas Licht von einem Fenster im oberen Stock auf das Glas der Bilder fiel. Es gab Ölgemälde, Aquarelle, Zeichnungen, Fotografien, alles bunt durcheinander. Da hing ein ungewöhnlich großer David Roberts – ein nubischer Tempel, der fast bis zum Dachvorsprung im Sand erstickte und dessen in blaue Roben gehüllte Figuren etwas von seinen rudimentären kolossalen Ausmaßen verrieten. Ich betrachtete gerade den reizenden Pastellkopf eines Jungen, der daneben hing, als die Tür am Ende des Gangs aufging und Charles und der paramilitärische Butler aus einem helleren Zimmer dahinter erschienen, das frisches Licht über die bizarren, abgetretenen Teppiche auf dem Boden warf.

»Rosalba«, sagte Charles und schlurfte heran, bevor er mich begrüßte. »Mein lieber William. Ich hoffe sehr, daß Lewis nicht grob zu Ihnen war. Manchmal kann er äußerst knurrig sein. Nicht wahr, Lewis?«

Lewis sah aus, als würde er über derlei Dingen stehen. Er folgte ihm geduldig, und sein kantiger Schädel, den ein Schäuzer und kurzgeschorenes, ergrauendes Haar zierte, zeigte keinerlei Gemütsregung. »Sie haben mir überhaupt nicht gesagt, daß er kommt.«

»Ach, Unsinn, Unsinn – ich habe Ihnen schon vor Tagen gesagt, daß ich einen interessanten jungen Gast zum Tea for two erwarte. Sie sind ja vielleicht braun, junger Mann.« Wir standen vor dem Spiegel, und ich schaute überflüssigerweise hinein, um mir zu bestätigen, was er sagte. Wir hatten einen wunderschönen Maianfang, und ich war schon so dunkel wie einige der Mischlingsjungs, mit denen ich im Corry duschte. Meine Haare hingegen wurden heller, und auch meine Augen erschienen, als ich meinem Blick begegnete, atemberaubend blaß. Es war der gleiche leicht verdorbene Effekt, den ich bei James' dünnem Freund im Bad bewundert hatte. »Eine Art Sandbraun, nicht wahr. Sehr schön, sehr schön.« Auch er genoß einen Augenblick lang unsere Gruppe im Spiegel, wobei sein Blick dem Starren des größeren Lewis auswich, der hinter uns herumstand. Hinter all dem steckte offenbar eine seltsame und, wie ich meinte, jämmerliche Geschichte.

»Gehen wir in die Bibliothek«, sagte Charles und stieß mich als eine Art Stütze vorwärts. »Wir nehmen den Tee dort, Lewis, bitte.«

»Aber Sie wissen doch, daß ich gerade das Tafelsilber putze«, beschwerte sich Lewis.

»Nun, eine Pause kann nicht schaden – und Sie selbst haben sicher auch nichts gegen ein Täßchen einzuwenden. Danach können Sie das Silber weiterputzen, das noch übrig ist.«

Lewis nickte ihm berechnend zu und zog sich ohne ein Wort zurück. Wir gingen in das Zimmer links von der Haustür.

Bibliothek schien ein hochtrabender Name für einen solchen Raum, der, wie alle Zimmer des Hauses, nur mäßig groß war; aber er quoll über von Büchern. Etliche waren in einem hübschen alten Bücherschrank mit gotischen Fenstern untergebracht, andere stapelten sich in Regalen und auf Tischplatten oder waren wie hypokaustische Säulen auf dem Boden getürmt. Falls der Raum einmal holzgetäfelt gewesen war, so war nichts mehr davon zu sehen. Die Wände waren weiß, und über der Tür war ein rosa-grauer Ziergiebel gemalt, vielleicht als Trompe-l'œil-Relief; darin posierten klassische Figuren, und fast peinlich berührt bemerkte ich, daß aus Toga und Tunika übertriebene Phalli ragten.

»Witzige Kerle, nicht?« sagte Charles, als er zu einem Sessel brummelte. »Kommen Sie, setzen Sie sich, mein Lieber, dann können wir ein wenig plaudern. Hatte seit ewigen Zeiten keinen mehr zum Reden da.«

Wir setzten uns zu beiden Seiten des leeren Kamins, in dem ein riesiger Krug mit Rohrkolben und Pfauenfedern stand. Über dem Kaminsims mit einer kleinen Messingstanduhr hing eine lebensgroße Kreidezeichnung eines schwarzen Jungen, nur Kopf und Schultern, ein feines Lächeln und große, ausdrucksvolle Augen vermittelten Glück und Ergebenheit.

»Na, waren Sie heute wieder im Corinthian Club?«

»Nein – ich gehe lieber abends. Ich schaue von hier aus dann vorbei.«

»Hmm. Abends ist wohl mehr los, nicht wahr? Für mich wird es dann oft zu voll. Und manche sind so grob und ungestüm, finden Sie nicht? Neulich nannte mich so ein junger Rohling einen alten Wichser. Was macht man da – sich streiten oder versuchen, witzig zu sein? Ich habe gesagt, das habe ich schon lange hinter mir, das können Sie mir glauben. Aber er lächelte nicht, nein. Es ist so schrecklich, wenn die Leute nicht lächeln. Das scheint so eine neue Mode zu sein ...«

Ich stellte mir vor, wie der alte Knabe unbeirrt und nackt im Umkleideraum umhertapste. Er war schrecklich verletzlich, das sah ich jetzt. Vor ein paar Tagen, als ich ihm zufällig begegnet war und er mich zum Tee eingeladen hatte, unternahm er klägliche Versuche, den falschen Spind aufzuschließen (die alte Verwechslung von 16 mit 91). Er konnte sich offensichtlich nicht mehr erinnern, wo er seine Sachen gelassen hatte, und war vollkommen auf die kleine Marke an seinem Schlüssel angewiesen. Wie er so vor sich hin fummelte und brummelte, kam der Besitzer von Nummer 16, ein schmucker kleiner Student, den ich dort schon gesehen hatte. »Nein, nein, Sie sind 91 und ich 16«, sagte er ungeduldig und gab dabei auch noch einen Witz zum besten, »ein paar Jährchen hin oder her.« Charles verstand zunächst nichts, und als 16 ihn wegdrängte, fühlte ich in mir eine ungewöhnliche Zuneigung zu ihm aufwallen, die im Gegensatz stand zu einer sexuellen Komplizenschaft mit dem Jungen, die ich normalerweise gezeigt hätte. Ich kam Charles zu Hilfe, wobei ich mich des Verdachts nicht erwehren konnte, daß er gegen eine sanfte Unterstützung nichts einzuwenden hätte. Als er mich dann erst gar nicht erkannte, wußte ich, daß es nötig war.

»Vermutlich hat sich dort einiges verändert«, wagte ich lahm zu sagen. Aber er schien mich nicht zu hören, er verdrehte sogar die Augen, starrte durch mich hindurch, durchlebte vielleicht noch einmal eine schmerzliche Szene. Ich ließ einen Augenblick verstreichen, sah mir die Rücken schwarz gebundener Kunstfolianten an – *Donatello, Sandro Botticelli, Giovanni Bellini* –, die auf dem Tisch neben mir lagen. Mein Großvater hatte dieselben gehabt, in der Bibliothek in Marden, und ich erinnerte mich an Nachmittage meiner Kindheit, als ich die fein getönten Sepiatafeln betrachtet hatte; es mußte in den dreißiger Jahren eine Sonderreihe gewesen sein.

»Ihnen ist doch nicht kalt, William?« fragte Charles unvermittelt. Ich versicherte ihm, daß dies nicht der Fall sei, wenngleich der sonnenlose Raum nach dem grellen Licht der Straße überraschend kühl war. »Wir bekommen hier keine Sonne – nur in der Dachkammer. Die Häuser dort stehen im Weg. Wir sind hier natürlich sehr abgeschnitten.« Das war eine eigenartige Bemerkung über ein Haus, das fast auf dem Areal der St. Paul's Kathedrale stand, doch als ich aus dem Fenster schaute, wußte ich, was er meinte. Das Ohr nahm ein stetes fernes Rauschen des Verkehrs wahr, doch die kleine Uhr tickte viel lauter; niemand ging am Haus vorbei, und man konnte sich nur schwerlich vorstellen, daß ein Windstoß die Papiere aufwirbeln könnte, die in der schweren, stikkigen Luft des Zimmers, in dem wir saßen, verstreut lagen. »Eine schattige kleine Straße«, fügte er hinzu. »In den alten Tagen hieß sie Gropecunt Lane, in die die Leute von den Leichtern und wer noch alles wegen der Huren hierher kamen. Es gibt da eine Stelle bei Pepys – ich finde sie jetzt nicht.«

»Ein wunderschönes Haus.«

»Gefällt es Ihnen? Es ist ein ganz besonderes Haus, es hat mehr, als Sie vielleicht glauben. Ich habe es bei Kriegsende gekauft – nach den verflixten Luftangriffen war hier natürlich kein Stein mehr auf dem andern. Ich sah das ganze Ausmaß der Zerstörung, als ich mit Sandy Labouchère hier herumging. Das war einige Jahre später, aber es war immer noch alles voll Schutt, alles von Blumen und so weiter überwuchert – eigentlich ungeheuer schön. Schau dir die Straße da an, sagte er – das kleine Ding hat es wohl einigermaßen überstanden. Und wir gingen hin. Das könntest du dir herrichten, Charles, sagte er. Sie können sich nicht vorstellen, wie das aussah, zerbrochene Fenster, aus denen alle möglichen Pflanzen herauswuchsen. Wir erkundigten uns danach in einem kleinen Lebensmittelladen, der damals gegenüber war.« Er hielt inne und schaute sich recht verlegen um. »Leider, leider ist er nun dicht, aber der Sohn des Lebensmittelhändlers . . . mein lieber William, Sie können sich nicht vorstellen, wie gut er aussah . . . siebzehn, ein großer, kräftiger Bursche natürlich, er schleppte Mehlsäcke – es war wie Blütenstaub auf seinen Haaren und Händen, große, kräftige Hände natürlich. Na, mein Lieber, sagte Sandy hinterher, wenn du es nicht kaufst, dann kaufe ich es, einfach so, wissen Sie. Natürlich war das typisch Sandy.«

Ich lächelte über die Geschichte, wobei ich nicht die leiseste Ahnung hatte, wer Sandy Labouchère war. Es war Charles' bislang zusammenhängendste Äußerung, und im Sessel seiner kleinen Bibliothek war er viel mehr Herr der Situation als bei seinen wirren und verrückten Fahrten in die Außenwelt. So jedenfalls schien es, bis Lewis mit dem Tee kam.

»Er ging zur Handelsmarine und segelte in der Weltgeschichte umher«, sagte Charles, während er zuschaute, wie Lewis sich zwischen den Büchern hindurchschlängelte, mit seiner Bemerkung bezog er sich aber, wie ich meinte, auf den schönen Lebensmittelhändlerjungen. »Vielen Dank, sicher wird William eingießen, wenn Sie es hierhin stellen wollen.«

»Das macht er bestimmt, Sir«, sagte Lewis und knallte das Tablett zwischen uns auf den Tisch. Die breiten Porzellantassen mit ihren zweigartigen Henkeln tanzten auf den Untertassen. »Er sieht mir ganz danach aus, daß er sehr hübsch ausgießt, wenn sie mich fragen, Sir.« Wegen irgend etwas war er schrecklich beleidigt. Charles errötete vor Verärgerung und Anspannung.

»Sie sind heute albern«, brummelte er. Es war mir peinlich, dies mitanzusehen, aber ich sah es auch distanziert, so wie man Leute betrachtet, die in einem eigenen häuslichen Dilemma stecken.

»Er ist furchtbar eifersüchtig«, erklärte Charles, als wir wieder allein waren und er seine Tasse zwischen zwei zitternden Fingern hob. »Ach, er macht mir das Leben zur Hölle.« Er schaute mich mit seinem großen jovialen Kopf elend an.

»Haben Sie ihn schon lange?«

»Ich würde ihm ja kündigen, aber wenn ich nur an ein Einstellungsgespräch mit einem Ersatzmann denke – schrecklich. Jemand bei sich im Haus, William – das ist so eine, so eine Sache.« Ich dachte zwangsläufig an Arthur und spülte meine Schuldgefühle mit starkem indischen Tee hinunter. »Aber ich brauche doch jemanden, der sich um mich kümmert.«

»Ganz bestimmt. Gibt es denn keine Agentur für so etwas?« Charles betatschte die Plätzchen, unschlüssig, welches er nehmen sollte.

»Ich versuche immer, ihnen zu helfen.« Er redete fast mit sich selber. »Eines Tages erzähle ich Ihnen die ganze Geschichte. Aber ich kann Ihnen jetzt schon sagen, er ist nicht der erste. Andere mußten schon gehen. Wenn ich nicht einmal einen jungen Mann mit Tee bewirten kann . . .«

»Sie meinen, daß ich die Ursache von all dem bin, das kann doch nicht sein.« Er nickte mir zu, als wollte er sagen, daß auch er das unmöglich fand – als wäre er sich nicht sicher, daß ich das glaubte.

»Er ist nicht normal«, erklärte er. »Aber er wird sich daran gewöhnen müssen, wenn Sie wiederkommen.«

Ich überlegte einen Augenblick lang, was das implizierte. »Ich möchte die Sache nicht noch schlimmer für Sie machen«, beharrte ich. »Wir können unseren Tee auch anderswo trinken.«

»Es ist wichtig für mich, daß Sie herkommen«, sagte Charles ruhig. »Ich möchte Ihnen einiges zeigen und Sie auch um etwas bitten. Es ist ein richtiges kleines Museum, was ich hier habe.« Er schaute sich im Zimmer um, und ich war so höflich, dasselbe zu tun. »Natürlich bin ich das Hauptexponat, aber ich fürchte, ich werde bald aus der Ausstellung entfernt; meinem großzügigen Leihgeber zurückgegeben, sozusagen.« Wie geht man mit derlei gequälten Witzen von alten Leuten um? Ich blickte ins Leere, als wäre er nicht da – und zeigte so vielleicht, daß ich wußte, daß es stimmte.

»Sicherlich haben Sie hier ganz faszinierende Dinge. Natürlich weiß ich noch immer nichts über Sie. Ich habe Sie noch nicht nachgeschlagen.«

Er grunzte, offensichtlich war er mit seinen Gedanken schon ganz woanders und durchbrach dann meine nachfolgenden Platitüden: »Kommen Sie, ich zeige Ihnen das Haus.« Wir waren noch immer bei der ersten Tasse. Er hatte begonnen, sich aus seinem Sessel zu hieven, und ich beeilte mich, ihm zu Hilfe zu kommen. »Genau darum geht es«, bestätigte er mir rätselhaft. »Keine Sorge, wir kommen wieder hierher – möchten Sie ein Plätzchen mitnehmen?«

Ich gab ihm den Arm, und wir gingen zur Tür. »So viel Zeugs hier«, klagte er. »Weiß Gott, was das alles ist... Bücher, natürlich. Brauche mehr Regale, aber ich will das Zimmer nicht ruinieren. Aber bald ist das ja auch egal.« Im Flur zögerte er. Sein bekleideter Unterarm lag auf meinem nackten braunen, seine Hand hatte die meine ergriffen, hatte sich halb eingehakt. Es war eine breite, fleckige, kräftige Hand, die Knöchel waren von Arthritis leicht geschwollen, die breiten, flachen Fingerspitzen hatten schön geformte, gelbe Nägel. Meine Hand wirkte in seinem Griff dagegen weichlich und unerfahren. »Geradeaus«, bestimmte er.

Der Raum, den wir betraten, war ein holzgetäfeltes Eßzimmer mit geschnitztem Kaminaufbau und einem gold abgesetzten Blätterfries, der fast wie ein weihnachtlicher, mit Farbe besprühter Stechpalmenzweig aussah. Es herrschte die schläfrige Akustik mancher Räume, die selten, wenn überhaupt, benutzt werden.

»Das ist die *salle à manger*«, verkündete Charles. »Wie Sie sehen, hält es die Schlampe Lewis nicht für nötig, hier einmal Staub zu wischen, ich habe aber auch schon seit Jahren nicht mehr hier *mangé*. Ganz hübscher Tisch da, nicht?« Es war tatsächlich ein sehr ansehnlicher georgianischer Eichentisch mit Klauenfüßen; in der Mitte stand die Silberstatue eines Jungen mit erhobenen Armen und Donatellischen Hinterbacken, ein wenig passender kitschiger Gegenstand.

»Diese kleine Albernheit stammt von demselben Burschen, der die Pimmel in dem andern Zimmer gemacht hat. Wir sehen noch mehr von dem Zeug, aber jetzt kommen Sie erst einmal hierher.« Er führte mich – oder ich ihn – zu einem Beistelltisch, auf dem ein Billardtuch einen eckigen Gegenstand zudeckte, der etwa dreißig Zentimeter hoch und vierzig lang war; es konnte ein Bild in einem Stehrahmen sein. Er beugte sich vor und zog das Tuch weg. Es war ein Schaukasten mit einer dunkel polierten Fassung, der sehr nach Britischem Museum aussah und in dem ein kleiner heller, ungefähr fünf Zentimeter dicker Sandstein stand. Auf seiner glatten Vorderseite waren drei kontrastierende Köpfe im Profil und flachem Relief eingraviert. Ich betrachtete den Stein anerkennend und schaute Charles hilfesuchend an. Er nickte zufrieden darüber, daß er etwas Interessantes zu bieten hatte. »Faszinierend, nicht? Es ist eine Stele von König Echnaton.«

Ich sah wieder hin. »Und wer sind die andern zwei?«

»Ah«, machte Charles vergnügt. »Die sind ebenfalls König Echnaton.« Er kicherte, obwohl er dieses Rätsel nicht zum erstenmal erklärt haben dürfte. »Es ist der Entwurf eines Künstlers, wie ein Notizbuch oder dergleichen, aber direkt auf Stein ausgeführt. Sie kennen Echnaton doch, oder?«

»Nein, leider nicht.«

»Das dachte ich mir, sonst hätten Sie die Bedeutung des Stückes sofort erkannt. Wie so viele bizarr scheinende Dinge, hat auch dieses seine Logik. Echnaton war ein Ketzer. Sein wirklicher Name war Amenophis der Dritte – Vierte, ich weiß nicht mehr –, jedenfalls brach er mit der Verehrung Amons (wie in Amenophis) und ließ alle die Sonne anbeten. Worin Sie sicher mit ihm übereinstimmen würden«, fügte er hinzu und tätschelte mich am Handgelenk. »Doch die Apostasie als solche war nicht genug. *O* nein. Er mußte auch sein Aussehen verändern. Er verlegte den Hof von Theben, wo er Gott weiß wie lange gewesen war, nach El Amarna . . .«

»Aha«, sagte ich und erinnerte mich daran, daß es einmal eine Schlacht dieses Namens gegeben hatte.

»Da dort alles aus Schlamm gebaut war, überdauerte es das Ende seiner Herrschaft nicht sehr lange, leider. Aber es gibt diesen oder jenen Fund im Museum. Ein Stück wie dieses da ist in Kairo. Sie waren wohl noch nicht in Kairo. Und dann gibt es noch jenes, das noch einen Kopf mehr hat. Sie sehen, wie der Künstler das Aussehen des Königs veränderte, bis er das Bild hatte, das wir heute kennen.«

Ich schaute erneut hin und sah nun, als ich gleichsam arabisch von rechts nach links las, wie die breiten pharaonischen Züge modifiziert waren, dann ein weiteres Mal modifiziert, verlängert und irgendwie orientalisiert waren, so daß sie anstelle einer unversöhnlichen Massigkeit eine sensible und verfeinerte Haltung bekamen. Ein großes leeres, mandelförmiges Auge saß unrealistisch im Profil, und Nase und Kinn waren unnatürlich in die Länge gezogen. Die sich aufbäumende Kobra auf der Stirn war konventionell, aber ihre Angriffsstellung schien von dem subtilen Ausdruck des Mundes geprägt, der wunderschön geschnitten war und hinter der aufwärts geschwungenen Oberlippe einen feinen Schatten aufwies.

»Wunderbar», sagte ich. »Wo haben Sie das her?«

»Aus Ägypten, vor dem Krieg. Machte meinen Koffer ziemlich schwer ... Ich kam gerade zum letzten Mal aus dem Sudan zurück.«

»Je länger man darüber nachdenkt, desto wunderbarer wird es.« Ich hätte ihm keine größere Freude bereiten können.

»Ich bin so froh, daß Sie die Bedeutung erkennen. Eine Zeitlang war es eine richtige Ikone für mich.« Die Bedeutung lag, wie ich es sah, darin, daß man eine ästhetische Entscheidung, eine Gestalt zu verändern, treffen konnte. Der König schien sich fast vor unseren Augen in eine Frau zu verwandeln. »Einmal kam ein Knabe vom Louvre und schrieb etwas darüber. Die Figur hat noch nicht den Pharaonenbart – Sie wissen, dieser häßliche, eckige Bart –, den er auf den meisten erhaltenen Statuen trägt, sogar die weiblichen Pharaonen, wie immer sie auch hießen, wurden mit Bart dargestellt – aber völlig lebensecht, finden Sie nicht?« Charles bereiteten solche frauenfeindlichen Seitenhiebe großes Vergnügen.

»Und was geschah mit ihm?« fragte ich.

»Oh, es ging alles schnell zu Ende. Sie verehrten wieder den blöden alten Amon. Die ganze Geschichte dauerte nur zwanzig Jahre – es hätte sich zu Ihren Lebzeiten ereignen können. Manche sind der Ansicht, es sei etwas Schlimmes gewesen – wie der Methodismus, hat mal einer behauptet –, aber ich bin da anderer Meinung. Dekken Sie ihn doch bitte wieder zu, ja?« Ich steckte den Sonnenanbeter wieder in seine tausendjährige Finsternis.

Das Wohnzimmer lag hinter dem Eßzimmer und hatte größere Glasfenster, die alles nur verfügbare Licht von einem winzigen, gepflasterten Garten hereinließen, der von einer hohen, weiß getünchten Mauer umgeben war. Das Zimmer war blaßgrün tapeziert und wies eine Gruppe weißer und vergoldeter Sessel und Tische sowie ein sperriges Sofa mit Stelzenbeinen auf. Ein üppig mit Kissen ausgestatteter moderner Sessel an einer Seite des Kamins blickte auf ein tragbares Fernsehgerät.

»Ich setze mich, mein Lieber«, beschloß Charles. »Das Reden macht mich so müde.« Er ließ sich auf dem bequemen Sessel nieder.

»Ich sollte doch besser gehen«, sagte ich.

»Nein, nein – so habe ich das nicht gemeint. Schauen Sie sich nur dieses herrliche Bild an; und ich kann Ihnen noch viel mehr zeigen.«

Ich setzte mich auf das zerbrechliche, gänzlich ungepolsterte Sofa. »Sie müssen aber sagen, wenn ich gehen soll.«

»Das ist auch eine meiner Ikonen.« Sein Blick wanderte von mir zu einem ovalen Porträt, das über dem Kamin hing. Aus der Mandorla aus vergoldetem Eichenlaub wandte sich uns ein livrierter Neger zu. Ein sich verdunkelnder blauer Himmel war hinter ihm angedeutet, und die schattigen Umrisse einer Palme waren eben noch zu erkennen. Er schien ein eingeborener Diener aus dem achtzehnten Jahrhundert zu sein; offensichtlich ein Favorit. »Das ist Bill Richmond«, erklärte Charles.

Das machte mich nicht klüger, und so stand ich auf und musterte das kampfeslustige braune Gesicht mit den dicken Lippen, der flachen Nase und den kurzen Locken genauer. Über dem Scharlachrot und Gold der hochkragigen Dienerlivree war die Stirn ironisch gerunzelt. »Ich fürchte, er ist nicht so schön wie König Echnaton«, sagte ich.

»Er war auch nicht in einem schönen Gewerbe, Kindchen. Nun ... er war ein Mann mit mehreren Leben: Zuallererst war er Sklave, dann wurde er von einem General Sowieso während des Unabhängigkeitskrieges nach England gebracht. Er fand ihn in Richmond, woher er seinen Namen hat. Bill war einer jener großen und starken Burschen, die wir so gern mögen, und so machte der General einen Boxer aus ihm. Eine Zeitlang war er ziemlich bekannt – zusammen mit Molineux, natürlich, dem Sparringspartner von Byron. Die beiden waren nämlich die ersten ihrer Herkunft, die ausbrachen – es waren gute Kämpfer, und so gaben sie auch eine gute Figur ab. Aber er sieht auch irgendwie traurig aus, nich.«

»Sehr traurig. Wie ein Boxer sieht er auch nich – nicht gerade aus.«

»Nein. Sehen Sie, er wurde Kammerdiener oder so was Ähnliches bei einem Lord. Als er mit dem Boxen aufgehört hatte, diente er einfach weiter. Daher die Livree. Sie gibt ein gutes Bild ab, aber eine traurige Geschichte. Ich bin sicher, daß der Künstler ihn auch verkleinert hat. Byron sagt, als er ihm später wieder begegnete, daß es ein großer, kräftiger Bursche war. Ich schlage es irgendwann einmal für Sie nach. Ich glaube, er arbeitete auch in Molineux' Ecke.«

»Sie wissen nicht, von wem es stammt?« Doch Charles schien mit seinen Gedanken bei Bill Richmonds Schicksal zu sein; er hatte einen wehmütigen Gesichtsausdruck, als hätte er ihn persönlich gekannt. Wie immer wartete ich, bis es vorbei war. Ich lernte allmählich, mich von den Schweigeperioden im Gespräch nicht beunruhigen zu lassen. Ich betrachtete dann seine geschätzten Artefakte und die geheimen Metamorphosen, die sie bewahrten.

»Noch ein Letztes und eine Frage«, schlug er vor. »Beide etwas Besonderes.« Ich nahm ihn wieder am Arm, und wir gingen zurück in den Flur. »Interessieren Sie sich für Boxen? Das war übrigens nicht die Frage.«

»Ich denke schon«, sagte ich. »Ich habe in der Schule ein wenig geboxt.«

»Oho! Dann seien Sie aber vorsichtig. Nicht daß Ihnen noch einer die schöne Nase bricht.«

»Ich boxe nicht mehr. Keine Sorge.«

»Ich interessiere mich sehr dafür. Sie müssen alles darüber in Erfahrung bringen, wenn Sie sich damit befassen.«

Ich schaute ihn amüsiert an. »Womit befassen?« Er schloß eine Tür unter der freihangenden Treppe auf und tastete nach dem Lichtschalter.

»Kommen Sie, hier herunter. Hoppla! Da haben wir's.«

Vor uns führte eine schmale Treppe zwischen unverputzten Bruchsteinwänden steil hinab. Wir mußten uns Seite an Seite hinabquetschen, wobei ich immer einen halben Schritt hinter ihm war, während er sich, eine Hand an dem Tauhandlauf, jeder neuen Stufe mit schwerem, schlingerndem Schritt anvertraute.

»Das ist überhaupt das Tollste«, sagte er begeistert. »Ja, das wird ihm gefallen, nicht. Kein anderes Haus der Welt hat etwas dergleichen. Kommen Sie, kommen Sie weiter.« Für einen Augenblick nahm er das Gebaren eines Horrorfilm-Schurken an, der hämische Bemerkungen vor sich hin murmelt, während er sein Opfer in die Falle lockt. Die Treppe machte einen Bogen, dann ging es zwei, drei Stufen weiter unter einem groben Holzsturz hindurch in eine kühle, schimmlige Finsternis.

Verschiedene flüchtige Gedanken, denen allen etwas Beunruhigendes anhaftete, gingen mir durch den Kopf, während ich dastand und mir den Oberarm abwischte, wo er die kalkige Treppenwand gestreift hatte. Dann fand Charles den zweiten Lichtschalter, und die Finsternis wich und enthüllte einen ungefähr viereckigen, recht hohen Kellerraum. Obwohl gar nichts darin stand, hatte er doch zwei Besonderheiten. An den Wänden, die eierschalenfarben verputzt waren, verlief über Kopfhöhe ein durchgehender Fries. Er wirkte auf den ersten Blick geschmackvoll klassisch, doch bei genauerem Hinsehen bestand er, wie oben die Dekoration über der Bibliothekstür, aus homosexuellen Parodien. Und der Fußboden war ein unebenes, an manchen Stellen gebrochenes Mosaik.

Wir gingen an den Wänden entlang auf einem alten groben Läufer, durch den der holprige Fußboden stieß, so daß ich befürchtete, Charles könnte sich einen Zeh anstoßen oder sich gar den Knöchel verrenken. An der anderen Seite des Raums blieb er stehen. »Von hier aus sehen Sie es am besten«, erklärte er. Die Farben waren sehr gedämpft, das Weiß fast ein Hellbraun, die verschiedenen Rottönungen rostig wie getrocknetes Blut. »Na, was sehen Sie hier?«

Ich dachte nach; es war offensichtlich ein römisches Pflaster – der Überrest eines Palasts oder Tempels am Fluß? Ich wußte nichts über das London der Römer, hatte bis auf eine Handvoll Bilder von Lichtbildvorträgen, die Gavin vor Jahren einmal gehalten hatte, alles vergessen. Im obersten Feld war ein großes, bärtiges Gesicht mit offenem Mund und den Rudimenten von Hals und Schultern über einem breiten Riß im Material, wo die Steinchen in den grauen Zement des Restaurators übergingen. Links zu meinem Füßen waren stilisierte Fischgestalten, wie ein Emblem des Tierkreiszeichens, zu erkennen, die aneinander vorbeiglitten, zur Rechten und weiter darüber der obere Teil zweier Figuren, von denen die vordere sich der hinteren mit offenem, chorischem

Mund zuwandte; jenseits des gebrochenen Pflasterrands lösten sie sich in Nichts auf.

»Niemand kann sich einen Reim darauf machen, was das für Figuren sind«, räumte Charles gastfreundlich ein. »Der hintere Knabe könnte Neptun sein, ebensogut aber auch der Themsegott mit einer Urne oder was immer. Und das da sind kleine Fische, *évidemment*, und dort haben wir diese jungen Knaben, die Schwimmen gehen.«

Ich nickte. »Ach wirklich, Schwimmen? Ist das nicht etwas schwer zu sagen?«

»O nein, Schwimmen. Das ist ja das Entscheidende. Sehen Sie, das hier ist der Boden eines Schwimmbeckens. Früher gab es hier große Bäder, damals in der Frühzeit. Es gab Quellen. Das Wasser drang durch den Kies und so weiter, bis es auf den Londoner Lehm traf, und dann kam es heraus!« Er schien erfreut über diese geologische Eigenart, als hätte sie sich zu seinem besonderen Nutzen ausgewirkt.

»Und was ist jetzt damit?«

»In ein Rohr gesteckt«, antwortete er mit forscher Verachtung. »Abgeleitet. Begraben. Irgend so etwas. Dies kleine Stück Bad ist als einziges übrig, um uns zu zeigen, wie all die munteren jungen Römer herumtollten. Stellen Sie sich vor, all die nackten Legionäre hier drin ...«

Dazu brauchte ich nicht viel Phantasie. Die Szenen an den Wänden waren von einer drastischen Anschaulichkeit, wie Petronius sie hätte ersinnen können. »Ich glaube, Ihr Freund hat uns seine Vorstellung davon vermittelt«, sagte ich.

»Wie? Ach ja, Hendersons Bilder.« Er lachte hohl. »Die sind leider ein klein wenig peinlich – Sie wissen ja, wenn Eierköpfe sich den Boden anschauen kommen. Die denken gleich, sie geraten in eine Orgie.« Wir betrachteten beide den Abschnitt, der uns am nächsten war, wo ein glänzender Sklave den Hintern seines Herrn mit einem Handtuch bearbeitete. Davor rangen zwei mächtige Krieger mit gespreizten Beinen, zwischen denen ochsenhafte Genitalien schwangen. »Doch ganz amüsant, *n'est-ce-pas*?« Unverblümt blickte er auf meinen Schritt hinab. »Die haben mich immer *ganz schön erregt*. Selbstredend ist das lange her.«

Ich wollte das Thema nicht vertiefen und schlenderte nachdenklich weiter, dorthin, wo die beiden Jungen zum Wasser rannten, wie Charles das sah. Vielleicht standen sie aber auch schon im Wasser, das ihre schon seit langem ausgewaschenen Beine umleckte. Sie waren ungemein ergreifend. Aus der Nähe betrachtet, enthüllten sich ihre Kurven als ausgezackte, abgestufte Ränder, die bewegenden Formen bestanden aus winzigen, konturlosen Vierecken. Der dem Betrachter zugewandte Junge hatte den Mund vor Vergnügen geöffnet oder auch als Andeutung, daß er sprach, aber er machte auch einen sehr schmerzerfüllten Eindruck. Das Gesicht war zu grob und zu komplex zugleich, als daß man es richtig hätte deuten können. Es erinnerte mich an das Gesicht Evas bei der Vertreibung aus dem Paradies in Masaccios Fresko. Dann wiederum hatte es überhaupt nichts damit gemein; es hätte eine Maske heidnischer Freude sein können. Der zweite junge Mann, der dicht dahinter kam, war etwas vornübergebeugt, als watete er tatsächlich im Wasser, und war im Profil abgebildet; er drückte nichts weiter als Aufmerksamkeit seinem Freund gegenüber aus. Was sah er bei ihm – einen banalen Gruß oder die Ekstase, die ich hineinlas? Daß es nur ein Fragment war, vertiefte das Rätsel und machte es ätherisch.

Charles legte mir die Hand auf die Schulter, als ich mich darüber beugte. »Lustige Burschen, nicht?«

»Mir erscheinen sie eher tragisch.«

»Mein Lieber, ich möchte Sie folgendes fragen.« Ich spürte sein Körpergewicht auf mir und war einen Augenblick lang überzeugt, er hätte irgendein körperliches Begehren im Sinn. Ob er mich ausziehen oder küssen dürfe. Ein Dozent in Winchester hatte einmal einen Freund von mir gebeten, vor ihm zu masturbieren, was der zwar nicht tat, was man jedoch in aller Harmlosigkeit tun kann. Ich richtete mich auf und schaute über seine Schulter hinweg ins Leere. »Wollen Sie über mich schreiben?«

Ich blickte ihn an. »Hm – wie meinen Sie das?«

Er schaute ziemlich verlegen zu Boden auf die Badenden. »Na, über mein Leben. Die Memoiren, die ich nie geschrieben habe, sozusagen. Sie können doch schreiben?«

Ich war berührt und erleichtert; aber ich fand auch, daß das ganz ausgeschlossen war. »Ich habe einmal zehn Seiten über Gartenornamente aus Coade Stone geschrieben.«

»Oh, es wäre aber viel mehr als das.«

»Aber ich weiß doch überhaupt nichts über Sie«, war mein zweiter Vorbehalt.

Er lächelte. »Ich dachte, vielleicht wäre es für Sie interessant, es herauszufinden, wo Sie, wie Sie sagen, doch sonst nichts zu tun haben. Natürlich könnte ich Ihnen auch etwas bezahlen«, setzte er hinzu.

»Darum geht es nicht, Charles«, sagte ich und legte ihm nun ebenfalls die Hand auf die Schulter. Ihm traten fast die Tränen in die Augen, da er nun die Sache auf den Punkt gebracht hatte und einer möglichen Enttäuschung entgegensah.

»Bevor Sie irgend etwas sagen, möchte ich Sie bitten, lassen Sie sich Zeit für die Entscheidung. Weil ich finde, auch wenn ich das selbst sage, daß es sich für Sie als sehr interessant erweisen könnte. In gewisser Hinsicht wäre es kein furchtbar großes Stück Arbeit. Ich habe massenweise Aufzeichnungen. Alle meine Tagebücher und so weiter seit meiner Kindheit – das würde ich Ihnen alles zu lesen geben.«

Auf den ersten Blick war es ein ungeheuerlicher Wunsch, wobei ich allerdings auch einsah, daß er in gewisser Weise ganz vernünftig war. Wenn er ein interessantes Leben gehabt hatte, was wohl der Fall war, konnte er es unmöglich noch selbst aufschreiben. Wenn ich es nicht tat, dann wurde wohl nichts mehr daraus. Ein Grund, warum ich die Vorstellung instinktiv verwarf, war, daß ich eine träge Abneigung gegen jegliche Störung meiner beständigen Muße empfand – da meine Muße selbst schon zu etwas Drängendem, alles Verzehrendem geworden war. Aber gleichwohl war es nicht unmöglich.

»Aber natürlich werde ich darüber nachdenken«, sagte ich leidenschaftslos. »Geben Sie mir ein paar Tage.«

Er war äußerst dankbar. Und natürlich würde er schon die Form und die Möglichkeiten des ganzen Projekts vor Augen haben, während ich noch kaum begonnen hatte, die Folgen abzusehen. Plötzlich sah er wieder abgespannt aus. »Wir gehen wieder nach oben, mein Lieber, und dann machen Sie sich wohl auf den Weg.«

Wir ließen die Römer in der Finsternis zurück und stiegen zum Flur hinauf, wo ich meinen Gastgeber einem schweigend feindseligen Lewis übergab. Dort in der bildergesäumten Düsternis hielt er ihn, fast mit Gewalt, und gemeinsam sahen sie zu, wie ich an dem Schloß hantierte und mich hinausließ.

Als ich in den Umkleideraum kam, trocknete Phil sich gerade ab; es war nicht das grobe Abreiben im Stehen, sondern jene letzten Feinheiten, denen er so viel Aufmerksamkeit widmete und die er im Sitzen verrichtete. Nackt auf der Bank, die Beine weit auseinander, einen Fuß vor sich aufgestellt, zog er das Handtuch sorgfältig zwischen den einzelnen Zehen hindurch und tupfte Puder (ich schaute hin, ja, Trouble for Men!) in die trockenen rosafarbenen Spalten. Ich näherte mich ihm von der Seite – nahm wahr, wie sich sein Arsch auf dem billigen Kiefernholz der Bank verbreiterte und kaum eine schattenhafte Härchenspur zwischen den Backen erkennen ließ, bewunderte das Muskelband über seinen Hüften, das schon zunehmend fester wurde, und warf, während ich herumkam und mir einen Spind in der Nähe suchte, einen Blick auf seinen Schwanz und die Eier, die auf dem Rand der Bank lagen. Er blickte kurz mit seinen dunklen, leuchtenden, ausdruckslosen Augen zu mir hoch.

»Hi, Phil.«

»Hallo«, sagte er und schaute wieder auf. Sein Verhalten war gehemmter als gewöhnlich, und er errötete vor Befangenheit. Ich war lässig bis zum äußersten, ging hinüber zum Spiegel, betrachtete befriedigt erst mich, dann ihn. Ich tat, als spürte ich einem Schmutzpartikel im Auge nach, blickte jedoch eingehender in den Spiegel und sah, daß seine Aufmerksamkeit immer wieder zu mir herüberflackerte.

Ich kam zurück und begann, mich auszuziehen. Ich war es so gewöhnt, mich in Umkleideräumen auszuziehen, daß der Vorgang für mich nicht mehr das Reizpotential hatte, den es andernorts besaß. Dennoch verspürte ich ein feines warmes amouröses Summen, als ich die Schuhe abstreifte, die Jeans auszog und dabei Phils flüchtige Inspizierung meines Schwanzes wahrnahm. Ich streichelte mich mit einer einzigen indolenten Bewegung, wie um den Schwanz freizugeben und ihn dem

Jungen darzubieten, der mit gewiß wohl gespielter Gleichgültigkeit vor mir saß und seine weißen Söckchen überstreifte.

»Wie geht's im Hotel?« fragte ich.

»Oh, ähm, ganz gut«, sagte er, überraschend wenig überrascht, daß ich davon wußte. »Harte Arbeit«, setzte er hinzu.

»Was machst du dort?«

»Du meinst, im Hotel?«

»Ja.«

»Ach, alles mögliche, immer wieder was andres. Zur Zeit bediene ich.«

»Wie schön für dich«, bestätigte ich. Doch war es klar, daß er nicht zu denen gehörte, die ich mit augenzwinkernden faulen Witzen für mich einnehmen konnte. Ich fürchtete einen Moment lang, er könne es ernst nehmen; doch daß er es ignorierte, ließ vermuten, daß er verstanden hatte – aber unfähig war, mich dies wissen zu lassen. In dem neuerlichen Schweigen, das folgte, spürte ich, daß ich die Oberhand hatte. Er stand jetzt und zog sich seine altmodische und männliche weiße Unterhose an.

»Gehst du trainieren?« fragte er. Es war seine erste unaufgeforderte Bemerkung mir gegenüber, und trotz ihrer ausgemachten Banalität schien sie doch letztendlich so etwas wie die Frucht einer langen inneren Suche nach etwas zu sein, das er sagen konnte.

»O ja, aber nicht schwer.« Ich war jetzt in Turnhose und -hemd und schnürte meine weißen Turnschuhe zu. »Ich bin nicht auf einen so schönen Körperbau wie deinen aus.«

Etwas Maskulines in ihm wehrte sich einen Augenblick, doch die neue Lust, schön genannt zu werden, was der geheime Zweck der ganzen Arbeit an seinem Körper gewesen sein muß, obsiegte, und er lächelte mit schüchternem Stolz. »Jetzt hör aber auf«, sagte er. Es war ein Augenblick, in dem ein erfahrenerer Mann sich sehr wohl auch bewundernd zu meiner, weniger ehrgeizigen Statur hätte äußern können.

Als ich Anstalten machte, in die Turnhalle zu gehen, fragte ich ihn: »In welchem Hotel arbeitest du denn?«

Er stellte jeder Bemerkung ein »Oh« voran, als wäre er sich nicht sicher, wie Erklärungen beginnen könnten. »Oh . . . das Queensberry, ja.«

»Also nicht weit von hier.« Ich zog den Schlüssel aus dem Schloß.

»Nein.«

»Also, bis dann.« Ich ging die Spindallee entlang und wäre bald aus seinem Blickfeld verschwunden gewesen, doch da sagte er:

»Du, komm doch einfach mal vorbei.«

Ich wandte mich halb um und grinste: »Würde ich gern tun.« Er grinste nicht zurück, machte sogar ein sehr ernstes Gesicht – und etwas in der Art, wie er »komm doch einfach mal vorbei« sagte, beiläufig und kameradschaftlich und doch überlegt, vielleicht sogar erprobt, überzeugte mich, daß dies derselbe gehemmte, gierige Junge war, den ich im Brutus geblasen hatte, und daß er meine Hilfe brauchte, mich passiv dafür ausgesucht hatte, ihm zu zeigen, wie die Sache lief. Ich hielt seinen Blick noch etwas aus und wollte schon sagen: »Wie wär's denn mit heute abend?« So ohne Arthur war ich idiotisch wild darauf, aber aus irgendeinem Grund schob ich es hinaus. Ich spürte seine Erleichterung, als ich sagte: »Irgendwann nächste Woche?«

»O. K.« Seltsam anrührend, fast heimlich winkend hob er die rechte Hand ein paar Zentimeter von der Bank. Zwei kernige Sportsgestalten kamen rot und schwitzend aus der Turnhalle und drängten an mir vorbei. »Wie geht's denn so, Phil-Boy«, sagte einer von ihnen mit der üblichen amerikanischen Fassade mancher britischer Tunten. Ich ging weiter zur Turnhalle in dem Glauben, daß wir nun eine Art Verabredung getroffen hatten, daß ihn dies nun ebenso wie mich beschäftigte. Eine Zeitlang versuchte ich, auf andere Gedanken zu kommen, konzentrierte mich auf meine Übungen auf der Matte, auf meine Dehn- und Lockerungsübungen. Da andere bei mir so leicht Emotionen auslösten, hatte ich gelernt, Distanz zu wahren, besonders in den Augenblicken, da ich glaubte, sie gewönnen Einfluß über mich; ich brachte mich dazu, sie, und noch mehr mich selbst, mit nachlässigem, fast zynischem Abstand zu betrachten. Doch während ich nun meinen Körper spannte, dehnte und bog, bestrebt war, mich ganz lebendig, bereit und unabhängig zu fühlen, sah ich Phil wieder in einem jener kurzen Augenaufschläge, die nicht nur typisch für seine zögernde, unstete Art waren, sondern auch für so vieles im schwulen Leben, wo Glück vom kurzen Blick eines Fremden, der erhascht wird und erwidert, abhängen kann. Passenderweise lag ich auf dem Rücken, die Beine in der Luft weit gespreizt. Zwischen ihnen sah ich, wie er an der offenen Tür der Turnhalle vorbeiging, in der Hand seine Tasche, die Hemdsärmel zu engen Bändern um den Bizeps aufgerollt. Er ging vorbei, doch gleich darauf kam er zurück und spähte in die Turnhalle. Unsere Blicke trafen sich, ich hob den Kopf, er schaute einen Augenblick länger, drehte sich dann, vielleicht getrieben von der Heimlichkeit, die typisch für seine Art war, ohne zu lächeln, um und verschwand. Als ich mich aufsetzte, war es mir, als umklammerte eine Faust mein Herz und zerbräche tief in ihm einen kleinen Flakon, der es mit Liebe tränkte.

Etwa eine Stunde später sah ich James in der Dusche. Er streckte mir in einer pathetischen Geste die Hände entgegen; die Fingerspitzen waren weiß und gerunzelt.

»Lange drin, was?« bedauerte ich ihn.

»Es war einfach gar nichts, Darling. Ich weiß nicht, warum ich das überhaupt mache.«

»Ich muß gestehen, ich auch nicht.« James trödelte in seiner sentimentalen Art herum, als wartete er auf etwas, für das es sich lohnte, sich herzubemühen. »Wie lange, einfach interessehalber?«

Er hatte keine Uhr um. »So ungefähr eine halbe Stunde.«

»Immerhin bist du jetzt hübsch sauber.« Ich zog die Turnhose aus und bemerkte, wie er mit dem neutralisierten sexuellen Interesse, das zwischen uns war, meinen Pimmel beäugte.

»Makellos. Aber genug von mir. Wie geht's dir?«

»Seltsam, seltsam.«

»Müde Seiner Sprachlosigkeit des Khedive von Tower Hamlets?«

»Oh, nein, das ist schon seit ewigen Zeiten vorbei.«

»Oh ...« Ein Firniß des Mitleids überzog die merkliche Freude, das zu hören. Ich zog es vor, nicht länger dabei zu verweilen.

»Nein, ich meine meinen schwulen Adligen, erinnerst du dich? Er will, daß ich seine Lebensgeschichte schreibe.« James warf mir einen altmodischen Blick zu.

»Reinwaschen, wie?«

Ich dachte darüber nach. »Glaube ich eher nicht. Er redet von Tagebüchern, die er mir geben will und in denen alles steht.«

»Aber was gibt's da zu sagen?«

»Eine Menge, glaube ich. Ich war gerade bei ihm und habe seine Memorabilien gesehen. Alles sehr vielsagend. Er war wohl lange in Afrika. Das Interessante daran wäre aber die schwule Seite. Ich habe das Gefühl, daß er gerade das veröffentlicht sehen will.«

»Wie heißt er?«

»Nantwich, Lord, Charles.«

»Ach, wirklich«, sagte James ärgerlich. »Das wäre dann allerdings interessant.«

»Du kennst ihn?« sagte ich stockend. Da er quasi über die Hintertreppe in mein Leben getreten war, hatte ich mir törichterweise eingebildet, daß niemand anderes von ihm gehört haben könnte.

»Ansatzweise. Er ist so ein Bursche, der in den Lebenserinnerungen anderer auftaucht. Diplomaten-Künstler-Zirkel, Harold Nicolson und so. Eigentlich dürfte er der letzte aus diesen Zirkeln sein, dessen Lebensgeschichte noch nicht geschrieben wurde. Du mußt es machen.«

»Na, ich bin froh, daß ich dich gefragt habe. Ich werde mich einlesen.«

»Er muß ja wahnsinnig alt sein.«

»Dreiundachtzig, behauptet er. Er ist oft wirr, und man weiß nicht so recht, was was ist und was, sozusagen, nicht.«

»Wie ist sein Haus, schrecklich imposant?«

»Schrecklich imposant, doch. Eigentlich sehr schön – voller Bilder, meistens Schwarze. Er hat einen ziemlich furchterregenden Diener, der gemein zu ihm ist und wie ein Verbrecher aussieht. Ich muß schon sagen, daß ich den alten Knaben liebgewonnen habe. Er hat ein römisches Mosaik im Keller und außerdem wahrhaft scheußliche Dekorationen von Römern mit riesengroßen Pimmeln, wie Tom of Finland *avant la lettre*, also nicht das, was man bei Aristokraten zu Hause erwartet. Lord Beckwith jedenfalls würde darüber die Stirn runzeln . . .«

»Das ist ja sehr aufregend. Ich schlage ein paar Sachen für dich nach, wenn ich nach Hause komme.«

In dieser Nacht schlief ich nicht gut. Es war warm genug, um ohne Decke zu schlafen, aber in den frühen Morgenstunden wachte ich auf, und mir war doch spürbar kalt. Mein Gefühlsausbruch für Phil vom Tag vorher kehrte immer wieder, und die Aussichten des Nantwich-Buchs, das verführerisch war, belastete mich ebenfalls; unterdrückte Schuld und Hilflosigkeit wegen Arthur kamen noch dazu, und als sich das erste Licht um die Vorhänge tastete, schienen all die Dinge, die so vielversprechend waren, nur lästig, zerwuhlten das weiße Tuch einer Zukunft, die ohne sie gedacht war. Ich begann, über Phil zu phantasieren, hatte dann aber nicht das Herz dazu und irgendwie auch keinen Sinn für Sex in mir. Ich nickte ein und träumte, ich säße mit ihm beim Tee im Britischen Museum; zwischen uns herrschte eine tiefe, angespannte Zurückhaltung, und als ich aufwachte, hielt ich es nicht für möglich, daß wir überhaupt Freunde werden könnten.

Obwohl die Vögel ab vier Uhr morgens tschirpten, blieb ich, was untypisch für mich war, bis elf Uhr schlapp und unentschlossen im Bett liegen. Dann hatte ich mich mehr oder weniger dazu durchgerungen, Charles' Memoiren nicht zu schreiben und mein Leben von Störungen durch Forderungen und das Elend anderer freizuhalten. Gleichwohl zeigte mir die Leere eines ganzen vergeudeten Vormittags, wie sehr ich eine Herausforderung brauchte. Durch das lange Schlafen noch verschlafener geworden, rasierte ich mich, während das Badewasser einlief, wobei der Dampf immer wieder mein Spiegelbild verhüllte. Von der Hitze des Wassers zunächst gerötet, aalte ich mich in der Wanne, bis es kühler wurde. Ich erinnerte mich daran, wie ich in der Schule einmal mit der Haustunte Mountjoy (er war so wabbelig wie sein Name) gebadet hatte, und an die lange Unterredung mit meinem zuständigen Lehrer, Mr. Bast, die dem gefolgt war. Mr. Bast hatte in der eifrigen, freundschaftlichen Art, die Lehrern eigen ist, wenn sie die seelsorgerische Natur ihrer Berufung entdecken, die Gelegenheit ergriffen, den Mangel einer solchen Berufung bei mir zu kritisieren. »Sie haben es doch im Kopf, William«, sagte er; »Sie sind gut im Sport – und ich verstehe, warum die andern Jungen Sie so attraktiv finden (o ja, ich weiß Bescheid). Aber Sie sollten Ihre freie Zeit besser nutzen, als mit Mountjoy herumzualbern. Ihnen mangelt es an einer Berufung, William, das ist es, was mir bei Ihnen Sorge bereitet.« In jenem unzugänglichen Alter fand ich, daß ich auf diesen Mangel stolz zu sein hatte. In den darauffolgenden Wochen alberte ich mit Mountjoy noch mehr herum als zuvor. »Das ist meine Berufung«, sagte ich ihm, als wir uns nach dem Lernen trafen und auf einen Schnellen hinüber zu Meads zogen.

Ich war fast eingeschlafen, als das Telefon läutete; tropfend taumelte ich, in ein riesiges Badetuch gehüllt, ins Schlafzimmer. Es war James.

»In Waughs *Tagebüchern* finden sich zahlreiche Erwähnungen«, sagte er.

»Du meinst, von Nantwich?«

»Ja. Die meisten sind nur so *en passant* – er muß ihm in Oxford begegnet sein, und auch noch später. Natürlich gibt es kein Oxforder Tagebuch. Die interessanteste ist vor Waughs Abreise nach Afrika: ›Abendessen mit Alastair, der Sonntag nach Kairo zurückgeht. Wir sahen noch einmal den Abessinischen Plan durch. Später kam Charlie Nantwich dazu. Er war ziemlich betrunken, war bei Georgia gewesen. Georgia meint, er habe ein Verhältnis mit einem Negerkellner vom Trocadero und es liefe nicht gut. Wir taten, als wüßten wir von nichts. Er hat eine Leidenschaft für Afrika, die Schönheit, Anmut, das Edle usw. der Neger. Er gab mir reichlich Ratschläge, die zu beachten ich versprach. A. sehr schweigsam.‹«

»Erstaunlich«, sagte ich. »Ist das alles über ihn?«

»Das ist das Wichtigste. Ganz schön pikant, was? Liebster, du mußt das machen. Du machst es doch, oder?«

Ich rieb mir mit dem Badetuch die Beine ab. »Eigentlich bin ich gerade zu der Entscheidung gelangt, es nicht zu tun.«

»Du bist verrückt.«

»Ich weiß.«

»Aber sieh doch, offensichtlich hat er speziell dich ausgesucht. Du bist dazu *auserwählt.*« Bei James vereinte sich ein wissenschaftlicher Geist mit einem phantastischen und romantischen Glauben an die Vorsehung. »Und sonst hast du ohnehin nichts zu tun. Und du kannst schreiben – dein Aufsatz über Coade-Stone-Vasen war herzzerreißend. Und du bist doch auch ganz angetan von der Anmut, dem Edlen und so weiter von Negern. Das ist *die* Gelegenheit. Wenn du es nicht tust, dann macht sich irgendein Idiot über ihn her. Oder schlimmer noch, der alte Knabe stirbt. Es wäre ein unschätzbarer Vorteil«, schloß James, »es zu tun, solange er noch lebt, dann kann man noch über alles reden.«

»Du hast dir offensichtlich schon viel klarere Gedanken darüber gemacht als ich«, sagte ich leichthin, aber wahrheitsgemäß.

»Ich würde es ja selber machen, aber du weißt ja, wie es ist – die Heilung der Kranken . . .«

»Ich stimme dir zu, es gibt Gründe, es zu tun. Ich war eben vor allem mit den Gründen beschäftigt, es nicht zu tun.«

»Es ist wirklich zum Heulen. Ich weiß, du kommst dir

zu großartig vor, um irgendeine Arbeit zu machen, aber du mußt dich endlich mit irgend etwas befassen. Sonst endest du als alt-junge Tunte, die nichts Gescheites geleistet hat. Berühmte letzte Worte des dritten Viscount Beckwith: ›Fick mich noch mal.‹«

Ich griente und lachte leise. »Ich dachte, meine letzten Wörte wären: ›Wie sehe ich aus?‹« James, der sich selber wieder einmal großartig fand, hielt mir eine seiner Predigten, wobei er sich, wie mir schien, als modernisierte Ausgabe von Mr. Bast gab. »Aber wenn es sich dann über Jahre hinzieht und mich nicht im mindesten interessiert.«

»Du kannst aber auch davon ausgehen, daß es unzweifelhaft ein Bestseller wird. Ach komm, es ist doch klar, daß er dir bei sich zu Hause auf den Zahn gefühlt hat – was du von den Bildern gehalten, wie du die Statue von König Sowieso gefunden hast.«

»Das stimmt zweifellos, klar ist aber auch, daß er scharf auf mich ist.«

»*Damit* wirst du doch fertig, mein Lieber«, wandte James samtig ein. »Vielleicht mußt du ihm ein-, zweimal eine kleine Freude bereiten. Meistens bitten dich diese ganz alten Tunten doch nur, eine Runde in ihrem Swimmingpool zu drehen, oder sie platzen versehentlich ins Badezimmer, wenn du gerade in der Wanne sitzt. Die wollen einfach nur mal hinsehen.«

»Meine Güte, James, das macht mir alles keine Schwierigkeiten. Ich tue ihm doch schon einen Gefallen. Er hat mich schon mehrere Male im Adamskostüm gesehen. Und er hat keinen Swimmingpool. Deshalb kenne ich ihn auch.«

»Versprich mir, daß du es machst. Das Buch schreiben, meine ich.«

»Aber Darling, du weißt doch, wie das ist«, wand ich mich. Instinktiv spielte ich mit mir. »Allein die Vorstellung, mich so zu binden. Ich will doch immer weggehen können und – du weißt schon.«

»Soweit mit bekannt ist, schließt Bücherschreiben Sex nicht aus. Zugegeben, einige große Schriftsteller sind ohne ausgekommen: Jane Austen beispielsweise hat keinen Koitus vollzogen, während sie an einem Buch schrieb. Auch Bunyan, glaube ich, schrieb die ganze *Pilgerreise* ohne einen einzigen Fick. Doch solche Beschränkungen brauchen nicht für dich zu gelten. Schon eine halbe Stunde nach getaner Arbeit könntest du doch wie nichts in einem Hinterzimmer rammeln.«

Diese sarkastischen Stupser gefielen mir ganz gut. »Und überhaupt muß ich mich ja nicht gleich entscheiden. Ich habe ihm gesagt, ich würde es ihn in ein paar Tagen wissen lassen. Ich habe ja auch nie etwas Derartiges gemacht – es muß doch Profibiographen geben wie Sand am Meer. Ich bin da völlig ungeeignet.«

»Glaubst du, er weiß das nicht? Er weiß, er könnte jede dieser modernen Mrs. Asps darauf ansetzen. Er hat dich gewählt, weil er glaubt, daß du ein Gespür dafür hast. Schließlich hast du ihm schon einmal das Leben gerettet; und jetzt sollst du es noch einmal tun.«

»Nun übertreib mal nicht mit der poetischen Gerechtigkeit des Ganzen«, bat ich ihn. »Da, ich habe nichts an, und der Teppich ist schon ganz naß.«

»Na gut. Aber ich dachte, ich rücke dir besser den Kopf zurecht. Ich bin sowieso schon zu spät dran – Furunkel, Fußpilz, Fisteln, die warten alle schon. Da siehst du, wie wichtig mir die Sache ist.«

»Okay, Lieber. Du hörst bald von mir.«

»Okay. Denk doch nur, was es für einen Spaß machen wird, dein Autorenfoto für den Umschlag auszuwählen.«

»Hm – daran habe ich noch gar nicht gedacht.« Wir lachten beide, als wir auflegten.

Drei Tage später stieg ich an der U-Bahnstation St. Paul's aus und machte einen Bogen um die Kathedrale Richtung Skinner's Lane. Es war noch immer heiß, aber windstill und grau: Ein grelles Licht kam vom Himmel, doch ich warf keinen Schatten auf das Pflaster. Die Gasse und das Haus waren kleiner, als ich sie in Erinnerung hatte.

Ich klingelte und bereitete mich und meinen Gesichtsausdruck auf den kurz angebundenen Empfang durch Lewis sowie auf Charles' anschließende Freude darüber vor, mich zu sehen und zu wissen, daß ich es tun würde. Am Telefon hatte ich eingewilligt, mir zumindest etwas Material anzusehen; nach einem Monat wollte ich ihm dann sagen, ob ich glaubte, ein Buch daraus machen zu können. »Ich weiß, es ist komisch«, hatte er gesagt. »Ich bin nicht berühmt. Aber das Buch könnte es werden.« Wie zuvor regte sich nichts, also klingelte ich wieder und trat auf die Straße zurück, wie es Leute tun, einerseits um sich seelisch und moralisch auf die Begegnung vorzubereiten, andererseits, um die Peinlichkeit zu mindern, die daher rührt, daß man einer der Straßenbenutzer ist, der Zutritt in den privaten Bereich des Hauses begehrt. Die Fenster waren so undurchdringlich wie zuvor, doch da ich nun wußte, was dahinter wartete, schaute ich zu ihnen hinauf, als könnte ich durch sie hindurch in die freundliche vollgestellte Bibliothek und das stille Eßzimmer sehen.

Noch immer rührte sich nichts, und ich hörte, wie ich mich leise beschwerte: »Du hast doch vier gesagt.« Niemand sonst war zu sehen, doch als ich das dritte Mal geläutet und dazu noch, um Aufmerksamkeit zu wecken, ohne dabei jedoch zudringlich zu wirken, ein paarmal tüchtig geklopft hatte, schaute ich mich um, ob ich noch immer allein war. Ein Mann mittleren Alters war am Ende der Gasse aufgetaucht, und als er an mir vorbei in eines der heruntergekommenen Anwesen ging, fühlte ich mich verpflichtet, wenigstens eine kleine Pantomime der Ungeduld und Verblüffung zu inszenieren. Dazu gehörte auch der Versuch, mit der flachen Hand die Tür zu öffnen, die dann tatsächlich unverschlossen war und leicht nach innen aufging. Ich stieß sie halb auf; und schlüpfte hinein.

Mit einer Stimme, die der meinen sehr unähnlich war, rief ich: »Hallo!« Keine Antwort. Die Tür zur Bibliothek zu meiner Linken stand offen, und ich ging vorsichtig hinein. Es sah noch unaufgeräumter als beim letzten Mal aus; Papiere und Ausschnitte waren über den großen Tisch verstreut: Das schrieb ich Charles' Suche nach Material für mich zu. Als ich mich zum Gehen wandte, überraschte mich eine große schwarze Katze, die sich aufrichtete, gähnte und sich reckte. Sie hatte in Charles' Sessel am Kamin gelegen und starrte mich kurz mit einem an Feindseligkeit grenzenden Blick an, wandte sich dann ab, leckte sich und tat, als gäbe es mich nicht. Es war ein schönes Tier, groß und schlank, mit breiter, langer Nase und spitzen, dreieckigen Ohren; sie wirkte eher wie eine Tempel- als wie eine Hauskatze, und ihre stumme Gleichgültigkeit mir gegenüber erhöhte noch mein Unbehagen und mein Gefühl der Unwirklichkeit.

Das Eßzimmer ließ ich unversucht und ging gleich weiter zum Salon, wo ich klopfte und hineinschaute. Er war leer und ordentlich, auf einem Beistelltisch lagen zusammengefaltete Zeitungen, ein Nähkorb und ein Stopfpilz – Dinge, die auch in einem Männerhaushalt notwendig sind. Von hier aus führte eine offene Tür in die Küche, die ich noch nicht gesehen hatte. Durch die Wandschränke mit Milchglasschiebetüren, die Steingutspüle, den oben abgerundeten Electrolux-Kühlschrank und den grün emaillierten Gasherd ähnelte sie einer

Farbtafel aus der Nachkriegsausgabe von *Mrs. Beeton* meiner toten Großmutter; die Steckdosen, die aus schwarzem Bakkelit waren und nur zwei Löcher hatten, vervollständigten das Bild. An einem kleinen Tisch unter dem Fenster nahmen Charles und Lewis offenbar die Mahlzeiten ein. Die Pfannen und Teller eines bescheidenen Mittagessens standen unberührt in der Spüle.

Ich verspürte das starke Verlangen, mich noch mehr umzuschauen, aber auch, falls ich beobachtet wurde, den Anschein zu erwecken, es nicht zu tun. Und ich machte mir allmählich Sorgen um Charles. Wenn Lewis nicht da war, dann könnte der alte Knabe womöglich unbemerkt zusammengebrochen sein. Ich hatte nicht gesehen, ob es Klingeln in den Zimmern gab. Vielleicht war ich allein mit einer Katze und einem Toten im Haus. Das war eine Vorstellung, die nicht ganz ohne Reiz war. Ich schlenderte, die Bilder betrachtend, zurück in den Flur; am Fuß der Treppe zögerte ich und blickte auf die kleine Zeichnung eines Dragomans, nur wenige Striche bezeichneten Turban, Lächeln, Schwert und Schnabelschuhe. Als ich mich umwandte, sah ich, wie sich neben mir eine Gestalt bewegte. Mein Herz machte einen Sprung und pochte noch weiter, als ich merkte, daß nur ich selber es war, der sich zu dem matten alten Spiegel hindrehte, in den ich zuvor geschaut hatte. Die Düsternis machte alles noch geheimnisvoller, und die Nervosität beschleunigte meine Handlungen. Ich blieb nicht vor dem Spiegel stehen, sondern schickte mich an, die Treppe hinaufzugehen.

Ich trug nie laute Schuhe oder gar solche mit Metallplättchen, da ich lieber unbemerkt umherschlich. Dennoch ächzten und knarrten die Stufen, als ich nach oben ging, derart, daß jedwede Heimlichkeit ausgeschlossen war, und so eilte ich forsch, zwei Stufen auf einmal nehmend, in den ersten Stock. In der Stille, in der ich oben stand, hörte ich noch ein dumpfes Geräusch, schwach, aber heftig, und den undeutlichen Klang einer redenden Stimme. Sie schien aus dem Zimmer am hinteren Ende des Hauses zu kommen, dem über dem Salon, was aller Wahrscheinlichkeit nach, so dachte ich, Charles' Schlafzimmer war. Ich wollte ein mögliches intimes Ritual nicht unterbrechen, handelte dann jedoch in dem plausibleren Glauben, daß etwas ernstlich faul war. Als ich die Tür aufstieß und eintrat, war es mir zunächst unmöglich festzustellen, was nun tatsächlich der Fall war.

»Charles«, sagte ich laut.

»Um Gottes willen!« Die Antwort klang verzweifelt, gedämpft und doch ganz nah. »Machen Sie die verdammte Tür auf – *bitte*!« Es dauerte wohl höchstens eine Sekunde, bis ich begriffen hatte, doch da ertönte erneut das erregte Hämmern, das ich schon zuvor gehört hatte. Ich durchquerte das Zimmer zu einer kleineren Tür, deren Griff ich niederdrückte und deren hakenden Messingschlüssel ich gleich darauf drehte; es war eine Tür, die selten abgeschlossen wurde, es aber erfreulicherweise noch zuließ, wenn es sein mußte. Charles war nicht erfreut. Er hatte sich ans andere Ende des Raums zurückgezogen, offensichtlich ein kleines Ankleidezimmer mit einer Kommode, einem offenen Kleiderschrank und einem Eckwaschbecken darin; an letzterem lehnte er, rot im Gesicht, Krawatte und Kragen geöffnet, einen furchtsamen und wütenden Ausdruck im Gesicht. Er erinnerte mich an einen in die Ecke getriebenen Boxer, dessen Ehre es gebietet, einen letzten und tödlichen Ausfall zu machen. Er hatte keine Ahnung, wer ich war.

»Wo ist Lewis?« Obwohl die Frage an mich gerichtet war, schien er durch mich hindurchzublicken. Er war außer Atem. »Ist Graham weg?«

Ich ging mit offenen Armen auf ihn zu, er aber machte einen Schritt vorwärts, ohne die Absicht zu grüßen oder auf mich eingehen zu wollen. Er stolperte an mir vorbei, obwohl ich eine Bewegung machte, um ihn zu stützen, und ihm dann doch nur auf die Schulter patschte; ich folgte ihm auf dem Fuß ins Schlafzimmer. Dort rang er mit einem Stuhl, der seitlich auf dem Boden lag; das Bükken und die Anstrengung schienen seine Kräfte zu übersteigen, und ich trat hinzu, um ihm zu helfen. »Charles, ich bin's, William.«

Er nahm keine Notiz davon, bis er den Stuhl aufgerichtet und sich schwer darauf hatte fallen lassen. Dann schaute er mich schweigend und starr an. »Sie sind weg«, sagte er, nachdem ich mich eine Weile vor ihn hingehockt und ihn mit einem besorgten Lächeln beobachtet hatte. »Sie haben mich da eingeschlossen – oder Lewis war es. Er wollte nicht, daß ich mit hineingezogen werde. Schauen Sie sich nur das Zimmer an.«

Charles rappelte sich schon wieder auf, wobei er nach mir griff, und ich hatte den Eindruck, daß er eine Wandlung durchgemacht hatte, an deren Logik ich zwar zweifelte, die ich aber als gegeben hinnahm. Ich stützte sein beträchtliches Gewicht, als er den Arm um mich legte und wir wie zwei Betrunkene zum Bett wankten. Als wir es erreichten, streckte er den andern Arm in einer beredten Geste der Verwunderung und Verzweiflung aus.

Im Bett nämlich lag, das breite, konturlose Gesicht in absurder Weise von einem Panamahut gekrönt, eine lebensgroße menschliche Nachbildung. Es war nur der Umriß einer Puppe, wie Schuljungen sie machen, um ihre schlafende Gestalt im Fastdunkel eines verlassenen Schlafsaals vorzutäuschen, doch in dem Licht eines Sommernachmittags offenbarten sich das aufgebauschte Bettzeug und die Kleider, aus denen sie bestand, als schreiend widerwärtig. Der schlaff daliegende Kissenkopf war nicht als Täuschung, sondern als Warnung gedacht: Um den Kopf geschlungen und über die Bettdekke drapiert war eine Old-Wykeham-Krawatte, die mich einen Augenblick lang daran erinnerte, wie ich ein kleiner Junge war und meine Mutter jeden Morgen vor dem Spiegel hinter mir stand und mir den Knoten band. Rote Rosenblütenblätter waren kunstvoll darüber verstreut, und wo das Herz der Puppe gewesen wäre, breitete sich ein rostroter Fleck auf dem weißen Bettuch aus, der wirklich der Farbe eingetrockneten Bluts ähnelte. Ich griff nach einer kleinen Flasche auf dem Nachttisch: Es war Vanilleessenz.

Nachdem wir das ganze eine Weile betrachtet hatten, drehte ich Charles um und setzte ihn auf den Bettrand, riß dann die Puppe auseinander, warf den Hut auf einen Sessel und rollte die Krawatte auf. »Sie erkennen diese Krawatte«, sagte Charles mit verblüffender Distanz. Ich lächelte. »Schöne Bescherung, was?« Und tatsächlich war es der allgemeine Zustand des Zimmers, in dem offensichtlich ein Kampf stattgefunden hatte, der mich zunächst schockiert hatte, als ich es betrat. Das Arrangement auf dem Bett stand in einem bizarren, auffallenden Gegensatz zu den schief hängenden Bildern, den umgestürzten Nippesfiguren und durchwühlten Schubladen im Zimmer. »Noch so ein Melodram halte ich nicht aus«, sagte Charles.

Obwohl meine Neugier ungeheuer war, widerstrebte es mir sehr, Charles zu fragen, was geschehen war, oder die Erniedrigung zu ergründen, die er durchgemacht hatte. Ich half ihm, Jackett und Schuhe auszuziehen, und legte ihn auf das Kissen, das vor kurzem noch seinen Kopf nachgebildet hatte. Wie in Hypnose war er binnen Sekunden eingeschlafen.

5

Der erste Teil von Charles' Papieren war in eine alte Aktenmappe gestopft. Ich kam mir vor wie ein junger Lehrer, der eine Tasche voller Bücher und Aufsätze mit nach Hause nimmt, als ich mit der schweren Tasche in dem vollen U-Bahn-Zug hing und sie an dem wie verkohlt aussehenden Ledergriff hielt, der mit schwarzem Isolierband verstärkt war und sich etwas klebrig anfühlte.

An der Tottenham Court Road stieg ein junger Mann zu, den ich binnen ein, zwei Sekunden als den drahtigen Menschen erkannte, auf den James vor einer Weile unter der Dusche scharf gewesen war. Er war sogar noch tiefer gebräunt als zuvor, was mich etwas verwirrte, ebenso wie sein großer Schwanz, dessen schwellende Konturen durch die helle Baumwollhose noch verstärkt wurden, und der Kontrast zwischen dessen Dicke und dem schmalen, sehnigen Körper. Er trug eine Sporttasche über der Schulter, und der saubere Schimmer seiner Stirn bestätigte, daß er gerade aus der Dusche des Corry kam. Er stand mir gegenüber an der Tür, und einen langen Augenblick hielten wir den Blick des andern aus, bevor jeder wieder gesittet wegschaute, wenngleich in der offenkundigen Absicht, gleich wieder hinzublicken. Und so hatte der Sex jäh seinen Anfang genommen.

Am Oxford Circus stiegen viele aus, und ich ließ mich auf den Sitz neben der Tür fallen. Viele stiegen aber auch zu, wodurch mir die Sicht auf den Jungen versperrt wurde. Er blieb an seinem Platz stehen; als ich durch die Glaswand blickte, die die Sitze von der Tür trennt, sah ich nur die Hintern und Handflächen stehender Fahrgäste, die stumpfsinnig gegen die andere Seite gedrückt waren. Ich verstärkte das Drama des Aufreißens, indem ich ihn veranlaßte, mir zu folgen.

An der Bond Street war dies unmöglich; hier stiegen noch mehr Leute zu. Der Platz, auf dem ich saß, war Alten und Behinderten vorbehalten, wäre jedoch ein dafür Berechtigter gekommen, jemand wie Charles etwa, dann hätte ich den Zug in jedem Fall erst an meiner Station verlassen, mit hinkendem Gang oder einem schief gehaltenen Bein, um meine zuvor nicht sichtbare Behinderung zu zeigen. Es waren jedoch nur gewöhnliche Pendler und Leute, die vom Einkaufen kamen, wenn auch einer, wie ich bemerkte, der sich am Haltegurt festhielt, meine Erektion beäugte, die ich bei jeder auch noch so kurzen Bahn- oder Busfahrt bekomme, und darauf aus war, in meine Richtung zu schwingen oder zu rucken, je nachdem, wie der Zug langsamer oder schneller wurde. Der Druck seines Knies auf dem meinen und sein Blick auf meinen Schoß ärgerte mich, denn ich wollte doch den Jungen, den ich nun nicht mehr sehen konnte und von dem ich hoffte, daß er nicht unbemerkt an einer Station vor meiner ausstieg.

Erst nachdem wir die Ödnis von Lancaster Gate und Queensway passiert hatten, gab es größere Umwälzungen; am Notting Hill Gate wurde der Platz neben mir frei, und das Erstaunliche und Unvermeidliche geschah, daß nämlich mein älterer Verehrer schon schmunzelnd und zögernd den Platz neben mir einnehmen wollte, als der Junge aus dem Corry urplötzlich vor mir auftauchte und, sozusagen an zweiter Stelle, es gerade noch schaffte vorbeizuschlüpfen, wobei er riskierte, daß sich der ältere Mann ihm auf den Schoß setzte, und den Platz einnahm, auf den sein Rivale schon den in einem Anzug steckenden Rumpf herabsenkte. Verwirrung und Entschuldigung waren bei einer so kühnen Aktion unzulässig, und er war so klug, so zu tun, als wäre es nie eine Frage gewesen, ob er oder jemand anderes neben mir sitzen würde. Ich trommelte mit den Fingern auf meinem Knie und wandte mich ihm mit einem langsamen, verschlagenen Grinsen zu. Das Gesicht des andern erstarrte, er wurde rot und stakste in eine andere Ecke des Waggons.

Wir waren nur noch ungefähr eine halbe Minute von Holland Park entfernt, wobei ich aber auch durchaus, wie ich es schon häufig getan hatte, wenn ich unterwegs einen aufgerissen hatte, bis zu einer Station mitfahren konnte, die meilenweit hinter der meinen lag und wo ich mich, wenn die Fahrt erfolglos war, verlassen in einer fernen Vorstadt finden würde, wo kleine Jungen auf dem Gartenweg ihren Tretroller reparierten, entferntes Geschrei von Fußballplätzen in der Luft hing und dahinter die Felder und Wälder der beginnenden Natur lagen.

Als der Zug langsamer wurde, machte ich daher Anstalten, Charles' Tasche aufzunehmen, um anzudeuten (was notfalls wieder rückgängig gemacht werden konnte), daß ich an der nächsten Station aussteigen würde. Erleichtert sah ich, während wir beide darin übereinstimmten, daß der Corry zur Zeit wirklich überfüllt sei, wie auch er sich vorbeugte, bereit aufzustehen. Während wir uns durch die Menge zur Tür drängten und den Bahnsteig entlanggingen, erblickte ich wieder meinen andern Freier, wie er die letzten Sekunden, die er mich wohl je sehen würde, auskostete und geradezu abstoßend aussah, als der Zug an uns vorbeizog und ihn davontrug.

»Du wohnst also auch hier in der Gegend?« fragte ich den Jungen, um eine weitere unbehagliche Distanz zu überbrücken.

»Nein, eigentlich nicht«, sagte er in einer etwas selbstgefälligen Art, was mir wieder meinen ersten Eindruck in Erinnerung rief, daß er nicht besonders nett war. Ich lächelte fragend. »Ich dachte mir, gehst mal mit und siehst dir an, wo er wohnt«, erklärte er.

Nach einer gehörigen Vögelei saßen wir mit einem Glas Pimm's auf dem Fenstersims in der Abendsonne. Die Luft war pollenschwer, wogegen Colin empfindlich war, und nachdem er einige Minuten geniest und die Augen zusammengekniffen hatte, verkündete er, daß er jetzt gehen müsse. Das tat mir nicht leid; in Gedanken war ich schon dabei, die Tasche zu öffnen und mich auf das einzustellen, was vor mir lag. Ich schloß die Wohnungstür hinter Colin, und da stand auf einem Stuhl die Tasche, wo ich sie abgestellt hatte, um mich über ihn herzumachen. Nun, da ich sie wieder holte, erkannte ich, wie respektlos es von mir gewesen war, sie wegen dieser guten, aber ziemlich profimäßig abgespulten und unterkühlten Nummer so hastig beiseite zu stellen.

Ich ging mit der Tasche in die Küche, löste die Riemen und leerte den Inhalt auf den Tisch. Ich schloß das Fenster, damit die Papiere nicht davongeweht wurden; seit Arthurs Verschwinden war ich wie besessen von Licht und frischer Luft.

Das Archiv bestand im wesentlichen aus einem Stapel Quartheften, die in braunen Karton gebunden und an den Ecken abgestoßen waren – die meisten trugen eine deutliche Tintenaufschrift auf dem Deckel: »Oxford, 1920« und »1924: Karthoum« waren die beiden ersten, die ich in die Hand nahm. Sie waren in schneller, eleganter, nicht besonders leserlicher Schrift geschrieben, mit schwarzer Tinte, und zwischen den Seiten steckten hin und wieder Gegenstände – Postkarten, Briefe, Zeichnungen, sogar Hotelrechnungen und Visitenkarten. Dann war da so ein dickes Fünfjahresjournal, das man verschließen kann, dazu weitere Briefe und Dokumente sowie ein großer gelbbrauner Umschlag voller Fotografien. Sogleich zog ich mir einen Stuhl heran, um sie mir anzuschauen, da ich glaubte, sie würden zwar rätselhaft, dabei aber auch der Schlüssel oder ein Zauber sein, um mir den ganzen Fall zu erschließen.

Es waren Schnappschüsse, Gruppenfotos und Studioporträts, alles durcheinander. Ein gerahmtes Bild mit einer Gruppe großspuriger junger Männer trug den Untertitel »Universitäts-Schießen VIII, 1921« in der amateurhaften Frakturschrift, die man in Oxford noch heute gern für Immatrikulations- und Mannschaftsfotos benutzt. Nach kurzer Zeit war ich mir sicher, daß einer der Stehenden, ein großer Junge mit zurückgekämmten, glänzenden Haaren und einem einnehmenden Schmunzeln, Charles sein mußte. Das Gesicht war viel schmaler als heute, und die ganze Gestalt schien recht gut gebaut zu sein; ich hatte ihn erlebt, als er sich immer weniger in der Gewalt hatte, und war einen Moment lang verblüfft, einen jungen Mann vor mir zu haben, der offensichtlich wußte, wie man es sich gutgehen ließ. Er erschien noch einmal auf einem kunstvolleren Porträt, wo er weniger hübsch war: Vielleicht hatten ihn die Spontaneität und Kameraderie auf dem Schnappschuß zu Schönheit animiert.

Die meisten Bilder stammten jedoch von seinen Jahren in Afrika. Da waren die erwartbaren Bildchen von Charles auf dem Kamel, die Sphinx im Hintergrund – ein Touristenandenken, das sich durch die Inschrift auf der Rückseite erklärte: »Vor der Abreise, 1925«. Die meisten jedoch zeigten deutlich – vielfach auch verwackelt – das Leben draußen und waren voll zurückhaltender Authentizität. Typischerweise zeigten sie Gruppen von Eingeborenen, weitgehend oder völlig nackt, die unter tot wirkenden Bäumen herumstanden und auf Ziegen-

oder Rinderherden schauten. Auf einigen Bildern war Charles zu sehen, in kurzen Hosen und mit Tropenhelm, flankiert von zottelhaarigen, tiefschwarzen Männern in Umhängen. Dann ein recht mitgenommenes Foto von einem wunderbaren, herrlich seelenvollen schwarzen Jugendlichen, das schräg war, vermutlich war da eine andere Gestalt abgeschnitten worden. Nach der Szene in Charles' Schlafzimmer überfiel mich dabei eine leichte Unruhe, als könnte dies ein wundersamer Akt der Eliminierung sein.

Nur auf einem Bild stand eine Frau im Mittelpunkt. Es war eine sehr altmodische Atelieraufnahme, in der Charles, noch jung und wunderschön gekleidet, über die Rükkenlehne eines kleinen vergoldeten Sofas gebeugt stand, auf dem eine hübsche, dünnlippige Frau saß. Die Balustrade und die Säulen der Atelierszene hinter ihnen sahen aus, als wichen sie in einen romantisch verschwommenen Hintergrund zurück und übertrügen auf das Paar die rosaleuchtende Vergänglichkeit eines Fragonard. Derlei arkadische Andeutungen schienen die Sitzenden jedoch zu ignorieren; sie machten einen angespannten Eindruck und wirkten, wenngleich der Künstler sie geschickt arrangiert hatte, eigentümlich getrennt. Hatte es also eine Frau in Charles' Leben gegeben, eine Episode, von der dieses Bild die unselige Erinnerung war? Es schien wahrscheinlicher, daß es sich um eine Schwester handelte; zudem hatten die Augen von beiden etwas Bekümmertes, was auf Familienbande schließen ließ. Ob die Menschen dort, wo immer sie herstammten, von den melancholischen und vom Unglück verfolgten Nantwichs sprachen? Es war jedenfalls an der Zeit, jene Grundlagenforschung anzugehen, die Charles mir mehrere Male schon empfohlen hatte.

Ich steckte die Fotos in den Umschlag zurück; die meisten trugen keine Anmerkung auf der Rückseite, und wenngleich sie allgemein gesehen vielsagend und informativ waren, trugen sie doch wenig zu meiner Aufklärung bei. Ich wußte nicht, was Charles sich alles dabei gedacht hatte, als er sie für mich zusammenstellte, aber es war gut möglich, daß sein Werdegang nur unvollkommen von Fotos festgehalten war. Klar war, wenn ich diese Arbeit übernahm, dann bedeutete es, seine Erinnerung nach Verbindungen und Identifizierungen zu durchforsten, seine persönlichen Aufzeichnungen zu lesen und die Geschichte des Sudan aufzuarbeiten.

Ich blätterte durch die Notizhefte, stieß auf eigentümliche Sätze, blieb an einem Absatz hängen, war dabei aber leicht gereizt, fast pikiert darüber, wie provinziell das Leben darin ablief. Wahrscheinlich erwartete ich, sie würden von selber an den unanständigen Stellen aufklappen, doch waren sie so diskret, bei Aufstellungen von Dienstpflichten, Streit mit Behörden, Gästelisten für Partys aufzuklappen. Mehr noch, ich erwartete, daß es unanständige Stellen gab, und die leicht abstoßende Einführung in die Banalitäten des Kolonienlebens ließ mich plötzlich zweifeln. Es war das schreckliche Gefühl, daß da ein anderes Leben einfach weitergegangen war und sich selbst beweihräucherte, indem es niedergeschrieben wurde und noch Jahre später andauerte. Dies ließ mich kühl denken, daß ich nicht der richtige Mann dafür war.

Bestärkt wurde ich jedoch wieder durch die Gegenwart. Charles' Leben war jetzt so zusammenhanglos, eine solche Mischung aus Erschöpfung und besessener, hitziger Energie, aus raffinierter Subtilität und jugendlicher Derbheit, aus Präsenz und Absencen, daß es mir die Hoffnung gab, die mir die Bücher vorenthielten. Der jüngste Vorfall in seinem Haus etwa war ein hervorragender Stoff. Wie er sich mir darstellte, hatte Lewis Charles in das Ankleidezimmer gesperrt, aber nicht als Strafe, sondern um ihn zu schützen und zu verhindern, daß er eingriff, während Lewis mit einem andern Mann kämpfte. Dieser Mann war ein ehemaliger Angestellter. Ich fragte Charles, warum er ins Haus gekommen sei, und erriet eher, daß er als möglicher Ersatz für Lewis bestellt worden war. Lewis war, wie ich schon wußte, ein Muster an Eifersucht, und es fiel mir nicht schwer, mir vorzustellen, wie seine träge, sarkastische Gewalttätigkeit zum Ausbruch kam, wenn ihm etwas gegen den Strich ging. Doch wenn er um seine Zuneigung zu Charles gekämpft hatte, warum hatte er ihn dann durch den Schuljungenvoodoo mit der Puppe angegriffen? Wie all die andern verschiedenartigen Symptome konnte nur Charles selbst all dies zusammenreimen. Er machte sich heftige Vorwürfe, nachdem er aufgewacht war, und wir gingen hinunter in die Küche, um Tee zu machen. »Es mußte ja so kommen«, meinte er. Doch er war nicht in der Lage, es mir zu erklären. »Lewis war ein verdammt guter Kämpfer«, sagte er mehrmals.

Das Telefon klingelte. Als ich abnahm, sagte eine förmliche und affektierte Stimme: »Sind Sie William?«

»Am Apparat.«

»Lord Beckwith möchte Sie sprechen.« Ungefähr eine halbe Minute verstrich, bevor mein Großvater den Hörer abnahm. Er war so ungeheuer wichtig geworden, daß er das Personal sogar die einfachsten Dinge für sich erledigen ließ. Sein Butler war ein effizienter, humorloser Mann, fast so alt wie er selber, und gehörte einer praktisch ausgestorbenen, an ihrer eigenen Korrektheit erstickten Rasse an. Er hätte seinen Arbeitgeber wohl nie ins Ankleidezimmer gesperrt. Allerdings war es jetzt das erste Mal, daß er meine Nummer wählen mußte, und ich spürte jene feine, angespannte Unnahbarkeit, die Tausende erfahren haben müssen, als mein Großvater noch in der Regierung und am Gericht war.

»Will? Wie geht's dir, Liebster?« Das war die andere Seite seiner Großartigkeit, die anstandslose Intimität und der Charme, die ihm mehr als sein Talent zum Befehlen Macht und Erfolg gebracht hatten. Seine zärtlichen Worte waren weder anzüglich noch weichlich, sondern männlich wie die Churchills und vermittelten einem das Gefühl, auserwählt, von Wert zu sein. Er sagte »Liebster« nicht öffentlich, wie die Cockneys »Liebster« oder wir Tunten gebrauchen, sondern es war ein persönlicher Vertrauensorden, der einem zur Belohnung oder als Ansporn angesteckt wurde.

»Großvater. Mir geht es glänzend – und dir?«

»Die Hitze macht mir etwas zu schaffen.«

»Ist es da oben auch so heiß?«

»Keine Ahnung. Heißer, würde ich meinen. Paß auf, ich bin die ganze nächste Woche in der Stadt – führst du mich zum Lunch aus?«

»Bist du sicher, daß nicht eher du mich ausführst?«

»Ich führe dich immer aus. Ich dachte, wir machen es einmal anders herum. Natürlich wäre mein Vorschlag, zu dir nach Holland Park zu kommen, aber du kannst doch nicht kochen, oder?«

»Nein, überhaupt nicht.« Das waren unsere üblichen herzlichen, zurückhaltenden Sprüche. »Du würdest es zutiefst bereuen. Ich führe dich in etwas ganz Teures aus.« Und zudem verspürte ich das stetig zunehmende Verlangen nach Ungestörtheit. Sehr wenige kamen zu mir in die Wohnung; ich hatte mein geselliges Leben fast auf Null zurückgedreht. Seit mein Großvater mir die Wohnung mehr oder weniger gekauft hatte, hatte ich rüderweise jegliches Interesse seinerseits daran abgewehrt; seit dem Auszug des vorherigen Besitzers war er nicht mehr dagewesen. Hinter unserem witzelnden Gerede lag das Wissen – was keiner von uns je zur Sprache gebracht hätte –, daß er mir sein Geld schon gegeben hatte. »Es ist so schön, wenn jemand für einen bezahlt«, erklärte er aufgeräumt.

Als ich mich dann wieder den Journalen zuwandte, fand ich, daß sie sich geändert hatten; manche enthielten auffallend lange Einträge, die jedoch – bei den wenigen, die ich genauer las – nicht einen Vorfall in allen Einzelheiten ausführten und auch nicht die Einträge mehrerer Tage zusammenfaßten. Überhaupt waren die Einträge unregelmäßig, und oft lag ein Zeitraum von über einer Woche dazwischen. Die längeren Passagen, die etwa mit einer gängigen Beschreibung begannen, führten nach einem Absatz in einen früheren Zeitraum über, der dann detailliert wie eine Geschichte erzählt wurde. Eine handelte, wie ich an den Namen erkannte, von Winchester, doch war sie während einer Reise in die Nuba-Berge verfaßt worden. Ich sah, wie Charles sich von der Gesellschaft seiner bäuerlichen Begleiter an einen kleinen Feldtisch in seinem Zelt zurückzog und inmitten der Hügel und Dornbüsche Afrikas eine Episode seines Lebens in England rekonstruierte.

In der Zeit waren in dem Fünfjahresjournal über Winchester selbst Aufzeichnungen entstanden. Das Tagebuch war mit kunstvoller, mikroskopisch feiner Hand geschrieben, mit wirren Oberlängen und Großbuchstaben, die sich aus schlangenartigen Schnörkeln herauswanden. Die Inschrift des Druckers (wiederum in jener bemühten Fraktur) »Dieses Tagebuch gehört: ------« auf dem umrahmten Titelblatt wurde noch übertroffen von den verschlungenen Ranken, in denen »Dem ehrenw.

Charles Nantwich« im Stil der Signatur Elizabeths I. umständlich wiedergegeben war. Ein kursorischer Überblick ergab, daß dieses Tagebuch in mehr als einer Hinsicht unlesbar war. Mit der typischen Schuljungenmischung aus Heimlichkeit und Konventionalität waren die Einträge (die lediglich drei Zeilen pro Tag umfassen konnten) fast vollständig in Abkürzungen abgefaßt.

Interessanter war es zu verfolgen, wie sich die Handschrift während der fünf Jahre an der Schule verändert hatte, wie sie die jugendlichen Launen zugunsten späterer Affektiertheiten des Heranwachsenden ablegte. Die Schrift verlor allmählich das Mönchisch-Gestelzte und bekam etwas Leidenschaftliches, Kursives, was gleichermaßen unleserlich war. Bestimmte Buchstaben, beispielsweise das »d« oder das »g«, wurden zum Gegenstand von Experiment und besorgter stilistischer Nachbesserung. Insbesondere die kleinen »e«s waren unregelmäßig – steckten sie hier in griechischer Art die spitze Zunge heraus, so rollten sie sich da in züchtigster Sonntagsschrift ein. Mir fielen Klassenkameraden ein, die der Handschrift ein ähnliches Prestige zumaßen, während ich selber nie viel daran getan hatte, mein offen gesagt nachlässiges Gekritzel zu korrigieren.

Auf jeden Fall wäre ich zu schlampig gewesen, mich, wie Charles es getan hatte, fünf Jahre lang der praktisch nutzlosen Kommentierung meines Lebens in einem Buch zu widmen. Es war eine jener unveränderlichen Beschäftigungen der Schulzeit, die keine Funktion über sich selbst hinaus haben, und mich berührte die Vorstellung von Charles als Aufsichtsschüler, der die Spielergebnisse und Wettlisten jeden Abend in allen Einzelheiten auf der gleichen Seite eintrug, die er als Neuer benutzt hatte, während sein Blick jedes Jahr über die sich langsam anhäufenden Banalitäten schweifte. Dabei muß es doch so viel mehr gegeben haben, denn das Buch offenbarte nur die selbstauferlegte Gründlichkeit des Geistlosen oder Einsamen. Ich hatte keine Zweifel, daß Charles geistreich gewesen war; und wenn er einsam gewesen war, dann hätten sich seine Gedanken nicht nur mit Spielen und lateinischen Verben aufgehalten, dann hätte er in seiner Phantasie gelebt.

Das nächste Mal traf ich ihn im Schwimmbecken, wo ich wie gewöhnlich meine Runden abriß und ihn in dem Unterwasserdämmer fast gerammt hätte. Er schwamm nicht, sondern machte kurz vor dem Tiefen toter Mann: Kopf zurück, Hände an den Hüften, so schien sein Körper von der weißen Kugel seines Bauchs über Wasser gehalten zu werden, die Beine hingen abgewinkelt nach unten. Er lag reglos da, und die zurückgeschobene Taucherbrille vermittelte den Eindruck, als seien seine Augen in den Kopf zurückgerollt, während sich sein Körper einer Trance hingab. Obwohl er mir wie tot erschien, lag etwas wunderbar Natürliches darin, wie er einfach so auf dem Wasser und darin lag, wie auf einer halb eingetauchten Luftmatratze; inmitten der ernsten Schwimmer und Taucher schien er auf heitere Weise entrückt, und es amüsierte mich, als ich ihn erkannte, wie er im Wasser auf ihm eigene Weise heimisch war. Bei jeder zweiten Wende sah ich ihn von unten; gelegentlich drehte er sich mittels kleiner Handschläge wie eine gutartige, aber auch monströse Amphibie. Ich stieg aus dem Bekken, ohne ihn zu stören.

Beim Gehen traf ich in der Eingangshalle Phil, der dort herumstand. Es war das erste Mal seit unserem zögerlichen Rendezvous, daß ich ihn sah, und der Kloß im Hals und mein pochendes Herz waren mir nicht sehr angenehm. Ich hatte mich gefragt – wie Bill es immer tat –, wo er die ganze Woche lang gesteckt hatte, wobei ich allerdings den Verdacht hatte, daß ich meine eigenen Zeiten leicht verschoben hatte, um ihm nicht zu begegnen, als würde unser Vertrag, wie bei Braut und Bräutigam, irgendwie zerstört, wenn wir uns vor der verabredeten Stunde träfen. Er saß auf einer der langen, gepolsterten Bänke, die Unterarme auf den Knien, und las ein Faltblatt der Clubnachrichten mit Informationen über Konzerte, Theatervorstellungen und sonstige Veranstaltungen. Ich trat von der Seite auf ihn zu, bevor er gemerkt hatte, daß ich die Treppe heraufkam, und sah sogleich, daß er nur die Zeit totschlug. Unablässig drehte er das Blatt mit den Händen um, und durch diese Bewegung verdickten und entspannten sich in schneller Folge die Muskeln seiner Oberarme, die ein hellblaues T-Shirt freiließ. Seine Tasche stand auf dem Boden neben seinen Füßen, er trug Turnschuhe. Als er mich sah, erhob er sich sogleich mit einem Blick bemühter Kumpelhaftigkeit.

Ich grinste und wechselte die Gangart. »Hi, Phil!« Mit ausgestrecktem Arm ging ich zu ihm und faßte ihn an der Schulter.

»Hi«, antwortete er. Ein Lächeln flog über sein Gesicht. Es war ziemlich klar, daß er auf mich gewartet hatte, aber wir waren bei der Begrüßung voll kindlichen Argwohns wie Schuljungen, die einander von ihren Eltern vorgestellt werden.

»Was treibst du? Ich habe dich unten gar nicht gesehen.«

»Oh, ich war aber da«, sagte er. »Vorher.«

Er nahm seine Tasche auf. »Na, das war's dann wohl«, konnten wir beide unmöglich sagen; statt dessen gingen wir dann plötzlich gemeinsam zur Tür. Ein genauer Beobachter der Abläufe im Corry hätte das wahrscheinlich als eine interessante Entwicklung angesehen – ein Verdacht, der durch Michael am Empfang bestätigt wurde, als er in vorwurfsvollstem Ton »Gute Nacht, die Herren« sagte. Es war gegen halb neun, und im Winter wäre »Gute Nacht« instinktiv richtig gewesen, doch als Phil und ich auf die Straße hinausschlenderten, war der Himmel noch hell, das Pflaster und die Gebäude noch warm. Vor uns lagen die trägen, späten Weiten eines Hochsommerabends.

Ich redete weiter, und ohne Zögern ging ich nicht zur U-Bahn, sondern in Richtung des Queensberry Hotels. Wir reagierten unterschiedlich auf die leichte Panik dieser Situation; er machte den Mund nicht auf und zog ein ernstes Gesicht, während ich mit unnatürlicher Fröhlichkeit und Leichtigkeit dahinplapperte.

»Ah, schön, die frische Luft«, sagte ich. »Was für ein wundervoller Abend!« Er schien keine Antwort darauf zu haben. »Es wird immer so voll da drin«, fuhr ich fort.

»Oh – ja ...«, sagte er, klammerte sich an den Strohhalm des Gesprächs und ließ ihn wieder los. Wir gingen weiter, und ein, zwei Schritte lang kam ich ihm sehr nahe, wie es passiert, wenn man neben einem Freund hergeht: ein-, zweimal streiften wir uns kurz am Oberarm, und ich kam leicht aus dem Tritt. Wenn wir erst einmal Tuchfühlung aufgenommen hätten, sagte ich mir, dann würde alles gut. »Ja«, setzte er hinzu, »es kann sehr voll werden.«

Ich wandte mich ihm mit einem breiten, kalkulierten Grinsen zu. »Weil Kerle wie du ständig die Gewichte in Beschlag nehmen.«

Vielleicht hatte er solche Klagen schon öfters gehört, jedenfalls schien er das als echten Sarkasmus zu verstehen. »Nein, das ist es nicht«, betonte er – und das war ja auch nicht der Grund. »Das kommt daher, weil sie so viele neue Mitglieder aufnehmen.« Trotzdem grinste ich ihn weiter an.

»Aber du bist doch sicher viel an den Gewichten«, sagte ich. »So wie du immer voller wirst, mein Lieber ...« Ich fand es wichtig, eine kleine Schmeichelei einfließen zu lassen, aber er reagierte nicht darauf.

Zu Phils Hotel waren es zehn Minuten zu Fuß, und ein ungemütlicher Teil davon wurde schweigend zurückgelegt; beide betrachteten wir mit vorgeblichem Interesse die Häuser, Läden und geparkten Autos. Wenn ich sonst jemanden aus einem Pub oder Nachtclub abschleppte und wir mit dem Taxi oder der U-Bahn zu ihm oder zu mir fuhren, hatten wir beide schon Alkohol intus, die Zeit flog dahin, und wir waren unverhohlen auf Sex aus. Selten hatte ich mich so nüchtern gefühlt wie bei diesem sommerlichen Abendspaziergang; jeder stumme Schritt schien bedeutungsschwerer als der letzte, und zutiefst ungelegene Zweifel begannen mich zu bewegen. Im allgemeinen war ich ein Kind des Glücks, war so gesegnet, daß ich die Leute praktisch vom Fleck weg abschleppte; der Mann, auf den ich scharf war, nahm mit einem Blick meinen Körper, meinen Schwanz, meine blauen Augen wahr. Mißverständnisse waren fast unbekannt. Jegliche Unsicherheit bei einem Boy, den ich wollte, wurde einfach durch die Beharrlichkeit meines Blicks überwunden. Bei Phil jedoch hatte ich etwas Gefährliches zugelassen: Er hatte sich langsam, auf Umwegen in meine Gefühle eingeschlichen. Obwohl ich seinen großen, muskulösen Hintern nur zu gern ficken wollte – und mich mehrmals ein, zwei Schritt zurückfallen ließ, um zu sehen, wie sich sein Hintern beim Gehen bewegte –, überwog das Gefühl, ihn zu beschützen und zärtlich zu ihm zu sein. Es wurde so stark, daß es Zweifel aufkommen ließ, denen ich in den kurzen Gewißheiten der Gelegenheitsficks keinen Raum gab. Wenn ich nun alles falsch verstanden hatte, wenn es bei ihm auf nichts weiter als ein Glas an der Bar, eine Partie Schach und ein Händedruck hinauslief – »Ich muß morgen früh raus« –, dann würde der Abend tödlich werden. Schon dachte ich mir Kopfschmerzen, Bauchgrimmen, Entschuldigungen dafür, daß mit mir nichts los sei, und einen frühen Abgang aus, und ich war so angespannt, daß ich schon die ersten Symptome spürte.

Am Russell Square packte ich ihn am Oberarm (die unmittelbare, geballte Härte war erregend) und stieß ihn vom Gehweg durch das Tor in die Anlagen in der Mitte, rannte fast neben ihm her und dirigierte ihn, nicht auf den Weg unter den gigantischen Platanen, sondern dicht an der Hecke entlang, die den Rasen von der Straße abschirmt.

»Entschuldige«, sagte ich und ließ ihn los, wobei meine Fingerspitzen flüchtig seinen Arm hinabstreiften. »Da kam bloß einer, dem ich nicht begegnen wollte.«

»Oh«, sagte er, nicht ohne Erregung, und blickte über die Schulter zurück. »Wer war es?«

Ich antwortete nicht, sondern ging weiter. Er war noch nicht aufgetaucht, aber als wir beide gleich darauf zurückschauten, sahen wir durch den Spalt des Tors hinter uns kurz die vertraute Gestalt Bills aus dem Club vorbeigehen, fein sah er aus in der kastanienbraunen Hose und dem dunkelgrünen, kurzärmligen Hemd. Seine stämmige Statur ließ seinen schnellen Gang noch aufgeregter und linkischer erscheinen.

Ein eigenartiger Blick ging über Phils Gesicht. »Oh, das ist ja Bill«, sagte er mit einem betretenen kurzen Lachen.

»Ja. Wolltest du ihn sehen?« Nach dieser vernünftig klingenden Heuchelei glaubte ich für den Bruchteil einer Sekunde, er wolle es tatsächlich.

»Oh – nein. Ist er ein Freund von dir?« fragte er.

»Irgendwie schon, ja. Ich bin mit ihm oft im Corry zusammen. Ein sehr anständiger Mensch. Sehr anständig.« Ich hörte mich ganz fremd an. »Du mußt ihn doch auch kennen«, setzte ich hinzu.

»O ja.« Er sagte das mit großem Nachdruck, und wir gingen weiter, überquerten den Rasen, nun da die Gefahr vorüber war. Es wäre für uns drei eine Katastrophe gewesen, wenn wir uns begegnet wären, doch mein Erfolg, sie abzuwenden, wurde durch die Frage getrübt, was Bill überhaupt am Russell Square machte. Natürlich gab es keinerlei Grund, warum er nicht da sein sollte. Aber er wohnte in Highgate; und er war aus der Richtung des Queensberry Hotels gekommen.

Mitten in den Anlagen des Russell Square befinden sich drei wunderschöne Brunnen. Das Wasser, das in hohen einzelnen Strahlen in die Luft schießt, fällt auf riesige Betonscheiben, die nur wenige Zentimeter höher sind als der sie umgebende Belag, und fließt über deren konkave Oberfläche in einen schmalen Kanal zwischen den Rändern. Das funktioniert nur richtig bei völliger Windstille, denn selbst der kleinste Luftzug versprüht das fallende Wasser, so daß Wege und Bänke naß werden. Obwohl es für derlei Dinge spät war, liefen die Brunnen noch, und wortlos blieben wir stehen und betrachteten sie.

Die tief im Westen stehende Sonne schoß durch die oberen Bereiche der Platanen, hob die fleckigen Pastellstämme und Äste aus dem reglosen Grün und dem Gold der Blätter hierher. Darunter war ein dämmriges Dunkel, durch das sich die Menschen hindurchbewegten und den warmen, staubigen Sommergeruch einatmeten. Und die Fontänen stiegen empor, als klammerten sie sich an das Licht, und fielen nur mit dem feinsten Flakkern im Rhythmus auf die breiten grauen Scheiben vor uns herab.

Phil mußte sie viel öfter als ich gesehen haben, doch er schien es zufrieden, einfach dazustehen und sie zu betrachten. Das fesselnde, unpersönliche Spiel war eine Erleichterung. Dann wurde erst eine, dann eine weitere Fontäne in drei abfallenden Stufen abgestellt. Ein schmerzliches Gefühl von Leere und Gewöhnlichkeit überkam mich. Traurig wandte ich mich Phil zu und musterte ihn einige Augenblicke von oben bis unten. Als wir weitergingen, überlegte ich, ob ich die Situation nicht dazu hätte benutzen sollen, einen Arm um ihn zu legen, ihn gar zu küssen.

Als wir die Straße zum Hotel überquerten, spürten wir zwar beide eine zunehmende Anspannung, doch fand eine merkliche Verlagerung der Kräfte statt: Wir betraten sein Territorium. »Wir nehmen besser den Hintereingang«, sagte er. »Wir sollen nicht vorn reingehen, wenn wir dienstfrei haben.«

»Na klar«, sagte ich; und fragte ihn dann: »Wann fängt dein Dienst wieder an?« Wenn das jetzt gleich der Fall wäre, würde sich dadurch die ganze imaginäre Marschroute ändern.

»Oh, ab Mitternacht«, sagte er. »Deshalb bin ich auch hier. Ich wohne hier nicht, aber wenn man Nachtdienst hat, bekommt man ein Zimmer. Ich habe den ganzen Monat Nachtdienst.«

»Aha. Und wo wohnst du sonst?« Ich war gierig danach, das alles zu erfahren und alles mögliche hineinzulesen.

»Oh, draußen in Kentish Town. Die haben da ein Haus für die Angestellten – wir nennen es die Botschaft. Wegen dem ganzen ausländischen Personal«, erklärte er überflüssigerweise.

Wir gingen an der gewaltigen eduardianischen Fassade des Hotels entlang, und ich blickte nervös zu den wirren Anbauten hinauf; Balkone, Bögen, Giebel, Türmchen, alle in einer widerlichen Mischung aus orangefarbenem Backstein und matt glänzendem beigefarbenen Faïence. Dann bogen wir in eine schmale Gasse ein, die schräg über die Ecke des Hotelgrundstücks verlief, so daß man die schmucklose Schlichtheit der rückwärtigen Gebäudeteile sah.

Phil zog eine Tür mit einem Fenster darin auf, und wir traten in einen scheußlichen Bereich aus Lagerräumen, rumpelnden Boilern und aufgestapelten Wäschekörben. Es war wie in den Katakomben der übelsten Schulen, gegen die wir früher spielten. Häufig trafen wir auf Feuertüren, die den Korridor in heiße, hell erleuchtete Abschnitte teilten. Als wir ein Stockwerk höher gelangten, es war das Erdgeschoß des Hotels, schritten wir einige Meter über einen gemusterten Hotelteppich; Messinglampen und Drucke vom London des achtzehnten Jahrhunderts hingen an der Wand. Dann waren wir wieder im Personalbereich.

Wir kamen an der offenen Tür einer Art Aufenthaltsraum vorbei: Die Vorhänge waren zugezogen, und in einem Halbkreis standen einstmals elegante Sessel mit hölzernen Armlehnen. Es waren Sessel, bei denen die Sitzkissen immer durch den Gummirost brechen. Außerdem gab es ein Fernsehgerät, vor dem ein Mann in der dunkelblauen Hoteluniform hockte. Die Luft war völlig verqualmt, und auf dem Fußboden standen große Tresenaschenbecher, die von Kippen überquollen.

»Hi, Pino«, sagte Phil. Der Mann schaute herüber; er hatte wildgelockte dunkle Haare und ein hübsches spanisches Aussehen – er war etwa dreißig Jahre alt.

»He, Phil! Wie geht das Ding da? Ist nicht an.« Er schlug mit den Handflächen auf die Seiten des Kastens, als gelte es, einen Betrunkenen wiederzubeleben. Dann schaute er wieder auf, erblickte mich und erhob sich.

»Pino, das ist Will. Ein Freund von mir.« Wir gaben uns die Hand.

»Du bist ein Freund von Phil?« fragte er, wie um zu unterstreichen, was für ein guter Kerl ich dann sein müsse. »Phil ist sehr netter Junge. Sehr, sehr netter Junge.« Er lachte darüber und hüpfte grinsend umher, versetzte Phil einen leichten Schlag auf die Brust und wich spielerisch zurück. »Phil helfen mir heut morgen mit dem Liffi.« Obwohl er viel älter als Phil war, führte er sich in seiner Gegenwart wie ein Kind auf, und Phil, der mir nun endlich einen Ort zeigen konnte, wo er hingehorte, zeigte mir, wie vertraut er mit diesem Menschen war, den ich nicht einmal kannte.

»Du hast ihm wobei geholfen?« fragte ich.

»Dem Lieferwagen. Ich bringe ihm bei, wie man mit dem Hotellieferwagen fährt. Aber besonders gut stellst du dich nicht an, was, Pino?«

Pino fand das noch lustiger. »Er ist ein sehr netter Junge«, wiederholte er. Es war schwer zu sagen, ob er selber verrückt nach ihm war oder ihn mir nur empfehlen wollte. Er klang wie einer, der versucht, seine Schwester einem Touristen anzudrehen. »Wollt ihr was trinken?« fragte er.

Ich warf Phil einen hastigen Blick zu und sagte: »Oh, ähm, nein, danke«, während Phil sagte: »Ja, wir trinken oben was.«

Mir blieb das Herz stehen bei der Aussicht, mit dem Jungen, in den ich verliebt war, und einem blöden spanischen Kellner in irgendeiner öden Hotelbar herumzusitzen; einen Moment lang glaubte ich, Phil hätte gekniffen und sich den Spanier als Anstandsdame geschnappt. Doch Pino wurde plötzlich ernst und reichte mir nochmals die Hand.

»Sehr nett, dich kennenzulernen, Wiel«, verkündete er. Wiederum schüttelten wir uns die Hand. »Ich muß jetzt *Call my Bloff* kucken.« Als wir gingen, mühte er sich weiter, den Fernseher zum Laufen zu überreden. »Du Scheißding, Scheiße«, meinte er freundlich.

»Das war unser Fernsehraum«, sagte Phil, als wir wieder draußen waren. Er führte mich zu einer Treppe, die wir ganz hochstiegen, vielleicht acht Stockwerke. Wir nahmen immer zwei Stufen auf einmal, und den ganzen Weg hatte ich diesen herrlichen Arsch vor der Nase; wir waren gerade mal im ersten Stock, als ich schon einen Steifen hatte. Der Mansardenflur war heiß und niedrig, die Dachfenster standen weit offen, und von tief unten drang wehmütig der Verkehrslärm herauf. Phil zauberte einen Schlüssel aus der engen vorderen Tasche seiner Cordjeans und ließ uns in ein kleines Schlafzimmer ein. »Das ist es«, sagte er.

Das Zimmer war mit einem Einzelbett, einem Nachttischchen mit einer Lampe darauf sowie einer niedrigen Kommode mit einem Spiegel ausgestattet, in dem man im Stehen nur den Lendenbereich sehen konnte; weiterhin gab es einen Stuhl und einen mit einem Vorhang abgeschlossenen Hängeschrank. Ich machte die Tür hinter mir zu, und wir stellten beide unsere Taschen nebeneinander auf den Boden. Die Spannung war ungeheuer, und ich hörte meinen Puls im Ohr rasen. Ich wußte, daß nun alles von mir abhing.

»Also ...«, fing ich an, aber im selben Moment wandte er sich dem Fenster zu; sein Gesicht war starr vor Verlegenheit und Furcht. Er stand da und schaute hinaus.

Daß er so zögerlich war, hemmte mich vorübergehend. »Hast du oft Besuch hier?« fragte ich, wobei die Worte reichlich sarkastisch herauskamen.

»Oh – ähm, nein«, antwortete er und drehte mir halb

den Kopf zu, hielt das Gesicht dabei aber scheu von mir abgewandt. Ich tat die drei, vier Schritte, die erforderlich waren, um das Zimmer zu durchqueren und, mich etwas hinter ihm haltend, neben ihm zu stehen. Draußen, jenseits der Fläche, auf die das Licht aus unserem Fenster fiel, war ein tiefer Innenschacht. Das Dach, in das diese Zimmer hineingebaut waren, fiel abrupt ab, und uns gegenüber, auf der anderen Seite der Leere, gab es weitere, gleichartige Gauben, unbeleuchtet, die Fenster zu schattiger Stille geöffnet. Der Himmel über der Firstlinie hatte von dem rosa Schein der Londoner Abenddämmerung einen amourösen Schimmer angenommen.

Ich legte Phil den Arm um die Schulter. Sofort begann er zu reden. »Wir können auch aufs Dach«, sagte er. »Tagsüber legt sich das Personal da oben in die Sonne. Man hat eine schöne Aussicht.«

Wenn ich jetzt nicht die Initiative ergriff, würde überhaupt nichts passieren. Ich hob die andere Hand und packte ihn damit am Kiefer, drehte seinen Kopf zu mir her und küßte ihn. Langsam, schwerfällig, als würde er wieder zum Leben erweckt, drehte er sich zu mir hin, legte die Arme um mich und hielt mich ganz fest. So lange hatte ich ihn nun schon küssen wollen, daß ich die Umklammerung noch verstärkte, ihm meine lange, spitze Zunge tief in die Kehle stieß, sie dann wieder zurückzog und ihn in die Lippe biß, bis ich das Blut auf der Zunge schmeckte. Er war überwältigt und verblüfft. Als ich mit dem Kopf zurückging, schwang ein Speichelband zwischen unseren Mündern; ich wischte es ihm brutal vom Kinn. Er war über und über errötet.

Ich zog ihm das T-Shirt aus der Hose und schob es ihm über den pulsierenden Bauch. Das T-Shirt saß sehr eng, und so rollte ich es nur bis unter die Achseln auf und umfaßte seine festen, gewölbten Titten; ich drehte seine

Warzen zwischen Daumen und Zeigefinger, griff dann, wobei ich seine Augen mit einem leidenschaftlichen Blick bannte, der gleichzeitig fast grausam war, an seinem Schritt, fummelte an seinem Reißverschluß, riß ihn auf und zog ihm Hose und Unterhose bis zu den Knien herunter. Währenddessen stand er teilnahmslos da, die Arme etwas vom Körper abgespreizt, wie ein Kind in einer Arztpraxis oder einer, dem für einen Anzug Maß genommen wird. Er verharrte in völliger Passivität, nur sein eigenartiger, ernster Gesichtsausdruck sagte mir: Das war es, wovon er gehört hatte, das war es, was er mit mir machen wollte.

Sein Schwanz blieb so leblos, wie er es auch immer unter der Dusche gewesen war: beschnitten, schrumplig, zurückhaltend wie alles übrige an ihm; er schien gleichfalls der Entdeckung zu harren. Ich hielt ihn in der hohlen Hand und streichelte ihn mit dem Daumen wie eine zahme Maus. Nichts geschah – ja, er schrumpfte sogar noch etwas mehr. Ich ging zu schnell vor.

Ich trat zurück, streifte die Schuhe ab (schäbige alte Wildledertreter, die immer zugebunden blieben, eine faule Affektiertheit, die ich für ungemein sexy hielt), knöpfte mein weißes Baumwollhemd auf und warf es von mir, zog dann mit leiser Spannung den Schlitz auf und riß mit einem Ruck die Hose herunter. Phils Augen waren wie gefesselt von den meinen und wollten sich nicht auf mein wippendes Rohr hinabsenken. Dann plötzlich zog er sich aus, trat vom Fenster weg, den Kopf unter der schrägen Decke gebeugt. Sein Körper war phantastisch, großartig entwickelt, überall gewölbt, fest und unschuldig. Das Weiß wurde nur von dem roten Fleck eines Insektenbisses auf der zarten, faltigen Haut an der Taille durchbrochen.

Jetzt war ich viel zärtlicher zu ihm, streichelte, küßte

ihn, knabberte an ihm – lächelte auch und machte kleine genußvolle Laute. Und er reagierte, ahmte mich zunächst nach, wurde dann aber selbständiger. Mehrmals jedoch erreichten wir einfach einen toten Punkt, dann traten wir kurz zurück, betrachteten uns, wie wir uns sehr oft zuvor betrachtet hatten, unter der Dusche, im Umkleideraum, nackt und beherrscht. Vielleicht gab uns der Umstand, daß die Zwänge des öffentlichen Raums von uns genommen waren, ein unnatürliches Gefühl, ließ uns unsere Freiheit nur unbeholfen nutzen.

Das kleine Bett ließ an die Schule oder die Universität denken. Stellungswechseln würde es nicht gerade förderlich sein, für einen einfachen Geschlechtsakt aber ausreichen. Als Phil und ich uns umherwälzten, hingen unsere Beine oder Schultern über den Rand, was die Unsicherheit der Situation noch erhöhte: Es entstand das seltsam beengende Bedürfnis, sich aneinanderzuklammern. Dann fiel er fast noch aus dem Bett, er spannte die Bauchmuskeln, um sich waagerecht zu halten, während ich ihn an der Taille hereinzog; sein Kopf schoß nach oben, und wir knallten recht schmerzhaft mit den Schädeln zusammen. Am nächsten Tag hatte ich eine fühlbare Beule. Es lief nicht mit der instinktiven Leichtigkeit, wie ich es mir vorgestellt hatte. Aber ich fand es wichtig weiterzumachen, und nach einer Weile und einigem Gelächter, durch das ich ihn entspannen wollte (das allerdings auch wieder eine hemmende Normalität ins Spiel brachte), drehte ich ihn auf den Bauch und nahm mir seinen Hintern vor. Er war wunderschön, in entspanntem Zustand sahnig weich, und wenn er die Backen zusammenpreßte, nahezu kubisch vor schierem Muskel. Die Haare in seiner Spalte waren noch immer mit etwas Trouble for Men behaftet, als ich sie mit der Zunge zurückglättete, und ich schnüffelte mich durch den trockenen Geruch des Puders hindurch zu seinem eigenen Rektalgeruch – einem feinen Gestank wie von abgestandenem Blumenwasser. Sein Arschloch war ein reines helles Purpur und glänzte von meinem Speichel.

Er rollte sich herum, seine Füße schwangen über meinem Kopf, und kuschelte sich wieder neben mich, nahm mich in die Arme und legte das Kinn auf meine Brust, verzögerte so den drohenden Fick. Mein Schwanz sah wirklich dick und bedrohlich zwischen seinen Schenkeln aus, wie er den Kopf gegen seine Eier reckte. Obwohl Phil alles mitmachen wollte, schien er durch eine tiefer sitzende Unfähigkeit wie gedämpft. Die kindlichen Umarmungen kamen spontan, die Küsse aber und die Art, wie er meinen Schwanz streichelte, das war gespielt, und so wurde auch ich zum Schauspieler.

Es folgte ein unheimliches, langes Nichts – wohl eineinhalb Stunden lagen wir beisammen, hielten einander, flüsterten kaum ein Wort, änderten hin und wieder unsere Lage und drückten uns heftig aneinander, aber immer nur für Sekunden. Einmal lief mir plötzlich blutwarmes Wasser vom Ohr und trocknete auf meinem Hals. Später knurrten unsere Mägen beide gleichzeitig: Wir hatten nichts gegessen und hätten auch nichts hinuntergebracht. Ich spürte, daß ich nicht mehr, wie damals im Kino, Herr der Situation war, daß ich jene Sicherheit eingebüßt hatte, die jede Verführung, wie James einmal trocken bemerkt hatte, zu »einem Will-ensakt« machte. Dann setzte Phil sich auf die Bettkante und sagte: »Ich muß mich fertigmachen.« Darauf hatte ich gewartet. Ich starrte auf den Winkel der Fensterlaibung, brachte Stuhl und Fensterkante zur Deckung, erst mit dem rechten Auge, dann mit dem linken. Ich lag auf dem Bett und sah zu, wie er dunkle Socken anzog, saubere Y-Fronts, ein gebügeltes weißes Hemd, eine dunkelblaue Hose mit roten Streifen an der Seite, ganz der Soldat, der er noch immer für mich sein sollte. Dann zog er das Hemd wieder aus und warf mir ein süßes Lächeln zu, während er die hochkragige blaue Uniformjacke über seine nackte Haut zog. Sein Körper überwältigte mich, aber ich fand es auch aufregend, ihn angekleidet zu sehen, warm und fest, eine intime Schönheit unter der Uniform. Er setzte sich noch einmal, um weichsohlige Schuhe zuzuschnüren, beugte sich über mich, bevor er ging, und küßte mich auf reizend aufgesetzte Weise, als wäre ich ein Mädel vom Land, mit dem er eine leidenschaftliche Nacht verbracht hatte, um sich dann im Morgengrauen wieder seinem Regiment anzuschließen. An der Tür hielt er inne und polierte seine Schuhe hinten an den Hosenbeinen wie ein Schüler. »Ich bin bald wieder da«, sagte er.

Als er weg war, sprang ich auf und lief herum, streckte mich, wedelte mit den Händen wie ein Meisterschaftsschwimmer, bevor er in Startposition geht. Ich starrte hinaus in die warme, ruhige Nacht und hörte es von weit her zwölf schlagen, so wie es immer in Oxford und viel zu selten in London war. Ich betrachtete auch das einzige Bild an der Wand, das ich vom Bett aus nicht hatte erkennen können. Es war eine Luftaufnahme von Ludlow – das Areal des dachlosen Schlosses, die silberne Schleife des Flusses, der massige Kirchturm, der am Ende seines straßenlangen Schattens verkürzt war. Es verströmte die Leere der Fotos von Schlössern und Provinzstädten, wie man sie in den Abteilen französischer Züge sieht: sonnenbestrahlte Ansichten von Orten, die man nie besuchen wird und die nie wieder so aussehen würden. Dann legte ich mich hin und las von Charles' lange vergangenen Taten.

Wir sind jetzt zwei Tage in Dekatil, angenehm beschäftigt mit Steuerdingen, Ernteinspektionen & medizinischer Versorgung. Vielleicht ist dies die Erfüllung meines Traums, ihm näher zu kommen, kann ich jedenfalls nicht hoffen.
Die Nuba sind bezaubernd, haben eine Offenheit & eine Schlichtheit, die den Völkern des Nordens leider mangelt: Ja, der Kontrast zu den vergangenen Monaten könnte kaum größer sein. Jene vermummten Moslem-Gestalten erscheinen aus der Ferne als die Verkörperung von Zurückhaltung & Verschlossenheit, hier dagegen trägt niemand auch nur eine Faser Kleidung, mit Ausnahme einer Perlenschnur um die Taille ab und an. Ich sah ein Paar heranwachsende Knaben – sehr groß & elegant – mit ineinandergeschlungenen Fingern daherschlendern, rote Baumwolltücher an den Oberarmen. Ein alter Mann hatte auch eine Uhr & und drängte die andern, ihn zu fragen, wie spät es sei, was sehr respektvoll zu geschehen hatte. Dann horchte er, wie sie tickte, & lächelte wissend & überlegen.

Dies insbesondere, was ich kaum Unschuld zu nennen wage aus Angst, es könnte keine sein oder ich verstünde es nicht, bewegt mich und verleiht mir ein Gefühl der Zufriedenheit, geradezu ein Hochgefühl, selbst in meiner eintönigen Aufgabe als Distriktskommissar. Die Schönheit der Männer bietet sich so offen dar, daß es fast schändlich wäre, Lust zu empfinden. Letzte Nacht verspürte ich Ärger & so etwas wie Gewissensbisse, als ich daran dachte, wie diese edlen, anmutigen Menschen bis in die jüngste Zeit noch in die Sklaverei verschleppt oder zu Eunuchen verstümmelt wurden.

Ebenfalls vergangene Nacht von Winchester geträumt (die Geschehnisse sind mir nur noch schwach gegenwärtig, doch das Gefühl war mächtig); & es hat mich den ganzen Tag über verfolgt, & ich empfand erneut die Kraft der Leidenschaften. Nicht die Saturnalien, die man getrost vergessen kann (und die ich natürlich nicht vergessen habe), sondern die Bewunderung und die Hingabe. Ich muß nicht erwähnen, daß ich dabei hauptsächlich an Strong & Webster dachte. Um die Wahrheit zu sagen, denke ich am meisten an sie, wenn ich das Licht lösche, wenn ich hier wach liege in der Stunde vor dem Morgengrauen, wenn die Wärme der Nacht verflogen ist & für eine kurze Weile, bis der Tag anbricht, der kühle Wind weht & ich die Decke am Fußende des Bettes entrolle. Gleichzeitig aber erwärmt mich die Erinnerung an sie, die sich von irgendwo in mir hervorstiehlt und mich durchdringt. Obwohl ich dabei zumeist auch erregt werde, ist es eigentlich nichts Sexuelles (es sind Ross oder Van Orde in der Mob Bib oder Chancey Brough in Burford oder B. Howard in meiner Wohnung nach dem Abschlußball – oder all die andern, die meinen Privatschrein der Lust füllen – die eselsohrigen Seiten!). Nein, bei Strong & (mehr noch) bei dem süßen Webster war es die dumme Liebe, die irgendwie schrecklich anmutige Zurückhaltung ... oft frage ich mich, was die Burschen jetzt wohl alle machen, habe keine Ahnung, fürchtete mich gar davor, es zu erfahren, mag es nicht, daß ich mich ihrer allein erinnere, während sie – Brough wo?, in der City? Webster bestimmt irgendwo in einem bequemen Kolonialamt – ihre Zeit mit Gelegenheitsbekanntschaften verbringen, abends mit Bahn oder Buggy nach Hause zu einer jungen Frau fahren und dann Pläne schmieden ...

An Strong erinnere ich mich als erstes bei den Badewannen, in meiner ersten Woche am College (es kann auch sogar der erste Tag gewesen sein). Obwohl in dem tyrannisierenden, exaltierten Ethos der Schule alles aufs Gegenteil wies, verblüfften mich die Sitzbadewannen von Beginn an durch ihre demokratische Natur – Jungen aller Altersgruppen badeten in demselben Raum, Knie angezogen in den flachen Blechwannen. Bei Mr. Tootel hatten wir nichts dergleichen. Ich erinnere mich, wie Strong, dessen Figur recht ordentlich, wenn auch nicht übertrieben, seinem Namen Ehre machte, sich tropfend erhob & und neben mir stand. Ich war es nicht gewohnt, mich vor andern auszuziehen: Anstatt in das trübe Wasser zu steigen, aus dem er, der Aufsichtsschüler sich gerade erhoben hatte, stand ich da, die Hände fest vor mir, und zauderte. Das Wasser hatte für mich etwas Abstoßendes; es war einer der zahllosen Momente, da die süßen, zivilisierten Gewißheiten von Zuhause von den stärkeren mittelalterlichen Gesetzen der Schule zertreten wurden. »Geh rein, Baby«, sagte Strong mit skeptischem Blick, während er sich kräftig abtrocknete. Noch immer zögerte ich, und vermutlich konnte ich es dann nur tun, weil ich in Gegenwart des älteren Jungen plötzlich das Bewußtsein meiner selbst verloren hatte. Jedenfalls wäre es mir nie in den Sinn gekommen, daß ich selbst in einem sexuellen Licht gesehen werden konnte. Ich musterte Strong und seinen roten, dicken Schwanz, der, wie auch seine Beine, mit dichten schwarzen Haaren überwuchert war, die das Badewasser verfilzt & geglättet hatte. Nie zuvor hatte ich auch nur in der Nähe eines reifen Jungen gestanden. Vermutlich habe ich ziemlich unverhohlen hingestarrt – nicht aus Lust, sondern aus Interesse.

Ich glaube, obwohl ich mir da nicht sicher bin, daß Strong dies als eine Art Zeichen aufnahm, und vielleicht war er sich auch des Banns bewußt, in den er mich gezogen hatte. Ich selbst war mir dessen nicht bewußt, erst heute verstehe ich, daß dies das erste Mal war, daß da etwas geschah, was sich bei mir wiederholen würde – eine Art Verlust der Befangenheit in der Aura eines schöneren oder begehrten Menschen. Meine Augen waren wie verzückt & verschlangen, was sich ihnen bot. Rückblickend glaube ich zu erkennen, wie bewußt Strong sich schließlich sein Handtuch um die Hüften wand und einem andern Aufsichtsschüler zugrölte: »Blöde neue Männer!« Ich spürte einen Schauer beherrschter Erregung über diese Wortwahl.

Von da an stieg ich immer sofort ins Wasser, auch deshalb, weil ich eine Art Initiation durchlaufen hatte: Ich wußte, daß eines Tages andere, die jünger als ich waren, nach mir hineingehen würden. Ich erinnere mich, wie einem die kleinen Schauminseln zwischen den Beinen trieben & sich um das Gehänge schlossen.

Man brachte mir den Komment bei, und ich konnte mir nie vorstellen, daß er irgend jemandem von Nutzen war, der älter als die Aufsichtsschüler war, die uns abfragten. Ich prägte ihn mir ein wie eine Religion & werde ihn wohl nie vergessen. Meine Freude, wenn ich die Farben von Chawkers Hutband hersagen sollte und das symmetrische »pflaume-stroh-pflaume-hellblau-pflaume-stroh-pflaume« herunterrasselte, war so unübersehbar, daß der Aufsichtsschüler, Stanbridge, mich ins Ohr kniff und mich zum Stammeln brachte, allerdings nicht restlos, wenn ich die sieben Geburtsorte Homers aufsagen sollte.

Viel langsamer lernte ich den Komment, der nicht niedergeschrieben war, den Komment, den man im Kopf hatte. Es dauerte nicht lang, bis Stanbridge und andere, weniger ranghohe Männer im Schlafsaal mich zu uzen begannen. »Ist er nicht ein kleiner Kniffi?« sagte Stanbridge sarkastisch, setzte sich zu mir aufs Bett & tätschelte mich mit einer Hand, deren Sanftheit plötzlich mit spöttischer Grobheit getarnt war. Ich bekam im Halbdunkel Angst. Ich wußte nicht, was ein Kniffi war – das einzige, was mir dazu einfiel, war, wie Stanbridge mich ins Ohr kniff. Die andern, die sich dazugesellten, waren von unterdrückter Erregung erfüllt, während sie Stanbridges Beispiel folgten und, durch ihre Zahl ermutigt, wissend sarkastische Äußerungen von sich gaben. »Du bist aber auch ein Kniffi, was, Nantwich?« sagte Morgan, ein fetter, häßlicher Chorknabe aus Wales, der von den andern verunglimpft wurde, aber auch an der drohenden Verschwörung um mich herum teilnehmen durfte. »Sag uns die Wahrheit.« Er redete in einer falschen, liebevollen Art und strich mir übers Haar. Die Wahrheit war, daß ich nicht wußte, was überhaupt los war, doch das Herz hämmerte mir in der Brust und mir war übel. Ich sehnte mich nach dem Morgen – der Kirche, & wieder an meinem Pult zu sitzen, besonders nach der Disziplin und der Verschwiegenheit von Kirche und Büchern.

Diese Folter, die weniger körperlich denn geistig war, währte eine Zeitlang. Eines Abends dann war Stanbridge im Wirtshaus gewesen und kam spät zurück. Die Gespräche hatten sich gelegt, und es war, als schliefen die meisten. Er kam zu mir ans Bett & und schob die Hand unter meine Decke. Ich zuckte zurück, er aber griff nach mir und befühlte mich heftig. Er war ein sehniger, humorloser, rothaariger Junge. Dann kam er zu mir ins Bett, obwohl er noch völlig bekleidet war & auch noch die Schuhe anhatte; die harten Ledersohlen kratzten an meinen Füßen. Er war sehr schwer & rigoros, auch wenn ihm die Gefahr dabei bewußt war, & sagte ständig »Psst«, obwohl ich nicht gewagt hatte, auch nur ein Wort zu sagen. Er gab mir ein Taschentuch, auf das ich beißen sollte, während er mich von hinten nahm. Meine wesentliche Erinnerung daran ist, daß ich weinte, weinte, geräuschlos & elend, & der heiße Schmerz & quälende Schuldgefühle, als wäre alles mein Fehler gewesen, das Blut auf dem Leintuch – obwohl niemand ein Wort darüber verlor. Später wurde mir klar, daß andere im Schlafsaal davon gewußt hatten. Tief in meinem Innern wußte ich, das war etwas, über das man sich nicht beschweren konnte. Danach hörten sie auch auf, mich zu hänseln, & mir wurde kameradschaftlicher Respekt erwiesen. Und als ein paar Wochen später der stellvertretende Rektor nachts in den Schlafsaal kam, erfuhren wir alle, daß Stanbridges Bruder in Frankreich gefallen war: Stanbridge selbst wurde von dem anständigen & völlig künstlichen Respekt, den wir jungen Gentlemen dem Hinterbliebenen zollten, betrübt & gestützt. Jede Woche brachte neues Sterben auf dem Schlachtfeld, oft waren es Wykehamer, die Dozenten & Jungen noch frisch im Gedächtnis hatten & von denen viele mit Bewunderung überhäuft worden waren.

Mit Strong begann es erst im nächsten Schuljahr, als er mich als Fuchs hatte. In mir regte sich etwas Widerstand, denn es lag etwas Unnatürliches darin, gescheucht zu werden. Während der Ferien hatte ich selber Bedienstete, daher kam es mir absurd vor, während der Schulzeit ein bezahlter Lakai zu sein. Doch Strong war bei seinem Vorschlag sehr geschäftsmäßig & angenehm. Obwohl er vom College war, hatte er, das wußte ich inzwischen, den Ruf, nicht sehr helle zu sein. Ich sollte sagen, wie er aussah: kräftig gebaut, breites, flaches Gesicht, gespaltenes Kinn, Knollennase, dunkle, tief sitzende Augen, einen für einen Schüler kräftigen Bart & dichte Locken, die nahezu schwarz waren. Sein Vater war Bankier, er kam nicht vom Land, aber Strong hatte die meiste Zeit bei seiner Mutter in der Nähe von Fordingbridge gelebt. Er hatte ziemliche O-Beine & ging auf der Außenkante der Füße. Ich hatte das Geld, das ich als sein Fuchs bekam, nicht unbedingt nötig, aber alle, die Fuchs waren, sagten, daß sie es des Geldes wegen taten.

Es wurde bald deutlich, daß er mich sehr mochte. Ich mußte ihm die Schuhe putzen & das Bett machen & ihm im Gemeinschaftsraum den Toast über dem Kohlenfeuer rösten. Ich verliebte mich erst richtig in ihn, als er zuvorkommender wurde, mich nur zu sich rief, um mich um sich zu haben oder mich nach etwas zu fragen, was ich angeblich wissen könnte – das alles natürlich sehr schüchtern & linkisch, wenngleich dies für mich die Faszination der Autorität besaß. Dann aber merkten andere Jungen, daß er eine Schwäche für mich hatte, & uzten uns beide, so daß ich, dem bisher überhaupt noch nichts Erotisches bewußt gewesen war, plötzlich begriff, was da ablief & dank einer starken Vorstellungskraft merkte, wie meine Gefühle tatsächlich geartet waren. Kaum sagten sie, wir seien ständig zusammen, errötete ich auch schon, weil ich glaubte, unser Geheimnis sei gelüftet – obwohl ich das Geheimnis bis zu dem

Moment selbst noch nicht kannte. Anfangs gab es noch kämpferisches Leugnen, doch dann gewann die Freude an der Zuneigung die Oberhand, eine Freude, die seltsamerweise von den andern Jungen, die gehässig und komplizenhaft zugleich waren, geteilt wurde. Im Gemeinschaftsraum ging alles gut, aber wenn wir allein waren, wde es peinlich. Eines Nachmittags im Sommerhalbjahr, das ganze College war zu Kriegsdiensten auf einem Hof hinter dem St. Catherine's Hill und buddelte Kartoffeln, nahm er mich zu einem Spaziergang durch die Felder mit. Wir gingen Arm in Arm, obwohl er viel größer war als ich. Ich hatte das ausgeprägte Gefühl, daß dies ein Privileg & Ereignis war, erwartete aber wohl nicht, daß etwas Besonderes geschehen wde. Was auch nicht der Fall war. Er sagte, es wäre schrecklich traurig, wenn er ginge, aber er wolle in den Krieg & seinen Beitrag leisten. Dann sagte er, wie ungeheuer wütend er gewesen sei, als er hörte, was Stanbridge mit mir gemacht hatte. Er hätte etwas unternommen, doch der Tod von dessen Bruder hätte das unmöglich gemacht. Ich sagte, es mache mir nichts weiter; er aber sagte, er hätte etwas Derartiges nie getan. Als wir zu dem Kartoffelacker zurückkamen, setzte es Bemerkungen. Einer sagte: »Du wirkst etwas steif, Strong«, & ein anderer: »Ihr beide seht ja recht gekniffen aus.« Es herrschte allgemein der Eindruck, daß wir es getan hätten, was von den andern Jungen anzüglich gefeiert wurde, wie am Morgen nach einer Hochzeit. Ich errötete & und freute mich darüber. Ich weiß noch, wie ich mit den Händen durch die kaum feuchte Erde fuhr und Kartoffeln ausgrub, wie Schmutz sich unter meinen Fingernägeln ansammelte & es mir überhaupt nichts ausmachte, daß wir es nicht getan hatten.

Ein Jahr später starb Strong. Ein Granatsplitter saß in seinem Gehirn fest, & und Strong verbrachte einige Zeit in einem Heim für Geistesgestörte in der Nähe von St. Albans. Ich dachte oft an ihn & und stellte mir vor, wie er tobte; offenbar war er vollkommen geisteskrank. Und dann wurde verlesen, daß er gestorben sei. Ungefähr einen Monat später erhielt ich einen Brief, daß er mir £ 50 vermacht hatte. Es sei nicht in seinem Testament vermerkt gewesen, aber während seines Krankenhausaufenthalts habe er seiner Mutter gesagt, er wolle, daß ich etwas bekomme, & und sie hatte deshalb vermutet, er werde bald sterben. Sie kam zum Tee zum stellvertretenden Rektor, der mir alles erzählte.

Zu diesem Zeitpunkt begann sich dann einiges zu verändern. Die Verehrung, die ich für ältere Jungen empfand, die heldenhaften, die schon an Schönheit zunahmen, wenn ihr Abschied nahte & der Glanz der Armee sie umstrahlte, war noch stark, oder beinahe so. Doch als ich 16 war, schweifte mein Blick & sah die jüngeren Burschen. Die Gefühle waren nun weit komplexer, denn da ich nun ein »Senior« war, hatte ich Macht über sie, die ich zeigen & auf die ich dann großzügig verzichten konnte, indem ich meine Gefühle offenbarte. Die Idolatrie verband sich damit, es nicht zu tun – sie wurde idealisiert & stand über der Lust, für die durch dauernde Partys ohnehin gesorgt war, und daß man sich gegenseitig Freude und Schmerz zufügte. Etwa zwei Jahre lang waren wir völlig hemmungslos. Natürlich gab es den einen oder anderen, der sich nie daran beteiligte, der schlief oder vorgab zu schlafen, während wir übrigen uns in leidenschaftlichen Kopulationen oder orgiastischem Gerangel ergingen. Ein Junge namens Carswell war unser Herr des Tumults, ein unglaublich lüsterner kleiner Bengel. Wir freuten uns auf die Nacht wie auf ein Tier, das den Tag über nur da sitzt, teilnahmslos & fast blind; wenn wir uns dann zum Schlafengehen entkleideten, kam ein Leuchten in unsere Augen. Nicht, daß wir nicht auch tagsüber gevögelt hätten. Unsere Unterhaltungen waren so gepfeffert, wie es nur ging, und es war erregend, eine kurze Gelegenheit der Lust an immer öffentlicheren Orten zu ergreifen. Manchmal kam auch etwas heraus, so als Carswell in der Kirche deutlich sichtbar gewichst wurde, was den Dozenten die Augen über die gewohnheitsmäßige Verderbtheit der Collegejungen geöffnet haben muß, wenn sie es nicht schon wußten. Ach, nie wieder wird es eine solche Zeit der Freiheit geben. Es war der Inbegriff des Vergnügens. Wenn ich mich in der Stimmung jener Tage treiben lasse & mir dann vorstelle, was danach geschah, kann ich nur staunen. Diejenigen, die nicht umkamen, herrschen nun über Land & Empire, sind Vorbilder an Rechtschaffenheit, & jeder von ihnen weiß, daß sie diese unaussprechlichen Dingen taten. Vermutlich ist es eine der stillschweigenden Überlieferungen der männlichen Natur, wie zu Huren gehen oder sich betrinken, die mit Respektabilität und Macht unvereinbar sind.

Webster war nicht am College – er war am Phil –, und so war es unausweichlich, daß meine Vernarrtheit in ihn romantischer war. Er war ein gutgebauter kleiner Bursche, weich & braun, mit üppigen Locken, & er hatte einen wunderschönen traurigen Ausdruck im Gesicht. Sein Vater war ein reicher Rumfabrikant in Tobago, & seine Mutter war Engländerin, die es sich vorgenommen hatte, ihm die bestmögliche Erziehung angedeihen zu lassen. Er war der erste Neger, den ich je gekannt hatte, & und anfangs argwöhnte ich, er müsse dumm sein. Später merkte ich, daß er verfeinerter, dem Literarischen zugeneigter war: Er war gern für sich & las sehr viel. Es war in seinem ersten Sommer, als ich ihn am Gunner's Hole sah, er lag in der Badehose am Ufer, in irgendein Geschichtsbuch vertieft. Seine Farbe erschien mir – zwischen den Bäumen, dem grünen Wasser & dem ausgeblichenen Gras – wie von Gauguin.

Ich fand heraus, daß er schwimmen ging, wann immer es die strenge Ordnung der Schule zuließ und wenn das Wetter schön war. Ich hatte nie viel Zeit darauf verwendet, obwohl das Schwimmen auch seine erotischen Seiten hatte; doch dann begann ich ebenfalls damit. Er war ein viel besserer Schwimmer als ich, das sollte ich sagen, aber ich war viel größer & konnte ihn manchmal schlagen, wenn wir wie die Wilden dahinjagten. Am Ende unserer Rennen japste er & zeigte mir sein blendendes Lächeln, & ich lag neben ihm im Wasser oder legte ihm den Arm um die Schultern & sagte: »Das war verdammt knapp«, dachte aber innerlich: »Ich liebe dich, ich liebe dich, ich liebe dich.« Wenn wir dann ans Ufer kletterten, faszinierte es mich, wie das Wasser von ihm ablief, so daß er sich nicht einmal mit einem Handtuch abtrocknen mußte, und wenn er den Kopf schüttelte, flogen die Tröpfchen davon, und sein schwarzes Haarkissen war kaum noch feucht. Obgleich sein Haupthaar so dick war, war sein ganzer Körper, wiewohl er schon die Mannesreife erreicht hatte, praktisch unbehaart, & bei den häufigen belanglosen Gelegenheiten, die ich arrangierte, um ihn zu berühren, fand ich seine Haut so weich wie einen Traum.

Das war der Anfang von allem. In gewisser Weise war es wie meine Bewunderung für Strong, nun aber von einer stärkeren, geradezu ethischen Macht verwandelt. Ich hatte die Vorstellung, daß ich mich in Gegenwart eines gewissermaßen überlegenen Menschen befand.

Das war nun eine sehr eigenartige Vorstellung. Hier in Dekatil, umgeben von dem leuchtenden Schwarz der Nuba, ohne einen anderen Weißen im Umkreis von Hunderten von Meilen, stehe ich noch immer unter diesem Eindruck. Geht das andern auch so, versteht man das? Und damals, in Winchester? Es war die wildeste Apostasie. Es war die größte Offenbarung. Es beeinflußte die ganze Sicht des Lebens.

Zu Anfang allerdings noch nicht. Es war etwas, das tiefer als der genaue Gedanke lag – ein schemenhafter Reichtum meiner selbst, eine häretische Phantasie. Ich setzte mich nicht einmal besonders zur Wehr, wenn andere Bemerkungen über unser Zusammensein machten & ihm grausame, gedankenlose Namen gaben. Vielleicht wollte ich nicht einmal, daß sie das Geheimnis teilten oder wußten, wie unrecht sie hatten. Und das Benehmen, das uns zu Männern machte, hielt die Jungen davon ab, ihm ihre Beleidigungen ins Gesicht zu sagen. Webster selbst war sanften Männern gegenüber, die mit ihm redeten, peinlich höflich, aufmerksam & freundlich.

Es war eine eigenartige Fügung, daß dieser schwarzhäutige Junge zur gleichen Zeit in mein Leben trat, als im letzten Kriegsjahr eine beträchtliche Anzahl amerikanischer Soldaten in Winchester einquartiert wurde; unter ihnen befand sich ein Trupp Neger. Sie erregten ein gesteigertes Aufsehen, zumal sie als Vertreter eines Berufs erschienen, den wir zu jener Zeit mehr als alle anderen verehrten. Eines Abends in meinem letzten Semester hatte ich mit einigen Freunden einen heimlichen Ausflug in den Willow Tree unternommen, wo etliche dieser Soldaten an der Bar standen. Sie waren laut, aber wohl nicht gefährlich & auch nicht unfreundlich. Nach einer Weile kam ein großer, strammer Neger aus der Gruppe zu uns herüber & fragte, ob wir wüßten, wo er ein Mädchen für die Nacht finden könne. Wir waren alle von seiner Farbe und der ruhigen, aber klangvollen Stimme ergriffen & sagten, wir hätten leider keine Ahnung. »Na, was treibt *ihr* denn dann?« wollte er wissen. Unter dem höflichen Ton lag etwas Sarkastisches, worauf wir in tugendhaftes & unangemessenes Geschrei ausbrachen. Plötzlich dachte ich, wie seltsam es für einen Arbeiter aus Amerika sein mußte, diesen laschen, vornehmen Jugendlichen mit anderer Hautfarbe & fast einer anderen Sprache gegenüberzustehen. Ich möchte trotz der Andeutungen, die einige fallenließen, bezweifeln, ob einer von uns überhaupt jemals ein Mädchen gehabt hatte. Er nickte uns verächtlich zu & sagte: »Ich weiß schon, was ihr Ficker macht.« Das war ein Wort, das wir manchmal gebrauchten, aber zu hören, wie jemand aus der Klasse, in der eine grobe Sprache (& auch das »Ficken« selbst) bekanntermaßen gedieh, es gegen uns verwandte, das war eine schockierende & entwürdigende Erfahrung.

Später, bevor unsere Gruppe den Willow Tree verließ, ging ich auf das Pissoir im Hinterhof des Pubs, ein schmaler Raum mit einem Abfluß & einem kräftigen Geruch nach Jeyes' Fluid (in den Latrinen hier riecht es genau so – gleich an meinem ersten Tag im Sudan rief das Erinnerungen wach). Ich hatte gerade begonnen, mich zu erleichtern, als eine weitere Gestalt in das düstere, schwummrige Urinal kam & sich an mir vorbeidrückte, um sich etwas weiter hinten aufzustellen. Es war natürlich der Negersoldat. Beim Urinieren machte er Geräusche der Lust und Befriedigung & und fing dann an, ruhig & vertraulich mit mir zu reden, als wären wir alte Freunde. Er erzählte von seiner schönen Freundin in Wilmington, Delaware, und wie einsam es als Soldat sei, wie sehr er wolle, daß etwas passierte (das alles mit sehr schwerer Zunge). Ich war völlig verängstigt, aber auch erregt, daß er mit mir redete. Alles an ihm war so seltsam, so kraftvoll; er verhielt sich völlig normal, für mich aber war er auf irritierende & krasse Weise neu. Mir fiel nichts ein, was ich hätte sagen können. Ich wandte mich ihm zu, um wenigstens Wiedersehen zu sagen. Er berührte einen primitiven Instinkt der Gastlichkeit in mir. In dem Halbdunkel sah ich seine Augen & seine Zähne. Er schaute mich an, grinste. Meine Augen irrten umher, & ich sah gerade noch, daß er seinen Penis streichelte. Er nahm die Hände davon weg & langte zu mir herüber, & sein brutales, drängendes Geschlecht lag massiv und aufrecht frei.

Ich floh aus dem Pissoir & schloß mich meinen halb betrunkenen Freunden an, um den Rückweg zum College anzutreten, die schwierige, häufig geübte Klettertour hinein, während mir der Kopf von dem unaussprechlichen Schock schwirrte. Es war ein zu plötzliches Angebot dessen gewesen, was ich zutiefst ersehnt hatte. Ich sah den Soldaten nie wieder. Tausend-, tausendfach habe ich mir gewünscht, es wäre geschehen ...

Ich schlief, als Phil hereinkam, und ich erwachte durch durch seine Bewegungen, als er auf dem Bett saß und sich die Schuhe auszog. Ich faßte ihn an dem Körperteil, das mir am nächsten war (sein rechtes Knie), und fragte murmelnd, wie spät es sei (es war sechs Uhr). Ich wollte mich schon zu ihm in seinen ungewöhnlichen Schichtarbeitsschlaf kuscheln, doch nach wenigen Augenblicken lag er auf mir und küßte mich. Der Geruch seines Atems war auffallend, zumal ich eben erst erwacht und verletzlich wie ein Baby dafür war: Es war Whisky, der überlagert wurde von Pfefferminz, um den Geruch vor den Gästen und der Geschäftsleitung ebenso wie vor mir zu verbergen. Phil war ganz sklavisch mit seinen Händen und der Zunge, und er leckte mich, schleckte an mir mehrere Minuten in einer tauben, trunkenen Hommage herum. Dann setzte er sich, rittlings auf mir hockend, auf die Fersen, knöpfte sich die enge kleine Jacke auf und zog sie aus. Ich streckte die Arme aus und strich ihm verträumt über Schultern und Titten und setzte dieses dumme, schläfrige Lächeln auf, das er als genau so sexy empfand, wie ich es beabsichtigt hatte.

6

Ich fand James in einer Ecke des Foyers lehnend, die Lippen über der Partitur gespitzt.

»Nimmst du es nicht etwas ernst, Darling?« sagte ich.

»Darling.« Wir küßten uns trocken, flüchtig. »Nein, eigentlich finde ich es schrecklich gut.«

»Na, da bin ich ja froh, daß es dir gefallen wird.« Verzweifelt blickte ich in die Runde der weißen Smokings und bloßen Schultern. Es war viel zu heiß, um in der Oper zu sein, und ich war in etwas erschienen, das praktisch ein Pyjama war – ein superleichtes afrikanisches Baumwollfähnchen, dessen Tuntigkeit durch eine Andeutung von Kampfkunst gedämpft wurde.

»Alle schauen dich an«, sagte James, der reizenderweise Anzug und Krawatte trug. »Weiß Gott, was Lord B. wieder denkt.« Er hatte eine angenehm snobistische Achtung vor unserer Familie; mein Großvater mochte James sehr gern; er betrachtete ihn als einen humanen und praktischen Menschen mit bezaubernden Umgangsformen und einem großen Interesse an der Kunst.

»Ich verachte sie alle«, protestierte ich und wandte mich von dem makabren Tuntentrio ab, das sich mit Handschuhen und Samtfliege aufgetakelt hatte. »Wie einige von diesen Kreaturen dich anschauen, man kommt sich richtiggehend geschändet vor – mit den Augen.«

James war das alles etwas peinlich, er hatte die Verantwortlichkeiten des Tages noch nicht abgelegt, wollte sein bestes Benehmen zeigen und sehnte sich doch auch danach, das wußte ich, sich extravagant zu geben. Mir war ganz nach einem gräßlichen Egoismus zumute, angespornt durch Phils Verehrung, die sich als absolut erwiesen hatte, doch als ich durch den Saal und die lange, mit Spiegeln behangene Treppe hinaufblickte, spürte ich, daß es auch noch eine weitere Perspektive gab, in der James und ich zusammen waren, so wie früher.

»Du würdest weniger Aufmerksamkeit erregen«, sagte er, »wenn du nicht wie etwas aus *Tausendundeine Nacht* aussehen würdest. Außerdem scheinst du eine Erektion zu haben.«

»Natürlich habe ich eine Erektion. Ich bin verliebt.«

James warf mir einen komisch verschmitzten Blick zu. »O Gott. Und wer ist diesmal das Opfer?«

»Wie kannst du nur so etwas Schreckliches sagen!« Erneut ließ ich einen bösen Blick über das Publikum schweifen. »Es ist ein Junge aus dem Corry – macht Bodybuilding – klein – dunkle Haare – heißt Phil.« Allein dadurch, daß ich dies sagte, regte sich in mir noch mehr der Wunsch, bei ihm zu sein. Mit einem kurzen Blick auf James sah ich, daß ein Ausdruck tiefer Besorgnis über sein Gesicht glitt.

»Möchte wissen, ob ich ihn da schon gesehen habe«, sagte er. Und dann: »Ah – da kommt Lord B.«

Mein Großvater, der mit seinen glatten grauen Haaren und dem sonnengebräunten Gesicht ganz prächtig aussah, bahnte sich verbindlich einen Weg durch die Menge. »James. Wie schön, Sie zu sehen.« Sie gaben sich die Hand und grinsten. »Du gehst schlafen, alter Junge?« sagte er zu mir. »Ich könnte dir ein Bett in die Loge stellen lassen.« Dazu schüttelte er mich am Genick und beharrte auf seinem Scherz, während er aber zeigte, daß er es nicht so meinte. Die Wärme gegenseitiger Wertschätzung erfüllte mich. Wir machten uns auf den Weg nach oben.

»Hast du dich nach dem Lunch hingelegt?« erkundigte ich mich.

»Vermutlich bin ich wohl eingenickt – und du?«

»Mhm – ich habe den ganzen Nachmittag im Bett verbracht«, erwiderte ich wahrheitsgemäß.

»War aber ein ungeheuer guter Lunch. Kennen Sie dies Restaurant, James?«

»Wo waren Sie?«

»Im Crépuscule des Dieux.« Er kicherte. »Das müßte doch etwas für Sie sein ...« Er meinte, wegen Wagner, wobei ihm das dezent homosexuelle Ambiente des Lokals, die Kellner in Frack und langer weißer Schurze, die reichen älteren Männer, die ihre gelangweilten und koketten jungen Püppchenknaben freihielten, gleichwohl nicht verborgen geblieben sein konnte. »Das Essen wäre nicht unbedingt etwas für Sie gewesen, obwohl – alles schwamm in Blut!« James haßte derartige Scherze, doch er brachte ein angewidertes Lächeln zustande. Einmal hatte er ein anstrengendes Neujahr in Marden verbracht, wo er sich ausschließlich von Röstkartoffeln und Stilton ernährte und so tat, als seien ihm die Platten mit Fasanen, Gänsen und fast rohem Roastbeef, die vom Personal hereingetragen wurden, völlig gleichgültig.

Oben erinnerte sich mein Großvater an den Namen des Logenschließers, der mit uns den Korridor entlangging, und sagte im allerletzten Moment: »Und wie geht's Ihrer Frau, Roy?« (Roy war der Nachname, nicht der Vorname des Mannes.)

»Sie ist leider gestorben, Mylord«, sagte Roy sehr beherrscht. Das war nun ein Test für meinen Großvater, denn eine pure Höflichkeitsfloskel hatte ihn mit einer wirklichen kleinen Tragödie konfrontiert. Ich stand da und beobachtete, wie er dem Mann brüderlich auf die Schulter klopfte und eindrucksvoll nickte.

»Einfach schrecklich, solche Verluste«, sagte er. »Und es wird leider nicht besser.« Als Roy »Nein, Mylord« sagte, wandte er sich schon von ihm ab, nachdem er sich überzeugend menschlich verhalten und sich dennoch nicht im mindesten engagiert hatte. Er zog die Tür zu und plazierte uns, sich selbst setzte er in die Mitte und James näher zur Bühne hin.

Mein Großvater war im Vorstand von Covent Garden, und ich hatte viele Opern mit ihm von eben jener Loge aus gesehen. Doch nie fand ich, daß man das Geschehen von hier aus gut verfolgen konnte: Für die Ungestörtheit und Erhabenheit der Loge bezahlten wir damit, daß wir das Orchester sahen, einen Ausblick in die Kulissen hatten und ungünstig für die hintere Bühne saßen. Und auch die Ungestörtheit war eine zweischneidige Angelegenheit, denn die Blicke aus den Rängen verweilten auf den Logen wie auf den Balkonen einer königlichen Residenz. Mir war bewußt, welch schlechten Einfluß das auf mich hatte – ich tat so, als ignorierte ich das übrige Haus, lachte übertrieben und lauschte scheinbar gefesselt den Bemerkungen meiner Begleiter. Ich mochte mich deswegen nicht besonders leiden – ja, die Loge repräsentierte für mich gewissermaßen die Strafe der Bloßstellung, Unbequemlichkeit und Gefühllosigkeit, mit der ich für meine Privilegiertheit bezahlte. Heute abend fläzte ich mich über die rote Plüschbrüstung und überließ die Unterhaltung James und meinem Großvater, bis die Lichter ausgingen.

Billy Budd wurde gegeben, eine Oper, die ich als ungeschickte, fast amateurhafte Angelegenheit in Erinnerung hatte, und ich hatte nicht im mindesten erwartet, daß sie mir gefiel; und dennoch, als Captain Veres Monolog beendet war und die Szene an Bord der *Indomitable* kam, in der die Männer das Deck schrubben und ihren unterdrückten, aufbrandenden Chor singen, hatte ich am ganzen Körper eine Gänsehaut. Als Billy, von seinem alten Schiff durch die Preßpatrouille abgeworben, seinen Abschied von seinem früheren Leben und den Kameraden sang – Farewell, old *Rights o'Man*, farewell –, liefen mir die Tränen übers Gesicht. Der junge Bariton, der mit wundervollster Schönheit und Frische sang, verlieh Billy ein außerordentliches Maß an unterdrücktem Pathos; inmitten des Musikgestammels machte mich seine Physiognomie, ansehnlich und geradeheraus und dennoch mit einer eigentümlich fleischigen Schwäche um den Mund, glauben, es handele sich um seine eigene Tragödie.

Das alles hätte mich nicht zu überraschen brauchen. Ich hatte tagelang überhaupt keine Musik gehört und war ganz aufgeladen, erhitzt und befriedigt, so daß ich alles mit überreizten Sinnen wahrnahm. Jede Phrase der Musik spürte ich körperlich, als hätte ich mich selbst in ein kleines Orchester verwandelt.

In der Pause tranken wir Sekt, wobei James nur etwas nippte, er meinte, er bekomme davon Kopfschmerzen. Er neigte zu heftigen Kopfschmerzen, die oft nervös waren (wenn er etwa nach zwei oder drei Wochen Bereitschaftsdienst ein freies Wochenende hatte, verbrachte er es auf dem Rücken liegend in einem abgedunkelten Zimmer, eine Hand auf die Stirn gepreßt). Die Hitze und Intensität eines Theaters schlugen ihm auch immer etwas auf den Kopf. Ich glaube, er konzentrierte sich ungewöhnlich stark – bei einem Konzert folgte er entweder der Partitur, oder seine Knöchel waren weiß vor Anspannung –, während ich, obwohl die Oper mich packte und abstieß und ich wieder über die Verzweiflung des armen kleinen Novice heulte, dessen Körper und Geist durch die Peitsche gebrochen waren, Phasen von mehreren

Minuten hatte, in denen ich völlig abschaltete und an Phil dachte, an Sex und was ich anschließend tun würde.

Mein Großvater blickte mich besorgt an. »Gefällt es dir denn, Liebster?« fragte er.

»Ich finde es wundervoll«, sagte ich. »Eine eigenartige alte Inszenierung, aber sie hat auch etwas ganz Anrührendes.«

»Mhm – finde ich auch. Seit der allerersten Aufführung natürlich völlig unverändert. Es ist ein Museumsstück, das noch nach dreißig Jahren in Gebrauch ist. Wir führten viele Gespräche über eine neue Inszenierung, aber dann fanden wir, daß wir die Kröten besser anderweitig ausgeben sollten.«

»Ja.« Mein Glas war schon wieder leer.

»Was meinen Sie, James?«

»Oh, ich finde es ganz schön«, sagte James mit einer Betonung, die Vorbehalte suggerierte. Er hatte dunkle Ränder unter den Augen, sein Schlafdefizit machte ihn bleich, und ich fragte mich, wie es wohl sein mochte, in die wimmelnde Unwirklichkeit eines Theaters zu kommen, nachdem man sich den ganzen Tag auf Krankheit und Elend konzentriert hatte.

»Ich weiß nicht recht, ob Ihnen gerade dieses Stück besonders am Herzen liegt.«

»Es ist immer bewegender und beeindruckender, als man vorher meint«, sagte James, womit er wie so oft meine Gefühle wiedergab; doch unsere Solidarität brachte uns an den Rand eines schwierigen Terrains. Worüber er sicher gern geredet hätte, wäre die unterdrückte oder (in seiner üblichen Wendung) abgelenkte Sexualität der Oper gewesen. Wir hatten das wohl alle bemerkt, wobei es für James und mich eine Bedeutung, ja, sogar eine Beredtheit gehabt hätte, die an meinem Großvater gänzlich vorbeigegangen wäre. Er hatte sein gesamtes Erwachsenenleben in Kreisen verbracht, in denen gute Manieren, ein erlesenes Savoir-vivre und schiere Gefühllosigkeit in der Verweigerung, irgendwie anzuerkennen, daß es Homosexualität überhaupt gab, zusammenwirkten. Wir drei waren in unserer heißen kleinen Loge mit diesem urbritischen Problem gefangen: die Oper, die schwul war und auch wieder nicht, die beiden jungen schwulen Freunde, die sich gut betrugen, der Mandarin-Patriarch, der seine Gefühle nicht offenbarte.

Ich beschloß, dem die Stirn zu bieten, und sagte: »Es ist aber auch ein eigenartiges Stück, zum Teil natürlich durch das Sexuelle. Claggarts Stelle über Schönheit und gutes Aussehen verdiente einen Preis für allgemeine ekelhafte Schleimigkeit. Irgendwie kommt er damit heraus und gleichzeitig auch wieder nicht.«

Mein Großvater zögerte diplomatisch, bevor er sagte: »Das lag ja eigentlich ziemlich genau auf Forsters Linie. Auch wenn das wohl nicht allgemein bekannt ist.«

»Sie sind Forster begegnet?« platzte James voll Ehrerbietung und Überraschung heraus.

»Ach, nur gelegentlich, wissen Sie. Aber ich erinnere mich noch genau an die Uraufführung von *Billy Budd*. Natürlich unter der Leitung von Britten selbst. Die Leute waren alle ziemlich beeindruckt, auch wenn, wie ich mich entsinne, die Meinungen darüber stark auseinandergingen. Viele machten sich verständlicherweise nicht allzu viel aus dem Britten-Pears-Gespann.« James schaute verblüfft drein, und ich runzelte die Stirn, doch mein Großvater fuhr fort: »Anschließend gab es eine Party, zu der Laura und ich gingen, und da unterhielt ich mich ziemlich lange mit dem alten Forster über das Libretto.«

»Wie war er denn so?« fragte James. Mein Großvater

lächelte müde – er mochte es nicht, wenn man ihn unterbrach. James wirkte gedemütigt.

»Er schien ganz zufrieden damit, aber er hatte etwas ausgesprochen Widersprüchliches. Ich war recht überrascht, als er Teile der Musik offen kritisierte. Insbesondere Claggarts Monolog fand er falsch. Er war ihm zu wenig . . . offen und sexy, wie Willy das nennt. Ich glaube, *glitschig* war das Wort, mit dem er Brittens Musik umschrieb.«

Ich fand das hochinteressant, und mein Großvater machte ein erfreutes Gesicht, als habe er erst verspätet den Nutzen von etwas entdeckt, das er jahrelang pflichtschuldig mit sich herumgetragen hatte. Es kam mir vor, als habe eine feine Veränderung stattgefunden, als sei ein Zugeständnis gemacht worden. Aber dann diese »verständliche« Abneigung gegen Britten und Pears – das war so eine kleine Wendung, die mich vielleicht durchs Leben begleiten konnte, die ich aber auch vergessen wollte oder die unangenehme Wahrheit widerlegen, auf die sie anspielte. Ich kippte den Rest Sekt und betrachtete James, wie er sich mit seinem Gastgeber unterhielt. Ich sah ihn als einen Jungen, einen schüchternen, aber vorbildlichen Sechstkläßler, der einem Lehrer Bericht erstattet. Die offene Partitur auf der Brüstung der Loge war wie ein Buch in einem Porträt, das eine besondere Leistung symbolisierte, den Eintritt in eine Welt der Empfindsamkeit, in der er in seiner Jugend gelebt hatte und zu der er bei seiner harten Arbeit und seinem Einsiedlertum noch immer Zugang haben mußte.

Ich lächelte ihn nachdenklich, vielleicht auch aufreizend an, als Barton Maggs, einer der unverdrossensten und besitzergreifendsten Operngänger in und um London, auf seiner Pausentour durch die feine Welt zu uns trat.

»Oh, oh, oh – Denis, Will ...« Er nickte uns mit aufgeschwungenen, sandfarbenen Augenbrauen zu. »Kennen Sie James Brooke? Professor Maggs ...« Er ließ für James ein weiteres Nicken los. Er wirkte außer Atem, da er rechtzeitig die Runde beenden mußte, und sein Gewicht wurde durch einen zu engen und jugendlichen Seersuckeranzug und weiße Mokassins an kleinen fraulichen Füßen noch betont.

»Mittel bis prächtig, würde ich sagen, oder?« schlug er vor.

»Wir sagten gerade, wie gut wir es fänden.« Maggs hatte keinen Sinn für Humor und merkte auch nicht, daß wir ihm unwillkürlich mit Ironie begegnen würden.

»Oh, oh – komisch, nicht wahr, ich denke immer, wie komisch, da kommen gar keine Frauen drin vor. Manche Leute wollen es gar nicht bemerkt haben.« Er blickte sich um, als könnte *alles* passieren.

»Aber *Frauen* wären doch wohl ganz unmöglich. Schließlich spielt es auf einem *Schiff*.« Ich fand, daß damit alles Wesentliche gesagt war.

Mein Großvater machte einen schnurrigen Einwurf. »Aber man hätte schon gern irgend so eine Butterblume, nicht wahr, Barty, eine, die der Besatzung Tabak und Pfefferminzbonbons verkauft ...«

»Vielleicht könnte man Captain Veres Schwestern und Cousinen und Tanten dazutun«, sagte ich. »Die würden jede Meuterei garantiert im Keim ersticken.«

»O ja, ähm. Aber ich muß doch sagen, einen guten Sopran vermisse ich schon«, sagte er und machte eine Trauermiene, so als habe Britten ihn verprellt, indem er ihm das Schauspiel bebender Weiblichkeit versagt hatte, nach der so viele Homosexuelle dürsten. Doch da ertönte schon die erste Klingel, und er verabschiedete sich geschäftig.

Mein Großvater erging sich wieder in seinen Erinnerungen an Forster (alles Dinge, die auch für mich neu waren, so daß ich mich fragte, warum ich ihn tatsächlich nie über seine Vergangenheit befragt hatte), als James ihn ein zweites Mal unterbrach. »Ach, ist das da drüben nicht Pears?« Wir schauten alle in die Richtung.

Pears, zu beiden Seiten von einem Mann gestützt, schlurfte sehr langsam den Mittelgang hinab nach vorn ins Parkett. Der Großteil des nichtssagenden Publikums verriet kein Anzeichen des Erkennens, wenngleich hin und wieder jemand hinstarrte oder eilends den Blick von dem durch einen Schlaganfall beeinträchtigten, aber wunderschönen, weißhaarigen Kopf des Sängers abwandte. Dann folgte die langwierige und unangenehme Prozedur, ihn durch seine schon wieder besetzte Reihe zu schaffen. James und ich schauten wie gebannt hin, und als ich ihn persönlich nun sah, spürte ich, wie sich das ganze Ereignis unmerklich verwandelte und wie die Oper, an deren Ambiguität wir herumgekrittelt hatten, durch die Anwesenheit eines ihrer Schöpfer eine Art heroische oder historische Dimension gewann. Auch wenn ich den Eindruck hatte, er genieße es, war mir doch, als schmerze es ihn zu sehen, wie andere Sänger die Oper auf derselben Bühne, mit demselben Bühnenbild aufführten wie er Jahrzehnte zuvor unter der Leitung des Mannes, den er liebte. Es war zu einer Episode aus seiner Vergangenheit geworden, so wie die Segnung Billy Budds dem alten Captain Vere in Erinnerung blieb. Und während ich zu Pears hinstarrte, dem alles zweifelsohne peinlich und unangenehm war, bis er endlich wieder seinen Platz erreicht hatte, wurde er selbst für mich zur Opernfigur – genauso wie ich mich mit unechten oder rein ästhetischen Emotionen in Charles Nantwichs Kriegsjugend und den Verlust seines schrapnellversehrten Idols in einem Irrenhaus in Hertfordshire hineinversetzt hatte. Es war ein unwiderstehliches elegisches Verlangen nach den Zartheiten eines lange vergangenen Englands.

Dann erloschen die Lichter, und mein Großvater sagte knapp: »Ich gebe ihm nicht mehr lange«, und wir applaudierten dem Orchester.

Am folgenden Abend sah ich Phil nicht, da er mit Freunden etwas trinken ging und ich mir die Langeweile und Frustration dieses Unternehmens nicht antun wollte. Zudem wäre ich fehl am Platz und verwirrend für seine Freunde gewesen, die nicht wußten – es war zu früh, sie konnten es noch nicht wissen –, daß er schwul war. »Triff dich doch auch mal mit deinen Freunden«, hatte Phil mir vorgeschlagen, worauf ich entgegnet hatte: »Aber Liebster, ich habe keine Freunde« – eine Übertreibung, die eine überraschende Wahrheit ausdrückte. Es gab einige, die ich gern sah, aber fast keinen, den ich aufsuchen oder zum Essen oder Trinken einladen wollte. Stattdessen setzte ich mich mit einer Flasche Whisky und Charles' Oxford-Tagebuch ins Eßzimmer:

26. Oktober 1920: Morgens groggy, dann rüber zu Sandy. Ihm ging's ebenso schlecht wie mir, er sagte, er habe sich mit Tim blamiert (er konnte sich an nichts mehr erinnern, nachdem wir das Grid verlassen hatten). Ich sagte, möglich, aber Tim habe sich inzwischen bestimmt daran gewöhnt. S. trank einen Eipunsch & zog sich an & sah gar nicht so übel aus; ich las ihm laut einen Brief von seiner Mutter vor, wobei ich den zickigen Ton einer Schulmeisterin nachmachte (vielleicht hätte ich das unterlassen sollen?). Sie hat den phantastischen Eindruck, daß S.

nicht trinkt. Zurück nach Oriel, wo die andern schon auf uns warteten – Tim Carswell, Chancey Brough, Eddie Lossiter & die übrigen. Diese übrigen fuhren mit großem Gehupe und Geschrei in Huberts Wagen ab, was mich zweifeln ließ, ob es klug war zu gehen – Kopf nicht eben klar, & dazu war es ein klammer, nebliger Morgen, so daß der Boden aufgeweicht sein würde. Tim schien mit Sandy zurechtzukommen, doch als wir in Eddies Wagen stiegen, stieg er plötzlich aus und setzte sich nach vorn zu Eddie, so daß S., Chancey & ich hinten saßen. Ch platzte vor vulgärer Gesundheit, seine Haut hatte aus der Nähe etwas Wachsweiches wie eine Kirchenkerze. Wie er so neben mich gezwängt saß, spürte ich, wie groß er war – seine Hose makellos weiß & gespannt. S., der ihn für so hübsch hält (aber auch für einen Rüpel), kriegte kaum den Mund auf, wohingegen ich, der ich ihn nicht hübsch finde, fröhlich mit ihm plauderte – wie üblich. Tim & Eddie vorn waren irrsinnig ernst & redeten die ganze Strecke nach Witney über den Völkerbund.

Tom Flew hatte die Hunde in seinem Lieferwagen mitgebracht, & da in Witney ein paar Freunde von Eddie zu uns stießen (einen glaubte ich schon einmal gesehen zu haben, blond & liebenswürdig & gebrochene Nase), fuhren sie das letzte Stück mit dem Wagen, während Chancey & ich den Lieferwagen nahmen. Es roch erstickend wie immer, & dann schwankte der Lieferwagen noch so, ich dachte, mir kämen die hervorragenden Nieren mit Speck wieder hoch, die Matthew mir zuvor gemacht hatte. Old Tom, angetan mit hundebehaarter, hundebesabberter, hundescheißefarbener Mütze & Reitjacke, stank selbst so schlimm wie die Hunde. Ständig drehte er sich beim Fahren um & überschüttete sie durch den Käfig mit Flüchen. Worauf sie kläfften & jaulten & die ganze Zeit auf eine ekelerregende, warme, aufgeregte Weise hechelten. Ich war froh, neben Chancey eingekeilt zu sein (jeder von uns saß mit einer Hinterbacke auf dem Beifahrersitz), denn er roch wenigstens nach Rasierseife & Haarlotion.

Wir hielten gerade noch rechtzeitig. Toms Bursche (der bei näherem Kennenlernen gewinnt, lächerlich bäurisch natürlich, aber seine Hände sind großartig, eineinhalb Oktaven, wde ich meinen) sagte, es hätte eine ganze Menge Hasen gegeben, aber er hätte sich stundenlang auf dem Feldweg herumgetrieben & die Stelle markiert & es sei jetzt wohl ziemlich aussichtslos. Zu diesem Zeitpunkt wäre ich froh gewesen, wieder in Oxford zu sein, & Sandy hatte das tragische Verlangen nach einem Bett, einem abgedunkelten Zimmer & einer Flasche Aspirin. Dennoch zogen wir los zu einem, wie sich herausstellte, vollkommen sinnlosen Vormittagssport, schlechte Sicht, ein hartnäckiges Nieseln in der Luft, Schlamm machte alles sehr schwierig, & kein Hasengeruch, der weniger als ein paar Stunden alt war. Schließlich machte sich Tom davon, & wir schlugen uns zu einer anderen Straße durch, auf der dann Toms Bursche auf wundersame Weise in Huberts Wagen daherkam, blankes Entsetzen im Gesicht und den Lunch hinten drin.

Das war Huberts Idee, besser, als ins Wirtshaus zu gehen wie sonst, wo wir uns schon einmal nicht gerade willkommen gefühlt hatten, als S. sehr betrunken & taktlos war (ganz zu schweigen davon, daß er wie eine Regent Street-Schwuchtel aufgetakelt war); die Frage aber war: Wo den Lunch essen? Einige meinten, im Wagen, & Tim sagte, wir könnten damit in das Haus von jemand, den er kannte, nicht weit weg, aber Eddies Freund mit der kaputten Nase meinte, er schulde diesem Jemand tausend Pfund, das ginge also nicht. Dann schlug Toms Bursche die, wie er es nannte, alte Burg vor, welche in dem Wald sei, den wir nicht weit von uns aus dem Nebel hervorwabern sahen. Tom meinte, er glaube, es wäre das Passende für uns – es sei wie geschaffen dafür. Der Bursche wies darauf hin, daß es ein alter Kasten sei, doch Tom tat dies heftigst ab & sagte, es sei nur »imaginär«, ein »Luftschloß«, woraus wir schlossen, es sei irgendwas Verrücktes oder ein Forsthaus.

Wir gingen den Weg weiter & bogen am Rand eines Feldes ab. Der Zaun am Waldrand bestand aus nichts weiter als ein paar morschen Pfosten, die aus dem Farn ragten. Viele Bäume waren abgestorben oder altersschwach, & es gab eine erstaunlich große Anzahl von Eiben, die den Wald noch dunkler machten. Es mußte eine Totenstille herrschen, wenn Leute wie wir, die fluchten und alberten, nicht da waren. Sandy & ich fielen ziemlich zurück & gingen hinter den andern her, Arm in Arm, die melancholische Stimmung genießend, wie ich meinte, als S. »Gott, ist mir schlecht« sagte & ich erkannte, daß sein Schweigen das eines Mannes war, der am Abend zuvor zu viel getrunken hatte. Auch sah ich an der Art, wie er tat, als beachte er Tim gar nicht, wie viel ihm an diesem lag, & dann ertappte ich ihn dabei, wie er ihn aus den Augenwinkeln betrachtete – voller gedemütigter Zuneigung.

Die Burg war ein komischer alter Bau, kleiner, als ich sie mir vorgestellt hatte & völlig unregelmäßig. In der Mitte war eine Halle, von der nach hinten ein dunkel getäfeltes Zimmer abging. Zu beiden Seiten verliefen halb eingefallene Wände im Wald aus, & darauf waren schlauerweise kleine Bäume gestellt, damit das Ganze wie eine orginial mittelalterliche Ruine aussah. Einige Fenster waren spitz, andere rund, andere wieder eckig, & durch den Efeu sah man, daß die Wände mit riesigen Tuffsteinplatten verkleidet waren – aber offenbar nicht das gängige Baumaterial, in das künstliche Löcher gebohrt werden, sondern echter Tuffstein, der von einem vulkanischen Boden stammte. Das ganze Äußere der kleinen Burg wirkte sonderbar & grotesk, überall die haarigen Finger lange abgestorbener Kletterpflanzen, der matte Glanz des Efeus, die Schießscharten & die rohe, labyrinthische Lava. S. & ich steckten den Finger in die kleinen einladenden Ritzen, & Unmengen von Holzwürmern & dergleichen kamen herausgetrappelt. Am hinteren Ende traten wir durch einen Bogen in einen kleinen feuchten Hof, wo Farne von den Wänden hingen, ein Haufen Bierflaschen in einer Ecke lag & die Asche & halb verkohlte Scheite eines Feuers, das hier vor langer Zeit entzündet worden war. Seltsam, daß wer immer da kampiert hatte, nicht nach drinnen gegangen war – wir hatten das Haus unverschlossen vorgefunden, & in der Halle war ein riesiger geschwärzter offener Kamin.

Als S. & ich hineingingen, hatten sich die andern schon über das Picknick hergemacht, als wäre es ein Hase & sie die Hunde. Es gab einige lange Klapptische mit Bänken & zu beiden Enden kolossale König Arthur-Stühle, die aus ganzen Bäumen gefertigt waren. Das Ganze wirkte wie ein wahnwitziger Speisesaal, nur daß Tauben herumflatterten & auf den Tischen mehr Vogelkot als üblich lag. Es gab weitere Möbelstücke, scheußliches viktorianisches Zeug, das zu groß zum Zerhacken war, etwa ein geschnitzter Schrank mit einem scharlachroten Rüschenvorhang (völlig zerfetzt & fleckig) & ein alter S-förmiger Liebesstuhl, auf dem 2 Leute Seite an Seite mit einer Balustrade dazwischen annehmbar sitzen konnten. »Komischer alter Bau«, sagte Chancey zu mir, als vertraute er mir damit etwas an. »Findest du?« sagte ich. »Ich dachte gerade, es sieht hier ganz wie zu Hause aus.« Ich sah, daß er nicht recht wußte, ob er mir das glauben sollte.

Der Lunch war ein Lehrstück in Tischmanieren. Hubert & Eddie waren besonders hemmungslos, stopften sich Schinken & Gurken in den Mund, spritzten mit Getränken herum & benahmen sich absolut aristokratisch. Als Tim aufstand, schmierte Hubert Mayonnaise auf die Bank in der Hoffung, er würde sich hineinsetzen, doch Sandy, der mit großer Geste nur ein Brötchen & ein Glas Sekt verzehrte, schrie es ihm natürlich gerade noch rechtzeitig zu & verdiente sich damit mürrische Dankbarkeit. Ich aß, soviel kann ich wohl sagen, auf vollkommen anständige Weise und flegelte mich aus Respekt vor der Situation nur etwas am Tisch herum. Chancey dagegen war ein Muster an Etikette, wie er das Besteck wie eine hochgeborene Dame mit seinen Rugby-Händen führte. Er ist nie gelöst & scheint sich ständig seines niedrigeren Standes bewußt zu sein, obwohl das alle andern gern vergessen würden. »Natürlich gab es bei uns zu Hause nie Sekt«, gestand er mir – worauf ich ihm die Flasche an den Hals setzte, bis ihm der Schaum übers Kinn rann. Die ganze Zeit über saßen Tom & sein Bursche an der Tür und aßen schweigend; Tom füllte sich stetig sein Glas aus einer Flasche nach, die er wohl zu seiner eigenen erklärt hatte, & sagte »Nichts für den Burschen«, wann immer Eddie ihm ein Glas entgegenhielt. Der arme Bursche! Bald hatte der Schampus meine Lebensgeister wieder geweckt, & ich betrachtete den Burschen mit verstärktem Interesse. Seine Sachen waren ihm alle zu klein, was ihm ein ärmliches und absurdes Aussehen verlieh & zugleich zeigte, wie massig er war. Nur seine Tweedmütze war groß genug & drohte ihm über die riesigen, wenngleich teilnahmslosen Augen herabzurutschen. Ich konnte mir lebhaft vorstellen, wie er mit mir rang & mich herumschleuderte.

Nach einer Weile zog man nach draußen, & Tom ließ sich widerstrebend zur Tat rufen, wobei er sich aber an seiner Flasche festhielt & sich gegen jeden weiteren Sport am Nachmittag aussprach. S. zog sich in den Wagen zurück, & Chancey & ich schlenderten, ein Glas in der Hand, in das kleine Hinterzimmer, als wären wir auf einer Party in einem Haus in der Stadt gewesen & und würden uns nun die Bilder anschauen gehn. Und Bilder gab es auch. Der Raum hatte ein gebogenes Kirchenfenster, das aussah, als sei es aus einem viel älteren Gebäude herausgerissen worden; das Fenster hatte ziemlich grell bemaltes Glas & in der Mitte zwei Medaillons mit Porträts von süßen, lockenköpfigen kleinen Knaben mit Halskrause und einem Heiligenschein in urinfarbenem Licht. Eine eigenartige Familiengeschichte mußte dahinterstehen. »Zwei hübsche warme Brüderlein«, deklamierte Chancey mit wenig unpassendem Humor.

Dann geschah etwas sehr Seltsames – vielleicht hatte es auch schon vorher begonnen. Ch war wieder zurück durch das Zimmer gegangen, watete durch den Putz & und den Unrat, der den Fußboden bedeckte, wo ein Teil der Decke herabgekommen war. Darüber mußte sich Regenwasser angestaut haben, & das ganze Zimmer mit seinem irgendwie gruftartigen Effekt, den ihm die Glasmalerei gab, hatte auch etwas scheußlich Klammes & jenen tristen Modergeruch, der den Anfang vom Ende für die alte Burg bedeutet haben dürfte. Ich wandte mich um & sah, wie Chancey mich auf die eigentümlichste Art anblickte; er hielt das Glas schräg in der ausgestreckten Hand, so daß der Inhalt sehr langsam den Stiel hinabrann & auf den Boden tropfte. Draußen hörte ich Eddie »Charlie« schreien & dann Toms Burschen sagen: »Sie sind alle weg, Sir.« Aus dem Wald drangen Huchs & Gepfeife & – vermutlich – Tim, der in sein Horn stieß. Ich lächelte Chancey fragend an, war zutiefst verwundert, wie das alles nur möglich sein konnte, wobei ich eigentlich nicht glaubte, ich werde das durchstehen, & ging zurück in die Halle. Die Tür stand offen, doch die Partyreste war weggeräumt, mit Ausnahme eines Dutzends leerer Flaschen Bollinger, die noch da lagen, wo man sie hingeworfen hatte. Es war niemand da.

Ich ging zu dem alten Liebesstuhl & setzte mich hinein, reichlich entsetzt über seine ordinäre Zweckmäßigkeit, & gleich darauf kam Ch wieder herein & mit dem gleichen durchdringenden Gesichtsausdruck zu mir. Als er sich setzte, bemerkte ich, was ich schon im Lieferwagen nicht hatte übersehen können, wie kolossal sein Geschlechtsteil war, & jetzt war er offenkundig noch erregter. Wie der alte Roly Carroll gesagt hätte: »Man konnte den Bobbyhelm sehen.« Ich starrte es an, wie es da auf mich zukam, & spürte jenen furchtbaren inneren Lustkrampf, das Herz schlug mir im Hals, & ich errötete wie eine Rose. Auch der

Schmutz, der Ch über die Stiefel & die weißen Reithosen, die eng wie bei einem Trapezkünstler saßen, gespritzt war, übte eine eigentümlich beunruhigende Wirkung auf mich aus.

Doch er machte, kaum daß er sich setzte, eine völlige Kehrtwendung & ließ sich über seine ärmliche Familie aus, als wäre nichts geschehen. Wie hart sein Vater gearbeitet & was seine Mutter alles getan hätte, um ihm eine gute Erziehung zukommen zu lassen, & wie Leute wie Eddie auf ihn herabsähen, weil er auf einer Schule sei, von der dieser noch nie gehört hätte, & daß – & das war der unverdiente Höhepunkt seiner endlosen Rede, die gute 5 Minuten währte, während ich keinen Ton sagte – ich der einzige sei, der ihm überhaupt echte Aufmerksamkeit schenkte & und sich Gedanken über sein Innenleben machte. Das verblüffte mich nun wirklich, da ich, ohne herzlos zu sein, nicht einen Augenblick lang geglaubt hatte, er hätte ein Innenleben, & offengesagt war der Einblick, den er mir gerade gegeben hatte, nicht besonders reizvoll. Es gibt nichts Schlimmeres, als bei jemandem nach dem Körper zu greifen & statt dessen seine *Seele* zu bekommen.

Ich fürchte, ich schaute ihn verächtlich an. Da saßen wir, Seite an Seite, starrten aneinander vorbei, den Ellbogen auf die Lehne zwischen uns gestützt. »Genug jetzt«, sagte ich & packte seine Hand; unsere Ellbogen zitterten auf der Lehne, als wären wir indische Armringer. Dann schien er unvermittelt in Panik zu geraten & umarmte mich heftig. Wir hielten uns eine Weile umklammert & saßen da, über den kleinen Zaun gebeugt, was nicht gerade bequem war. Er sagte viele überschwengliche Dinge über mich, die bei näherer Überlegung größtenteils auch zutrafen & die ich nicht oft genug gesagt bekomme ...

Wie maßlos unzutreffend der Liebesstuhl benannt ist! Ich schlug vor, draußen etwas spazierenzugehen – teils auch, weil es keine Zuflucht gab, falls einer zurückkam, um nach uns zu sehen –, & so gingen wir los, & er fing wieder damit an, daß er glaubte, Tim habe kein Vertrauen zu ihm, ob das wohl so sei, weil er über seine »wahre Natur« Bescheid wisse & so weiter. Ich erzählte ihm von Tim in der Schule & wie er damals gewesen war, wenn er heute auch das überkritische Verhalten eines Schürzenjägers annahm. »Ich habe Tim Carswell mindestens 500mal gefickt«, sagte ich und nannte irgendeine Zahl, die nicht weit von der Wahrheit entfernt sein konnte. Chancey, der Ärmste, war darüber ziemlich erschüttert. »Ich habe meine Jugend verpaßt«, sagte er reichlich melodramatisch.

Als wir in ein besonders dichtes Eibendickicht kamen, faßte ich ihn am Arm, & wir machten uns daran. Ich wußte, daß er mich nehmen mußte, & es war sehr schmerzhaft (nach so langer Zeit ohne so etwas), aber schnell vorüber. Die ganze Zeit war ich so gut wie nicht erregt und hatte, als er dann melancholisch und sentimental wurde, die Nase gestrichen voll, wobei ich gleichzeitig Triumph & Schuld empfand. Erst später – erst jetzt – sah ich die Schönheit darin.

Schließlich stießen wir an unserem Ausgangspunkt auf die andern. Sie hätten uns schon aufgeben & ohne uns nach Hause fahren wollen, was ein unerträglicher Preis für so wenig Vergnügen gewesen wäre. Laut war ihr Geschrei &, wie ich vermute, weit verbreitet die naheliegende Vermutung. Aber nur Sandy sagte, als ich in den Wagen stieg, in dem er sich die ganze Weile ausgeruht hatte: »Na, mit Chancey Brough gefiedelt? Dreckige kleine Schlampe.«

Nachher auf der Rückfahrt, jetzt saß Tim auf der anderen Seite von mir, da Chancey sich zurückgesetzt fühlte, sagte Sandy, die Augen geschlossen – ich hatte gedacht, er schliefe –: »Nun laß mal was von deinem bürgerlichen Priapus hören, Charlie«, und das so laut, daß ich ihn die ganze Strecke über kitzeln & mit ihm rangeln mußte.

Es war im Laufe des Abends und, wie ich meinte, nicht zu spät, um Charles anzurufen. Ich fand es amüsant, daß zwei C. Nantwichs im Telefonbuch standen und daß meiner es nicht für nötig befand, sich von seinem Namensvetter in der Excelsior Gardens, SE 13, abzuheben. Sofort meldete sich eine schroffe Männerstimme, offenbar Lewis' Nachfolger. Ich war erleichtert, daß Charles jemanden gefunden hatte, und schämte mich, daß ich so selbstsüchtig gewesen war und den alten Knaben vernachlässigt hatte. »Ich will nachsehen, ob seine Lordschaft zu Hause ist«, sagte der Mann, was mir in diesem Fall als eine besonders absurde Formel vorkam. Charles meldete sich fast sogleich.

»Hallo! Hallo!« tönte er. Er hatte offensichtlich schon zu reden angefangen, bevor er den Hörer aufnahm.

»Charles! Hier ist William ... William Beckwith.«

»Mein Lieber. Das ist aber schrecklich nett, von Ihnen zu hören. Lesen Sie mein Zeug?«

»Aber sicher. Ich wollte nur kurz sagen, wie umwerfend ich es finde.«

»Dann gefällt es Ihnen also?«

»Ich finde es großartig. Ich habe gerade über Sie und Chancey Brough in dem Wald bei Witney gelesen.«

»Ach ...?« Ich zog es vor, mich nicht weiter über etwas zu verbreiten, das er, so schien es jedenfalls, vergessen hatte. Allerdings verblüffte es mich, daß es neben den

Winchester-Passagen, die trotz der anderen Zeit bis in die Einzelheiten der Örtlichkeiten und Bräuche auch auf mich zutrafen, ein viel weniger erwartetes Vor-Echo meines eigenen Lebens in der Episode in der alten Burg gab. Auch ich war auf einer Architekturfahrt, den Pevsner in der Hand, mit meinem Tutor dort gewesen. Das Ende, dessen Anfang Charles über sechzig Jahre vorher schon gesehen hatte, war da eingetroffen; das Dach war eingefallen, die bemalten Fenster mit Brettern vernagelt, ein Stacheldrahtzaun um das Gelände gezogen, und rotweiße Schilder verkündeten: »Achtung – Herabstürzendes Mauerwerk«.

»Und ich wollte auch hören, wie es Ihnen ergangen ist.«

Nach einer Pause sagte er: »Kommen Sie mich wieder besuchen?«

»Natürlich, liebend gern – es gibt so viel, worüber ich mit Ihnen reden möchte.«

»Kommen Sie nicht morgen.«

»Nein, in Ordnung.«

»Dann sind Sie an meiner Geschichte also interessiert?« sagte er und kicherte. »Ganz schön was los, wie?«

»Es könnte fast zu viel für mich werden ...«, sagte ich ausweichend, aber freundlich.

»Es wäre aber ganz gut, mein Lieber«, fuhr Charles fort, als hätte er das nicht gehört (und hatte es vielleicht auch nicht), »wenn Sie am Freitag nach Stepney gingen. Plauschen Sie etwas mit dem alten Shillibeer im Limehouse Boys' Club. Freitagabend ist was los – würde mir ersparen, Ihnen so einiges ... zu erzählen. Es fängt natürlich um sieben Uhr an.«

»Ähm – ja, in Ordnung ...«, sagte ich.

»Und möchten Sie mich am Wochenende besuchen? Es ist so einsam hier, verflucht höllisch einsam« (die letzten drei Worte flüsterte er, als wären Damen zugegen). »Mein neuer Mann muß Sie kennenlernen . . .« Dann wurde die Verbindung unterbrochen. Er hatte einfach, unpraktischerweise, geistesabwesend aufgelegt.

Ich legte mich auf dem Bett zurück und dachte über die vielen Leben des Charles Nantwich nach – der Schuljunge, der die schwarze Schönheit entdeckt hatte, der träumerische Distriktkommissar in den Nuba-Bergen, der alte Mann, der die Funktion und die Formalien des Telefons vergessen hatte.

Als ich Phil einen Abend in Limehouse vorschlug, war er nicht eben begeistert. »Und warum gehst du nicht hin?« sagte er.

»Ich gehe ja.«

»Oh, na dann. Aber ich bleibe doch lieber zu Hause.« Die Sache schien ihm nicht zu schmecken. »Ich müßte wieder herkommen, weil ich Dienst habe – ich könnte also nichts trinken und so.«

Wir waren wieder bei ihm in der kleinen Mansarde im Hotel, und er leckte mich und spielte mit meinen Nippeln, als solle ich vergessen, daß es diesen minimalen Ungehorsam gegeben hatte.

»Ich bleibe wahrscheinlich auch nicht lange«, sagte ich. Obwohl wir in der letzten Woche viel zusammen gewesen waren, hatte ich ihm nichts von der Sache mit Nantwich erzählt. »Ich muß da nur etwas mit einem alten Mann bereden – ich denke nicht, daß es eine große Sache wird.«

Phil blieb weiter schweigsam. Er mußte bald zur Arbeit, und ich hatte den Eindruck, daß er sich innerlich schon verabschiedete. Heute abend stimmte mich seine Distanziertheit etwas bedenklich, und als er dann aufstand, um sich anzuziehen, zog ich ihn grob zurück und fickte ihn hart und schnell, wobei sein Arschloch von meiner Soße und der Creme von unserem langsameren, längeren Vögeln kurz vorher noch klebrig war. Als er anschließend aufräumte und seine geplätteten Sachen heraussuchte, war in seinem Verhalten noch eine gewisse Reserviertheit, nicht unbedingt Ablehnung, aber die erste Andeutung einer Unabhängigkeit, die nur meine Billigung verdiente. Gleichwohl fühlte ich mich unglücklich. Als er sich aufs Fußende des Betts setzte und sich die Strümpfe anzog, betrachtete ich voller Verblüffung seine kompakte Statur. Dann saß er ganz reglos da, und in der düsteren Tiefe des Toilettenspiegels begegnete ich seinem Blick.

»Mensch, ich liebe dich richtig«, sagte er, als wäre dies eine Entdeckung und als wollte er mich beruhigen und dafür tadeln, daß ich so blöd war, nur weil er nicht mit nach Limehouse wollte (sein einziges ersichtliches Interesse mitzukommen, wäre gewesen, mit mir zusammenzusein). Um mir seinen guten Willen zu beweisen, kam er einige Minuten, nachdem er gegangen war, noch einmal hoch und jagte mir einen kleinen Schrecken ein, als ich nackt die Sterne betrachtete. Er hatte mir, als Zimmerservice getarnt, ein Tablett mit einem Räucherlachssandwich und ein Glas Drambuie gebracht – Dinge, die wohl kaum zusammenpaßten, die er aber rührenderweise ausgewählt hatte, weil sie Luxus waren.

Am nächsten Abend nahm ich nach einer frühen Runde im Becken die Central Line nach Osten. Die City hatte sich schon geleert, und der Zug war zwar bis Liverpool Street überfüllt, doch bis Bethnal Green, Mile End und weiter blieben nur einige wenige übrig. Alle andern in meinem Wagen – indische Frauen mit Tragetaschen, ein paar bierselige Arbeiter, ein wunderschöner schwarzer Junge im Trainingsanzug – wirkten müde und abgestumpft. Als ich in Mile End ausstieg, stiegen allerdings auch andere Passagiere zu, Bewohner einer unbekannten Gegend, die die Underground ebenso wie ich als örtliches Verkehrsmittel benutzten, die pendelten und innerhalb der Vororte einkaufen gingen und kaum, wenn überhaupt einmal, ins West End kamen, das ich täglich aufsuchte. Wegen meiner Mobilität fühlte ich mich kompetenter, aber auch eine Spur betreten, als ich nach oben auf die eindruckslosen Straßen dieses seltsamen Viertels kam.

Auch war ich ein wenig nervös: Es war meine erste unabhängige Forschungsreise in Charles' Leben, und während ich sie unternahm, merkte ich, wie ich zusehends in das Projekt hineingezogen wurde. Ich hatte ein Notizbuch dabei, auf das ich sogar in kräftigen Lettern »Nantwich« geschrieben hatte. Dabei hatte ich keine Ahnung, was ich hineinschreiben sollte, wer der »alte Shillibeer« war und was ich von ihm zu erwarten hatte. Ich erinnerte mich, daß ich einen an ihn adressierten Brief bei Charles hatte liegen sehen; ein ungewöhnlicher Name. Er hatte etwas von Dickens oder Arnold Bennett an sich, dazu die Patina des Treibens und Drecks des East End. Er roch nach behäbigem Selfmade-Anstand ebenso wie nach einer groben alkoholisierten Sprechweise. Ich wiederholte Dinge, die ich zu ihm sagen könnte, und stellte mich auf Feindseligkeiten oder Abneigung ein.

Und daß ich nun so weit herausgefahren war – wenn auch nicht weiter –, empfand ich als ein unangenehmes Symbol dafür, wie sehr ich versagt hatte, Arthur zu helfen. Es war erst wenige Wochen her, daß er verschwunden war, und ich hatte mich nicht um ihn gekümmert und war schon wieder so von einem andern gefesselt, daß ich oft tagelang nicht an ihn dachte. Natürlich gab es nichts, was ich tun konnte. Ich wußte nicht, wo er wohnte, und ich konnte ja schlecht zur Polizei gehen und einen Mörder als vermißt melden. Als ich mir das klarmachte, überfiel mich ein Schock, ich lief rot an, und mein Herz raste. Das Furchtbare, an das ich mich im Zusammenleben mit ihm gewöhnt hatte, versetzte mir einen bösen Schlag, als es mich wie von weit her plötzlich überfiel. Es war, als suchte ich eine weite Aussicht mit einem Fernglas ab, erfaßte die Gewalttat und käme hastig darauf zurück, während ich mit zitternden Händen die Schärfe einstellte.

Ich hatte für die Fahrt zu dem Boys Club viel zu viel Zeit veranschlagt, und da ich ungern auffallend früh eintreffen wollte, ging ich auf der anderen Straßenseite daran vorbei, überquerte die Commercial Road und lief flotten Schritts zur St.-Anne's-Kirche, deren bizarren und gigantischen Turm ich von weitem gesehen hatte. Je mehr sich der Tag neigte, um so düsterer war er geworden, und das frühabendliche Licht war farblos und bedeckt, als ich den Kirchhof durchquerte. Die geneigten Birken am Weg gewannen noch mehr an Schwermut, und ich schaute durch ihre Äste hinauf auf das mächtige Mauerwerk, das sich dahinter erhob.

Ein leises Geräusch wie von einem geknickten Ast ließ mich zur Seite blicken, wo unter den jungen Bäumen ein Junge auf einer der Grabplatten saß, die Ellbogen auf die Knie gestützt, und einen langen Zweig schnippen ließ und ihn schälte. Ich konnte keine Gesichtszüge erkennen und zögerte kaum in meinem Schritt, sondern ging weiter zum Nordeingang, der, wie ich sicher war, verschlossen sein würde, und stieg mit affektierter Nonchalance, wie ich sie unter den Blicken eines Straßenräubers oder einer neuen Bekanntschaft gleichermaßen gezeigt hätte, lässig den halb geöffneten Stufenfächer zu Füßen des Turms hinauf, wobei die Anwesenheit des Jungen meine Konzentration auf das stämmige Barock störte und beeinträchtigte.

Es erhebt sich immer die Frage, die nur der Instinkt beantworten kann, wie man sich bei Fremden verhält. Bei dem Leben, das ich führte, beschleunigten Fremde gerade durch ihr Fremdsein meinen Puls und gaben mir das Gefühl zu leben – dies und das irrationale Gefühl absoluter Sicherheit, das von der Verabredung zum Sex mit Männern herrührte, die ich nie zuvor gesehen hatte und nie wieder sehen würde. Doch derlei gewagte Instinkte waren keineswegs unfehlbar: Das Hochgefühl wurde durch das umworbene Risiko der Zurückweisung, des Mißverständnisses und Mißbrauchs noch verschärft.

Die Kirche war fest verschlossen, und die Westtür, vor der sich feiner Staub und jahrealte Blätter angesammelt hatten, wurde offensichtlich nie benutzt. Die Aura von Verlassenheit und das Bild, das ich mir im Geist von dem weiten, dämmrigen Innern machte, ließen mir die Kirche irgendwie abstoßend, monolithisch, voll toter Sensibilität erscheinen. Ich wandte mich ab und registrierte beiläufig die Gestalt, die da unter den Bäumen saß. Er war kaum zu erkennen, aber ich hatte das Gefühl, als schaute er zu mir her, während er an der Rinde des Stocks in seiner Hand in einer trägen, zeitverschwenderischen Manier zupfte. Ich trottete die Stufen hinab und wandte mich wieder zum Kirchhof zurück.

Als ich mich dem Jungen näherte, blickte er sich um, als wäre er sich meiner nicht bewußt, als würde er darauf warten, daß seine Kumpels endlich auftauchten. Doch die Einsamkeit des Kirchhofs machte dies gänzlich unwahrscheinlich – es war kein Durchgang, sondern ein abgeschiedener Treffpunkt. Wenn er allerdings nach Sex Ausschau hielt, dann hatte er sich dafür eine Stelle ausgesucht, an der er den ganzen Abend unentdeckt bleiben konnte. Wie er so allein dahockte, hatte er etwas Verlorenes, Jungenhaftes an sich, und es überraschte mich nicht, als ich sah, daß er erst um die sechzehn war. Er erwiderte meinen Blick nicht, als ich vorüberging, doch als ich gerade an ihm vorbei war, sagte er in reinstem Cockney: »Ey, has ma Feuer?«

Es war fast nicht zu glauben, daß er mir diese älteste aller Aufreißfragen stellte, wenngleich vermutlich alle Techniken frisch und geistreich sind, wenn man sehr jung ist. Mit einem einladenden Grinsen drehte ich mich also um und sagte: »Leider nein.«

Er beantwortete mein Lächeln mit einem scheuen, melancholischen Blick. »Macht nix«, sagte er. »Hab auch keine Kippen.«

Das konnte eine kalkulierte Brüskierung sein, Ausdruck der seltsamen Symbolik der Straße. Dennoch grinste ich weiter, um ihm zu zeigen, daß es mir nichts ausmachte, womit ich möglicherweise auch eine tiefere Verachtung in ihm weckte. Er wandte den Blick ab, und ich betrachtete seine Erscheinung: enge alte Jeans, ein blaues T-Shirt, über das unterhalb der Arme horizontal ein rosa Streifen lief, Baseball-Stiefel; schlanke Figur, rundliches Gesicht mit einigen Aknepünktchen um den Mund, dichte, dunkelblonde Haare, die von Natur aus fettig waren und wie bei einem Modell der sechziger Jahre nach vorn ausschwangen. Ich strich durch das trockene, ungemähte Gras neben ihm, und mein Schwanz reckte sich zu einem Steifen, was ihm kaum verborgen geblieben sein dürfte. Seine Genitalien waren fest in den Schritt seiner Jeans gezwängt, und er preßte die Hand auf die schwellenden Konturen seines Schwanzes.

»Wohnste hier rum, oder wie?« fragte er, während er provozierend und sarkastisch zu mir hochschielte. Ich lächelte wieder und schüttelte den Kopf. »Dacht ich mir«, sagte er, wandte den Blick ab und brach den Stock mit den Händen durch. Beunruhigt sah meine Phantasie darin eine verdeckte Anspielung auf »Schlagen«. Dennoch wollte ich ihn unbedingt haben. Zum Teil war es die träge Art, wie er so dasaß und redete, und daß er seine Reize überschätzte, ließ ihn für mich noch sexyer erscheinen. Aber auch seine Jugend, die Gelangweiltheit und Geilheit des Teenagers, machte mich an. Ebenso wie die erotomanischen Nächte und Tage, die Charles in seinem Tagebuch beschwor, versetzte es mich in die Zeit zurück, als das Leben ein einziges Herumtreiben und Phantasieren gewesen war. Es war wie auf den langen Autofahrten durch Frankreich, meine Mutter las für meinen Vater die Karte, während Phillipa und ich uns auf dem Rücksitz kabbelten oder schliefen und ich von Männern träumte. Dann erreichten wir irgendeine Kathedralenstadt, ich kletterte aus dem Wagen und versuchte, einer überwältigenden Erektion Herr zu werden. Während der Reise wurde ich zwanghaft von öffentlichen Toiletten angezogen, deren Zeichnungen und Graffiti, deren Geheimnisse von den sich wiederholenden, gleichwohl unverständlichen Argotausdrücken noch verstärkt wurden, meine sexbesessene, aber impraktikable Sicht der Dinge bestätigten. Wenn die Familie dann abends in wunderschönen leichten Kleidern über den Platz schlenderte, ließ ich mich zurückfallen, und mein Blick sog sich an den gewölbten Hosenläden der Kerle fest, die sich um das Kriegerdenkmal geschart hatten, an den gespannten Hintern der Jungen, die die Flipperautomaten in den Bars gleich hinter dem Eingang traktierten.

Ich hatte nicht viel Zeit. »Und du?« sagte ich.

Er stand auf und ging langsam davon. »Hä?«

»Bist du von hier ...?«

»Was meinste?« sagte er. Er redete auf so eine knappe,

miese, logische Art, die hochdefensiv und stumpf war. Ich folgte ihm, fühlte mich ihm immer überlegener – auch alt, wie Leute über zwanzig sich Jüngeren gegenüber fühlen. Er erreichte die niedrige Mauer zur Straße, drehte sich um und strich sich über die Konturen seines ziemlich großen Schwanzes. Etwas weiter an der Straße warteten Leute an einer Bushaltestelle. Es war nicht der Ort für eine Szene. Ich trat dicht an ihn heran und legte ihm eine Hand auf die Schulter, worauf er ein Lächeln zeigte, das zum ersten Mal seine Nervosität offenbarte.

Ich nutzte das aus und sagte: »Komm.« Aber sofort machte er wieder zu; mit berechnender Schläue sagte er:

»Wieviel Kohle hast'n da?«

Ich nickte und kicherte ironisch – das einzig richtige war jetzt, mein Verhalten dem seinen anzupassen. »Grade so viel, daß es für mich reicht«, sagte ich.

»Ach ja? Du brauchst aber einiges mehr, wenn du hier rum'n hübschen Arsch willst« – fast flüsternd, als wolle er das tolle Angebot, das er mir da machte, vor der Gruppe an der Haltestelle verbergen.

Ich hatte genug. Ich ließ die Hand sinken, wandte mich um und setzte über die Mauer. »Bye-bye«, rief er fröhlich, als ich an der Straße wartete, um hinüberzugehen – und einen schlechten Zeitpunkt erwischte, so daß ich rennen mußte; ein Lieferwagen hupte mich an. Ich spürte den zutiefst unfreundlichen Blick des Jungen auf mir, empfand Verärgerung und Demütigung und, während ich in die Straße zum Club einbog, widerstreitende Bedürfnisse, ihn als Müll abzutun und zurückzulaufen und ihm zu geben, was er wollte. Ich sah mich, wie ich auf ihn pißte, ihm meinen Schwanz in die Kehle rammte, ihm die Finger in den Arsch stieß – mit solch aufwühlenden Bildern betrat ich den Club. Ich war empört darüber, daß er mir widerstehen konnte und daß ich keine Macht über jemanden hatte, der noch so jung war.

Das Clubgebäude mußte früher einmal eine Nonkonformistenkirche gewesen sein. Der massige Bau war aus einem abscheulichen grauen Stein gebaut und hatte schäbige Spitzfenster; vorn und an der Seite waren moderne Anbauten mit Metallrahmenfenstern (die Milchglasscheiben deuteten auf Umkleideräume) und abblätternden weißen Verzierungen angeklebt. Es war, wie Charles gesagt hatte, ein großer Abend, und in dem mit Linoleum ausgelegten Eingang drängte sich Familienvolk – ziemlich herausgeputzt, wie ich argwöhnte: Mütter, die Arme besorgt unter dem Busen verschränkt, Väter mit dem unterdrückten Elternstolz bei der Abschlußfeier. Viele Jungen rannten umher, und die familiäre Stimmung gab mir mehr denn je das Gefühl, fehl am Platz zu sein. Ich ging zu dem verglasten schwarzen Brett und kommunizierte einen Augenblick mit meinem Spiegelbild, bevor ich die Listen der Aktivitäten, die Ankündigungen von Ausflügen und Gruppenfotos überflog, faßte gewohnheitsmäßig die Gesichter hübscher Jungen (von denen es viele gab) und die unvermeidlichen Streifen Unterwäsche, die unter den hochgezogenen Sporthosen hockender Fußballer hervorlugten, ins Auge. Im nächsten Kasten verkündete dann ein größeres Plakat in altmodischen und vornehmen Lettern, daß am heutigen Tage, in jeweils drei Runden, um die Boxmeisterschaft des »London and Home Counties Boys' Club« gekämpft und die siegreiche Mannschaft mit dem »Nantwich Cup« ausgezeichnet würde.

Als ich diesen Beweis von Charles' weiterem Einfluß und seiner Philanthropie sah, wurde mir bewußt, wie schwer von Begriff und desinteressiert ich gewesen war. Natürlich hatte er mich nicht den ganzen Weg hierher geschickt, nur damit ich mit diesem mysteriösen Shillibeer redete; ich war belustigt und beeindruckt, daß da noch mehr dahintersteckte, aber ebenso beschlich mich das ungute Gefühl, daß Charles seine Enthüllungen mit einigem Können inszenierte. Ich gelangte zu der Überzeugung, daß er die Verbindung zwei Abende zuvor bewußt unterbrochen hatte und er jetzt dort in der City erwartungsvoll nicken würde. Mir war, als hätte ich ein klein wenig die Kontrolle verloren, zumal nach dieser grotesken und flüchtigen Episode auf dem Kirchhof. Ich hörte Applaus und eine Stimme, die sich in dem Saal hinter den grünen Schwingtüren erhob. Ich ging hinein und bemühte mich, so zu wirken, als wüßte ich, was mich erwartete.

Inmitten des Raums, um den an drei Seiten eine von dicken Holzsäulen gestützte Galerie erhalten geblieben war, war der Ring aufgebaut. Darum herum stiegen die Ränge auf einem Gerüst an, wodurch unter der Galerie eine Art Wandelgang entstand, in dem ich fast unbemerkt gehen konnte. Auch über mir war der Saal gerammelt voll, und ich hoffte, es würde mir möglich sein, umherzustreifen, anstatt den ganzen Abend lang auf einem Sitz ausharren zu müssen. Ich trieb mich in einem der Gänge herum und lehnte mich gegen den abgestuften Rand der provisorischen Arena. Der Mann, dessen Füße auf Höhe meiner Ellbogen waren, beugte sich vor, sagte: »Suchen Sie einen Platz?« und machte einladende Bewegungen, womit er mir zeigen wollte, daß er und seine Leute noch zusammenrücken könnten. Doch ich lehnte ab. Der befrackte Conférencier beendete seine Ankündigungen und trat herunter, worauf sich ein kugelbäuchiger Schiedsrichter in weißem Hemd und Hose, die auf unergründliche Weise gehalten wurde, zwischen den Seilen hindurchzwängte, und gleich darauf sprangen die ersten beiden Jungen in den Ring.

Boxen hat etwas, das mich stets bewegt, obwohl ich weiß, daß es der niedrigste Sport ist und den Zuschauer ebenso wie den Kämpfer demütigt. Bei aller Brutalität und der Gefahr der Schläge an den Kopf, der aufwärts gezogenen Hiebe, die man so vielsagend Haken nennt und die die Schichten des Gehirns, die man als *substantia nigra* kennt, zerreißen, eine innere Verletzung, die schlimmer ist als geschwollene und vernähte Augen, verstümmelte Ohren und platte Nasen, hat Boxen eine Eigenschaft, die auch schon vor mir edel genannt wurde.

Jungenboxen ist natürlich bei weitem nicht so entsetzlich. Die Kämpfe sind kurz, die Ringrichter väterlich und aufmerksam. Wird ein Kämpfer auch nur von einem mäßig schweren Schlag getroffen, wird er stehend angezählt, und bei den ersten Anzeichen von Betäubung oder einer Blutung wird der Kampf umgehend beendet. In einer idealen griechischen Art bewahrt es sich auch ein Ethos des Sports, nicht der Gewalt. Heute abend übertrafen die Anhänger von Limehouse die von St. Albans bei weitem an Zahl – und der Saal war so klein, daß einzelne anfeuernde Stimmen noch zu hören waren, so wie es in demselben Haus Jahrzehnte zuvor mit Liedern und Gebeten gewesen sein mochte. Wenn aber ein Kampf vorüber war und der Ringrichter die riesigen, behandschuhten Hände der Jungen in seinen kleineren hielt, um sodann die des Siegers hochzureißen, wenn das Ergebnis verkündet wurde, herrschte eine anrührend freundschaftliche Stimmung, die Jungen umarmten einander, tätschelten sich gegenseitig unbeholfen mit den gepolsterten Fäusten und schlossen die Hände der Betreuer und Trainer in ihre sanften Pfoten.

Im ersten Kampf, es waren zwei Vierzehnjährige, hatte der Junge von Limehouse einen guten Start, doch es war eine recht lasche Angelegenheit. Der Junge von

St. Albans wich ständig an die Seile zurück und clinchte seinen Gegner, anstatt es zu einem ordentlichen Kampf kommen zu lassen. In der zweiten Pause bummelte ich hinten herum auf die andere Seite, wo sich, direkt unterhalb des Rings, der Kampfrichtertisch befand. Daneben stand ein schlanker sechzigjähriger Mann, hohe Stirn und graue, spitz zulaufende Koteletten, die seine Wangen wie ein römischer Helm einfaßten, und redete mit einigen Eltern im Publikum. Als er sich umdrehte, sah ich die Worte »Limehouse Boys' Club« auf den Rücken seines Sweatshirts. Gerade als der Gong zur dritten Runde ertönte, sagte ich: »Entschuldigen Sie, können Sie mir sagen, wo ich Mr. Shillibeer finde?« Er sah mich starr an, aber nicht aus Aggression, sondern aus Langsamkeit.

»Bill? Ja, der ist irgendwo da hinten, würde ich sagen. Versuchen Sie's mal da an der blauen Tür. *Na los, Sean, gib's ihm*«, schaltete er ohne Vorwarnung auf das wirklich Wichtige um und zeigte mir mit seiner wilden Unbeirrbarkeit, daß er mich schon vergessen hatte.

Es schien ohnehin eine ausgemachte Sache, und so verdrückte ich mich, als die sporadischen Bemühungen der letzten Runde begannen, in Richtung der blauen Tür. Es war eine Feuertür mit einem Drahtglasfenster, durch das ich, als ich es aufstieß, zwei Gestalten in einem Korridor näher kommen sah: ein Junge in Turnschuhen, Trikot und Handschuhen sowie die massige, gedrungene Gestalt von Bill Shillibeer – Bill nämlich, der sich vor Jahren mit mir im Corry angefreundet hatte und von dessen werbender Verehrung für Phil ich seit einigen Monaten wußte.

»Hallo, Will«, sagte er wie gewöhnlich.

»Hi, Bill ...«

»Seine Lordschaft sagte, du würdest kommen. Das

hier ist übrigens Alastair.« Er legte dem Jungen die Hand auf den Kopf.

»Hallo«, nickte ich. Alastair zwinkerte, tänzelte und boxte in die Luft vor ihm, wobei er wie eine Dampflok aus- und einatmete. Ich lachte vor Erleichterung auf, daß Phil nicht mitgekommen war.

»Es ist ein großer Abend für uns«, sagte Bill, »den Nantwich auszutragen und im Finale zu stehen. Wir setzen auf den jungen Mann da große Hoffnungen.« Mit einem Blick auf Alastair überraschte mich das nicht. Anders als die dürren kleinen Rabauken des ersten Kampfs war das ein Junge, älter, gewiß, breitschultrig, den ein unbewußter charismatischer Glanz umgab. Bills Hoffnungen entsprangen wohl auch nicht nur reinem Sportsgeist. Sein Schützling hatte einen hübschen, kantigen Kopf, rosa und goldfarben wie meiner, und statt der Klobürstenhaare seiner Mannschaftskameraden einen modischen Schnitt, kurz an den Seiten und oben sprießende goldene Locken: Er sah aus wie ein von Genet erfundener Insasse einer Strafanstalt. Über seine erotische, volle Oberlippe verliefen die geleckten blonden Härchen seines ersten Babybarts. Ein Verlangen nach ihm wallte in mir auf, und die Stimmung vom Kirchhof, die unter den Mamis und Papis etwas in den Hintergrund getreten war, trieb mich wieder zum Wahnsinn. »Komm mit und sieh dir an, was er macht«, sagte Bill, und wir gingen zurück in den Saal, gerade als der Gong das Ende des ersten Kampfs verkündete.

Mir war nicht klar, ob Bill nun sehr cool und ironisch war oder ob er annahm, ich wüßte nicht, daß er Shillibeer war und eine Rolle in Nantwichs Feudalsystem spielte. Im Moment nahm ihn das Boxgeschehen zu sehr in Anspruch. Er rannte zu Alastairs Vater hinüber (der sich in der zweiten Reihe vor Aufregung in die Lippen biß) und bewies seine Zugehörigkeit durch lockere, vertrauliche Bemerkungen – »Alles klar, Sean? Jawohl, sehr schön!« »Paß auf die Linke auf, Simon« –, und das alles in einer leicht gezwungenen und theatralischen Art, die sich aus der Spannung des Schauspiels (denn Bill war ein scheuer, nüchterner Mann) und vielleicht auch aus meiner Anwesenheit ergab.

Wir hatten Plätze in der vordersten Reihe, in der Limehouse-Ecke, und der Blick auf Ringbodenhöhe, die tänzelnden Füße auf der Matte, die Seile, die sich beängstigend in unsere Richtung dehnten, wenn einer der Jungen dagegenfiel, das alles geriet zu einem verstörend direkten Spektakel. Als Alastairs Name, Alter und Gewicht ausgerufen wurden, ließ Bill sich auf den Platz neben mir nieder und schien von der Vorfreude auf das Kind schon erschöpft. »Er ist verdammt gut, er ist *verdammt* gut«, sagte er zu mir. Dann ertönte der Gong.

Er trat gegen einen schwarzen Jungen an, schwerer als er, aber nicht so wendig. Alastair, der sich, als die beiden ihre weißköpfigen Handschuhe gegeneinanderstießen, in einen Zustand tänzelnder Aggression gesteigert hatte, bewegte sich mit wunderbarer Flinkheit, hielt sich anfangs noch zurück, schoß dabei aber arhythmische, riskante Geraden ab. Wie viele Boxer, die ich gesehen hatte, Leute wie Maurice vom Club, war Alastair körperlich nicht übermäßig kräftig; die Schulterblätter und das Genick, das sein königsblaues Trikot freiließ, waren nicht muskelbepackt, und die Oberarme waren zwar lang und kräftig, aber es fehlte ihnen die flüchtige, lässige Masse, die viele gewöhnliche Arbeiterjungen aufwiesen. Er tat ein paar Schritte vor und ließ eine Serie von Schlägen los, links, rechts, links, die seinen Gegner in die Seile schickten und ihn beim Zurückweichen fast zum Stolpern brachten. Als der Ringrichter dazwischenging und den Jungen mit den Taubstummengesten des Rings bis acht anzählte, erhoben sich die Stimmen für Alastair – sein Vater laut und abgehackt, dazu das jugendliche Gemurmel seiner Anhänger und Kameraden. Ein gestyltes Teenagertrio grölte seine Anfeuerungen unter Grinsen und Kauen, selbstbezogen, männlich agierend, engagiert oder auch nicht. Noch etwas Geplänkel, dann war die Runde zu Ende.

Sofort war Bill, von schierer Erregung und Hingabe getrieben, auf den Beinen. Der Mann mit den Helmkoteletten wollte sich schon ans Abtupfen und Aufmuntern machen, als Bill sich den Hocker schnappte, zwischen den Seilen hindurchhechtete und den Jungen mit einer linkischen, ungestümen Akkolade in die Ecke stieß. Ich schaute ihnen zu und bekam Bills Bemerkungen halb mit; es war eine Mischung aus Liebe und verblüffenden Beanstandungen. »Du schonst ihn ja, du schonst ihn ja«, sagte er. »Und vergiß mir deine Fäuste nicht« – ein nützlicher Rat, dem kurze dogmatische, nickende Worte folgten, während er Alastair mit dem Schwamm über das gerötete, nach oben gereckte Gesicht wischte, die unversehrten Züge brüsk abrieb und ihm einen tropfnassen Arm um die Schultern und den geschorenen goldenen Flaum im Nacken legte. »Schön«, sagte er. »Toll. Wahnsinn.« Alastair nickte nur zurück, sagte nichts, starrte Bill wie in Trance an, atmete heftig durch die Nase ein. Als der Gong ertönte, schob Bill ihm den Zahnschutz in den Mund, wodurch sich die rosa Lippen zu einem wilden Grinsen blähten und dehnten. Der Ringrichter federte an die Seile zurück, und es ging weiter.

Die zweite Runde begann wenig aufsehenerregend; der Junge aus St. Albans war, wie ich fand, keinesfalls unattraktiv, wenngleich er einen ziemlich dümmlichen, argwöhnischen Ausdruck hatte – und er schaffte es, Alastairs Deckung mit ein paar guten Körpertreffern zu überwinden, Schläge, die bei derlei Kämpfen selten waren. Dann schickte Alastair dem schwarzen Jungen eine böse Gerade ins Gesicht, von der nicht nur das gedämpfte Knallen des Handschuhs zu uns drang, sondern darunter auch ein seltsames kleines, knatschendes Geräusch, als gäbe weicher, junger Knochen und Knorpel nach. Der Junge taumelte zurück, und Alastair ließ, bevor irgend jemand einschreiten konnte, einen zweiten Schlag von höchster Präzision folgen. Der Ringrichter zerteilte die Luft zwischen den beiden mit dem Arm, hielt Alastair zurück, winkte ihn weg und hielt dabei dessen linken Handschuh mit der Hand fest. Über die geweißte Oberfläche, verschmiert durch die Wucht des zweiten Schlags, zog sich eine leuchtende Blutspur.

Bill wandte sich mir erleichtert zu. »Er hat's geschafft«, sagte er. »Jetzt müssen sie abbrechen. Ja, er hat's geschafft.« Die Schreie im Saal waren von einer Sympathie gefärbt, die dem Verlierer nur zu gern gewährt wurde, und Alastair, der selbst ziemlich betäubt wirkte, um seinem Sieg irgendwie betrogen, lief im Ring herum, schlug in die Luft, was ihm als einziges noch blieb, und zeigte an, daß er es kaum bemerkt hatte, daß er kämpfen wollte. Nach einer kurzen Erörterung zwischen dem Ringrichter und den diensteifrigen, ernsten Kampfrichtern (das war schließlich ihr Leben) wurde die einstimmige Entscheidung verkündet. Daraufhin entspannte sich Alastair, umarmte und tätschelte seinen Gegner mit nachlässiger Zuneigung und machte seine wilde Runde, bedankte sich, schüttelte Hände. Der Anstand all dessen bewegte mich.

Bill zog natürlich mit seinem Champion ab, und nachdem ich mir den Anfang des nächsten Kampfs angesehen hatte, der nichts Gutes für Limehouse versprach, fragte ich mich, was ich hier überhaupt verloren hatte, und schlich mich durchs Publikum und zu der blauen Schwingtür hinaus. Durch eine andere Tür zur Rechten hörte ich das vertraute Zischen von Duschen und verspürte den vertrauten Drang nachzusehen, was da vor sich ging.

Es hatte alles so etwas Unschuldiges, daß sie sich bei mir nichts weiter dachten – auch nicht dabei, daß Bill da war, der, seiner Erwachsenenvorrechte ledig, mit ernster Komplizenschaft in diese kleine Männerwelt eintauchte. Auch hier herrschte eine Stimmung reinen Sportsgeistes, fröhlich-freier Geschäftigkeit, wie in der Garderobe eines Chors. Beide Mannschaften teilten sich die Räume, und Alastair und sein Gegner saßen nebeneinander auf einer Bank. Alastair löste mit geduldiger, soldatenhafter Zartheit die Bandagen, mit denen die Hände des Schwarzen umwickelt waren, und streckte ihm dann seine Hände zum Losbinden hin, wobei er die Handgelenke vertraulich auf die unbehaarten Schenkel des andern stützte. Bestürzt sah ich ein Pflaster auf dem schon anschwellenden Wangenknochen des schwarzen Jungen.

»Ich ginge jetzt unter die Dusche, Jungs«, sagte Bill profihaft. Als ich den Jungen beim Ausziehen zusah, empfand ich, wie es wohl auch Bill immer ging, nicht nur geile Neugier, sondern auch einen wirklichen Schmerz des Ausgeschlossenseins, einen Stich, in jeglicher Hinsicht außerhalb ihrer Welt zu stehen. Das Duschen war schnell erledigt, und bald war Alastair wieder bei uns und rieb sich für einen Sechzehnjährigen überraschend unbefangen mit dem Handtuch ab. Ich erkannte den Grund, als er, nachdem er seinen langhäutigen Pimmel in eine billige rote Unterhose gesteckt und einen grauen Pulli und eine dieser weiten, fleckig gebleichten Jeans angezogen hatte, die aussehen, als hätte ein ganzer

Horde Kids darauf gewichst, zu Bill sagte: »Ich muß los zu meiner Freundin.«

Bill grinste ihn unglücklich an: »Immer schön sauber bleiben, ja?« sagte er.

7

An meiner alten Schule wurden die Aufsichtsschüler (aus irgendeinem exzentrischen Wykehamschen Grund) Bibliothekar genannt. Die Bezeichnung implizierte wohl, daß die Wurzeln des Führens im sorgfältigen Umgang mit Büchern begründet lagen – wobei die Bibliothekare im großen und ganzen allerdings keine Bücherwürmer waren. Man wählte sie aufgrund einer Begabung für ein bestimmtes Gebiet, und offiziell liefen sie unter dem Namen dessen, was ihnen anvertraut war. Es gab also den Kirchen-Bibliothekar, den Aula-Bibliothekar, den Garten-Bibliothekar und sogar, was noch hübscher war, den Wettlauf- und den Cricket-Bibliothekar. Meine Begabung war, vom tropisch frühen Ausbruch meiner Pubertät an, so eng, dabei jedoch so überreich darauf beschränkt, mit mir und anderen zu spielen, daß ich erst im letzten Schuljahr als aufschießender, schwülstiger Dreizehnjähriger offiziellen Status erlangte und zum Schwimmbad-Bibliothekar bestellt wurde. Meine Eltern zeigten deutlich Spuren der Erleichterung, daß ich doch nicht ganz verloren war (absurderweise dazu gedrängt, Trollope zu lesen, hatte ich mich an Rider Haggard festgefressen), und mein Vater machte in einem Brief an mich eine seiner raren geistreichen Bemerkungen: »Freut mich zu hören, daß Du Schwimmbad-Bibliothekar werden sollst. Du mußt mir erzählen, was für Bücher es in der Schwimmbad-Bibliothek gibt.«

Ich war die ideale Besetzung, war nicht nur ein guter Schwimmer, sondern zeigte auch ein gesteigertes Interesse am Bad. Das kleine Freibad, eine Viertelmeile eines kastaniengesäumten Wegs von den Schulgebäuden entfernt, und sein gekalkter, durch Dachfenster erhellter Umkleideraum erlebte meine frühesten Exzesse. In Hochsommernächten, wenn es noch um Mitternacht hell genug war, um draußen zu lesen, schlichen wir uns oft zu dritt oder viert aus dem Schlafsaal und strebten mit übertriebener Heimlichtuerei zum Bad. Im Umkleideraum rauchte man dann ernst heiße No. 6, und Seife, in dem kalten, sternenbeschienenen Wasser aufgeschäumt, milderte das Ungestüm von Schwänzen in jungen Hintern. Luchsäugig und schweigend, mit Ausnahme unseres Keuchens und der erregenden, derben kleinen Rhythmen des Sex – wir schluckten heftig und tasteten nach mehr –, lernten wir unsere Partie. Dann, geräuschvoller und uns gegenseitig zur Ruhe mahnend, glitten wir ins Becken und schwammen durch das Unterwasserschwarz, wo das leise summende Reinigungsgerät um den Saugarm des Schlauchs schwang. Am Morgen fanden sich dann auf dem Schlafsaalboden des öfteren totes Laub oder grasige Erdklümpchen, die wir in den frühen Morgenstunden mit den Schuhen hereingebracht hatten und die wie die Andenken eines panschen Besuchers waren.

Das alles oder einiges davon erzählte ich Phil, als er mich nach dem Schwimmen fragte, und zeigte ihm mein Schwimmbad-Bibliothekarsabzeichen (Messinglettern auf rotem Email mit einer verbogenen Messingnadel), das ich, zusammen mit meinem davor erworbenen Lebensrettungsabzeichen, noch immer besaß und in einer runden, beschlagenen Lederdose auf meinem Toilettentisch aufbewahrte. Passenderweise war die Dose ein Geschenk von Johnny Carver, meinem Busenfreund und Liebhaber in Winchester. Phil war das erste Mal bei mir, und es schien in ihm eine Neugier zu wekken, an der es ihm zuvor auf geradezu abnorme Weise gemangelt hatte.

»Hier riecht es aber üppig«, sagte er.

»Der Zwiebelkuchen von gestern – meine alten Socken ...«, entschuldigte ich mich.

Er war mir nun nahe genug, um über alles zu lachen. »Nein, nein. Ich meine, es riecht teuer. Wie ein Landhaus.«

Noch heute träume ich, etwa einmal im Monat, von jenem Umkleideraum, den Holzlatten auf Fußboden und Bänken. In unserem regressiven Slang nannten wir ihn die Schwimmbad-Bibliothek und dann einfach nur die Bibliothek, eine Vorstellung, die dem Doppelleben, das wir führten, entsprach. »Ich bin dann in der Bibliothek«, verkündete ich, ein Wunder an Gelehrsamkeit. Manchmal denke ich, daß ich tief in meinem Herzen dort sein möchte, in jenem schattenhaften, türlosen kleinen Obdach – denn etwas anderes war es eigentlich nicht, ein leerer, leerer Ort. Dahinter kam ein Drahtzaun und dann eine abschüssige, mondbeschienene Grasfläche – »die Wildnis« –, die in der nächtlichen Brise wisperte und seufzte. In diese Bibliothek der unkatalogisierten Freuden zu flitzen, hieß ins Dunkel zu treten und stehen zu bleiben. Dann löste sich der angehaltene Atem, eine Zigarette glomm auf, man roch den Rauch, die dichte Schwärze regte sich, flimmerte und berührte einen. Freundliche Hände tasteten nach dem Hosenladen. Nie, oder nur ganz selten, wurde geküßt – in der schlüpfrigen Unschuld dessen, was wir taten, war keine übersüße Erwachsenenunreinheit.

»Stehst du auf Kinder?« fragte Phil.

»Ich stehe auf dich, Darling.«

»Schon, aber ...«

»Du weißt ja, unser Affäre ist nicht erlaubt. Nach dem

Gesetz darf ich dich erst in drei Jahren anfassen.«

«Herrgott«, sagte er, als wenn das alles änderte, und tigerte im Zimmer umher. »Nein, ich finde, Kinder haben schon etwas. Über vierzehn oder so. Natürlich würde ich keine richtig Kleinen anrühren . . .«

»Nein – aber so ein Kleiner, der schon einen großen Schniepel und ständig einen Steifen hat, der weiß doch nicht, was er mit seinem Ding da anfangen soll, das allmählich sein Leben bestimmt – das hat schon was, wie du sagst.«

Phil ginste und errötete. Einer der Gründe, warum er mich liebte, war, daß ich derlei Dinge in Worte faßte, sie dadurch legitimierte, daß ich so pikant darüber sprach. Dieses *francparler* ermutigte ihn, die neuen Möglichkeiten des Redens zu erforschen, und manchmal auf so gewagte Art und Weise, daß ich glaubte, er erfinde das alles nur. Die Männer vom Corry wurden mit besonderer Aufmerksamkeit bedacht. »Dieser Pete / Alan / Nigel / Guy macht mich echt an«, zelebrierte er leise, während wir uns nach dem Duschen anzogen oder uns wieder auf den abendlichen Straßen zeigten. Der herrlich gebaute, männliche und heterosexuelle Maurice schien ihn ganz besonders zu erregen. »Zu schade, daß der *straight* ist, Mensch«, sagte Phil, wobei er auf bezaubernd ernsthafte Weise den Kopf schüttelte.

Es war eine anrührende Werbung für die freie Rede. Gleichzeitig versetzte es mir aber auch einen Stich Eifersucht. Wenn er so wegen Alan, Nigel und den andern gefühlig wurde, wer weiß, was nicht alles noch passierte, wenn ich nicht da war, um seine Vertraulichkeiten zu empfangen, dafür aber Pete oder Guy mit tuntigem Lächeln, lockerer Schwellung und hinterntaxierendem Blick? Eines Abends stellte ich ihn im Bad James vor, der ihm natürlich auf der Stelle parasitär verfallen war;

doch darin sah ich keine Gefahr. Da gab es noch andere Kandidaten, die es offen auf ihn abgesehen hatten, etwa der nonchalante Ekuadorianer Carlos mit einem Schwanz wie eine ellenlange Negroni-Wurst; seine (erfolgreiche) Anmache mir gegenüber hatte gelautet: »Mann, du hast den schönsten Schwanz, den ich je gesehen hab« – ein Gambit, das eigentlich nur jemandem nützte, der selbst ganz ordentlich ausgestattet war. Und vor ein paar Tagen, wir trockneten uns gerade alle ab, hörte ich, wie er – er hatte es wohl vergessen, oder es war ihm gleichgültig – zu Phil sagte: »He, du hast echt 'nen heißen Arsch, Kleiner«, und ich beobachtete, wie Phil errötete und ihn ignorierte – und mir nichts davon sagte.

Wahrscheinlich hätte ich mir keine Sorgen zu machen brauchen. Wir hatten so viel Spaß zusammen. Die meisten Tage brachte ich im Hotel zu, wo ich auch Pino und Benito und Celso und die andern kennenlernte. Abende und Nächte wurden in dem ephemeren kleinen Mansardenzimmer mit dem Luftbild von Ludlow mit Schlafen oder Sex verbracht. Phil schlief morgens immer bis gegen elf, doch das herrliche Wetter hielt an, und bis wir dann gegen sechs im Corry einliefen, lagen wir in der Hitze des Tages auf dem Dach in der Sonne.

Es war eine schmale Kiesinsel, auf die wir uns legen mußten und die von glasierten Backsteinkaminen bewacht war und, an den Seiten, einem stachligen kleinen neugotischen Zaun mit eisernen Kreuzblumen und Vierpässen aus Terrakotta. Dahinter fiel das Dach zu beiden Seiten steil ab, war hier und da von Mansardenfenstern unterbrochen und mit Geländern und türmchenartigen Vorsprüngen durchsetzt. Zur Linken blickten wir in die oberen Äste unserer nächsten Nachbarn, der Platanen auf dem Platz; von hier war, in dem Schlund zwischen den Bäumen, die Straße dem Blick entzogen, wenngleich wir ihr Dröhnen und Quietschen von weit unten hörten und in der Stille bei Rot das ferne Klatschen und Plätschern der drei Brunnen in der Anlage. Zur Rechten blickten wir auf das Hotelmassiv hinab, die innenliegenden Aufzug- und Lüftungsschächte und die Feuerleitern. Jenseits all dessen befanden wir uns in Gesellschaft anderer großer Gebäude – der nüchternen Monolithe des Senatsgebäudes und des verlassenen Centre Points, des grünen Doms des Lesesaals des Britischen Museums –, hinter dem die prätentiöse Eckkuppel des Corinthian Club gerade noch erkennbar war. Auf diesen Anhöhen, all den überraschenden geheimen Fluren zwischen den Wassertanks, den Fluchtwegen und Wartungsleitern, zeigte sich kaum einmal jemand. Das Hoteldach selbst konnten wir stets allein genießen.

Wir breiteten Handtücher über den weich werdenden Asphalt und legten uns – zunächst – in der Badehose hin, später aber, wenn keiner uns zu stören drohte, nackt. Wir verwöhnten gegenseitig unsere Körper mit Sonnenmilch; eine mit niedrigem Faktor für den größten Teil von mir, für Phil aber, der mit seiner Bräunung eben erst anfing, und für meinen bislang ungebräunten Hintern eine Sonnenmilch mit hohem Schutzfaktor, die (wie ich vorschlug) fast ständig neu aufgetragen werden mußte. Wir waren sehr glücklich auf dem Dach, lasen, streichelten und erregten einander dann auch wieder, sogen jedoch zumeist die Sonne auf. Phil rieb mir Titten oder Schwanz oder ließ die Fingerspitzen eher sanft als kitzelnd über mich hinweghuschen, während die Sonne gleich Sommerblitzen über purpurnem Lack auf meine geschlossenen Lider schlug. Öffnete ich die Augen, war der Himmel so hell, daß er fast dunkel wirkte. Dann drehte ich mich um und döste eine Stunde, das Gesicht halb zwischen Phils gespreizten Arschbacken vergraben.

Und wir redeten – Stunden über gewisse zärtliche Banalitäten. Ich legte Wert darauf, daß seine Meinungen Gewicht hatten, und entwickelte und zerlegte seine Platitüden zu Aperçus, an die er nicht im entferntesten gedacht hatte. Weil ich verliebt in ihn war und sein Coming-out verursacht hatte, glaubte ich an einen Kern von einlösbarem Talent und Gutem in ihm. Ich hatte gesehen, wie er stirnrunzelnd den *Daily Telegraph* las, hatte ihn dann aber zur *Times* gelotst, die wir auf dem Dach auseinanderrissen, damit er das Aktuelle lesen konnte, während ich über dem Kreuzworträtsel brütete oder versuchte, die mit Druckfehlern kodierten Konzerthinweise zu entziffern. An einem Tag las ich die Kritik eines Schostakowitsch-Konzerts, für das ich für mich und James Karten bestellt hatte, und merkte mit einem ruckartigen Schuldgefühl, daß ich James versetzt hatte. Statt dessen war ich mit Phil ins Hotel gehetzt – er hatte wohl in dem Moment gerade auf meinem Gesicht gesessen, als die »abschließende Introspektion«, die der Kritiker gelobt hatte, die tiefsten Tiefen erreicht hatte.

Nicht daß Phil dumm gewesen wäre, doch hatte er seinen Weg in die Welt ohne die stete Liebe, die verschwenderische Erziehung, die ich genossen hatte, gemacht. Er hatte sogar, da er einsam war, überraschend viel gelesen – Hardy, *Die Forsyte Saga,* Dorothy L. Sayers, John le Carré, *Sturmhöhe* – allerdings ohne sich weitergehende Gedanken über die Bücher zu machen. Auf dem Dach mühte er sich Absatz für Absatz durch *Der Zoll des Glücks.*

»Wie findest du's?« fragte ich.

»Ach, ganz gut. Manchmal bißchen langweilig, wie er da mit den Pflanzen kämpft und so. Aber Ted Burgess ist schon in Ordnung. Ich stelle mir vor, er sieht aus wie Barry im Club.« Er lächelte sehnsüchtig. Als er das Buch schließlich durchhatte, meinte er, vom Schluß halte er nicht viel.

»Na, es geht ja darum, daß er, als er Ted und Marian in der Scheune vögeln sieht, dermaßen ausklinkt, daß er nie wieder mit jemand eine ernsthafte Beziehung eingehen kann, als er groß wird.« Das befriedigte ihn offensichtlich überhaupt nicht.

»So was kann doch gar nicht passieren, oder?«

»Kommt mir auch recht unwahrscheinlich vor«, stimmte ich ihm zu. »Aber trotzdem, auf einer allgemeinen Ebene trifft das wohl zu. Du hast in deiner Kindheit vermutlich auch etwas Entscheidendes erlebt. Das ist doch die ganze schwule Geschichte, nicht? Das unartikulierte Verlangen, das abgeschottete Herz ...« Er warf mir einen vorsichtigen Blick zu und begann umständlich mit einer nicht sehr vielversprechenden Anekdote, bis ich mich auf ihn wälzte und ihn mit einem Kuß zum Verstummen brachte.

Als er an seinem ersten freien Wochenende zu mir nach Holland Park kam, trieb wir es noch viel mehr und lasen auch noch viel mehr. Der »Landhaus«-Geruch und das Etablierte meiner Sachen schüchterten ihn ziemlich ein. Betreten betrachtete er mein Whitehaven-Bild und begann mit feierlicher Miene die Lektüre von *Tom Jones*. Ich freute mich über seine Selbständigkeit; und angenehm vergingen die Stunden mit ihm, er mit seinem Buch in einen Sessel geflätzt, ich hinter ihm am Schreibtisch, wo ich Charles' Papier durchsah und ab und an, das Blut schoß mir ins Gesicht, auf seine kraftvolle Gestalt blickte, den nüchternen Kopf, das gedankenerfüllte Gesicht, dessen Profil versunken von mir abgewandt war.

Die stille, leicht gekünstelte häusliche Stimmung ließ

mich wieder an Arthur denken, und ich konnte nicht umhin, dankbar zu sein für die offenen Fenster, die Normalität, die Kühle der neuen Verhältnisse. Nicht, daß ich dabei nichts vermißte. Es war schön, sich mit Phil zu lieben, und ich war besessen von seinem Körper. Doch mangelte ihm Arthurs ungebildete, anschmiegsame Bereitwilligkeit, sein Sexinstinkt. Beide waren sie Teens, denen ich viel voraus hatte; beide achteten sehr darauf, was ich als nächstes tat. Bei Arthur jedoch folgte, wenn ich etwas tat, unmittelbare Verzückung, ein Offenstehen des Mundes, ein Gefühl der Notwendigkeit, das an Manie grenzte, während es bei Phil mehr ein befangenes Geben war, unreif zuweilen und nachahmend. War ich grob zu ihm, dann nur, um all das zu durchbrechen.

Phils Zuneigung drückte sich auch in einer Art Ringkampf aus, der verschwitzt und körperlich war, aber eigentlich kein richtiger Sex. Es gab keine Regeln, und üblicherweise war er in der Unterhose zugange und ich mit überhaupt nichts an, und wir clinchten wild auf dem Sofa oder wo wir gerade waren, stürzten auf den Fußboden, stemmten, verdrehten und drückten einander, zeigten aber so viel Anstand, nicht alles umzuwerfen. Vermutlich war diese ganze Muskelschau seine vertraute Schüchternheit, und so albern es auch war, es war etwas Authentisches von ihm dabei, das sich während der wenigen Sekunden, wenn unsere Blicke einander festhielten, wunderbar offenbarte. Dann ergab er sich einer stummen, erschlafften Unterwerfung, und das Toben und Tollen löste sich in Zärtlichkeit und Hingabe auf.

Nach den Boxkämpfen hatte ich ein kurzes Gespräch mit Bill geführt. Der ganze Wettkampf zog sich endlos hin, und die meiste Zeit hockte ich im Umkleideraum herum, während Bill seine Mannschaft ermahnte oder tröstete und kaum Zwanzigjährige sich unablässig vor mir anzogen. Manchmal kamen Väter, die sich für Boxexperten hielten, mit Brüdern oder Freunden herein und hielten ihren ramponierten Nachkommen Vorträge, schimpften oder lobten sie. Bills Verhalten den Vätern gegenüber war zwiespältig: Einerseits sehnte er sich danach, als Mentor und Persönlichkeit wie selbstverständlich anerkannt zu sein, dann aber ärgerte er sich über das elterliche Eindringen in das Bündnis zwischen Trainer und Schüler. Dann verlor Limehouse den Pokal, und Alastair war nicht der Mann des Tages (dem eine besonders blecherne Trophäe, die sehr nach Vorschulsport roch, überreicht wurde). In einer überlangen Rede sagte der sadistisch wirkende Oberrichter, ein dünnlippiger Mann mit öligem, altmodischem Haarschnitt, wie knapp es gewesen sei, und lobte die Großzügigkeit Lord Nantwichs, »der nicht nur diesen großartigen Pokal gestiftet, sondern der Boys'-Club-Bewegung in so vielfältiger Weise geholfen hat«. Es wurde bedauert, daß es ihm gesundheitlich nicht gut genug gehe, um anwesend zu sein. Das Publikum bewies in herzlicher Form seine Wertschätzung, und der Pokal, eine Art Barockterrine mit Griffen in der Form sich nach ober reckender Jünglinge, wurde unter starkem Beifall dem wilden kleinen Lümmel mit der gebrochenen Nase, dem Kapitän der St.-Albans-Bande, überreicht. Bill konnte das Gefühl von Vergeblichkeit, das ihn überkam, nicht für sich behalten. Ich nahm an, Freunde, Trainerkollegen oder gar, was verboten gewesen wäre, die älteren der Jungen würden mit ihm zum Trost einen Trinken gehen. Doch alle hatten sie schrecklich viel zu tun. Der Raum leerte sich und wurde still.

Ich nahm ihn auf ein Bier ins nächste Pub mit, ein höhlenartiges Lokal, in dem einige wenige Männer gebannt auf einen Fernseher über der Bar starrten.

»Schwamm drüber, Bill«, sagte ich, als ich zwei Halbe an einen Ecktisch brachte, den er gewählt hatte.

»Ach, danke, Will. Vielen Dank. Cheers.« Er nahm das Glas, sog die Schaumkrone des Biers ab – und stellte es dann mit verzagtem Blick wieder hin. »Hab so was schon lange nicht mehr getrunken«, sagte er.

»Ach, wirklich? Möchtest du vielleicht etwas anderes?«

Er war betroffen davon, undankbar gewirkt zu haben. »Nein, nein, nein. Das ist toll. Nur, in letzter Zeit trinke ich nicht so viel. Früher schon; wenn du verstehst, was ich meine.« An dem Abend war er von größerer Traurigkeit erfüllt, als mir zuvor bewußt gewesen war. Er nahm einen zögernden Schluck. »Aber trotzdem brauche sogar ich hin und wieder eine Aufmunterung«, sagte er, als wäre er weit und breit als einer der ganz Fröhlichen bekannt.

»Es kommen auch wieder andere Zeiten«, kondolierte ich matt. »Im Mittelpunkt steht eben der Sport.« Er schüttelte den Kopf in selbstverleugnender Bestätigung dessen, was ich gesagt hatte. »Eigentlich war ich ja ziemlich überrascht, dich hier zu sehen. Mir war nicht klar, daß du so heißt. Ich hatte so eine Vorstellung, du heißt ... Hawkins«, setzte ich hinzu und lachte über meine Absurdität.

Bill schaute mich ernst an. »Das kann ich dir erklären«, sagte er im Ton eines Mannes, der sich gerade ein Alibi zurechtgelegt hat und es nun an einem Kriminalbeamten ausprobiert. »Eines Tages werde ich es dir erklären. Aber du hast völlig recht. Im Corinthian Club bin ich Hawkins, aber hier bei den Jungs bin ich Shillibeer – Shilly Billy, so nennen sie mich. Natürlich alles nur im Guten.«

»Du bist mir ja ein ganz Geheimnisvoller«, sagte ich

kokett, und er machte ein erfreutes Gesicht. »Aber erzähl mir was über den Nantwich Cup.«

»Den Nantwich? Nun, seine Lordschaft hat ihn 1955 gestiftet. Er hat eine Menge für den Club getan – er hat die neuen Umkleideräume bezahlt. Früher kam er ziemlich häufig, aber jetzt läßt er sich nicht mehr so oft hier blicken.«

»Also kommst du auch schon lange her.«

»Seit dreißig Jahren etwa.« Bill nahm das Glas, stellte es dann aber wieder hin. »Nein, weißt du, das hat Hitler zusammengeschmissen. Damals war das die Gemeindekirche für das Viertel hier, aber bei einem Luftangriff brannte sie aus. Das alte Clubhaus wurde völlig zerstört, aber es soll sowieso viel zu klein gewesen sein. Dann sagte seine Lordschaft, ich stelle das Geld bereit, wenn ihr einen andern Raum findet und ihn umbaut. Das war natürlich alles schon fertig, als ich hier als Trainer anfing.«

»Die Umkleideräume aber wohl nicht.«

»Stimmt. Es gab nur ein Plumpsklo überm Hof. Die Jungs zogen sich ihre Sachen alle noch zu Hause an. Oder aber sie mußten es in der Halle tun.«

»Vermutlich hat er sich schon immer fürs Boxen interessiert«, meinte ich.

»Lord Nantwich? Ja, der findet das toll. Ich glaube, er war selber auch mal ein gestandener Kämpfer. Deshalb hatte er auch etwas für die Boys' Clubs übrig – Boxen machte ja immer den Kern der Clubs aus. Das hält sie zusammen, und die Kids achten die Boxer natürlich. Manche Jungs verbringen den ganzen Tag im Club. Das gibt ihrem Leben einen Sinn; die treiben sich nicht auf der Straße rum, die nicht. Übrigens, was treibst du eigentlich, Will, wenn ich fragen darf?« Es war bei uns jahrelang einfach so gelaufen, ohne daß derartige Fragen laut wurden.

»Ach, nichts weiter, leider.« Ich versuchte, das Beste draus zu machen. »Wenigstens nicht bis jetzt. Jetzt werde ich über Lord Nantwich schreiben.«

Bill machte ein verblüfftes Gesicht. »Wie meinst du das?«

»Seine Lebensgeschichte. Er hat mich gebeten, seine Biographie zu schreiben.«

»Aha ...« Er überlegte und schaute dann wieder auf sein unberührtes Glas. »Dann bist du also so was wie ein Ghostwriter, so nennt man das doch, oder?«

Daran hatte ich nicht gedacht. »Nein, ich glaube eher nicht. Das mache nur ich. Ich glaube, er denkt, daß er tot ist, wenn es erscheint. Und deshalb versuche ich, alles über ihn in Erfahrung zu bringen.«

Bill sah noch immer beunruhigt aus. »Ein wunderbarer Mann, Lord Nantwich«, sagte er. »Das ist etwas, was du in Erfahrung bringen wirst.«

»Weißt du, bis heute habe ich nicht mal gewußt, daß du ihn kennst.«

»Ich hab nicht mal bis gestern gewußt, daß du ihn kennst.« Er lächelte nicht, und ich vermutete eine kleine Spannung oder daß er die Stacheln der Eifersucht ausfuhr, wie der gehässige, besitzergreifende Lewis. »Er kennt 'ne ganze Menge Leute«, sagte er, nun toleranter. »Wie bist du an ihn gekommen?«

Ihm die Wahrheit zu sagen, wäre mir unloyal erschienen, und so sagte ich einfach, ich hätte ihn im Corry kennengelernt.

»*Da* geht er ja auch nicht mehr oft hin«, sagte Bill, als wollte er damit andeuten, daß ich in dem Fall außergewöhnliches Glück gehabt hätte.

»Nein, es war ein Glückstreffer. Die Sache ist die, Bill, ich würde deine Hilfe sehr schätzen – was du über ihn weißt. Natürlich würde ich das in dem Buch erwähnen.«

Das schien ihn zufriedenzustellen. »Ich habe den Verdacht, du könntest ein wichtiger Zeuge sein.«

»Das klingt ja ganz wie eine Gerichtsverhandlung oder so was«, sagte Bill. Ich nahm mein Glas und schaute ihn forschend an. »Soll ich jetzt gleich damit anfangen?« fragte er, offensichtlich unsicher, nicht weniger als ich, wie ein Biograph vorging.

»Jetzt nicht«, lächelte ich. »Aber es wäre schön, wenn wir bald einmal zusammenkommen könnten. Du trinkst ja gar nicht.«

»Entschuldige, Will. Eigentlich möchte ich schon, aber ich glaube, in meiner jetzigen Stimmung wäre das nicht gut. Um ehrlich zu sein, wäre es gar nicht so gut, wenn ich wieder zu trinken anfinge. Irgendwie bringt mich das immer in Schwierigkeiten.« Ich betrachte seinen unvorteilhaften Muskelbau und fragte mich, ob dieser einen Gewaltinstinkt förderte und gleichzeitig unterdrückte. Vielleicht war Bills Selbstverleugnung das Ergebnis eines schmerzlichen Lernprozesses und der Schlüssel zu einem Doppelleben, dessen schwierige Seite gänzlich in der Vergangenheit lag.

Gemeinsam gingen wir durch die tristen, dämmrigen Straßen zur Underground und fuhren mit der Central Line in die Stadt. Im oder besser gegen den Lärm des Zugs und in der Fast-Leere des Waggons vertraute er sich mir an. Doch bei dem, was er mir da anvertraute, ging es nicht um ihn selbst: Es waren die Geheimnisse und Krisen anderer, die er beobachtet hatte. Er erzählte mir mitfühlend, wie die Mutter des Jungen Alastair an Leukämie gestorben sei und wie der Vater sich abmühe, sich anständig um ihn zu kümmern. Er erzählte, wie Roy vom Corry mit dem Motorrad gestürzt und eine Sehne im Knie gerissen war. Auch über den Nantwich Cup ließ er noch einiges heraus – wie Charles ihn zum Andenken an einen Freund geschaffen habe, der getötet worden sei, wobei Bill sich mit Details zurückhielt, und als ich ihn fragte, wie *er* Charles denn kennengelernt habe, legte er eine Art ehrwürdiger Begriffsstutzigkeit an den Tag, als könne ein so intimes und kritisches Thema nicht so leichthin angegangen werden. Ob es da zwischen den beiden Männern etwas gegeben hatte? Es war das wiederkehrende Problem, sie sich zwanzig, dreißig Jahre jünger vorzustellen – bevor ich geboren war, als Charles so alt war wie Bill jetzt und Bill so alt wie Phil. Damals war er voller Erwartung gewesen, hatte seinen Körper wie ein Geschäft aufgebaut, als eine Garantie für einen Platz in der Zukunft. Nun, da die Zukunft da war, hortete er noch immer und stopfte es voll. Da saß er mir gegenüber, massig, die Schultern wölbten sich bullig, das offene Hemd gab den Blick auf ein breites V aus schwarzen Haaren frei, die Schenkel waren wuchtig über die aufgeschlitzte und wieder geflickte Polsterung der Sitzbank gespreizt. Ich wußte, daß ich so etwas nie lieben oder begehren könnte, doch war es eine Leistung, so ein Harnisch nutzloser Männlichkeit.

Während wir nach Westen fuhren, durch erleuchtete Stationen in der City wie Bank oder St Paul's, die mir nachts zwecklos erschienen, bis mir einfiel, daß immerhin Charles sie benutzen könnte, daß hier und da in der City, die am Wochenende ausgestorben war, noch immer Leute wohnten, Exzentriker oder Einheimische, verließen meine Gedanken Bill (wenngleich ich ihn noch immer anschaute) und flohen die Gleise entlang zu Phil. Wir hatten fast Tottenham Court Road erreicht, wo Bill in die Northern Line umsteigen mußte, als er mit angespannter Fröhlichkeit sagte: »Wie macht sich denn der junge Phil jetzt so?«

Ich wußte nicht, wieviel er wußte. Phil und ich waren

immer diskret gewesen, wenn auch im Corry imer zusammen; aber es war schwer zu sagen, was man in den überfüllten Räumen des Corry gesehen, erraten oder zufällig gehört haben konnte. Ich schenkte ihm ein Lächeln, das als freudiges Eingeständnis oder auch als liebenswürdige Unwissenheit interpretiert werden konnte. »Ganz gut, würde ich sagen«, warf ich ihm neutral hin.

Die alte verlegene Ernsthaftigkeit huschte Bill übers Gesicht, und als der Zug heftig bremste und das Trägheitsmoment Bill zu mir herüberdrückte, sagte er tapfer: »Ich *lieb* den Jungen.« Seine Unschuld und Verlegenheit enthüllten sich dadurch, daß er das mit solchem Nachdruck sagte, und noch mehr in der gequälten Affektiertheit, *lieb* zu sagen. Der Zug kam abrupt zum Stillstand und stieß ihn beim Aufstehen noch einmal zurück, dann stürzte er mit einem traurigen und hastigen »Wiedersehen« hinaus.

9. Juni 1925: Nach fast 2 Jahren wieder in London, & alles klagt über die Hitze. Da ich hier nicht in Shorts, offenem Kragen & Tropenhelm gehen kann, verstehe ich, was sie meinen. Nach Kairo & dann Alexandria ist die Stadt auffallend lebhaft & bequem – auch viel kleiner, im Detail, wenn auch nicht im Grundriß, als ich erwartet hatte; bin mit jenem Vergnügen umhergewandert, das ich auch immer hatte, wenn ich nach den Ferien nach Oxford zurückkam und nachschaute, ob noch alles da war (was eigentlich nicht der Fall war).

Sandy hatte schon in der Brook Street hereingeschaut, bevor ich eintraf, & in seinem unnachahmlichen Stil, auf einer herausgerissenen Buchseite, eine Nachricht hinterlassen: Sie war auf französisch und höchst, wenn auch blumig und indirekt, unanständig, wie »il y a une chose aussi bruyante que la souffrance, c'est le plaisir« & so weiter. Am Ende der Seite litt ich Qualen & wandte mich erst dann der Nachricht zu, die ebenfalls blumig und indirekt unanständig war, aber auf englisch. Ich saß eine Weile in dem kleinen Frühstücksraum, die alte Messinguhr tickte geschäftig, & es gab einige herrliche Pantoffelblumen, & Poppys Bild blickte streng herab, & ich dachte an all die Tage, die verflossen waren, seit ich nach Afrika gegangen war und in denen nichts geschah außer den gelegentlichen Besuchen von Wilson mit einem Staubtuch. Es war herrlich beruhigend, so wie das Grab eines ägyptischen Adligen, in das der Reiseführer die Sonne mit einem alten Stanniolpapier lenkt & die Verstorbenen die Götter an der Wand umarmen.

Danach eine Runde Pflichtbesuche, bevor ich Sandy bei seiner bizarren Adresse in Soho ausfindig machte. Eine Weile glaubte ich, ich würde ihn nicht finden, doch als ich an einem Haus klingelte, wo eine gewaltige blonde Frau mit rosa Federn mich begrüßte, hörte ich sein charakteristisches Pfeifen aus »La donna è mobile« von irgendwo oben, & als ich zurücktrat, sah ich ihn, wie er sich zwischen 2 Palmen über einen Balkon lehnte. Er ließ einen Schlüssel herabfallen, & ich machte mich auf den Weg nach oben. Es war wundervoll, ihn wiederzusehen, & ungeachtet freudiger Ausrufe fiel mir zunächst nicht ein, was ich als erstes sagen sollte, & so umarmten wir einander eine Ewigkeit, bis wir etwas zu trinken brauchten.

Er hat eine ganz absonderliche Wohnung, der Balkon ist ein winziger Garten, & drinnen ein hohes, kühles Studio mit Treppen, die an einer Seite zu einer Küche führen & auf der anderen zu einem

Schlafzimmer. Am Ende des Studios kann man auf ein Dach hinaussteigen, wo Sandy sich anscheinend mit seinen Freunden sonnt & von wo sich ein schöner Blick auf die alte Wren-Kirche mit ihrem Knollenturm bietet. Wir tranken ein paar amerikanische Cocktails mit allem möglichen Zeug darin & wurden ganz schrecklich betrunken.

Später kam ein Freund von ihm hoch (er hatte einen eigenen Schlüssel). Er heißt Otto Henderson, ist Künstler & anscheinend auf vertrautem Fuß mit Cocteau & der Pariser Welt. Ich fürchte, man hat mir angemerkt, daß ich keine Ahnung davon habe. Mir scheint, Henderson ist ein eifriger Anhänger von Sandys nackthintriger Sonnenanbeterei, da seine Mutter, eine Dänin, aus einer Familie von Nudistenpionieren stammt. Er zeigte größtes Interesse an den Stammesangehörigen in Kordofan & wollte wissen, was sie anstellten, wenn sie amourös erregt wurden. Er ist ein Bursche von auffälligem Äußerem, dichte blonde Haare, unstete Augen & ein riesiger gefühlvoller Schnurrbart. Bei einem andern hätte schon die Kleidung genügt, zum Nudismus aufzurufen – ein schreiend kariertes Jackett, leuchtend gelbe Hose & eine Fliege mit Hunden darauf.

Ich mochte ihn recht gern, bedauerte aber, Sandy nicht für mich zu haben. Wir gingen zusammen in ein schmuddeliges kleines Steakhaus, wohl mit dem Hintergedanken, mich wieder mit dem Inbegriff englischer Kultur vertraut zu machen. Gemeinsam benahmen wir uns auf gut englische Art gründlich daneben, & Sandy & Otto ergötzten mich mit Neuigkeiten aus dem Londoner Leben, wobei Otto eine gründliche Vertrautheit mit all unseren alten Freunden bewies & mich behandelte, als wären wir zusammen zur Schule gegangen. Timmy Carswell habe geheiratet, »ungemein gut«, wie Otto mir versicherte. Das versetzte mir einen kleinen Stich und betrübte mich auch etwas, was ich aber mit dem sauren Rotwein hinunterspülte, den wir bestellt hatten. Sandy – der, wie ich vermute, im Unterhaus bis zum Wahnsinn in Tim verliebt gewesen war – stieß obszöne Flüche über ihn aus & glitt in rührselige Erinnerungen ab. Unterdessen lehnte ich mich zurück und ließ den Blick durch das Restaurant schweifen, wenngleich ich nicht umhin konnte, mich Tims und seiner engelsgleichen Schönheit mit 15 zu erinnern. Der Gedanke, daß nun weibliche Fingernägel über seinen weichen Männerkörper fuhren, war nicht schön.

15. Juni 1925: Seltsam – wenngleich vollkommen natürlich – wie man vom Leben abgeschnitten wird, wenn man weggeht. Alles ist in einem solchen Tempo weitergegangen. Sandy malt seine Bilder & lebt offensichtlich mehr oder weniger mit dem exaltierten Otto zusammen – und das versetzt mich in eine eigentümliche Lage. Die Bilder als solche verstehe ich nicht & habe darüber die Woche über nachgedacht, als ich häufig bei ihm war. Die Farben sind unnatürlich & das Dargestellte merkwürdig verzerrt; vor allem aber sind sie sehr groß. Es ist keine Größe, von der ich behaupten kann, daß ich sie mag oder gar daran glaube. Diese Größe ist die Größe von Sandys Gesten, seinen Trinkgewohnheiten, seinen phantastischen schmutzigen Reden – es ist nicht die Größe großer Bilder. Er hat da eine außerordentliche Studie von Otto, nackt bis zur Taille, irgendwo vom Fußboden aus gesehen, so daß dieser sich darüber auftürmt, das Kinn heroisch vorgereckt, alle Züge nahezu ins Brutale übersteigert. Die Studie ist überlebensgroß. Sie ist lächerlich, ich kann mir nicht helfen. Doch ich weiß, daß das vielleicht so ist, weil Otto selbst lächerlich ist. S. ist von ihm eingenommen, verbreitet sich so gierig über ihn, daß ich spüre, er ist mit den Gedanken nicht mehr richtig bei mir. Er gibt sich wilder denn je, doch unter allem liegt Zurückhaltung & gar Langeweile zwischen uns.

Für Afrika, für alles, was mir widerfahren ist, zeigt er keinerlei Interesse. Womöglich hält er mich sogar für einen drögen Hund.

18. Juni 1925: Freitag hatte ich ein Treffen mit Sir Arthur Cavill – früher Abend im Reform, Whisky-Soda, über nichts Besonderes geredet. Es schien ihm geradezu peinlich zu sein, die rein routinemäßigen Angelegenheiten zu berühren, die wir besprechen sollten. Ich mochte ihn – asketisch, zunächst distanziert, peinlich junggesellenhaft – & war nicht überrascht, als unter der Oberfläche seiner Konversation starke Gefühle aufblitzten. Nach zahlreichen Förmlichkeiten redete er gegen Ende noch über Meroe & das erste Mal, als er dort die Pyramiden gesehen hatte. Es war, als fühlten wir beide, vom Alkohol leicht erwärmt, wie unser Geist befreit war. Einen Augenblick lang waren wir sehr weit von Pall Mall entfernt, & obgleich wenig gesprochen wurde, tauschten wir einen innigen, fast *zärtlichen* Blick.

23. Juni 1925: Gestern abend eine bizarre Begegnung. Ich war nachmittags bei Sandy im Studio, als er & Otto sich ohne ein Wort die Kleider vom Leib rissen und aufs Dach kletterten. Ich saß da und las im *Times Literary Supplement* über Lawrence von Arabien und

Königin Marie von Rumänien, bis ich die Unbekümmertheit aufbrachte, mich zu ihnen zu gesellen. Sie sind am ganzen Körper braun wie was – Korsen? –, aber natürlich brauchte ich mich daneben nicht zu schämen. Ich schien in Ottos Achtung zu steigen, als er sah, wie sonnenverbrannt ich war. »Wir müssen einmal in die Tropen«, sagte er zu Sandy, »und wie die Kaffern herumlaufen.«

Auch ich wünschte, wir wären dort. Es hatte alles so etwas Befangenes & Absurdes, wie wir da auf den Bleidachplatten lagen, als wären wir Wäsche, & die Nacktheit hatte hier so etwas Anzügliches, wenn ich sie mit den Tagen verglich, als wir unterwegs waren & die ganze Gesellschaft an einem Fluß haltmachte & die Männer Hemd & Unterhose auszogen, wuschen & zum Trocknen auf Felsblöcken ausbreiteten. Ich bewahrte diese kleinen Idyllen für mich & dachte daran, wie ich mit der Pfeife unter den Büschen saß, während die Männer tauchten & spritzten oder sich durch die schlammigen Untiefen bewegten. Damals waren wir meilenweit von der Zivilisation entfernt; hier machte ich ein strategisches Spiel mit dem Tipi aus der Zeitung, während Otto & Sandy es auf ihre eigene, merkwürdige Art eisern durchzogen.

Am Abend bummelten wir zur Regent Street. In weitem Umkreis um das Café Royal zogen die Menschen umher, & es herrschte eine Stimmung (die tatsächlich völlig orientalisch war) von Getöse & Dreck & darunter eine große massive sommerliche Ruhe. Das Leben in England spielt sich so selten auf der Straße ab, daß es herrlich war zu bummeln. Man sah phantastische Typen & hin und wieder etliche mädchenhafte junge Männer, die warteten & warteten. Man spürte, wie diese Ecke der Stadt schon so viel davon gesehen hat. Auf der anderen Straßenseite, in dem monumentalen Ausstellungsraum des Steinmetzes, schwebten die Engel mit ausgebreiteten Flügeln und Lilien in der Hand umher: Sie schienen uns durch das Tafelglas stumm zu tadeln – oder vielleicht bedachten sie uns auch mit einem Segen.

In dem Café war eine unwirkliche Unterwasseratmosphäre, erste Lichter brannten, obgleich es draußen noch heiß und hell war, & Rauchschwaden trieben über den Marmortischen. Seit meiner Studentenzeit war ich nicht mehr dagewesen, & es erschien mir heute so unwahrscheinlich wie damals, daß England mit etwas so durch und durch Demokratischem aufwarten konnte, wo ich, immerhin ein Lord, mit einem Buchmacher an einem Tisch sitzen konnte. Ja, es weckte eine ziemlich korrupte & undemokratische Regung in mir – der gewagte »Chic«, mich in die Niederungen zu begeben. Ich glaube, Sandy empfindet das weniger & geht als Bohemien & zum Vergnügen hin.

Es war auch vergnüglich, & wir tranken Champagner und rauchten türkische Zigaretten & lümmelten auf den Bänken herum. Eddy St. Lyon war mit einem jungen Mann da, der wie ein Schauspieler aussah, & zwinkerte uns heftig durch den Saal zu; er ist ungeheuer gealtert & wirkt reif vor Verderbtheit & Selbstbefleckung. Am Nachbartisch spielten ein paar rauhe Gestalten Domino, ein gedrungener älterer Mann, eine Art Vorarbeiter mit seinem Trupp. S. war offensichtlich von einem von ihnen angetan, ungefähr achtzehn war er, verdreckte, sonnengebleichte Haare & grobe Züge: Er hatte etwas Zartes & gleichzeitig Brutales, dunkle Flecken, die sich von den Achselhöhlen seines Hemds ausbreiteten, & übernatürlich mächtige, schmutzige Hände, die eine überraschende Feingliedrigkeit erkennen ließen, wenn er die Steine hinknallte oder sein Bierglas zum Mund führte. Als das Glas leer war, langte S. hinüber und füllte es halb mit Champagner. Der Junge lächelte offen und entblößte dabei einen breiten Spalt in der oberen Zahnreihe, was mich schlucken & vor Lust kribbeln ließ, & der »Vorarbeiter« schaute voll Stolz und Dankbarkeit herüber, als hätten wir dem Jungen irgendwie bei seiner Erziehung geholfen. Als sie mit ihrem Spiel fertig waren, bedeutete S. dem Jungen, daß er ihn zeichnen wolle, & und sie verabredeten eine Zeit & einigten sich per Handschlag auf einen Preis; allmählich erkannte ich, wie die bunte Mischung des Publikums hier zu allseitigem Vorteil funktionierte. Danach suhlte Sandy sich regelrecht in seinem *savoir-faire*, & wir bestellten noch eine Flasche Champagner.

Mir war eine weitere einsame Gestalt aufgefallen, die ein Stück von uns entfernt saß und ebenfalls freizügig, ja, stark trank. Der Mann war schlank & wunderschön gekleidet, unbestimmbaren Alters, jedoch deutlich älter, als er gern sein wollte. Er muß wohl um die 40 gewesen sein, doch sein gerötetes Aussehen & seine, wie es schien, diskrete *maquillage* verliehen ihm etwas Artifizielles und machten einem den traurigen Eindruck, daß er wohl nicht jünger, sondern älter war. Er war nicht nur für sich, sondern auf eine überhöhte, geradezu dramatische Weise allein. Er wand sich & zuckte, als lägen tausend Blicke auf ihm, & faßte sich dann in einer Art harlekinscher Melancholie, hielt seine langen, elfenbeinernen Hände von sich & bewunderte die polierten Nägel. Sein Blick schweifte & blieb an einem jungen Arbeiter oder einer auffallenden Erscheinung hängen, bis ein scheußlicher, rasselnder Husten, der zu heftig schien, als daß er aus einem so zerbrechlichen & blumenhaften Körper hätte kommen können, ihn erschütterte und zu einer krampfhaft fuchtelnden Karikatur krümmte. Nach diesem Anfall lehnte er sich erschöpft zurück & wischte sich mit zitterndem Handrücken die Tränen aus den Augenwinkeln.

Auch Otto nahm dies zur Kenntnis & sagte in seiner sattsam bekannten besserwisserischen Art: »Den guten Firbank scheint es böse erwischt zu haben.« Ich fragte nach, & er sagte mir, der Mann sei Schriftsteller. »Er schreibt die herrlichsten Romane«, sagte Otto, »immer über Geistliche & wunderliche alte Damen & – & Kaffern: Du solltest ihn wirklich einmal lesen.«

Sandy stand auf. »Kommt, setzen wir uns zu ihm«, sagte er. Ich erhob Einspruch, doch vergeblich. Der arme Firbank schaute recht beunruhigt drein, als sich dieses ausgelassene Trio junger Männer auf ihn zubewegte. Doch entdeckte ich in seiner Erwiderung auf Ottos Gruß etwas wie eine erbarmungswürdige Erleichterung, so als ob, wenn wir uns zu ihm gesellten, die Welt endlich sehen konnte, daß er Freunde hatte.

Ein ähnlicher Widerspruch in seiner Reaktion war, als Otto ihn mit einem männlichen & kumpelhaften Lächeln fixierte & begann, ein Gedicht zu rezitieren – irgendeinen Unsinn über eine Negerin, die »in der Sonne röstet, an all die Dinge denkt, nach denen sie vergeblich dürstet«, & dazu noch etliches Dumdideldei. Firbank schien zu erschauern und zugleich zu lächeln (später erfuhr ich, daß er selber der Autor dieses Knittelverses war), & als das Gedicht zu Ende war, sagte er mit einem gewissermaßen ätherischen Japser: »Wie herrlich es sein muß, keine Krawatte zu tragen!«

Er hatte die eigenartige & charakteristische Angewohnheit, mit den Händen an den Beinen (die öfter umeinandergedreht waren, als es gemeinhin möglich ist) entlangzufahren, bis er die Knöchel umfaßte & der Kopf praktisch unter dem Tisch verschwunden war. Wenn er sich dann wieder aufrichtete, rasselte sein Atem mehr denn je – oder er hustete wieder & lief unter der Puderschicht auf seinen flachen, hohen Wangenknochen unterdrückt purpurrot an. Ich empfand körperlichen Widerwillen in seiner Gegenwart, & auch ein Gespräch war nachgerade unmöglich; doch es lag etwas Faszinierendes in seiner exquisiten Selbsterhaltung & dem heftigen Trinken & Husten, welches das ganze Gebilde zu zerreißen drohte.

Als wüßte er, was ich dachte, sagte er mit einem Anflug von Stolz: »Wissen Sie, ich werde nämlich sehr bald sterben.« Das erschien keineswegs unwahrscheinlich, doch als ich dies gleichwohl abwehrte, betonte er noch, daß sein »ägyptischer Wahrsager« es ihm bestätigt habe. Als er das nächste Mal ins Ausland ging – sehr bald, nach Frankreich, & dann in den Wüstendörfern um Kairo überwinterte – kam er nicht mehr zurück. Es war ein kindischer & theatralischer Moment, in dem man sich kaum ernst verhalten konnte, & doch, wie zuweilen eine Zeile in einem Melodram, schmerzhaft bewegend & wahr. »Ich will nicht sterben«, fügte er hinzu.

Allmählich erkannte ich, warum er keine Trinkgenossen anzog, & überlegte schon, ob auch wir nicht weiterziehen sollten, als er uns alle einlud, mit ihm die Negerband im Savoy anzuhören: »Es ist die wundervollste Musik, die es gibt«, sagte er. Also kippten wir den verbliebenen Champagner in schwindelerregendem Tempo hinunter & torkelten auf die Straße: Ich hatte geglaubt, wir würden zu Fuß gehen, doch die fußgängerische Vorstellung unseres Schriftstellers war nicht weniger eigenwillig als die sitzende: Sie verband die vergebliche Vorsicht des Betrunkenen mit einem sicheren Instinkt für Eleganz – wenn auch von einer etwas dekadenten Art. Bei jedem Schritt bewegte er sich in Wellen, die ihm von den Füßen bis zum Kopf hochliefen, wobei er sich mit kleinen, verstohlenen Oszillierungen der Hände irgendwie zu steuern & auszubalancieren schien: Erneut wurde ich an Wandgemälde in ägyptischen Gräbern erinnert – er hatte etwas so *Lineares* an sich. Am Piccadilly Circus winkten wir uns ein Taxi, & als er sich in die verrauchte Kabine neben mich sacken ließ, hauchte er mir seinen neuen Entschluß zu: »Wir müssen das himmlischste Gespräch über Afrika führen.«

Phil willigte ein, mit mir Roland Staines zu besuchen, und da wir in meiner Wohnung waren, zog ich ihn selber an. Ich untersagte ihm Unterwäsche und zwang ihn in eine alte beige Baumwollhose, die mir zu eng war, seine Anatomie jedoch bloßlegte. Die Mittelnaht schnitt tief zwischen seinen Eiern ein, und sein kleiner Schwanz kam wie an einem Spalier über seinem oberen linken Oberschenkel zu liegen. Ein weites, jungenhaftes Aertex-Hemd bildete einen sehr hübschen Kontrast, und als ich hinter ihm die Treppe hinunterging, war ich begeistert über meinen Angriff auf seine Schüchternheit und konnte kaum die Tracht Prügel erwarten, die ich ihm verabreichen würde, wenn wir zurück waren. Den ganzen Weg in der prallen Sonne ließ ich meine Hände gegen ihn schlagen, die Fingerspitzen beim Ausschwingen über ihn huschen.

Wir überquerten die Holland Park Avenue und schlenderten die Addison Avenue nordwärts, als hinter uns das Flapp-Flapp rennender, mit Sandalen versehener Füße erklang und dann mein kleiner Neffe Rupert neben uns her tänzelte.

»Roops – das ist aber eine Freude«, sagte ich. »Reißt du wieder einmal irgendwohin aus? Wenn ja, dann scheinst du mir nicht besonders dafür gerüstet zu sein.« Er trug schick gebügelte Shorts mit einem Elastikbund und ein T-Shirt, das die Proms vom letzten Jahr ankündigte.

»Nein, ich geh nur spazieren«, sagte er. »Es ist so ein schöner Tag – da bleibt man nicht gern drin!«

»Allerdings«, stimmte ich ihm zu. »Roops, das ist mein Freund Phil, er wohnt eine Zeitlang bei mir.«

»Hallo«, sagte er fröhlich und hüpfte rückwärts vor uns her, um uns beide gut in den Blick zu bekommen. Ich kam mir wie gefilmt vor, als ginge ich auf eine stetig zurückweichende Kamera zu, und ich schnitt Grimassen, um ihn zum Lachen zu reizen. Als er sich entschlossen hatte, uns zu mögen, ließ er sich zwischen uns zurückfallen, und wir bummelten Hand in Hand dahin. Er war so anrührend und vertrauensselig wie eh, und ich fand, daß wir wie ein junges Paar wirken mußten, das diesen blondgelockten Nachkommen mittels einer unwahrscheinlichen Agamogenesis gezeugt hatte.

Mit einem Auge war ich bei den Hausnummern, und wir waren schon fast da. »Wir gehen hier rein, mein Liebling«, sagte ich, und Phil schaute eine Spur verzagt drein, während Rupert, enttäuscht, daß unsere Begegnung so schnell wieder zu Ende war, eine ernste Miene aufsetzte; er verstand nicht so recht, was vorging, und blickte uns abwechselnd an, als müsse nun eine Entscheidung getroffen werden.

»Komm doch einmal zum Tee vorbei«, schlug ich ihm vor. »Wenn die alte Pollywog dich läßt.«

»Ja, das mach ich«, sagte er. Aber da war etwas anderes, das ihn sichtlich umtrieb, und er zog mich an der Hand mehrere geparkte Wagen weiter. Er schaute sich argwöhnisch um, und da wußte ich, worüber er mit mir reden wollte. Einen Moment lang glaubte ich, er würde mir erzählen, er habe Arthur gesehen, und mir war, als würde sich mein Leben vielleicht ganz plötzlich ändern. »Was ist denn aus dem Jungen geworden?« fragte er.

»Ach, der ist schon vor einiger Zeit weg«, sagte ich plausibel, als wäre es eine Lüge.

»Dann ist er also gut weggekommen, ja?«

»O ja – hat er gut geschafft.«

»Hast du gehört, wohin er ist? Ist er im Ausland?«

»Klingt vielleicht komisch, Alter, aber ich weiß eigentlich nicht, wo er ist. War nämlich alles streng geheim. Hoffentlich hast du niemandem was davon erzählt?«

»Nein«, flüsterte er, schockiert darüber, daß ich auf so einen Gedanken kam.

»Und überhaupt«, fiel mir ein, »solltest du ihn sehen, dann wüßte ich das ganz gern. Das muß aber alles ganz psst-psst gehen. Halt die Augen offen, wenn du rausgehst oder so« (an der Stelle riß er die Augen weit auf und befolgte so meinen Auftrag auf der Stelle), »und wenn du ihn siehst und du bist dir wirklich sicher, daß er es ist, dann ruf mich einfach an, ja?«

»Ist gut«, sagte er. Ich war froh, daß ich ein kleines Spiel oder Experiment daraus gemacht hatte, und fing schon an, darauf gespannt zu sein.

Wir gingen wieder zu Phil zurück, den wir mitten auf dem Gehweg hatten stehen lassen. Ich grinste über seine

Treue, seine Sauberkeit, das dralle Relief seines ... Bobbyhelms. Rupert gab uns beiden die Hand und machte sich davon, wobei er sich eifrig nach allen Seiten umschaute. Als wir ihn nicht mehr sahen, gingen Phil und ich den kurzen geplättelten Weg zur Tür von Staines' Haus; es war die linke Hälfte eines weiträumigen Stadthauses aus den dreißiger Jahren des vorigen Jahrhunderts, mit einer Ligusterhecke (eine mit Höhlen darin, die groß genug waren, daß sich ein Kind darin verstekken konnte) um den Garten und Vorhängen an den Erdgeschoßfenstern; sie waren auf eine verkommene Art, bei der man an Spätaufstehen und Fernsehen am Nachmittag dachte, zugezogen.

Staines öffnete und begrüßte uns mit der Miene eines Mannes, der einen guten Appetit hat. Schon als ich ihm bei Wick's begegnet war, hatte ich gedacht, daß ein eigentümlich leidenschaftlicher und sklavischer Mann in diesem makellosen Kleidern steckte – heute war es ein fast durchsichtiger Anzug aus sauresahnefarbener indischer Seide.

»Ich bin ja so froh, daß Charles *dich* hat«, sagte er.

»Danke«, antwortete ich. »Heißt das, daß es da noch andere gegeben hat?«

»Oh, da gab es einen schrecklich *alten* Mann mit Mundgeruch, der eine Druckerei hatte. Der war letztes Jahr ziemlich viel da, hat sich alles angeschaut. Zum Glück ist Charles ihn losgeworden, weil er zu snobistisch war.«

Wir traten in einen Salon mit schweren Theatervorhängen, die von Schnüren mit Quasten zurückgehalten wurden, und Fenstern bis auf den Boden, die auf eine Terrasse hinausführten; ein Stück Rasen und eine riesige Rotbuche waren dahinter sichtbar. Ein starkes Bemühen um guten Geschmack erfüllte den Raum: Ungelesene

Klassiker im Bücherschrank zeigten eine einheitliche Goldprägung auf dem Rücken, und die Blumen hätten der Hochzeit eines unbedeutenderen Angehörigen der königlichen Familie zur Ehre gereicht. Auf einem Sheraton-Beistelltischchen lag eine massige gepunzte Aktenmappe; eine Vielzahl gerahmter Fotografien krönte einen Mahagoni-Schreibtisch und vermittelte den Eindruck einer glitzernden und gefühligen Vergangenheit. Phil, der gelernt hatte, den Launen von Gästen zu entsprechen, schien sich nun als Gast unwohl zu fühlen. Er stand verlegen herum und konnte nicht einmal die Hände in die Hosentaschen stecken.

»Und was machst du?« fragte Staines ihn.

»Ich bediene.«

»Ooh.« Eine seltsame Stille folgte. »Na, hier wirst du jedenfalls eher selber bedient«, sagte er aufmunternd und musterte Phils Körperbau mit einem verschlagenen Blick. »Bist du auch ein Freund von Charles?«

»O nein – ich bin nur ein Freund von Will.« Mir wurde klar, daß Staines nicht wußte, warum Phil mitgekommen war, aber wie ich erwartet hatte, freute er sich, daß er mitgekommen war.

»Sehr schön! Aber fühle dich doch bitte ganz wie zu Hause. Leider gibt es hier keinen Swimmingpool – aber vielleicht nimmst du gern mit Bobby ein Sonnenbad« – er machte eine weitschweifende Handbewegung in Richtung Garten – »oder was auch immer!«

»Ich glaube, Ronald und ich haben einiges zu bereden, Darling«, sagte ich. »Aber wenn du willst, kannst du dich zu uns setzen.« Mich überlief einen Schauer von Besitzgier und Grausamkeit, als wäre ich ein mieser Geschäftsmann, und sagte das zu meiner Frau. Wir gingen alle zu den Fenstern und traten hinaus. An einer Seite waren teure Gartenmöbel gruppiert, Sessel mit geschwungenen Korblehnen und geblümten Kissen, eine lange, ausklappbare Sonnenliege, ein Tisch mit Glasplatte und einem Krug Pimm's und einem dazu passenden Set Deco-Becher darauf: Es hatte alles etwas Ideales, wie in einem Katalog. Dahinter, am Rand der Terrasse, standen Töpfe mit Alpenpflanzen – flechtengelbe Zwergkoniferen und drahtige Heidebüschel, die hier eine vollkommen unsinnige Existenz führten. »Wir können alle etwas trinken«, sagte Staines. Dann kam Bobby um die Ecke aus dem Garten.

Bobby war – was? – fünfunddreißig? Er war aufs äußerste verwöhnt worden, er hatte zu viel gegessen, zu viel getrunken, und sein Gesicht und sein Körper spiegelten es wider. Ich erkannte sofort, was für ein Kind er einmal gewesen war: der weiche Mund, die billigen, nie blinzelnden, porzellanblauen Augen, die blondschimmernde Haarlocke, die er nach hinten strich, als er auf uns zu schlenderte – das alles waren die Züge einer Schultunte wie etwa Mountjoy, um eineinhalb Jahrzehnte gealtert (und wo war Mountjoy jetzt?). Auch seine Kleidung ließ einen zwangsläufig daran denken: ein zerknittertes weißes Hemd, Turnschuhe und eine ausgebeulte weiße Flanellhose, in der Taille von etwas gehalten, was ich als eine Old-Gregorians-Krawatte ausmachte (James hatte nämlich die gleiche). Als wir einander vorgestellt wurden, sagte er auf eine gestelzte, offene Art »Hallo« und hielt mir eine feucht-heiße Hand mit dicklichen, sehr beweglichen Fingern und langen kalkigen Nägeln hin. Verwirrt dachte ich an die Theorie der Temperamente und konnte mir mit einem Mann mit solchen Händen keine Intimität vorstellen. »Du machst also den guten Charles«, sagte er und gackerte, als wäre Charles ein Gestrauchelter wie er selber. »Na, viel Glück, kann ich da nur sagen.«

Er hatte das Thema mit ungeschliffener Abruptheit angeschnitten, dennoch sah ich mich genötigt nachzuhaken. »Der alte Knabe ist nämlich nicht mehr ganz beisammen. Sollte mich nicht wundern, wenn es etwas im Kopf wäre. Natürlich war die Mutter völlig plemplem. Die ganze Mischpoke war *ziemlich merkwürdig.*«

»Der vorige Lord Nantwich, Charles' Vater, war ein begabter Dichter«, beruhigte Staines mich förmlich, während er den Pimm's in kleinen Tropfen und Platschern, wenn etwas Fruchtgarnierung mit hineinfiel, ausgoß. »Er schrieb Stücke in Versform, die dann seine Bediensteten aufführten. Meine Großmutter hat ihn gekannt – und über sie habe ich dann auch Charles kennengelernt. Er hat mich schon auf dem Schoß gehabt, wäre wohl der richtige Ausdruck – noch früher, als meine Erinnerung zurückreicht.«

»Woher kam die Familie?»

»Ach, die lebten damals in Shropshire. Sie hatten auch ein Haus in London, aber das benutzten sie nie. Ich glaube, der alte Herr ist kein einziges Mal im Oberhaus aufgetaucht. Sie hatten keinerlei Kontakt zur modernen Welt, Wahnsinn – kein Telefon, nichts – und deshalb sind sie wohl auch etwas schrullig geworden. Charles war seiner Mutter *ergeben*; sie schrieben einander buchstäblich jeden Tag. Und dann war da natürlich noch Franky. Hat Charles dir von ihm erzählt?«

»Charles hat mir fast überhaupt nichts erzählt.« (Sollte ich das jetzt aufschreiben? Das »Nantwich«-Notizbuch war noch völlig leer, mit Ausnahme einiger Kritzeleien auf der Rückseite, wo ich versucht hatte, einen Kuli zum Schreiben zu bringen.)

»Nun, eines Tages werde ich diese sehr, sehr traurige Geschichte erzählen. Für jetzt soll es genügen, William, daß *Franky* Charles' großer Bruder war und, unter normalen Umständen, den Titel übernommen hätte. Er war ein Nymphomane, wenn ein Mann das denn sein kann. Damals hieß es, die Knechte in Polesden hätten sich die Hosenschlitze zugenäht. Er drängte sie immer in eine Ecke und ließ sie alles mögliche machen. Und natürlich *konnte* man das damals – vielleicht schmücke ich es auch etwas aus, aber ich glaube, ich habe recht, wenn ich sage, daß man praktisch jeden, und zwar jeden Arbeiterjungen haben konnte ... für keine zehn Shilling. Die brauchten das Geld, mein Lieber. Es ist wirklich zu amüsant oder besser: war, bis einer von Frankys Jungen eklig wurde und ihn *einfach* in Stücke haute. Und das brachte ihre arme Mutter dann wohl schließlich um den Verstand.«

»Und den Onkel«, soufflierte Bobby ungeduldig.

»Oh, der *Onkel* – ja, Charles hatte so einen göttlichen Onkel, den alle Welt für einen ganz schlimmen Herzensbrecher hielt und der sich immer sehr ritterlich gab und sich mit jeder Menge Schönheiten der damaligen Zeit zeigte *und so weiter.* In Wirklichkeit aber war natürlich nichts daran wahr, und er trieb es immer unterwegs mit Schaffnern – im Zug, nämlich. Da ging also eine Menge *solcher Sachen* ab. Verglichen mit den andern, war Charles sogar noch das weiße Schaf der Familie.«

Bobby ließ sich auf die Sonnenliege fallen. »Die mochten alle ›ein wenig das Grobe‹«, sagte er in hochtrabender Verstellung, als wäre er ein Polizist, der die Sprache eines Täters vor Gericht charakterisiert. »Ich muß allerdings sagen, Charles' ›Gentleman's Gentlemen‹ sind das Letzte. Wen hat er denn im Moment, wieder so einen alten Knacki?«

Staines machte ein zögerndes, ja besorgtes Gesicht. Seine Version und die Bobbys würden sich nicht decken, das wußte ich, und wo Staines mit Zuneigung erzählte, war bei Bobby alles durch eine Art träger Verachtung gefiltert. Jetzt sagte er: »Du weißt doch, wie er sie sich besorgt, oder? Brettert raus nach Wormwood Scrubs oder zu sonst einem Knast, und wenn er sieht, daß bald einer rauskommt, schnappt er ihn sich und bietet ihm einen Job an. Lächerlich, auf diese Weise jemanden einzustellen.«

»So einfach ist das auch wieder nicht«, entgegnete Staines. »Charles hat ein goldenes Herz für Underdogs, für Underboys sozusagen. Auf diese Weise hat er viele Freundschaften geschlossen und bei manchen das Leben in völlig andere Bahnen gelenkt. Manchmal funktioniert es eben nicht. Natürlich weiß man nicht genau, was da *abläuft*, aber sie sind oft besitzergreifend und eigensüchtig, und dann gibt's in der Regel Ärger. Ach herrje! Komm, wir gehen rein, William, ich zeig dir ein paar Sachen.«

Wir gingen hinein, doch ich zögerte auf der Schwelle, ob ich meinen Liebling Phil bei Bobby lassen konnte. Phil schaute resigniert drein – vielleicht störte es ihn aber auch nicht: Seine Toleranz Leuten gegenüber, die ich auf den ersten Blick nicht leiden konnte, hatte mich schon einige Male überrascht und beschämt. Staines aber schien das Problem zu spüren und wandte sich noch einmal um. »Komm doch auch mit«, rief er, streckte den Arm aus und ließ das Handgelenk in vollendeter Maniriertheit abknicken.

»Ich halt mich ans Saufen«, muffelte Bobby.

Hatte der Salon das unnatürliche, ehrgeizige Aussehen eines Zimmers, das gleich fotografiert wird, so machte das Zimmer, in dem tatsächlich fotografiert wurde, den Eindruck eines kultivierten Durcheinanders, als müsse die saubere und taktvolle Kamera auf das Durcheinander, offensichtliches Symptom der Kunst, eines Malerstudios Anspruch erheben. Leere Dosen Entwickler stapelten sich um einen ostentativ vollen Abfalleimer, ein dramatischer Punktstrahler griff die Arbeitsplatte heraus, wo der einzige malerische Vorgang, das Retuschieren von Abzügen mittels eines feinen Pinsels, stattfand. Ansonsten war es ein verlassener Raum – wie eine Mischung aus Bühne und Operationssaal. Die starken Lampen mit ihren silbern reflektierenden Schirmen waren abgeschaltet, und als die Vorhänge zugezogen wurden, tauchte vor mir kurz das Bild einer Schultheaterprobe in einem leergeräumten Klassenzimmer auf, von Gebärden, die mit imaginierten Requisiten gemacht wurden, von verlegenen Jungen, die Silben verschluckten, und über allem der Eindruck, daß das vollendete Werk noch in kummervoller Ferne lag. Gleichwohl schaute ich mich bewundernd um, und ebenso, wie ich noch immer ungezogenerweise die Kanzel besteige, wenn ich eine Kirche besuche, riß ich Phil vor einem der schweren, entrollten Hintergründe aus eierschalenfarbenem Zeichenpapier theatralisch an mich. Die Linse der kauernden Kamera beäugte uns enigmatisch, warnte uns, uns ja nicht zu bewegen. Phil grinste und erkannte eine Spur zu spät, worauf ich hinauswollte.

»Ach, William, hier würde ich dich gern mal aufnehmen.« Hinter dem Papierbogen, am Ende des Studios, war eine anders geartete Szenerie, eine bemalte Segeltuchkulisse zeigte eine Balustrade, über die sich ein Vorhang bauschte, und dahinter erstreckte sich der verschwommene Prospekt einer Parklandschaft. Es war eine ähnliche Szenerie wie auf der rätselhaften frühen Fotografie von Charles mit der Frau – wobei derlei Hintergründe vor dem Krieg in allen Fotoateliers der Welt üblich waren. »Ich habe sie von einem Abbruchgelände drüben in Whitechapel«, sagte Staines, während er hinter mich trat, um das Ganze zu betrachten, und mir eine beringte Hand auf die Schulter legte. »Ist aber nicht das einzige, was ich da an Land gezogen habe, wenn du's genau wissen willst.« Ich grinste. »Nein, ich werde sie für meine Version *eduardianischer* Fotos benutzen. So ergreifend. Du hast doch gesagt, du wolltest eins machen, nicht? – du siehst genau richtig dafür aus. Nichts Unartiges, absolut nichts Unartiges.«

»Würde mich sehr freuen«, beschloß ich.

»Doch zuerst mußt du dir ein paar Fotos vom alten Charles und anderen anschauen. Es ist alles ein gräßliches Tohuwabohu. Ich brauche endlich einen – na, gerade so einen wie dich –, der mir das *Archiv* ordnet. Es hat schon etwas gebracht, daß ich viel von dem Zeug verkauft habe, aber trotzdem.«

Gemeinsam zogen wir die breiten niedrigen Schubladen heraus, in denen Hunderte und Aberhunderte von Fotos gestapelt waren. Rissige Seidenpapierbögen lagen zwischen den älteren Abzügen und enthüllten, als wir sie entfernten, anonyme Gesellschaftsgesichter der – wie ich annahm – vierziger Jahre, die schmollten oder selbstgefällig lächelten. Einige wollte ich genauer betrachten, doch Staines schob sie zurück und suchte hastig weiter; und wenn er mir einmal etwas über die Leute erzählte, dann waren es Menschen, von denen ich noch nie gehört hatte. Welche Vorstellung, daß die Szene von Charles' Leben von derartig glitzernden Mayfair-Gestalten umdrängt war, Frauen mit ragenden Brüsten und glänzend bemalten Lippen, Männer mit eitlen Kraushaaren.

»Das ist alles Bond Street-Zeug«, beruhigte mich Staines. »Manches davon ist *brillant*, aber das interessiert uns jetzt nicht.« Also trugen Phil und ich die Einsätze mit den Fotos in den Salon – und ich fragte ihn, ob wir die neuen Arbeiten auch sehen könnten, die Martyrien und die Fleischerjungen. Staines machte sich daran, nach anderen Sachen zu fahnden, nach Briefen, die er vielleicht hatte, während Phil und ich wie verdorbene Kinder auf dem Sofa vor dem leeren Kamin saßen und uns alles anschauten. Es hatte etwas Schamloses, wie er uns das alles so durchschnüffeln ließ und auch wie chaotisch das System war. Für mich warf jedes Bild eine Frage auf oder verwies auf ein drängendes, ordinäres Geheimnis.

Phil hatte natürlich keine Ahnung, wonach wir suchten. Doch erkannte er sehr rasch, daß der Mann auf einem Foto, das aus einem eigenartigen Winkel aufgenommen war, so daß er sich in eine Art nackten Küstenstreifen zu verwandeln schien, Bobby war. Bobby tauchte recht häufig auf, seelenvoll des Nachts am Fenster wachend oder in seinen weißen Sachen, die damals eindrucksvoller waren, vor einer leuchtend weißen Wand in Tunis oder, weniger überzeugend, im Schein einer Lampe über ein altes Buch gebeugt. Dann kamen einige affektierte Phantasien – Bobby als Seemann, als Airforce-Mann mit schief sitzender Mütze und pomadisierter Stirnlocke. Auf einem Foto, das achtzehn Jahre alt war, stand er, nur in Sandalen und mit Weinreben bekränzt, zwischen zwei klassischen Gartenstatuen. Staines dürfte keine Schwierigkeiten gehabt haben, diesen Ausdruck zurückversetzter heidnischer Freuden zu bekommen: Das Degenerierte steckte allein schon in der üppigen Schönheit und der unklassischen Weichheit von Bobbys Körper. Es hatte den Anschein, als sei dieser mit dem sehr viel älteren Mann davongelaufen, der zu der Zeit vielleicht schon ein anerkannter Gesellschaftsporträtist war und Zugang zu Landhäusern hatte. Ich stellte mir vor, wie Bobby von deren Gastgeberinnen gehätschelt und getadelt wurde und, obwohl es zu Beginn der sechziger Jahre war, für den verehrten Staines in dem gekünstelten sizilianischen Stil einer früheren Zeit posierte.

Als Staines mit leeren Händen zurückkam, fragte ich ihn nach Sandy Labouchère und Otto Henderson. »Irgendwo *muß* es ein Bild von denen geben«, sagte er. »Eigentlich habe ich sie nicht sehr gut gekannt – um dir von Nutzen zu sein, bin ich zu *jung*... Als ich sie kennenlernte, waren sie ein schauerliches Paar: Labouchère ein hoffnungsloser Trinker und Henderson ebenfalls. Sie waren mehr oder weniger zusammen und malten die ungeheuerlichsten Bilder, in gewissem Maße morbid und voller dekadenter junger Männer in doppelter Lebensgröße – in *jeder* Hinsicht. Otto war natürlich eher Karikaturist, wenngleich er manchmal auch an eine Arbeit im Theater herankam. Ich habe einmal eine Oper gesehen, die er gemacht hat, die schamlosesten Karyatiden und so weiter und Sklaven. Das Mobiliar auf der Bühne sah äußerst unbequem aus; ich erinnere mich, wie ein Kritiker schrieb: ›Mr. Otto Henderson zeichnete für die *misère-en-scène* verantwortlich‹.«

»Was ist aus ihm geworden?«

»Wenn du mich so fragst, eigentlich könnte er noch leben. Ich habe ewig nichts mehr von ihm gehört: Das letzte Mal wohnte er in einer Kellerwohnung in Earl's Court, glaube ich, bei einer Art *Sekte.* Als sich sein Freund schließlich zu Tode getrunken hatte, wurde der arme Otto wirklich etwas seltsam. Übrigens habe ich ein Bild von Labouchère, wenn du es sehen willst. Es ist ziemlich was Besonderes, deshalb halte ich es ein wenig unter Verschluß.«

»Würde mich sehr interessieren.«

»Es *ist* aber auch amüsant.« Staines fand Gefallen an der Idee. »Ach, ähm, Phil, würdest du mir vielleicht etwas zur Hand gehen, William kann ja so lange weiter Fotos anschauen.« Ich ließ sie ziehen und stieß bald darauf auf ein Bild von Charles: Es war genau das, was ich für mein Buch brauchte. Er war um die fünfzig, hatte schon etwas angesetzt, sah aber immer noch gut aus, und saß auf einem Stuhl vor dem großen spitzgiebeligen Bücherschrank in der Bibliothek in der Skinner's Lane. Neben dem Stuhl, ein Glas auf einem Tablett reichend, stand ein Schwarzer in einer weißen Jacke. Bestimmt sollte er seinen Dienstherrn anschauen, wurde aber gerade aufs Bild gebannt, als er für einen Moment dessen Blick folgte und der Kamera ein scheues, ergebenes Lächeln schenkte.

Ich legte verschiedene andere Bilder heraus, von Leuten, die ich schön oder exzentrisch genug fand, um mich nach ihnen zu erkundigen, und die, so hoffte ich, einen Platz im rissigen Mosaik von Charles' Leben einnahmen. In einer Schublade stieß ich zu meiner Überraschung auf einen steifen, cremefarbenen Umschlag, auf dem »Staines, Fotograf. New Bond Street« eingeprägt war und der eine Serie enigmatischer, ziemlich schöner Akte enthielt: ein dünner junger Mann, den Kopf abgewandt oder vom Schatten einer Jalousie schraffiert oder ängstlich auf dem nackten Fußboden des Ateliers kauernd. Das Gesicht des Jungen war immer teilweise verborgen und seine Persönlichkeit von der sinistren Melancholie der Kompositionen überdeckt. Und dennoch erkannte ich an der ausgeprägten Krümmung und Massigkeit des Schwanzes, wer es war – Colin, James' Freund vom Corry, den ich an jenem heißen Nachmittag vor ein paar Wochen in meiner Wohnung gehabt hatte.

Ich hatte schon angefangen, mich etwas daran zu erregen, als ich spürte, daß noch jemand im Zimmer war. Bobby stand an den Verandatüren und schaute ausdruckslos zu mir herüber. Ich begann aufzuräumen und die Bilder, die ich wollte, zusammenzuschieben. »Ist

Ronny nicht da?« sagte Bobby; er klang schon etwas betrunken.

»Nein, er sucht gerade etwas.«

Bobby gestattete sich ein müdes Lächeln. »Wenn ich du wäre, würde ich mit mir mitkommen.« Ich nahm das als einen nüchternen Antrag, doch als er durchs Zimmer zur Tür gegangen war, sich dort umgewandt und »Ach, komm schon« gesagt hatte, merkte ich, daß es das nicht war und er mich irgendwie auf den Arm genommen hatte.

Wir gingen den Flur entlang ins Studio; Bobby blieb einen Moment stehen und versperrte mir die Sicht, bevor er auch mich sehen ließ, was da vor sich ging. Staines, der über das Stativ gebeugt war, ein Auge auf den Sucher gedrückt, hatte uns kommen hören und wedelte mit dem linken Arm nach hinten, damit wir warteten und die professionellen Konventionen einhielten, während er sich konzentrierte. »Versuch, nicht zu lächeln«, sagte er. An eine hohe weiße Plinthe gelehnt, die Haut eingeölt, unter den Studiolampen fast glitzernd, den obersten Knopf meiner Hose geöffnet, fühlte Phil sich plötzlich schuldig und wurde befangen. Das tiefe und vielsagende Rot, das ich an ihm so liebte, ergoß sich über seine Wangen und Stirn, über die Seiten nach hinten und sickerte den kräftigen Schaft seines Halses hinab und verebbte auf seiner glänzenden Brust.

Auf dem Nachhauseweg schauten wir noch in den Volunteer herein und tranken ein Bier draußen auf dem Gehweg, gefangen in der traurigen, erotischen Stimmung eines frühen Abends im Sommer – Arbeiter gingen nach Hause, die ersten Tunten kamen ins Pub, staubige Müdigkeit mischte sich mit Erwartungen. Ich blickte die Straße entlang, sagte wenig und warf Phil hin und wieder einen ironischen Blick zu, schockiert darüber, glaube ich, wie leicht zu manipulieren er war, mir war leicht übel von dem Gefühl, daß ich ihn vielleicht nicht halten konnte. An jenem Nachmittag hatte ich ihn in Pornographie verwandelt, und ich war erschüttert, daß Staines meinem Instinkt so wörtlich, so unmittelbar gefolgt war; auch stolz, ja, aber mit dem Unbehagen des Sexprotzes. Phil selbst hatte eine Miene bloßgestellten, aber trotzigen Erfolgs aufgesetzt.

Als wir in meine Straße einbogen, humpelte er und sagte: »Will, ich muß so pissen, ich platze gleich.« Der enge Bund meiner Hose drückte entsetzlich auf seine Blase, die von zwei Halben Lager angeschwollen war. Als wir dann endlich das Haus betreten hatten und hochgegangen waren, wagte er sich kaum noch zu bewegen und faßte sich mit einem kindlichen Stöhnen der Not an den Schritt. Ich schloß die Tür auf, und als er hineinwollte, packte ich ihn am Arm und ließ ihn nicht weiter. Dann kniete ich mich nieder und öffnete ihm die Schuhe und zog ihm die Socken aus: Er krümmte sich und japste: »Mensch, *beeil* dich!« Doch anstatt ihn loszulassen, führte ich ihn auf das Linoleum in der Küche, und da stand er, folgsam und verzweifelt. Ich zog ihm das Hemd aus und löste den obersten Knopf der Hose, setzte sein Porno-Bild wieder ein – das einer harten, scharfen, verstörten kleine Tunte. Sein Schwanz war schon halb steif von dem Drang zu pissen, und während ich ihn küßte und biß und ihm die Nippel leckte, flüsterte ich ihm zu, es laufenzulassen. Ich schob ihm die Hand zwischen die Beine und quetschte ihm die Eier zusammen und sah, wie seine Augen groß wurden, al er seine Hemmung überwand. Er sah dankbar aus, fast ekstatisch, als der erste schüchterne Fleck aus seinem Schoß erblühte, sein Schwanz zuckte unter der dünnen, hautengen Baumwolle auf, und da geschah es, es schoß heraus, immer mehr, das linke Bein wurde dunkel und glänzend von dem nach untern laufenden Naß. Eine ansehnliche, kindliche Lache breitete sich auf dem Linoleum aus, und als er fertig war, trat ich hinter ihn, zog ihm die Hose herunter, stieß ihn zu Boden und fickte ihn darin wie ein Wahnsinniger.

Später saßen wir zusammen in der Badewanne, den Schaum bis über die Ohren, wie man es immer so diskret im Film sieht. Phil brauchte jetzt eine Hose, und da kam ich freudig auf meine Vorstellung von ihm als meinem kleinen Soldaten zurück und gab ihm meine alte Armeehose. Er marschierte darin umher, und als er in den Taschen wühlte, förderte er etwas Kleingeld, ein steifgewichstes Taschentuch und eine zusammengefaltete weiße Karte zutage. Ich schaute auf die Karte, auf der eine Krankenversicherungsnummer stand und auf der Rückseit der Name »Arthur Edison Hope« und seine Adresse.

8

Am nächsten Tag war ich früher als gewöhnlich im Corry, schwamm mit dem Mittagspausenvolk, bevor ich dann weiter nach Osten zu Charles fuhr und anschließend, mit einem mulmigen Gefühl und vielleicht vergeblich, noch weiter. Phil war wieder bei der Arbeit, eine ungünstig eingeteilte Schicht, und am Abend würde ich ihn im Hotel wiedersehen.

Der Duschraum war überfüllt, so daß ich am Eingang mit noch zwei anderen warten mußte, die schnell hinein und wieder ins Büro wollten und diejenigen, die sichtlich mehr Zeit hatten, mit einer skeptisch gehobenen Augenbraue bedachten. Carlos mit seinem feisten Schwanz gurrte »Hey, Will« herüber und winkte mir zu, und so wartete ich nicht in der Schlange, sondern trat zu ihm unter seine Brause, seine Düse. »Ist viel los«, räumte er ein, »aber ich seh mir gern die Kerls an.« Damit war das Gewissen des Corry mit einem Satz zusammengefaßt. Er seifte mir die Schulterblätter in stockenden, genießerischen Bögen ein, ging weiter meinen Rücken hinab, und ich bekam allmählich einen Steifen.

Auf der andern Seite des Gangs stand Andrew, der Gymnastiklehrer, und wusch sich asketisch mit Teerseife den Kopf. Mit seinem drahtigen, leicht O-beinigen Vorkriegskörper und dem dünnlippigen grauen Quadratschädel schien er wie auf der Suche nach einer verlorengegangenen puritanischen Sauberkeit zu rubbeln; und als er zum Abtrocknen ging, schaute er Carlos und mich geradezu disziplinarisch vorwurfsvoll an. Sein Platz wurde von einem Dal-farbenen indonesischen Jungen mit kräftigen gelben Zähnen, ungeheuren Händen und einem ungewöhnlich ausfahrbaren Schwanz eingenommen, der im Ruhezustand ganz übliche Ausmaße hatte, sich dann aber mit nur wenigen lässigen Strichen einer seifigen Hand üppig auswuchs und ein paar Sekunden später, als der Indonesier durch den Raum grinste, schwer lastend erigiert war – natürlich auf Carlos' freimütige Bewunderung hin.

Oh, der Unterschied von Mann zu Mann. In der Dusche, die nur einen generellen Eindruck, der andernorts bestand, pars pro toto bestätigte, war ich manchmal verblüfft und erbaut von der Vielfalt des männlichen Glieds. In der Reihe der duschenden Männer gewannen die Schwänze und Eier fast die Eigenschaft einer Spezies für sich, die in lehrreich kontrastierenden Beispielen ausgestellt war. Hier der lange, schlaffe Penis, dort der knappe, athletische Knubbel oder die unschuldige Rosenknospe von einem, der kaum die Schule hinter sich hatte. Carlos' indianischer Gigant schwang gleich neben der kompakten Form eines chinesischen Jungen, dessen winziger brauner Schniepel von dem nassen Schamhaar fast verdeckt wurde, wie ein exotischer Pilz auf einem Teller Seetang. Auf der anderen Seite von mir zeigte ein junger Geschäftsmann eine jener langen, entmutigenden Vorhäute, die die Eichel fest umschließen und sich dann weitere zwei, drei Zentimeter runzeln und kindisch sabbern. Hinter ihm war der Schwanz eines der Gewichtheber, radikal beschnitten, in seinem üblichen ambivalenten Zustand, nicht ganz ruhend, aber auch nicht ganz in Habacht. Ich warf dem Mann unverhohlen liebevolle Blicke zu, während er sich langsam von einer Seite auf die andere drehte, ohne sich meiner bewußt zu werden, in seiner heiteren, numerischen Gewichtheberwelt versunken. Ich konnte nicht länger warten, und ohne großes Federlesen nahm ich Carlos tropfend und giggelnd mit aufs Klo, wo wir uns gegenseitig schnell und gierig einen abwichsten.

Wie hoffnungslos anders sich Charles das Leben darstellen mußte, dachte ich, während ich die U-Bahn nach St Paul's nahm. Wenn man jenseits der Liebe ist, wo liegt dann die Lust? Was macht man, wenn man sieht, wie die lüsterne, respektlose Welt ihrem Treiben nachgeht, die Jungen einander im Arsch stecken? Ob es jemals endete, dieses unwiderstehliche, normale, subnormale Verlangen nach Sex? Oder höhnisch weiterging?

Die Tür in der Skinner's Lane wurde von einem neuen Mann geöffnet. Er war Lewis nicht unähnlich, ein einnehmender Ex-Knacki mit regelmäßigen, schönen Zügen, belebt von einer blassen Narbe, die über die linke Wange fast bis zum Auge lief. Ich empfand es als ein eigenartiges Zusammentreffen, ausgerechnet heute.

»Mr. Beckwith?« sagte er mit einer Selbstgefälligkeit, als wüßte er genau, was läuft. »Ihre Lordschaft erwartet Sie.«

Charles saß in der Bibliothek über der *Times.* Er erhob sich nicht, machte aber einen vergnügten Eindruck und kicherte, als er mich sah. Ich trat zu ihm hin, und er legte mir einen Arm um die Taille, wie Eltern ein müdes oder ausweichendes Kind beschirmen und zu sich heranziehen. »Fällt Ihnen etwas ein, das da reinpaßt?« fragte er.

Ein Wort in dem Kreuzworträtsel stand noch aus, und da ich das Ganze am Morgen recht schnell erledigt hatte, beschloß ich, so zu tun, als überlegte ich noch einen Moment, bevor ich mit der Antwort herausrückte. »Trage eilig Unfrieden in die Frauengemächer«, las ich. »Nun, das dürfte wohl ›HAREM‹ sein, aber ...« In die drei waagerechten Spalten, die den ersten, dritten und letzten Buchstaben des gesuchten Wortes vorgaben, hatte er rigoros

»SCHRAUBE«, »AZALEE« UND »PRESION« (*sic)* eingesetzt.

»C frei Z frei P«, grübelte Charles. »Verflixt, mir fällt einfach nichts ein, wahrscheinlich habe ich mich wieder in die Klemme gebracht.«

»Ich denke, einige Lösungswörter stimmen nicht«, sagte ich freundlich. »›Ein Veilchen in einer Flasche‹ zum Beispiel muß ›PHIOLE‹ lauten.«

Charles war erfreut, daß ich mich darauf eingelassen hatte. »Ach, die *Fragen* sind mir gleich«, sagte er in einem Ton und mit einer kleinen Abwärtsbewegung der Hand, die müde Verachtung, ein beinahe politisches Gefühl der Entfremdung vermittelte. »Nein, nein, nein«, lächelte er, »ich mache das *alternative* Kreuzworträtsel, wie man derlei Dinge heute nennt. Man muß Wörter eintragen, die nicht die Lösungen sind. Das ist viel schwieriger. Es ist eine Art Solitär, wissen Sie, da muß man ganz radikal sein. Aber den letzten beißen eben die Hunde, und dann leider auch noch in den Hintern.«

Ich nickte und dachte darüber nach. »Dann könnte man jetzt wohl ein Wort erfinden«, sagte ich.

»Oh ja, los«, sagte Charles.

»Wie wäre es denn mit ›CO-ZIP‹ – den Hosenladen mit Hilfe eines anderen zumachen. Oder ›CO-ZAP‹ – sich zusammentun, um etwas zu sprengen.«

»Oh, co-zip! co-zap! Welches sollen wir nehmen?«

»Nehmen wir co-zap.« Ich gab ihm die Zeitung zurück, und er schrieb es mit dem Kuli hinein. Er schrieb, zitternd, aber emphatisch, und das Ergebnis schien ihn völlig zufriedenzustellen.

»Nun, mein lieber William, gleich kommt der Kaffee. Übrigens, das ist Graham, der neue Mann. Ein Muster an Aufopferung. Und erzählen Sie mir, wie Sie vorangekommen sind.«

»Sie haben mir da ein paar Überraschungen bereitet«,

sagte ich, während ich mich wie bei meinem ersten Besuch ihm gegenübersetzte.

»Angenehme, hoffe ich doch.«

»Angenehm rätselhaft, ja. Die beiden Leben des Bill Hawkins kamen völlig unerwartet. Und völlig unerklärt«, fügte ich hinzu.

»Aha!« Charles wurde abgelenkt, als die Tür geöffnet wurde und Graham sich lächelnd, aber ehrerbietig durch die gebrochenen Plinthen, den imaginären Säulengang aus aufgestapelten und umfallenden Büchern, näherte. »Sehr schön, sehr schön, Graham. Vielen Dank. Aus Silbertüll'n die linden Säfte wall'n, in Chinas Ton die dampfend' Fluten fall'n« – letzteres sagte er mit tiefem ironischen Wohlbehagen. »Ich habe wieder Pope gelesen«, erklärte er und tippte auf eine offensichtlich sehr frühe Ausgabe auf dem Kaffeetisch. »So ein Hund. Wenn man sich dem Ende nähert, finde ich, sollte man nur Dinge lesen, die ganz schrecklich gut sind. Einst habe ich den ganzen ›Lockenraub‹ auswendig gelernt.« Er schaute zu der Bilderschiene hoch, als versuchte er, sich an etwas zu erinnern, doch seine Gedanken gingen sichtlich wieder ins Leere. Graham goß die linden Säfte ein und zog sich zurück.

»Ich wollte Sie nach Ihrer Begegnung mir Ronald Firbank fragen.«

Charles schaute sich um; er hatte bekommen, was er wollte. »Sandy Labouchère war schrecklich komisch bei dieser anderen Stelle bei Pope. Wissen Sie, die von Waller. Da gab es doch dieses Haus, eine Bedürfnisanstalt in Soho, wo er immer hinging – jeder kannte sie als Clarkson's Klappe, weil sie direkt neben dem Theaterausstatter Clarkson in der Wardour Street stand. Die meisten hatten eine Art Dreipaßloch, so daß man hinausspähen konnte und sehen, ob die Polizei kam oder wer hereinkam. Nicht jedoch Clarkson's Klappe, bis jemand eines Tages ein kleines Guckloch hineinschlug. Sie können sich denken, wie Sandy das formulierte.« Charles hob seine Tasse, und ich schaute gequält und begriffsstutzig drein, so daß er es mir sagte: »In Clarkson's Klappe nun verfallen und verratzt, vertrieben ist die Nacht durch einen Spalt, den Tunten da gekratzt.«

Ich grinste ausgiebig und sagte: »Natürlich.«

»Vielleicht hat er auch ›verfickt und verratzt‹ gesagt«, meinte Charles.

Ich trank einen kleinen Schluck von meinem heißen, schwachen Kaffee und fragte nach einer Weile: »Haben Sie Firbank noch einmal gesehen?«

»Also darüber haben Sie gelesen? Der ungewöhnlichste Bursche, der mir je begegnet ist. Habe ihn im Savoy getroffen. Er gehört in eine andere Zeit – selbst damals gehörte er in eine andere Zeit.«

»Ich habe ihn erst neulich gelesen.«

»Und? Finden Sie ihn ziemlich unerträglich?«

»Eigentlich finde ich ihn toll. Ein Freund von mir ist ein großer Fan von ihm.«

»Er hatte immer eine kleine Anhängerschar«, erklärte Charles, als wäre das etwas sehr Schlimmes. »Ich bin ihm nur einmal begegnet, nicht lange bevor er starb. Er trank ganz schrecklich und aß nicht einen Krümel. Wollten Sie etwas essen?«

»Nein, danke.«

»Genau das hätte er auch gesagt. Er ging ins Ausland – er mochte Afrika: Das hatten wir wohl gemein. Wir schrieben uns auch – jeder einen Brief, glaube ich. Dann war ich natürlich auch außer Landes. Jahre später erfuhr ich von seinem Tod, von Gerald Berners. Er war damals mit ihm zusammen, soweit ich mich erinnere.«

»Sie haben diesen Brief wohl nicht mehr?« fragte ich,

während ich mich auf eine Enttäuschung vorbereitete und innerlich diese Möglichkeit schon bezweifelte.

»Vielleicht«, sagte Charles.

Ich wollte ihn nicht belästigen oder langweilen. Er lehnte es ab, darin etwas Interessantes zu sehen. Ich dachte, wie aufgeregt James sein würde, wenn er davon erführe: Er hatte einmal auf einer Auktion Hunderte von Pfund für ein paar Postkarten von Firbank bezahlt, auf denen fast nichts stand. »Wenn Sie zu dem Bücherschrank gehen« sagte Charles, »dann finden Sie dort eins seiner Bücher.« Er redete weiter, während ich die Regale absuchte, und ich unterbrach ihn, als ich es erblickte und die hohe Tür mit den zitternden alten Glasscheiben aufzog. Es war *The Flower Beneath the Foot* in einem noch knisternden, etwas eingerissenen grauen Umschlag mit der Zeichnung einer Nonne darauf. Das Buch lag herrlich leicht, kühl und kostbar in meiner Hand. Ehrfürchtig, fast furchtsam schlug ich das Frontispiz auf, eine Zeichnung des Autors, von einem erotischen Seidenpapier geschützt, das auch zwischen Ronald Staines' Fotografien ausgebreitet war, doch sogleich öffnete sich der Band von selbst in der Mitte, wo ein kleiner, cremefarbener Umschlag in der Heftung steckte. Ich nahm ihn sorgsam heraus. Er war an Charles in Khartoum adressiert, in violetter Tinte und großer runder Schrift, und trug in der oberen linken Ecke das Bildemblem des »Grand Hotel, Helouan«: eine Palmengruppe, die sich im Nil spiegelt, eine einzelne Pyramide in der Ferne und ein vorbeiziehendes Hausboot. Der Poststempel, in etwas anderer Schreibweise, lautete »Hilwan-les-Bains«, das verwischte Datum 1926.

»Was haben Sie denn da gefunden?« sagte Charles mit einer Spur Besitzanspruch in der Stimme. Ich reichte ihm einigermaßen erregt den Umschlag. Er war leer.

»Ho-ho«, sagte er philosophisch. »Tut mir leid, Sie zu enttäuschen, mein Liebling. Aber behalten Sie doch dafür das Buch. Sie können sicher mehr damit anfangen als ich.«

In der U-Bahn fing ich an, es zu lesen, während ich in einem fast leeren Zug, es war früher Nachmittag, nach Osten ratterte und die Sonne mir, nachdem wir die Tunnel hinter uns gelassen hatten, ins Genick brannte. Das Buch war wunderschön ausgestattet, fein, ohne prätentiös zu sein, und auf den dicken Seiten mit dem breiten Rand stand tröstlich wenig von dem brillanten Text. Es war ein Schatz, und ich konnte mich nicht entscheiden, ob ich es selbst behalten oder James schenken sollte. Während ich mir seine Freude, wenn er es erhielt, vorstellte und mich dann ein bängliches Gefühl bezüglich Arthur beschlich, schaute ich aus dem Fenster auf die sich ausfächernden Vororte, die Wohnanlagen, die fernen Gasometer, die rätselhaften leeren Flächen eingezäunten Brachlandes mit Gras und steinigen Tümpeln und Explosionen von purpurnem Fingerhut. Moderne Lagerhäuser grenzten an die Strecke, und oft fuhr der Zug auf einer Ebene mit Schlafzimmerfenstern oder oberhalb von kurzen Hinterhausgärten mit Holzhütten, einer Schaukel oder einem aufgeblasenen Planschbekken darin. Das alles machte einen verlassenen Eindruck, als hätten sich an diesem weiten Sommertag, der ganz oben nur von winzig feinen, reglosen Wolkenflecken gerade angetupft war, die Menschen davongemacht.

Ein falscher Eindruck, wie ich bemerkte, als meine Station kam und ich, nachdem ich das Buch in die Jackentasche gesteckt und meine Tasche ergriffen hatte, auf einen belebten Bahnsteig und dann in eine wimmelnde moderne Geschäftsstraße trat mit einkaufenden Müttern, Babys in Kinderwagen, die den Weg blockierten, Verkehrsampeln, Lieferwagen, dem aufstörenden Piepen von Fußgängerüberwegen. Es war wie das Modell der anonymen Straße mit einer Reihe benennbarer Betätigungen, die zum Erlernen von Vokabeln einer Fremdsprache gezeichnet war.

Die Vorstellung, daß dies hier auch die Stadt war, in der ich lebte, verblüffte mich, und verstohlen konsultierte ich meinen *A-Z*, um nicht mit vorgetäuschter Vertrautheit in die falsche Richtung zu marschieren. Der Kulturschock wurde verstärkt, als ein einstöckiger Bus mit dem Fahrziel »Victoria and Albert Docks« heranfuhr. Victoria and Albert *Docks*! Für die Menschen hier bedeutete V and A nicht, wie im fein beschuhten Westen, ein weitläufiges, terrakottaverkleidetes Gebäude, dessen hallendes Innere antike Gobelins beherbergte, Miniaturen Kopulierender, verstaubte Barockskulpturen und eine Reihe toter und mit Punktstrahlern ausgeleuchteter Räume, die komplett aus Häusern der Vergangenheit stammten. Wie anders die Sonntagnachmittage meiner Kindheit gewesen wären, wenn mein Vater, statt mir die Raphael-Zeichnungen (die Raphael seitdem für mich erledigt hatten) zu zeigen, mich in die Docks geschickt hätte, um mit Schauerleuten zu reden und mir von ihnen unter viel Muskelspiel die Geschichte ihrer Tätowierungen erzählen zu lassen.

Bald sah ich da, wohin ich ging, drei gedrungene Wohnsilos, die sich über die Dächer der Straße erhoben: Sie waren ein Stück weit weg, und als ich abbog, wurden die Läden von Häuserreihen mit Vorhängen abgelöst. Am Ende einer kurzen Stichstraße führte ein schmaler Durchgang mit Betonpollern auf eine überraschend großzügige Fläche, auf der die Wohnblocks standen. Ich wunderte mich darüber, daß man sie zwanzig Stockwerke oder noch mehr hochgezogen hatte, während sie sich doch leicht über den leeren Platz hätten ausdehnen können, auf den sie nun ihre Schatten warfen und wo die Straßen, die sie verdrängt hatten, einst verlaufen waren. Mit surrealer Buchweisheit hatte man die drei Silos Casterbridge, Sandbourne und Melchester genannt.

Um zu Sandbourne zu gelangen, ging ich über mitgenommenes Gras auf einem Naturweg, der von Füßen und Kinderfahrrädern abgewetzt war. In der duftenden Stille des Tages dachte ich an die Pfade, die das Egdon Heath durchzogen, und an das milde, ältliche Sandbourne mit seinen Dünenkämmen und geschützten Strandhütten. Linkerhand fuhren einige Jugendliche mit Skateboards die Seite eines Betonbunkers hinauf. Irgendwie erwartete ich, daß sie Obszönitäten schrien, und war froh, daß ich normal gekleidet gekommen war, mit einem Sporthemd, einem alten Leinenjackett, Jeans und Turnschuhen.

Die Gebäude aus vorgefertigten Teilen, die zusammengesteckt und verbolzt waren, mißachteten systematisch Behaglichkeit und Abwechslung, alles Anheimelnde oder Anständige für Auge oder Herz. Regenwasser und die Überlaufröhren der Toiletten hatten Kalkflekken über die leeren Platten gesabbert, und über den Betonfassungen der Fenster sprossen Unkraut und Gräser aus dem Dreck. Die einzige Vielfalt kam von den Tüllgardinen, von denen manche einfach herunterhingen, andere wiederum zur Seite gerafft, ein paar gefranst und in der Mitte wie ein Reifrock in einem Bogen verliefen. Dahinter lagen Hunderte unsichtbarer Wohnungen, sehr klein und stickig, trotz der offenen Fenster, aus denen hier und da das Wummern und Hämmern von Popmusik zu hören war. Ich merkte, wie ich vor Dankbarkeit schwitzte, daß ich nicht unter einer solchen Tyrannei lebte und in meinen eigenen vier Wänden von dem beharrlichen Beat von Rock und Reggae entgrenzt wurde.

Casterbridge, wohin ich zuerst kam, war mit Sandbourne durch einen Versorgungsweg verbunden, der auf der einen Seite von einer Doppelreihe Garagen mit Schwingtoren und auf der andern von einer zwei Meter hohen Wand eingefaßt wurde, die in verschiedenen Zellen einen Generator und eine Anzahl zum Haus gehörender Müllcontainer auf Rädern abschirmte, die groß genug waren, um eine Leiche hineinzukippen. Am Ende dieses Weges spielten einige Skinheads herum, kickten Bierdosen an die Wand und rammten einander in ruckartigen Scheinkämpfen das Knie in den Leib. Einer, ein Rohling mit idiotischen Koteletten und Hosenträgern, die seine Jeans über einem fetten Arsch und einem fetten Schwanz hochhielten, war sehr gut. Ich schaute ihn nur einen Augenblick an; ein Wort aus dem Firbank, den ich gerade gelesen hatte, fiel mir wieder ein: »Très Gosse, Ma'am.«

Vielleicht hatten er und seine Freunde die Scheibe einer Tür im Sandbourne eingeworfen: Sie war nun mit einer Preßspanplatte verblendet. Der Aufzug kam gerade, als ich in den Eingang trat, und ein alter Mann mit Hut und von oben bis unten zugeknöpft schlurfte heraus und sah mich furchtsam an. Es war ein großer, funktioneller Aufzug, wie ein Lastenaufzug, mit einer zerbeulten Tür, die sich wackelig schloß, und Metallwänden, die dick mit Graffiti vollgesprüht waren und auf denen überall das drohende Rüpelmonogramm der National Front in die Farbe geritzt war.

Erst als ich im neunten Stock ausstieg, wurde mir beklommen zumute. Die Tür ging sofort hinter mir zu, und ich war allein. Aus einer der Wohnungen drangen Geräusche eines Fernsehers, und das Jaulen einer Polizeisirene kam von ganz weit her, von irgendeinem Vergehen in der heißen Sommerwelt unter mir.

Die Wohnungen gingen von dem Korridor ab, in dem ich nur in elektrischem Licht stand; quer verlaufende Korridore, mit jeweils einem Fenster am Ende, bildeten ein H. Sehr vorsichtig ging ich weiter, bis ich die richtige Nummer fand. Neben der Tür war eine Klingel, und unter einem kleinen Plastikfenster steckte eine Karte, auf der in blauer Tinte »HOPE« stand. Traurig nickte ich, mein Herz raste, als ich den Finger hob und in der Luft verharren ließ, vor Bangigkeit zusammenzuckte, schließlich zurücktrat und schnell um die Ecke huschte und aus dem Fenster blickte. Ich sah die wuchernde Vorstadtlandschaft, die hohen Fenster einer viktorianischen Schule, neugotische Türmchen erhoben sich über Hausdächern, und direkt unter mir das vergilbende Gras, die Kinder, die verblüffend lautlos Skateboard fuhren.

Ich wollte Arthur sehen und mich überzeugen, daß es ihm gutging. Ich wollte ihn berühren, ihn unterstützen, noch einmal sehen, wie attraktiv er war, und wissen, daß ich ihm noch immer alles bedeutete. Ich stand ganz still da, hörte, wie der Fernseher in der Wohnung lief, der ich am nächsten war. Ich hatte mir noch kaum Gedanken darüber gestattet, was ich denn überhaupt sagen sollte, falls Arthurs Mutter oder sein mit Drogen handelnder Bruder wissen wollten, wer ich sei, oder falls er seit dem Tag des Kampfs nicht wieder nach Hause gegangen war und aus ihrem Leben so vollkommen verschwunden war wie aus dem meinen. Vielleicht sollte ich das alles lassen, die ganze Mühe, die ich auf mich nahm. Vielleicht konnte ich ihn von weitem sehen, wir er mit Freunden über das Gras unten daherkam, und wissen, daß es ihm gutging, und mich dann verziehen.

Es ist scheußlich, sich von den Umständen einschüchtern zu lassen. Ich schlich zur Tür der Hopes zurück, gehorchte mechanisch meinem ursprünglichen Plan. Die Türklingel war schrill. Ich zwang mein Gesicht zu einem plausiblen, freundlichen Ausdruck und trat zurück.

Oh, die Erleichterung, als die Sekunden vorüberhämmerten ... und nichts sich rührte. Ich geriet in Panik, als eine Wohnungstür näher zum Aufzug aufging und ein Mann im Overall heraustrat, ohne in meine Richtung zu blicken. Ein ratschendes Geräusch, eine Mädchenstimme, die sagte: »Nein, Mittwoch«, und das Knallen einer Tür, das wohl aus einer anderen Wohnung kam – es war schwer zu sagen. Ich machte auf dem Absatz kehrt, aber da ich nun schon soweit war, wußte ich, daß ich erneut klingeln, mich zusammennehmen mußte, um sicherzugehen. Vielleicht würde Mr. Hope aus seinem Schlaf am arbeitsfreien Nachmittag geschreckt und käme verschlafen an die Tür.

Eine Minute später verbrannte ich mein Adrenalin, indem ich die Treppe hinunterjagte – sie war aus nacktem Beton wie die langen Notausgangstufen an der Rückseite eines Kinos. Es roch nach Urin, und die Wände hinab hatten eilende Hände Striche gezogen. An jeder Treppenkehre war »NF« hingekritzelt, und darunter stand: »Tötet alle Nigger« oder »Kaffern raus«. Ich dachte voller Mitleid an die Hopes, die gezwungen waren, ihre Wut, ihre Verachtung und Verletztheit in einer solchen Welt zu unterdrücken.

Es wäre am besten, Arthur auf neutralem Boden zu sehen – in einer Bar oder einem Club oder im Freien, wohin ich nun wieder voll Dankbarkeit trat. Angesichts des Horrors der Geschichte war es ziemlich gewagt von mir gewesen, zu ihm nach Hause zu gehen, und ich war froh, so davongekommen zu sein. Idealerweise hatte ich wohl helfen, dem Freund Geld geben oder die trauernde Mutter trösten wollen: Wenngleich ich immer noch hoffte, ja sogar erwartete, ihn zu sehen, gewann in mir zunehmend das dumpfe Gefühl die Überhand, daß er tot war.

Wenigstens gab es noch in dem trostlosen Durchgang zwischen den Häusern die Skinheads, auf die ich mich freuen konnte. Ich hatte einmal ein Wochenende mit einem Skinhead verbracht, den ich in einem Tanzpalast in Camden Town aufgerissen hatte; er nannte sich Pep, wenngleich dies nicht zu den Eigenschaften dieses häßlichen, leidenschaftlichen Jungen gehörte. Ich zog es vor, es als höflichen Euphemismus für eins der kräftigeren Wörter zu betrachten, die er immer hypnotisierend im Mund führte. Skinheads, das war eine Herausforderung, und es verunsicherte mich, wie sie da auf den Straßen und in den Fußgängerzonen herumstanden und die Aufmerksamkeit auf sich zogen, die sie eigentlich zurückzuweisen suchten. Kretins, die sie waren, auf bestiefelte Füße, Arsch und Kugelkopf reduziert, boten sie einiges, wenn nicht alles, was man wollte.

Ich kam locker daher und warf dem großen, der mir zuvor schon aufgefallen war, einen kurzen Blick zu. Er lehnte an der Wand, am Eingang zu einer der Müllnischen, die Knöchel übereinandergeschlagen, und blickte mir mitten ins Gesicht. »Wie spät«, sagte er neutral, kaum als Frage.

Ich blieb tatsächlich stehen und schaute auf meine alte goldene Uhr. »Viertel nach vier«, sagte ich.

»Zeig ma«, sagte er, packte mich am Handgelenk und lächelte mich merkwürdig vertraulich an. Auf dem Handrücken hatte er eine Hakenkreuztätowierung, die sehr schlecht gemacht war, fast, als wäre sie mit Kugelschreiber gezeichnet.

Auf der anderen Seite des Durchgangs stand noch einer aus der Gruppe, dessen Augen sich mit verblüffender Geschwindigkeit bewegten, als sei er geisteskrank. »Gib uns die Uhr!« sagte er gereizt mit äußerster Heftigkeit, wobei er mich nicht eine Sekunde lang durchgehend anschaute. Der Knackige dagegen stieß meinen Arm von sich weg, und ich lachte nervös auf und beschloß, daß ich Herr der Lage war. Ich tat einen Schritt vorwärts, ging um den Kräftigen herum, der sich mir in den Weg gestellt hatte; der andere sagte: »Wo willst'n hin? Wir wolln deine Uhr.«

Ich sagte ziemlich ärgerlich: »Nein, die kriegt ihr nicht.«

An diesem Punkt kletterte ein dritter Junge, den ich in dem schmalen Schacht des Mülltonnenhofs zur Rechten nicht bemerkt hatte, rasch auf eine der zwei Meter hohen Tonne, thronte nun inmitten der schwarzen Müllsäkke und hämmerte mit den Absätzen an die Seite des Containers. »Schwule Sau!« sagte er in einer Art wohlüberlegter Wut.

Ich war nun selber wütend und wollte einfach nur weg – doch als ich Anstalten dazu machte, hielt mich ein »Ähm –'tschuldigung – niemand hat gesagt, du kannst gehn« zurück.

»Siehste doch, daß das 'ne schwule Sau ist«, sagte der auf der Mülltonne.

Es war das alte Problem: Was sagt man, was war die schlagfertige Abfuhr? Clever, aber nicht zu clever. Ich gab einen gelangweilten Seufzer von mir und sagte schmallippig: »Schwule Sau gehört eigentlich nicht zu meinem Wortschatz.«

»Ach, ja, *eigentlich nicht*?« sagte der Anführer, wiederum mit einem Lächeln, als wollte er sagen, daß er mich durchschaut hatte, daß er wußte, was ich mochte.

»Entschuldige mal«, sagte ich gereizt, nervös, meine eigene Stimme klang mir im Ohr, als würde sie mir auf einem Kassettenrecorder vorgespielt. Ich hatte das Gefühl, daß ich jetzt nicht dämpfen durfte, nichts herunterspielen, doch für sie muß sie wie eine Parodiestimme geklungen haben, eingelegt in Kultur und Geld.

Der Fickrige, dürr, ständig mit seinem eigentümlich verletzbaren Hals und dem hüpfenden Adamsapfel nach vorn pickend, sagte: »Yeah! Was will der überhaupt hier? Was hat der hier zu suchen?« Er sah mich von oben bis unten an, als überlegte er, wo er zuschlagen sollte.

Ich wußte, daß ich nicht zu antworten brauchte, und erregte mich innerlich über ein »gesetzloses Tribunal«. Gleichzeitig hatte ich die schreckliche Gewißheit, daß ich verloren war. Sie hatten über mein Schicksal entschieden und putschten einander nun hoch, indem sie mich demütigten. »Ich wollte hier eigentlich einen Freund besuchen.« Das war nun wirklich unmöglich, und die Art, wie ich mich umschaute, verriet, daß ich abhauen wollte.

»Dreckiger Arschlochwichser«, sagte der Skinhead auf der Tonne und spuckte aus, direkt vor mich auf den Boden.

Der Anführer musterte seine Jungs mit einem ironischen Blick und sagte: »Ich glaube, sein Freund ist einer von unseren kleinen farbigen Brüdern, wie?«

Der andere wackelt mit dem Kopf und boxte mehrere Male vor meiner Nase in die Luft. »Yeah! Dreckiger Niggerficker«, sagte er mit einem aufgeregten dünnen Lachen, dann erstarrten seine Züge wieder. Bei seinem schmalen, unbehaarten Kopf brauchte er, wie ein Schauspieler in einem alten Stummfilm, ein besonders auffälliges Mienenspiel, wollte er Eindruck machen. Er steckte seine ganze Bosheit in ein Stirnrunzeln, einen leicht geöffneten, schmalen Mund.

Mein fetter Verhörer legte mir seine Hakenkreuzhand

auf die Schulter. Er hätte mir so auch einen Rat geben können, und er schaute prüfend in beide Richtungen des Durchgangs, um sich zu versichern, daß wir allein waren. Niemand kam, und die Geräusche der spielenden Kinder gingen nicht allzu weit entfernt wild und unberührt weiter. Dann blickte er kurz zu seinem Freund hoch: Es war wie ein zuvor vereinbartes Signal, was es aber nicht sein konnte. Der Junge langte in die Tonne, fischte eine Flasche heraus – braunes Glas, zyprischer Sherry, von irgendeinem Rentner – und warf sie ihm zu. Der dicke Junge verstärkte seinen Griff, lächelte mich noch breiter an, holte aus und schlug den Flaschenboden an der Mauer ab.

Ich schnellte nach hinten, um mich zu befreien und über den Weg davonzurennen, meine Sporttasche unbeholfen herumschleudernd, um ihn zurückzustoßen. Doch sein dürrer Kumpel holte mich ein, packte mich am Jackenkragen und schubste mich vorwärts in den umschlossenen Raum des Mülltonnenhofs, wo man uns nicht sehen konnte. Ich holte mit dem rechten Arm aus, erwischte ihn mit dem Ellbogen in der Magengrube. Er japste, spuckte ein »Fotze« aus – und rammte mir, während der Anführer mich von der anderen Seite festhielt, das Knie ins Kreuz. Ich taumelte nach vorn, doch mein Angreifer hielt mich am Jackett fest, riß es halb durch und drehte mir die Arme in den Ärmeln auf den Rücken. Ich war vollkommen hilflos und ihnen ausgeliefert.
Der Anführer ließ die abgebrochene Flasche vor meinen Augen und unter meiner Nase hin und her pendeln. »Ich glaub, wir mögen dich nicht«, lautete seine einsichtige Zusammenfassung. Die beiden drückten mich nach unten, bis ich fast sklavisch vor ihnen kniete, wobei sich meine Beine unter mir verdrehten. Ganz lässig, als ginge er ins Bett oder glitte ins Wasser, rutschte der Junge auf

der Tonne vor, fiel für den Bruchteil einer Sekunde und warf sich von hinten auf mich. Ich schlug mit dem Kopf auf den Betonboden, spürte einen reißenden Schmerz in den Knien, und ein Müllsack kam hinter ihm hergepoltert und knallte auf uns herab, wobei durchweichtes Papier und Schalen sich über den Boden ergossen. Es passierte tatsächlich. Es passierte tatsächlich – mir.

Ich drehte mich mit dem ganzen Körper zur Seite, um ihn abzuwerfen, und er stürzte auch halb um. Die beiden andern standen über mir. Der Dürre lief an wie zu einem listigen Freistoß beim Winchester-Fußball und trat mir hart in den Magen. Ich hatte mich angespannt und war vorbereitet, konnte aber nicht umhin, mich zusammenzukrümmen. Ich sah zweierlei: Mein wunderschönes neues Buch *The Flower Beneath the Foot* war in dem Handgemenge aus meiner Tasche geschleudert worden. Es war direkt vor meinen Augen, stand hochkant da, die Seiten aufgefächert. Einige Sekunden lang war es eigentümlich still, und ich dachte, sie würden vielleicht von mir ablassen. Zwei-, dreimal las ich die Worte »vielleicht könnte ich Harold finden . . .«. Das hatte wohl genügt, um ihnen zu zeigen, was es mir bedeutete. Ein Stiefel krachte darauf herab und zermalmte den Einband, dann noch einmal und noch einmal, stampfte die Seiten in den warmriechenden verschütteten Müll, zerquetschte die sentimentale Heilige auf dem Umschlag zu Brei. Das zweite, was ich sah, als sie meinen Kopf an den Haaren nach hinten zerrten und meine Wange auf den Boden gepreßt und aufgerissen wurde, war ein Stiefel, sehr groß und hart, mit dem ausgeholt wurde und der dann auf mein Gesicht zudonnerte.

»Aber Darling, ich wollte es dir doch schenken.«

James regte sich furchtbar wegen des Buches auf. »Ich

habe keinen mit Umschlag. Es war womöglich £ 100 wert – mehr noch, wenn es so makellos war, wie du sagst.« Er saß neben mir auf dem Sofa und hielt mir die Hand. Es war ganz scheußlich mitanzusehen, wie er so um seinen Schatz betrogen war, wie er so entgeistert, so begierig und ungläublig dreinschaute.

»Ich fürchte, die Müllabfuhr wird es inzwischen weggeräumt haben.« Ich redete schwerfällig, als wäre ich betrunken. Wie durch ein Wunder hatte ich nur einen Zahn verloren, da die Lücke aber vorn in der Mitte war, verlieh sie mir das alberne Aussehen eines entstellten Werbeplakats. Meine linke Wange war purpurrot, mein Mund geschwollen und schief, und mein linkes Auge zu einem klebrigen Schlitz in einem Bett aus zartestem Schwarz verengt, einer entblößten Molluske gleich. Über dem Sattel meiner schönen Nase, die gebrochen und zerschnitten war, klebte ein Pflaster nach Apachenart.

Mein James ging das alles so rührend praktisch an, war nicht abgestoßen, sondern sogar ein wenig in seinem Element, irgendwie gerechtfertigt. Bewußt oder nicht, jedenfalls brachte er mich ständig zum Lachen, was ich kaum ertragen konnte mit meinem zerschundenen Kopf, den gebrochenen Rippen und den blauen Flecken und Quetschungen an der Seite und an den Beinen. Ich war immer so gesund gewesen – nie ein gebrochener Knochen, nie eine Plombe, die ganzen üblichen Wehwehchen schon in der Kindheit abgehakt –, so daß James nie Gelegenheit hatte, mir für mehr als einen Brummschädel etwas zu verschreiben. Da wir immer so vertraut miteinander umgingen, machte er fast übertriebene Bewegungen, wenn er mich abhörte und mich gekonnt mit seinen noch immer fleckigen Kinderhänden abtastete, mir den Puls fühlte und mir winzige schmerzstillende Pillen gab. Ich gab mich seiner Behandlung hin, da sie den besonderen Freundlichkeiten und Aufmerksamkeiten eines Vertrauten ähnelte, die zur gemeinsamen Lust erfolgten. Gleichzeitig wußte ich, daß er meinen Körper als Arzt untersuchte, trotz seiner kummervollen Miene, daß er einen so gefährlichen Freund hatte.

Auch Phil kam, jeden Nachmittag, gleich nach seinem Mittagsfrühstück. Obwohl es noch heiß war, war das Wetter regnerisch und widerwärtig geworden, und er trug eine blaue Regenjacke mit Kapuze. Er war immer etwas rot im Gesicht, wenn er hereinkam und sie auszog, und er verbarg seine anfängliche Bestürzung über mein Aussehen durch ein geschäftiges, ausweichendes Verhalten. Ungefähr zehn Tage lang ging ich kaum vor die Tür, und er war so reizend, mir das Essen zu bringen – Dosensuppen, Fruchtsaft, Brot und Milch –, das er dann auf dem Küchentisch auspackte, damit ich es sehen konnte. Doch ich hatte keinen großen Appetit. Seine Versorgung, aus einem verwirrten Verlangen heraus, alles besser zu machen, war zu großzügig, und zweimal ertappte ich mich dabei, wie ich Brot wegwarf – und mich dabei schuldig fühlte, was nie geschah, wenn ich eine überreife Frucht, ein ungerupftes Rebhuhn oder ein Moorhuhn wegwarf.

Ungeachtet der angenehmen Passivität des Patientseins, ein Zustand, der wie durch einen gewissermaßen perversen Luxus gefördert wurde, war ich zutiefst schokkiert über das, was geschehen war. Ständig durchlebte ich die plötzliche, ekelerregende Panik wieder neu. James gab mir etwas, damit ich besser schlief, wovon ich immer den ganzen Vormittag hindurch und von einem gräßlichen, üblen kleinen Traum in den andern fiel. Ich fand es schrecklich, wenn Phil zur Arbeit mußte, und erwartete voll Sehnsucht seine Rückkehr am nächsten Tag.

James meinte, daß man es wenigstens meiner Mutter sagen müsse, wogegen ich mich jedoch strikt wandte. Sie wollte bald in die Stadt kommen, um ihre Tiefkühltruhe mit erlesenen Delikatessen aufzufüllen, die in Hampshire nicht erhältlich waren, und sich neue Kleider für ihre stetig ausufernde Figur zu kaufen. Als sie anrief, um den Routinenlunch bei Harrods zu verabreden (man mußte auf die Minute pünktlich sein, um so den Verlust an Einkaufzeit auf ein Minimum zu beschränken), sagte ich ihr, ich sei in der Woche bei Johnny Carver in Schottland – obwohl ich Johnny seit dem Tag seiner grob jugendlichen Hochzeit vor zwei Jahren nicht mehr gesehen hatte. Meine Mutter meinte, ich klinge so komisch, und ich sagte, ich sei gerade vom Zahnarzt gekommen – eine Lüge, die der Wahrheit näher kam.

Es kostete mich einige Überwindung, mich im Spiegel zu betrachten, was mir für gewöhnlich ein so schnelles, unkompliziertes Vergnügen war. Als ich dastand und mir das Gesicht mir äußerster Vorsicht wusch, wobei sich selbst die Fasern des Schwamms auf meiner geschwollenen, empfindlichen Haut rauh anfühlten, wurde mir bewußt, daß es jener Art von Beherrschung bedurfte, mir im Rasierspiegel in die Augen zu blicken, die ich als Kind benötigt hatte, um gewisse Bilder zu betrachten, die an sich nicht unbedingt scheußlich, jedoch durch eine Ansammlung von Gefühlen unterschwellig abstoßend oder ehrfurchtgebietend waren. Mein Großvater hatte in Marden ein Portrait seiner Tante, Lady Sybil Gossett, von Glyn Philpot. Es zeigte eine elfenbeingesichtige Dame der Gesellschaft, von der Spezies, die man verblüffenderweise »eine berühmte Schönheit« nannte, mit blondem Bubikopf und großen, schwermütigen Augen. Sie trug ein gedecktes blaßblaues Kleid, das sehr tief ausgeschnitten war, und saß zurückgelehnt auf einem Stuhl neben einem Kübel mit malvenfarbenen Hyazinthen. Ihre Melancholie war von einer Intensität, die fast verdorben wirkte, und die vulgäre Sinnlichkeit der Farbzusammenstellung war mir als Kind zutiefst widerwärtig, ich konnte es nicht ertragen, allein in dem Speisezimmer zu sein, wo sie hing. Es war ein Familienscherz, daß ich »Sybil schnitt«, indem ich stets mit dem Rücken zu ihr essen wollte, und es war mir nicht unangenehm, das Opfer einer so abnormen und ästhetischen Regung zu sein. Zuweilen stählte ich mich und schaute hin. Und genauso war es jetzt, als ich meinen Blick fest auf mich gerichtet hielt, bis die Wunderlampe der Rationalität flackerte und ich mich in Furcht abwandte.

James hatte launig gemeint, daß meine versehrte Schönheit mir nicht gefallen werde, und wenngleich alles wiederhergestellt werden konnte, fand ich meine verletzte Erscheinung unerträglich. Meine Eitelkeit, die so naturgegeben war, daß sie nachgerade aufgehört hatte, Eitelkeit zu sein, zeigte mir nun ihr wahres Gesicht; ich hätte Phil den Kopf abreißen können, als er ungerührt meinte, so schlecht sehe ich doch gar nicht aus. Eine Zeitlang war ich einer von denen, die einer wie ich niemals anschauen würde.

Nach ein paar Tagen spazierte ich mit Phil um den Block. An tägliche körperliche Bewegung gewohnt, erfüllte mich nun eine peinigende Ruhelosigkeit, die sich mit dem Schmerz meiner Quetschungen und Knochen vermengte. Ich konnte die Glieder nicht mehr entspannt halten und mußte nach draußen. Es war Abendessenszeit, noch hell und luftig. Die ersten Leute kamen nach Hause, der Verkehr staute sich vor den Ampeln. Die Gehwege waren wie gewöhnlich, die Passanten machten beschäftigte, harmlose Gesichter. Für mich jedoch war es eine grelle, trügerische Welt, in der mich dunkle Ahnungen beschlichen. Eine umfassende Gewalttätigkeit war mir enthüllt worden, und ich sah sie überall – in dem unvermittelten Getrappel einiger kleiner Jungen auf dem Pflaster, in dem kurzen, spöttischen Blick, mit dem zwei Telefontechniker in einem geparkten Lieferwagen mich ansahen, in der dunklen Brille und den nikotingebräunten Fingern einer Mannes – Deutscher? Holländer? –, der uns anhielt, um uns nach dem Weg zu fragen. Erstmals begriff ich die Verletzlichkeit der Alten, die nicht durch Glück oder Unerfahrenheit gefestigt waren. Die Luft war von Schreien erfüllt – von Schreien spielender Kinder, die niemand als wirkliche Schreie mißversteht, wenn der Wind sie durch die Straßen weht. Wären es wirkliche Schreie, fragte ich mich plötzlich, könnte man dann den Unterschied erkennen, würde je einer das Timbre der Tragödie darin entdecken? Oder könnte etwas Grauenvolles sich ereignen, dessen Klangfärbung nicht zu unterscheiden wäre von dem So-tun-als-ob der Kleinen, ihrer Langeweile, ihrer Angst? Ich hatte nie im Leben geschrien. Selbst als die drei Kerle mich zusammengeschlagen hatten, hatte ich nur kleine förmliche Flüche ausgestoßen: »Herrgott«, »Verdammt«, »Oh, nein.«

Ich hatte viel Zeit, doch tat ich kaum etwas Sinnvolles. Meist zog ich die Vorhänge zu und schaute Wimbledon, abwechselnd aufgeschreckt von einem atemberaubenden Ballwechsel und wieder beruhigt von dem schläfrigen Gedödel des Kommentators, einem sämigen Eintopf vergleichbar, den man den ganzen Tag auf kleiner Flamme köcheln läßt. James brachte mir auch Filme aus der Videothek – nicht die Monstrositätenshow aus dem Badehaus, die er mir sonst bot, sondern reizende alte Streifen, um mich aufzuheitern. An seinem freien Tag – es nieselte, und über dem Centre Court lag die Plane – sahen wir gemeinsam Wildes *Ernstsein ist alles*. Michael

Redgrave und Michael Denison waren eine Wohltat, so spröde und dennoch geschmeidig, so überaus gepflegt und frivol, wie sie, »La donna è mobile« pfeifend, umhertanzten ... Anschließend erzählte James mir seine Theorie über Bunbury, daß *Ernst* ein Kodewort für schwul sei und daß es eigentlich *Uranist sein ist alles* heiße. Ich hatte das alles schon gehört, es mir aber nie richtig merken können.

Natürlich lagen Charles' Tagebücher herum, und James nahm sie und zeigte ein derartiges Interesse daran, daß ich mich schämte, daß ich damit nicht weiterkam. »Wie ist es denn so?« wollte er wissen.

»Streckenweise ganz wunderbar – wenn er Abenteuer und so weiter erlebt. Andere Stellen sind ziemlich – ernst.«

»Inzwischen hast du doch bestimmt alles gelesen.«

»Um Gottes willen, nein. Es ist so viel, es nimmt einem richtig die Lust. Und dann ist es ihm so schrecklich wichtig, und er betrachtet es alles als einen großen Genuß für mich. Ich muß versuchen, ehrlich damit zu sein.«

James blickte mich skeptisch an. »Du mußt mir die Stelle mir R. F. zeigen«, sagte er.

»Ja, die ist gut. Streckenweise – er muß viel Sorgfalt darauf verwandt haben. Dann gibt es noch ein paar Bridesheadsche Stellen über Oxford – allerdings etwas offenherziger als dieser beklagenswerte Roman. Die würden sich gut in einem Buch machen. Aber eine ganze Menge von dem Zeug über den Sudan ist sehr routinemäßig – und dann hat er den Schwarzen gegenüber so etwas furchtbar Naturverehrerisches. Er braucht nur einen schwarzen Handrücken zu sehen oder wie sich eine schwarze Lippe schürzt, und er ist hin und weg.«

»Ich dachte, bei dir wäre es ganz ähnlich.«

»Bis zu einem gewissen Grad – aber ich schreibe nicht in so einer geheimnistuerischen, religiösen Weise darüber. Es gibt keinen Hinweis, daß der gute Charles je bei einem von diesen Stammesangehörigen, Trägern und so weiter zum Zug gekommen ist.«

»Ich finde, du mußt das eine oder andere ein wenig aufpolieren, mein Lieber. Es geht ja wohl nicht, daß der Distriktkommissar auf seinem Kamel durch die Gegend reitet und seine Untertanen pimpert, oder? Ich weiß, du hättest das getan, aber beim Political Service hätte man wohl doch die Stirn gerunzelt.«

Ich lächelte komisch verschämt mit meiner Zahnlükke. »Ich bin bisher nicht besonders systematisch vorgegangen«, gestand ich. »Ich habe hier und da herumgelesen – nur um zu sehen, ob es mir gefällt, ob ich glaube, daß ich es machen kann. Die Vorstellung, ein richtig dikkes Buch zu schreiben – das ist zu gräßlich. Natürlich«, setzte ich hinzu, »habe ich auch nicht alles da. Die Tagebücher enden um 1950, glaube ich.«

»Was meinst du, führt er immer noch eins?«

»Weiß ich nicht. Möglicherweise. Er ist so voller Tatkraft, auch wenn er so alt ist und, genaugenommen, nicht immer ganz da ist.«

»Womöglich schreibt er gerade über dich – deinen Pfirsich und Sahne-Teint – der bald wiederhergestellt ist – den kräftigen Körperbau.« Ich holte mit dem Kissen nach ihm aus und faßte mich dann an die Rippen. »Der Gegenstand beschreibt seinen Biographen ... Das wird allmählich ziemlich kompliziert und modern«, sagte er, runzelte die Stirn und erhob sich, um zu gehen.

Wie gewöhnlich war er ein Korrektiv gewesen, und als Phil dann eintraf, fand er mich in einen Tagebuchband vertieft vor und nur wenig interessiert an seinen Anekdoten über Pino und den Hotellift und daß ein schwules Paar da wohnte, das ihn angemacht habe. Er packte etwas Kalbfleisch aus, ein paar reife Pfirsiche, Wein und wieder Brot. Er schien etwas zu wörtlich an unser täglich Brot zu glauben.

Ich schaute ihm zu, wie er sich betätigte, ein wenig aufräumte, Charles' durcheinanderliegende Tagebücher säuberlich aufschichtete. Trotz seiner kompakten, selbstgenügsamen Durchschnittlichkeit veränderte er doch seine Statur. Er machte Gebrauch von seiner Fähigkeit, sich größer, kräftiger und schöner zu machen. Ich konnte mir immer noch ein Bild von ihm in Erinnerung rufen, wie er das erste Mal in den Corry gekommen war – Standardmaterial, ein wenig übergewichtig, unkommunikativ. Jetzt wurde er von Woche zu Woche besser. Sein Gang veränderte sich, die Schenkel wurden massiger, streiften beim Gehen aneinander, drückten ihm damit die Knie auseinander und lenkten die Zehen leicht nach innen. Als Folge davon schien sich sein Arsch noch mehr als zuvor darzubieten, sich unbefangen der bewundernden Hand entgegenzurecken. Solange ich impotent war, war Phil mir ein großer Trost, einfach indem ich ihn hielt und berührte – wie jene Plastiken, die man für die Behinderten ausstellt. Statt der üblichen brutalen Hetze war unser Liebesspiel nun tastend und respektvoll – als wären wir beide mit einer grausamen, verlangsamenden Krankheit geschlagen, wegen der wir uns alles ganz von Neuem ausdenken mußten.

»Liest du immer noch diese Bücher?« sagte er mit einem Anflug von Reserviertheit, während er sich neben meinem Sessel auf den Boden setzte und die Fernbedienung des Fernsehers antippte. Ich glaube nicht, daß ihm wirklich bewußt war, was es mit den Büchern auf sich hatte, und er betrachtete sie als eine lästige akademische Beschäftigung, der ich meinen Snobismus widmete.

»Es gibt jetzt kein Tennis«, sagte ich, als das Standbild

des Courts auf den Bildschirm waberte, von optimistischer leichter Musik untermalt.

»Stehst du auf einen der Tennisspieler? fragte er.

»Für mich ist Tennis die unerotischste aller Sportarten«, log ich entschlossen, »Murmeln und Taubenzüchten nicht ausgeschlossen. Schalte bitte aus.«

Er haute ziemlich heftig auf den Knopf, und ich konnte sehen, wie er eine scharfe Antwort, die berechtigt gewesen wäre, hinunterschluckte und sich darauf besann, tolerant mir gegenüber zu sein. Mit hängendem Kopf saß er da, bis ich zu ihm hinablangte und ihn seitlich am Hals streichelte, ihm das Kinn zurückbog und mit den Fingern über das Gesicht strich. Als mein Handteller seinen Mund bedeckte, küßte er ihn leicht, und vielleicht hatte er mir verziehen. »Heute keine Glotze«, sagte ich. »Ich werde dir etwas vorlesen. Bitte entschuldige mein zeitweiliges Lispeln. Unser Held kommt gerade in Port Said an, er ist in Begleitung von drei ziemlich enthusiastischen jungen Männern, Harrap, Fryer und, ähm, Stearn; alle haben einen Panamahut auf und zu viele Sachen an. Das Datum ist der 12. September 1923.«

Wir waren alle weidlich berührt, wenngleich wir es jeder auf andere Art zeigten, Harrap war besonders beeindruckt & japste immer & immer wieder: »Na so was, na so was«, nahm den Hut ab und setzte ihn umsichtigerweise wieder auf. Ich könnte mir vorstellen, daß er noch etliche Male »Na so was, na so was« sagt, wenn Afrika seine Wunder darbringt. Nicht daß es als solches im geringsten bemerkenswert wäre, Land zu sichten; den ganzen letzten Tag oder länger hatten wir immer wieder irgendein Land in Sicht, doch gab es nichts von sich preis: einiger Verkehr, der offensichtlich nach & von Alex ging & kam, &

kleinere Frachter, die uns nahe genug passierten, daß wir unsere ersten Afrikaner sehen konnten. Ihr Mangel an jeglichem Sinn für das große Ereignis war unendlich anrührend & demütigend. Dort der *Fellach* bei seiner unabänderlichen Mühsal – hier wir Engländer, die zum Herrschen & Helfen gekommen waren, so jung & ruhig. In mir vermengten sich Torheit & Feierlichkeit auf höchst erregende Weise, & als wir uns der Einfahrt in den Kanal näherten & die Kräne auf den Docks sahen, die so offensichtlich unauffälligen Gebäude, auch Soldaten, als wir näher kamen, & Massen in Djellabas, die irgendwie gleichgültig waren & dennoch ob unserer Ankunft in Aufregung, schienen Oxford und England und Poppy fast schon schwindelerregend fern.

Natürlich wallte ständig die Hitze empor, & als das Schiff sich schließlich nicht mehr bewegte & wir an der Reling standen & es für unter unserer Würde befanden, den Kindern zuzuwinken, & darauf warteten, daß die Gangway herabgelassen wurde, schlug uns die Hitze nun erstmals ins Gesicht. Wir hatten 12 Stunden, während neuer Brennstoff gebunkert wurde, und ich freute mich so sehr darauf, daß ich kaum einen Fuß an Land setzen konnte, & ich mußte mich sehr überwinden, an todernste Dinge zu denken, damit ich nicht wie ein Tor grinste, als ich im Trab die praktisch senkrecht abfallende Gangway hinabging & in das Gewühl der Menschen eintauchte. Ich sehnte mich danach, sie anzuschauen & und ihnen die ausgestreckten, bettelnden, grüßenden Hände zu schütteln, anstatt ungerührt durch sie hindurchzumarschieren, wir wir es tun mußten.

Die Sitte gebot es, daß wir uns zu Simon Artzens Magazin begaben, um uns dort unsere Tropenhelme zu kaufen; Fryer und ich standen mit einem auf dem Kopf vor einem riesigen matten Spiegel, der uns ein sehr historisches und recht törichtes Aussehen gab. Ich fand meinen unbequem & befürchtete, er würde meinem Gesicht jegliche Persönlichkeit entziehen & mich in irgendeinen harthütigen, hartherzigen Empire-Erbauer verwandeln.

Ich schlenderte allein durch das Geschäft, von der Bekleidungsabteilung, welche einem exklusiven Schulausstatter gleicht und die Ausrüstung bereithält, die der Europäer für das Schuljahr braucht, durch Räume mit aufgerolltem und gefaltetem Tuch, wo arabische Bedienstete in schmutzigen Anzügen spitz zulaufende Leitern hinaufkletterten, um Stoffe – zumeist bedruckte Baumwolle – von ganz oben herabzuholen. Hier und dort rührte ein lethargischer Ventilator die Luft um. Fenster schien es nicht zu geben, & hinter unregelmäßigen Tümpeln elektrischen Lichts lag ein mysteriöses, üppiges Halbdunkel. Ich erreichte eine Art Sackgasse, einen großen, stickigen Raum wie ein Trockenschrank, vielleicht ein Lagerraum, wo ein kleiner Junge barfuß, eine Gaslampe in der erhobenen Hand, die Regale hinauf- & herunterkletterte, die Bestände kontrollierte, das konzentrierte schwarze Gesicht gleißend im Kegel des Lichts, das er umherschwang. Wie hypnotisiert stand ich da & schaute, mir war, als sei alles andere nichtig. Er kletterte herab, sein geschmeidiger Kinderkörper quoll komisch aus seiner khakifarbenen Baumwolluniform. Als er mich sah, lächelte er. Ich lächelte zurück – obgleich ich mich am äußersten Rand des Lichtfeldes befand & er mich vielleicht gar nicht richtig sehen kte. Er lächelte weiter – ein breites, sanftes, fröhliches Lächeln – noch kein Verkäuferlächeln, noch nichts

Berechnendes darin. Er war ein reinrassiger Neger, offensichtlich weit aus dem Süden, wie die Menschen, zu denen wir gehen werden, ganz anders als die Mischlingsbengel, die um die Kais streunen. Ich wandte mich um & ging zurück, & dabei rief er aus: »Willkommen Port Said, m'sieur« – mit einer herzzerreißenden Stimme, deren jungenhafte Klarheit im Bruch zum Mannsein begriffen war.

Dies bewegte mich ungeheuer, unerklärlich – ich erkannte nur, wofür es stand, für einen tiefgehenden Ruf meiner Natur, der erstmals in der Schule von Webster beantwortet worden war, dumpf, dunkel befolgt, doch seitdem unauslöschbar. War es nur Lust? War es nur verwirrtes Verlangen? Da erfuhr ich es wieder, wie ich es erfahren hatte, als ich selbst noch ein Kind war und zum ersten Mal einen Mann damit konfrontiert hatte, jenes Paradox der Bewunderung, des Ichverlusts, der Hingabe ... nenn es, wie du willst. Zurück in der Sonne – nun sengend heiß, so daß ich sogleich den Tropenhelm aufsetzte & im Bewußtsein eines inneren Bemühens um Selbstauslöschung hinausging, einer Demut, die mit Größe & Mitleid rang – umschwirrten mich die Bengel, die ein furchterregender alter Araber mit Spitzkappe und einem Stock vom Eingang von Simon Artz vertrieb. Einige waren penetrant & fordernd, andere aber auch fröhlich und freundlich, und versuchten, mich an der Hand zu nehmen. Ich hatte die absurde Vision von mir als einem senilen Schulmeister, der seine Schützlinge zu etwas ganz Besonderem führt, & zum ersten Mal mußte ich mich behaupten, wedelte leichthin mit der Hand, um die kleinen Teufel wegzuscheuchen. Dann fühlte ich mich selber als Kind, sehr rosa & weiß, lächerlich in meiner Empörung, & meine

Autorität war mir viel zu groß, als hätte ich sie in der Voraussicht gekauft, ich würde schon »hineinwachsen«.

Ich habe den Geruch unerwähnt gelassen, welcher, kaum daß das Schiff angedockt & der Wind, den es machte, sich gelegt hatte, vom Land her in die Nase stieg. »Ah, der Osten!« hatte Harrap mit Kennermiene gesagt. Es ist kein Geruch, den man erwarten könnte oder aus dem man sich im Grunde etwas machen würde, doch sogleich genoß ich seine Authentizität – eine staubige Trockenheit, ein äußerst unhygienischer und unausweichlicher Geruch.

Die anderen Straßen hier hätten eine Erkundung verdient, doch ich war durstig & setzte mich in den Schatten der Tee-Terrasse. Der Tee, der unpraktischerweise in einem Glas serviert wurde, war erfrischend, irgendwie trübe & kräftiger als der Tee, den ich gewöhnt bin. Stets gegenwärtig war der Sinai, sehr dunstig in der Ferne schimmernd, & in der Nähe des Schauspiels, wie das Schiff von einer endlosen Kette von Ägyptern mit Brennstoff beladen wird, einige in blauen oder weißen Djellabas, andere nackt bis auf ein um die Lenden geknotetes Tuch, im großen & ganzen schlank & sehnig. Unablässig reichen sie Körbe mit Kohlen weiter, wobei ihr Vorarbeiter sie mit einem monotonen Singsang anführt, ein aufsteigender Ruf, ein allgemeiner Widerhall, dessen Worte für mein Oxforder Arabisch nicht zu unterscheiden waren, was den Eindruck unabänderlicher pharaonischer Mühsal bestärkte. Unterdessen tauchten vom Kai aus & eine Weile gar vom Bug des Schiffes, bis ein Beamter ihnen Einhalt gebot, drei, vier Jungen, praktisch nackt & verwirrend wild & furchtlos, nach Münzen.

Während ich dasaß & sie beobachtete, wobei mein Vergnügen & meine Faszination wohl durch mein Starren auffielen, schlängelte sich ein junger Mann mit den unvordenklichen flachen, breiten Zügen des Ägypters, einer blauen Djellaba & einem kreisförmigen bestickten Hut, der ihm das Aussehen eines exotischen Nachhalls von Tiepolo verlieh, durch die Tische auf mich zu, wobei er eine zerknautschte Reisetasche halb hinter sich verbarg. Ich war gründlich auf seinesgleichen & auf die unvermeidlichen Offerten falscher Antiquitäten vorbereitet worden, doch da ich noch allein war – die anderen waren noch nicht am Treffpunkt angelangt – und ich mich in einer Stimmung jauchzender Neugier & Verklärung befand, ließ ich ihn nähertreten. Der Majordomus, so bemerkte ich, hatte ein Auge auf meinem Verhalten & betrachtete den Burschen, als ich keine Einwände machte, auf eine Weise, die ein unheimliches Einvernehmen zwischen ihnen andeutete, als sei ich, da das Protokoll des Respekts nun beachtet war, ein legitimes Opfer ihres Antiquitätenhandels.

»Sie sehen Lesseps-Statue, m'sieu«, sagte er, beflissen vor mir stehend.

»Nein, nein«, entgegnete ich duldsam.

»Ist sehr gut, m'sieu. Sie gefallen. Sie gefallen, ich führe Sie. Nur 50 Piaster. Ist sehr lehrreich.«

»Nein, danke«, sagte ich fest, aber mit einem amüsierten Blick, der ihn wohl ermutigte – so es einer Ermutigung bedurfte – fortzufahren. Er hievte seine Tasche auf den Tisch, wenngleich ich eine Hand erhob als Versicherung, daß es sinnlos sei.

»Hier ist Postkartenbild von Lesseps-Statue, m'sieu. Ist sehr lehrreich & auch entspannend. Auch nur zehn Piaster.« Ich kaufte eins &, da wir nicht hinkommen würden, eine von Pharos & eine von der Pompeius-Säule. Ermutigt kramte er in einer Tuchtasche & förderte eine kleine braune Flasche zutage, wobei er auch die Gelegenheit ergriff, einen Stuhl zu mir heranzuziehen & sich zu setzen. Er verströmte einen starken, nicht gerade angenehmen Geruch. »Hier ist ganz besonderer Drink, m'sieu. Sehr gut für Sie & Ihre Lady.« Er blickte mich durchdringend an, & ich bemerkte, wie ich errötete. »Das ist der Liebestrank, m'sieu. Ist Wein von Kleopatra.«

»Nein, nein, nein«, sagte ich verwirrt. Zu meiner Überraschung ging er darauf ein & steckte die Flasche wieder weg. Anscheinend hatte er mich nun aufgegeben, aus Angst wohl, Grenzen zu überschreiten, & packte seine Tasche wieder; andere Europäer näherten sich dem Nebentisch, & ich war froh, daß man sah, wie erfolgreich ich den fliegenden Händler abwehrte, so faszinierend & vertraulich er auch war. Wie um aufzustehen, wodurch er sein Tun auch vor unseren Nachbarn verbarg, beugte er sich vor und zog aus dem Innern seines Umhangs fast taschenspielergleich aus irgendeinem mysteriösen Behältnis an seinem Körper einen Packen Postkarten, den er schnell auffächerte & ebenso rasch wieder zusammenschob & bedeckte. Es hätte mich nicht überraschen dürfen, daß es hier einen Markt für derlei Dinge gab. Vielleicht war er auch nur einer lichten kommerziellen Eingebung gefolgt, daß er sie mir zeigte. Doch ich war zutiefst bestürzt über das Gefühl, daß er mich wie ein Buch gelesen hatte & ich mir mit dem kurzen Blick, mit dem ich nackte Posen erhaschte – alles Männer, Knaben, fantastisch proportionierte Erwachsene, lächelnde, zwinkernde Sepiagesichter –, eine verwirrte Blöße gegeben hatte. Ich wies ihn streng ab, & mit einer liebenswürdigen, philosophischen Verbeugung zog er sich zurück, um die Neuankömmlinge zu bedrängen.

Heute nacht fahren wir auf dem Kanal nach Süden. Soeben bin ich an Deck unter Sternen herumgeschlendert; es war doch erfrischend kalt. Jenseits der steilen Kanalwände sieht man gelegentlich Lichter & Feuer: ansonsten alles konturlos & ein ferner, hügeliger Horizont im Osten, gen Westen eine Ebene, kaum noch erkennbar, da dunkler als der Himmel. Wie ein Kind bin ich viel zu aufgeregt, um in meiner ersten Nacht in Afrika zu schlafen.

Ein paar Wochen später rief Charles mich an. Wie gewöhnlich redete er schon, als ich den Hörer ans Ohr hielt: ». . . mein Lieber, und furchtbar entsetzt darüber, wie man Ihnen mitgespielt hat.«

»Charles! Es geht mir wieder viel besser. Man hat mir vorn einen falschen Zahn sehr clever irgendwie hineingeschmiedet.«

»Ich habe es eben erst von unserem Freund Bill erfahren.«

»Ich wußte nicht, daß er davon wußte.«

»Ich war aufs äußerste bestürzt. Ich ging nämlich schwimmen, wissen Sie. Ich hatte gehofft, Sie dort anzutreffen. Aber vermutlich . . .«

»Ich gehe nicht hin, solange ich so häßlich aussehe, doch hoffe ich, in den nächsten Tagen wieder zu erscheinen.«

»Hatten Sie schlimme Verletzungen?«

»Nun, ein paar gebrochene Rippen, und da kann man nicht viel tun, man muß warten, bis sie von selber heilen. Der einzig bleibende Defekt ist eine gebrochene Nase.«

»O *Gott* . . .«

»Es verleiht mir ein gewisses faustkämpferisches Aussehen – ganz wie einer von Bills Jungen.«

»Dennoch ... wer kümmert sich um Sie? Kann ich Ihnen einen Strauß schicken?«

»Ich habe einen wunderbaren Arzt, ein ganz reizender Freund. Es geht mir gut.«

Nun folgte eine typische Nantwich-Pause, die am Telefon beunruhigender wirkte, als wenn man mit ihm zusammen war. Erwartungsvoll ließ ich ihn gewähren. Plötzlich war er wieder da. »Kommen Sie morgen zu Staines, wenn Sie etwas wirklich Außergewöhnliches sehen wollen.«

»Vor ein paar Wochen war es dort schon recht außergewöhnlich.«

»Es könnte ein wenig vulgär werden. Um sieben Uhr.« Einige Sekunden kam noch ein pfeifendes Atmen, dann legte er auf.

Etwas, das er früher einmal gesagt hatte – daß Otto Hendersons Zeichnungen »vulgär« seien –, erinnerte mich daran, daß Charles dieses Wort benutzte wie ich, als ich ein kleiner Junge war, nämlich in der Bedeutung von unanständig, wie etwa eine Zote. Natürlich konnte man sich etwas, das dem *vulgus* ferner lag als die geschmäcklerische Pornographie von Henderson und Staines, nur schwerlich vorstellen, doch war es bezeichnend, daß Charles mit seinem Euphemismus die Beziehung hergestellt hatte, als verbände ihn seine Neigung dazu irgendwie mit dem Volk.

Es war das Volk im Sinne des kleinen *Clans*, der Zusammenkunft eines halben Dutzends Tunten, zu denen ich mich gesellte, als ich zu Ronald Staines ging; zum ersten Mal fühlte ich mich wiederhergestellt und geil, und ich genoß den Wind, der den Kastanien und Kirschbäumen entlang der Gehwege Seufzer entlockte.

Bobby öffnete die Tür. »Na, prima«, sagte er, ließ mich ein und geleitete mich, einen Arm schwer auf meine Schulter gelegt, durch den Flur, eine Art vornehme Unterdrückung von Erotik, was auch sein Bedürfnis nach einem Halt verbarg: Er hatte schon ausgiebig getrunken und war entsprechend langsam. »Find ich toll, daß du gekommen bist«, sagte er. »Deinen kleinen Freund hast du diesmal wohl nicht dabei?«

»Ich glaube nicht, daß er als Modell Karriere macht.«

Bobby lachte lauf auf. »Mir hat er *gefallen*, das muß ich schon sagen«, gestand er, als erörterte er mit Kollegen einen unterqualifizierten Bewerber für eine Stelle.

In dem weißen, gespreizten Salon sprang Staines auf, als ich eintrat. Er trug eine blaue, weite Arbeiterhose, jedoch mit hoher Taille und einem Gürtel darum, was ihm das Aussehen eines Mannes in einem Vierziger-Jahre-Film verlieh; ein kariertes manieriertes Hemd, die Ärmel eng über den drahtigen Bizeps hochgekrempelt, die blassen, unbehaarten Arme irgendwie unanständig entblößt, dazu blaue Segelschuhe mit Gummisohlen, die das Phantasiebild des zur Tat gerüsteten Mannes vervollkommneten.

»Mein Lieber, wie absolut großartig, daß du gekommen bist«, hieß er mich willkommen. »Wir sind ja alle so erleichtert, daß es dir bessergeht.« Verlegen, dabei aber auch stolz, wie ein verletzter Fußballheld in der Schule, trat ich vor und erwartete schon fast sportlichen Beifall. Bobby ließ mich nur los, um zum Tisch mit den Getränken zu gehen.

Es gab einen merklichen Konflikt, wie ich da in Beschlag genommen wurde, als Charles, der monumental auf dem Sofa saß und langsamer von Begriff war, sich mir halb zuwandte und dann die linke Hand zu einem unkonventionellen und freundlichen Gruß ausstreckte. »Ah, William. Lassen Sie mich das Schlimmste sehen.

Lassen Sie sehen, was man mit meinem Boswell gemacht hat.« Er trug einen ältlichen, Aschenbachschen cremefarbenen Leinenanzug, der nicht fleckenfrei war.

Ich setzte mich neben ihn, und er nahm wieder meine Hand, während er mein Gesicht musterte, es abschätzte, wie er es zuvor getan hatte. Er äußerte kein Urteil, nur: »Na, wenigstens habe ich es gesehen, bevor sie es ruiniert haben.«

»Ist es wirklich so schlimm?«

Doch er tätschelte mir nur die Hand und warf sie dann von sich. »Was macht die große Arbeit?« wollte er wissen.

Staines, der nicht darauf gefaßt war, daß Charles mich vereinnahmen würde, schaltete sich an dieser Stelle mit Anweisungen ein, wir müßten etwas trinken. »Und dann ist da noch Aldo«, sagte er und zauberte mit einer Bewegung des ausgestreckten Armes einen kleinen, lockenhaarigen jungen Mann in konturreichen Jeans hinter seinem Sessel hervor. Als ich hinzutrat, sah ich, daß er sich einen großen Haufen Fotos auf dem Fußboden angeschaut hatte. Ich schüttelte ihm die überraschend große rote Hand, und er schenkte mir eine Art beehrtes Lächeln. »Aldo ist mein Fleischträger«, sagte Staines, »mein Johannes der Täufer.« Der Junge hatte einen hübschen, wachen kleinen Körper, und mir wurde klar, daß er ein Teil der geplanten Vulgarität sein mußte.

Die Martinis hatten eine äußerst, fast unangenehm starke Wirkung auf meinen leeren Magen und stiegen mir sofort in den Kopf. Wir redeten eine Weile oberflächlich daher – wobei Aldo allerdings überhaupt nichts sagte, Staines dafür auf hochnäsige Weise für ihn sprach: »Oh, Aldo hat dafür nichts übrig, nicht, Aldo?«, oder, um anzudeuten, daß der Italiener unter anderen Umständen ein angenehmer Gesprächspartner sein könnte: »Das sagt Aldo auch immer.« Dann faßte Staines ihn irgendwo an, worauf Bobby nickte und die Augenbrauen hob, als wollte er sagen, daß diese Tunten vor nichts haltmachten.

Ich war bei meinem zweiten Glas, als Staines uns alle bat, *hinüber*zugehen – nicht ins Speisezimmer (»Wir essen späger etwas ganz *Spezielles*«), sondern ins Studio. Ich hatte das unangenehme Gefühl, daß wir nun alle einen Sexfilm anschauen würden und daß es in dieser Gesellschaft ein höchst peinliches und unaphrodisisches Erlebnis würde. Charles nahm mich am Arm, weniger als Stütze, denn um mich mit ihm zu verbinden: Er schmiedete uns aneinander und lehnte sich kaum auf mich. Auf den Gesichtern aller lag eine eigentümliche und ziemlich abstoßende Haltung unterdrückter Erwartung, und ich erkannte, daß ich der einzige war, der nicht recht wußte, was vor sich ging.

Im Studio, wo man die Geräusche anderer hörte, war ich noch verwirrter, und wir standen eine Weile herum, während unser Gastgeber mit großem professionellem und dringlichem Gehabe davoneilte. Der romantische edwardianische Hintergrund mit der Balustrade und den überhängenden wolkigen Zweigen war aufgebaut und davor die mit fetten Kissen ausgestattete Chaiselongue aus dem Garten. Ein paar blonde Teenager mit Ekkenkragen und engen gestreiften Hosen saßen dort, ließen den Rest eines dicken Joints kreisen, den sie in der hohlen Hand hielten, so wie ein Türsteher die nicht gestattete Kippe vor Blicken oder dem Regen schützt. In einem Bogen aufgestellte Lampen und Reflektoren begrenzten eine Art Spielfläche, die durch ein Durcheinander von Stühlen von uns abgetrennt war. »Hat jeder etwas zu trinken?« fragte Bobby sehr herzlich. »Setzt euch doch um Himmels willen. Das kann noch Stunden gehen.«

Charles ließ sich auf einem alten knarrenden Lehnstuhl nieder und schaute sich etwas gereizt nach mir um, damit ich mir einen Stuhl neben ihn heranzog. Aldo setzte sich zierlich an meine andere Seite und sog schützend an seinem Longdrink. Hinter ihm streckte Bobby die Beine auf einem anderen Stuhl aus. Meine Unwissenheit und meine Vorahnung verstärkten mein Unbehagen über die Situation, und ich beugte mich zu Charles hin, um ihm zuzuflüstern. »Was sind das für Jungen?«

Er machte ein entsetztes Gesicht. »Wie, diese Jungen? Aber... Sie kennen sie nicht? Ich dachte...« Er zog ein Taschentuch aus der Brusttasche und fuhr sich damit unter der Nase hin und her. »*Ganz* ungezogene und schlimme Jungen.« Er hustete, als verbiete ihm die Diskretion, mehr zu sagen, und steckte das Tuch wieder weg.

»Vielmehr, was *machen* sie überhaupt?«

»Oh...«

Ich kam mir blöd vor, errötete ein wenig; war auch verärgert, aber eigentlich merkwürdig betrunken. Einer der Jungen, er sah besser aus, wie ich fand, schnippte dem andern mit den Fingerspitzen am Pony. Der andere lächelte duselig und faßte sich zwischen die Beine. Irgend etwas an ihm kam mir bekannt vor, ein schwacher Fleck auf dem Schirm der Erinnerung. Dann drehten sie sich um und schauten in den Schatten hinter ihnen, wo sich eine Gestalt bewegte, sich zeigte und wieder verschwand, dunkel – schwarz. Ich konnte sie nicht sehen, als ihre leise, aber klangvolle Stimme ertönte: »Na, Jungs, wie fühlt ihr euch?«

»Willst'n Zug?« sagte der andere mit bissiger Ausdruckslosigkeit und hielt den Joint in die Höhe.

»Ich bin stoned, Baby«, war die Antwort, melodiös, ziemlich streng. Als er dann dennoch vortrat, um an dem letzten papiernen daumennagellangen Joint zu ziehen, erkannte ich sofort sein hübsches, gefurchtes Gesicht, die großen, fordernden, beweglichen Augen, das Rosa der Lippeninnenseite, als würde er jeden Moment Himbeerpudding davon ablecken. Und dann erkannte ich natürlich auch die Jungs.

»Oh, Abdul, Abdul«, rief Charles mit seiner beschwörendsten und überspanntesten Stimme. Der Koch kam herüber, jetzt nicht mit der ernsten, beflissenen Art aus dem Speiseraum des Clubs, sondern mit einer flirtenden Nonchalance, als wäre auch er ein Mitglied. Sie gaben einander die Hand, und Charles hielt Abduls lange, kräftiger Finger fest, als dieser sie zurückzog.

»Alles klar, Charlie?« sagte der Schwarze zu meiner Verblüffung herzlich.

»Sie erinnern sich an meinen jungen Freund William.«

»Tag, William.« Er reichte auch mir lässig die Hand und lächelte drogenselig. »Kommt, seht euch die Show an.« Sein Blick ging weiter zu Aldo und Bobby, der ihm offensichtlich nicht vorgestellt zu werden brauchte, er schloß die Augen, biß sich auf die Unterlippe und mahlte langsam mit den Hüften, als tanzte er zu einer sehr sexy Musik in seinem Kopf.

Ich war fast schockiert davon und wie betäubt und schluckte, als wäre ich noch unschuldig. Obwohl er doppelt so alt war wie ich, war ich irrsinnig scharf auf Abdul, war tief bewegt von ihm. Ich erinnerte mich, wie ich die Stellen angeschaut hatte, wo seine schwarze, schwarze Haut in der weißen Kochuniform verschwand, die Handgelenke und der lange, dicke Hals, und wie mir sein Körper bewußt gewesen war. Als er sich abwandte, folgte ich ihm mit einem Blick, der möglicherweise voll betroffener Hingabe war. Es waren die hohe, unheimliche afrikanische Stirn und der hohe, wogende afrikanische Arsch und die langen, baumelnden, haschenden, musikalischen Hände.

In diesem Augenblick kam Staines wieder hereingeklappert, in der Hand eine Kamera auf einem Stativ, dessen Beine nicht ausgeklappt waren, was es groß und sperrig machte. Jetzt war es wohl unumgänglich, daß es ein Film wurde, daß dieser wiegende, mächtige Koch mit seiner männlichen Eleganz etwas mit diesen gewöhnlichen kleinen Kellnern machen würde. Zu meiner Überraschung erinnerte ich mich, daß Charles mir gesagt hatte, Sonntag abends gebe es bei Wick's nichts zu essen. Aber es verschlug mir den Atem bei der Vorstellung, daß er – und Staines – das Personal tatsächlich woandershin locken und sie dazu bringen konnten, die Phantasien auszuleben, die sie mit verschlagenen Blicken über ihrem fettigen Fleisch, dem suppigen Gemüse und dem Schulpudding genährt haben mußten. Welch bizarre Verrichtungen und Verwandlungen es da gegeben haben muß. Das Ganze hatte jene inszenierte Bizarrerie, die es für die Beteiligten normal erscheinen ließ, für den Außenstehenden jedoch dämonisch.

Staines' Hand lag auf meiner Schulter. »Das ist das allerletzte Stück, mein Lieber«, sagte er. »Das wird der wunderbarste Film, den es je gegeben hat. Wir sind jetzt schon seit Monaten dabei – mit zehn Akteuren ... Ich dachte, vielleicht macht es dir Spaß zuzusehen, wir wir ihn mit dieser sensationell sensationellen Szene zu Ende bringen.«

»Ich weiß nicht«, zögerte ich. Als die Lampen angeschaltet wurden, bekam der Hintergrund, an Stellen eingerissen, wo er aufgerollt gewesen war, einen überflüssigen Charme und steckte eine schäbige kleine Fläche ab, auf der sich offensichtlich das Geschehen entwickeln sollte.

Aldo wurde vertraulich. »Ist sehr altmodisch«, erklärte er. »Ich mache eine andere Rolle, im Garten. Da treffe ich den jungen milordo, und wir treiben alles mögliche, auch auf einer Leiter. Jetzt ist er im Urlaub, und der Diener ist weg – nur Derek und Raymond und Abdul.« Aldo flatterte mir mit den Wimpern zu, nahm wieder eine trügerische Vornehmheit an, als hätten wir über den neuen Pastor geredet und darüber, ob er die Kommunion in den neuen Riten bevorzugte oder nicht. Ich konnte nicht so tun, als hätte ich mir noch nie überlegt, wie es wäre, einen Porno zu drehen. Ich hatte selber schon in ausgedörrten, elektrisierten Morgenstunden danach meine Filmchen gemacht, den Jungs auf den Zahn gefühlt; doch das waren flüchtige kleine Streifen, die im Licht des Tages oxydierten und sich zersetzten. Ich bezweifelte, ob ich mir derlei anschauen konnte, fürchtete, erregt zu werden, fürchtete, es nicht zu werden.

Charles legte mir die Hand auf den Unterarm. »Ist unser Koch nicht ein großartiger Bursche? Er ist mir nämlich ergeben. Total ergeben.«

Die Kamera hatte noch nicht zu laufen begonnen, doch Abdul, dem es offenbar gleich war, ob es losging oder nicht, schlenderte auf das Set zurück. Er trug einen üppigen wadenlangen Pelzmantel und, wie man sah, als er sich auf das Bett zurücklegte, nichts darunter. Über seinen flachen Bauch zogen sich die längsten Narben, die ich je gesehen hatte, als hätte ihm jemand vor langer Zeit und mit den gröbsten Instrumenten sämtliche Innereien entfernt. Mit seiner narbigen schwarzen Haut in dem dicken schwarzen Pelz erschien er mir, der ich ihn einen Augenblick lang hinreißend fand, wie ein köstliches Wild, das man teilweise gehäutet und dann noch atmend weggeworfen hatte. Ich sagte, ich müsse auf die Toilette und ging auf Zehenspitzen zur Haustür; schlug sie dann aber hinter mir zu.

9

Keine Kopfschmerzen; schmerzfreies Atmen; Quetschungen mit der ihr innewohnenden Empfindlichkeit klangen auf rätselvolle Weise ab: Ich fühlte mich wieder gut, ganz und gesund. Ich brauchte nicht die dekadente Heimlichtuerei von Charles und seinen Kumpanen – und als ich Staines' Haus verlassen hatte, hatte ich erwogen, mich um die ganze Sache nicht mehr zu kümmern. Warum sich mit den verstohlenen Jugendsünden der Vergangenheit belasten und der ganzen feinsinnigen Künstlichkeit, sie niederzuschreiben? Ich spielte nicht dasselbe Spiel wie dieses Volk. Ich freute mich auf klare Julitage, Tage ohne Geheimnis, nur mit sportlichen Übungen und Sonne, und dazu Phils Gesellschaft. Wenn ich nur an Männer dachte, ihre mythologische Schönheit, wie sie unter Bäumen und im Sonnenlicht die Avenue entlang oder in den langen Perspektiven von Kensington Gardens rannten, war ich gefesselt, fast atemlos. Doch war ich auch rein und konzentriert. Ich verabscheute mich nicht mehr und war wieder verliebt, richtete meine gebündelte Hingabe auf Phil. Irgendwie fürchtete ich, er könnte kompliziert geworden sein, daß mein widerliches Verhalten während der vergangenen paar Wochen ein Mal auf ihm zurückgelassen oder jene Unbefangenheit hatte brüchig werden lassen, die mir fast als ein Merkmal seines Körpers erschienen war, die sprachlos in seinen Handflächen und Armen ruhte, in seinen kräftigen Waden und dem geriffelten Bauch, in den Kräuselhaaren über seinem Schwanz, in dem pumpenden Herzen, an das ich das Ohr legte, dem Hals, den ich küßte und biß, im schimmernden, gefleckten Dunkel seiner Pupillen, in das ich schaute und schaute und in dem ich mich selber sah, als Miniatur, wie eingeritzt auf einem Edelstein, als Schauender.

Doch nein. Er war überrascht, erleichtert – wie ein Kind, das endlich von einer unfairen und willkürlichen Buße erlöst wird. Doch es war kein Groll in ihm – und er hatte wohl noch den zusätzlichen Trost, daß er mich wieder hübsch fand, da nur noch die knubbelige Verbreiterung meines Nasenrückens und das allzu amerikanische Weiß meines genialen neuen Zahns ihn an unsere kurze Spanne des Elends gemahnten. Anders als die Erholung von einer Erkältung oder einem Kater brachte mich dies voran, nicht lediglich zurück zu dem alten gedankenlosen Wohlbefinden. Es weckte in mir ein romantisches Streben nach Frische und Stärke, und vorderhand ergriff mich eine umfassende, ephemere Erschütterung, ein Hochgefühl der hehren Illusion, ich könnte mich selbst verändern. Es war die Rückkehr meiner Körperkräfte – und gerade als ich verzagt dasaß und den beiden bekifften Jungen und dem schönen, mit Narben überzogenen, zugenähten Mann zusah, hatte ich mich selbst mit seltsamer Distanz in der Gesellschaft der Verderbtheit gesehen: der Baron, der Fleischer, der besoffene Freund und am verdorbensten von allen der Fotograf.

In jener Nacht ging ich geradewegs zu Phil, obwohl er mich nicht erwartete. Seit Wochen war ich nicht mehr im Queensberry gewesen, und als ich aus dem Taxi stieg, fragte mich ein neuer Boy an der Tür – sehr dünn und förmlich, ganz und gar nicht mein Fall –, ob er etwas für mich tun könne. Ich schaute in den Fernsehraum des Personals, wo einer vom Empfang Nachrichten sah und ein Kochlehrling im Tiefschlaf halb aus dem Sessel gekippt war. Auf dem Gang lief ich Pino über den Weg, der sich schrecklich freute, mich zu sehen, meine Hand in beide Hände nahm und schüttelte und darauf bestand, daß ich ihm einen vollständigen Bericht der Verletzungen gab, von denen Phil ihm erzählt hatte. Doch ebenso eifrig war er auch darauf bedacht, mich nicht von meinem Freund fernzuhalten. »Du gehst Phil besuchen? Ist oben. Macht grade Schönheitsschlaf.« Wir schüttelten uns abermals die Hand, bevor er weiterging, und dann hörte ich, wie er vor Freude laut auflachte.

Oben unter dem Dach, in dem heißen, schattigen Korridor, vor Phils Tür... der ferne Verkehr und ein knarrender Fußboden ließen die Stille unbeeindruckt, ein Rest, ein Vorgriff... Traumechos von Kindheitsabenden, nach oben gehen und ein Buch holen, zum offenen Fenster und der Stille der Ulmen hingezogen... oder in der Schule, Warten auf Johnny, Knie unterm Kinn auf der Fensterbank eines beklemmenden Schlafsaals, das Herz pocht, Schwalben stürzen sich in den dunkel werdenden Hof darunter... die klirrenden, bleigefaßten Fenster in Corpus Christi aufstoßen, der Himmel schüttet sein Blau aus, sein dunkleres Blau... die verblüffende, heimliche Feuchtigkeit des Zwielichts, das sich zur Schwimmbad-Bibliothek hinabsenkt, die schwache mittsommernächtliche Illumination durch eine glimmende Zigarette... köstliches, archaisches Alleinsein in Augenblicken kurz vor dem Geflüster, der leise Kuß von Lippen und Liebe ... Wieder spürte ich es alles, die Romanze meiner selbst, wie sie mich drei, vier Sekunden lang drängend umfing, und ich bekam einen trockenen Mund.

Ich klopfte kaum, tippte nur mit den Nagelrücken an die Tür. Es klang wie ein feiges Klopfen, das hoffte, nicht gehört zu werden. War er wach, dann könnte er es gerade noch hören, und ich horchte auf ein antwortendes Rascheln, auf einen Ruf. Doch eigentlich wollte ich über ihn kommen, wie er war, durchs Schlüsselloch strömen, ohne jedes prosaische Getue bei ihm sein. Vor Wochen hatte ich ihm einmal eines Morgens den Schlüssel geklaut und ihn bei einem Mister Minit im Bahnhof nachmachen lassen. Phil war so ordentlich und vorsichtig, immer fest abzuschließen, und ich stellte mir einen pikaresken Anlaß vor, aus dem ich zu ihm hineinmüßte, irgendeine Wendung in einer Sexkomödie, die einen Überraschungsauftritt erforderte. Kerbe um Kerbe schob ich den Schlüssel ins Schloß und öffnete die Tür einen winzigen Spalt. Es brannte kein Licht, nur das letzte Tageslicht verharrte noch, und ohne vollends hineinzugehen, konnte ich das Zimmer im Garderobenspiegel überblicken, sehen, wie Phil auf dem Bett lag, das Weiß seiner Unterhose. Er regte sich nicht, als ich hereinkam, lautlos die Tür schloß und ans Fußende des Bettes trat. Sein Atem ging äußerst langsam und fern; offensichtlich schlief er tief. Er lag mit dem Gesicht nach unten da, aber etwas zur Seite gedreht, das linke Bein halb angezogen, den Mund offen in das Kissen gedrückt, die Schenkel auseinander, aber nicht weit, der Arsch ein wenig nach rechts verlagert. Gern hätte ich Röntgenaugen gehabt, wenngleich die Kasernenstuben-Bescheidenheit, wie er so im Slip schlief, auch schön war. Neben dem Kissen, unter einen schlafschweren Arm geklemmt, lag *Tom Jones* – der dicke, zerknautschte Penguinband, der nach mittlerer Reife und Aufsätzen über Tugend roch.

Ich konnte es kaum mehr ertragen, ihn anzuschauen, und so schüttelte ich ihn grob, um ihn aufzuwecken, ließ mich auf ihn fallen, bevor er wußte, was geschah, und ärgerte ihn mit Küssen.

So wie jetzt hatte ich seit meiner Schulzeit mit keinem mehr geschlafen. Es war außerordentlich unschuldig, innig und perfekt. Als Phil dann zur Arbeit mußte, fing es an zu regnen, und nachdem er gegangen war, lag ich im Dunkeln, das Fenster offen, das Prasseln auf dem Bleidach in den Ohren. Ich nickte ein und glitt kurz durch eine gleißend helle Glückszone, eine Vision, klar wie der Sommer – nicht die ominöse Klarheit eines Sommer in Hampshire oder Yorkshire, sondern eine Art Wüstenleuchten, wo zufällig beieinanderliegende Felsen und Wasser und dürre Schatten göttlich geordnet und in ihrer Unabänderlichkeit leuchteten.

Ich zwang Phil mehr oder minder, im Austausch mit Celso die folgende Nacht freizunehmen, und er tat es mit einem gewissen komischen Widerwillen. Celso wollte, so hieß es, den Freitag unbedingt frei haben, um seine Frau an ihrem Geburtstag auszuführen – ein Musical und ein Abendessen und danach, so wurde vermutet, eine besonders spanische und ehrenhafte Vereinigung. Ich hatte auf einen Mittag mit Sonnenbaden gehofft, doch es wurde einer jener drückenden dunklen Tage, an denen man nie trocken wird und sich nach einem Gewitter sehnt, das nie kommt. Wir gingen zu mir und hingen herum, und ich gab etliche Male sehr deutlich zu erkennen, daß ich vögeln wollte, was Phil anfangs mit sprödem Unglauben quittierte, doch als es dann geschah, wollte er es ebenso sehr wie ich selbst. Anschließend gingen wir in den Corry, was nicht sehr bedeutsam war; keinem schien meine Abwesenheit aufgefallen zu sein, und die tödliche Mühsal der Übungen nahm praktisch ihren gewohnten Gang.

Immerhin war es herrlich, zusätzlich erhitzt vom Gewichtheben, in die düstere Kühle des Beckens zu springen. Keine Sportart gab mir mehr das Gefühl von Freiheit, umfing oder befriedigte mich mehr als Schwimmen. Dennoch, als Phil die Wendeltreppe herabkam – und (eine ihm eigene wohlausgewogene Eitelkeit) eine neue, hoch bis zur Taille geschnittene Badehose vorführte –, tat ich mit Lust Dinge, die ich ansonsten mißbillige: andern in die Quere zu kommen, einen Handstand zu vollführen oder zwischen seinen gespreizten und stämmigen Beinen hindurchzuschwimmen. Eine Weile durchmaßen wir Cousteau-gleich die Tiefen des tiefen Endes, warfen die taucherbebrillten Köpfe hin und her, suchten unsere Schließfachschlüssel, die wir hineingeworfen und auf den Grund hatten sinken lassen, stoben und streiften durch das bewegte Wasser. Wo die Seitenwand mit dem Beckenboden zusammentraf, deutete Phil mit verlangsamten, sprachlosen Gesten auf die melancholische Öffnung, durch die das Wasser entwich, und auf Dutzende von Heftpflastern, die sich darin angesammelt hatten und die vom langen Liegen im Wasser und vor der Strömung über dem Filter sauber wie Unterwasser-Albinopflanzen gebleicht waren. Dann sah ich, wie er ausatmete, Blasen strömten aus seinem Mund, fluteten mit barocker Fülle um seinen Kopf und nach oben zum Licht. Gleich darauf schoß auch er nach oben, und ich folgte ihm wenig später. Wir hingen an den Ellbogen, um zu Atem zu kommen.

Wir planten, ins Shaft zu gehen, um zu tanzen, uns zu betrinken und es uns richtig gutgehen zu lassen. Phil war noch nie mit mir dort gewesen: Unser seltsamer Tagesablauf isolierte uns von der normalen schwulen Welt, und bis auf das eine oder andere Mal war auch ich seit Monaten nicht mehr dagewesen – obwohl es mich bis vor einem Jahr oder mehr jeden Montag und Freitag dorthin gezogen hatte, ohne daß ich mich dem hätte widersetzen können. Ich war Shaft-süchtig gewesen. War ich zum Essen aus, so wurde ich gegen elf Uhr unruhig, insbesondere, wenn ich draußen in den westlichen Bezirken war und etliche Meilen zu fahren hatte. Sehr unpassend gekleidet, ging ich in die Oper und hatte mehr als einmal die Ungestörtheit der Loge im Covent Garden genutzt, um während des letzten Akts hinauszuhuschen, als die Vorfreude auf Sex in mir aufwallte und das Geschehen auf der Bühne rasch zu einem strapaziösen Unsinn distanzierte und denaturierte. Das Shaft verließ ich dann selten allein, und ich hatte zahllose Taxifahrten durch das grelle Ödland Oxford Street, wo sich der Müll häufte, und am großen schweigenden Dunkel des Parks entlang gemacht, neben mir ein kleiner Schwarzer, betrunken, kühl in seinem Schweiß, der sich an mich schmiegte oder mich heimlich berührte. Ich nahm Jungen von weit her mit zur mir – von Leyton, Leytonstone, Dagenham, New Cross –, die wie ich zu diesem stickigen, elektrisierenden Keller im West End pilgerten, die aber um drei oder vier Uhr morgens, wenn sie niemand abgeschleppt hatte, keine Möglichkeit mehr hatten, nach Hause zu kommen.

Phil sah seine Initiation ganz praktisch, und wir gingen vom Corry durch das dämmrige, kühlende Bloomsbury zum Hotel, um dort zu Abend zu essen. Unter den Platanen am Russell Square gab es endlich eine fühlbare Brise. Das riesige blättrige Zwielicht zitterte, und die drei Brunnen, die ihren kraftvollen Strahl emporschossen, übermütig und fast unsichtbar, versprühten Wasser über dem Weg und trafen uns mit ihrer Gischt. Phil legte den Arm um mich; auch er erinnerte sich wohl an unseren ersten schreckensvollen Gang dorthin.

Die Küche des Queensberry war ein hoher, weiß gekachelter Raum, in den eine Reihe gekrümmter Entlüftungsleitungen stießen, Aluminiumröhren, die an den Knicken geriffelt waren und sich zu weiten, zerbeulten Abzugshauben über dem überladenen und archaischen Gasherd öffneten. Dennoch herrscht eine lastende Hitze, und die Männer der Kochbrigade in ihren zerknitterten weißen Jacken und Mützen und den blau-weiß karierten weiten Hosen waren gereizt und rotgesichtig, schmissen die geordneten Portionen auf den Metalltresen, hinter dem die Kellner warteten. Als »Personal« mußten wir ebenfalls dort warten, bis eine passende Lükke entstand. Immer wenn wir in die Küche kamen, fühlte ich mich befangen, war ich auf Ressentiments gefaßt. Die pausenlose Schwerarbeit hier, ohne die schmückende Servilität und den Charme des öffentlichen Teils des Hotels, gab mir das Gefühl, frivoler Beobachter eines durch und durch ernsten Gewerbes zu sein.

Heute abend besorgte Phil uns etwas Breitling – eine langweilige Rotarier-Vorspeise – und danach ein hervorragendes Beef Olives, eine saftige, fette Kalbszunge im Fleischmantel. Wir aßen im Speiseraum des Personals, wo wir für uns saßen, während zwei der Abwaschfrauen und ein lederhäutiger alter Portier fanatisch die letzten Minuten ihrer Abendessenspause hindurch rauchten.

»Hast also frei heut abend, kleiner Philip?« erkundigte sich der Portier, während er sich die Hose hochzog und die scharfe Jacke zuknöpfte. Ich glaubte, eine Spur Verachtung in seiner Stimme wahrzunehmen, einen Sarkasmus in seiner Höflichkeit, wodurch er herausfordernd, gar beleidigend wirkte. Als er sich aufrichtete, schirmte er die beiden Frauen gewissermaßen wie ein Schäfer ab – obwohl sie sich in keiner Weise als gefährdet zeigten.

»Ja, wahrscheinlich gehe ich einen trinken.« Eine lahme Minimalantwort.

»Bleib aber bloß nich in dem blöden Scheißhaus hier«, sagte eine der Frauen freundlich.

»Bestimmt nicht.«

»Und daß du mir auch nicht zu viele Herzen brichst«, sagte die andere kichernd.

Ich sagte nichts, bis sie weg waren. Wahrscheinlich hielten sie mich für sehr hochnäsig, aber ich fühlte mich irgendwie verpflichtet, Phil nicht zu inkriminieren. Es war schwer zu glauben, daß sie mich nicht als das sahen, was ich war, doch man machte gute Miene, tat so, als wären wir einfach nur Kumpel. Ganz ähnlich wie James kultivierte Phil eine Zurückhaltung, die sich zu einer Form von Autorität auswuchs. Ich muß ihre Diskretion gebraucht haben, so wie sie durch meinen Mangel daran frei wurden. Es war alles eine Frage von *bjopti.*

Ich beendete meine Mahlzeit und legte Messer und Gabel nebeneinander hin. »Bin ich eine schreckliche Last für dich, Darling?« sagte ich eitel und feierlich.

In einer unbewußt krampfartigen, raschen Bewegung packte er die Salz- und Pfeffertöpchen aus facettiertem Glas. »Natürlich nicht. Ich liebe dich.« Für den Bruchteil einer Sekunde blickte er auf und aß dann sehr schnell und schweigend weiter, rührte die letzten grünen Bohnen mit der Gabel auf seinem Teller herum. »Ich liebe dich wirklich, ich glaube nicht, daß ich ohne dich leben könnte. Ich habe es fast nicht ausgehalten, als du krank warst, und ... ich weiß nicht ...«

Das war ein viel größeres Bekenntnis, als ich erbeten hatte, und Tränen stiegen mir in die Augen, und gleichzeitig mußte ich grinsen. Ich legte meine Hand auf die seine, die die beiden Gläschen umfaßt hielt, und schaute überall hin, nur nicht auf ihn, schaute mich in dem scheußlichen, schmalen, aber unverhältnismäßig hohen Raum um, der offensichtlich dadurch entstanden war, daß man einen großzügigeren Raum geteilt hatte.

Anschließend zogen wir uns bei ihm oben um und tranken ein Zahnputzglas voll Wodka, von dem ich, wenn überhaupt etwas, noch liebesseliger wurde, wenngleich in einer allgemeineren Art, als wäre ich nicht nur in Phil, sondern in die ganze Welt verliebt. Ich zog eine sehr alte, ausgebleichte, enge rosa Jeans und ein weißes ärmelloses T-Shirt an, an dem die Seitennähte fast bis zur Taille aufgerissen waren. Phil zwängte sich in andere neue Errungenschaften – eine eng sitzende und ziemlich nach Kaufhaus aussehende dunkelblaue Hose mit einem schmalen weißen Gürtel und ein aufregendes hellblaues T-Shirt.

Als wir das Hotel hinter uns gelassen hatten, nahm ich Phil am Arm. Es drängte mich, dies zu tun, laut zu bekunden, daß er mir gehörte (obwohl es ihm wichtig war, derart beansprucht zu werden, ging er nicht ganz darauf ein, hielt irgendwie mackerhaft auf Abstand, obwohl ich meine Finger in die seinen faltete). An einem Sommertag war ich in Winchester einmal einem Tuntenpaar über den Weg gelaufen – der eine möglicherweise ein alter Wykehamer, der seinem Freund die Orte zeigt, wo er seine Ehre verloren hatte. Sie waren zum Gunner's Hole spaziert, jenem gewundenen kanalartigen Stauwasser, waren umgekehrt und zum Itchen zurückgegangen, wo zu Charles' Zeit noch geschwommen wurde. Jetzt gab es da natürlich ein schönes Hallenbad – wo ich bald meinen Freistilrekord aufstellen sollte –, und das Hole war, wie wohl immer zu erwarten gewesen war, vor wucherndem Wiesenkerbel und dicksamigen Gräsern zurückgewichen, während im Wasser selbst langes grünes Kraut mit der Strömung hin und her wogte. Ich strich durch die Wiese kommend daran vorbei, mir war heiß, ich hatte das Hemd ausgezogen und sah, wie sie in die Landschaft blickten, der eine zeigte auf die wuchernden Maiblumen, bemerkte mich, warf mir einen Blick zu – sehr kurz, aber ich spürte ihn –, und dann kehrten die beiden Arm in Arm zum College zurück. Meinen Schauer des Schocks verwandelte ich in einen der Freude – nicht direkt über sie (sie erschienen mir hoffnungslos alt und vornehm), sondern über die Offenheit ihrer Geste. Ich wollte, daß Männer miteinander *gehen*. Ich wollte einen Mann, mit dem ich *ging*.

Nun, jetzt hatte ich einen. Plötzlich klebte etwas an meinem Absatz, und ich blieb stehen – Phil ging weiter und riß mich fast um. Auf ihn gestützt, hüpfte ich weiter und drehte unter dem gelben Licht der Straße die Sohle nach oben. Eine weiße, von Steinchen rauhe Kaugummizunge hatte sich an das Gummi geheftet und sich unter dem Tritt des Absatzes zu einem Kringel gekrümmt. Sie war überraschend schwierig abzulösen – und ich empfand einen gewissen Ekel davor und faßte sie nur widerstrebend an. In meiner betrunkenen Unbekümmertheit verharrte ich so, auf Phils runde Schulter gestützt, und redete sehr ernsthaft über das Britische Museum, vor dessen düsterem Nordeingang wir gerade standen. An einem riesigen Träger über unseren Köpfen war ein Plakat für die ägyptischen Säle; eine Anzahl beschürzter Pharaonen mit gebrochener Nase standen steinern, aber recht kläglich in einer Reihe. Als ich Phil von Charles' Echnaton-Relief erzählte, fing er an zu gackern und gackerte noch mehr, als ich sagte, er solle sich verpissen.

»Wenn ich dir wirklich etwas bedeutete, dann würdest du mir das Zeug da abmachen«, sagte ich. »Wenn ich einmal deine Hilfe brauche, verweigerst du sie mir.«

Er war sich der sprachlichen Konvention nicht ganz sicher, murmelte aber »Dann laß mich mal«, packte meinen Fuß und riß ihn nach oben, so daß ich unfreiwillig, an seinem Hals hängend, um ihn herumhüpfte. Ich weiß nicht, wie lange es dauerte, bis ich begriff, daß wir beobachtet wurden. Jedenfalls richtete ich den Blick ein paar

Sekunden lang gleichgültig auf den Gehweg auf der anderen Seite und nahm zwar eine Gestalt wahr, die dort unter den sanft sich wiegenden jungen Bäumen verharrte, doch geschah dies geistesabwesend, da all meine Sinne auf meine Hände an Phils ausrasiertem Nacken gelenkt waren. Für den Beobachter mußten wir eine gut ausgeleuchtete, rätselhafte Gruppe bilden. Ich schaute weg, als Phil meinen Fuß hinabstieß, hielt ihn aber weiter im Arm, während er nach einem Taschentuch langte, und ein Zittern beschützerischer Unruhe störte meine sexgeladene, selbstgefällige Laune. Zwei Sekunden später war die Gestalt weitergegangen. Wieder brauchte ich lange, bis ich sie ausmachte, nunmehr weiter entfernt, unter dem nächsten Baum und bis zur Hüfte von Autos, die an Parkuhren auf der Straßenmitte abgestellt waren, abgeschirmt. Er tat so, als wollte er weitergehen, um den Argwohn, den er in mir geweckt hatte, zu zerstreuen. Vielleicht wußte er aber auch nicht, daß ich ihn bemerkt hatte. Er schaute nun wieder zurück, immer noch im Gehen, wich ungeschickt einer Straßenlampe aus. Rasch führte ich Phil weg, wobei ich ihn zu mir heranzog, ihm Arme und Hand hart um die Schulter legte, so daß er an mich gepreßt war und stolperte. Es gab jedoch keinen Zweifel, wer das war.

Es gab mir einen Schock, aber auch das Vergnügen, leise und bitter vor mich hinzunicken, als ich erkannte, was da im Gange war. Na gut! dachte ich, und nachdem ich mich an der Ecke rasch noch einmal umwandte, um zurückzublicken – doch jetzt waren noch andere Leute auf der Straße, und die Ferne war ein einziges Schattenmuster –, vergaß ich es mehr oder weniger für den Rest des Abends. Zu sehr beschäftigte mich die ehrliche, aber etwas unwürdige Erregung, mit so einer leckeren Ware wie Phil an meinen alten Lieblingsort zurückzukehren.

Es war die kurze Zeit nach der Polizeistunde, und in dem engen Raster Sohos war ein Menschengetümmel, die einen schlossen ihren Laden, andere torkelten aus Pubs, und wieder andere vollführten den unsicheren, feucht-fröhlichen Übergang von einem Ort des Vergnügens zum andern, wo sie bis in die frühen Morgenstunden das Geld mit vollen Händen ausgeben würden. Vor dem Shaft gab es ein kleines Gedränge, ein Geschnatter aufgeregter Jungs, andere warteten, starrten herausfordernd den Neuankömmlingen entgegen. Das Stampfen der Musik, gleich einem kaum gebändigten Tier, drang von unten herauf und umschloß uns, als wir zur Tür hineingingen. Auf der Treppe wurde es dann wirklich laut; die Fundamente dröhnten mit dem Baß, und ein durchdringender elektronischer Schwall hochtönenden Lärms brachte die Ohren zum Klingeln. Von nun an würde Reden Schreien sein, würden Vertraulichkeiten mit dicht ans Ohr gepreßten Lippen und Zungen gemacht: Wir würden von unseren Intimitäten heiser werden. Das Medium des Lokals war schwarze Musik, und selbst die elastische Sparsamkeit des Reggae zuckte Peitschenschlägen gleich über die Tanzfläche.

Am Fuß der Treppe stand Denys in seinem rosa ausgeleuchteten Kabäuschen und nahm unser Geld entgegen. »Hey, Willy, hab geglaubt, du wärst tot, Mensch.«

»Bin wieder auferstanden, nur für heute abend.«

Er ginste. »Was hast du denn mit deiner Nase gemacht, ey?«

Ich kniff mir in den gebrochenen Rücken. »Ooch, bißchen Ärger mit paar Jungs – bißchen grob, könnte man sagen.«

»Na, paß besser auf dich auf, Mensch – wo du doch – so – *hübsch* bist.« Er flatterte mit seinen langen Wimpern, machte aber dabei das ernsteste aller Gesichter. »Und auch Ihnen einen angenehmen Abend, Sir«, sagte er zu Phil, der ihm zaghaft dankte. Wir gingen weiter in das hämmernde Halbdunkel, hineingewunken von dem lethargischen Horace, dessen Hundertzwanzig-Kilo-Gestalt, schwer arbeitend und dennoch stattlich in dem kurzärmligen Hawaiihemd, sich in den bis zum Fußboden reichenden Spiegeln reflektierte, die die Tür flankierten und ihn *ad infinitum* spiegelten wie exotische Statuen, die einen Tempel umgaben.

Die Spiegel und die rosa Lichter erinnerten daran, daß dieser Club, der für mich schlicht und einfach das Shaft war, in den Tagen und Nächten dazwischen anderen etwas anderes bedeutete. Der Club hatte auch eine gewisse Geschichte; unter verschiedenen Namen war er in den Sechzigern ein modischer Schuppen gewesen und davor ein schmieriges Bohemeloch mit einem Pianisten und Alkoholikern. Das Dekor, im Grunde handelte es sich um ein Kellergewölbe mit Backsteinwänden, war entsprechend eklektisch, über der Bar hing ein Reetdach, und der Sitzbereich war von der Tanzfläche durch ein riesiges Bassin mit zuckenden Tropenfischen abgeteilt. Beim ersten Besuch wirkte dieser Zierat scheußlich und absurd, und es beschlich einen das dumpfe Gefühl, daß das Nachtleben noch immer von einer ältlichen lichtscheuen Sohoer Mafia gemanagt wurde, die derlei Details tatsächlich schick fand. Bald jedoch wurden sie zum Camp-Dekor des Ganzen, und um nichts auf der Welt wollte ich sie geändert wissen.

Die drückende Hitze des Tages, die schon allmählich aus den Straßen abfloß, verdoppelte sich in dem überfüllten Club. Einige waren in aller Unschuld in Shorts gekommen, und auf der Tanzfläche hatte sich schon ein Trio schwarzer Jungs ihrer Trikots entledigt, die nun wie Kellnerhandtücher von den Gürtelschlaufen ihrer Jeans hingen. Ich bugsierte Phil zur Bar. Dort gab es das herbe, kohlensäurereiche Lager, das an sich zwar nicht angenehm, hier aber der Normalstoff war. Wir lehnten nebeneinander an der Theke, er die Arme üppig verschränkt, und ich fuhr ihm gierig mit der Zunge über den Kiefer und ins Ohr – er drehte sich grinsend zu mir und schenkte mir, zu nah, um deutlich zu sein, einen Blick zärtlichster Vertrautheit.

Wir hockten eine Weile an einem kleinen Bord, tranken ziemlich schnell, die Füße wippten zur Musik, und mehr oder weniger schweigsam machte ich ihn auf Leute aufmerksam, und er schaute hin und nickte eher sachlich; vielleicht war er der Ansicht, daß es nicht ganz richtig war, ehebrecherisch von anderen Männern zu schwärmen. Gleichwohl packte es ihn, als sich Sebastian Smith durch das Volk inmitten seines eigenen kleinen Völkchens drängte, das ihn betatschte, stützte und beglückwünschte. Er war gerade erschöpft von Sadler's Wells gekommen, war noch immer auf dem heiteren, ungetrübten Höhepunkt von Bewunderung und Beifall, noch immer, wie in einer süßlichen Spanischen Himmelfahrt, getragen von den rosa Wolken des Triumphs und den stolpernden schwarzen Putten seines Gefolges. Auch trug er noch immer seinen Leotard (nun allerdings mit blinkenden Lackschuhen), und sein Torso erhob sich als nacktes schwarzes Dreieck zu den glitzerbestreuten, ballerina-stemmenden Schultern. Alle wollten, daß er tanzte, und grübelnd trat er an den Rand der Fläche vor – wie auf einem Schwebebalken einen Fuß vor den andern setzend, die langen, straffen Schenkel streiften einander, alles in dem instinktiven Bemühen, seinen Körper gerade zu halten, als wäre es seine Disziplin, ein Glas Wasser auf dem Kopf zu tragen oder den Inhalt seiner hohen, tänzelnden Beule ohne ein obszönes Rucken vorwärtszubewegen. Doch er entschied sich dagegen, rannte zurück in eine dunkle Ecke und hinterließ bei mir einen leisen Schmerz der Unterwürfigkeit und Unzulänglichkeit.

Phil hatte, wie ich fand, jenen Blick genießerischer, vulgärer Neugier, der mich von Zeit zu Zeit daran erinnerte, daß er ebenso wie jeder andere zu plötzlichen Gelüsten neigte. Du nicht, mein Lieber, dachte ich, als ich »Komm, wir tanzen« gestikulierte, er sorgsam sein Glas leerte und wir uns durch die ausgelassene Menge tasteten. Ich wandte mich um, wir schufen uns etwas Raum am Rand der tanzenden Massen und waren schon so betrunken, daß wir gleich tanzten, auch Phil (von dem ich eher ein gehemmtes Wackeln erwartet hätte) versenkte sich in eine Stimmung, schaute mich kaum an und drehte sich kraftvoll nach links und rechts in einem dichten, modischen Stil, den er wohl irgendwo aufgeschnappt hatte. Ich sprang in meiner ausgelassenen Art umher. Eigentlich hatten wir nichts miteinander zu tun, obwohl ich ihn im Auge behielt und vor Vergnügen grinste, wenn sein scheuer, dunkler Blick dem meinen standhielt. Dann wirbelte ich ein-, zweimal um ihn herum, faßte ihn an seinem hübschen Kopf und küßte ihn unbeholfen, wobei unsere Nasen zusammenstießen.

Ungefähr eine Stunde ohne Atempause ließ ich ihn nicht weg, während unter dem glucksenden Gesabbel des DJ die reinen, harten Rhythmen eines Liedes sich mit den Rhythmen des nächsten überschnitten und dann untergingen. Es war ein Sport, bei dem die Erschöpfung nur Ansporn war, sich noch mehr anzustrengen, die Blutopiate sirrten durchs System, Runde folgte auf Runde. Auf der Tanzfläche fand ein Wettstreit statt, weniger sexuell denn athletisch, und ich merkte, wie ich von Fremden herausgefordert, magnetisiert und zu immer schnelleren Bewegungen angestachelt wurde, wobei kein Wort fiel und wir nicht einmal vorgaben, einander anzuschauen. Und einige der Kids konnten wirklich tanzen. Manchmal bildete sich ein Ring um einen oder zwei, und wir hingen einander auf den Schultern, um sie zu sehen – ihre kurzen, flirrenden Sequenzen aus Überschlägen rückwärts, Hechtsprüngen und anderen verrückten Formen. Einer folgte dem andern, explodierte los, stolperte ins Dunkel zurück; und dann löste sich der Ring auf, und die Menge nahm die Fläche wieder in Besitz.

Endlich rockte Phil zum Stillstand und gestikulierte nach etwas zu trinken. Ich keuchte ihm »Lager« ins Ohr. Wir waren beide ausgedörrt – und außen ganz naß, so daß seine Haare, als ich sie zerwühlte und ihn losschickte, abstanden und sein borstiger Nacken wie frisiert glänzte. Ich taumelte von der Tanzfläche und gegen Stan.

Stan war ein riesenhafter Bodybuilder aus Guyana, der nicht nur gigantische Muskeln hatte, sondern auch noch zwei Meter groß war. »Ich mag den Arsch von deinem Freund«, sagte er. »Hab ihn beobachtet.«

»Himmlisch, was?«

»Yeah. Wo hast du den denn aufgetrieben?«

»Hab ihn im Corry unter meine Fittiche genommen.«

Er reckte den Hals, um zu sehen, wo Phil in dem von Punktstrahlern durchbrochenen Halbdunkel weiter hinten abgeblieben war. »Dann gehst du da also noch hin?«

»Täglich. Solltest auch wieder kommen. Wir vermissen dich alle.«

Stan lächelte süß und sagte: »Das glaub ich euch Wichsern.« Sein Mund war wie alles übrige an ihm so groß, daß es, wenn er lachte, den Anschein hatte, als öffnete sich sein ganzer Kopf wie ein Besteckkasten. Ich hatte ihn während meiner ersten Oxforder Ferien im Corry kennengelernt und mit ihm in einer Gasse bei der Tottenham Court Road ziemlich unbefriedigend herumgemacht. Ich weiß noch, wie mir der Kontrast zwischen seiner kantigen Statur und der schönen, nahezu erstikkenden Weichheit seinen Lippen aufgefallen war. Ein Semester später war er gegangen, zu einer Nordlondoner Turnhalle, die seinen Meisterschaftsgelüsten mehr entsprach. Doch hin und wieder lief ich ihm in Clubs und Bars über den Weg, und obwohl wir nichts weiter gemein hatten, schien ich ihn irgendwie zu reizen, so daß er trotz seines übermenschlichen Körpers ein wenig Ehrfurcht vor mir hatte. Ich legte ihm die Hand an die Seite seines Halses, dessen Schaft, der dicker als sein Kopf war, von der gesammelten schrägen Schultermuskulatur gestützt war.

»Siehst sehr stramm aus, Stan«, sagte ich und lächelte neckisch. Es war schwer für ihn, passende Kleidung zu finden, und abends ging er oft so weg, wie er jetzt war, den Torso mit den Fetzen eines schweißzerfressenen Trikots behangen, ein breiter Ledergürtel (der sich, wie er mir versicherte, *als nützlich erwies*) hielt überflüssigerweise ausgebleichte alte Jeans, die unter seinem Hintern und über dem dicken Ballen seinen Schwanzes dünn gescheuert war. Einmal hatte er mir ein Bild von sich gezeigt, als er fünfzehn war – hochgeschossen und unsicher und mittelmäßig gebaut. Wahrscheinlich hatte ihn irgendeine Krise wegen seines Schwulseins in das Fitneß-Center gebracht. Ein Element von Trotz hatte aus ihm einen inzwischen fast unbewußten Exhibitionisten gemacht. Im Shaft ging viel Sex in den Toilettenkabinen ab, doch an einem Abend war ich zum Pissen hineingestolpert, als Stan gerade einen Jungen gleich hinter der Tür fickte. Ein Bein des Jungen hatte er über ein Waschbecken gehakt, und als er ihm eben den Arsch hochfuhr, brachen die Stützen des Beckens aus der Wand, und der

Junge, der in Stans riesenhaftem Griff noch jünger und schwächlicher wirkte, ritt vor seiner eigenen atemverschmierten Reflexion im Spiegel auf und ab. Eine ständig wachsende Schar von Bewunderern verließ die Tanzfläche und stand darum herum, legte Hand an sich selbst und murmelte Anfeuerungen.

Phil war mit den durchgeschüttelten Biergläsern wieder zurück. Ich lechzte nach Flüssigem, und als ich trank, schien mein Gaumen den Alkohol direkt ins Gehirn durchzulassen. »Bis dann, Süßer«, sagte Stan, als er merkte, daß wir ihm nichts bringen würden – das Kosewort bewegte mich wie immer, wenn es von einem richtigen Mann, einem praktisch Fremden kam, einige Augenblicke sehr tief.

Phil schaute ihm nach. »Hat mir doch einer an den Schwanz gelangt, an der Bar«, sagte er in einem Ton, der bemüht war, Lust und Empörung zu vereinbaren, und dann als die neutrale Feststellung einer Tatsache herauskam. Ich trank und küßte ihn, spritzte ihm kaltes Lager in den Mund, wobei ihm einiges jedoch, so überrascht war er, das Kinn hinabrann. Wenn ich ihn im Arm hielt, konnte ich den Schweiß aus seinem Hemd drücken, wo es ihm entlang der Furche seines Rückens klebte – und ich nahm ihm sein Glas ab und half ihm, das nasse Kleidungsstück abzustreifen. Die Atmosphäre wurde immer flüssiger. Jeder zog sich aus, und diejenigen, die einander anfaßten, konnte den Schweiß mit dem Finger abschöpfen.

Ich nahm Phil an der Hand und führte ihn weg. Es gab Nischen im Club, die abseits der Tanzfläche lagen, kellerartige Winkel, kryptaähnliche Bereiche, Schummerlicht, leicht feucht, eine Britenfeuchtigkeit, deutlich anders als die Tropenfeuchtigkeit, die vom Wetter und den Tanzenden kam. Wir trafen auf John und Jimmy, ein reizendes schwarz-weißes Paar, das schon jahrelang zusammen war, John ein knuddeliger Blonder, Jimmy zum Weinen schön, mit innigen, ironischen Augen. Wir blieben stehen und riefen ihnen Frotzeleien zu; wie üblich umklammerte Jimmy seinen Freund von hinten: In der Art konnten sie stundenlang herumschieben, als Paar und häuslich und dennoch kichrig, in Partylaune. Sie hätten die Spitze einer Conga sein können, bereit, jeden in Ausgelassenheit und Spaß hinwegzufegen, doch ihre Hinwendung zueinander machte sie gleichzeitig unzugänglich. Ich wußte, daß sie etwas hatten, was ich nie gehabt hatte. Sie befingerten Phil ein wenig, oohten, als er ein verlegenes Gesicht machte, dabei aber wußte, daß er nichts dagegen haben konnte, und Jimmy hob die Hand, als hätte er einen Kampf gewonnen, und ließ Bizeps und Trizeps spielen, und dann gingen sie in einer kleinen sprühenden Kadenz aus Gelächter und Albernheiten weiter.

Wir gingen in den Teil hinter dem Fischbassin, wo eine bequeme Bank an den Wänden verlief, sehr niedrig, mit kniehohen Tischen, die mit Biergläsern vollstanden. Von unserem Platz aus bildete das Fischbassin ein unzuverlässiges Fenster zur Tanzfläche, da das Wasser an der einen Seite mit Blasen durchzogen war und die winzigen Fische wie neurotisch mit der Musik, die das dicke Glas erzittern ließ, von einer Richtung in die andere zuckten. Der Boden des Aquariums befand sich auf Augenhöhe und war wie eine Miniaturlandschaft mit pittoresken Felsen angelegt, die aus rosa-braunem Sand ragten, und einem kleinen rosa Haus wie ein französischer Landbahnhof mit gähnenden Türen und Fenstern, in die hineinzuschwimmen die Fische unter ihrer Würde fanden. Durch die gedämpfte Beleuchtung schimmerte die Oberfläche, wenn man zu ihr hinaufschaute, und das Wasser erhielt ein unnatürlich dickflüssiges Aussehen, wie Likör. Durch dieses verzauberte, verlangsamende Medium sah man die Tanzenden sich drehen, rocken, Sätze machen, alles abartig schnell und losgelöst.

»Alles in Ordnung, Darling?«

Phil nickte. »Scheißhitze«, sagte er und fuhr sich mit der Hand über Brust und Bauch und betrachtete sie dann bewundernd. Wieder einmal fiel mir nicht viel ein, was ich zu ihm sagen sollte: Verklebt hingen wir nebeneinander da und schlürften unser Lager. Das Lager war hier so gekühlt, daß die Gläser von ihrem eigenen kalten Schweiß glitschig wurden. Als Phil die Hand durch die geschlitzte Seite meines Unterhemds schob, mußte ich nach Luft schnappen – wie wenn man bei einer Balgerei unter der Dusche eine Ladung kaltes Wasser abbekommt oder eine Hand einem im Winter draußen unter die Kleider faßt.

Ein kleines Stück weiter sah ich ein Paar, das über uns in einer Weise redete, daß wir es merken sollten: Sie steckten die Köpfe zusammen, warfen lange Blicke herüber, lächelten taxierend und nickten. Ich hob eine Augenbraue, als ich Archie erkannte, den Jungen, den ich vor Monaten einmal mit zu mir genommen hatte. Eines seiner Augen war leicht schläfrig, was ihm etwas Anzügliches und Erfahrenes gab, obwohl er noch ein Kind war, sechzehn oder siebzehn, illegal also und daher noch tuntiger. Seit er mit zu mir gekommen war, hatte er seine Erscheinung aufgemotzt: Die Haare waren mit einer ganzen Dose Gel glatt geschmiert, schwarze Lippen mit lila Lippenstift schwül übermalt. Er sagte etwas zu seinem Begleiter, stand dann auf und kam zu uns herüber, wo er sich dann selbstbewußt auf den Platz neben mich niederließ.

»Hallo, Süßer.«

»Hallo, Archie.« Einen Augenblick musterten wir einander mit der seltsamen, aufgelösten Intimität von Leuten, die einander einmal kurz geliebt hatten. »Das ist Phil.«

»Mhm. Ich bin mit Roger da. Er meint, er habe dich in der Turnhalle gesehen. War echt eifersüchtig, als ich ihm von dir und mir erzählt hab.« Ich schaute kurz hinüber zu Roger, der ein Interesse an ein paar Männern in der anderen Richtung vorschützte. Er kam mir vage bekannt vor, ein grämlicher Kerl mittleren Alters, der im Corry unter der Woche abends im Anzug erschien, sich samstags und sonntags jedoch mittels schwerer Stiefel, Jeans und Motorradjacke verwandelte, ein Ensemble, das mir bei ihm eine Spur *too much* erschien.

»Muß mir überlegen, ob ich nicht eifersüchtig auf ihn bin«, sagte ich mit schelmischer Höflichkeit. »Siehst du ihn oft?«

»Yeah, seit zwei Monaten geh ich immer zu ihm, Fulham, ganz schön schnieke. Hat Video und so.«

»Kann ich mir denken.«

»Nein, der ist echt süß.«

»Ich finde ihn einfach grauenvoll, aber das hat wohl nichts mit mir zu tun.« Diese Bemerkung hätte ihn verletzen können, doch schien er mich dafür ziemlich zu bewundern.

»Yeah – ist aber trotzdem gut, wenn sich einer um dich kümmert, verstehste, was ich meine?« Er schob mir eine Hand zwischen die Beine, und ich merkte, wie Phil sich auf meiner anderen Seite verkrampfte. Ich sagte nichts, sondern starrte Archie irgendwie existentiell an. Mein Schwanz wurde unter dem leichten Druck seiner Finger rasch dick.

»Heute nicht, Schätzchen«, murmelte ich, rückte von ihm ab und legte Phil eine Hand auf den Schenkel.

»Hast vielleicht recht«, sagte er in seiner typischen experimenté Art und schaute sich nach Roger um. Roger rauchte eine Zigarette und starrte an die Decke, ein Muster angespannter Unbekümmertheit. »Dein Kumpel sucht sich einen Freund, wie?« fragte Archie, als wären es die dreißiger Jahre.

»Du meinst Phil? Nein, nein, der hat schon einen.« Archie sah mich an, als erwartete er etwas anderes von mir, als der Groschen fiel.

»Das paßt nicht zu dir«, sagte er. »Ich dachte, du gehst bloß mit schwarzen Jungs. Tut mir leid, Süßer«, sagte er zu Phil und ließ sich überflüssigerweise über seinen Irrtum noch weiter aus. »Ich dachte, du wärst wegen was Beigem hergekommen. Die meisten weißen Typen kommen deswegen.«

»Ist schon gut«, sagte Phil schroff.

»Hast du schon von Des gehört?« fragte Archie in einem Ton schockierten Klatsches. Ich mußte einen Moment überlegen. Im Corry gab es einen Desmond, aber er meinte wohl »Klein«-Des, den tanzenden Des. Wieder so eine sentimentale Geschichte, die aus dem Bodensatz des Nachtclubs stammte.

»Du meinst Klein-Des?«

»Yeah, genau. Du hattest doch den Dreier mit ihm und dem Typen aus Watford.«

»Du kennst dich in meinem Sexleben ja gut aus.«

»Yeah, na, ich hab's von ihm. Jedenfalls, der ist in was andres echt Hartes geraten. So ein Taxifahrer hat ihn gefesselt und ausgepeitscht. Jedenfalls verliert er in einer Nacht ziemlich den Überblick, und dieser Arsch haut ab und läßt Klein-Des in 'ner Garage angebunden liegen, mit Ratten und so, und er am ganzen Leib Brandflecke. Drei Tage hat er da gelegen, bis irgendeine alte Tante ihn entdeckt hat. Liegt jetzt im Krankenhaus, sieht nicht gut aus.«

Archie bereitete es Vergnügen, mir diese schreckliche Neuigkeit erzählen zu können, doch ich sah, wie er schluckte, und wußte, daß ihn das Wiedererzählen ebenso schockierte wie mich, der ich die Geschichte zum ersten Mal hörte. Während er redete, war die Lightshow zu Ultraviolett übergegangen, so daß die Zähne und weißen Sachen der Tanzenden, die sie noch anhatten, bläulichweiß leuchteten. Durch das Bassin schienen diese schimmernden Punkte und Flächen selbst im Wasser zu schwimmen und umherzuschießen und sich mit der fahlen Phosphoreszenz der Fische zu vermischen.

Zwei, drei scheußliche Sekunden. Die Verletzlichkeit von Klein-Des. Das gestörte Schwein, das ihm weh getan hatte. Ein Gesicht, das hinter dem Glas vorbeiging, hineinschaute, den Mund zu einem leuchtenden Gähnen öffnete.

Ich stand so unvermittelt auf, daß Archie und Phil, die zu beiden Seiten an mich gelehnt waren, gegeneinanderfielen. »Muß mal pissen«, sagte ich. Doch ich dachte kaum an sie: Mein Herz raste, erregte Erleichterung durchströmte mich als körperliche Empfindung, ich war wütend – warum, wußte ich nicht – und erschrocken darüber, daß ich mich nicht besser beherrschen konnte. Immer wieder sagte ich vor mich hin, vielleicht nicht einmal artikuliert, vielleicht schrie es auch nur mein Puls: »Er lebt, er lebt.«

Ich holte ihn auf der anderen Seite der Tanzfläche ein, war über ihm, noch bevor er mich erkannte, warf die Arme um ihn; wir fielen gegen die Wand, wo er mich einen Moment von sich wegdrückte, um mich anzuschauen. »Will«, sagte er und lächelte nur ein wenig. Ich bedeckte ihn mit Küssen und schaffte ihn rasch den Gang entlang und durch die Schwingtür. Ein paar Typen rollten am Rand des Waschbeckens Joints und blickten nervös auf.

Eine Kabine war leer, und dort stieß ich ihn vor mir hinein, prallte völlig fassungslos gegen die Tür zurück, nachdem ich sie verriegelt hatte. Nahezu ohne zu wissen, was ich tat, riß ich den obersten Knopf seiner Hose auf – kastanienbrauner Cord, wie früher –, ratschte den Reißverschluß herunter, zog sie ihm auf die Knie. Als ich wieder sah, wie sein Schwanz von dem kleinen blauen Slip gehalten wurde, wurde ich fast krank vor Liebe; ich streichelte ihn und küßte ihn durch die weiche, stützende Baumwolle. Dann weg damit, und ich rieb seinen Schwanz in meiner Faust. Ich kannte ihn ja so gut, den dicken, kurzen, geäderten Schaft. Ich wog ihn auf der Zunge, steckte ihn mir hinein und spürte seinen stumpfen Kopf am Dach meines Mundes, als er mir in die Kehle stieß. Dann gab ich ihn wieder frei, trat hinter ihn, hielt seine Backen auseinander, drückte das Gesicht dazwischen, züngelte durch seine schwarze, glatte, unbehaarte Spalte, speichelte sein Arschloch ein und schob einen Finger hinein, dann zwei, dann drei. Lange Schauer durchliefen ihn, scharf sog er die Luft ein. Tränen tropften ihm übers Kinn auf das gedehnte Hindernis aus Hose und Slip. Er schniefte und schluckte.

Allmählich kam ich wieder zu Sinnen, zog meine nassen Finger aus seinem Arsch, richtete mich hinter ihm auf, drehte ihn halb zu mir her und küßte den eingesunkenen blassen Faden seiner Narbe, kühle Tränen auf brennendem Gesicht.

Er bückte sich, zog seine Sachen wieder an. Ich half ihm ungeschickt. Er sagte nichts; schniefte. Ich fühlte mich elend und unglücklich. Verlegen lehnten wir in der engen, stinkenden Klokiste aneinander, und ich strich ihm beruhigend mit der Hand über den Rücken.

»Will ... ich muß los. Mein Bruder ist da. Er wartet. Ich muß mit ihm weg.« Er schaute mich mit unaussprechlicher Traurigkeit an. »Muß was für ihn machen. Ich muß los.«

Er entriegelte die Tür, trat aus der Kabine und ließ mich blöd darin zurück. Ein anderer wartete schon, sagte: »Seid ihr fertig?« Ich fiel fast an ihm vorbei; von Verwirrung und Selbstekel gequält, tappte ich hinaus in das blitzende Dunkel des Clubs – und blieb stehen, guckte zu, versank dabei jedoch in meiner eigenen Welt.

Minutenlang muß ich so dagestanden haben, bis eine Spitze von Objektivität wieder aus der Flut aufragte. Draußen auf der Straße war es überraschend kalt, und ich rannte ein Stück in beide Richtungen. Keine Spur von Arthur. Unschlüssig hing ich herum, reckte den Hals nach dem Nichts, das da geschah. Es war fast zwei Uhr. Ein Taxi fuhr langsam vorbei, das gelbe Licht brannte – und direkt dahinter kam ein gelber Cortina mit mattierten Scheiben und verbreiterten Kotflügeln, die sich über riesigen Breitreifen blähten. Am Eingang zum Club hielt er fast an, und als ich schnell hinging, trat ein stämmiger Schwarzer aus dem rosa Schein des Eingangs, die hintere Wagentür öffnete sich für ihn, und eine Stimme sagte drinnen: »Na los, Harold.« Dann schlug die Tür zu, und der Wagen preschte an mir vorbei die Straße entlang. Ich sah die Schlußlichtleiste aufleuchten, als er an der Kreuzung bremste, dann bog er nach rechts ab und war verschwunden.

Vielleicht konnte ich nur des Alkohols wegen schlafen, wie ich so hinter Phil lag, die Hand auf seinem Herzen. Ich erwachte, mir war trotzdem kalt, ich zog eine Decke über uns, ohne ihn zu wecken, und rollte mich erneut an dieselbe körperwarme Stelle. Doch nun konnte ich nicht schlafen, und der Zwischenfall mit Arthur blitzte immer wieder in mir auf, und dann raste mein Herz und pochte in einem panischen Kontrapunkt zu der traumlosen Langsamkeit von Phils Pulsschlaf gegen dessen Rücken.

Gegen sechs stand ich auf und lief mit Leidensmiene in meinem Morgenmantel herum, dem Morgenmantel, den Arthur immer so gern getragen hatte, kastanienbraun, knöchellang, schäbig, fleckig und gürtellos nach seiner Schullaufbahn, und der, abgewetzt und durch Erinnerungen einzigartig, so ergreifend über seinen jungen Schultern gehangen oder sich über seinen hingestreckten Schenkeln geöffnet hatte. Als ich Tee kochte, war mir, als ahmte ich ihn nach: Das hatte er immer gemacht, das einzige im Haushalt, das er konnte. Er hatte Tee wie aus Instinkt gekocht, ungebeten, klaglos ... Ich nahm einen Bechervoll ins Wohnzimmer und legte mich aufs Sofa, die Augen geöffnet, und dachte nach. Da lag ein Abschnitt von Charles' Tagebuch, in dem ich gelesen hatte, und ich hob es vom Fußboden auf und versuchte, mich wieder hineinzufinden.

26. Mai 1926: In Talodi gab es Klagen, ein Disput über zwei Wasserkrüge (beide Parteien erschienen gleichermaßen unglaubhaft, es war daher wohl leider eine zweifelhafte Entscheidung) & ein Mädchen mit einem eitrigen Fuß. Diesmal gibt es sehr viel mehr derartige medizinische Probleme, mehrere Schußwunden am Bein, mysteriös – doch die Nuba klammern sich an ihre altertümlichen Feuerwaffen, & wir können wohl nur wenig dabei tun. Nach allem, was man ihnen angetan hat, verdienen sie irgend etwas zur Selbstverteidigung. Heute weilten meine Gedanken immerfort bei diesen Dingen aus Palmes Buch, bei den schrecklichen Geschichten von der Sklaverei, von Verstümmelungen, Kastration; wie sie Sandsäcke an die Jungen hängten, ihnen die Eier abrasierten &

sie wieder zusammenflickten – mit zerlassener Butter, glaube ich. Viele starben wohl dabei. Und all das geschah fast noch zu meinen Lebzeiten! Das schiere Böse dessen bedrückte mir das Herz, während ich durch das Dorf ging, das Recht wiederherstellte, belohnte & bestrafte & Vorschriften machte. Immerhin wird unsere Gerechtigkeit als Gerechtigkeit empfunden. Gleichwohl halte ich nunmehr mit der Peitsche im Hieb inne, bin fast bereit, statt dessen eine kameradschaftliche Hand zu reichen. *Nicht zu freundlich sein* – das war der beständige Vorbehalt des armen alten Fryer. Dafür spricht sehr viel – nicht der Schulmeister zu sein, der wegen seiner Absurdität verspottet wird, der nur geliebt werden will.

Bei Sonnenuntergang ging ich zu dem kleinen Paradeplatz der Polizei hinauf, um mir die berühmten Steine anzuschauen – berühmt jedenfalls für uns, die wir von Zeit zu Zeit in Khartoum davon sprachen. Da waren sie, gänzlich unspektakulär wie viele Berühmtheiten, zwei eher kurze Säulen aus rötlichem Stein, poliert & oft, so wollte es scheinen, *berührt*, so daß sei wie Marmor schimmern. Nach der Geschichte, wie ich sie gehört hatte, war ein ägyptischer Offizier, der hier lange stationiert gewesen war, durch die Sonne & die Isolation verrückt geworden, hatte einen Kameraden erschossen & danach den Revolver gegen sich selbst gerichtet. Gewiß, sie waren zur Warnung errichtet, gleichwohl faszinierten sie mich & machten meinen Besuch noch dringlicher, teils, weil ich gerade in der Einsamkeit & Leere, wovor gewarnt werden sollte, gedeihe, dann aber auch, weil ich diese Geschichte nie geglaubt habe. Hitze & Einsamkeit mochten eine Rolle gespielt haben, doch daß der junge Mann seinen Kameraden tötete, dafür mußte es einen tieferen, abseitigeren, wilderen Grund gegeben haben. Ich sehe es romantisch – eine jener intensiven, liebevollen mohammedanischen Freundschaften, über die in England keiner spricht oder sie gar vermutet, die hier jedoch mit einer geradezu verblüffenden Üppigkeit erblühen. Man begegnet ihnen überall, in der Stadt, unter den Stammesbewohnern, natürlich in meinem eigenen kleinen Gefolge ... poetische, ritterliche *amitiés*, welche nichtsdestoweniger auf einem Prinzip, das den europäischen Horizont übersteigt, gründen müssen. Vielleicht ist es gerade mein europäischer Horizont, der an diesem kleinen *mélodrame* festhält – ich jedoch sehe eine Leidenschaft & eine nagende Unzufriedenheit, Gewalt in der gleißenden Mittagshitze, die Abgelegenheit dieser Steinhügel, diese Finger & Fäuste, die aus der Wüste hervorgestoßen wurden & die unausgesprochene Balance & Vornehmheit der Affäre bedrohen ... Nun, wir werden es nie erfahren. Die Steine wurden zu ihrem Gedenken errichtet, was vermuten läßt, daß ihre Offizierskameraden auf etwas Tieferes & Poetischeres in dem Falle schossen. Ich mochte die Steine um ihres Rätsels willen & streichelte sie & wünschte, daß sie ihr Geheimnis für immer bewahrten, unleserlich und würdevoll. Sie waren noch immer unerträglich heiß, was nur natürlich war, da sie den ganzen Tag über in dem schattenlosen Gleißen des Paradeplatzes stehen.

29. Mai 1926: ... Diese Freundschaften ... In meinem Glücksgefühl hier fällt es mir gar nicht auf, daß ich keine Freunde habe. Da sind die langen, monatlichen Briefe von Zuhause, doch wie *The Times*, die, gefaltet, vergilbt und ältlich, sechs Wochen zu spät eintrifft, erscheinen sie mir wie Berichte aus einer fiktiven Welt, unglaublich vollgestopft mit Ereignissen. Als ich gestern abend vor dem Essen bei einem Pink Gin saß & Hassan husten & in der Küche rumoren hörte, erschien vor mir plötzlich meine Fremdheit hier, eine Art Agoraphobie, ein so weiter Kontinent – ganze zwei, drei Sekunden lang hatte ich eine objektive Vision meiner selbst, ungeschützt durch die glühende Trance, ätherisch & romantisch, wie der Sonnenuntergang damals war, die mich beständig absorbiert. Ich dachte, wie einzigartig ich für Hassan & den neuen Hausburschen, Taha, sein müßte.

Jetzt ist Taha aus dem Zimmer gegangen, & ich höre, wie er, leise ein Lied murmelnd, den Hof überquert & dann mit Hassan redet, der ihm sagen wird, was er tun soll & daß er bald das Abendessen auftragen muß. Wie üblich reden sie in der nubischen Sprache – nur hin und wieder verstehe ich ein Wort oder einen Namen, und von hier ist sowieso alles undeutlich: Es gurgelt dahin wie ein Bach in England am Ende eines Obstgartens, gemächlich, familiär & dennoch unsagbar alt & unpersönlich. Und dann erhebt sich Hassans Stimme, & er gibt seinen kleinen Eifersüchteleien & der stolzen Besitzerschaft über den Jungen Ausdruck.

Hassan ist, nun da er so lange bei mir ist, ein Teil meines Lebens, und jedesmal, wenn neue Burschen kommen, gibt es irgendeinen Ärger. Seltsam, daß beide derselben Rasse angehören – der alte Koch mit seinem fahlen Adlerblick, den braunen, betelverfärbten Zähnen, dem völligen Mangel körperlicher Anmut, was ihn mir irgendwie empfahl & mir für seine Ehrlichkeit bürgte; und der Junge, ein geschmeidiger, pflaumenschwarzer Sechzehnjähriger mit stillen, befangenen Bewegungen, träumerischen

Augen & gelegentlich einem Lächeln, so nach innen gewandt & dennoch offen ... Ihn nahm ich aus ganz gegensätzlichen Gründen, damit sein Reiz, wie launenhaft oder professionell auch immer, jedem Tag zum Schmuck gereichen würde. Und da kommt er soeben zurück. Er hat die lyrischsten Hände, und als er nach meinem Glas greift, um es aufzufüllen, erinnert die Bewegung seiner langen, anmutigen Finger meine benommene Einbildung an ein Harfenspiel.

Das Haus hier hat etwas, was mich ungemein bezaubert. Es ist weiß gekalkt & viereckig & hat vier Zimmer, alle gleich groß. Es ist ein Haus, das auf seine Urelemente reduziert ist, leere Löcher als Fenster und Türen, so daß man von einem Zimmer in das nächste blickt – & dann weiter nach draußen auf die darumliegenden Schuppen, die Scharen der Hüttenspitzen oder die kahlen, rätselhaften Felsen. Das Haus ist eine Art Rahmen zum Darinwohnen oder zur Disziplinierung der Gedanken – so daß die wenigen Möbel, der Bücherschrank, ein ziemlich scheußlicher Teppich, die Photographie des Königs wie überflüssige Peinlichkeiten erscheinen. In den Stunden, da ich allein bin, fühle ich mich durchaus so asketisch wie ein Einsiedler, & ich brauche nichts. Oder wenn ich bei den Häuptlingen war, gegessen & getrunken & ihnen aus *Tausendundeine Nacht* vorgelesen habe, was sie hartnäckig verlangen, kehre ich wie verzaubert in diese kleine Schachtel der Schatten zurück, zu der mit Fransen behängten Kugel, dem *shamadan*, und dem kleinen Kapitänsstuhl. Und Taha wartet, niemals schlummernd, nie gähnend, er hockt da in vollkommenem, unwissendem Schweigen. Seine Schönheit wird durch seine Wachsamkeit, welche nie impertinent oder lästig ist, noch unterstrichen; es ist für ihn eine geradezu abstrakte Form der Aufmerksamkeit, ein Lebenszustand. Obwohl er erst für diese Tour zu mir gestoßen ist, fühlte ich mich in seiner Gegenwart, wie ich es mir bei lange verheirateten Ehepaaren vorstelle, vollkommen frei von Hemmungen, & während ich hier sitze & schreibe oder auch nur den Mond & die Sterne anstarre, sind seine Augen, die stets auf mich gerichtet sind, gewichtslos, fordern nichts, sind selbst dunkle Kugeln, in denen Lampe & Sterne sich von fern widerspiegeln!

Und dann fällt mir wieder ein, daß er davon gar nichts weiß, ebenso wie ich nichts von ihm weiß. Ich schaue zu ihm hinüber & lächle, & sogleich lächelt er zurück, will sich erheben, doch ich bedeute ihm mit einer Handbewegung zu verharren. Es entsteht eine vorübergehende Unsicherheit, doch als er sich wieder hinkauert, verfliegt sie & ist vergessen.

31. Mai 1926: Fürchterliches Drama gestern, als Taha von einem Skorpion gebissen wurde ... Ich kam gerade nach Hause: Die Hitze war zu groß geworden, & ich hatte es nicht mehr geschafft, einen Streit zwischen Männern über ein Schwein zu schlichten – ein Schwein, das dem einem als Belohnung dafür, daß er seine Steuern prompt entrichtet hatte, geschenkt worden war. Ich hatte daran keinen Zweifel, & das Schwein bekam sein Brandzeichen, der andere Bursche hingegen, ein recht graziler Typ mit einer ausgesprochen amourösen Art, sagte, dieser löbliche Steuerzahler schulde ihm ein Schwein – ja, schulde ihm sogar zwei Schweine, & so habe er gedacht, es sei nur rechtens, es sich zu nehmen. Die ganze Angelegenheit wird einer weiteren Aufmerksamkeit bedürfen. Beide Männer steckten mir die Hände unter die Ellbogen, als seien sie zuversichtlich, daß ich mich mit jedem von ihnen gegen den andern wenden würde. Als ich mich dem Haus näherte, bot sich mir der bestürzende Anblick von Hassan, der, ein so unbeweglicher und zynischer Mann, über die kleine sandige Piazza in einer gefährlichen Geschwindigkeit dahergehumpelt kam, einen großen Holzlöffel gleich einer Waffe oder dem Emblem einer Gilde in der Hand. »Sir, Lord«, keuchte er, »der Junge ist sehr, sehr verletzt.«

Für einen kurzen Augenblick, halb blöd vor Hitze, wie ich war, dachte ich gebührlich, englisch eben – oder möglicherweise auch arabisch –, nur in Metaphern. Ich glaubte gar, ich hätte irgendeinen schrecklichen *faux pas* begangen, eine tödliche Verletzung einer Verpflichtung, & daß *der Junge*, mein Taha, sich in einer Staubwolke wütender Korrektheit davongemacht oder sich zumindest irgendwohin in meuternder Bockigkeit verzogen & Hassan einen bösen Schrecken eingejagt habe. Doch dieser machte eine zustoßende Bewegung mit dem Löffel, & da erkannte ich, daß er »ohne Musik« sprach.

Anscheinend hatte Taha auf der Holzstufe der Küche gesessen, mit nichts Geringerem beschäftigt, als meine Schuhe zu polieren, als er versehentlich die Bürste fallen ließ, wodurch er einen Skorpion verärgert hatte, der zufällig gerade vorbeieilte & ihn prompt in die Wade stach (seine nackten Füße waren zweifellos zu hart, als daß ein Skorpion da hätte durchkommen können, & seine Djellaba, wie ich es vor meinem geistigen Auge sah, hatte Taha geschürzt und zwischen die Knie geklemmt). Das alles war natürlich nichts Ungewöhnliches, & ich wußte ziemlich genau, was ich zu tun hatte. Doch war ich geradezu schockiert darüber, wie Hassans Panik mich ansteckte, wie es mich selbst berührte & mir plötzlich den Atem raubte. Ich rannte zum Haus, Hassan folgte mir & stieß weinerliche Rufe auf nubisch hervor, wobei die Wörter bei jedem Ausbruch wie Wasser, das aus dem Haus auf die Steine geschüttet wird, aufschäumten und sich verliefen.

Natürlich hatte ich schon mehrmals zuvor mit Schlangenbissen & ähnlichem zu tun gehabt & vermochte daher meine Anteilnahme & Angst zu beherrschen und ein teilnahmsloses Arztgesicht zu bieten. Der arme Junge saß noch immer, allerdings halb zurückgelehnt, auf der Küchentreppe, reglos vor Furcht oder Vorsicht, jedoch schwer atmend, der Speichel rann ihm aus dem Mund, & Schweiß stand ihm auf der Oberlippe. So viel wußte er, daß er sein Bein direkt unterhalb des Knies fest mit beiden Händen umfassen mußte.

Ich hätte gleich zum Haus gehen sollen & rannte jetzt hin, um meine Medizintasche zu holen, wühlte darin herum, ob alles da war, & verschloß sie, jagte hinaus über den Hof. Meine veränderte Rolle ermöglichte es mir, ihn herumzustoßen, mit brüsker Interesselosigkeit eine Nähe zu ihm herzustellen, die sonst unerreichbar gewesen wäre – wenngleich sie durch tausenderlei Andeutungen & Förmlichkeiten sich anbot. Ich zog ihn an die Treppenkante, & er rutschte halb mit, & zog ihn auch an den Händen, die er in seiner Verzweiflung fest um sein Bein geschlossen hatte. Der Stich war etwas darunter, auf der flachen, jungenhaften Rundung der Wade – genau da, wo man wohl hineingestochen hätte, dachte ich – & schaute ziemlich übel aus. Ich zerrte die Aderpresse heraus & zog sie bis zum letzten Loch um seinen Oberschenkel fest (als Oberin war ich mit dem steifen Gummiriemen hart). Und dann schob ich ihm noch, ich war penibel, es war notwendig, die gerafften Falten seiner Djellaba hoch, wobei ich seine Schenkel entblößte, sie auch anschaute – wenngleich mit einer Neugier, die von der ethischen Verwandlung, die ich während weniger Minuten durchlaufen konnte, nahezu aufgehoben wurde. Nicht so allerdings Hassan, der aufgeregt hinter mir in einem Zustand irgendwo zwischen Verzweiflung & Entzücken herumgehüpft war & sich nun nur allzu hilfsbereit vorbeugte, um die Djellaba säuberlich hochzuziehen und die Genitalien des Jungen für seine gierigen Blicke zu entblößen – wenngleich Taha die Falten des Tuches nach einem kurzen Augenblick wieder herabzog & Hassan, wie ich bemerkte, einen schmerzvollen, entrückten Blick zuwarf. Was auch verständlich war, denn der alte Lüstling hatte kaum den besten Moment dazu gewählt – nutzte er doch auf anzügliche Weise einen Vorteil aus, & da dies auch eine Neugier meinerseits befriedigte, tadelte ich ihn & schickte ihn wieder hinein, bevor (& das alles war nur eine Sache von Sekunden) ich mein Skalpell an dem entzündeten Bein des Jungen ansetzte und den Stachel mit solch sanfter Plötzlichkeit & Entschlossenheit herausschnitt, daß der Junge verblüfft war, als ich ihn ihm zwischen meinen Fingern zeigte &, als er sich aufrichtete, sah, wie ihm das Blut die Wade hinabrann.

Ich drückte & säuberte & verband die Geschichte, so gut ich konnte. Obwohl ich ziemlich schnell gewesen war, hatte er Schaden genommen, & er fieberte schon etwas; ich hob ihn also auf – er war ziemlich schwer & hing mit beiden Armen an meinem Hals wie ein Kind, das noch nicht ganz wach ist – & brachte ihn hinein & legte ihn auf das Feldbett in dem Zimmer nächst dem meinen.

Da liegt er nun, es geht ihm wohl fast schon besser, ich habe ihm allerdings auch etwas zum Schlafen gegeben. Hassan hat uns beiden etwas zu essen gebracht – zum ersten Mal am Abend konnte Taha etwas Brühe zu sich nehmen, & ich saß & aß etwas Gazelle & Bohnen – hervorragend zubereitet, ich war aber auch streng zu dem Koch & sagte ihm, Taha sei sehr krank & er müsse ihn rücksichtsvoll behandeln & dürfe ihn nicht belästigen. Ich fand, daß dies wichtig war, da ich fast den ganzen Tag unterwegs gewesen war & der Kranke sich mehr oder weniger in seinen Händen befunden hatte. Gestern ging es ihm sehr schlecht, & ich verbrachte fast die ganze Nacht bei ihm, kauerte auf einem Hocker unter dem Moskitonetz, gab ihm Analgetika & tupfte ihm die Stirn ab. Es war schrecklich heiß, & er schien in Flammen zu stehen: Kaum daß ich ihm die Stirn getrocknet hatte, war der Schweiß wieder da, die langen Wimpern flatterten, der Mund stand offen. Taha trank buchstäblich literweise Wasser. Als er endlich schlief – ständig brabbelte und sich hin und her warf –, fühlte ich mich erneut für einen Augenblick allein, müde & sehnte mich selbst nach Schlaf, gleichzeitig jedoch krank vor Angst, ich hätte es nicht richtig gemacht & er würde sich nicht wieder erholen. Als ich dann zu Bett ging, lag ich natürlich wach & warf mich herum & schwitzte, als wäre ich selbst das Opfer des Skorpions gewesen. Dann drang fast abrupt das Morgengrauen durch die Läden, die Hitze, die nur für einen Moment gewichen schien, baute sich beängstigend wieder auf, & nun enthüllte sich die schöne Schlichtkeit des Hauses als bedrohliche Kahlheit, als eine Art

Falle, in der man aus einem Zimmer nur in das nächste fliehen konnte, in dem man dann wiederum gefangen war. Ich spürte, wie die Verantwortung auf mir lastete, während sie mir gleichzeitig Auftrieb gab – ein erstickendes Gefühl. Genauer gesagt war es wie ein Krampf beim Schwimmen – eine plötzliche Herausforderung in einem freundlichen Element, das einen bedrohte, wo es zuvor nur Kraft gegeben hatte.

Alles an diesem Posten ist persönlich: Es ist Regieren auf dem Boden der Tatsachen, tagelange Reisen mit einer Schar Männer durch Wüsten, oder plötzliche Überflutungen & dann unmittelbar darauf wieder die Blumenfelder. Es ist keine Schreibtischarbeit: Man steht in einem spärlichen Schatten & schlichtet zwischen einem nackten Stammesangehörigen und einem andern. Die Arbeit ist nicht pedantisch & bürokratisch: Sie findet in nahezu endlosen & schönen Räumen statt, in denen die seltenen, unauffälligen & schönen Menschen aus der flimmernden Hitze heraus Gestalt annehmen. Natürlich tut ihre Schönheit nichts zur Sache: Der Kopf könnte ihnen auch unter der Schulter wachsen ... Doch wenn ich zurück durch die türlose Öffnung in das Zimmer ging, wo Taha lag, schlafend, unbewußt & doch gequält gleich einem Heiligen in der Ekstase oder im Martyrium, spürte ich, wie all meine vagen, idealen Gefühle gegenüber Afrika & meinem autokratischen Wanderleben hier vor meinem trüben Auge Substanz gewannen. Da lag er, den Kopf zurückgelegt, halb vom Kissen gerutscht, einen Arm von sich gestreckt, die Finger zuckten im Rhythmus des Pulses, nur drei Zentimeter über dem Boden ... Sofort erkannte ich, daß er meine fleischgewordene Verantwortung war: Er war die Nachkommenschaft, die ich nie haben werde, all meine Zukünftigkeit. Er war für mich so schön geworden, daß mir der Mund trocken wurde, & als er erwachte, sah er, wie ich ihn anstarrte. Ich bin nicht sicher, ob er derjenige war, um den ich gebeten, oder der, für den ich meine Fürbitte eingelegt hatte.

Ich bin sehr, sehr betrunken. Es ist halb drei Uhr morgens. Ich gehe mit phantastischer Vorsicht auf Zehenspitzen & sehe ihn ruhig schlafen. Alles, was zu tun ich mich unwiderstehlich gedrängt fühle, würde ihn wecken – & das wäre unverzeihlich. All meine Liebe zu ihm geht hin in einer gütigen Handbewegung der Selbstverleugnung an seinem Bett, einer Art Segnung, einem Ausbreiten der Arme, das ich weiß nicht woher kommt und sich in der Luft verliert. Und in einer Stimmung vollkommener Gewißheit & leiser Lächerlichkeit wanke ich zu Bett.

1. Juni 1926: Am Morgen furchtbare Kopfschmerzen. Alle Verabredungen, wie sie bestanden, abgesagt & in einen Prozeß paralleler Genesung mit meinem Jungen gesunken. Hassan offenkundig gräßlich eifersüchtig.

Heute abend war Taha schon viel fröhlicher, & ich saß bei ihm in enger & absolut unmöglicher Kameradschaft & bat ihn, mir von seiner Familie zu erzählen. Ich erzählte ihm sogar auch ein wenig von meiner, bis er sagte, da ich Brite sei, müßte ich doch Mr. Mills kennen, offenbar ein Missionar, der aus New York kommt, & da erkannte ich, daß unsere Begrifflichkeiten doch in einem gewissen Mißverhältnis standen. Schließlich erzählte ich ihm die Geschichte vom Prinzen Achmed; es war diejenige, die ich jüngst gelernt hatte, um sie nach dem Essen zu erzählen, & eine eigenartige Belustigung & Verzauberung glitt über seine Züge, mich in meinem peinlich korrekten Arabisch vortragen zu hören, als wäre er ein Würdenträger. Doch auch die Geschichte selbst fesselte ihn wie eine Offenbarung. Ich erfand verschiedene Requisiten für die drei Zaubergaben der Prinzen: Für den fliegenden Teppich nahm ich die alte Binsenmatte auf dem Boden, für das Guckrohr, das alles zeigte, was man sich wünschte, meinen Feldstecher, & für den Apfel, der alle Unbill heilte, die Limone auf dem Tablett bei meinem Glas. Er lachte mit der Begeisterung, die Kinder bei manchen abgedroschenen Witzen zeigen, deren Wiederholung allein schon eine Garantie des Vergnügens & der Gewißheit ist, & ich hüpfte herum, hockte mich auf die Matte, spähte mit dem Feldstecher durchs Fenster – obwohl ich nicht die Prinzessin Nur-al-Nihar sah, sondern Vögel, die sich auf den Nim-Bäumen niederließen, und einen überwältigenden Sonnenuntergang über den Felsen & ein Mädchen, das mit einem Hund auf den Fersen nach Hause sprang – & schwenkte mir dann die Limone unter der Nase & rollte die Augen, als röche sie himmlisch. Alle Gaben aber seien gleich wunderbar, erklärte ich, während ich mich feierlich auf die Bettkante setzte: und dann, als ich mit dem Pfeileschießen fortfuhr & die Prinzessin dem gehören sollte, der am weitesten schoß, geschah das Allerköstlichste. Taha fuhr mit der Hand scheu über die Decke & schloß sie um die meine. Ich stockte kaum, als ich von Achmeds Pfeil erzählte, der so weit flog, daß man glaubte, er sei verschwunden, und Achmed so die Prinzessin an seinen Bruder Ali verlor, doch ich verspürte einen Druck in der Brust & im Hals & wagte kaum, ihn anschauen, während ich gänzlich unbewußt unsere beiden Hände bequemer füreinander richtete & seine langen Finger in die meinen faltete. Durch eine schlichte Geste, die zu machen ich niemals gewagt hätte, & ohne ein Wort, das keiner von uns hätte sagen können, drückte er sein Vertrauen zu mir aus, & indem er meine Hand hielt, bewahrte er sich den schlichten Glauben, daß mit Achmed alles gut würde, wie elend seine gegenwärtige Lage auch war. Und als sich die andern alle nach Hause gewandt hatten, fuhr ich fort, & sagten, der Pfeil würde niemals gefunden & daß sie sich für das Hochzeitsfest von Prinz Ali & der Prinzessein Nur-al-Nihar sputen müßten, ging Achmed allein weiter, & siehe, er begegnete der strahlenden Fee Peri-Banou & verliebte sich in sie & heiratete sie & lebte glücklich mit ihr bis ans Ende seiner Tage. Dann polterte Hassan & wartete an der Tür, & Taha zog, nicht gänzlich unschuldig, die Hand weg –

Das Telefon klingelte. Phil, das wußte ich, würde nicht abnehmen, obwohl es neben dem Bett stand, und als ich eintrat, lag er über der Decke ausgestreckt, blaß, verschlafen und verquollen. »Laß doch das Telefon«, stöhnte er. Ich setzte mich halb auf ihn und nahm den Hörer ab.

»Darling, hier ist James. Du könntest wohl nicht vorbeikommen, oder?«

»Liebster, ich habe einen ganz scheußlichen Kopf, und es ist erst sieben Uhr. Hat es nicht noch etwas Zeit?«

»Ein wenig, denke ich. Ich stecke ganz böse in der Klemme. Man hat mich verhaftet.«

10

Als ich kam, stand er unschlüssig auf der Türschwelle, und auf seinem Gesicht stand, nicht ungewöhnlich für ihn, unterdrückte Furcht und entschlossene Selbstkontrolle. Er packte mich am Arm und sagte: »Mein Gott, das ist unerträglich. Gerade haben sie mich bestellt.«

»Keine Sorge, altes Mädchen, ich warte auf dich.« Ich klopfte ihm auf die Schulter und lächelte mit ruhiger Zuversicht, was mir nach dieser traumatischen Nacht nicht unbedingt leichtfiel. Ein prächtiger Sommertag entfaltete sich, und als James, die Autoschlüssel schwingend, davonging, stand ich am Tor und gab mich den Eindrücken hin. Das stete Dröhnen fernen Verkehrs, der sich lichtende Dunst, die Leute in Anzügen, die vorbeihasteten, alles Einladungen zu einem ermüdenden und majestätischen Geschehen. Fast war es mir, als sähe ich über den Häusern auf der andern Straßenseite einen ungeheuren goldenen Athleten, der sich in den Himmel reckte wie der Prospekt bei einem Ballett, oder ein gewaltiges Banner auf einer sowjetischen Kundgebung, voller entsetzlicher Verheißungen. Es war eine Erleichterung hineinzugehen.

James' Wohnung war *ganz* hübsch – sauber und geräumig und in einem Haus mit Greisen und abwesenden Griechen auf halber Höhe sicher eingekeilt. Die kleine Kosmopolis Notting Hill mit ihren verschmutzten Straßen, Secondhand-Plattenläden, den internationalen Zeitungsständen, Spätvorstellungskinos, Lebensmittelgeschäften, die bis spät in die Nacht geöffnet waren, lag um die Ecke. Die elegante Leere des Parks war wunderbar nahe; man gelangte zu Fuß zu den Museen, sogar nach Knightsbridge und, etwas später im Jahr, zu den Proms. Und in die andere Richtung, nur einen Block weiter, war man im Land des Karnevals.

Und dennoch verlieh gerade die zentrale Lage und Zugänglichkeit James' Haus etwas Freudloses und Vergängliches. Das Bord im Flur lag immer voller Post, die an ehemalige Bewohner adressiert war, die keiner kannte – Rechnungen, Reklame, Postwurfsendungen zielten mit trostloser Gesetzmäßigkeit auf eine Bevölkerung von Herumziehenden. In dem kleinen, mit Teppichboden ausgelegten Aufzug (den zu nehmen ich mir heute morgen gestattete) begegnete man Fremden, die nur höflich waren, ausnehmend gut gekleidet, und zuweilen winzige Luxushündchen trugen.

James mochte das Inselartige der Wohnung, mochte es, daß er einen Ort nur für sich hatte, doch war er deutlich von dieser Stimmung des Vergänglichen befallen, einem Gefühl von Wertlosigkeit, trotz der steigenden Preise und der Hypothek. Nie schaffte er es, einmal etwas daran zu tun, und obwohl er Bilder gern hatte, schien ihm die halbmöblierte Kahlheit seiner paar Zimmer nicht aufzufallen. Er hatte einen schönen Piranesi – lauter zusammengestürztes Mauerwerk und wucherndes Gebüsch –, den er vor Jahren bei einem Ausverkauf erworben, aber nie gerahmt hatte. Das Bild stand auf dem Kaminsims über den staubigen schwarzen Eisenverzierungen des abgedeckten Kaminrosts und hing schon in seinem Gestell durch. Es gab bequeme, unscheinbare Sessel und eine schwergewichtige Stereoanlage. Er war von Schostakowitsch besessen und besaß zahllose Platten mit verquälten Quartetten und sarkastischen kleinen Liedern. Binnen Sekunden machten sie mich trübselig und kribbelig, aber ich glaube, ihre Düsternis entsprach einem ansonsten unausgesprochenen inneren Zwang bei ihm, der vielleicht mit der Konturlosigkeit der Wohnung und seiner fatalistischen Verachtung von Besitz zusammenhing.

Ich wärmte mir in der Küche etwas Kaffee auf. James' Leben – in gewisser Hinsicht dem Phils ähnlich – folgte derart ungünstigen und anstrengenden Zeiten, rieb sich im Dienst für andere so sehr auf, daß banale Dinge wie Mahlzeiten und Vorräte einer gänzlich anderen Logik gehorchten. Oft lebte er wochenlang von Dreiminutensnacks, und er war es gewohnt, um fünf Uhr morgens zu frühstücken und um fünf Uhr nachmittags zu Mittag zu essen. Kühlschrank und Schränke waren immer voller kleiner Sachen zum Essen, von denen er die meisten in dem kleinen japanischen Supermarkt an der Ecke kaufte. Ich stöberte durch Packungen mit Seetang, höllisch scharfen Crackers und diversen Bohnensprossen, bis ich schließlich beschloß, daß Kaffee ohne alles wohl das beste sei.

James hatte zweierlei Fachzeitschriften abonniert. Während ich auf einem Hocker saß und den *Guardian* von vorn bis hinten durchblätterte, entdeckte ich darunter zu meiner Bestürzung eine davon auf der Arbeitsplatte. Es war *Update*, eine medizinische Monatsschrift, die Hausärzte über wunde Stellen, Kröpfe, Wucherungen und Verwachsungen aller Art auf dem laufenden hielt. Die Artikel waren über die Maßen nüchtern und ließen Leiden, die die dazugehörigen Fotos als einfach widerlich und ungewöhnlich darstellten, in einem Licht verstörender Normalität erscheinen. Dieser Effekt wurde noch verschlimmert durch das Farbspektrum, das verwendet wurde, ein Blitzlichtgleißen, das den verformten Gliedern, den getrübten Augen und nässenden Wunden die grelle Farbkomposition gut abgehangenen Wilds verlieh. Man konnte sich nur schwerlich vorstellen, daß die Freude über das neue *Update* ebenso groß war wie bei *Autocar* oder *Hampshire Life.*

Die anderen Zeitschriften lagen nicht so herum. Daß es sie selbst in seinen eigenen vier Wänden säuberlich versteckt hielt (unter einigen Pullis im zweiten Fach seiner Kommode), offenbarte wohl die geheime und verbotene Macht, die sie noch immer über ihn hatten. Ich zog sie hervor, um zu sehen, ob es etwas Neues gab, obwohl man sich das kaum merken konnte. Er befaßte sich vor allem mit Material, das von der Third World Press in Chicago vertrieben wurde – ein Name, der, wie man meinen sollte, den ausbeuterischen Drang eher dämpfte als beförderte, allerdings kannte James da keine Hemmungen. Die Third World Press spezialisierte sich auf Schwarze mit mehr oder weniger gewaltigen Schwänzen und auf bedeutungsschwangere Titel wie *Black Velvet, Black Rod* oder gar *Black Male.* Doch James war nicht bigott, und so hielten auch andere Publikationen wie *Whoppers* und *Super Dick* mit kräftigen Jungen anderer Glaubensrichtungen und Hautfarben mit. Oft genug waren es sexy Männer, gegenüber denen man eine gewisse symbolische Wärme empfinden konnte, doch die Bevorzugung des großen Gliedes brachte einige Kuriosa mit sich: dürre kleine Jungen, füllige Männer mittleren Alters, ein Junge mit einem Auge. Während ich das neue *Nineteen-Inch Pipeline* durchblätterte, erwartete ich fast schon Abbildungen furunkelbesetzter Schließmuskeln und schlecht zusammengesetzter Knochen.

Und, ja, was zum Teufel hatte James denn getan? Auch wenn er seine boshaften Seiten hatte, war er doch ein pflichtbewußter, anständiger Bürger. Er parkte im Halteverbot, aber immer lag seine »Arzt im Dienst«-Plakette auf dem Armaturenbrett. Er war ein Mitglied der Anti-

Atom-Liga, aber wenn er demonstrieren ging, leistete er stets sinnvolle Hilfe, ohne sich dabei auf die Straße zu setzen oder sich wegschleifen zu lassen. Naheliegend waren sexuelle Scherereien: Ich wußte nicht, in was der gute Junge geraten war, doch glaubte ich nicht an eine große Sache; die Vorstellung, er habe in einem Herrenklo Kuppelei betrieben oder sich mit einem Minderjährigen eingelassen, erschien mir doch fürchterlich weit hergeholt. Um so etwas zu tun, hätte es bei ihm jedenfalls einer Krise, eines Zusammenbruchs bedurft: James mochte exzentrisch sein, doch war er gut daran angepaßt, unangepaßt zu sein. Es war mir schrecklich, ihn mir in dem plötzlichen, schaurigen Scheinwerferlicht einer Verhaftung vorzustellen, der Erniedrigung und dem Schock, daß dies alles Wirklichkeit war.

Seltsam, wie innerhalb weniger Wochen die Polizei zweimal in mein Leben getreten war. Nach der Geschichte mit den Skinheads waren sie ins Krankenhaus gekommen, ich war auf dem Revier gewesen und hatte Fotos angeschaut. Es hatte etwas Surreales gehabt, seitenweise kriminelle Skinheads durchzuschauen, die alle, abgesehen von denen mit Tätowierungen auf Stirn und Hals, ihr möglichstes taten, gleich auszusehen. Wie die Unglücklichen in *Update* glotzen sie mit einer seltsamen Mischung aus Stolz und Widerwillen in die Kamera. Und auch ich, obwohl wütend und von Schmerzen geplagt, hatte fast Angst, die Schuldigen zu finden und damit die ganze Maschinerie der strafrechtlichen Verfolgung in Gang zu setzen. Die Beamten selbst waren sehr sachlich: Sie waren unerbittlich gegen das Verbrechen. Doch sie waren nicht gewillt, freundlich zu sein, oder auch so blöd, sich rückhaltlos auf meine Seite zu stellen. Denn was hatte ich schließlich in Sandbourne gewollt? Und da ich von Arthur nichts sagen konnte, war ich ein wenig ausweichend und kapriziös gewesen und hatte mich hinter meinen Verbänden versteckt. Daneben lief auf dem Revier eine verblüffende Anzahl anderer Dinge ab, und mir wurde bedeutet, mich nicht als etwas Besonderes zu betrachten. Erst ein höherer Beamter zog, als er sah, daß mein Vater ein »Lord« war, eine Verbindung zu meinem Großvater und erkundigte sich, ob ich »womöglich« mit dem ehemaligen Kronanwalt, an den er sich erinnerte, verwandt sei, worauf er sich zu vorsichtiger Speichellekkerei erweichen ließ. Am entsetzlichsten aber war, wie mein verletzlicher, malträtierter Zustand bei der Polizei nicht gelindert, sondern noch verschärft wurde; das Gefühl, jeder Beliebige könnte mich angreifen, überfiel mich wieder, als ich mir über James Sorgen machte. Um ihm gegenüber zuversichtlich und ruhig zu erscheinen, hatte ich meine vulgäre Neugier darauf, was passiert war, unterdrückt.

James' Tagebücher waren stets eine nette Lektüre gewesen, und in Oxford hatte ich nie so getan, als wüßte ich nicht, was darin stand. Jetzt waren seine Aufzeichnungen sporadischer, war er oft Wochen im Rückstand, und es ergaben sich für mich weniger Gelegenheiten, Schritt zu halten. Das war schade, denn sie hatten für mich die herzliche Faszination, daß sie viel über mich enthielten. Sie schmeichelten mir als Objekt seiner Leidenschaft – »Will wundervoll«, »W. sieht phantastisch aus« –, wenngleich sie auch immer ein gewisses Risiko bargen, wie wenn man an der Tür zu einem Zimmer verharrt, in dem über einen geredet wird. Es gab Seiten – »W. unerträglich«, »So ein Flegel! Keine Rücksicht auf meine Gefühle!« –, die mich zwangen, mich aus einem anderen Blickwinkel zu sehen. Es war, als entdeckte man plötzlich, daß jemand, den man gut kannte, ein Doppelleben führt: Der reizende blonde Superhengst, den ich so liebte, war in Wirklichkeit ein selbstsüchtiger kleiner reicher Junge, eitel, verdorben und, an einer schmerzenden Stelle, gar »grotesk«.

Nichts davon war gänzlich unschuldig. Wie alle Tagebücher, so zog auch dieses einen Leser in Betracht. Der widerliche Robert Smith-Carson hatte selbst lange Passagen über sich darin gelesen, als James so vernarrt in ihn war, und war über den wagnerischen Ton der Eintragungen (ganze Absätze gespickt mit Ausrufen wie »Weh! Weh! Schmach! Sehnsucht!« und so weiter) erfreut und bestürzt zugleich gewesen. Andere Abschnitte waren von einer düsteren, biblischen Inbrunst: Einen Absatz, der mit »Seine Schenkel gleichen bronzenen Türen« begann, hatte ich später selbst mit Ausrufezeichen versehen. Auch wurde meine Lektüre gewissermaßen mit einkalkuliert, und die barocke Offenherzigkeit des Tagebuchs ermöglichte es James (der keinen Streit und kein böses Wort ertrug), mir zu sagen, was er von mir dachte, ohne viel Worte darüber zu machen, daß es so war. Wir spielten einander eine geheime Scharade vor, eine Scharade, deren Inhalt eben »Heimlichkeit« war.

Die nüchternen Bücher mit dem kastanienbraunen Rücken, abgegriffen, geknickt und mit Getränkeringen befleckt, hatten ihren Platz auf dem ganz besonderen Bord, wo die Firbanks standen, jene Erstausgaben im Taschenbuchformat mit Goldschrift oder eingerissenen Schutzumschlägen, die ihrerseits wieder in Zellophan eingeschlagen waren. Nun, da ich diese Bücher selber las, betrachte ich sie mit größerem Interesse – *Caprice, Vainglory, Inclinations*, allerdings nicht *The Flower Beneath the Foot*, leider! – und tätschelte ihnen aufmunternd den Rücken. Ein Stück weiter weg stand der aktuelle Tagebuchband sauber an seinem Platz, Geschichte schon, obwohl erst halb voll. Da ich mittlerweile ein wahrer Profi im Lesen der privaten Kleinigkeiten anderer Leute war, ließ ich mich nun mit meinem Becher Kaffee nieder, um herauszufinden, was geschehen war.

Wenn ich Charles' Journal las, konnte ich sicher sein, daß nichts darin, wie langweilig oder dann wieder anrührend es auch war, sich auf mich bezog; bei James hingegen gab es immer die beklommene Erregung über irgendeine Verstrickung, und mein Blick glitt über die Seiten auf der Suche nach mir selbst. Er hatte die elegante Art-nouveau-Handschrift, mit der viele Architekten noch ihre Pläne beschriften, und die Ws waren sehr kräftig und auffällig, wie zwei aneinandergelehnte Tragmulden. Wie ärgerlich es war, wenn er sich über *Rheingold* oder *Parsifal* ausließ: Wagner und ich teilten ein Kürzel, das recht häufig auftauchte – allerdings wußte man in der Regel, welchen von uns er meinte.

Ich sah, daß er hoffnungslos im Rückstand war, und merkte, daß ich hier keine Hinweise auf die Geschehnisse des Abends zuvor bekommen würde. Der letzte Eintrag war mehrere Wochen alt: »Zum Corry 18.30. Dieser Phil, W.'s Neuer, stand unter der Dusche. Phantastischer Körper, enttäuschend kleiner Schwanz. Versetzte mir aber doch einen ziemlichen Stich – lächelte ihn an, er aber schaute durch mich hindurch. Demütigung! Als wir uns begegneten, hatte ich mich so bemüht, reizend zu sein, jetzt aber wünschte ich, ich hätte es nicht getan. Vielleicht lehnen alle Lover solche alten Freunde ab, die Dinge wissen, die sie nicht wissen? Entweder das, oder sie werben richtiggehend um sie. Aber wieder dieses schreckliche Gefühl, daß mich nie einer zur Kenntnis nimmt oder sich an mich erinnert.«

Mich überkam eine Mischung aus Scham und grausamem Vergnügen darüber, daß mein kleiner Philibuster keinen anderen auf seiner harten, seifenglatten Fassade

Fuß fassen ließ. Und der unausgesprochene Neid, der mit der Herabsetzung von Phils Pimmel vergebens geleugnet war, kam klar und deutlich durch. Ich blätterte mit dem masochistischen Gefühl, daß ich nicht gut dabei wegkommen würde, zu dem *Billy-Budd-Abend* zurück, wenngleich ich sicher war, sehr schöne und einsichtsvolle Worte über die Musik zu lesen. Es begann mit: »*Billy Budd* – Loge – Beckwiths – blöde! Nicht die Musik, aber W. unmöglich. Was sich der arme Ld B dabei dachte, ich weiß es nicht – er natürlich urban & reizend, zuweilen jedoch hart & abwesend: Man möchte ihn nicht gern zum Feind haben & wird daher leicht kriecherisch (aber das gefällt ihm bestimmt auch nicht). W. hat mit einem Jungen vom Corry etwas angefangen – anscheinend der wundervolle kleine Stramme mit der roten Badehose, der mich ganz verrückt macht. Er hat es mir gesagt, kaum daß wir uns sahen, & bescherte mir so einen Abend voll qualvoller Eifersucht, Bedauern & Versagen, was die Musik *à la fois* beruhigte und zugleich entzündete. Die Oper hatte aber auch etwas ärgerlich Tröstendes – das rührt von dem Rätsel, daß es darin nicht um Liebe geht, sondern um Gutsein, und auch daher, wie Britten seine Gefühle über Liebe in ein eher unverständliches, weniger ansprechendes Debattiertheater kanalisiert hat. Wir unterhielten uns ansatzweise darüber in der Pause – es stellte sich heraus, Ld B kannte E M F – vielleicht recht gut. Zum erstenmal überhaupt das Gefühl gehabt, er könnte über diese Dinge, die für Leute seines Alters und Standes so schwierig sind, reden. Wie stets war man Disziplin & Benimm in Person – *anders* als Miss W., die griente & fieberte & ihre ›Große Liebhaber‹-Nummer abzog. Zu Hause. Jämmerliches Abendessen aus alten Tofuburgern; op. 117 angehört & mich noch schlimmer gefühlt. Aber was ist denn schon mit diesen

Affären? Ich dachte, wie W. bestimmt schon mit seinem Kerl zu Hause war, & rationalisierte es alles wie blöd, daß es nicht lange gehen würde, daß es ja alles nur Sex sei, daß er sich wieder einen gegriffen hatte, der bei weitem ärmer & dümmer war als er – auch jünger. Ich glaube, er hat es noch nie mit einem Dr. gemacht. Ständig diese Überfälle auf die Analphabeten. Scheußlich müde, konnte aber nicht schlafen. Lag da & sehnte mich nach einem Armen, Jungen & Dummen, der mich im Arm hält ...«

Ich glaube, unausgesprochene Eifersucht war mir lieber. Ich ging hinüber zu dem Eintrag auf der gegenüberliegenden Seite. »... Praxis. Dann Schwimmen – 40 Längen, erschöpft, aber gut. In der Dusche rumgehängt – voller Mutanten & Greise. Wollte schon gehen, als der göttliche Maurice hereinkam & unter die Dusche neben mir stieg. Seine Haut, ganz fest, herrlich fein & seidig – & sein großer träger Schwanz, halbsteif, die dicke Ader mäanderte hinab, der dunkelrote Kopf, als er die Haut zurück zog ... *Ekstase*! Dann Bereitschaft. Gleich zu einer Kellerwohnung, von der Zeit vergessen, der stinkende Verfall, von dem die meisten nichts wissen. Jämmerliches, tausend Jahre altes Ehepaar – sie senil, er kann das Wasser nicht halten. Sie auf der Treppe gestürzt, er konnte sie nicht aufheben, hat sich bepißt. Großer fetter Hund, ständig im Weg. Riesige, übelriechende Möbel, Fotos, Weltkriegsradio. Ich ganz Arzt – war für sie absolute & vollkommene Ernsthaftigkeit. Als ich wieder im Auto saß, atmete ich befreit durch – Mitleids- und Elendsgefühle, aber nicht mehr von Maurice geträumt. Und das war erst der Anfang einer richtig nützlichen Nacht.«

Das berührte mich weit mehr als die Angriffe gegen mich – die ich als eine Art Schmeichelei las – und erniedrigte mich, da er mir einen wahren Eindruck meiner

Nutzlosigkeit gab. Darin glich James Charles: Ohne es im mindesten zu beabsichtigen, führten sie mir am Beispiel ihres Gutseins mit ihren netten philanthropischen Sublimationen meinen Egoismus vor Augen.

Es gab einen kleinen Ruck, als der Aufzug gerufen wurde und nach unten surrte. Ich sprang auf und stellte das Tagebuch zurück, aber nicht auf ganz Linie, damit man sah, daß ich hineingeschaut hatte. Ich sauste in die Küche, schnappte mir den *Guardian,* fläzte mich aufs Sofa und beschloß dann – da dies etwas Absurdes und Unplausibles hatte – zu schlafen. Als James hereinkam, tat ich so, als erwachte ich gerade: »Liebster! Entschuldige, ich bin so müde – gräßliche Nacht. Bis in die *Puppen* im Shaft gewesen.«

Das schien ihn nur mäßig zu begeistern. »Hast hoffentlich Spaß gehabt.«

»Ging so. Ich war mit meinem kleinen Philou da und lief dann Arthur über den Weg.«

»Dann hattest du ja beide, was?«

»Ach ...« – ich beließ es im Reich der Möglichkeiten.

Er lärmte in der Küche herum, mahlte Kaffee, steckte Brot in den Toaster, fast als beklagte er sich darüber, daß ich das alles nicht schon für ihn getan hatte; aber auch, um hinauszuschieben, was gesagt werden mußte. »Möchtest du mir nicht erzählen, was passiert ist?« sagte ich. Unvermittelt und fest umarmte er mich.

»Doch; macht es dir etwas aus, wenn ich dir die ganze Sache erzähle? Auf die Gefahr hin, ziemlich blöd zu klingen.«

»Aber Darling.«

»Gehen wir ins andere Zimmer.« Wir gingen hinüber, und er öffnete eines der großen Fenster. Das laue Sommerdröhnen drang herein, und er starrte in die Zimmer auf der anderen Straßenseite, während ich erwartungsvoll dasaß. »Ich glaube, ich habe mich in letzter Zeit etwas mies gefühlt«, sagte er und beließ es dabei.

»Wie mies?«

»Wegen Liebe und Sex und dem Leben als solchem.« Er setzte den Kaffeebecher ab, als wäre er ihm lästig. »Ich weiß auch nicht, ich fühle mich so außen vor. Ich arbeite so hart, ich komme kaum dazu, das zu tun, was ich will – ich sehe überhaupt niemanden. Gut, ich sehe Hunderte von Leuten, aber nie jemanden, den ich sehen will. Wann haben wir uns denn das letzte Mal getroffen? Ich weiß, du bist mit deinen Jungs zugange und was noch alles – aber ich würde dich einfach gern öfter sehen, Darling, verstehst du? Du bist einer meiner ältesten, liebsten Freunde, verflucht.«

»Mir geht's ganz genau so, James. Ich denke immer an dich und führe im Kopf mit dir Gespräche und stelle mir vor, was du über dieses oder jenes sagen würdest. Du bist mein beständigster Begleiter, obwohl ich so gemein bin und mich nie bei dir melde.«

Er lächelte: »Siehst du, schon wenn ich so mit dir rede, geht's mir wieder besser. Was beweist, daß wir uns öfter sehen sollten.« Er wandte sich ab. »Wie geht's mit Phil?«

Ich war mir nicht sicher, ob er die erfreuliche Nachricht hören wollte, daß es aus war, nur ein kurzes Aufblitzen in dem langen Tag unserer Beziehung, oder die kränkende Versicherung, daß alles großartig lief. »Ich muß schon sagen, wir finden einander doch ziemlich toll.« Die Bescheidenheit meiner Äußerung mag wohl auch prahlerisch geklungen haben. »Er ist echt knuddelig.«

»Das ist es«, sagte James und nickte erkennend. »Knuddeln, das will ich doch genauso sehr wie alles andere. Es hört sich für dich bestimmt blöd an, Willy, aber während der letzten Wochen habe ich mich ... *so außen vor* gefühlt. Ich war so lange ohne Liebe, und ich habe mich einfach so an das alles gewöhnt, als wenn das das Leben wäre und immer sein würde – Tod – Horror – Amen. Mir ist aufgefallen, daß ich der archetypische bürgerliche Intellektuelle, der den Kontakt zu allem verloren hat, geworden war, so wie einer in einem Roman von Forster, und das war vor achtzig Jahren ... Ironie mag ja ganz nett sein, aber es überfällt mich immer wieder, daß keiner mich will, der Sommer geht dahin, und keiner macht einen Schritt auf mich zu, keinen beschäftige ich ...« Er jammerte ein wenig, war aber außerstande zu weinen.

Ich trat zu ihm und umarmte ihn. »Mein Herz, natürlich wollen dich welche. Du bist so hinreißend.« Ich küßte ihm die nicht vorhandenen Tränen weg. Ich fand ihn ein ganz klein wenig abstoßend.

»Aber nein. Nie will einer mit mir ficken.«

Fast kicherte ich. »Ich ficke dich – hier und jetzt, wenn es das ist, was du willst«, und ich fuhr ihm mit der Hand über den Rücken und seinen großen Schuljungenhintern. Er lächelte scheu.

»Das würde es auch nicht bringen«, sagte er.

Da hatte er natürlich recht. Ich hielt ihn von mir weg, schaute ihn offen an. »Gestern abend«, erinnerte ich ihn.

»Ach ja, gestern abend. Ich fuhr nach Hause, erfüllt von derlei Gedanken. Ich kam gerade von einem dieser wirklich scheußlichen Visiten, einen für tot erklären – Selbstmord – wenigstens drei Wochen her – verriegeltes Zimmer – bei diesem Wetter. Du kannst dir vorstellen – nein, das kannst du wahrscheinlich nicht. Man konnte kaum ins Zimmer ... Ich fuhr den Park entlang, es war gegen neun – es war sehr drückend und ruhig, du erinnerst dich. Im Radio kam *Die Schöpfung*, Karajan letztes Jahr in Salzburg, mit José van Dam, wunderbar gut. Und dann plötzlich diese unsagbar erhabene Stelle ›Seid fruchtbar, alle‹ – gehet hin und mehret euch, erfüllt die Himmel und die Meere und so weiter? Mir war, als hätte ich nie etwas Schöneres und Tieferes gehört – ich war hysterisch – ich mußte an den Rand fahren und die Warnblinkanlage anstellen, und da saß ich und weinte und weinte, bis ein heiteres Stück kam, was bei Haydn ja immer kommt, Gott segne ihn.«

»Eine gute Stelle.«

»Unbeschreiblich groß. Haben wir sie uns nicht immer angehört? Mir war, als würde ich sie kennen, aber hätte sie tausend Jahre nicht mehr gehört. Jedenfalls dachte ich da, was bedeutet das alles? Es bedeutet, daß wir so schöpferisch wie nur möglich sein müssen – auch wenn wir keine Kinder haben können, wir müssen uns dem, was wir tun, vollkommen hingeben, was ich auch schon immer irgendwie gedacht habe, wir müssen aus dem, was wir tun, etwas *machen.*«

»Völlig richtig.«

»Und da dachte ich, ich brauche einen Mann.«

Ich war erleichtert, daß er es von der komischen Seite sah. »Natürlich hatte ich noch immer Bereitschaft. Trotzdem zog ich mir ein paar geilere Sachen an und trug etwas Mascara auf und sah eigentlich ganz gut aus – ein bißchen wenig Haare, aber doch ein richtig netter Junge. Ich trug das alte Hemd mit den zuknöpfbaren Taschen, steckte in eine den Piepser – ich hoffte, er sähe aus wie eine Schachtel Zigaretten. Dann ging ich in den Volunteer. Ich wußte, daß ich mich nicht betrinken konnte oder so, aber eine halbe Stunde nuckelte ich an einem Pils und kam dann wie selbstverständlich mit einem Burschen ins Gespräch – ein Schotte, aber angenehm, schwarze Haare, Jeans, Sweatshirt, so einen verletzten Blick in den Augen, verwundbar, aber gefährlich: Du kennst den Typus. Vermutlich hast du ihn auch schon gehabt.«

»Ach, *den* . . .«, spielte ich mit.

»Ich lud ihn zu einem Glas ein, wir redeten über Musik: Er sagte, er spiele Geige. Ich fragte ihn, ob er die *Schöpfung* kenne? Ich muß wohl nicht betonen, daß er sie nicht kannte. Ich überlegte gerade, ob ich mich zu einem weiteren Glas von ihm einladen lassen sollte, als noch ein Schotte aufkreuzte, ihm auf die Schulter schlug, und weg waren sie.«

»Hoffentlich hast du dich nicht geärgert.«

»Ich schwankte in der Tat ein wenig. Doch ich wußte, was ich zu tun hatte, oder besser, was ich nicht zu tun hatte. Ich hing noch einen Augenblick herum, aber wie es so kommt, dämmerte es mir mit Entsetzen, daß ich der bei weitem attraktivste Mann im Raum war, und ich wollte etwas Atemberaubendes und Episches. Ich wollte gerade gehen, dachte, schaust vielleicht mal in den Coleherne rein, dann bin ich nicht so weit weg, wenn der Piepser losgeht. Da sah ich diesen Typen vom Klo kommen – schlank, braun, von oben bis unten in Jeans und, was ich natürlich als erstes bemerkte, ein großer gebogener Schwanz schlenkerte da irgendwie herum. Er ging in einer ungeheuren Komm-und-kauf-mich-Art durch die Kneipe, sah mich an, schaute dann sofort wieder weg und trat auf die Straße hinaus. Da erkannte ich ihn, es war der Kerl, wegen dem ich mich mal im Corry ziemlich ereifert hatte und wo du so gemein warst, sehr schmal, aber recht muskulös und irgendwie sexy.«

Aus einem ungewohnten Gefühl für Anstand heraus hatte ich James nie von dem Nachmittag erzählt, an dem ich den Jungen gehabt hatte, Colin hieß er, und ich mußte ihn sogar schneiden, als ich ihm ein, zwei Wochen später mit James im Club über den Weg lief. »Ich glaube, ich kenne ihn«, sagte ich.

»Genau so einen wollte ich, wenngleich der Blick, den

er mir zuwarf, nicht eben ermutigend war. Und als ich nun gesehen hatte, was ich wollte, traute ich mich natürlich gar nichts mehr, und ich hing in der Kneipe herum und ging dann aufs Klo. Aber als ich dann schließlich wegging, es war wohl fünf Minuten später, stand er draußen, an der Ecke an die Säule gelehnt, einen Fuß hinten hochgestützt – sah sehr nach Stricher aus, was mich hätte vorsichtig machen sollen, doch da hatte ich ihn schon angesprochen. So richtig den Sermon, hab ich dich nicht schon mal im Corry gesehen und so weiter, aber du hast mir ja gesagt, es ist egal, was man sagt, Hauptsache, man sagt überhaupt etwas. Entgegen meiner anfänglichen Zweifel ging er verblüffend schnell auf mich ein, meinte, wo sollen wir hin, und ich war ganz praktisch, mein Wagen steht um die Ecke, wir könnten zu mir, und auf einmal lief die ganze Sache wie von selbst, und ich fühlte mich überhaupt nicht befangen, einfach glücklich, jedenfalls fast, und sexy.«

»Phantastisch«, sagte ich. »Wirklich gut.« Ich hatte ihn damals nicht besonders gemocht, aber trotzdem versetzte es mir jetzt einen Stich Eifersucht, beschloß dann aber, großzügig zu sein, und wünschte James alles Gute mit ihm.

»Jedenfalls stiegen wir ins Auto und schnallten uns an; ich faßte ihn ein wenig an, was ihm recht zu sein schien – ich mußte es einfach spüren, weißt du. Da langt er gelassen in die Jackentasche, wie nach einer Kippe, und zieht so eine Art Uhrkette heraus und sagt, hochzufrieden mit sich: ›Sie können gleich zum Revier fahren, ich bin Polizist.‹«

Ich war völlig sprachlos, und James zitterte bei der Erinnerung und daß er die Geschichte jetzt losgeworden war. Die ganze Zeit hatte ich ihn von fern nickend wie ein Trainer begleitet, und dann hatte er mich umgehauen. Aber das war noch nicht alles. »Ich sagte kein Wort, sondern ließ den Wagen an, und natürlich mußte da der Piepser losgehen. Da merkte ich, daß der Abend unausweichlich in eine andere Richtung ging, und die Ironie machte wieder mal auf ihre schreckliche Art Überstunden. Nun griff ich in die Brusttasche nach meinem kleinen Berufsaccessoire. Ich versuchte, daraus etwas zu machen, und das mit einer, wie es mir jetzt vorkommt, phantastischen Tapferkeit, und sagte, daß wir ja beide nicht das seien, wonach wir aussähen. Das hätte ich mir sparen können. Er wurde völlig anders und ganz förmlich – nicht gerade ›wird notiert und kann gegen Sie verwendet werden‹ und so weiter, sondern er nannte mich Sir und ließ mir keine Chance (sozusagen) ...«

»James.« Ich war wütend geworden. »Tut mir leid. Aus naheliegenden Gründen habe ich dir nichts davon gesagt. Aber ich hatte den Mann – Colin heißt er, nicht wahr?« Er nickte. »Ich habe ihn einmal in der U-Bahn abgeschleppt, vor ewigen Zeiten, kurz nachdem wir ihn im Bad gesehen hatten. Er ging mir nach, als ich ausstieg, hat sich fast selbst zu mir in die Wohnung eingeladen. Ich fickte ihn. Er fickte mich. Der ist so schwul wie nur – na, was auch immer sehr, sehr schwul ist; ich, du. Mit dieser hübschen Polizeigeschichte kommt er unmöglich durch.«

James musterte mich intensiv. Unter keinen anderen Umständen hätte er das alles wohl gern gehört.

Ich war den ganzen Tag noch wütend. Meine Müdigkeit erschwerte es mir, mich davon zu lösen, und als ich später in die Stadt ging, brummelte ich hörbar über die Leute um mich herum, und wenn diese Anstoß daran nahmen, verfiel ich abrupt in ein sarkastisch gutes Benehmen. Ich war voller Empörung über eine Tat, zu der die gereizten Käufer in Liberty's (wo ich Socken erstehen wollte) und die gleichgültigen Passanten auf der Oxford Street (die mir in den Weg gerieten) sich alle unbedacht verschworen zu haben schienen. Im Corry machte ich dann verbissen ein paar Übungen, war danach völlig erledigt und sprang mit größerer Erleichterung als sonst ins Becken. Doch selbst da regte ich mich über die Langsamkeit und Ungeschicklichkeit anderer auf, und ich fiel einem jener Frühgealterten zum Opfer, die einen absichtlich nur wegen des heimlichen Kitzels der Körperberührung anrempelten. Ich überlegte, was ich tun oder sagen wollte, wenn ich Colin begegnete. Wurde denn die Angelegenheit überhaupt schon verhandelt? Hätte es James irgend etwas genützt, den Beamten, der ihn angezeigt hatte, verärgert oder gar ironisch zu behandeln? Ich hatte alle möglichen Pläne, die mit ihrer ungestümen Cleverness nicht unbedingt auch klug waren.

James' Erfahrung, wie auch die meine mit den Skinheads, machte mir meine Veranlagung urplötzlich bewußt, weckte in mir ein Verlangen nach Solidarität mit meinesgleichen, das ich in unseren liberalen Zeiten nicht gewohnt war. In dem vollen Umkleideraum – es war ein Uhr – betrachtete ich trotz meiner Verärgerung die andern, die Banker, die Lehrer, die Journos, die Werbefritzen, die Geschäftsführer von Hamburgerrestaurants, die Schauspieler, die Fachärzte, die Tänzer in West-End-Musicals, die Gerüstbauer, die Finanzhaie, die beim Föhn Schlange standen und wolkenweise Trouble for Men wie in böser Vorahnung in die Luft sprühten, einer exotischen Gattung gleich, die von brutalen Raubtieren bedroht war. Es war unerhört, daß Colin sich diesen Scheusalen angeschlossen hatte. Ich sah ihn noch deutlich vor mir, seine Bräune und seine seltsamen Augen – hungrig und doch fröstelnd –, und wie er immer herumhing, das Gefühl, das er einem gab, als könnte etwas passieren.

Anschließend ging ich zum Haareschneiden. Vor einiger Zeit hatte ich eine Schwäche für einen altmodischen Friseur in der Neal Street entwickelt, der mich für £ 1.05 – einen Guinea, wie er immer betonte – sauber und adrett hielt. Im Schaufenster hingen Schwarzweißfotos von Männern, die den Kopf vorneigten, und drinnen, wo man wartete, hing über den Pariserschachteln ein schmieriges Farbposter des Prinzen und der Prinzessin von Wales. Das Geschäft war inmitten des schick gestylten Covent Garden ein Relikt nachbarlicher Schlichtkeit, und Mr. Bandini, der es mit seinem schon angejahrten Junggesellensohn Lenny führte, redete stets mit unbegründeter Flüssigkeit übers Boxen und das Leben während des Krieges und die schwere Zeit, die er damals gehabt hatte. Anders als die modernen Studios, wo jeder Haarschnitt zum Kunstwerk hochgejubelt wurde, gab mir Mr. Bandinis Laden mit dem blumengemusterten Linoleum, den Haarscheren und Rasierapparaten mit Elfenbeingriff das beruhigende Gefühl, daß hier seit einem halben Jahrhundert genau dasselbe ablief. Es hatte etwas Melancholisches, aber auch Bezauberndes, sich dic Hunderttausende identischer Routineschnitte vorzustellen, die Mr. Baldini über die Jahrzehnte hinweg verabreicht hatte. Obwohl er wie die andern Italiener in Soho während des Krieges interniert gewesen war, hatte er nahezu vierzig Jahre an derselben Stelle gearbeitet. Ich konnte mir ohne weiteres vorstellen, wie Charles, gutaussehend, mittleren Alters, auf seinen vierzehntägigen Fassonschnitt und eine Handvoll *eau de quinine* hereinschaute.

Das London der Kriegsjahre, das ich mir immer zur einen Hälfte als zu Schutt zerbomt und zur anderen als auf Fünf-Shilling-Abendessen und eine Menge Selbstlosigkeit und Es-geht-auch-ohne reduziert ausgemalt hatte, stellte sich in Charles' Journal völlig anders dar. Es erschien (und das war vermutlich die Kehrseite meiner Kriegsängste) als eine Zeit außergewöhnlicher Gelegenheiten, wo jede erdenkliche Phantasie plötzlich möglich wurde und von dem Gemeinschaftsgefühl unter Alliierten und Soldaten Sex und Liebeleien abgeschöpft werden konnten.

26. September 1943: Mein Geburtstag ... Es ist so öde, so alt wie das Jahrhundert zu sein, das eigene Fortschreiten wird dadurch so belastet & unausweichlich, ohne jeden Spielraum für romantische Zweifel über das Alter. Immerhin, ein schöner, dunstiger, vorkriegsartiger Tag – Lunch mit Driberg im Club, der mir sehr schmeichelte & sagte, auf ihn wirke ich wie 42. Er erzählte mir einige seiner Abenteuer, wobei ich bei meinen vielleicht eine Spur zurückhaltend war: Bei ihm weiß man einfach nicht, wer sie dann noch alles hört – achtloses Gerede usw. Wir lamentierten über die noch immer häufigen Angriffe & Beschimpfungen, die farbigen Militärangehörigen zuteil wurden, auch von seiten der Engländer, aber im wesentlichen natürlich von den Yanks. Anscheinend waren bisher alle Versuche Dribergs, den üblen amerikanischen Gesetzen im Parlament & außerhalb zu begegnen, erfolglos geblieben. Macht nichts, sagte er, er versuche, sie persönlich dafür zu entschädigen.

Anschließend schlenderte ich durch Soho & erblickte dann in der Charing Cross Road drei schwarze GIs, die recht idyllisch daherbummelten, Zigaretten rauchten & den Mädchen nachschauten. Sie hatten so etwas Anrührendes, was Soldaten oft haben, wenn sie nicht im Dienst sind, als wüßten sie, sie müßten jetzt etwas vorhaben, aber nicht so recht wußten, was. Es war ein dicker, ein dünner & einer dazwischen mit einem verlorenen, harmlosen Gesichtsausdruck, der absolut herzzerreißend war. Er war offensichtlich das Ziel der Launen seiner beiden smarten Freunde, & es war ein unendlich tolerantes, gutherziges Leuchten um ihn. Ich ging neben ihnen her, um ihr Gespräch mitzukriegen, & überholte sie dann & stellte mich auf der anderen Seite der Oxford Street, am Lyon's Corner Hosue, in einer beschwingten Pose auf.

Und es geschah ein unerhörtes Geburtstagswunder: An der Ecke gegenüber trennten sie sich, Dick & Dünn gingen die Charing Cross Road zurück, als wollten sie ein zweites, entschlosseneres Mal etwas versuchen, vor dem sie gekniffen oder das sie beim ersten Mal falsch verstanden hatten, während mein Freund die Straße überquerte & erneut überquerte, auf dic andere Seite der Tottenham Court Road. Als ich hinüberschlenderte, betrachtete er gerade die Plakate an dem kleinen Kino dort. Anscheinend war er im Zweifel, ob er den Nachmittag mir *The Happy Breed* oder einem andern Film mit Jack Hulbert verbringen sollte. Er fragte mich, ob ich die Filme gesehen habe, & ich sagte ja (was nicht stimmte), und daß sie schrecklich langweilig seien. Mir schien, wenn man ihn vom Kino abhalten konnte, daß andere Dinge mit ihm möglich waren: Ich hatte nicht die Absicht, mit ihm hineinzugehen & stundenlang erwartungsvoll im Dunkeln zu sitzen und amerikanische Zigaretten zu rauchen. Ich fragte ihn, ob er Lust hätte, ein wenig im Corinthian Club zu schwimmen, das jedenfalls hätte ich jetzt vor. Wie ein Kind, das auf eine Anleitung gewartet hatte, & nur mit der leisesten

Spur von Erwachsenenironie oder Zweifel kam er mit, & als er das ausgebombte hintere Ende des Gebäudes unter den ganzen Planen & dem Gerüst sah, führte er sich auf, als wäre dies ein Anlaß zu persönlichem Mitgefühl und Gratulation.

Ich kte es kaum erwarten, ihn unter die Dusche zu bekommen, doch lieh ich für ihn eine Badehose & ein Handtuch & zog unsere Zeit im Becken in die Länge, als wäre mir nur an der Ertüchtigung gelegen. Roy (sein Name, Roy Bartholomew) war ein ungeschickter Schwimmer, aber hübsch schnell, in Soldatenform & himmlisch gebaut. Ich prüfte ihn sanft, indem ich ihm sagte, wie muskulös er sei, & er spannte die Arme & ließ mich ihn in den Bauch boxen – wobei er sagte, da solle ich nur Soundso in seinem Regiment sehen, der offenbar die größten Muskeln hatte, die man sich vorstellen konnte. Ich fand heraus, daß er gern boxte, & wünschte mir einen Augenblick lang, ich wäre zwanzig Jahre jünger & könnte gegen ihn antreten.

Unter der Dusche erfüllte er dann all meine Erwartungen, der einzige Makel war eine kleine Blinddarmnarbe; doch er war befangen – nicht, wie mir auffiel, wegen der Nackheit, sondern weil er mit Weißen duschte. Er war da wie andere Negersoldaten, die ich schon im Corry gesehen hatte & die die Rassentrennung gewohnt &, ungeachtet ihrer oftmals überragenden Schönheit & Erscheinung, eingeschüchtert waren oder fürchteten, zurückgewiesen zu werden. Die Stammgäste jedenfalls waren beeindruckt, & Fox riß wieder seine eindeutigen Sprüche wie »Na, letzte Nacht ein Rohr verlegt, Charlie?«, während der junge Andrew die große Konversation mit Mylord hier und Mylord da schwang – was natürlich wiederum Roy beeindruckte.

Ich ging mit ihm in die Brook St. & machte eine Flasche Champagner auf. Taha warf mir einen sehr wissenden Blick zu, bevor er seinen Onkel besuchen ging, & als ich dann das Haus für mich hatte, machte ich mehr oder weniger, was ich wollte. Es kam die vorschriftsmäßige Präambel mit Bemerkungen über Freundinnen und was noch alles, doch nachdem das erledigt war, begannen wir ziemlich hemmungslos einander zu küssen & zu streicheln & zogen uns aus & trieben es auf dem Sofa & dann noch drei-, viermal auf dem Boden. Ich muß schon sagen, er war einfach göttlich, er hatte dieses Unschuldige, das mich so anspricht, & war sehr männlich & freundlich – überhaupt nicht affektiert oder mädchenhaft. Nie habe ich jemanden solche Mengen ejakulieren sehen. Selbst noch beim letzten Mal, als ich es ihm mit der Hand besorgte, schoß es ihm bis ins Gesicht.

27. September: In einem schwachen Moment hatte ich Roy meine Telefonnummer gegeben. Ich war fast den ganzen Vormittag unterwegs & kam erst gegen 5 zurück, als ich Taha fragte, ob angerufen worden sei, & er sagte mit auffallend selbstzufriedener Miene »Nein, Sir«. Es wäre wundervoll gewesen, Roy noch einmal zu haben, aber dann war ich doch froh, daß es nicht mehr geschah, & beschloß, daß ich ihn, falls er sich melden würde, nicht mehr sehen wollte. Jedweder Wiederholung würde die Spontaneität & Schönheit von gestern mangeln, & lieber würde ich es als einen jener seltenen & wunderbaren Tage in Erinnerung behalten, wenn zwei Fremde in bewußter Unkenntnis voneinander zu gegenseitigem Vergnügen zusammenkommen.

28. September: Ein reichlich schrecklicher Tag, der als Gegenstück zum Dienstag entworfen schien, nur drükkende Katastrophen anstelle der gefühligen Kameradschaft & vermiedenen Intimität jenes kurzen Nachmittages. Taha lieferte nach dem Mittagessen bei GS für mich einige Papiere ab & sollte mir wenn möglich Blumen besorgen – ich hatte ein plötzliches Verlangen nach diesen großartigen bronzenen Chrysanthemen. Wie ich es zuweilen tue, stellte ich mir vor, wie er für mich durch die Straßen ging, sah vermittels eines übernatürlichen sechsten Sinns aus der Luft, wie er sich unter den Menschen bewegte, auf die Blumen deutete & den langen, kopflastigen Papierkegel in die Hände nahm ... Ich wußte, wie er den Leuten auffiel, wie sie manchmal grob oder grausam zu ihm waren, was aber nur meinen Stolz auf ihn vertiefte. Es war ein Rätsel – denn während er durch die prosaischen Straßen Londons ging, durchzog er auch das Reich meiner Einbildungskraft, unverwundbar, von meiner Liebe umgeben.

Es dauerte ewig, bis er zurück war, & als er endlich mit den Chryanthemen in einer Vase hereinkam, fragte ich ihn, ob denn alles gut gelaufen sei, da ich wegen der Vertraulichkeit der Sachen, die ich ihm mitgegeben hatte, ein wenig besorgt war – nicht seinethalben, ihm vertraute ich absolut, sondern falls man ihn überfallen hätte. Er sagte, es tue ihm sehr leid, und ob er mich etwas fragen könne. Natürlich, sagte ich. Er sagte, er wolle Niri heiraten. Ich gratulierte ihm, gab ihm die Hand, wünschte ihm alles erdenkliche Glück & sagte, ich würde seine Zukünftige gern einmal kennenlernen. Er ging hinaus & schloß die Tür, & wenig später hörte ich ihn das Haus verlassen.

Erst dann gestattete ich mir, die Neuigkeit aufzunehmen, oder besser, starr vor Entsetzen darüber zu sein, denn sie erfüllte mich mit der stechendsten Qual, & als er wegging, seinen komischen breitkrempigen Hut auf dem Kopf – das wußte ich –, war es mir, als habe sich etwas in mir gelöst, & ich rang nach Atem, die Tränen rannen mir übers Gesicht, & das ganze Zimmer & die Möbel & Bilder & Bücher waren irgendwie von all dem Elend durchtränkt & schwer. Wohl erfüllt mich die Ankündigung einer Heirat, wie teuer mir das Paar auch sein mag & wie vollkommen sie zueinander passen, unweigerlich mit der düstersten Stimmung; nach ein, zwei Tagen kann sie sich wieder aufhellen, jedoch nicht, bevor ein dauerhafter Sinn sich eingenistet hat, nicht vom Beginn von etwas Neuem, sondern von dem unwiederruflichen Ende von etwas Unschuldigem & Altem. Doch wenn es die Unschuld meines Taha ist ... Ich empfand es fast so, als wäre er gestorben – oder, schlimmer noch, auf wundersame Weise in ein anderes Element überführt worden. Es war, als sähe ich ihn durch einen Feldstecher an einem Ort tanzen & singen, der so weit entfernt lag, daß, wenn er den Mund öffnete, die Lippen bewegte, kein Ton die Stille störte.

Ich lief im Zimmer umher, beherrschte meine Gefühle & gab mich ihnen wieder hin. Ich erbrach mich vor den Chrysanthemen, die er in der hohen Tang-Vase arrangiert hatte, die in Polesden in der Eingangshalle gestanden hatte. Sie waren absolut makellos, reif & dennoch trocken & glänzend, herbstlich die Farbe ihrer großen, büschelartigen Köpfe, grün die Blätter. Es hätten fast lackierte Kunstwerke sein können, & man mußte sie anfassen, die Blütenblätter zwischen den Fingern pressen, um zu beweisen, daß sie vergänglich waren. Wieder & wieder ließ ich die kurze Szene von vor wenigen Minuten vor meinem geistigen Auge passieren, immer mit erneuertem Schmerz, & erkannte die unaussprechliche Achtung, mit der er mir gleichsam die Blumen gereicht & seine Erregung unterdrückt hatte. Wie so oft, bewies er eine sanfte & scharfsinnige Vertrautheit mit meinen Gefühlen, während er seine eigenen nicht völlig beherrschen konnte. Allmählich verstand ich auch, warum er in der letzten Zeit so großspurig getan hatte, wobei er zwischen Fröhlichkeit & Besorgnis hin und her gerissen worden sein muß. So schwammen die Chrysanthemen – in der Art, wie unbeseelte Dinge sich in Augenblicken einer Krise mit einbegreifen – vor meinen Augen wie Embleme seiner jahrelangen Treue & als festliche Zeichen seiner Zukunft, einmal elegisch, dann wieder herzlos prächtig.

Ich riß mich zusammen & ging ins Arbeitszimmer & goß ein großes Glas Whisky hinunter. Ich versuchte, als eine mechanische Übung, mit den Fahnen meines Sudanbuchs voranzukommen, doch natürlich sprach noch das kleinste Abbildungsverzeichnis von meinem süßen Taha & unserer gemeinsamen Vergangenheit, & die Erinnerung spürte den zartesten Stellen nach, den reinsten Momenten der Selbstlosigkeit & des gegenseitigen Dienstes. Vielleicht inspirierten diese Momente mich in gewisser Weise – denn ich schrieb ihm einen Scheck über £ 200 aus, überlegte dann noch einmal und schrieb ihm statt dessen einen über £ 100 aus; dann zerriß ich beide & stellte einen neuen über £ 500 aus & steckte ihn in einen Umschlag & schlich nach oben in die Mansarde, um ihn in sein Zimmer zu legen. In dem Zimmer war ich so selten gewesen, & ich mußte an mich halten, um nicht in weinerliche kissenstreichende Duselei zu verfallen. Es erinnerte mich auch an ein Zimmer im Sudan, denn es steht nichts darin bis auf das mit dem wunderschönen Schal bedeckte Bett, ein Teppichläufer auf dem kahlen Bord & ein kleiner Tisch mit einer Photographie von Murad und dem andern, das kurz vor unserer Abfahrt aus Khartoum aufgenommen wurde, vor dem Sudan Club – er & ich nebeneinander & in die Sonne lächelnd. Doch ich kte es kaum ertragen, die Photographie anzuschauen, & eilte wieder hinaus. Solch einfache, bestärkende Dinge wandten sich nun gegen mich.

So vieles wird sich ändern, so vieles, an das ich noch nicht einmal angefangen habe zu denken, nicht daran denken kann. Wird Taha bei mir bleiben, wollen sie hier wohnen? Ich glaube, Niri wohnt bei ihrer Mutter und einem Onkel irgendwo im Westen . . . Ich dachte an die entsetzliche Großherzigkeit, die ich würde zeigen müssen, & als mir bewußt wde, daß ich mich nicht würde beherrschen können, wenn ich ihn so bald schon wiedersähe, ging ich bei Wick's noch einen trinken, & als es dann Abend wurde, fand ich mich schlafwandlerisch in Richtung Clarkson's Cottage wandern. Das war mir ganz willkommen: Ich brauchte eine Betäubung, eine seelenlose Ablenkung.

Das defekte Licht war ersetzt worden, daher war es drinnen ziemlich hell. An dem einen Ende stand eine Art Geschäftsmann in einem Regenmantel & der dünne, aufgeregte kleine Bursche, der immer da ist & am andern Ende Schmiere steht. Er erinnert mich an einen College-Diener, der dafür sorgt, daß es den Herren an nichts fehlt – seine Bezahlung besteht vermutlich aus dem zweifelhaften Vergnügen, eine reichlich gute Sicht zu haben. Ich nahm meine Position in der Mitte ein & trödelte ein wenig herum, wobei meine kurze Erwartungsstimmung schwand, & dann erklang ein vertrautes Klacken, & Chancey Bough kam herein & stellte sich *force majeure* an den Platz zu meiner Rechten. Er pißte ungeheuer ausgiebig & sachlich – er mußte es stundenlang aufgehalten haben, um als authentischer Toilettenbesucher zu erscheinen (eitle Hoffnung!) – & wog danach sein riesiges Gerät eine Weile in der Hand. Natürlich konnten wir nicht stehenbleiben, wo wir waren, doch ich kannte seine Kletteneigenschaften & knöpfte mich also zu & schlich davon, tippte mir mit einem höflichen »Guten Abend« & beste Grüße an seine Frau an den Hut.

Ich ging die Old Compton Street entlang, wünschte, Sandy wäre noch da, & wollte recht dringend einen Kumpel, mit dem ich mich betrinken konnte. Die Klos am Leicester Square schienen eine Möglichkeit, also schaute ich hinein, aber da waren die üblichen Gesichter, die sich erwartungsvoll zu mir umdrehten, Major Sprague & dieser Butler vom Kensington Palace & ein paar ängstliche Jungen, die gerade dabei waren. Von Andrew höre ich, daß man an der Victoria Station mit den ganzen Tommys und Teerjacken da zur Zeit ein hübsches Tänzchen machen kann; irgendwann letzte Woche hatte er dort ein paar von den letzteren aufgegabelt & die Nacht seines Lebens gehabt, wenn man ihm glauben darf. Ich schlenderte weiter zum Trafalgar Square, überlegte, ob ich den Bus nehmen sollte, doch dann ging die Sonne unter, & plötzlich überflutete mich wieder das Elend, & ich gab es alles auf & ging zurück in den Club auf ein Kotelett & ein Bier & war gräßlich grob zu jedem, der mich ansprach.

Innerlich aufgewühlt von der Trübnis und dem Unglück meiner Freunde und äußerlich von Mr. Bandini neu gefestigt, Seemannsschnitt, ging ich am Abend zu der kleinen Ausstellung von Ronald Staines. Normalerweise wäre ich weggeblieben, doch nach James' Neuigkeiten war mir klargeworden, daß ich mich zeigen mußte. Ich hatte den Mülleimer durchwühlen müssen, um die Einladung wiederzufinden, eine purpune Karte, auf deren Rückseite in weißer Tinte die Notiz »Schade, daß wir Dich neulich abend so früh verloren haben – Ronnie« geschrieben stand. Ich hätte sehr gut auch weiterhin verloren bleiben können, doch mußte ich mich mit ihm gut stellen und ihm die melancholischen, aber jedenfalls belastenden Fotos von Colin abluchsen.

Die Ausstellung hieß *Märtyrer* und fand in der Sigma Galerie in der Lamb's Conduit Street statt, wo viele »alternative« Gestalten zu Hause waren oder wenigstens hereinschauten. Sie war in den dreißiger Jahren von Rycote Prideaux gegründet worden und hatte Künstlern der Linken offengestanden, und auch Prideaux' Sigma-Pamphlete waren dort mit Lesungen und Ausstellungen vorgestellt worden. Zu meinen Lebzeiten wurde die Galerie allerdings von Prideaux' erheblich jüngerem Freund Simon Sims geführt, der den Stil seines verstorbenen Mentors verwässert hatte, eine Menge banale mystische Kunst zeigte, dazwischen oftmals peinliche schwule und ethnische Shows. Im Souterrain hatte er ein nüchternes vegetarisches Café mit Cembalomusik und Holztellern aufgemacht. Den ganzen Laden umwehte ein Hauch von prinzipientreuer Enttäuschung.

Durch das Schaufenster sah ich die wenigen Frühankömmlinge, die sich an Weingläsern festhielten und die Bilder mit ostentativem Stirnrunzeln bedachten. An einer Seite redete Staines, in Schwarz und Weiß gewandet, mit einem Mann mit einem Notizblock. Er hatte jenes Aussehen unaufrichtig guten Benehmens, das Leute auszeichnet, die an ihrer Eigenwerbung arbeiten. Als ich eintrat, drehten sich mir auf das kupferne Klacken der Ladenglocke hin alle Köpfe zu – es war wie in der Dusche im Corry –, und auch Staines wirbelte herum und lächelte und zwinkerte mir dreist zu, um dann mit seinem Interview fortzufahren. Ich trug mich in das Buch ein und ging zu dem Tisch mit den Getränken.

Ich stand den Bildern nicht besonders wohlwollend gegenüber, da ich aber ihren Hintergrund kannte, war ich um ihretwillen etwas besorgt, wie wenn ich einen Freund auf der Bühne sehe. Ich hoffte, ihre abgeschmackten Smithfield-Musen bekämen von Staines' Linse und der Pracht des Studios genügend Glanz. Im großen und ganzen hätte ich mir keine Sorgen zu machen brauchen. Die Fotos waren ungemein professionell, Licht und Tönung waren wunderschön, und selbst aus den behaartesten Schweinsohren waren die seidigsten Täschchen geworden. Sogleich machte ich auch Aldo in seiner Rolle als Täufer aus, sein nackter Torso dehnte sich in ein Leuchten, sein steifer kleiner Wimpel hing schräg über seinem Kopf, über seinen schläfrigen dunklen Augen und der stoppelrauhen Kinnlade lag ein Ausdruck müder Überraschung.

Das kontroverse Genrebild, in dem Aldo mit dem noch ungemarterten heiligen Sebastian erschien, hing daneben. Sebastian war ein Knabe von fader, wächserner Schönheit mit einem kleinen Lendenschurz, der herabrutschen wollte. Die beiden waren raffiniert vor dem projizierten Hintergrund eines toskanischen Meisters aufgestellt, doch bei aller Quattrocento-Pikanterie ihrer Bewegungen erinnerten sie mich vor allem an die tuntigen Modeseiten im *Tatler* oder der *Uomo Vogue*. Der Eindruck verstärkte sich noch durch einen Schwall Trouble for Men um meine Nase und daß die schimmernde rosa Brille von Guy Parvis auf Bizepshöhe auftauchte. Einen Augenblick dachte ich, ich steckte in einer seiner *Alternative-Image*-Sendungen, und wollte schon vor den Kameras zur Seite treten, wenn sie auf Sebastians Gillette-glattes Profil zoomten. Aber offenbar war er privat hier. Ich hielt mich abseits, obwohl es mich auf perverse Art dazu trieb, ihn anzustarren, begierig, irgendwelche absurden und denkwürdigen Bemerkungen aufzuschnappen.

Ich leerte mein Glas Wein und kippte ein weiteres fast ganz, während ich den hübschen bärtigen heiligen Laurentius mit seinem putzig kleinen Rost betrachtete und den heiligen Stephanus, der flehentlich in einem Lichtstrahl kauerte, während über ihm der schattige Umriß eines riesigen Schwarzen, dem ich gern begegnet wäre, einen Stein hochhielt. Der heilige Petrus war Ashley, der auch in den Corry ging, aber auf dem Kopf sah er nicht gerade vorteilhaft aus.

Die Glocke schlug jetzt häufiger an, und wir frühen Betrachter gingen in der Menge der Besucher auf, die einander begrüßten, küßten, das Neueste erzählten, rückwärts gegen andere Gäste stießen, ohne sich zu entschuldigen, und als wären sie in einem Privathaus, wo eine solche Neugier unziemlich gewesen wäre, im wesentlichen die Bilder ignorierten. Diejenigen, die sich mit einer Preisliste versehen hatten, sahen sich zu der baren Notwendigkeit gezwungen, die Trinkenden zu bitten, zur Seite zu treten, damit die Märtyrer aus der Distanz betrachtet oder die Schildchen mit den Nummern in Augenschein genommen werden konnten. Ich nahm mir noch ein Glas und ging nach unten. Hier gab es eine Serie lebensgroßer Akte in einem plastischen Whitehaven-Stil – Märtyrer nur der Bank und der Nautilusmaschine – und eine Serie Drucke, die eine limitierte Ausgabe von John Grays *Tombeau d'Oscar Wilde* illustrieren sollten, dazu Stephen Davlins Vertonung des Gedichtes für Tenor, Streichquartett und Oboe d'amore – ein Märtyrertum mit einem ganzen fruchtbaren Leben nach dem Tode. Die Fotografien waren ballettartig und metaphorisch, wobei die Betonung im wesentlichen auf dem Aspekt der feingüldnen Seele und einer Reihe von Bildern lag, die, in Staines' typischstem Stil, durchkreuzt und halb verdeckt waren durch die Schatten von Gefängnisgittern.

Ich hing gerade einer Tonfolge der Musik nach – eine Art Mahler-und-French, die so nahe, wie geschlechtslose Musik es nur vermochte, an explizite Homosexualität herankam –, als mich jemand anstieß; Aldo selbst stand neben mir. Er sagte nichts, sondern brachte sich auf jene körperliche Art zur Kenntnis, wie manche Leute es in Clubs oder Kneipen tun oder Jungs im Ausland, wenn es ein Sprachproblem gibt. Ich grinste ihn an und las weiter, und er schien es zufrieden zu sein, dabeizustehen. »Ronnie hatte nicht erwartet, daß du kommst«, sagte er nach einer Weile.

»Ich bin selber ein Märtyrer«, sagte ich. »Eines schönen Tages bringt mich eins von Ronnies kleinen *jeux d'esprit* noch einmal vollends um.«

»Dir gefallen die Bilder nicht?« Aldo schlug die Augen nieder.

»Doch, doch, ganz gut. Die da gefallen mir.« Wir wandten uns um und ließen unseren Blick über die Hochglanzathleten wandern. »Das sind doch keine Märtyrer, oder? Die Märtyrer mag ich nicht besonders – sind doch nur Softpornos. Du siehst darauf sehr hübsch aus ... aber ich mag harten Porno einfach lieber – oder überhaupt keinen. Das Zeug ist doch ein Witz.«

»Aber trotzdem bist du neulich bei Ronnie nicht lange geblieben«, wandte er ein. »Wir hatten großen Spaß. Wir führten die große Szene auf, und am Ende spielten dann alle mit.«

»Genau das hatte ich befürchtet.«

»Sogar Lord Charlie faßte mit an.«

»Bitte!«

»Diese Kerle Raymond und Derek waren ja so müde«, mußte er fortfahren. »Aber nicht Abdul. Der hätte die ganze Nacht durchmachen können.«

»Den Film sollten sie hier zeigen«, meinte ich, und Aldo giggelte zutiefst schockiert. Ich musterte ihn unverhohlen. In seinen engen weißen Jeans und dem rotweiß karierten Hemd erinnerte er mich entfernt an ein italienisches Restaurant.

»Bist du das alles?« Meine Frage spielte auf seine Leistengegend an. Er schien nicht zu begreifen und kicherte leer, statt mich zu bitten, es noch einmal zu sagen oder zu erklären. Ich zwängte mich an ihm vorbei, wobei ich auf seine üppige Wölbung drückte – die mir sehr real erschien –, eine Situation, die mein Schwager Gavin, der plötzlich über mehrere Köpfe hinweg die Hand nach mir ausstreckte, seiner Miene nach zu urteilen, leidlich typisch fand.

»Gavin! Wie schön, dich zu sehen.« Wir schüttelten uns herzlich die Hand, und er sagte in der angenehmen, fast nostalgischen Art, in der Heteromänner zuweilen mit Schwulen flirten: »Schön, daß du da bist. Wie geht's denn?«

»Es geht, alles ein bißchen emotional und eigenartig ... zum Glück ist *man selbst* in guter Verfassung und kommt zurecht.«

»Klingt faszinierend!« Er warf einen kurzen Blick auf Aldo, als fragte er sich, ob er der Grund dieser Gefühle sein könnte, und ich beeilte mich, sie einander vorzustellen.

»Gavin, das ist Aldo, er ist auf einigen der Bilder oben, er ist Johannes der Täufer – Aldo, das ist Gavin, er ist mit meiner Schwester verheiratet.« Die beiden gaben sich die Hand, und Gavin plapperte weiter, daß er in dem Fall ja Ronnie kennen müsse. Was mich irritierte, war, warum Gavin Ronnie kannte, und ich fragte ihn danach.

»Ach, weißt du, manche von uns haben schon mal Kontakt mit manchen von euch.« Er drohte mit dem Finger. »Vielleicht denkst du, daß ihr in einer Welt ganz für euch lebt, aber Tatsache ist, daß du um einiges entfernter von Ronnie Staines lebst als wir. *Wir* waren zusammen in dem Komitee für Verkehr und das Einbahnstraßensystem, und er war ein sehr nützliches Komiteemitglied.« Ich spielte den reuigen Sünder. »Ich möchte nicht wissen, wie *du* ihn kennengelernt hast.«

Ich sah keinen Grund, es ihm nicht zu sagen. »Ich habe ihn bei einer um einiges weniger erwachsenen und gemeinsinnigen Gelegenheit kennengelernt. Kennst du einen alten Knaben namens Charles Nantwich? Er hat mich ihm vorgestellt – bei Wick's, sollte ich hinzufügen: alles wahnsinnig solide.«

Gavin hob die Augenbrauen und nickte einige Male, nahm dann einen Schluck Wein und dehnte die etwas unheimliche Pause. »Ich hatte keine Ahnung, daß du Nantwich kennst«, sagte er dann munter.

»Ich kenne ihn erst seit ein paar Monaten. Er ist furchtbar nett – und er hat mir eine Menge aus seiner Vergangenheit erzählt . . .« (wie weit sollte ich gehen?)

Gavin lächelte. »Es überrascht mich nur, daß er mit einem Beckwith etwas zu tun haben will.«

»Du wolltest es doch auch«, bemerkte ich billigerweise.

Er lachte überlang, damit ich sah, daß er peinlich berührt war, und wußte, daß ich das Thema nicht weiter vertiefen sollte, worauf er einen weiteren Schluck nahm und dann verstummte. »Was macht meine häßliche Schwester?« fragte ich. »Ist sie nicht da?«

»Nein, das ist nicht unbedingt ihr *bière.* Nicht, daß es besonders meines wäre«, fügte er vorsichtig hinzu.

»Aber Roops, könnte ich mir vorstellen, wäre zu gern gekommen. Das ist doch genau sein Fall.«

»Roops, wie du zu Recht vermutest, war äußerst erpicht darauf mitzukommen. Als Philippa ihm alle Gründe aufzählte, warum es ihm nicht gefallen würde, wurde er ganz aufgeregt; aber er mußte zu einem Kinderfest bei den Salmons – heute ist nämlich Siegfrieds sechster Geburtstag. Und da Roops ein Kind mit Niveau ist, hegt er allen Mitgliedern des Salmon-Klans gegenüber ausgesprochene Verachtung – es war also ein etwas schwieriger Nachmittag. Abgesehen davon geht's uns gut.«

»Bitte grüße sie von mir.«

Aldo, der fröhlich mitgehört hatte, nickte, als wolle er seinen Gruß dem meinen hinzufügen, und Gavin, der Gute, nahm nervös einen Schluck Wein und stürzte sich in die unbekannten Gewässer der Männerfotografie. »Stehen Sie viel Modell?«

»Nein, das ist das erste Mal.«

»Ach, wirklich! Wie in aller Welt kommt man da rein?« Aldo schaute dabei bescheiden zu Boden, wodurch er den Eindruck vermittelte, als habe sich ihm durch dieses gewöhnliche, aber schicksalsschwere Zusammentreffen eine unabsehbare Show-Karriere eröffnet. »Mögen Sie die Kunst?« flehte er.

»Ähm, einiges ist ja ziemlich erstaunlich, nicht? Ich habe sie mir noch gar nicht richtig anschauen können … die Bilder oben …« – er reckte den Hals – »einige von denen sind ja doch recht fleischbetont, *vielleicht*, für mich!«

Aldo war über dieses Stichwort glücklich und machte eine Bemerkung, die unter Leuten, die so gut wie nicht die gleiche Sprache sprechen, als Witz ankommt. »O ja, ich bin nämlich Fleischer.«

Gavin lächelte, und ich erklärte ihm, daß Staines ihn entdeckt hatte, als er gerade einige Studien von Arbeitern im Smithfield Market machte. »Ich trug eine halbe Kuh«, sagte Aldo, »war völlig mit Blut eingesaut. Ronnie sagte, ich sähe aus wie ein *bacon*.«

Es entstand eine kurze Verwirrung, bis ich es dann klar stellte: »Wahrscheinlich meinte er, du sähst aus wie *ein Bacon*.« Doch da hätte man zuviel erklären müssen. Aldo fuhr heiter fort, über Trägermöglichkeiten bei den Innereien und die zahlreichen Unter-dem-Ladentisch-Vorteile seines Gewerbes zu berichten (an einem Tag ein schönes Herz oder Hirn, am nächsten etwa gute frische Leber). Ich merkte, wie mein Blick mit flüchtigem Respekt auf der mit Kreide geschriebenen Speisekarte ruhte, die Alfalfasalat, Kichererbsenkasserole, Linsen- und Pastinakenpastete anpries ...

»*Entschuldigt*, William, Gavin Croft-Parker, welche Ehre, Aldo-Schätzchen ...« – Staines war bei uns, griff nach Händen, war emphatisch freundlich und bescheiden an seinem großen Abend. »Ihr müßt mir verzeihen. Das war der langweiligste Mann von Dingsda, Big City Lights oder wie das heißt. Offenbar bildet sich jeder seine Meinung, indem er diese Publikation zu Rate zieht, man muß also traumhaft traumhaft willfährig sein und alle seine öden öden Fragen beantworten. Und wie dumme«, flüsterte Staines, »er hatte keine Ahnung, was eine Pyxis ist; und bei Skapulier ... da sagte er: ›Meinen Sie das Schlüsselbein?‹ Ich sagte: ›Mitnichten – und wenn überhaupt, dann ist es nicht das Schlüsselbein, sondern das Schulterblatt.‹ Offensichtlich war er nie katholisch, und dann habe ich ihn angepfiffen, und jetzt schreibt er etwas Häßliches in seinem Artikel, nur weil ich ihn gedemütigt habe.« Er nippte an seinem Glas. »Aber wahrscheinlich gibt's doch nur drei Zentimeter unter der Rubrik ›Schwule‹« (eine Voraussage, der ich nur zustimmen konnte).

»Ich muß mal nach oben schauen«, sagte Gavin und fädelte sich von uns weg; mir war klar, daß er nicht wiederkam, und nickte ihm nach. Als ich mich wieder umdrehte, tätschelte Staines Aldo gerade nachlässig die muskulöse Schulter und blickte sich beunruhigt im Raum um. Vermutlich war es besser, ihn zu schnappen, solange es ging.

»Hervorragende Show«, sagte ich.

»Mein Lieber, es gefällt dir also. Ich bin auch nicht furchtbar furchtbar unzufrieden mit mir. Aber natürlich bedeutet das Lob von anderen einem noch mehr als das eigene!«

»Du hast ja einige faszinierende Modelle aufgetrieben. Besonders dein heiliger Petrus gefällt mir – aber ich kenne ihn ja auch schon einige Zeit.«

»Der gute Ashley! – das heißt Billy, wie er sich im Geschäft nennt.«

»Ich hatte keine Ahnung.«

»Mhm – er fand Ashley zu mädchenhaft, besonders nach *April* – aber für mich ist er immer noch der ›alte Ash‹ – Ash on an Old Man's Sleeve, Liebster . . .»

»Phantastische Titten!«

»*Bitte nicht*!« Staines fröstelte und schaute mich mit frischer, argwöhnischer Neugier an.

»Eines deiner Modelle ist, wie ich sehe, heute abend nicht aufs Rad geflochten.« Ich schaute mich um und versuchte, mich weiterhin schlüpfrig und beiläufig zu geben. »Eines deiner interessantesten, würde ich meinen.«

»Das tut mir leid, mein Lieber. Nicht alle meine Jungen waren für das göttliche Opfer bereit oder gar erpicht darauf.«

»Er heißt Colin – schmal, kurze Locken, blaue Augen, immer braun, immer auch so ziemlich alles andere.«

»Ach, Colin. Den findest du also gut? Er ist aber auch sehr *extraordinaire.* Aber den habe ich eher nur gelegentlich. Er besitzt nicht diese besondere Unschuld, die ich für diesen ... Zyklus brauchte.«

Ich stimmte ihm zu. »Er sieht aber auch ziemlich ungezogen aus.«

»Ach, er ist furchtbar ungezogen.« Staines senkte die Stimme. »Und das Absurdeste an ihm, weißt du, was das ist? Was glaubst du wohl, was er macht?«

»Total alles, würde ich meinen.«

»Ja, ja«, sagte Staines fast prahlerisch. »Aber ich meine, als Arbeit.«

»Einer von deinen Fleischern ist er wohl nicht, wie? Ich weiß nicht – Florist?«

»Nein!«

»Ich kann es nicht erraten.«

»Mein Lieber, er ist Polizist. Ist das nicht köstlich?« Ich blinkerte und rollte mit den Augen, wie ich es nie getan hätte, wäre ich wirklich verblüfft gewesen. »Er ist mir nämlich zuerst auf seiner Streife aufgefallen – man sah sogleich, daß er etwas Besonderes hatte. Aber ich will nur sagen, wenn solche Jungs bei der Polizei sind, dann kann es nicht so schlecht stehen!« Er wandte sich etwas ab, kam aber auf sein Thema zurück. »Dabei aber keine Wimper, keine Träne Unschuld. Mit wem ich am liebsten gearbeitet hätte, wer *wirklich* unschuldig ist, das ist dein kleiner Freund Phil ...«

Ich überlegte zunächst, ob ich ihm ein Angebot machen müßte. »Ich würde gern eine deiner Studien von Colin kaufen.«

Staines war praktisch schon weg, so daß er mir zurief, während Guy Parvis sich an ihn ranschmiß: »Teuerster, ich bin viel zu teuer!« Und formte dann mit dem Mund in grimassierender Heimlichkeit: »Ich geb dir eins ...«

Nun war ich wieder mit Aldo allein. Ich war nicht furchtbar furchtbar wenig daran interessiert, anschließend etwas mit ihm zu machen, doch die gesellschaftlichen Verpflichtungen waren anstrengend, und so kämpfte ich mich wieder nach oben. Ich plante ein weiteres Glas, bevor ich mich davonmachte, und schaute mich in der Hauptgalerie um, ob es noch jemanden gab, mit dem ich mich davonmachen konnte. Es war jetzt so voll, wie es eben noch erträglich war, und es gab ein paar interessante punkige Jungen mit Privatschulstimmen und auch richtige Ledertunten und ein Grüppchen dieser kauzigen Typen mit Monokel und Panamahut, die anscheinend auf ewig in einem phantastischen Privat-Bloomsbury leben.

Ein kräftig gebauter Mann mit dichten, nach hinten geglätteten Haaren erregte mich, und so zeigte ich ein nicht sehr plausibles Interesse an dem Bild, das unmittelbar neben seiner rechten Schulter hing, als die Glocke wieder ertönte. Wir drehten uns beide um, wobei er sich gleich wieder zurückwandte, und als ich Charles hereinschlurfen sah, hellte sich meine Stimmung mit Freundlichkeit und auch einem Fünkchen Schuldgefühl auf. Ich hatte den alten Knaben vernachlässigt, und als ich ihn nun in dem lärmenden, verwirrenden Raum sah, rief ich mir meine Verantwortung in Erinnerung. Ich ging zu ihm hin, um ihm zu helfen.

»Ah ... ah ..«, machte er gerade und blickte bedauernd nach rechts und links.

»Charles! Ich bin's, William.«

Sofort nahm er meinen Arm. »Ich weiß sehr gut, wer Sie sind. Welch eine Orgie ... Meine Güte.« Von Nahem verströmte er den ältlichen Geruch von Schweiß und Rasierseife. »Fast wären wir nicht gekommen«, räumte er mit, wie mir schien, humoriger Würde ein.

»Ich bin sehr froh, daß Sie gekommen sind. Wir haben uns ja eine Ewigkeit nicht gesehen.«

Er stocherte mit der andern Hand hinter sich wie jemand, der das Armloch seines Mantels sucht. »Das ist Norman«, erklärte er, als ein weiterer Mann, solchermaßen ermutigt, aus seinem Schatten vortrat. »Der Krämerjunge.«

Norman langte um Charles herum, um mir die Hand zu geben. »Ich bin der Krämerjunge«, bestätigte er, offenbar sehr glücklich, daß man sich an ihn in seiner jugendlichen Rolle erinnerte. Da er Mitte Fünfzig war, fand ich es zunächst schwierig, ihn einzuordnen. »Ich habe in dem Lebensmittelgeschäft in der Skinner's Lane gearbeitet«, sagte er lächelnd und nickte, »vor langen Jahren, als Lord Nantwich einzog.«

Der Groschen fiel. »Und dann sind Sie zur Handelsmarine gegangen und um die ganze Welt gesegelt.« Erneut lächelte er, wie über den erfolgreichen Vortrag einer alten Geschichte.

»Ich bin allerdings schon lange nicht mehr bei der Marine.« Man merkte, daß die Marine etwas war, worauf er stolz war, und seine ganze Art verriet es. Er war nüchtern gekleidet, trug einen schlechtsitzenden grauen Anzug und glänzende Halbschuhe, wie sie in meiner frühesten Kindheit modern waren (mein Vater hatte in unseren Familienferien etwas sehr Ähnliches getragen). Der Anzug, der an den Schultern breit war und im Nacken abstand, glich denen, die Studenten in Secondhand-Läden kauften, und dem einen oder anderen gestylten Jungen im Raum hätte er einen gewissen Chic verliehen. Norman aber trug den Anzug ohne jede Ironie, und er erinnerte mich, wie vierzig Jahre zuvor der Mann auf der Toilette Charles, an einen Collegediener, der das Dienen gewohnt und dabei verkümmert war. Sein Gesicht leuchtete.

»Norman hat heute nachmittag hereingeschaut«, sagte Charles. »Es ist unglaublich. Ich hatte ihn dreißig Jahre nicht gesehen.«

»Ich habe ihm aber ein Bild von mir aus Malaya geschickt.«

»Ja, er hat mir ein Bild aus Malaya geschickt.«

»Trotzdem war ich überrascht, daß Lord Nantwich mich erkannte.«

Charles schnaufte und murmelte etwas von einem Schlücki. »Kommt, laßt uns etwas trinken«, sagte ich zu den beiden und nahm Charles an der Hand, um ihn durch die Menge zu führen. Als ich mich umdrehte, um Norman ein Glas Wein zu reichen, sah ich, warum man ihn immer wiedererkennen würde. Seine breiten Wangenknochen, der große Mund, die grauen Augen und blonden Haare, die nun ein unbestimmtes Grau hatten, das waren Elemente einer Schönheitsformel, wie auch immer er enttäuscht und verlassen worden sein mochte. Charles war höflich und unergründlich, doch ich spürte, wie es ihn schmerzte, eines Besseren belehrt zu werden. Er wandte sich von dem »Krämerjungen« ab, der überflüssigerweise zurückgekehrt war und so die sentimentale Poesie zerstört hatte, mit der er umgeben worden war. Mir taten beide leid. Und dann verfluchte ich, wieder betrunken, die Vergangenheit und jeglichen Blick zurück.

»Ich bewohne ein Haus mit meiner Schwester«, erklärte Norman mir gerade. »Es steht fast in der Mitte von

Beckenham, Bahn und Geschäfte sind bequem zu erreichen.«

»Du hättest sie heute mitbringen sollen«, sagte Charles hochmütig.

Norman errötete darüber und warf hektische Blicke auf die verrenkten Torsi und ekstatischen Münder an der Wand.

»Kann ich Sie bald einmal besuchen, Charles?« fragte ich. »Ich habe die Bücher sorgfältig gelesen und bin schon fast bis zum Ende vorgedrungen. Ich bräuchte eine Unterredung.«

»Unterredung, morgen?« Staines war ihm aufgefallen, und ich beobachtete, wie seine Aufmerksamkeit schwankte und er sich dann abrupt abwandte. Staines streckte ihm eine beringte Hand entgegen, und ich hörte Charles sagen: ». . . wunderbarer Abend, ganz bemerkenswert . . .«

Ich blieb neben ihm und drückte ihm den Arm. »Ich komme zum Tee, wie sonst« – und er tätschelte mir die Hand. Dann redete ich mit dem untersetzten Mann, lachte übertrieben, um charmant zu wirken, und fuhr mir, mein Hemd war zur Hälfte aufgeknöpft, mit der Hand über die Brust. Er begeisterte sich für die Fotografie, hatte bei Staines jedoch seine Vorbehalte – worin ich brutal mit ihm übereinstimmte –, mochte aber Whitehaven. Ich sagte ihm, Whitehaven habe mich fotografiert, merkte aber, daß er glaubte, ich wolle ihn hochnehmen. »Und Sie, haben Sie schon Modell gestanden?« fragte ich.

Aldo trat hinzu und sagte: »Ach komm, gehen wir.« Er wirkte beschwipst und hemmungslos. Erst als wir dann zu dritt praktisch aus der Tür waren, wurde mir klar, daß seine Worte weniger mir als dem untersetzten Mann gegolten hatten.

»Nett, Sie kennengelernt zu haben«, sagte der untersetzte Mann; und es wurden weitere ungemein nette Bemerkungen gewechselt, bis die beiden dann Arm in Arm davonschlenderten. Wütend torkelte ich zum Hotel.

11

»Zucker?«

»Für mich nicht, danke.«

»Ich neuerdings wohl. Ich habe aufgegeben.« Charles legte die Zange beiseite und schaufelte mit seinen gekrümmten, flachen Fingern ungefähr ein halbes Dutzend Zuckerwürfel heraus. Während wir dasaßen und den Tee schlürften, kam Graham mit weiterem heißen Wasser herein, und Charles beobachtete seinen Diener mit vertrauensvoller Dankbarkeit. In der Skinner's Lane lief alles wie am Schnürchen. »Ich habe noch meine eigenen Zähne«, setzte er hinzu.

Wie zuvor schon saßen wir in der kleinen Bibliothek, Charles' Höhle, dem einzigen Ort im Haus, der nicht Grahams ordnender Fürsorge unterworfen war. Jedesmal, wenn ich auf Besuch kam, gab es Anzeichen neuen Durcheinanders, Bücher waren vom Tisch auf den Fußboden gewandert, alte Kalamazoo-Mappen waren aufgeschichtet oder verstreut, als wäre eine große Sortier- und Suchaktion im Gange, die doch nur größeren Wirrwarr hinterließ, wie auf einem Gelände, das Amateure nach Münzen und Amuletten durchwühlten. Bücher, deren Titel mir auf ihren schwankenden Plinthen aufgefallen waren, waren nun hingeworfen und von anderen Schichten überdeckt: Atlanten mit gebrochenen Rücken, Notenblätter mit leichter Musik (der »Valse« aus *Love-Fifteen*), Zeitschriften, deren Farbdruck durch Sonne und Alter entstellt war und à la Gauguin eine braune Königsfamilie, rosa Hunde, hellblaues Gras zeigte.

Hier fühlte ich mich zu Hause. Während wir so zu beiden Seiten des leeren Kamins saßen, kamen mir meine Oxforder Tutorien in Erinnerung und das Gefühl von Unzulänglichkeit und Gleichgültigkeit, das mich in Gegenwart meines Tutors oft überfallen hatte, dessen Stunden mit mir, das brachte er mir bald nahe, überflüssige Ablenkungen von seiner jahrzehntelangen Arbeit über das Erbfolgerecht waren. Da herrschte eine ähnliche Männlichkeit und Offenheit, jene gelehrte Verkehrung der Regeln des Salons, die es einem gestatteten, über Analverkehr und Priapismus zu reden, als redete man eigentlich über etwas anderes. In ähnlicher Weise wurde Schweigen toleriert.

»Äußerst lästig«, fuhr Charles rätselhaft fort. »Man lebt ohnehin schon tief genug in der Vergangenheit, da brauchen die Leute nicht so *zurück*zukommen.«

»Ihr Krämerjunge. Ja, ich gestehe, daß ich ein wenig enttäuscht war.«

»Der arme Kerl konnte nicht verstehen, daß er nur in der Vergangenheit von Bedeutung war.«

»Die *Märtyrer* waren vielleicht etwas zu viel für ihn.«

Charles lächelte wehmütig. »Ich hatte geglaubt, die würden ihn vergraulen, aber dann fand er doch einiges daran.«

»Ich kann verstehen, daß er einmal ganz schön scharf war«, räumte ich ein. »Und Ladenjunge sein ist ja so glamourös, immer nur Pfeifen und diese Langeweile, und wie sie darin gefangen sind, so auf dem Präsentierteller.«

»Er war mit dem Fahrrad unterwegs«, korrigierte Charles meine allzu lebhafte Rekonstruktion. »Er machte die Lieferungen mit umgebundener Schürze.«

Ich führte die kannelierte flache Teetasse zum Mund, und wieder hob ich den Blick, wie ich es in diesem Zimmer zwangsläufig tat, zu der Kreidezeichnung über dem

Kamin. Ich wagte einen Versuch und sagte: »Ist das da auf dem Bild Taha?«

Charles schaute ebenfalls hin und wiederholte den Namen, aber mit anderer Betonung. »Ja, ja, das ist er«, sagte er mit trauriger Leichtigkeit.

»Er ist sehr schön«, sagte ich aufrichtig.

»Ja. Die Ähnlichkeit ist nicht besonders groß. Sandy Labouchère machte es kurz nach unserer Rückkehr aus Afrika – wie Sie sehen, hatte er einen ziemlich brillanten Strich, wenn er wollte. Aber er hat nicht die Heiterkeit des Kindes erfaßt, dieses Leuchten … Er war das wunderschönste Geschöpf auf Erden. Man wollte ihn einfach immer nur anschauen und anschauen.«

»Lebt er noch?« fragte ich; die Vorstellung, er könne wie der Krämerjunge ein banales mittleres Alter erreicht haben, war mir unmöglich. Doch Charles murmelte bündig »Nein, nein« und wechselte brüsk das Thema: »Dann haben Sie also alle Bücher gelesen, die ich Ihnen gegeben habe.«

»Ja. Gut, ich habe nicht jedes Wort gelesen, aber doch eine sehr schöne Auswahl.« Er nickte zustimmend. »Natürlich würde ich sie richtig gründlich lesen, wenn ich mich entschiede, diesen … Job zu übernehmen.«

Charles reagierte ganz schnell und taktisch. »Richtig, richtig«, sagte er. »Aber sagen Sie mir eins, ich weiß nicht, welchen Eindruck diese Bücher vermitteln. Sprechen sie einen, einen jungen Menschen überhaupt an?«

»Oh, ich finde sie außerordentlich interessant. Und Sie haben so viel gemacht«, fuhr ich plump fort, »und so viele außergewöhnliche Menschen gekannt.«

Daraufhin seufzte er schwer. »Ich hätte selbst etwas daraus machen müssen; doch nun ist es zu spät. Wenn man sich dem Ende nähert, erkennt man, daß man fast alles vergeudet hat.«

»Aber das ist überhaupt nicht mein Eindruck. Das können Sie doch nicht wirklich meinen«, sagte ich so, wie man höflich einen tröstet, dessen Qualen man sich nicht vorstellen kann. »Ich bin doch derjenige, der sein Leben vergeudet, und das haben Sie nun überhaupt nicht getan.«

Charles griff das sogleich auf. »Ich habe keine Zeit mehr für Müßigkeit«, sagte er. »Ich möchte, daß Sie einen Job haben.«

»Ich will eben nur nicht den falschen«, sagte ich und klang sogar für mich selbst verdorben. »Ich fände es schön, wenn ich einfach verschwinden könnte, so wie Sie. Es war herrlich, wie Sie in Afrika verschwinden konnten.«

»Man verschwand«, gab Charles zu. »Aber man blieb auch im Blick.«

Vorsichtig nahm ich dies auf, wog die gewichtslose Teetasse und Untertasse in den Händen. »Mein Eindruck war eher, daß Sie sich in einem Traum verloren hatten. Das Gefühl, das die Tagebücher vermitteln, wie von einer ständigen Entrückung, als Sie im Sudan waren, das ist wunderschön. Wie ein vertontes Leben«, sagte ich in einem phantastischen Impromptu, was Charles überging.

»Natürlich hatten wir eine Aufgabe. Und es war eine äußerst harte Arbeit: unerbittlich und anstrengend.«

»O ja, ich weiß.«

»Aber in gewisser Weise haben Sie recht – was mich betrifft, jedenfalls. Es war eine Berufung. Vielleicht haben das nicht alle im Dienst in ganz demselben Licht gesehen wie ich. Viele wurden verhärtet. Viele waren schon Stockfische, noch bevor sie die Wüste erreichten. Sie schreiben Bücher darüber, noch heute – phantastisch langweilig.« Charles streckte den Fuß aus und kickte ein

Buch über den Kaminvorleger zu mir herüber. Es waren die Memoiren von Sir Leslie Harrap, im Selbstverlag erschienen und mit einer Widmung für Charles versehen: »Mit den besten Wünschen, L. H.« Ein ganzseitiges Foto des Autors als verwirrter Pensionär war auf der Umschlagrückseite.

»Er war einer von denen, die mit Ihnen gingen, oder?«

»Er war ein guter Verwaltungsbeamter, loyal, fair, blieb länger als ich, ging sechsundfünfzig wieder zurück, um ihnen bei der Unabhängigkeit zu helfen: absolut solide – Eton, Magdalen. Kein Fünkchen Phantasie im Leib. Als ich sein Buch las – wie heißt es noch? *Ein Leben im Dienst* –, wurde mir klar, daß ich nie etwas dergleichen schreiben wollte. Auch in meinem Leben steckt ein Buch, aber das hat fast ausschließlich mit Imagination und so weiter zu tun. Die Fakten, mein süßer William, sind nichts.«

Ich machte ein betretenes Gesicht. »Sie haben also etwas über den Sudan veröffentlicht?«

»Oh – ja, während des Krieges habe ich ein kleines Büchlein verfaßt; es gehörte zu der Reihe, die Duckworth über verschiedene Länder machte, ich weiß nicht mehr genau, warum. Es war nichts Besonderes. Zum Glück schlug eine Bombe in das Lager ein, und fast der ganze Bestand wurde vernichtet. Womöglich ist es jetzt ein Vermögen wert.« Er lachte hohl; und verfiel dann in ein gedankenleeres Halblächeln. Ich versuchte herauszubekommen, ob er mich anschaute oder nicht, ob diese Gesprächspause ein enigmatischer Teil unseres Austauschs war oder lediglich eine von Charles' unangekündigten Enthaltungen, ein geistiges Wassertreten, »Ausblenden«, wie er es nannte. Nicht zum ersten Mal dachte ich, wie seltsam es war, so viel von jemandem, den man nicht kannte, zu wissen. Ein Mensch konnte sich nur so, wie Charles es mir gegenüber getan hatte, aus Liebe oder aus einer bewußten Distanz heraus offenbaren. Eine halbe Minute lang, während ich seine schwere Gestalt aufnahm, die Augen in seinem rosafarbenen, leicht sonnenverbrannten Kopf dunkel und schläfrig, schien jede Deutung möglich.

»Wenn Sie sich die Tagebücher aus der Zeit angesehen haben, als ich das erste Mal hinging«, sagte er, »dann werden Sie verstehen, wie jung und aufstrebend wir waren. In gewisser Weise waren wir recht kultiviert, doch es war eine Kultiviertheit, die nur die kindliche Unwissenheit hervortreten läßt. Wenn man es sich überlegt, war es ein bizarres System. Da war eines der größten Länder der Welt, und sie haben, um es zu beherrschen, jedes Jahr eine Handvoll Knaben hingeschickt, die noch nie in ihrem kurzen Leben irgend etwas auch nur entfernt Vergleichbares erlebt hatten. Natürlich war es nicht wie Indien, das Element der Herrschaft war anders – überhaupt war das ganze Unternehmen völlig anders. Nach Indien kam jeder, aber für den Sudan gab es eine sorgfältige Auslese, ›Screening‹ nennt man das doch heute. Natürlich bekamen sie dabei so einen ehrenwerten Leslie Harrap-Typ und jede Menge Sprinter und Rudertypen, damit auch alles pünktlich ablief, und sie bekamen auch ihre Portion Spinner und unkonventionelle Burschen. Wahrscheinlich gab es mehr von letzteren. Es war ein absurdes System, und dennoch sehr, sehr subtil, wie ich jetzt glaube. Es griff Männer heraus, die sich ihm ganz hingaben.«

»Und gegen das – Privatleben der Leute hatten sie nichts einzuwenden?« erkundigte ich mich vorsichtig, während ich ihm die Teekanne hinhielt.

»Danke, mein Lieber. Nein, nein, nein. Mit dem Schwulsein« (unbefangen sprach er es aus und nahm sich dabei erneut einen Haufen Zucker) »hatten sie überhaupt keine Schwierigkeiten – sie gingen sogar so weit, daß sie unsereins, glaube ich, ein wenig vorzogen. Ganz anders als dieser moderne Unsinn, wir seien ein Sicherheitsrisiko und was nicht alles. Die hatten so viel Köpfchen, um zu erkennen, daß wir zu einem ungeheuren Idealismus und großer Hingabe neigten.« Aufgeregt schlürfte Charles seinen Tee. »Und in einem moslemischen Land war das natürlich geradezu ein Vorteil ...« Wir lachten darüber, wenngleich nicht ganz klar war, was das implizierte.

»Aber solche Unschuldslämmer, wie Sie das jetzt darstellen, waren Sie ja wohl auch nicht«, sagte ich. »Man hat Sie doch sicherlich ausgebildet.«

»Wir lasen ein Buch darüber, was dort angebaut wurde und ähnliches Zeug und lernten ein wenig Arabisch«, sagte Charles achselzuckend. »Und dann schickten sie uns ins Radcliffe Krankenhaus, wo wir bei Operationen zusehen sollten. Wenn wir nämlich viel Blut und abgetrennte Gliedmaßen und so weiter sahen, würde uns das auf wundersame Weise auf die Tropen vorbereiten. Die brachten Burschen an, die überfahren worden waren, oder Studenten, die versucht hatten, sich umzubringen, und wir schauten alle hübsch zu. Irgendwie faszinierend, aber ohne jeden augenfälligen Nutzen für eine Karriere im Staatsdienst.«

Charles war gut in Form, und er wußte es. »Dann sind Sie also die meiste Zeit Ihrem Instinkt gefolgt?«

»Mhm – bis zu einem gewissen Grad. Es gab die Tendenz, Afrika wie eine große Privatschule zu behandeln – besonders in Khartoum. Doch wenn man draußen auf dem Land war und wochenlang unterwegs, dann hatte man wirklich das Gefühl, als sei man irgendwo *anders.* Hatte man den falschen Charakter, dann konnte man in der weiten Leere auf die schiefe Bahn geraten und seine Macht mißbrauchen. Vermutlich haben Sie von den Bog-Baronen im Süden gehört – wahrhaft exzentrische Burschen, die die absolute Befehlsgewalt hatten, vollkommen abgeschnitten vom Rest der Welt.«

»Das klingt wie von Conrad.«

»Das heißt es auch oft.«

»Ich muß schon sagen, ich sehe Sie eher als eine Firbanksche Figur – oder zumindest scheinen Sie sich selbst als eine solche zu sehen.«

»Weiß ich nicht . . .«, brummelte Charles.

»Gerade diese Vorstellung reizt mich besonders, Erwachsene als Kinder zu sehen. Seine Erwachsenen haben keinerlei Würde als Erwachsene, sie gleichen alle verhätschelten Kindern, die ihren eigenen Kapricen und Neigungen folgen . . .«

»Na, ich weiß nicht!« Charles ließ mit einem brüsken Lachen erkennen, daß er anderer Meinung war.

»Aber haben Sie nicht auch das Gefühl? Es fällt mir immer wieder auf, besonders bei sehr würdevollen und humorlosen Menschen, die es sich nicht leisten können zu sehen, daß sie sich genauso wie Aufsichtsschüler benehmen. Und in der Gruppe sind Männer oft so – ich meine nicht . . . gerade schwule Männer, aber ich finde, daß Männer eigentlich nicht gern unter Frauen sind. Ich glaube, die meisten Männer fühlen sich in einer Männerwelt am wohlsten, mit Banden und besten Freunden und so weiter.«

»Ich glaube, ich habe mir immer meine Würde bewahrt«, sagte Charles.

Ich legte eine angemessen respektvolle Pause ein. »Wahrscheinlich will ich damit sagen, daß Sie großes Glück hatten, daß Sie Ihre Kapricen in eine Karriere verwandeln konnten.« Erst allmählich erkannte ich, wie sorgfältig Charles alles, was ich sagte, an seinem Wunsch messen würde, daß ich seine Biographie schrieb. Meine leichte Nervosität, Frivolität, meine Bemühungen, klug zu wirken, das stieß ihn vielleicht ab.

»Es herrschte absolute Verehrung für die Schwarzen«, sagte Charles, »man könnte sagen, blinde Verehrung, aber es geschah alles sehenden Auges ... ich weiß nicht. Ich glaube, für mich war es mehr als für die meisten andern eine Art Liebesaffäre. Ich mußte einfach immer unter ihnen sein, unter Negern, und immer habe ich sie auf direktem Weg gesucht.« Er stellte seine Tasse ab. »Ich hatte auch ganz schönes Glück mit ihnen. Alle meine wahren Freunde waren Schwarze«, setzte er in einem trostlosen Imperfekt hinzu. »O ja, ich bin auch an ein paar Schurken und Gauner geraten, Theken-Herzensbrecher –« gekünstelt brach er ab.

»Aber alle Ihre wahren Freunde ...«

Zwangsläufig kränkte er mich ein klein wenig, als er entgegnete: »Unerschütterliche Loyalität, man wußte, man würde für den andern sterben, solche Freundschaften waren das.«

»Ich hoffe, Sie sehen mich als einen wahren Freund, Charles«, sagte ich mit halb vorgetäuschter Verletztheit. »Und ich kenne Leute – Weiße –, die ungeheuer loyal Ihnen gegenüber sind. Old Bill Hawkins oder wie immer er heißt; und alle diese Diener, die sich um Sie streiten.«

»Allerdings fordere ich Loyalität«, stimmte Charles bei. »Was Lewis betrifft, vielleicht zu viel Loyalität.« Er seufzte und kicherte. »Habe ich Ihnen erzählt, wie er mich in mein Ankleidezimmer sperrte und es dann mit Graham ausfocht?«

»Ich war ja da, wie Sie sich vielleicht erinnern.«

»Mein liebes Kind, das hatte ich völlig vergessen. Und diese ganze Schwarze Magie? Vollkommen unakzeptabel für den Begleiter eines Gentleman, finde ich. Er glaubte, ich hätte ihn betrogen – aber er hatte schon längere Zeit Schwierigkeiten gemacht, und als er die Hälfte meines schönen georgianischen Bestecks verkloppt hatte, konnte ich nicht mehr ein Auge zudrücken. Wie ich höre, sitzt er wieder. Seine Einbrüche sind sehr künstlerisch, irgendwie *symbolisch* – mit Effigien der Leute, und er arrangiert die Sachen ein wenig. Daher besteht nicht der geringste Zweifel, wer es war.« Charles kicherte und seufzte erneut. »Er hat es ihm aber auch gegeben.«

»Warum haben Sie ihn denn überhaupt genommen?«

Es überraschte mich nicht, daß er »Oh . . .« summte und in seine stratosphärische Vagheit abglitt, die nur unterbrochen wurde von schweren, weit ausholenden zischenden Atemzügen: Es war wie der Schluß einer visionären Hymne von Stockhausen. Die kleine vergoldete Kutschenuhr surrte und schlug fünf.

»Eine recht interessante Episode«, sagte er, »die, wie ich finde, einiges über das Buch aussagen würde, handelte von Makepeace. Haben Sie das im Tagebuch gelesen?«

»Ich glaube nicht.«

»Es war so eine meiner kleinen Liebeleien, damals in London. Ich hatte mich ganz fürchterlich in einen jungen Trinidader Barmann im Trocadero vergafft, der auf den zauberhaften Namen Makepeace hörte. Das Troc war ein sehr großes, reichlich vulgäres Restaurant in der Shaftesbury Avenue mit massenhaft malvenfarbenem Marmor – natürlich existiert es schon lange nicht mehr. Ich weiß eigentlich nicht, warum ich dort war, jedenfalls bediente mich eines Abends in der Cocktail Bar dieser sagenhaft schöne Junge, und ich blieb sitzen und brachte ihn zum Reden, obgleich er irrsinnig schüchtern war, aber das hat mir ja auch immer gefallen. Es stellte sich heraus, daß er etwas ganz Außerordentliches erlebt hatte, während er seine Schiffspassage abarbeitete – das war natürlich lange bevor die Westinder in nennenswerter Zahl herüberkamen –, und dann das Schiff zurück verpaßte. Von den Docks ging er dann in die Stadt, und da es sehr kalt und regnerisch war und vermutlich ganz und gar nicht so, wie er es sich erhofft hatte, ging er zum Aufwärmen in die National Gallery, wo er dann von einem Künstler namens Otto Henderson entdeckt wurde, ein irrsinnig *musischer* Typ, wie wir damals sagten – und nebenbei auch ein drittklassiger Maler –, und der schleppte ihn sozusagen ab. Für eine kurze Zeit wohnte er bei Otto, aber Otto war ein furchtbarer Säufer, und es wurde alles ziemlich schwierig, und so besorgte Otto ihm eine Stelle im Trocadero, wo er zufälligerweise den Oberkellner kannte, der *scheinbar* sehr schottisch und ehrbar war, darunter aber, so Otto, Damenschlüpfer trug. Überflüssig zu sagen, daß Scottie schrecklich eifersüchtig war, als ich mich da so prima mit seinem schwarzen Adonis verstand. Später drohte er mir sogar, mich bloßzustellen, änderte aber seine Meinung, als ich ihm versprach, jedem von seinen Schlüpfern zu erzählen.« Charles lachte und wedelte mit der Hand in der Luft, als schüttele er ein Tambourin.

»Und wie ging es dann aus?«

»Ach, Scottie entließ ihn wegen Trunkenheit (er hat aber auch einiges weggekippt), und also nahm ich ihn ein wenig mit zu mir. Und *das* funktionierte nun gar nicht, da ja auch noch Taha im Haus war, also gab ich ihn zu einem Freund.« Seine Miene verdüsterte sich. »Damals wurde einiges darüber geredet. Natürlich war es ein gewisser Vorteil, ein Lord zu sein – die Engländer haben ja eine solche abergläubische Ehrfurcht vor der Aristokratie. Aber es hatte auch Nachteile, Klatsch und was nicht alles – die Engländer denken immer so schlüpfrig und tun so tugendhaft. Wie Sie selbst feststellen werden, mein Lieber, wenn Sie aufsteigen« – Worte, die nicht nur meine Erbfolge, sondern auch meinen Erfolg vorwegzunehmen schienen.

»Wahrscheinlich waren Schwarze damals vergleichsweise selten – in England.«

Charles unterdrückte halb einen zustimmenden Rülpser. »Es gab da ein paar Seeleute – die hatten ein Wohnheim draußen in Limehouse. Ich hatte dort ein paar gute Freunde, mutige, übermütige Burschen, es waren viele. Natürlich gab es in London Jazzmusiker, die ziemlich beliebt waren. Aber vermutlich sahen die Leute auf dem Land ihr ganzes Leben lang keinen einzigen Schwarzen. Unmöglich, sich den Haß vorzustellen, der sich später gegen sie entlud.«

»Davon haben Sie eine Menge gesehen.«

»Das kann man wohl sagen.« Charles nickte und starrte wütend auf den Teppich, als habe ihn eine bittere und ironische Erinnerung ergriffen. Ich wollte etwas sagen, doch er schnitt mir das Wort ab: »Es gibt Zeiten, da kann ich an mein Land nur mit so etwas wie verzweifelter Scham denken. Etwas buchstäblich Unsagbares, also versuche ich es erst gar nicht, es in Worte zu fassen.«

»Ich weiß, was Sie meinen.«

»Erst letztes Jahr gab es drüben in Stepney häßliche Szenen – ja, häßlich.« Ach – die National Front und ihresgleichen, die sprühten ihre Slogans überall im Boy's Club hin, wo, wie Sie wissen, viele ... Nichtweiße verkehren. Jeden Tag gab es Flugblätter, voll mit hirnlosem Haß – tut mir leid, daß ich das immer wieder sage. Das Entsetzliche daran war, daß einige der Jungen früher selber in den Club gegangen waren. Es war das einzige Mal, daß ich unseren hervorragenden Freund Bill wirklich wütend gesehen habe. Einen Jungen warf er mit roher Gewalt hinaus, hob ihn einfach hoch, trug ihn zur Tür und schmiß ihn auf die Straße. Er ist stark wie ein Stier, der alte Bill. Ich erinnere mich, daß der Junge – aber Junge ist ein viel zu schönes Wort – einen Union Jack auf seine komische Jacke geheftet hatte, und Bill hatte den abgerissen, ich glaube, zufällig, als er ihn hinauswarf, und er stand da und machte ein Gesicht wie der grollende Donner und hielt den Fetzen in der Hand. Ich hatte große Angst, da ich in einem Kampf nicht mehr so meinen Mann stehe, aber da es alles Feiglinge bis ins Mark waren, schlichen sich diese Rüpel davon, als sie erkannten, daß sie ihren Meister gefunden hatten. Und ich fragte mich, was diese Fahne nun noch bedeutete.» Mit offenem Mund hielt er inne. »Wir hatten einen ungewöhnlichen, jungen Pakistani, ein Badmintongenie, der letzten Winter fürchterlich verprügelt wurde – noch viel schlimmer als Sie, er bekam ein Messer in den Arm und wurde auf einem Ohr ganz taub. Die Jungen meinen, sie müßten nun in Gruppen patrouillieren. Und dann glaubt die Polizei natürlich, sie suchten Streit.«

»Wird das denn einmal wieder besser«, sagte ich, kaum als Frage.

Charles schnaufte hilflos. »Allmählich verspüre ich eine gewisse Erleichterung, daß ich nicht mehr da sein werde, um es herauszufinden.«

Es war taktlos von mir, Charles in Verlegenheit zu bringen, aber ich sagte, es fiele mir schwer, seine Ansichten über Rasse mit dem Film in Einklang zu bringen, den Staines gemacht und den er selbst – laut Aldo – bezahlt hatte. Aber ich tat es mit so viel charmantem Schalk wie möglich. Er war verwirrt.

»Ich glaube nicht, daß das etwas mit *Rasse* zu tun hat, oder? Gut, Abdul ist ein Schwarzer und die andern nicht

... aber alles andere ist doch Quatsch. Abdul macht solche Sachen wirklich gern – und dabei ist er auch noch ziemlich gut. Im Innern ist er der reinste Exhibitionist.«

»Ich muß schon sagen, die ganze Geschichte hat mich ziemlich erstaunt – wie das halbe Personal eines berühmten Londoner Clubs sich anschickt, vor der Kamera zu kopulieren.«

»Dafür finden Sie eine ganze Menge Leute – wenn auch nicht immer vor der Kamera, das stimmt. Die sind ein festes kleines Team, da bei Wick's, und sie tun gern, was ich will. Aber dann habe ich ihnen auch alle ihren Job besorgt«, setzte er hinzu. Das war einer der Augenblicke, da mich das eisige und zugleich verwirrende Gefühl beschlich, daß Charles ein gefährlicher Mann war, ein Gauner, einer, der sich Günstlinge zog. In der Welt außerhalb der Schule aber konnte man vielleicht die Günstlinge bekommen, die man wollte.

»Und dennoch ...«, sagte ich achselzuckend. »Haben Sie eine Ahnung, was mit dem Film passiert?«

»Nun, der muß natürlich geschnitten werden und so weiter, was bei Pornos ja furchtbar schwierig ist, die Anschlüsse, und daß die Nahaufnahmen an die richtige Stelle kommen. Wir haben da ein paar Kontakte – Freunde eigentlich, die die ganze technische Seite erledigen. Bei unserem letzten haben wir ein paar Fehler gemacht – haben über mehrere Tage gedreht, damit die Jungs die scharfen Szenen lieferten, aber dann merkte man auf einmal, wenn man ein Auge für so etwas hatte, daß sie auf mysteriöse Weise mitten in einem Fick die Socken oder so was gewechselt hatten.«

»Mir war nicht klar, daß das so ein etabliertes Geschäft ist – ich bin erstaunt.«

»Das ist unser dritter«, sagte Charles mit der persönlichen Befriedigung des Amateurs. »Und bei weitem der beste. Er dürfte sehr bald fertig sein; und dann kommt er in das eine oder andere kleine Kellerkino in Soho, wo wir die Leute kennen. Sie gehen wohl nicht in derlei Kinos.«

Da fiel nun mein ziemlich stichelndes Vorgehen auf mich zurück, und ich verfing mich in meinen eigenen Schlingen. Ich lachte peinlich berührt. »Ähm, doch, gelegentlich gehe ich schon mal hin.«

»Ich finde, da kriegt man was fürs Geld«, fuhr Charles in einem freimütigen, vernünftigen Ton fort. »Ich meine, man bezahlt seinen, was ist das, seinen Fünfer, und in neun von zehn Fällen sieht man etwas, das einem richtig gefällt.«

»Ich gestehe, ich frequentiere sie mehr wegen der Parkettunterhaltung«, prahlte ich neckisch.

»Ah ja . . . na dann . . .«

»Mit meinem momentanen Freund hat es sogar in einem Kino in der Frith Street angefangen. Hinterher war es ihm sehr peinlich, daß er es gewesen war – im Dunkeln, wissen Sie. Im Grunde ist er sehr schüchtern, aber an einem solchen Ort scheinen die Leute ihre Hemmungen zu verlieren.« Charles hörte nicht zu, und vielleicht hätte ich das alles gar nicht sagen sollen. Ich war mir immer noch nicht ganz sicher, ob es tatsächlich auch Phil gewesen war, den ich damals im Keller des Brutus angegrabbelt hatte. Als ich ihn mal darauf ansprach, errötete er, wurde verworren und wollte es weder bestätigen noch abstreiten. Wenn er es gewesen war, dann wollte er wohl, daß es vergessen würde, wenn nicht, dann zeigte er eine eigentümliche Bereitschaft, Teil einer halb wahrgenommenen Phantasie von mir zu sein. Wenn er es gewesen war, dann mußte diese elende und übertriebene Episode mein Bild von ihm verändern, die leicht abstoßende Möglichkeit eröffnen, daß es noch einen

Phil gab, den ich mir nicht erklären konnte. Jetzt in diesem Augenblick konnte er im Brutus sein – oder im Bona oder Honcho oder dem Stud ...

»Natürlich hat es so etwas schon immer gegeben«, erinnerte sich Charles. »Vor dem Krieg hatten wir in Soho kleine Privatbars, eigentlich Sexclubs, sehr geheim. Und mein Onkel Edmund wußte phantastische Geschichten von Örtlichkeiten und gewissen schwulen Gesellschaften im Regent's Park zu erzählen – das ist jetzt hundert Jahre her, noch vor Oscar Wilde und all denen – mit wunderschönen Arbeiterjungen, die als Mädchen verkleidet waren und was nicht alles. Onkel Ned war vielleicht einer ....« Charles strahlte.

»Ich vergesse immer, wie sexy die Vergangenheit gewesen sein muß – das muß wohl an der Kleidung liegen.«

»Ach, es war unglaublich sexy – viel mehr als heute. Natürlich bin ich nicht gegen die Schwulenbewegung und das alles, William, aber das hat dem Ganzen viel von seinem Spaß genommen, viel von dem Prickelnden. Ich glaube, die achtziger Jahre waren damals eine ideale Zeit, die Bordelle voller dienstfreier Soldaten und leckerer junger Herzöge, die hinter kleinen Straßenverkäufern her waren. Sogar noch in den zwanziger und dreißiger Jahren, die auf ihre Art auch recht wild waren, war es noch gewissermaßen Untergrund, wir gingen mit einem ständig wechselnden Kode vor, und es war so ungemein bewegend und erregend, wenn das schlagartige Erkennen kam, wie das Auflodern eines Streichholzes! Darüber hat noch niemand so richtig geschrieben, ich weiß, was Sie meinen, Sex in der Vergangenheit wird irgendwie zur Farce.« Charles schaute mich sehr zärtlich an. »Vielleicht tun Sie es, mein Lieber.«

»Sind Sie fertig, my Lord?« erkundigte sich Graham in seinem gefälligen *basso.*

»Graham, ja, ja. Räumen Sie doch bitte ab. Und, William, bevor Sie gehen, muß ich Ihnen noch etwas anderes zu lesen geben.« Ich sprang auf, stets ein Ohr für die verdeckten Bühnenanweisungen in Charles' Rede, und half ihm hoch. Er schlurfte um seinen Sessel herum und blickte sich suchend nach etwas um. Ich war überzeugt, daß er wußte, wo er es finden würde, und daß er diesen Hauch von Ungewißheit aus Höflichkeit so theatralisch inszeniert hatte. Er reichte mir ein mehrseitiges Dokument von der Größe eines Lyrikbändchens, das in schwarze, mit changierender Seide überzogene Deckel gebunden und wie eine juristische Schrift mit einem rosa Bändchen verschnürt war. »Lesen Sie es nicht jetzt«, warnte er mich. »Lesen Sie es, wenn Sie zu Hause sind.«

Graham war mit dem Tablett verschwunden, und wir folgten ihm wenige Minuten später, Charles hatte mir die Hand auf die Schulter gelegt. »Ganz herzlichen Dank«, sagte ich.

»Ich danke Ihnen, mein Lieber.« Er stützte sich auf mich und – was er nie zuvor getan hatte – küßte mich auf die Wange. Tapsig tätschelte ich ihm auf den Rücken.

Auf dem Nachhauseweg ging ich kurz auf ein paar Runden ins Corry. Es war die halbe Stunde des Übergangs vor sechs Uhr, und die letzten Nachmittagsbesucher – ältere Männer, Collegejungen, Arbeitslose – kämmten sich und wrangen ihre Badehosen aus, während die abendliche Menge, die Arbeitenden, allmählich die Treppe hinabströmten. In zwanzig Minuten würde jeder Spind belegt sein, und diejenigen, die im Verkehr steckengeblieben waren und zu spät zu ihren Fitneßgruppen oder einer Squashreservierung, die schnell verfiel, kamen, würden hochrot und fluchend durch die Drehtür hereingehastet kommen. Wie ein Restaurant oder die U-Bahn, so hatte auch das Corry seine

Stoßzeiten, und wenn man unter der Woche nachmittags oder Sonntag abends kam, fand man es im ungehinderten Besitz einer kleinen Zahl von Leuten – wie eine Schule zur Ferienzeit, wenn nur die Lehrer und die ausländischen Schüler noch da sind. Das Becken, die Turnhalle, der Handballcourt hatten die dankbare Ruhe von Orten, die nur vorübergehend von dem gewohnten Lärm verschont sind. Als ich eintraf, wich die Ruhe rasch.

Ich machte mir die Menge zunutze und auch das Bedürfnis, das ich immer hatte, wenn ich von Charles kam, kindisch und ungezogen zu sein. Unter der Dusche tummelte sich eine Horde italienischer Kids, die in London einen Sprachkurs machten. Der Club spielte oft den Gastgeber für solche Gruppen, und wenngleich ihre gelangweilten Possen im Becken ein Ärgernis waren, verziehen ihnen die Mitglieder in unausgesprochener Übereinkunft wegen ihrer schlanken braunen Körper, den winzigen nassen Fähnchen ihrer Badekleidung, wie sie posierten und die Locken zurückwarfen. Bevor ich zum Becken ging, trat ich noch schnell unter eine sprühende Düse und betrachtete sie unverhohlen. Mit meinem Operngängeritalienisch war es mir unmöglich zu verstehen, was sie sagten, doch als ich ihnen auffiel, hörte ich, wie ihr Geplapper von *cazzo ... cazzo* durchdrungen war, verschleift, geflüstert, dann aber laut gerufen, fast gesungen, woraufhin sie ob ihrer Kühnheit in ein rohes, träges Kichern ausbrachen.

Als ich in die Wohnung zurückkam, hatte ich die vage Erwartung, daß Phil da wäre, erinnerte mich aber, während ich eingeschnappt und aufgegeilt in der Küche herumschlurfte und ein Glas Scotch in langen, heißen Zügen leerte, daß er sich zwei Nächte »frei«genommen hatte, um ein paar südafrikanische Freunde zu besuchen, und morgen wollte er zu einer Abschiedsfete ins Embassy. Ich saß im Wohnzimmer, die Fernbedienung in der Hand, und sprang von Kanal zu Kanal, auf der Suche nach etwas Attraktivem unter den Angebot der verschiedenen Sitcoms und Quizsendungen. Ich gab dieses trostlose Bemühen auf und legte den Anfang des dritten Aktes von *Siegfried* auf; wild dirigierte ich mit, zog heftig an den Celli und stach auf die Bläser ein, ohne daß ich nach etwa fünf Minuten jedoch auch nur das mindeste Interesse daran gefunden hätte. Nur sehr widerwillig ließ ich mich dann schließlich an meinem Schreibtisch nieder, um Charles' kostbares Dokument zu lesen. Als ich die Kordel löste, bot es sich mir im Gegensatz zu allem andern, was ich bisher von ihm gesehen hatte, als eine elegante, schöne Abschrift dar, die ein Schriftsetzer problemlos hätte setzen können.

Obwohl man es mir gestattet hätte, führte ich während dieser sechs Monate kein Journal. Von Beginn an erkannte ich, daß das, was ich sagen wollte, wenngleich es »später einmal, in einer besseren Welt als der unsrigen« andere Leser fände und seinen Sinn erführe, damals nichts weiter als Verachtung und Schlüpfrigkeiten gebracht hätte. Und später, lange nach dem Anfang, als ich dachte, Schreiben könne meine Einsamkeit und aufgewühlten Gedanken ein wenig lindern, scheute ich davor zurück, mißtraute der Niederschrift wie einem jener Freunde, zu dem es einen immer wieder zieht und den man dennoch jedesmal aufs neue entwürdigt, verbraucht oder übermäßig gehätschelt verläßt. Mein Journal war mir stets, seit meiner Kindheit, ein enger, verschwiegener und aufnahmebereiter Freund gewesen, so eng, daß ich, wenn ich es belog, innerlich unter seinem stummen Tadel litt. Nun aber schien es mich zu etwas Schändlichem einzuladen – Selbstmitleid und, schlimmer noch, Entblößung meines begrenzten, tretmühlengleichen Kreisens um Erinnerungen und Sehnsüchte.

Da war auch noch die katastrophale Veränderung in meiner Stellung. Ich war gefallen, und wenngleich mein Fall durch eine Verschwörung verursacht worden war, durch einen kalkulierten Ausbruch von Böswilligkeit, wirkte er anfangs wie ein furchtbarer körperlicher Unfall auf mich, nach dem keine gewöhnliche, unbekümmerte Handlung mehr sein konnte wie früher. Der Fall begann mit dem Abgang von der Anklagebank, sehr schnell, benommen und unter Bewachung, nachdem das Urteil gesprochen war, die Steinstufen vom Gerichtssaal immer weiter hinab zu den Zellen. Ich hatte die Illusion – so aktiv ist die Fähigkeit zur Metapher in einem Augenblick der Krise –, in Ketten ins Wasser geworfen zu werden: das Bedürfnis, die Luft anzuhalten. In gewisser Hinsicht habe ich sie ein halbes Jahr lang angehalten.

Wohl führten dort manche Burschen Tagebuch – der kleine Joe seine kindlichen wöchentlichen Notizen, die seine Frau dann schließlich zu sehen bekam, »Blödie« Barnes seine Hefte mit Visionen und apokalyptischen Vorstellungen –, sie waren jedoch durch ihre Kindlichkeit und Blödheit gerechtfertigt; ich dagegen war gewaltsam aus der mir zustehenden literarischen Umgebung entfernt worden und weigerte mich in unsichtbarem, innerem Protest, auch nur eine Silbe zu schreiben. Nun, da ich wieder zu Hause bin, kann ich wohl auch ein paar Zeilen schreiben, lediglich, um zu beglaubigen, was geschah – und vielleicht, um mich zur Genesung vorzutasten, um mein auf immer beschädigtes Einvernehmen mit der Welt zu flicken.

Eines habe ich schon bemerkt, daß ich nämlich seit meiner Entlassung aus dem Gefängnis lange und logische Träume habe, wieder drin zu sein, ebenso wie ich, als ich drin war, beharrlich und verzückt von glücklichen Tagen vor langer Zeit träumte und auch von einem Tag – heute etwa –, wenn ich entlassen sein würde und verschiedene ersehnte Dinge geschähen oder zu geschehen versprachen. Träume hatten dort eine gewaltige und zehrende Macht über mich. Ich bin ein Schläfer, der immer opulent geträumt hat, und so hätte ich vielleicht auf die leeren Morgen gefaßt sein müssen, da ich Postsäcke nähte und unendlich viel Zeit mit dem grausamen Trugbild von Arbeit füllte, dabei jedoch in der Welt der Streifzüge der Nacht versunken war, in ihrer Stimmung von Reife und Austausch. Diese – und andere Wachwünsche – hatten ein solches Übergewicht angesichts der abstrakten, schwachsinnigen Gefängnisroutinen, daß die Geschichte jener Monate mit auch nur annähernder Wahrhaftigkeit zu erzählen, von Träumen zu reden hieße. Wenn wir nach der Abendversammlung – zu einer kindlich frühen Stunde – in unsere Zellen verbracht wurden, gewann ich eine Art Zuversicht aus der Gewißheit, daß eine andere Welt wartete, eine Gewißheit, wenn man so will, der Ungewißheit, des einzigen Teils meines Lebens, dessen Abläufe niemandes Kontrolle unterworfen waren. Der Gefangene träumt von Freiheit: Träumen heißt frei sein.

Der vielleicht seltsamste Traum, den ich hatte, rief mir den Abend meiner Verhaftung in Erinnerung. Die Häufigkeit, mit der er wiederkam, konnte natürlich mit der Häufigkeit erklärt werden, mit der ich ohnehin bei jenen entscheidenden paar Minuten verweilte. Was mich verblüffte, waren die Variationen der tatsächlichen Ereignisse. Stets begann die Sequenz damit, daß ich eine Gruppe Freunde verließ und munter und erregt, wie es so war, zur Klappe eilte. Welche Klappe es allerdings war, änderte sich von Nacht zu Nacht, wie es natürlich auch bei meinen realen Touren der Fall war. Manchmal ging ich zu der heiteren kleinen Yorkshire Stingo, manchmal zu der gefährlicheren, düsteren Feuchtigkeit von Hill Place. Manchmal befand ich mich auf dem Weg nach Hammersmith, hatte einen jener pikaresken »Lyric«-Abende im Sinn; und das bedeutete auch, ein Taxi, einen Bus oder eine Bahn zu nehmen, was unausweichlich Zerstreuungen nach sich zog, vorsätzliche Mißverständnisse seitens des Fahrers oder Tote auf den Gleisen. Auch wenn ich nur ein paar hundert Meter zu Fuß irgendwohin nach Soho oder zu jenem stets fruchtüberladenen Marktkarren, der Herrentoilette in der Downs Street Station, ging, verirrte ich mich unweigerlich oder wurde in andere Dinge verwickelt, die Ansprüche anderer, was die frustrierte Dringlichkeit meiner Suche nur noch steigerte. Oft erreichte ich den richtigen Ort und mußte feststellen, daß die Klappe verschwunden oder geschlossen und in ein höchst ehrbares Geschäft verwandelt worden war. Und in der Wirklichkeit waren die Orte, zu denen ich wollte, in manchen Fällen schon seit langem geschlossen oder abgerissen. Die Down Street war bereits vor dem Krieg zugemacht worden, und der Bahnhof am Britischen Museum war, obwohl ich mich an keine Toilette dort erinnere, ein weiterer imaginärer Rendezvous-Ort, der heute ein verlassenes stygisches totes Gleis ist; so daß meine Träume eine Nostalgie in der andern auflösten und zeigten, wie jede Schließung, jedes Ende vor zukünftigen, noch größeren Schließungen warnt.

Ich betrete den engen, halbdunklen Raum – erneut in der Gewißheit, daß dort etwas auf mich wartet, stets jedoch nicht sicher, was es ist. Im Traum fehlt nur der scharfe Desinfektionsgeruch – doch die Erregung, von der er kaum zu trennen ist, bleibt. Dieser Geruch ist denkbar verschieden von angeblich aphrodisischen Parfums, doch seine Wirkung auf mich ist elektrisierend. Sofort knöpfe ich mich auf oder lege im Traum die meisten oder gar alle Kleidungsstücke ab; ich bin optimistisch und jugendlich gestimmt – und auch mein Körper legt ein halbes Leben der Last und Sorgen ab.

Kurz darauf kommt ein gutaussehender junger Mann herein, die Augen von der Hutkrempe verdeckt; oder die Glühbirne in dem Gitterkäfig ist hinter ihm, so daß seine Gestalt von verheißungsvoller Dunkelheit ist. Mir wird bewußt, daß ich ihn natürlich auf dem Weg hierher auf der Straße gesehen habe und den Eindruck hatte, er erwidere meinen Blick. Er muß mir gefolgt sein.

Er steht ein gutes Stück von der Wand und der Rinne, während er seine Blase erleichtert, sein Penis ist ungewöhnlich gut zu sehen, und seine Haltung ermutigt mich, darauf zu schauen. Zuweilen scheint er die Hose bis auf die Knie fallen zu lassen oder einen breiten Hosenladen zu öffnen, mit Knöpfen zu beiden Seiten wie bei einem Seemann. Im Tageslicht kann ich Elemente verschiedener Personen bei ihm ausmachen, von denen er für ein paar Augenblicke der eine oder andere werden kann, so daß ich in freudigem Gruß »O Timmy« oder »O Robert« oder »Stanley!« flüstere. In jedem Augenblick verkörpert er die Gewißheit eines Glücks oder einer überwundenen Gefahr. Sein Penis ist nie ganz wie der jener Geister, aus denen er sich zusammensetzt: Er ist weder groß noch klein, weder dick noch dünn, blaß oder dunkel, doch er hat etwas Ideales, er überrascht mich wie ein Kunstwerk, das, wenn man zum es ersten Mal sieht, den Geist und die Sinne überlistet und unmittelbar ins Herz trifft.

Er legt mir die Arme um den Hals, und ich lecke ihm übers Gesicht und stoße seinen Hut zurück, drücke ihn ihm schelmisch in die üppigen schwarzen Locken. Seine Züge sind ernst und schön vor Lust. Wie im Twostep treten wir zurück, und da ist nicht mehr einfach das Haus, sondern ein lichterfüllter Raum, dessen Wände sich verändern oder wie bei einer raffinierten Bühnenmechanik in einer Verwandlungsszene wegrollen. Wir lieben uns im Trockenraum in Winchester oder in einem weißgekachelten Schulwaschraum oder dem weißen Haus in Talodi, aus dem meine wenigen Möbel entfernt sind und das in all seiner harmonischen Leere da liegt: einfache Orte, deren bloße Leere Verlangen auslöst. In einer Version sind wir in einer Strandhütte aus Pfählen und Segeltuch – die Seitenwände, erleuchtet wie die Schirme im Schattenspiel, knattern im Wind, während über uns auf dem strahlenden Blau winzige weiße Wolken heranwehen.

In einer anderen Version ist es natürlich nicht so. Ich betrete die Toilette und höre binnen weniger Sekunden das Klacken metallbeschlagener Schuhe, die sich dem Eingang nähern, und blicke beiläufig zu dem jungen Mann hinüber, der sich neben mich stellt. Er ist so hinreißend schön, amerikanische Jeans und Fliegerjacke, und wie er kräftig seinen Schwanz abschüttelt und mit der andern Hand die schimmernden Haare zurückstreicht, kann ich es kaum fassen, daß seine Schau mir gilt, mir, der doppelt so alt ist wie er, einem alten Herrn in einem alten Herrenklo. In einer Klappe nimmt man, was man bekommt, und ist dankbar; doch nichtsdestoweniger bin ich vierundfünfzig – ich zögere bei solch goldenen Gelegenheiten. Ich schaue krampfhaft zu Boden, beachte ihn nicht, obgleich mein Herz rast, und dann höre ich draußen andere Schritte. Ich habe meine Chance vertan. Seltsamerweise aber bleiben die Schritte stehen, gehen zurück und kehren nach ein paar Sekunden wieder. Da wartet einer. Ich werfe einen kurzen Blick auf den jungen Mann und seine dicke Erektion und sehe, daß er mich unverwandt anschaut. Ich hole tief Luft, und mein Herz ist schwer wie ein Stein, als mir bewußt wird, daß ich gleich beraubt, mehr noch, vielleicht furchtbar geschlagen werde. Wenn ich versuche zu verschwinden, stecke ich zwischen dem reizenden Jungen – den ich nun als das sehe, was er ist, ein eisenharter junger Schläger, vielleicht sogar der, von dem in letzter Zeit in den Pubs die Rede war – und seinem Gefährten, der unruhig draußen Wache schiebt.

Es ist ein entsetzlicher Augenblick, und ich knöpfe mich hastig zu und trete zurück, all meine Instinkte darauf gerichtet, mich soweit wie möglich vor der körperlichen und moralischen Gewalt zu schützen, die fast sichtbar zum Schlag ausholt. Hämmernde Stille herrscht, und das Licht der einen Lampe über dem nassen Kachelfußboden scheint zu wissen, daß es diese und viele weitere Greueltaten beleuchten wird, ebenso wie es über Tage und Monate plötzlichen sprachlosen Begehrens geleuchtet hat und all die dazwischenliegenden Stunden schweigender Leere. Der Junge richtet ebenfalls seine Kleidung, als er sieht, daß ich mich zur Flucht wende, sagt aber nichts zu mir. Als ich ungelenk hinausstürze, ist er hinter mir, fast neben mir, und ich sehe den andern Mann in einem dunklen Mantel vortreten und fragend an mir vorbeischauen. Der Junge gibt ein kurzes bejahendes Grunzen von sich, worauf der Mann mir ans Revers greift und sagt: »Entschuldigen Sie, Sir . . .«, ich aber schlüpfe an ihm vorbei, fürchte, Opfer ihrer Beschimpfungen und Sarkasmen zu werden. Nur eine Sekunde später höre ich, wie sich ein Wagen nähert und laufe auf die Öffnung im Gebüsch zu, schreie oder will schreien, schlage dann aber der Länge nach zu Boden, ein Arm wird mir auf den Rücken gedreht, der Junge steht rittlings über mir, und der Mann im Mantel sagt: »Wir sind Polizeibeamte. Sie sind verhaftet.«

Meine Monate in den Scrubs waren eine Art Zeitwüste: Jenseits ihres strikten und asketischen Ablaufs waren sie konturlos, und rückschauend ist es schwierig, noch zu wissen, was man an einem bestimmten Tag oder gar in einem Monat getan hat. Natürlich hatte ich einige Erfahrung mit der Wüste, sogar daran Gefallen gefunden, und wußte, wie man, wie ein Kamel auf sein Fett, auf eine innere Reserve an Phantasie und Besinnung zurückgreifen kann. Ich war dort eine Art Wiederkäuer. Dennoch erwies es sich nicht ganz so, wie ich es mir – während der ersten betäubten und erniedrigten Stunden – vorgestellt hatte. Während der ersten Wochen verging die Zeit sogar im Flug, und eigentlich erst im letzten Monat, als die Freiheit greifbar nahe war, hatte jede Minute etwas Krebsartiges, Zögerndes, und näherte sich dem völligen Stillstand. Ein Bild verfolgte mich dann, eine visionäre Vorstellung von jungem Frühlingsgrün – Birken und Espen –, durch das der Wind fuhr, das ich aber wie durch Milchglas sah, verschwommen und stumm. Doch da war schon eine wirkliche Greueltat geschehen und mir noch mehr als meine Freiheit genommen worden.

In den ersten Tagen dort war meine Unverwüstlichkeit gefragt. Es war, als wäre ich erneut in die barbarische und düstere Schulwelt geworfen, und ich lernte wieder, die rachsüchtigen Energien, die sie beherrschten, zu verarbeiten und abzulenken. Doch bald schälte sich ein Unterschied heraus, denn während die Schuljungen um höchste Leistung kämpfen und sich dabei mit der Autorität verbünden mußten, wodurch sie gebildet und zugleich gesellschaftlich angepaßt wurden, verband uns im Gefängnis unsere Unangepaßtheit: Wir waren allesamt gesellschaftlich Verfehmte. Das hatte oft mehrdeutige Auswirkungen. Viele der Unterscheidungen der Außenwelt überdauerten: Respekt vor Klassenzugehörigkeit, Abscheu vor bestimmten gewalttätigen oder unmenschlichen Verbrechen und Ächtung derjenigen, die deswegen verurteilt waren. Dabei aber waren wir alle Kriminelle, und damit war eine Schicht gesellschaftlicher Heuchelei entfernt. Es stand außer Frage, so zu tun, als liebte man Männer nicht; und da viele Insassen meines Flügels Sexualverbrecher waren – oder Sittiche in der Ad-hoc-Sprache dort –, gab es zwischen uns ein seltsam stärkendes Gefühl der Sympathie, ein gegenseitiges Verstehen. Freilich waren Schuld und Scham damit nicht wie durch Zauberhand ausgelöscht, aber eine erkleckliche Anzahl von uns – und keineswegs nur Ersttäter – waren wegen

Verführung zu unzüchtigen Handlungen oder deren heimlicher Ausübung oder auch wegen Intimitäten (die oft leidenschaftlich erwidert wurden) mit minderjährigen Jungen gefaßt worden. Und natürlich waren viele der Häftlinge selbst wenig mehr als Kinder, gerade alt genug, um das Gebot des Herzens zu kennen und dafür ins Gefängnis geworfen zu werden. Mehr von uns als je zuvor saßen hier ein, und das war das Ergebnis der gegenwärtigen brutalen Säuberungen, und es wurde viel von Verrat und Betrug berichtet, von bestochenen und lügenden Zeugen und falschen Freunden, die als Kronzeugen auftraten und dafür straffrei ausgingen. Solche Geschichten zirkulierten beständig unter uns – und auch ich trug mein Scherflein zu dieser abgegriffenen und beredten Münze bei.

Mein Fall war, vermutlich vermöge meines Titels, ein häufigerer Gesprächsgegenstand als der der meisten anderen – wenngleich auch nicht annähernd so sehr wie der Lord Montagus, welcher alle Merkmale an Ungeheuerlichkeit und Heuchelei aufwies, die auch den Verlauf meiner Verhaftung und Anklage kennzeichneten, jedoch durch die polizeiliche Korruption noch böse verschlimmert wurde. Meine Kameraden im Gefängnis waren sicher, daß wir beide uns kennen müßten; sie stellten sich wohl vor, wie wir in der Bar des Oberhauses Telefonnummern junger Männer austauschten. Es war schwierig, sie davon zu überzeugen, daß nicht alle Lords – ebensowenig wie alle Schwulen – einander kennen. Gleichwohl hat es den Anschein, als hätte sein Fall – und in seiner Wenigkeit auch der meine – auch ein Gutes: Sogar die sittsamen Briten mit ihrem Mißtrauen gegenüber einem Leben des Instinkts, ihrer Lust, sich anzupassen, sagen nun, was zuviel ist, ist zuviel. Manche sind

gar der Meinung, daß das Privatleben eines Menschen seine Sache sei und daß das Gesetz geändert werden müsse.
Meine bescheidene Toilettenberühmtheit bekam im Gefängnis einen gewissen Glanz und half mir, als ich mich umtat und die Gesichter und Eigenarten der Männer kennenlernte, Freundschaften zu schließen. Versteckte Gesten der Freundlichkeit ersparten mir Ärger oder erklärten mir die Feinheiten irgendeiner unsinnigen, aber unumgänglichen Pflicht. Streichholzschachteln und halbe Zigaretten wurden mir zugesteckt, wenn wir uns zur Abendversammlung drängten. Warnungen vor Eigenheiten bestimmter Schließer wurden weitergegeben. Und so umschloß mich die Sittichwelt, die die meine wurde, bot mir ihren kargen Trost und legte allmählich ihre Tiefen dar – einmal trüb, dann wieder verblüffend korallengleich und klar.

Mein Führer und Begleiter darin war ein junger Mann, den ich nach etwa einer Woche kennenlernte, ein gut gebauter, recht maulfauler kleiner Bursche namens Bill Hawkins. Er war mir gleich zu Anfang aufgefallen, und es überraschte mich nicht, daß er, wie sich zeigte, viel Zeit in der Turnhalle verbrachte: Er hatte einen herrlichen Körper und muskelbepackte Schultern. An meinem ersten Sonntagabend spielten wir zusammen ein paar Partien Dame. Er wollte offensichtlich mit mir ins Gespräch kommen, war sich aber unsicher, wie er vorgehen sollte, und so lockte ich ihn aus der Reserve. Es war durchgesickert, daß er über ein Jahr lang der Liebhaber eines minderjährigen Jungen war, der in dem Sportverein in Highbury trainierte, in dem Bill angestellt war. Sie sahen einander jeden Tag und waren im siebten Himmel, allerdings mied Alec, so hieß der Junge, seine alten Freunde, und seine Eltern sorgten sich wegen seines merkwürdigen Verhaltens. Zweimal fuhren Bill und Alec nach Brighton, wo sie das Wochenende in einer Pension, die einem Freund des Sportvereinsleiters gehörte, verbrachten: Falls jemand Fragen stellte, wollten sie sich als Brüder ausgeben, denn Bill war erst achtzehn und Alec zwei Jahre jünger. Nach einer Weile jedoch wurde Alec distanzierter, und bald stellte sich heraus, daß er etwas mit einem andern Mann hatte. Bill ergab sich im Schmerz der ersten Liebe völlig dem Alkohol und belästigte Alecs Eltern, an deren Haustür er hämmerte. Dann wurden törichte, intime Briefe geschrieben: und von den Eltern entdeckt. Diese zeigten sie Alecs neuem Freund, einem Versicherungsvertreter mit einem Riley, den sie, schön heuchlerisch, passender und solider fanden als den armen, leidenschaftlichen, unbeherrschten Bill. Der Vertreter und die Eltern brachten die Briefe gemeinsam zur Polizei. Beim Verhör tat Bill nichts, um seine Gefühle zu verbergen. Er bekam achtzehn Monate Zuchthaus.

Bill und ich wurden enge Freunde, und viele seiner Kameraden betrachteten ihn als eine Art Maskottchen und vertrauten ihm Geheimnisse an, so wie man seine Gefühle bei seinem Hund oder seiner Katze ausschüttet, daher wußte er fast von jedem eine Menge und konnte sich tief in die verschiedenen Martern und Tragödien hineinversetzen. Er machte mich auf einige Verhältnisse zwischen den Männern aufmerksam, bestätigte meine argwöhnischen Interpretationen eigentümlicher Gesten und Gewohnheiten und zeigte mir eine richtiggehende Struktur verborgener Bindungen und Loyalitäten. Da gab es ein halbes Dutzend langjährige Affären, und etliche andere Männer waren erhältlich, wenn man sich ihnen richtig näherte, oder teilten ihre Zuneigung in einer befriedigenden Polygamie unter zwei oder drei ihrer Begleiter auf. In gewisser Weise war das, was hier ablief, eine komische Verkehrung der Umstände, die uns alle erst hierher gebracht hatten, wobei uns die Gefängnisleitung zusammenführte, unsere Liebschaften duldete und uns vor der Verfolgung durch die Außenwelt schützte. Die Schließer standen dem, wie durchsickerte, keineswegs gleichgültig gegenüber, und mindestens zwei hatten ihre tägliche Sexration mit Häftlingen – wobei diese Häftlinge von ihren Kameraden allerdings als potentielle Sänger mit dem größten Argwohn behandelt wurden. Einer von ihnen wurde mit Lippenstift und anderen Kosmetika von seinem Beamten versorgt, und so wurde seine Weiblichkeit immerhin so toleriert, wie es draußen nie möglich gewesen wäre.

Bill lockte auch mich aus der Reserve, und ich habe ein klares und recht anrührendes Bild von ihm, wie er mir gegenübersitzt, seine kraftvolle, gedrungene Figur den steifen grauen Flanell seiner Uniform verwandelt, so daß er wie ein hübscher Soldat aus einer armen osteuropäischen Armee aussieht. Mit äußerster Aufmerksamkeit verfolgt er meine Erzählungen über meine Kindheit oder das Leben im Sudan; und mit Interesse hört er von meinem Haus und meinen Dienern. Ich habe ihm versprochen, nach seiner Entlassung Anfang nächsten Jahres etwas für ihn zu suchen: eine Stelle in einer Turnhalle, wenn möglich, wo er seine Gefühle für Männer und seine körperliche Ertüchtigung verwirklichen kann und er nicht durch irgendeine Büroarbeit gelähmt wird und sich verleugnen muß. Es war ganz furchtbar mitanzusehen, wie er sich über Wochen hin durch Kriminalromane aus der Anstaltsbibliothek hindurchquälte: Wie ein Hund paddelte er kläglich bemüht durch die Bücher, aber sie waren eben nicht sein Element.

Ich nahm die Gefängnisbibliothek mit eher entenartiger Bereitschaft an. Es war eine bizarre Sammlung, die fast völlig aus Schenkungen bestand. Gewöhnliche wohlmeinende Bürger und eine Anzahl Vereine hatten ganz unterschiedliche Literatur und populäre enzyklopädische Werke über Technik und Naturwissenschaften gespendet; ein scheidender Gefängnisdirektor hatte eine Sammlung literarischer Texte gestiftet, von denen einige aus seiner Schulzeit stammten, die aber auch klassische französische Dramen und die gesammelten Werke von Wither in dreiundzwanzig Bänden einschlossen; und das *Times Literary Supplement* hatte dem Gefängnis über mehrere Jahre großzügigerweise alle Bücher überlassen, die zu rezensieren man kein Interesse hatte, eine Büchersammlung, die von Bakteriologie bis zu Handbüchern über historische Straßenbahnen reichte.

Ich stieß auf etwas, das zu dem Fundus des ehemaligen Direktors gehört haben mußte: eine Schulausgabe von Pope mit Anmerkungen von A. M. Niven, MA – eines jener frustrierenden Fast-Palindrome, mit denen das Leben durchsetzt ist. Das Exemplar war intensiv in Gebrauch gewesen, und Worte wie »Zeugma« füllten in einer runden Kinderschrift die Ränder. Ich selbst hatte Pope seit meiner Kindheit nicht mehr gelesen, doch plötzlich überfiel mich ein großes Verlangen nach seiner Ordnung und Hellsichtigkeit, was sich in mir mit einer Vision vom England des achtzehnten Jahrhunderts und von Reitwegen, die durchs Gehölz gehauen waren, und Polesden und meiner ganzen Herkunft vom Land verband. Das Buch enthielt die »Epistel an eine Dame«

und etliche weitere kürzere Gedichte; von den längeren bot es vollständig nur »Der Lockenraub«, und ich konzentrierte mich auf dieses Gedicht und auf Mr. Nivens Bericht darüber, daß es in der Absicht verfaßt worden war, zwei Familien durch Lachen von einer Fehde abzubringen, als das Blitzen und Schimmern einer zivilisierten Welt, in der Animositäten eingeschmolzen und zu funkelnden Kunstwerken neu gegossen wurden. Ich beschloß, es ganz auswendig zu lernen, und schaffte zwanzig Zeilen pro Tag. Die Disziplin und die Brillanz des Werkes selbst waren mir eine Art unsichtbare Bereicherung – obwohl ich, um mich nicht wie ein Schauspieler zu fühlen, der eine große Rolle ohne Aussicht auf Aufführung lernt, Bill dazu brachte, sich die Zeilen anzuhören, wenn ich wieder einen neuen Canto beherrschte; und er schien Gefallen daran zu finden.

Obgleich die Versuchung groß war, mich in diese Innenwelt zurückzuziehen, gab es immer Besuche, auf die ich mich freuen – und die ich ob ihrer grausamen Kürze und der neuerlichen Härte bedauern konnte, mit der danach, als die Tür wieder verriegelt war, die Zellenwände einen einschlossen. Den Besuchern war ihr Entsetzen über meine Umgebung anzumerken, und noch lange, nachdem sie gegangen waren, ließen sie einen mit einer qualvollen Leere zurück, wie ich sie zuvor nicht gekannt hatte. All die kleinen Annehmlickkeiten waren bloßgelegt.

Mein erster Besucher war Taha – ein Wiedersehen, das im »Kasten« mit einer Trennscheibe zwischen uns stattfand. Ich war aufs heftigste erschüttert, ihn zu sehen, so daß mir kaum etwas einfiel, was ich hätte sagen können. Er lächelte und war besorgt, und ich musterte ihn masochistisch genau nach Anzeichen, daß er sich meiner schämte. Es war ungeheuer, wie wenig sein Vertrauen gelitten hatte: Er redete sehr leise, damit die Wachmänner und die anderen Häftlinge ihn nicht hören konnten, und berichtete mir von tausend süßen unbedeutenden Dingen. Als er ein paar Wochen später das zweite Mal kam, durften wir zusammen an einem Tisch sitzen: Er hatte seinen kleinen Jungen dabei, der sehr aufgeregt war, daß er überhaupt ins Gefängnis mitkommen durfte, aber auch voller Angst, zurückgelassen zu werden. Taha sagte ihm, er solle sich an meiner Hand festhalten, und da er selbst meine andere Hand ergriffen hatte, saßen wir zu einem Dreieck verbunden da, als hielten wir eine Seance ab. Am Tag davor hatte Taha Geburtstag gehabt – und natürlich hatte ich nichts, was ich ihm schenken konnte. Er war vierundvierzig! Ich kann ehrlich sagen, daß er für mich nicht weniger schön war als bei unserer ersten Begegnung achtundzwanzig Jahre zuvor. Seine Stirn war höher, sein Gesicht mit Linien gezeichnet, die auf der samtenen Stirn und den Wangen des Jungen damals nur Kohlenstriche gewesen waren. Die unermeßliche Melancholie und das Lachen in seinen Augen hatte sich jedoch vertieft, und auch seine feinen Hände waren gefurcht und glänzten wie altes Leder, als hätte er weit mehr getan, als mir lediglich die Schuhe und das Silber zu polieren.

In jener Nacht lag ich lange wach, war wieder mit einer lebhaften Erinnerung in dem Leben gefangen, das wir gemeinsam verbracht hatten. Über zahllose Verschiedenheiten hinweg war es wie eine Ehe gewesen, ein großes keusches Band der Liebe und des Takts – was es um so seltsamer erscheinen ließ, daß er tatsächlich geheiratet hatte und Vater geworden war. Erneut packte mich das Gefühl furchtbarer Treulosigkeit und

Verzweiflung wie an jenem Tag, als er heiratete und ich ihn in das kleine Haus in North Kensington und in eine Welt *weggab,* die mir unbekannter und unzugänglicher war als die Nuba-Berge, wo ich ihm zuerst begegnet war. Seither habe ich diese Zeit einfach als eine Prüfung angesehen, die unsere Verbindung in Frage stellte, nur um sie wieder zu bestätigen. Die Voraussetzungen hatten sich geändert, seine Unabhängigkeit hatte, wenn er jeden Abend mit der Central Line davonfuhr, eine konkrete, würdige Form angenommen; doch seine Loyalität war unverändert. Vielleicht machte ihn mir seine Distanzierung noch liebenswerter und zeigte mir aufs neue eine Hingabe, an die wir uns beide zu sehr gewöhnt hatten.

Derlei Gedanken beschäftigten mich mehr noch als alles andere, als ich ein paar Tage später zum Direktor bestellt wurde. Wir hatten einander seit dem flüchtigen Aufnahmegespräch an meinem ersten Tag nicht mehr gesehen, und bei dieser Gelegenheit war mir das Unbehagen, das seine kurze und zufällige Überlegenheit bei ihm ausgelöst hatte, stark bewußt gewesen. Obgleich ich in meine entstellende Gefängniskluft gehüllt war, kam ich mir dabei unverschämt erhaben vor. Er wußte, daß die ungünstige Lage, unter der ich litt, nicht andauern würde – es auch nicht sollte. Heute war er abwesend, und einer seiner höheren Beamten hatte seinen Platz inne; er tigerte hinter seinem Schreibtisch auf und ab und widerstand eisern der Versuchung, sich zu setzen. Ich selbst wurde nicht aufgefordert, Platz zu nehmen, und da ich mich weigerte, in Grundstellung zu stehen, ließ ich mich auf ziemlich dekadente Weise hängen, was dem Beamten mißfiel, er aber unterdrückte offensichtlich seine Kritik. Ich fragte mich, was war, und hatte die unbestimmte

Erwartung, daß ich irgendeinen Straferlaß bekam.

»Ich habe eine« – er schien zu zögern, ein Adjektiv zu wählen und dann zu verwerfen – »Nachricht für Sie, Nantwich. Sie haben einen Diener, einen Hausburschen. Wie heißt er?«

»Ich habe einen Gefährten. Er heißt Taha al-Azhari.« Ich sprach mit aufgesetzter Ruhe und hatte plötzlich Angst, Taha könnte eine Dummheit begangen haben, etwas, wovon er glaubte, es würde mir nützen.

»Genau, Azhari. Er kommt aus dem Sudan, nicht wahr?«

»Ja.«

»Wie alt ist der Mann?«

»Er wurde soeben vierundvierzig.«

»Frau und Kinder?«

»Ich weiß wirklich nicht, was das soll. Ja, er hat eine Frau und einen sieben Jahre alten Jungen. Ich glaube, Sie selbst haben den Jungen gesehen«, fügte ich hinzu, »als er mich letzte Woche besuchte, und natürlich auch Taha selbst ...«

Der Beamte zeigte keinerlei Anzeichen des Erkennens. »Azhari wird Sie nicht mehr besuchen kommen«, sagte er. Ich zuckte die Achseln, nicht aus Teilnahmslosigkeit, sondern aus einer Weigerung heraus, beteiligt zu wirken, und aus dem stummen Mangel an Verblüffung darüber, daß meinen gegenwärtigen Entbehrungen noch weitere hinzugefügt werden sollten.

»Habe ich etwas Unrechtes getan?« fühlte ich vor. »Oder womöglich er?«

»Er ist tot«, sagte der Beamte in einem überwältigend dröhnenden und strengen Ton, als wäre dieses Ereignis tatsächlich auch ein angemessener Teil meiner Bestrafung und als wäre nun auch Taha endlich eine Art von Gerechtigkeit widerfahren.

»Ich gestehe«, sagte ich, »ich bin überrascht, daß Sie es angebracht finden, mir eine solche Nachricht, gerade eine solche Nachricht, in der Form eines Verhörs zu übermitteln.« Mit gewissermaßen blinder Entschlossenheit schritt ich von Wort zu Wort, und nur meine äußerste Entschlossenheit, ihm den Anblick meiner Todesschmerzen nicht zu gönnen, ließ mich weiterdrängen. Er sagte nichts. »Vielleicht können Sie mir sagen, wie das geschah. Wo geschah es?«

»Wie ich es verstanden habe, wurde er drüben bei Barons Court von einer Bande Jugendlicher überfallen. Es war spätnachts. Leider zeigten sie keine Gnade: Steine und Mülltonnen waren im Spiel, außerdem Messer.«

»Kennt man ... ein Motiv?«

»Nicht daß ich wüßte. Natürlich hat die Polizei keine Ahnung, wer es war. Es scheint nicht das Geld gewesen zu sein – er hatte noch Geld bei sich. Hatte er gewöhnlich Geld bei sich?«

Ich ignorierte diese nachlässige Fangfrage. »Es kann kein Zweifel bestehen, daß dies ein Akt des Rassenhasses und der Dummheit war.«

»Da haben Sie leider recht, Nantwich. Und wir werden wohl noch mehr davon erleben.« Er machte ein Gesicht, als sei er sich damit einer Rechtfertigung gewiß, wirkte fast stolz. Ich stand noch immer mitten im Raum, obwohl ich nun doch zu zittern begonnen hatte und die Knie durchdrücken und die Hände festhalten mußte.

»Ihre Meinung interessiert mich nicht«, sagte ich.

Er griente süffisant. »Man hat Ihnen erlaubt, am Begräbnis teilzunehmen«, sagte er, als hätte ich ihn zu Unrecht so hart beurteilt.

Und so erlosch das Licht meines Lebens.

Am Morgen des Begräbnisses war es rauh und stürmisch, und ich war verblüfft, wie bereitwillig ich in die Scrubs zurückkehrte und mich verkroch: Selbst wenn ein Wagen bereitgestanden hätte, mich nach Hause zu fahren, wäre ich unfähig gewesen, es anzunehmen – und während der ersten Tage der erstickenden Trauer diente die einsiedlerische Trostlosigkeit meiner Zelle dazu, mich im wahrsten Sinne zu zügeln. In meinem eigenen Haus wäre ich zerbrochen. Die anderen Männer, auch sie meine Freunde, halfen mir und hielten mich aufrecht und zeigten mir mit ihren lakonischen Beileidsbekundungen ein Verständnis, das ich in der Welt draußen nie bekommen hätte.

Es wäre wenig erbaulich, wie es auch eine Schilderung überflüssiger Folter wäre, mich jener Tage zu entsinnen, als die Welt sich änderte und eine Welt ohne meinen Taha wurde. Es war ein schreckliches Elend, und mein Wissen beschränkt sich allein auf die harte Kokosmatratze, auf der ich lag, auf den Rasierer ohne Klinge, das kleine gerahmte Spiegelviereck, in dem ich mein tränenbeflecktes Gesicht wahrnahm, den steten nächtlichen Geruch des Nachttopfs. Als der Herbst näher rückte, wurde es kalt im Gefängnis, doch wenn man die Hand auf den schwarzen Eisenabzug legte, durch den Warmluft in jede Zelle gelangen sollte, spürte man nur einen leichten kalten Hauch, der von ganz weit her zu kommen schien.

Es war eine Zeit der unaufhörlich wiederkehrenden Bilder meines süßen toten Freundes und der tausend Erinnerungen, die durch diesen kalten Zug in die Luft gefächelt wurden. Ich beschwor und befragte die Vergangenheit ebenso, wie sie mich befragte. London, Skinner's Lane, Brook Street, der Sudan – wie hatten wir diese lange Zeit verbracht? Warum hatten wir nicht jeden einzelnen Augenblick bis zur Neige genutzt, wie wir es tun würden, bekämen wir alles noch einmal? Die Fahrt zurück nach England trieb in meinen Träumen an die Oberfläche und erfüllte meine Tage, der Zug, wie er nach Wadi Halfa schnaufte, während ich in den weißen, mit Holzläden versehenen Waggons alte Zeitungen las und Taha, ach ja, im Schaffnerabteil reisen mußte; und die Haltepunkte, namenlos, nur mit einer Nummer bezeichnet, die auf einen kleinen Unterstand neben dem Damm gemalt war; und der Dampfer zum ersten Katarakt und die visionäre Schönheit von Assuan.

Und weiter ging ich zurück, schutzlos daliegend, bis nach Oxford und Winchester, scheute vor der Welt zurück und rollte mich in den warmen Humus früherer und noch früherer Tage ein, zog aus jenen toten Tagen eine schwache, nostalgische Nahrung. Mein Leben schien rückwärts zu verlaufen, und einen Monat, zwei Monate lang war ich ein Schattenwesen. Vergebens sagte ich mir, daß dies nicht meine Art sei: Ich war kraftlos vor Elend und Entbehrung.

Als dann das Ende in Sicht kam – es war tiefer Winter –, verhärtete sich etwas in mir. Hinter dem vereisten Glas sah ich das imaginäre satte Grün. Ich begann, an die Welt zu denken, in die ich zurückmußte, die Welt mit ihrer brutalen Hetze und Gleichgültigkeit. Ich würde einen neuen Mann einstellen müssen. Ich würde mich wieder in der Gesellschaft derer bewegen müssen, die mich gefangengenommen und erniedrigt hatten, und mich kritisch nach den Spuren der Narben, die sie mir zugefügt hatten, beäugen lassen. Ich würde etwas für andere wie mich tun müssen und für jene, die noch schutzloser waren. Ich würde diese tödliche Selbstschau unterlassen müssen und mich statt dessen stählen. Ich würde sogar ein wenig hassen müssen.

Heute lese ich in der *Times*, daß Sir Denis Beckwith in der Folge einer Forderung im Parlament nach der Reform des Sexualstrafrechts die Oberste Anklagebehörde verläßt und ins Oberhaus berufen wird. Eigenartig typisch für die britische Art, sich eines Unruhestifters durch Beförderung zu entledigen – was darüber hinaus noch eine Belohnung bedeutet für das Entsetzliche, das er getan hat. Vielleicht bekomme ich die Gelegenheit, mit ihm über die Gesetzesreform im Parlament zu streiten – vielleicht der einzige Fall in den Annalen, daß ein Lord Einwendungen gegen einen andern erhebt, der ihn mehr oder weniger ins Gefängnis gebracht hat. Und er ist ein Mann, den ich hassen könnte, dieser Mann, der mehr als jeder andere der Motor dieser »Säuberung«, wie er es nennt, war und ist, dieses Kreuzzuges zur Ausmerzung der männlichen Verderbtheit. Wenngleich man ihm stets mit Verachtung begegnet ist, wird er nun eine machtvolle Stimme im Oberhaus sein, zusammen mit Leuten wie Winterton und Ammon – wobei er neben deren dusseligem Gezetere mit seiner kultivierten, bürokratisch-glatten Zunge desto machtvoller sein wird. Ich sehe das Bild vor mir, wie er bei meiner Verurteilung im Gerichtssaal sitzt, wohin er aus reiner Rachsucht gekommen war, mit seiner stattlichen, weltläufigen Art dort auf der Empore, wie er vor Stolz errötete und erschauerte, als ich hinter Schloß und Riegel kam ...

Graham nahm den Anruf entgegen. »Ach, Graham, Will Beckwith – ist Lord Nantwich da?«

»Tut mir leid, Sir, er speist heute abend im Club.«

»Im Wick's? Wann ist er wohl zurück?«

»Ich erwarte ihn erst spät, Sir.«

»Ich versuche es morgen noch einmal.«

Doch morgen war zu weit weg. Ich war so verwirrt durch diese Ansammlung von Katastrophen, ich fühlte mich so dumm und so beschämt, daß ich laut redend in der Wohnung herumlief, aufstand und mich wieder setzte, mir meinen geschorenen Kopf kratzte, als hätte ich Läuse. Ich konnte mir unmöglich so schnell einen Plan zurechtlegen, doch ich spürte, daß das wichtigste jetzt war, zu Charles zu gehen und ihm das eine oder andere zu sagen.

Es dauerte ewig, bis ich ein Taxi hatte, und als es sich dann endlich im Stop-and-go durch die Polizeistundenmassen des West End hindurchquälte, verflüchtigten sich all meine Ideen, was ich tun könnte, und ließen mich in einer seltsam leeren Panik zurück. In einem Stau einen Block vom Club entfernt stieg ich aus dem Taxi und rannte den Gehsteig entlang und die Treppe hoch. Der Portier trat mit einer Miene verdrossener Unterwürfigkeit aus seiner Kabine und teilte mir mit, Charles sei vor einer Viertelstunde gegangen. Ich dankte ihm kaum und trottete wieder hinaus; wahrscheinlich donnerte er jetzt in diesem Moment auf der Central Line heimwärts. Ich drückte mich vor dem Club herum, als wartete ich auf jemanden, die Hände in den Jackentaschen, und kaute auf der Lippe.

Zwischen der hohen neoklassizistischen Fassade und der des benachbarten Bürogebäudes war ein schmaler Spalt, der von der Straße mit einem Tor abgetrennt war. Das Tor ging auf, und Abdul trat heraus, offenbar ebenfalls auf dem Nachhauseweg; über einem T-Shirt trug er einen hellen Anorak, dazu eine billige graue Hose. Ich ging zu ihm hin, überraschte ihn, als er das Tor abschloß, und begrüßte ihn in der Überzeugung, daß er irgendwie die Antwort auf mein Problem bereithielt.

»He, William«, sagte er, »alles dicht jetzt.« Er warf mir

ein blitzendes Lächeln zu und wollte wohl schon weiter und mich stehenlassen, als ich keck sagte:

»Ach, Abdul, hast du gewußt, daß Lord Nantwich im Gefängnis war?« Er drehte sich um und schaute mich an, und ich schaute wiederum ihn prüfend an, sein gefurchtes Gesicht, die rosigen Innenlippen und die wilden, leicht blutunterlaufenen Augen, die im Schatten der Straße verhaltener wirkten.

»Natürlich«, sagte er leichthin. »Das weiß doch jeder.«

Ich verzog den Mund und nickte drei-, viermal. »Hast du das schon immer gewußt?«

»Ich hab's schon immer gewußt. Na klar. Ich habe ihn dort besucht, als ich ein kleiner Junge war. Da sollte man mit einem Kind nicht hin«, setzte er hinzu. Das war ein Detail, das meinen Abend auf widerwärtige Weise vervollkommnete, wie eine Orchidee, die in einem Naturfilm binnen weniger Sekunden von der Knospe zur schweren Vollendung getrieben wird.

Ich lachte nervös, als er sich wieder dem Tor zuwandte. »Los, komm hier rein«, sagte er. Ich folgte ihm mit einer Art geistesabwesender Erregung und wartete, während er das Tor hinter uns verschloß, und ging ihm hinterher, vorbei an Tonnen und Milchkästen, die in der Dunkelheit des Durchgangs kaum zu erkennen waren. Er öffnete eine Tür, und ich wurde vom Flackern des Neonlichts geblendet.

Wir waren in der erdrückend altmodischen Küche des Clubs, mit ihren zahlreichen Speisekammern und Nebenräumen, Trennwänden mit Fenstern darin und weißgekachelten Wänden. Für die Nacht geputzt und gewischt, vibrierte sie in dem fluoreszierenden Lichtschein, als wäre ich betrunken. Sie verströmte die Disziplin des Anstaltslebens und hatte, trotz ihrer Leere, noch etwas von der Melancholie und dem strotzenden Ordnungssinn eines edwardianischen Landhauses. Abdul, der quer durch des Raums geschlendert war, kam zu mir zurück, wo ich fragend an einen Tisch gelehnt stand. Er legte mir die Hände auf die Brust, fuhr mit ihnen nach oben und streifte mir dabei das Jackett über die Schultern; erst jetzt merkte ich, daß ich keine Krawatte umhatte und man mich gar nicht in den Club hineingelassen hätte, selbst wenn Charles dagewesen wäre.

Abdul zog mir das Hemd aus der Hose, öffnete mürrisch meinen Hosenschlitz und zog mir die Hose bis auf die Knie herab. Ich sah, wie sich sein Schwanz in seiner Hose erwartungsvoll bog und wölbte, bevor er mich umdrehte und hinbreitete. Es war einer dieser abgenutzten, massiven Hacktische, die durch das ständige Zerlegen und Schneiden zu einer tiefen Mulde ausgehauen waren. Ich wartete gierig und heulte auf, als seine Hand herabfuhr, wieder und wieder, und mit wilden, harten Schlägen meinen Arsch weichklopfte. Dann ging er vor mir durch den Raum und riß aus einem Regal einen Kanister Maisöl in Gastronomiegröße. Es traf kalt auf meine Haut, als er es aus einiger Höhe herabgoß, dann meine Backen und die Furche damit schmierte und kräftig und ohne zu zögern einen Finger hineinschob. Ich hörte das beredte Rascheln seiner Sachen, seine Hose fiel mit dem Gewicht der Schlüssel in der Tasche zu Boden. Er fickte mich mit erregend träger Vehemenz, wobei er jedem langen Zug, wenn er bis zu den Eiern drin war, einen letzten forschenden Stoß gab, unter dem ich lustvoll gurgelte und schmerzvoll grunzte, während unter mir mein Schwanz sich an dem gekerbten und gesplitterten Rand des Tisches scheuerte.

Es war schnell zu Ende, und er glitschte aus mir heraus und versetzte mir noch einen Klaps. »Hmmm«, sagte er unbeteiligt; dann: »Verpiß dich, Mensch.«

12

Andrews weckte mich, als er die Weite des Schlafzimmers durchquerte und die Vorhänge mit einem grausamen Schwung und einem lauten »Guten Morgen, my lord« aufriß. Hinter ihm erschien Abdul, nackt, mit einem Teewagen, auf dem sein wohl ein Meter langer Schwanz lag, wie ein Aal geschwungen und garniert. Er rollte ihn zu mir ans Bett, und ich betrachtete ihn besorgt: Er hatte einen matten, grau-schwarzen Schimmer und einen feinen Flor wie nasses Wildleder. »Ich werde sehr spät zurücksein«, sagte ich, während ich mich abrupt aufrichtete und das Bettzeug wegstieß. »Ich muß um zehn Uhr meine Jungfernrede im Parlament halten.« Dann drangen andere Geräusche herein, und ich erwachte mit rasendem Herzen in dem rosa Halbschatten meines Zimmers.

Es war elf geworden, doch ich war erst gegen vier oder fünf eingeschlafen, die unerfreulichen Enthüllungen des vergangenen Abends hatten mir keine Ruhe gelassen. Wenn Charles seine Kampagne für mich inszeniert hatte, was ich manchmal glaubte, dann hatte er sie hervorragend und umfassend auf die Spitze getrieben. Das Gefängnis war der Schlüssel. Das eine Unsagbare, das mir keiner hatte mitteilen können, warf ein Schlaglicht auf alles andere; im Dunkeln blieb nur der Grad an Kalkulation und Koinzidenz in Charles' Angebot, seine Biographie zu schreiben– eine Aufgabe, die ich, wie er gewußt haben mußte, am Ende niemals annehmen konnte.

Und was meinen Großpapa betraf... Beim Rasieren betrachtete ich mich fragend, doch sein Bild war auch in meinen Gedanken, das gepflegte, respektheischende Gesicht, »stattliche, weltläufige Art« ... Ich erinnerte mich an die ziemlich furchteinflößende Gestalt meiner Kindheit, die bissige Schärfe und Reserve, an das, was ich jetzt als allmählich verschwimmende Konturen sehen konnte, als er der Politik den Rücken gekehrt hatte und in den Stand eines Viscounts erhoben worden war. Als Pensionär war er umgänglicher geworden, und als Philippas Kinder kamen und meine Großmutter starb, hatte er etwas von dem entrückten Glanz eines abgedankten Monarchen angenommen. Seine Macht übte er mit Respekt aus und berief sich auf unvergeßbare Treue. Doch seine Dynastie war in einem engeren Sinne nicht gesichert. Vielleicht erklärte seine Furcht, ich würde niemals Kinder haben, die nervöse Vertrautheit unseres Umgangs in der letzten Zeit, meinen Eindruck, in seiner Gunst zu stehen und dennoch auf hygienische Distanz gehalten zu werden. Vielleicht erklärte sie meinen Argwohn ihm gegenüber und die übertriebene Verpflichtung, die ich wegen der Hilfe, die er mir gewährt hatte, verspürte. O ja, ich wollte die Wohnung und alles andere auch, doch ich war verärgert, schroff, unverschämt, das wußte ich, und es widerstrebte mir zu akzeptieren, von wem das alles kam. Außerdem liebte ich meinen Großvater. Sei es durch das erhoffte Hervorbrechen der Sonne in den Ferien unserer Kinderheit oder die wachsamere Milde seines Alters, er gab einem das Gefühl, Teil von etwas Vornehmem und Kostbarem zu sein.

Das alles konnte sich kaum ändern, nun, da er sich teilweise als Tyrann und Eiferer erwies – nicht nur der Elder statesman war, auf den ich in der Vorschule so stolz gewesen war, sondern (wie die ersten traurig stimmenden Beweisketten andeuteten) eine Art bürokratischer Sadist, ein Mann, der seine Karriere auf Unterdrückung gegründet hatte. Vielleicht war sein kostbarer und vornehmer Zirkel doch nicht so erstrebenswert. Ich wußte nicht mehr aus noch ein. Irgendwie wollte ich meinen Dissens zum Ausdruck bringen, jedoch ohne unreife Szenen. Ich mußte mehr wissen, ohne es jedoch richtig zu wollen.

Ich rief Gavin an und war erleichtert, als das lang-leidende spanische Hausmädchen abnahm: Ich wollte Philippa da nicht mit hineinziehen. Gleich darauf meldete sich ein liebenswürdiger Gavin.

»Gavin, du mußt mich ja für einen fürchterlichen Idioten halten.«

»Meine Güte ...«, lachte er.

»Wegen Charles Nantwich – ich hatte nicht die leiseste Ahnung neulich abend, was du gemeint hast.«

»So so.«

»Jetzt habe ich sie. Es ist so scheußlich – und du hast es schon ewig gewußt?«

»Mhm – ziemlich lange. Aber die Geschichte ist doch jetzt mehr oder weniger vergessen, das ist jetzt wie lange? – dreißig Jahre her. Du fühlst dich dabei wohl ziemlich schrecklich, wie?«

»Und wie. Und war Großvater tatsächlich die treibende Kraft hinter dieser ganzen Anti-Schwulen-Sache?«

»Das war er wohl leider. Zusammen mit dem Innenminister und der Polizei.«

»Ich bin so entsetzt, daß die Leute das alles wissen, und ich herumtapse und mich an alles ranmache, was Hosen trägt, ohne einen blassen Schimmer zu haben. Und Charles und seine Freunde führen mich an der Nase herum ...« Gavin lachte nervös. »Ich weiß nicht, was ich zu ihm sagen soll, zu ihnen allen. Weiß denn Philippa davon?«

»Gut möglich. Wahrscheinlich würde sie es nicht so ernst nehmen wie du. Das war ja doch vor eurer Geburt –

heute ist das doch eine andere Welt, *Gott sei Dank*«, betonte er hastig.

»Aber wenn du Charles Nantwich treffen würdest, der einer der liebsten und außergewöhnlichsten alten Knaben ist, dann würdest du sehen, daß es keineswegs eine andere Welt ist. Man hat ihn ins Gefängnis gesteckt, und das hat ihn offensichtlich gezeichnet oder was immer – *und* eine Polizistenpuppe ließ ihn hochgehen, und das ist nun wirklich keine andere Welt, Gavin, so etwas passiert in London fast täglich.«

Nach einem Augenblick sagte Gavin: »Ich habe ihn sogar schon getroffen; ich glaube, es war mehr als nur die Aufforderung zur Unzucht, es gab noch eine Anklage wegen Verschwörung, und sie gruben noch alles mögliche andere aus. Ich habe zuerst von Cecil Hughes davon gehört, als wir das London-Bridge-Projekt machten. Wie du vielleicht weißt, ist unter Lord Nantwichs Haus ein beachtliches römisches Straßenpflaster aus dem ersten Jahrhundert.«

»Ja, das habe ich gesehen – warum habe ich dich nicht gefragt, ob du es kennst?«

»Cecil hat mich damals mitgenommen. Es ist unwahrscheinlich schön, findest du nicht, mit den schwimmenden Figuren und der Themse-Göttin? Es sollte wirklich woanders hinkommen, wo es sicher ist.«

»Ich kann mir nicht vorstellen, daß Charles das gut finden würde. Aber es ist da wohl ziemlich feucht.«

»Nicht nur das«, sagte Gavin mit seltsam tuntiger Betonung. »Da war noch mehr. Ich erinnere mich, daß Cecil und ich den deutlichen Eindruck hatten, daß da Orgien oder so was abliefen: Es gab da Kerzen und alte, ledergebundene Bücher, die vermoderten, und es roch so eigenartig. Und dann natürlich diese unsäglichen Otto-Henderson-Schmierereien an der Wand. Ich muß schon sagen, das war mehr als peinlich – obwohl Cecil sie offenbar ganz schön fand.«

»Hätte ich nur vorher mit dir darüber geredet. Manchmal hat die Skinner's Lane so einen Hauch von Schwarzer Magie.«

»Das wundert mich nicht. Auf so etwas stehe ich nicht. Es hieß, Henderson sei selber in irgend so eine spiritualistische Gesellschaft verwickelt, und Cecil redete etwas davon, daß Nantwich in Kontakt mit, ich glaube, einem Freund treten wollte, der einen tragischen Tod gefunden haben soll. Es ist mir schon kalt den Rücken hinuntergelaufen, aber auch wegen Nantwich selber. Aber das Pflaster war es wert.«

»Das war vor deiner Heirat.«

»Es war gerade um die Zeit, als ich P. kennenlernte. Cecil wußte die Ironie wohl zu schätzen; er kam genau aus dieser Welt, und er hat mir auch von Denis erzählt. Unter dem Siegel der Verschwiegenheit, wie du dir denken kannst. Für dich ist die Ironie natürlich viel schlimmer, wo du doch schwul bist – es tut mir schrecklich leid, Will.«

»Mein lieber Gavin. Ich muß jedenfalls noch eine Menge darüber nachdenken.«

Ich ließ den Blick über mein unaufgeräumtes Schlafzimmer schweifen und stellte mit Überraschung fest, daß ich die Einladung, die das Nantwich-Buch während der letzten paar Wochen bereithielt, verpaßt hatte. Ich hatte den Unnahbaren gespielt, ohne mir je vorzustellen, daß so etwas dabei herauskam. »Auch ich würde dich gern sehen. Wir müssen alle zusammenkommen. Jetzt, wo ich kein Buch schreibe, habe ich soviel mehr Zeit.« Gavin gab einen wundersamen kurzen summenden Laut von sich, in dem Anteilnahme und Skepsis aufs vollkommenste verbunden waren. »Er muß doch Schwule gekannt haben – schließlich war er ein kultivierter Mensch. Was er damit wohl bezweckte?«

»Um das zu wissen, bin ich zu jung. Aber ich könnte mir denken, daß es tatsächlich eine andere Welt war – nicht nur das Gesetz, sondern auch politischer Druck, wir wissen es einfach nicht. Es ist Onkel Will. Ja, kannst du. Bleib dran, Will, dein Neffe will mit dir reden. Sehr wichtig, ja? ... Bis bald, mein Lieber!«

Ich hörte ein Rumpeln und einige Raschelgeräusche und ein protestierendes »*Daddy*«, bevor Rupert sich meldete: »Hallo, hier ist Rupert«, sagte er in seinem ernsten Diskant.

»Roops, wie schön, dich zu hören. Wie geht's denn so?«

»Ganz gut, danke. Ich muß warten, bis Daddy hinausgegangen ist.« Das dauerte eine Weile, da er offenbar noch einmal wegen etwas hereinkam und dann, wie ich mir vorstellte, aus seinem eigenen Arbeitszimmer und von seiner bedeutenden Arbeit über römisch-britische Abwasserkanäle vertrieben wurde.

»Das muß aber ein Geheimnis sein«, sagte ich ermutigend.

»Es geht um diesen Jungen«, zischte er.

»Du meinst Arthur? Du hast ihn gesehen?« Und ich blickte über das leere Bett hinaus in den diesigen Himmel, Kamintöpfe zwischen reglosen Bäumen, und ich spürte ein plötzliches überwältigendes Verlangen nach ihm, eine Straußsche Phrase rauschte von oben bis unten durchs Orchester.

»Ja. Gestern, auf der Straße.«

»Das war aber clever, daß du ihn entdeckt hast.«

»Na, ich habe ja auch die Augen nach ihm offengehalten.«

»Du bist mir ja ein toller Spion. Was war mit ihm, hat er

dich erkannt?« Ich versuchte, meine Wißbegierde und Erregung zu unterdrücken; der Gedanke, daß er so nahe war ...

»Erst habe ich ihn die Straße langgehen gesehen und habe geglaubt, er sei es, und so bin ich ihm gefolgt.«

»Großartig! Was hatte er an?«

»Ähm – eine Hose. Und ein Hemd.«

»Wahnsinn.« Ich wollte wissen, ob seine engen Kordhosen in die Spalte seines Arschs einschnitten, ob man die Warzen durch sein T-Shirt sah; aber ich gab mich mit der allgemeineren Antwort zufrieden. »Weiter.«

»Na, er ging so unsere Straße lang und bog dann nach rechts ab, und als ich um die Ecke bog, kam er *wieder zurück*. Ich also in ein Haus und hinter einer Hecke versteckt, ich habe so getan, als sei das mein Haus, weißt du. Er hat mich bestimmt nicht erkannt. Dann rief er, als er direkt vor der Hecke war, und dann war da noch ein anderer Mann.«

»Hast du ihn gesehen?«

»Ich habe seine Beine und Hände gesehen. Es war auch ein Schwarzer, und ich glaube, er hieß Harold.«

»Harold, ja, das ist Arthurs großer Bruder. Arthur arbeitet manchmal so für ihn.«

»Ich glaube, er war sehr ärgerlich. Er sagte, er würde ihm eine runterhauen.«

»Welch eine Vorstellung!« rief ich aus, als die reale Vorstellung – die ich nie ernstlich unterdrücken konnte – unerbittlich durch mein System sickerte.

»Es war so komisch da in meinem Versteck, denn er hatte etwas in seiner Socke versteckt, ganz in Silberpapier eingewickelt, und als er es herauszog, wußte er nicht, daß ich da war!« An der Stelle klang Rupert sehr aufgeregt. »Was war in dem Silberpapier?« fragte er, nun doch ein wenig vorsichtig.

»Keine Ahnung, Alter.« Sein Schweigen verriet Enttäuschung. »Haben sie noch etwas gesagt?«

»Ja. Arthur sagte: ›Wo ist dieser Scheiß-Tony?‹« Er kicherte.

»Hm – so genau mußt du ihn nun auch wieder nicht nachmachen.«

»Und Harold sagte: ›Er ist im Auto‹ oder so etwas, *genau* weiß ich es nicht mehr ... Und Arthur sagte so etwas wie: ›Dieser Tony hat Glück, daß er noch lebt‹, und Harold sagte: ›Du riskierst – ähm – aber eine Lippe‹ – bedeutet das, benimm dich anständig?«

»Ja, mehr oder weniger. Das ist aber sehr interessant, Roops.« Ich stellte mir Arthurs Lippen vor und auch Tony und fragte mich, ob es denn tatsächlich derselbe sein könnte. »Tony hast du aber nicht gesehen, oder?«

»Nein, der saß im Auto. Und dann sind sie ein Stück die Straße langgegangen, und dann hat ein Auto so brmm, brmm gemacht. Als ich wieder herauskam, sind sie gerade in das Auto gestiegen.«

»War es ein großes gelbes Auto?«

»Es war ein sehr großes gelbes Auto – und *alle Fenster waren schwarz.*«

»Das ist er. Darling, du bist ein Genie. Eines Tages muß ich dir noch einen Orden verleihen.«

»Ich hab dir ja versprochen, daß ich es dir sage. Will?«

»Ja?« Ich spürte, daß noch eine bohrendere Frage kam.

»Leben Arthur und Harold noch in England?«

»Ja, ich denke schon.«

»Dann ist er also nicht entkommen?«

»Sieht nicht so aus, mein Kleiner.«

Ich verbrachte einen lustlosen Nachmittag, flätzte mich auf dem Sessel am Fenster, las halbherzig die Zeitung, schloß dann die Augen, als die Sonne herumkam.

Ich trieb zwischen Schlafen und Wachen, zog das Hemd aus, erwachte und stellte fest, daß die grobe Stickerei des Tapisseriepolsters meinen leicht schwitzenden Rücken gemustert hatte. Ich dachte an Arthur und wie lächerlich kurz unsere Affäre gewesen war und wie schwer zu begreifen. Ich sah wieder, wie er mir die Eier leckte; oder schluckte, als er sich langsam auf meinem Schwanz niederließ; oder hilflos unter mir lag und seine Fersen in meinem Nacken verschränkte. Die Vorstellung, daß es aus sein sollte, war mir unerträglich – und dennoch dämmerte ich halb wach in einer weinerlichen, eifersüchtigen Träumerei dahin. Ich stellte mir vor, wie er den narbigen und despotischen Tony bediente, während sie in ihrem Cortina mit den schwarzen Fenstern Richtung West End fuhren.

So vieles war zu Ende gegangen, so vieles schief- und schlecht gelaufen – und doch dauerte und dauerte der lange Juninachmittag, wurde stiller, durchsichtiger. Er barg keine freundliche Dunkelheit. Ich drehte mich um und schlief wieder ein.

Es war um die Zeit für einen Drink, als ich allmählich etwas unternehmen wollte. Ich wickelte meine Badehose in ein Handtuch und warf es zusammen mit meiner Schwimmbrille, dem Seifenbehälter und einem amerikanischen »gay thriller«, den mir Nigel, der Bademeister, geliehen hatte, in meine Sporttasche und zockelte los. Das Straßenpflaster und die Gehwege verströmten ihre Sommergerüche, und als ich mich dem U-Bahnhof näherte, lief ich gegen den Strom der Leute auf dem Nachhausweg, junge Burschen in Nadelstreifen aus der City, die aus den Toren strömten, hier und da das Jackett über die Schulter gelegt, gepflegtes Klappern altmodischer City-Schuhe. Einige der Jungs sahen ganz gut aus, Privatschultypen mit Pfirsichhaut und verächtlichen Augen.

Sie verfügten schon über beträchtliche Gehälter, aßen lange und überteuert zu Mittag, trainierten vielleicht in privaten Fitneß-Centern in der Stadt. In vieler Hinsicht waren sie wie ich; doch während sie so in der milden und geregelten Weite des Abends nach Hause schlenderten, während ich flüchtig ihren Blick erhaschte oder merkte, daß sie mich für einen Augenblick wahrnahmen, waren sie eine fremde Rasse. Und ich war ein Nichtstuer, der kaum jemals eigenes Geld verdient hatte, und sie waren die eifrigen Initiierten, jene, die die Macht prägten und den Kompromiß, in dem ich gedankenlos erzogen worden war.

Meine negative Stimmung hielt in dem nach Schweiß riechenden Zug an. *Goldie* war eine der mieseren Aquisitionen der Schwimmbad-Bibliothek. Es handelte bedauerlicherweise nicht von dem zweiten Cambridge Achter, sondern von Callboys, Erpressung und Mord in Manhattan; Goldie war der schwule Polizist, der sich die Dienste des Hauptverdächtigen erkaufen mußte und sich vor dem betrüblichen Ende zwangsläufig in ihn verliebte. Das Prinzip des Buches war der Wechsel zwischen schnellen, blutrünstigen Handlungsblöcken und erschöpfenden Beschreibungen des Geschlechtsverkehrs. Nigel, nachtsichtig in der unterirdischen Düsternis des Beckens, hatte gemeint, es sei gut; doch ich lehnte die routinierte Glattheit und die priapischen Versuche, mich zu gewinnen, ab. Das Problem war, daß sie, als Versuche, nicht ganz erfolglos waren: Etwas in mir war peinlich berührt und distanziert; etwas anderes aber, etwas Subliterarisches, sprach auf die unverblümten Graffiti des Buches an: »Fick mich noch mal, Goldie«, rief etwa der schlanke Juan Bautista flehend aus; und ich dachte: »Ja, ramm ihn! Ramm ihn fest und hart!«

Wenn sich die Fahrt vor einem Bahnhof verlangsamte,

betrachtete ich die anderen Fahrgäste; mißtrauisch kauerten sie auf ihren Sitzen oder klammerten sich an ihre Haltegriffe, und nie blickten sie einander länger als den Bruchteil einer Sekunde in die Augen. Halbherzig spielte ich das Spielchen, das James und ich immer trieben: Ich versuchte, den Menschen in dem Wagen auszuwählen, mit dem zu schlafen mich am wenigsten stören würde. Zuweilen wurde die Wahl durch die Anwesenheit zu vieler knackiger Schuljungen oder zu vieler Bauarbeiter mit staubigen Händen erschwert. Normalerweise, wie auch jetzt, galt es, sich zwischen dem Geschäftsmann, ordentlich und im Anzug, aber auch mit etwas Schwermütigem, und dem zu groß geratenen Halbwüchsigen an der Tür, aus dessen Kopfhörer ein blechernes Highhat-Geprassel tönte und der sich fickerig durch einen Nebel von Trouble for Men umschaute, zu entscheiden. James hatte die Theorie, daß jeder wenigstens ein Fitzchen Liebenswertes hatte, irgend etwas Besonderes und Attraktives – eine Theorie, die durch die Probleme bei ihrer Anwendung an Schärfe gewann.

Tröstlich und dennoch absurd, wie die sexuelle Imagination von der unnachgiebigen Welt so leicht Besitz ergriff. Ich war sicher nicht der einzige im Wagen, der seine Gedanken zwischen die Beine anderer Fahrgäste schweifen ließ. Begierden, brutal oder zart, stumm und doch entwickelt, lagen in der schweren Luft und hingen über jedem abgehetzten Reisenden, dessen Leben nicht so gut war, wie es hätte sein können. Aus irgendeinem Grund fiel mir eine kleine öffentliche Toilette in Winchester ein, ein Urinal und ein paar Kabinen; krummbeinige alte Männer, die zum Markt gingen, suchten sie auf, und bei Nacht gespenstische Phantasten, die ihre Spuren zurückließen. Die Toilette lag in einer Gasse, wo das College der Stadt eine seiner hohen Steinecken zukehrte – kein Ort für Jungs, für Wissenschaftler, dennoch suchte ich sie ein-, zweimal mit nahezu wissenschaftlicher Neugier auf. Der Spülkasten füllte sich unablässig auf, der Fußboden war glitschig, es gab kein Toilettenpapier, und zwischen den Kabinen waren sorgfältig einige Löcher gebohrt worden, gerade groß genug, um hindurchzuspionieren. Talentlose Zeichnungen bedeckten die Wände und sehnliche Wünsche nach Verabredungen und auch, in mühevollen Großbuchstaben falsch geschrieben, lange, absatzlose Schilderungen von Geschlechtsakten – »sie nahmen sie zusammen ... 30 Zentimeter . . . an der Haltestelle«. Dazwischen gab es phantastische Rendezvous, oft vage gehalten, um Enttäuschungen vorzubeugen, die einen mit ihren Anspielungen auf ein Schattenreich, in dem Stadt und Uni einander ausschnüffelten, zuweilen aber auch anzusprechen wußten. Ich hatte gelesen: »College-Junge, blond, großer Schwanz, nächsten Freitag hier – komm nächsten Freitag 9 Uhr abends.« Dann: »Dienstag?« Dann: »Nächsten Freitag, 10. November« . . . Fast hätte ich gedacht, das hätte auch ich sein können, bis ich doch noch das verschmierte und überschriebene Datum erkennen konnte: »1964«: Ein Jahrzehnt dunkler Freitage im November, Generationen blonder Collegeboys waren schon vergangen, seit diese anonymen Worte geschrieben worden waren.

Das Leben im Corry war in vollem Gang. Ich schwamm freudloser als gewöhnlich, hoffte, Phil zu erwischen, ich war ausgehungert nach ihm, sehnte mich danach, ihn zu nehmen und festzuhalten: Ich wollte ihn mit seiner Verläßlichkeit in den Armen halten, und für einen Moment verwechselte ich voller Erregung einen anderen Schwimmer mit ihm, der im flachen Wasser lag. Er trug eine ganz ähnliche Badehose wie Phil, und als ich grinsend vor ihm auftauchte, warf er mir einen belästigten Blick zu und schwamm in einer panikartigen, altmodischen Seitenlage davon. Die Disziplin des Schwimmens war mir äußerst wichtig, und nun langweilte sie mich plötzlich und auch der Geschmack des Chlorwassers. Als ich hinaussprang, wechselte ich ein paar Worte mit Nigel. Er hatte sich auf den Zuschauersitzen breit gemacht, die vor langer Zeit einmal für Wettkämpfe und Feste, die nie stattfanden, errichtet worden waren.

»Hallo, Will – schön geschwommen?«

»Bin heute leider nicht in Stimmung. Ich weiß ja, ich *kann* es, was soll's also?«

»Hm, tut dir aber trotzdem gut. Wie findest du das Buch? Gut, was?«

»Ich bin ein wenig enttäuscht davon. Hast mir schon bessere geliehen.«

»Hm, aber dieser Goldie, so heißt er doch, dem würde ich gern mal über den Weg laufen. Der kann mich jederzeit seinen Knüppel kosten lassen.«

Gramvoll schüttelte ich den Kopf. »Den gibt's nicht, mein Lieber. Ist nur ein blödes Buch.«

»Ach, komm«, sagte Nigel und wandte mißbilligend den Kopf ab.

»Ich könnte dir da etwas richtig Geiles zeigen – das auch noch wahr ist«, sagte ich in einem plötzlichen hinterhältigen Versuch, sein Interesse zu wecken – er, der mich überhaupt nicht interessierte, obwohl er gut aussah und lässig war. »Ich habe die privaten Tagebücher von einem Typ« (Charles, ein Typ? fragte ein beleidigter Schutzgeist) »mit unglaublichem Zeug darin. Sogar mit Sachen, die hier passiert sind – vor Jahren . . .« Mir kamen Zweifel, und ich ließ es sein.

Die Quittung dafür war, daß er mich nicht fasziniert drängte, mehr zu erzählen, sondern bewußt nicht darauf einging, wie zur Bekräftigung meines Selbstvorwurfs. »Gehst du noch mit diesem Phil?« wollte er wissen.

»Klar.« Ich straffte die Schultern und versuchte, würdig zu erscheinen.

»Er sieht gut aus.« Nigel lächelte mich verschlagen an. »Er war vorhin da, hat rumgeplanscht, getaucht und so. Sich produziert. Mit ihm mal kurz, hätt ich nichts dagegen. Hat mich auch richtig frech angesehen.«

»Kleine Schlampe«, sagte ich und schnalzte das Handtuch nach ihm, als ich davonsauste. Doch daß er es falsch verstanden hatte, beruhigte mich, denn Phil war zwar sehr körperbewußt, flirtete jedoch nie, da war er geradezu stur. Seine Liebe war ganz in sich gekehrt und nur mir zugänglich.

Unter der Dusche und im Umkleideraum dachte ich mit solcher Zärtlichkeit an ihn, daß ich das Getriebe um mich herum kaum wahrnahm. Ich hatte mich ihm gegenüber nicht anständig verhalten. Ich war oft sarkastisch und benutzte ihn als eine Art wunderschönes aufblasbares Spielzeug. Er war das einzige wahre, reine, einfache Geschöpf, das ich momentan in meinem Leben sehen konnte, und ich wünschte, ich wäre bei ihm, um ihm zu danken und zu sagen, wie leid es mir tat. Ich beschloß, zum Queensberry zu gehen, wo ich ihn noch zu erwischen hoffte, bevor er wegging. Danach würde ich zu James gehen, der natürlich auf seine Weise ebenfalls wahr und rein war und sich über seinen drohenden Gerichtstermin Gedanken machte.

Ich ging über die mir so vertrauten Plätze und Straßen, durch den gleichfalls intimen kühlenden und sanftfingrigen Abend. Dann noch die hohen Platanen und die kühnen, sprühenden Brunnen – und meine Stimmung löste sich von dem trüben morgendlichen Hin und Her und ging allmählich in eine eher romantische Melancholie über. Irgendwie wurde ich für mich selber pittoresk, neigte wie eh und je der ästhetischen Lösung zu.

Ich wollte schon zum Seiteneingang des Hotels hinein, wo ich mittlerweile recht gut bekannt war, hatte dann jedoch plötzlich meine Lieferantensicht des Lebens über und ging schwungvoll die mit Büschen flankierte Vordertreppe hoch und betrat das Foyer. Ich hatte mich so sehr an die Hintertreppe gewöhnt, daß ich ganz überrascht war über den Anblick eleganter Paare, die auf einen Drink vor dem Abendessen herunterkamen, andere trugen sich ein, während ihre Unruhe verflog, als uniformierte Boys ihr mit Monogrammen versehenes Gepäck wie durch Zauber verschwinden ließen. Ein, zwei Leute warteten auf Freunde, widmeten sich mit halbem Auge den erleuchteten Schaukästen, in denen Schals, Uhren, Parfum und Porzellanfiguren ausgestellt waren, oder drehten die quietschenden Postkartenständer und erfreuten sich an den üblichen Londoner Ansichten.

Ich bummelte ebenfalls einen Augenblick herum, bezaubert – oder wenigstens erstaunt – von diesen gekauften Annehmlichkeiten. Und dann sah ich vom Lift einen wunderbaren jungen Mann kommen, vielleicht in meinem Alter und mit jener Aura schmeichelnden internationalen Luxus, der in Richtung Cocktail-Bar schlenderte. Er war groß und grazil, vermittelte jedoch den Eindruck, als wöge er doch einiges. Mich erregten seine tiefliegenden braunen Augen, die lange Nase, die geschwungenen Lippen und die zurückgekämmten gewellten schwarzen Haare; als er weiterging, fielen mir seine kastanienbraunen Mokassins, seine makellose weißliche Baumwollhose auf, durch die man den Schatten seines Slips sah, der Kaschmirpulli, den er über die Schultern geworfen hatte. Ich hatte das Gefühl, er müsse zu einer bedeutenden lateinamerikanischen Familie gehören.

Es bedurfte kaum eines Nachdenkens, ihm zu folgen, wobei ich ihm die eine oder andere Sekunde gab, sich irgendwo niederzulassen. Ich befürchtete, er könnte sich an einen Tisch gesetzt oder sich zu seinem Diplomatenvater und seinen flachsenden, ihn anbetenden jüngeren Brüdern und Schwestern gesellt haben. Aber nein, er hockte am geschwungenen Marmortresen der Bar, und ich konnte Simon – mit Tressen bedeckt und seinen Cocktail-Becher schüttelnd – begrüßen, während ich mich auf einen günstig gelegenen Barhocker setzte.

»Was möchtest du?« wollte Simon wissen. Er war ein schlaksiger Junge aus Lancashire, der gern Mädchen vögelte und eigentlich hätte Pianist werden sollen. Er spielte außerordentlich gut und hatte eine endlos lange Zunge, mit der er sich mit Leichtigkeit die Nasenspitze lecken konnte. Er kannte alle meine kleinen Sünden.

»Was trinkt *er*?« sagte ich, während ich zusah, wie die wildrosa Flüssigkeit aus dem Shaker in den umgekehrten Glaskegel rann.

Er hob eine Braue und murmelte ordinär: »Cunnilingus Surprise.«

»Hm. Vielleicht nicht ganz meine Sache.«

An dieser Stelle sagte der ansehnliche Lateinamerikaner: »Ist wirklich gut. Mußt du auch probieren.« Und zeigte dann ein ungeheures Lächeln, von dem mir ganz mulmig wurde.

Seine Lippen kräuselten sich auf freundlich primitive Art und verliehen seinem dumpf schönen Gesicht eine unerwartete Lebhaftigkeit. Auf einmal erinnerte er mich an eine der Zeichnungen von Echnaton in Charles' Stele – nicht das fertige unergründliche Profil, sondern eines aus der mittleren Phase, halb Mensch, halb Kunstwerk.

Ungläubig schaute ich zu, wie die verschiedenen Ingredienzien, teils exotisch, teils europäisch, im Shaker abgemessen wurden. Simon griente mir beim Schütteln lüstern anzüglich zu. Mr. Lateinamerika und ich tauschten Blicke und fanden es dann angebracht, uns in der erlesenen Bar mit ihrer indirekten Beleuchtung, den Reproduktionen alter Meister und den vor der sinkenden Sonne vulgär in halber Höhe gerafften Rouleaus umzuschauen. Auf der anderen Seite der Straße standen die Stämme der großen Bäume auf dem Platz, in deren obere Zweige ich so oft geblickt hatte; und sie erinnerten mich wieder an Phil und daran, daß ich nicht lange an der Bar bleiben durfte.

»Einfach scheußlich«, verkündete ich, nachdem ich daran genippt hatte. »Wenn Cunnilingus so schmeckt, dann habe ich wohl gut daran getan, die Finger davon zu lassen.«

»Gut, nicht?« sagte mein neuer Freund.

Ich nickte, wie um zu sagen, es sei ganz ordentlich.

»Wohnst du hier im Hotel?«

»Nein – nein, ich bin nur kurz auf einen Drink hereingekommen. Nach dem Schwimmen.«

»Oh, du schwimmst gern. Ich bin ein sehr schlechter Schwimmer.« Ich lächelte höflich; vielleicht gab es in seinem Land, das ich für arm und altmodisch hielt, wenig Schwimmbäder. Sogar in Italien gab es nur wenige: daher die Vorliebe der Kinder aus den Sprachschulen für stundenlanges Bomben und Duschen. »Hast du eine Freundin?« fragte er.

»Nein, nein«, sagte ich, etwas schockiert über seine naive Keckheit. Eine Minute oder mehr ließ ich in Schweigen vergehen, mußte jedoch grinsen, als Simon anfing, *Tristan* zu summen. Ich wußte nicht recht, was ich tun sollte. Der Junge war zweifellos ein Fund. Ich drehte mich auf meinem Hocker herum, so daß wir mit gespreizten Beinen und Knie an Knie einander gegenübersaßen. Er schaute offen auf meinen Schritt, bevor er meinen Blick erwiderte, und wir lächelten einander forschend an, als er mir mit dem Finger über den Handrükken strich, der von der Theke herabhing.

»Wenn du zu mir aufs Zimmer kommst, zeige ich dir etwas sehr Interessantes«, sagte er. »Trinkst du dein Glas aus?«

»Ähm – nein.« Ich wollte in die Tasche nach Geld langen, doch er unterbrach mich mit fester Hand.

»Nummer 205«, sagte er knapp zu Simon.

»Ich habe wohl den Namen von dem falsch verstanden«, sagte Simon perplex, als ich meiner Eroberung – meinem Eroberer? – hinausfolgte.

Zimmer 205 war eine kleine, aber feine Suite – ein Salon mit einem Blumengebinde vor einem Spiegel, ein düsteres Schlafzimmer, das auf einen Lichtschacht hinausging, und ein neonhelles Badezimmer mit einem heulenden Ventilator. Die dicken Iso-Glasfenster nach vorn verliehen den Räumen etwas seltsam Entrücktes. Ich ging ein wenig herum, bis Gabriel – wie er reizenderweise hieß – sagte: »He, Will, schau dir das an«, und auf dem Bett einen Koffer aufriß. Er war mit Pornos vollgestopft – Videos und Zeitschriften, viele waren noch eingeschweißt. Gabriel hatte verschwenderisch und wahllos eingekauft.

»Magst du das?« wurde ich gefragt, als wäre das alles seine eigene Leistung gewesen.

»Nun, bis zu einem gewissen Grad – aber ich dachte –«

»In meinem Land gibt es solche Sachen, solche schmutzigen Bilder nicht.«

»Das würde mich auch sehr überraschen. Aus welchem Land kommst du überhaupt?«

»Argentinien«, sagte er in einem neutralen Ton, der zeigte, daß diese Nachricht vermutlich Wirkung zeitigen würde. Ich fühlte mich gedrängt, mich bei ihm zu entschuldigen; gleichzeitig hätte ich ihn dafür, daß er dieses ganze Zeug da gekauft hatte, schelten können. Wenn ein Rest britischer Selbstachtung den jüngsten Krieg möglicherweise hatte überstehen können, dann hatte es doch wohl etwas mit unseren ... kulturellen Werten zu tun? Das Magazin, das in dem Koffer obenauf lag, war ein geschmackloses altes Ding, das mir noch aus der Schulzeit in Erinnerung war, mit dem Titel *Latin Lovers.*

»Und der Krieg?« sagte ich kläglich, während ich eine Fernsehnachrichtenkarte vom Südatlantik sah und mir auch die Zollkontrolle in Buenos Aires vorstellte.

»Das ist schon okay«, sagte er und legte mir die Arme um den Hals. »Du kannst mir meinen großen Schwanz lecken.«

Geduldig stand er da, während ich ihm die Hose aufknöpfte und über braune, behaarte Schenkel streifte. Der schwarze Slip, den ich schon vorher erahnt hatte, erwies sich als Leder. »Den hast du wohl auch heute gekauft«, sagte ich; und er nickte und grinste, als ich den Slip herunterzog und den Cockring aus beschlagenem Leder sah, den er ebenfalls trug. Offenkundig hatte er in irgendeiner Klitsche in Soho ein kleines Vermögen ausgegeben. Bei seinem Schwanz dagegen hatte er nicht übertrieben. Es war ein üppiges, schweres Gerät, den das Blut purpurn färbte, als der Cockring in das schwellende Fleisch biß. »Ich bin zwar keine Größentunte, aber ...« wäre meine klassische Umschreibung der Angelegenheit gewesen.

Den ganzen Sommer über hatte ich nichts dergleichen gehabt und schlemmte daher selig. Gabriels Gebaren wurde jedoch langsam eklig. Alle paar Sekunden erging er sich in groben Ermahnungen, irgendeinem plump wiederholten Schlagwort, bis ich voller Bestürzung erkannte, daß er auch diese Nummer von roh synchronisierten amerikanischen Pornofilmen aufgeschnappt hatte. »Yeah«, ächzte er, »saug diesen Schwanz. Yeah, schieb ihn rein. Saug ihn, saug ihn, diesen dicken Schwanz.«

Ich hielt inne, um zu sagen: »Ähm – Gabriel. Meinst du, du könntest die Ankündigungen weglassen?« Aber ohne sie war es für ihn nicht dasselbe, und ich kam mir unbeschreiblich dumm vor, daß ich mich scheinbar nach ihnen richtete.

»Okay«, sagte er fröhlich, als ich es sein ließ. »Willst du mit mir ficken?«

»Natürlich.« Immerhin lag in seiner kindlichen Direktheit ein gewisser Reiz. »Aber schweigend . . .«

»Einen Augenblick«, sagte er, kickte seine Schuhe weg, zog Hose und Unterhose aus und schlenderte dann ins Badezimmer, wobei sein Schwanz komisch-würdevoll vor ihm herwippte.

Auch ich streifte Schuhe und Jeans ab und lag dann mit mir selber spielend auf dem Bett. Gabriel ließ sich Zeit, und nach einigen Minuten rief ich nach ihm, ob alles in Ordnung sei. Unmittelbar darauf kam er herein, nunmehr völlig nackt bis auf den Cockring, die blaßgoldene Oblate seiner Uhr und – worauf ich wahrscheinlich hätte gefaßt sein müssen – eine schwarze Ledermaske, die seinen Kopf völlig verhüllte. Unterhalb der Nasenlöcher waren zwei zierliche kleine Löcher, und für Augen und Mund gab es Schlitze mit Reißverschluß. Er kniete neben mir am Bett und erwartete womöglich Beifall oder Heiterkeit – was, war unmöglich zu sagen. Von ganz nah konnte ich nur seine großen braunen Pupillen und das Weiß seiner Augen sehen, das für den Bruchteil einer

Sekunde getrübt war, wenn er blinzelte, wie die Linse einer Kamera. Es war hart und verwirrend, daß seine Augen, von dem übrigen stirnrunzelnden oder lächelnden Gesicht isoliert, ihren Ausdruck nicht variieren konnten. Ich verspürte die Angst meiner Kindheit vor Partymasken aus Gummi oder der idiotischen Liebenswürdigkeit von Clowns, die, wie man merkte, wenn sie sich herabbeugten, um einen in die Wange zu kneifen, schreckliche alte Trunkenbolde waren.

Gabriel hielt meinen Kopf fest, um mich näher zu betrachten, und ich öffnete den Mundreißverschluß und atmete seinen heißen Atem und den teuren Lederduft ein. Sein Körper war elastisch, wenn auch ein wenig verlebt – aber er gefiel mir, und ich biß ihn. Mit der Maske auf konnte er nicht sehr viel tun, und als ich eine Weile an ihm herumgeschnüffelt hatte, wuchtete er mich plötzlich herum und stieß mir die Beine auseinander. Darauf bedacht, das alles nicht trocken abzubekommen, hatte ich schon angefangen, mich zu beschweren, als ich spürte, wie etwas Kaltes und Feuchtes, wie eine Hundeschnauze, an meinem Schenkel hochkroch. Ich blickte über die Schulter und sah, daß dieser Irre von irgendwoher einen riesigen rosa Dildo gezaubert hatte, der mit K4 eingeschmiert war. Ich hörte ein unterdrücktes Kichern unter seiner Maske. »Willst du mal ein bißchen Poppers riechen?« fragte er.

Ich drehte mich um und setzte mich auf und redete mit einem seltsamen Ton in der Stimme, den ich speziell für diese Situation erfunden zu haben schien. »Hör mal, Kollege, für das Ding da bräuchte ich ein bißchen mehr als Poppers.« Es war ja schön und gut, vergewaltigt zu werden, wie Abdul es letzte Nacht getan hatte, aber ich hatte doch etwas dagegen, daß mir leblose Gegenstände meine empfindlichen inneren Gänge hochgeschoben wurden. Er wandte sich ab und ging durchs Zimmer – verärgert, verletzt, ungerührt, ich konnte es nicht sagen – und warf den großen Plastikphallus ins Badezimmer. Ich stellte mir vor, wie das Zimmermädchen ihn dort fand, wenn sie zum Aufräumen und Bettmachen kam. »Okay, dann magst du mich also doch nicht so«, sagte er dumpf aus dem Leder heraus.

»Ich mag dich sehr. Nur mit deinem wandelnden Spielzeugladen komme ich nicht zurecht.« Ich fand, es war an der Zeit zu gehen, und griff nach meinen Jeans.

»Ich könnte dich peitschen«, schlug er vor, »wegen dem, was ihr im Krieg mit meinem Land gemacht habt.« Anscheinend war er der Meinung, daß dies das letzte Register sei, das mich doch noch ansprechen würde; und ich hatte keine Zweifel, daß er aus seinen zahlreichen Gepäckstücken eine furchterregende Peitsche hätte ziehen können.

»Ich finde, das hieße die Sex- und Politik-Metapher ein wenig zu ernst nehmen, Alter«, sagte ich. Ich sah die ganze Sache schon in eine Szene aus einem harten linken Film vom Kontinent abgleiten.

Als ich mich angezogen und meine Tasche wieder übergeworfen hatte, lief Gabriel im Zimmer umher, die ungeheure Erektion ging kaum zurück, aber irgendwie interessierte sie mich jetzt nicht mehr. Ich stand da und schaute ihn an, und er zerrte an seiner Maske und wand sich stöhnend daraus. Seine Haare waren feucht und standen ab, und sein klarer olivfarbener Teint war rosa angehaucht – wie er es vielleicht gewesen wäre, wenn wir uns einfach so geliebt hätten. Ich trat zu ihm hin und küßte ihn, er aber kniff die Zähne vor mir zusammen, ließ die Hände schlaff herabhängen. Ohne einen Abschiedsgruß verließ ich das Zimmer.

Das geschieht dir ganz recht, dachte ich, als ich mit

einer ungefähren Vorstellung von der Richtung durch Korridore mit immergleicher Auslegeware ging – Phils Terrain, wo er seine Arbeit tat. Das alles hatte mir jedenfalls die Stimmung verdorben, und zudem war es auch zu spät, um ihn zu erreichen und für den unkomplizierten Trost, den er spenden könnte. Gewiß, Hotels waren der Nährboden für solches Treiben, bequeme Begegnungen an der Bar, entriegelte Türen zum Nachbarzimmer. Mein kleiner Schwerenöter könnte ein Vermögen damit machen, wirklich glamouröse Männer zu begleiten – und nicht alle würden sich als so verrückt wie dieser ansehnliche Gabriel erweisen. Eigentlich war es ja sehr wahrscheinlich, daß Gabriel Phil schon aufgefallen war.

Ich fand die Ecke am Dienstaufzug und die steile Treppe zu Phils Dachkammer. Es war ein trister, schäbiger Bereich, unzweideutig von der Öffentlichkeit abgesetzt, und dennoch hatte ich ihn auf eine Weise liebgewonnen, wie es mir beim Rest des riesigen Gebäudes niemals möglich gewesen wäre. Das kleine Zimmer – und darüber das einsame Dach – das war ja nichts Besonderes, doch wie das Liebesnest in »Tea for Two« war beides auf wunderbare Weise ausreichend für unsere Romanze. Ich wußte, daß es ausgeschlossen war, ihn noch anzutreffen – inzwischen steckte er wohl schon mitten in der Sauftour mit seinen Kumpels –, doch wäre es sicher tröstlich, hier, umgeben von seinen leeren Kleidern, ein wenig am offenen Fenster zu sitzen. Als ich jedoch den Schlüssel ins Schloß steckte, war mir, als hörte ich einen gedämpften Ausruf der Überraschung.

Phil und Bill knieten einander gegenüber auf dem Bett. Bills Hand ruhte auf Phils Schulter, und es sah aus wie irgendeine College-Wichserei. Ihre lanzengleichen Schwänze, straff wie die von Orgiasten auf einer griechischen Vase, welkten verblüffend rasch unter meinem ausdrucklosen Stieren. Sie zeigten nicht den stupiden Priapismus Gabriels; doch in ihrer Verwirrung war genügend Trotz, um nicht Entschuldigungen zu stammeln – um überhaupt nichts zu sagen. Und auch mir fiel nichts weiter ein. Ich wußte, daß ich schluckte und die Farbe wechselte und, als müßte ich mich vergewissern, die einzelnen Indizien aufnahm. Immerhin gab es keinerlei Anzeichen leidenschaftlicher Hast. Bills Hose war säuberlich gefaltet, und sein riesiges Unterzeug war wie ein Schonbezug über die Sessellehne gebreitet. Ich nickte wiederholt und zog mich langsam zurück, schloß die Tür, wie um einen Schlafenden nicht zu stören. Bevor ich den Treppenabsatz erreichte, hörte ich ein hervorgestoßenes »O Gott« und ein lautes, angsterfülltes Lachen.

Nun also zu James. Als ich bei ihm ankam, durchbrachen Wut, Verletztsein, Sorge die eisige Disziplin, die ich mir instinktiv auferlegt hatte. Ich wischte dumme Tränen weg. Gott sei Dank waren wenigstens keine scharfen, unvergeßlichen Worte gefallen. »Darling, Whisky«, war das erste, was ich sagte – und ich dachte: Und nichts von deinem klebrigen karibischen Aphrodisiakum-Quatsch.

James aß Rühreier im Stehen und hörte eine unermeßlich düstere Musik. »Schlechten Tag gehabt, Schatz?« erkundigte er sich ehefraulich.

»Die letzten vierundzwanzig Stunden waren sogar ganz außergewöhnlich furchtbar schrecklich.«

»Oh, Darling.«

»Ich dachte, ich kriege es einigermaßen hin, bis vor einer halben Stunde, als ich zu Phils Zimmer im Hotel hochging – ich weiß auch nicht, warum, einfach aus einer sentimentalen Laune heraus, ich dachte, ich ziehe mir ein paar von seinen Sachen an und lege mich ein bißchen hin und *bin* er, weißt du – er hatte sich mit ein paar seiner entsetzlichen Freunde zum Trinken verabredet.

Vielleicht sind sie ja auch gar nicht entsetzlich, ich habe sie nie kennengelernt. Übrigens, ob wir wohl diese Musik abstellen könnten? Die macht mich verrückt.«

»Das ist die Bratschensonate von Schostakowitsch«, sagte James schnippisch.

»Richtig ... So ist's schon besser. Und der Whisky?« Er schenkte mir einen großzügigen Bell's ein. »Liebster – ich danke dir. Ich öffne also die Tür, zu der ich, wie du weißt, einen Schlüssel habe, und da ist Phil mit dem alten Bill Hawkins zugange, der vom Corry, und fummelt mit ihm splitternackt herum, usw., usw.«

»Ach du Scheiße.«

»Ich finde das wirklich ganz schrecklich.« Ich ließ mich aufs Sofa fallen und nahm einen großen Schluck. »Ich kann den Gedanken einfach nicht ertragen, daß Phil mit einem andern geht. Man könnte es ja verstehen, wenn es irgendwas Spontanes wäre – irgendein sexy Hotelgast oder dergleichen. Aber mit Bill, der irgendwie ein Freund von mir ist und wieviel? – dreimal so alt ist wie er ...«

»Nein!«

»Na, ungefähr jedenfalls.« Ich starrte James an, durch ihn hindurch, als mir bewußt wurde, wie schwer von Begriff ich gewesen war. »Aber ich hätte es ja ahnen müssen. Ich habe Bill schon früher vor dem Queensberry herumstehen sehen – und natürlich wußte ich, daß er in Phil verknallt war, vor mir in ihn verknallt war. Es war sogar Bills Interesse an ihm, das mich scharf gemacht hat, das mir gezeigt hat, wie gut er war. Und dann letzte Woche, als ich Phil ins Shaft mitnahm, wußte ich, daß da etwas Komisches im Gange war. Wir alberten so vor dem BM herum, als ich merkte, daß jemand uns von der anderen Straßenseite her beobachtete. Ich glaube nicht, daß Phil ihn sah, aber ich bin überzeugt, daß Bill es war.«

»Irgendwie gruselig, *n'est-ce pas*?« sagte James, trat ans Fenster und schaute hinaus. Er war mein einziger Freund, aber ich wußte, daß es ihn auf eine wehmütige Art befriedigte, daß etwas endlich – *endlich*: das waren wieviel? zwei Monate? – schiefging. »Das muß aber doch wohl nicht bedeuten, daß es aus ist, oder?« sagte er.

Eine Zeitlang starrte ich in mein Glas. »Ich weiß es nicht. Nein, nicht unbedingt. Aber ich glaube, daß das, was auch immer zwischen den beiden läuft, aus ist. Was du nicht weißt und wovon Bill nicht weiß, daß ich es weiß: Er hat schon einmal gesessen, weil er sich an kleinen Jungen vergriffen hat.« Aber das waren so die Details aus dem wirklichen Leben, die James nie schockieren konnten: Man kriegte ihn nur auf der Ebene der Phantasie. »Das alles wird ihm ziemlich Angst einjagen.«

»Du willst ihn doch wohl nicht bei der Polizei verpfeifen, oder?«

»Och, ich weiß nicht«, sagte ich mit einem kläglichen Lachen, leerte das Glas und stand auf, um mir noch einen Tumbler halbvoll zu gießen. Ich ging zu James und umarmte ihn von hinten und legte das Kinn auf seine Schulter. »Das ist wie einer jener furchtbaren Epitaphe aus dem siebzehnten Jahrhundert: Erst der Genuß, dann der Verdruß, und dann bekam ich den Abschiedskuß. Oder so ähnlich.«

»Möchtest du etwas essen?«

»Ich glaube, ich bleibe lieber bei Flüssigem. Darling, kann ich bei dir übernachten? Ich habe einfach keine Lust, nach Hause zu gehen – und bestimmt versucht er, mich anzurufen, und dann wird alles zu entsetzlich.«

»Ja, natürlich.« Ich spürte seine nervöse Freude über die Gewißheit, Gesellschaft zu haben. Er drehte sich in meinen Armen um und drückte mich fest an sich und gab mir einen Kuß auf meinen eingedrückten Nasenrücken.

»Da ist noch etwas anderes, was ich jetzt herausgefunden habe und das in mancher Hinsicht noch viel schlimmer ist«, begann ich, während ich mich ihm entwand und in einem Sessel Zuflucht suchte. »Das kam alles in den Papieren des alten Nantwich zutage. Er führte mich an der langen Leine, und dann setzte er mir plötzlich sein Journal von 1954 vor, aus dem, kurz gesagt, hervorging, daß er wegen Aufforderung und, ich glaube, Verabredung zu unzüchtigen Handlungen sechs Monate bekommen hat, das ist mir alles nicht so ganz klar. Und als wäre das nicht schon schrecklich genug, stellt sich noch heraus, daß derjenige, der hinter all dem stand – offenbar gab es damals so ein richtiges Schwulenpogrom –, mein Großvater war. Als er der Leiter der Anklagebehörde war.«

James ließ sich in den Sessel mir gegenüber fallen und schaute mich durchdringend an. »Lord B.«, sagte er ruhig und berechnend.

»Lord B., wie du richtig sagst. Hast du denn davon gewußt? Natürlich versaut das absolut alles, hat das alles kaputt gemacht. Anscheinend hatte Lord B., der er da noch nicht war, mit seiner Säuberungsaktion gegen die Perversen so großen Erfolg, daß sie ihn ins Oberhaus verfrachteten. Seine ganze Karriere gründete darauf.« Wir schauten uns unverwandt an. »Natürlich kommt dann auch noch heraus, daß Charles im Gefängnis Bill Hawkins kennengelernt hat, der dort die erwähnte Strafe absaß, weil er einen Jungen liebte. Natürlich war er damals selbst noch ein Kind. Und es gibt alle möglichen Verbindungen zu Leuten, die ich kenne. Und das Furchtbare ist, das ist alles auf einmal zusammengekommen. Und wir sind ja selber noch Kinder«, sagte ich wütend.

James fühlte sich befugt, seine Arztsprache heranzuziehen. »Nun, ich denke, wenn sich diese Geschichten aufbauen und aufbauen und sie dann aufbrechen, dann haben wir den Schlamassel. Das hinterläßt Pockennarben«, fuhr er siebzehntesjahrhundertmäßig fort.

Ich brachte ihn dazu, eine etwas positivere Musik für mich aufzulegen, einen höfischen, phlegmatischen Haydn; und ich drehte das Gespräch künstlich in eine allgemeinere Richtung. Wir sahen uns von Anfang bis Ende eine lustlose Komödie im Fernsehen an. Erst als wir im Bett lagen und ich vom Alkohol einen trockenen Hals und einen wirren Kopf hatte, kam ich wieder auf das Thema zu sprechen.

»Das Schlimme ist, daß wir nichts davon wußten«, murmelte ich. »Diese schauerliche Unvereinbarkeit.«

»Gibt es da nicht eine Art toten Winkel«, sagte James, »für die Zeit kurz vor unserer Geburt? Wir wissen etwas über den Zweiten Weltkrieg, wir wissen, denke ich, etwas über Suez, aber was die in den Jahren so alles trieben ... Das ist ein leerer, wesenloser Raum, bis man dann die Bühne betritt. Was weißt du denn schon von deiner Familie? Das sind so geheimnisvolle Organismen, ich kann sie nicht ausstehen.«

Ich spürte, wie seine Erektion – das idiotische Emblem des Tages – sich sehnend gegen meinen Schenkel drückte, und wartete resigniert ab, während seine Hände zu den meinen hinabglitten. Es war ein eigenartiger Vorgang, denn beim Streicheln schien er mich instinktiv nach anderen Symptomen abzutasten, jenen leichten Druck anzuwenden, der eine empfindliche Niere oder eine geschwollene Drüse entdeckt. Auch als er sein Ziel erreichte, war er ziemlich pingelig.

Ich drehte mich auf den Bauch, und er seufzte komisch auf und stupste mit seiner Stirn an meine, während ich ihm von einer Begebenheit erzählte, die sich im Zug ereignet hatte. Es war passiert, als ich zu ihm unterwegs war, direkt vor mir, eine ganz gewöhnliche Begebenheit, und dennoch ruhig und weit jenseits meines aufgewühlten Innern, ja, wunderbar selbstgenügsam und vollkommen. In der Menge, die an der Tottenham Court Road zustieg, war ein schwarzes Paar mit einem Baby: Sie setzten sich auf die beiden Plätze an der Glastrennwand, so daß der Mann und ich – wie ich kurz zuvor mit Gabriel – Knie an Knie saßen. Nachdem er mich, als ich rückte, um ihm Platz zu machen, höflich angeschaut hatte, beachtete er mich überhaupt nicht mehr – und ich kümmerte mich auch nicht mehr um ihn. Seine Frau hielt das reglose, sehr junge Kind in den Armen: Trotz der Hitze war es in einen wattierten Overall gehüllt, hatte aber nicht die Kapuze auf. Ich war mit meinen Gedanken ganz woanders, dennoch sah ich, wie der Mann, um die dreißig war er wohl, sich über das offene, ungezeichnete Gesicht des Babys beugte und es mit purer Freude und Liebe anlächelte. Seine Fingerspitzen bewegten sich von seinen mit einem weichen Bart umrahmten Lippen zu dem entspannt hängenden, zarten Kopf des Kindes, den sie streichelten und nahezu umfaßten. Die andere Hand lag locker in seinem Schoß, und ich brauchte eine Weile, bis ich sah, daß er in seiner ordentlichen grauen Hose einen – ja – einen Steifen verbarg und streichelte. Es erregte mich nicht; aber verschwand ich nicht, wenn auch nur für einen Augenblick, angesichts ihrer leuchtenden, fruchtbaren Nähe? Mir war, als wäre es vielleicht so.

Vor dem Einschlafen flüsterten wir dann noch zu guter Letzt über die Anklage gegen James; er schreckte vor meiner List zurück, nicht nur selbst davonzukommen, sondern auch gleich noch Colin abzuschießen. Er hatte sich am Morgen nach seiner Verhaftung vor dem Friedensgericht nicht schuldig bekannt, wodurch er Zeit gewonnen hatte, da der Fall vertagt wurde. Er hatte einen guten Anwalt, einen seiner Patienten von Holland Park, der selber schwul war und kämpfen konnte und wußte, was ein solcher Kampf bedeutete, wenn er verlorenging. Wir überlegten, ob es davon abhing, daß das Gericht ein Kunstwerk als Beweis anerkannte; und dann, ob sie Staines' Fotografien als Kunstwerke anerkannten. Es war ein wackliger Plan, und ich schlief ein und träumte, daß sie alle Bilder von Staines beschlagnahmten und ihn statt dessen ins Gefängnis steckten. Als ich vor Morgengrauen erwachte, ausgedörrt und schmerzerfüllt, war ich ratlos. Ich beschloß, wenn nötig und wenn es James retten könnte, vor Gericht darüber auszusagen, was ich mit Colin getan hatte – und so vielleicht etwas, wenn auch Fernes und Symbolisches, für Charles und für Lord B.s andere Opfer zu tun. Ich hatte das bedrückendste aller Gefühle – daß eine Prüfung drohte.

James war den ganzen Tag bei der Arbeit, und so ging ich durch die erwachenden Straßen nach Hause. Ruhelos tigerte ich in meiner Wohnung auf und ab, einmal wütend auf Phil, dann wieder vorwurfsvoll, und führte hundert imaginäre Gespräche mit ihm, in denen ich oft laut sprach – »Was meinst du damit, du hast es aus Mitleid getan?« – »Wie konntest du dir nur einbilden, daß ich nicht dahinterkomme?« – »In meinem ganzen Leben habe ich nichts derart Absurdes gehört ...« und so weiter. Doch als das Telefon klingelte, packte mich entsetzliche Angst davor, dranzugehen und mich der Gemeinheit und Erbärmlichkeit von Streitereien auszusetzen. Ich saß auf dem Bett, schaute es an und bot all meine Entschlossenheit auf; doch als ich dann doch den Hörer abnahm, war es jemand, mit dem ich in Winchester gewesen war – so ein Bursche aus der City –, der mir mitteilte, es gebe einen Gedenkgottesdienst für einen nicht sonderlich beliebten Professor.

Außerdem hatte ich Hemmungen, ins Corry zu gehen, doch nach einem Tag quälender, elender Untätigkeit beschloß ich, es zu riskieren. Schließlich waren Phil und Bill die Übeltäter, und ich lehnte es ab, mich länger von ihnen einschüchtern zu lassen. Ich war innerlich völlig zerrissen, und es wurde auch nicht besser, als ich im Bad ein einzelnes dunkles Haar (zu dunkel, um eins von mir zu sein) in einem langen, schwungvollen Kringel auf der Seife festgeklebt fand. Es ließ sich nicht einfach abwischen, und ich mußte daran kratzen und mit dem Fingernagel an der Seife herumbohren, um es abzubekommen, und das, obwohl ich vor Abscheu und Elend verkrampft war. Es war die völlig unbeabsichtigte Intimität von allem, was in der Wohnung an Phil erinnerte – seine Hanteln, seine Wegwerf-Rasierer, seine Papierzettel –, was beteuerte, daß es wohl kaum aus sein könne. Auch im Corry erinnerte natürlich alles an ihn – doch er war nirgends zu sehen, und Nigel, der ihn hätte bemerken müssen, versicherte mir, daß er nicht im Becken gewesen sei. Ich warf einen schnellen Blick in den Kraftraum, doch selbst Bills besorgte Züge waren nicht auszumachen.

Allerdings lief ich auf dem Weg hinaus Charles in die Arme. Er saß in der melancholischen Cafeteria und schaute durch die Glasscheibe in die Turnhalle hinab. Er hatte Schwierigkeiten, den heißen Kaffee aus einem dünnen Plastikbecher zu trinken. Ich ließ mich auf den Stuhl ihm gegenüber fallen.

»Faszinierender Athlet, der junge Mann da unten«, sagte er.

Ich folgte seinem Blick zu der hemdlosen Gestalt, die dort am Sandsack tänzelte. »Ja, das ist Maurice. Ein Traum, nicht wahr. Allerdings nicht musikalisch.«

»Ganz recht, ganz recht. Ich muß ihm einen Job verschaffen.«

»Dann werden Sie wohl merken, daß er schon einen hat«, sagte ich mit einem kleinen versickernden Kichern. Charles sah mich durchdringend an, und ich schlug die Augen nieder und wandte mich wieder Maurice zu, der Haken und Gerade schlug, wobei ihm seine Zuschauer mit ihrem Dilemma auf wunderbare Weise nicht bewußt waren.

»Jetzt habe ich wohl alles verpfuscht, wie?« sagte Charles.

Ich schüttelte den Kopf. »*Sie* haben alles verpfuscht? Lieber Charles. Die ganze Zeit habe ich mir darüber den Kopf zerbrochen, und noch immer weiß ich nicht, was ich sagen soll. Aber Sie haben überhaupt nichts verpfuscht. Außer, natürlich, daß ich das Buch nicht machen kann.«

»Aber ja doch.«

»Nein.«

Wieder beobachtete er Maurice. »Sie haben keine Vorstellung von der ganz ungewöhnlichen, machtvollen und – mein Lieber – völlig wohlmeinenden Überzeugung, richtig zu handeln, die ich hatte, als ich bemerkte, wer Sie waren. Es war so ein idealer Gedanke; zu ideal vielleicht, um von anständigen Menschen umgesetzt zu werden. Guter Schlag! Großartig! Aber vielleicht, wenn Ihr Großvater ... tot ist – und ich tot bin – überlegen Sie es sich noch einmal.«

»Das einzige, was ich jetzt schreiben könnte«, sagte ich, »wäre ein Buch darüber, warum ich das Buch nicht schreiben konnte.« Ich zuckte die Schultern. »Aber vermutlich gibt es genügend solcher ungeschriebener Bücher, als daß dieses von Interesse wäre.«

Charles war anderer Meinung. »Es war ungehörig, so viel zurückzuhalten – obgleich ich immer dachte, Sie würden alles zwangsläufig von andern erfahren. Ich war sicher, daß beispielsweise unser Freund Bill es ausplaudern würde.«

»Bill ist ein ziemlich vorsichtiger, verschwiegener Mensch«, sagte ich, als mir plötzlich meine wohlwollende wie auch verachtungsvolle Meinung über ihn gleichzeitig bewußt wurde.

»Dennoch, wir bleiben die wunderbarsten Freunde, nicht wahr? Das war es doch wirklich wert, selbst wenn, ach . . .«

»Aber natürlich.« Heute wollte ich mich nicht auf das alles einlassen. »Was hat Sie in den Club geführt?«

»Oh – eine Versammlung. Leider sehr fade. Und Sie haben wohl geschwommen. Herrgott, wie ich Sie beneide«, sprach er unnatürlich schnell weiter. »Es gibt nichts Besseres, wie? Es ist das einzig wahre Element. Das war etwas, was man drinnen ganz schrecklich vermißte – wissen Sie.«

»Ja.«

»Ich muß schon sagen, dieser Kaffee ist ganz widerlich. Ich muß dafür sorgen, daß da etwas geschieht. Maurice, sagen Sie? Natürlich habe ich ihn schon vorher gesehen. Und jetzt schlurfe ich wohl am besten nach Hause. Sie wären wohl nicht so gut, mein Lieber . . .?«

Und ich reichte ihm den Arm, und wir machten uns langsam auf den Weg hinauf zur Eingangshalle. Ich wußte, daß er zwar zu Versammlungen kam und seinen Kaffee zurückgehen lassen konnte, es ihm aber wichtiger war, mit irgendeinem jungen Ding gesehen zu werden, als Zeichen, daß er dazu gehörte und gebraucht wurde. Ich empfand meine vertraute Verblüffung seinetwegen und daß unser Treffen ganz und gar nicht so verlaufen war, wie ich es erhofft hatte. Es war so kurz und nutzlos.

»Wahrscheinlich glauben Sie es mir nicht, wenn ich das sage«, begann er. »Aber der gute Ronnie Staines hat etwas ganz schrecklich Interessantes entdeckt. *Nicht* was Sie jetzt denken; sogar das genaue Gegenteil. Ich sehe es mir morgen nach dem Mittagessen an. Ronnie überlegte übrigens, ob Sie wohl auch kämen. Und ich denke – ich wage nicht, mehr zu sagen –, daß Sie Ihren Freund, von dem Sie mir erzählt haben, diesen *Prancing-Nigger*-Typ, mitbringen sollten.«

»Das ist eine Einladung, die ich normalerweise ausschlagen würde – doch Ronnie hat mir ein paar Bilder versprochen, die ich bald abholen muß. Da kann ich dann alles auf einmal erledigen.« Es war typisch für meine Freundschaft mit Charles, daß ich ihm nichts davon sagte, was mir wirklich wichtig war, während ich ihn systematisch, Jahrzehnt um Jahrzehnt, bloßgelegt hatte. »Ich wollte es Ihnen noch sagen: Mein Freund James, der Firbank-Spezialist, hat einige Schwierigkeiten mit der Polizei, er wurde von einem Polizisten hochgenommen, der zufälligerweise eines von Ronalds Pornomodels ist. Ich weiß nicht, aber es könnte sich vielleicht als nützlich erweisen, diese Fotos in die Hand zu bekommen.«

Charles nahm diese Information mit zusammengekniffenen Augen und dem gedankenvollen Nicken eines Mannes auf, den kein menschliches Doppelspiel mehr überraschen kann; doch er sagte nichts.

»Ich komme also. Aber ehrlich, Charles, für so ein Page-kriegen-einen-in-den-Hintern-Zeug stehe ich nicht mehr zur Verfügung. Bei allem, was ich in der letzten Zeit erlebt habe, steht es mir bis hier. Wenn nicht bis hier.«

»Versprochen, mein Lieber«, sagte er mit zuckersüßer Offenheit.

James hatte Interesse an Staines bekundet und ein hinterhältiges und rachsüchtiges Interesse an den Bildern von Colin: Ich mochte ihn in dieser Stimmung, wenn er sein selbstloses Elend abstreifte und wir betrunken über andere Leute herziehen konnten. Ich wußte, er war bereit, zu dem Fotografen mitzukommen.

Phil ließ an dem Abend nichts von sich hören. Ich war in einem angespannten, leeren Zustand, doch ich trank eine Flasche Wein und konnte einschlafen. Mein Traumleben jedoch war in wildem Aufruhr. In einer kaum noch erinnerten Sequenz begegnete ich Taha, der ein sehr alter, aber schöner Mann war, und ich begann, ihn über Charles auszufragen und ihr gemeinsames Leben im allgemeinen. Und dann kam noch eine Sequenz, eine lebhaftere, in der Phil und Bill zusammen in Urlaub fuhren. Sie beluden den Dachgepäckträger meines alten Fiats mit Zeltstangen und Eimern und Spaten und standen mit diversen anderen Sachen, die sie aus meiner Wohnung gebracht hatten, auf der Straße herum. »Paßt auf, wo ihr das hintut«, sagte ich. »Vergeßt den toten Winkel nicht.« Phil hatte schon eine winzige Badehose an, und Bill gab ihm einen frechen Klaps auf den Hintern, was einen großen öligen Abdruck machte. Oben über die Windschutzscheibe verlief quer ein Aufkleber mit der Aufschrift: »PHIL und BILL«. Komisch, dachte ich, als ich wieder wach wurde, daß man nie einen Wagen sah, auf dem stand: »GARY und CHRIS« oder »LANCE und DEREK«. Wahrscheinlich wären sie zusammengeschlagen worden.

James kam zu mir zum Mittagessen, und ich hatte besondere Mühen darauf verwandt, ein paar Auberginen zu füllen und einen bitteren und ausgefallenen kleinen Salat anzurichten. Ich verspürte etwas von jenem häuslichen, mütterlichen Impuls, der in Streßzeiten zuweilen in mir hochkam. Man konnte rührend mit dem Chikoree und der Brunnenkresse herumhantieren und sich dabei geradezu *kreativ* fühlen. Natürlich hatte James wieder stundenlang hart gearbeitet, und ich dachte, was für eine tolle Beruhigungspille so ein Job sein konnte; und obendrein verdiente man auch noch sein eigenes Geld.

»Na, wie sieht's aus?« fragte er.

»Ich komme mir ziemlich hilflos vor. Ich dachte, es sei ganz gut, daß es nicht zu einem miesen Streit oder so etwas gekommen ist, aber irgendeine Form von Kontakt hätte man doch gern. Es ist zu blöd. Ich weiß nicht, was los ist. Warum ruft mich der kleine Ficker nicht an? Einmal bin ich wütend, und dann wiederum – ach, ich liebe ihn doch *so sehr.* Ich will wieder mit ihm zusammensein. Und dann gibt es wieder Zeiten, da komme ich mir wie eine Hanswurst-Figur vor, die übers Ohr gehauen worden ist. Ich weiß überhaupt nicht, wie einer von uns irgend etwas ohne einen gewissen Verlust an Würde tun kann.«

»Du könntest doch einfach zum Hotel gehen.«

»Was, und sie wieder beim Vögeln erwischen? Auf so etwas stehe ich nicht.«

»Ich dachte, du dachtest, es könne unmöglich noch laufen.«

Ich öffnete die Herdklappe und schob die Hände in die Asbesttaschen der miteinander verbundenen Herdhandschuhe, klatschte sie ein paar mal zusammen, als wäre ich ein Geisteskranker in einer Zwangsjacke. Ein guter Knoblauchduft blühte auf. »Ich kann ehrlich nicht glauben, daß sie eine Affäre haben«, sagte ich vorsichtig. »Andererseits glaube ich allerdings, daß das Herz und noch mehr das Schwänzchen auch ein sehr seltsames Eigenleben haben. Es ist nicht ausgeschlossen«, räumte ich ein, als ich mich hinhockte, »daß ein hübscher Achtzehnjähriger einen watschelnden Fünfzigjährigen einem vorzieht, der so schön und reich gesegnet ist wie ich.«

James kraulte mir verlegen den Kopf, ich aber schrie

»Weg da!« und rannte zum Tisch. Die Herdhandschuhe waren einfach nicht so wirksam, wie sie sein sollten.

Nach dem Essen stiegen wir in James' Mini und fuhren die zwei Minuten über die Allee zu Staines' Haus. Genau hier auf diesen Straßen hatte der kleine Rupert Arthur und Harold bei ihrem schmutzigen Geschäft beobachtet: Ich hielt Ausschau nach ihnen, was ziemlich lächerlich und abergläubisch war. Ich wollte Arthur retten. Wenigstens glaubte ich, daß ich das für ihn tun wollte. Ich war der seltsamen Überzeugung, daß ich das Leben dieser Jungs irgendwie verbessern konnte, wie durch eine Art Schirmherrschaft – besonders, da es so nie funktionierte.

Staines zeigte sich von seiner besten Seite, obwohl ich mich dadurch nicht täuschen ließ. Man merkte ihm seine leise höfliche Enttäuschung an, daß James nicht schöner war. Das Ego war schick gewandet, zugeknöpft, und wenngleich ich jeden Moment einen wilden Ausbruch erwartete, die Überraschung eines komischen Fotografen in dem Sekundenbruchteil vor dem Blitz, war das Explosivste an ihm das Rosa seiner Socken. Charles war schon da, ein Glas in der Hand, sein Lunch war schon zu Ende, und ich machte ihn mit James bekannt, dessen Begeisterung genauestens abgestimmt war, um die intime Kenntnis, die er von mir über ihn hatte, zu verbergen. Wir schlenderten in Charles' Tempo ins Studio, und ich hörte, wie er zu James sagte: »Sie also sind der Firbank-Freund, ja? Ich kannte ihn natürlich – wenn auch nicht gut, nicht gut ...«

Staines ließ eine weiße Papierrolle von der Decke herab und bat uns, uns in einer Reihe vor den Projektor, der auf einem großen Tisch stand, zu setzen. Als er die große Deckenbeleuchtung ausmachte und zu sprechen begann, wurde ich stark an die Szenen am Anfang eines

Thrillers erinnert, wenn der Agent instruiert wird und kurze Filme über die Hauptverdächtigen gezeigt bekommt, die zumeist vom Rücksitz fahrender Autos aufgenommen wurden.

»Ich zeige Ihnen einen kurzen Film, der Sie, wie ich glaube, alle interessiert. Er gehört zu einer ganzen Sammlung von Amateurfilmen, die ich vor kurzem bei Christie's gekauft habe. Das meiste ist nur unsäglich öde – eben schwule junge Dinger, die schamlos herumfurzen. Ich dachte, es wäre ganz witzig und könnte mir ein paar Ideen für ein paar – ähm, Bilder der zwanziger und dreißiger Jahre geben, die ich machen will. Und darunter war dann dieses Fragment – ganz außergewöhnlich ...«

Das helle weiße Viereck, auf das wir geblickt hatten, war nun mit laufendem Schwarz und Grau und weißen Blitzen überzogen. Das erste, was wir erkennen konnten, war eine kurze und statische Ansicht eines Sees, den steil ansteigende Wälder umgaben. Das Licht in dem Film war eigenartig fahl, und hundert kleine Linien liefen auf der Leinwand auf und ab. Dennoch hatte der scheinbar schwarze Kreis des Wassers etwas Mysteriöses. Bücher, die in Erinnerung geblieben waren, legten einen erloschenen Vulkan nahe. »Aha«, sagte Charles ziemlich süffisant. Die Kamera ruckte, und nun war, möglicherweise aus Versehen, die Motorhaube eines Oldtimers im Bild.

»Du weißt, wo das ist, Charles«, sagte Staines hinter seinem surrenden Projektor.

»O ja – der Nemi-See. Unzweifelhaft.«

Es folgte eine unnötig lange Einstellung von einem Blechschild, auf dem »Genzano – Città Infiorata« stand.

»Ich denke, wir wissen jetzt alle, wo das ist«, fügte Staines leichthin an. Ein alter Bauer mit Hut und einem Stock, der so groß war wie er selbst, humpelte ins Bild und wirkte mürrisch.

Die folgenden Einstellungen waren vermutlich auf den abschüssigen Straßen von Genzano gedreht worden. Da war wieder das Auto, das vor dem möglicherweise elegantesten Café der Stadt geparkt war. Die Bürger, von denen sich einige der Kamera bewußt waren, einige es wenigstens nicht zeigten, gingen steif auf dem Gehsteig auf und ab, mit flimmerndem Lächeln oder Stirnrunzeln. Einige erhoben sich draußen unter der Markise von den Tischen, Paare eilten davon, während andere, den Hut lüftend, nach drinnen ins totale Dunkel gingen. Dann wurde eine Hälfte des Bildes von dem Rücken eines Mannes verdeckt. Er wandte sich halb um und wich dann, offenbar auf den Protest des Kameramannes hin, unschlüssig nach links aus. Dann tauchte er ein Stück weiter weg wieder in voller Größe auf und stellte sich vor dem Auto auf, machte chaplineske Faxen, verschränkte die Arme, setzte einen Fuß auf das Trittbrett, wackelte in damenhafter Parodie mit dem Kopf.

Das war eindeutig nicht Charles, wenngleich auch, wie ich wußte, ein vernünftiger Mensch sich vor laufender Kamera so aufführen konnte. Es war ein größerer, aber dünnerer Mann. Außerdem war er eine echte Tunte. Er trug einen eleganten, unenglischen hellen Anzug, dazu eine Fliege und einen breitkrempigen Strohhut, der ihm ein heiter arkadisches Aussehen verlieh und gleichzeitig sein Gesicht im Schatten hielt. Dann war es ihm doch zu peinlich, und er lief rasch auf die Kamera zu, äugte ein paar Sekunden aus seltsamer Nähe hinein, hohe Wangenknochen, eine lange, geschwungene Nase, komischer kleiner Mund.

James packte mich am Arm. »Das ist Ronald Firbank«, sagte er.

»Ich denke, darüber kann keinen Zweifel bestehen, nicht?« sagte Staines.

»Das ist er bestimmt«, verkündete Charles.

»Wenn es das ist, was ich glaube«, sagte James, »dann muß es ganz am Ende seines Lebens sein.« Und in der nächsten kleinen Sequenz lachte Firbanks, und plötzlich ging alles daneben: Er bekam einen Hustenanfall, krümmte sich, seine lange Hand fuchtelte die Kamera weg.

In der nächsten Szene verstand ich dann, warum er so schwächlich aussah, die Haltung eines Mannes hatte, der sich dennoch einer Bedrohung stellt. Er mühte sich eine steile Straße hoch, an deren Ende sich vor der Nachmittagssonne eine Kirche abzeichnete. Sein Gang war ohnehin außergewöhnlich, nicht eben dazu angelegt, von einem Ort zum andern zu gelangen, eher ein Getue flatternder Hände und winziger gesetzter Schritte und dennoch offenkundig unvermeidlich: Das war seine Art zu gehen. Ein paar kleine Kinder an der Straße sahen zu, wie er vorbeiging, und liefen ihm dann nach. Man verstand, daß sie den Eindruck hatten, so etwas Auffälliges müsse absichtlich geschehen, zur Belustigung oder als Beginn einer Prozession. Ein größerer Junge, ein Zehnjähriger in zerlumpten Sachen, gesellte sich zu ihnen und machte den Gang des Schriftstellers nach. Nun wurden auch die kleinen mutig, hopsten um ihn herum, rannten auch voraus, um ihn dann mit unverhüllter Neugier auf sich zukommen zu sehen, stellten ihm, wie es schien, ein-, zweisilbige Fragen. Das hektisch Abgehackte des Films verlieh ihnen allen eine phantastische, zuckende Energie. Dann fuhr Firbanks Hand in die Tasche und verstreute einen Schwung Nickelmünzen nach hinten.

Es überraschte nicht, daß die Menge in der nächsten Szene auf etwa zwanzig Leute angewachsen war. Sie erreichten die Kuppe des Berges, tollten umher, andere marschierten fast, jedoch auf eine flatterhafte, firbanksche Art, es war wie ein primitiver Disco-Tanz. Sie riefen und winkten und skandierten dann unisono etwas – einen Namen, einen Schimpfnamen. Die Kamera hielt mit einem gewissen künstlerischen Flair auf die Jungen: Steppkes und Rangen mit einer drolligen Ernsthaftigkeit, lärmende pubertierende Jungen, die aus ihren Kindersachen platzten, und andere, die mit ihren großen italienischen Augen in die Linse starrten, während sie halb ausschritten, halb mit der Menge bummelten und sich rührend um Aufmerksamkeit bemühten.

Und dennoch war die Stimmung faszinierend. Diese Marionette von einem Mann, der es nicht mehr lange machte, wurde von der Menge gehänselt, sie bedrängten ihn und schienen ihn dennoch auch zu feiern. Vielleicht wurde er für einen Augenblick das, was er wohl immer hatte sein wollen, ein Unterhalter. Der Gesichtsausdruck der Kinder zeigte jene zutiefst echte, unbewußte Mischung aus Grausamkeit und Zuneigung. In ihrem Spott lag Furcht, doch die Gestalt im Zentrum dieses Trubels wurde nicht nur einem Clown ähnlich, sondern auch einem Schutzpatron. Es war eine Art roher Stegreiftriumph.

Dann kam ein kurzes Tableau, in dem die Ordnung mehr oder weniger aufgezwungen wirkte. Die Kinder sammelten sich um Firbank und glotzten und grienten in die Kamera; Firbank wedelte mit dem Hut in der Hand und wirkte erhitzt und gequält. Ein kleines Mädchen zog ihn an der Hose, und er stülpte mit einer schlaffen und erstickten Geste, mit der er sagen wollte, daß er nichts mehr zu geben hatte, seine Tasche nach außen. Auch er lächelte, doch man sah, daß er wünschte, es wäre alles vorbei: Für einen kinderlosen und einzigartigen Mann wie ihn war es eine ermüdende Situation. In den letzten paar Sekunden ging er allein weg: Er hatte etwas Entschlossenes und Nüchternes; trotz allem hatte er es eilig, hatte er zu tun. Dann stolzierten ein dicker Mann mit Kreissäge und eine Frau mit Sonnenschirm an einem Zelt vorbei, auf dem das Wort STEWARD zu lesen war. »Ah, das ist das Ende unseres Films«, sagte Staines und schaltete die Projektorlampe aus. Mehrere Sekunden lang saßen wir praktisch im Dunkeln, und James drückte mir die Hand, und ich spürte, wie aufgewühlt er war.

»Das ist das Wunderbarste, was ich je gesehen habe«, sagte er in der Art, wie man es zu einem Gastgeber sagt, doch er meinte es ernst.

»Ganz hübscher Fund, was?« pflichtete Staines ihm bei und schaltete das Licht an. »Ich möchte ein kleines Feature daraus machen, mit einem Kommentar vielleicht von Ihnen, Mr. Brooke, wenn Sie möchten.«

»Ich habe schon ein paar Ideen«, sagte James.

»Ich war natürlich in Genzano«, murmelte Charles, der nicht unbeachtet bleiben wollte. »Die haben da so ein Blumenfest, und die Hauptstraße ist übersät mit ... ähm .. Blumen.«

»Sehr firbankesk«, war mein naheliegender Kommentar.

»Sie meinen, an einem andern Tag«, sagte James, »wenn es nur an einem andern Tag gewesen wäre, dann hätten wir die Blumen unter seinen Füßen gesehen.«

Es wurde weiter darüber geplaudert, und ich fragte Staines verstohlen nach den Colin-Bildern. »Ach, das habe ich völlig vergessen«, sagte er und legte mißbilligend die Hand an die Stirn. »Ob ich die überhaupt noch finde?«

»Wäre es eine schreckliche Mühe?« sagte ich höflich. »Ich dachte nur, wenn ich schon mal hier bin, und Sie wollten doch freundlicherweise ...«

»Ja, ich *weiß*. Aber es ist ja alles so unsystematisch hier, wie Sie zweifellos noch wissen.«

»Ich glaube, ich weiß noch, wo sie ungefähr sein könnten.«

Er gestattete mir, eine große Schublade herauszunehmen, die Phil (autsch!) und ich vor etlichen Wochen durchgewühlt hatten. »Bitte, Sie dürfen gern selbst nachschauen«, sagte Staines, als hätte er nur wenig Hoffnung.

Doch es war die richtige Schublade. Ich erkannte die Mayfair-Porträts wieder, die lasziven Studien von Bobby – Bobby, der heute nirgends zu sehen war, zweifellos durch die Anstandsklausel verbannt –, und die ganze Wahllosigkeit erschien mir in Ordnung, denn genauso war es auch vorher gewesen. Doch als ich ganz unten ankam und das letzte Schutzpapier zurückschlug, mußte ich anerkennen, daß keines der Bilder von Colin, dieser kunstvollen, anzüglichen Kompositionen, mehr da war. Ich durchsuchte auch noch die Schubladen darüber und darunter, jedoch mit schwindender Hoffnung. Charles rief: »Was sucht er denn?«, und als Staines antwortete: »Ich habe ihm ein paar Fotos von einem Jungen namens Colin versprochen, aber ich weiß *einfach* nicht, wo sie sind«, wußte ich, daß er log.

»Colin?« sagte Charles. »Den kenne ich, glaube ich, nicht. Kenne ich den?«

Ich nickte ihm als Zeichen zu, daß es der Junge war, von dem ich ihm erzählt hatte, die Angelegenheit, die mir wichtig war; doch er war völlig unergründlich, voll diplomatischer Unwissenheit. Eine halbe Stunde später, als wir uns die Hand gaben und gingen, sah er mir nicht in die Augen.

»Na, das war nun ein gemischter Erfolg«, sagte ich zu James, als er in seinen Wagen stieg und ich über der offenen Tür lehnte.

»Mach dir keine Gedanken wegen dieser Colin-Geschichte«, sagte er.

Ich trommelte aufs Dach. »Ich will ihn erwischen! Sonst habe ich ja wohl nichts zu tun.«

»Soll ich dich mitnehmen?«

»Nein, ich gehe nach Hause. Dann gehe ich schwimmen: wenn schon nicht die Seele, dann muß man den Leib zusammenhalten.«

»Bis bald.«

»Bis bald, Darling.«

Im Corry war es sehr ruhig, als ich im Laufe des Nachmittags hinkam. Die paar Leute betrachteten einander weniger mit Rivalität als mit aufmerksamer Neugier. Man hatte das Gefühl, als überlappten sich gleichmäßig mehrere unterschiedliche Routinen. Etliche alte Knakker waren da, der eine oder andere sogar in Charles' Alter, und alle hatten sie zweifellos ihre eigene Geschichte zu erzählen, seltsam und dennoch merkwürdig vergleichbar. Und als ich in die Dusche ging, sah ich einen sonnengebräunten jungen Kerl in hellblauer Badehose, der mir recht gut gefiel.

Rio Reiser
König von Deutschland

Von *Ton Steine Scherben* bis in die Hitparaden
Erinnerungen – erzählt von ihm selbst und Hannes Eyber

Broschur

Die Erinnerungen Rio Reisers an die wilden 60er und 70er Jahre, als *Ton Steine Scherben* die Kultband des politischen Untergrunds war, und an die Jahre danach, in denen er als »König von Deutschland« die Hitparaden eroberte. Ein wildes Buch über wilde Jahre.